CONFIANZA
(TRUST)

FRANCIS FUKUYAMA

CONFIANZA
(TRUST)

Traducción:
Dorotea Pläcking de Salcedo

EDITORIAL ATLANTIDA
BUENOS AIRES • MEXICO

Adaptación de tapa: Vanina Steiner
Diseño de interior: Claudia Bertucelli

Nota del Editor: Los conceptos y expresiones contenidos en este libro son de la exclusiva responsabilidad del autor, y por lo tanto el texto original ha sido respetado íntegramente.

Título original: TRUST
Copyright © 1995 by Francis Fukuyama
Copyright © Editorial Atlántida, 1996
Derechos reservados. Segunda edición publicada por
EDITORIAL ATLANTIDA S.A., Azopardo 579, Buenos Aires, Argentina.
Hecho el depósito que marca la Ley 11.723.
Libro de edición argentina.
Impreso en España. Printed in Spain. Esta edición se terminó
de imprimir en el mes de julio de 1996 en los talleres gráficos
de Rivadeneyra S.A., Madrid, España.

I.S.B.N. 950-08-1570-2

Para Laura, una y única

Una sociedad compuesta por una cantidad infinita de individuos desorganizados, que un Estado hipertrofiado se ve obligado a oprimir y contener, constituye una verdadera monstruosidad social... Además, el Estado está demasiado lejos del individuo; sus relaciones con éste son demasiado superficiales e intermitentes como para penetrar profundamente en su conciencia individual y socializarla desde adentro.

...Una nación sólo puede sostenerse si, entre el Estado y el individuo, se interponen una serie de grupos secundarios, lo bastante cercanos al individuo como para atraerlo con fuerza a su esfera de acción y, de esta forma, arrastrarlo hacia el torrente general de la vida social. ...Los grupos ocupacionales se adecuan a cumplir ese papel, y ése es su destino.

Emile Durkheim
La división del trabajo en la sociedad

Y entonces, el arte de la asociación se convierte, como dije antes, en la madre de la acción, estudiada y aplicada por todos.

Alexis de Tocqueville, *Democracia en América*

ÍNDICE

PARTE II

Las sociedades con bajo nivel de confianza y la paradoja de los valores familiares

PARTE III

Sociedades con alto nivel de confianza y el desafío de la sociabilidad sostenida

PARTE IV

La sociedad estadounidense y la crisis de confianza

PARTE V

Cómo optimizar la confianza: la combinación de la cultura tradicional y de las instituciones modernas en el siglo XXI

PREFACIO

Cuando Alexander Kojève, el más célebre estudioso de Hegel del siglo xx, llegó a la convicción, a mediados de esta centuria, de que el gran filósofo estaba en lo cierto, esencialmente, al declarar que la historia había terminado, decidió que los filósofos como él ya no tenían nada trascendente que hacer. A fines de la década de los 50, dejó el estudio de la filosofía como *hobby* para sus fines de semana y se transformó en funcionario, actuando en la por aquellos años recién formada Comunidad Económica Europea, cargo que desempeñó hasta su muerte, en 1968. Tomando esa evolución profesional como ejemplo, lo lógico hubiese sido que luego de mi libro *El fin de la historia y el último hombre* yo hubiera escrito un libro sobre economía.

Me parece que hablar de la economía y enfatizarla es prácticamente inevitable. Es cierto que, en Europa, hubo mucho de *Sturm und Drang* (*) después del colapso del comunismo, acompañado de una aparente inestabilidad y de mucho pesimismo con respecto de las perspectivas políticas del continente. Pero, en la actualidad, no cabe ninguna duda de que todas las cuestiones políticas de hoy en día giran alrededor de hechos económicos; hasta los problemas de seguridad se ven influidos por los temas que surgen desde el interior mismo de las frágiles sociedades civiles, tanto en el Este como en el Oeste. Sin embargo, la economía tampoco es lo que pareciera ser. Está firmemente arraigada en la vida social y no es posible imaginarla y comprenderla

---

(*) *Sturm und Drang (Tormenta y Pasión)*: Movimiento literario alemán (1700/1780) que, al reaccionar contra los elementos racionalistas, preparó el camino del romanticismo. Sus propulsores postulaban librarse de toda clase de trabas y proclamaban la libertad en todos los dominios. Schiller y Goethe fueron de los representantes más notorios de esta línea de pensamiento. (N. de la T.)

separada de ese tema tan amplio que constituye la organización de las sociedades modernas. Es la arena en la cual se desarrollan las luchas contemporáneas por el reconocimiento. Este libro no es un recetario para lograr la "competitividad", ni un manual que explica cómo crear una economía "ganadora" o en qué aspectos los estadounidenses debieran imitar a los japoneses o a los alemanes. Es más bien la historia de cómo la vida económica refleja, configura y apuntala nuestro mundo actual.

Un estudio que intenta comparar y contrastar distintas culturas a partir de su desempeño económico constituye una invitación abierta a caer en el riesgo de molestar a todos, o a casi todos, los que aparecen en él. En este libro abarco un terreno muy amplio y estoy seguro de que muchas personas, que conocen más a fondo que yo una u otra de las sociedades aquí analizadas, podrán presentar innumerables objeciones, excepciones y evidencias contradictorias frente a las diversas generalizaciones contenidas en sus páginas. Pido disculpas, desde ya, a quienes sientan que he malinterpretado su cultura o, peor aún, si he dicho algo despectivo o denigrante al respecto.

Tengo una deuda de gratitud con muchas personas. Tres editores han influido sobre este libro: Erwin Glikes, que contrató esta obra antes de su prematura muerte en 1994; Adam Bellow, de Free Press, que se ocupó de que se concretara; y Peter Dougherty, que trabajó largas horas sobre el escrito original para darle su forma final. También agradezco la ayuda, en distintos momentos de la realización de este libro, a Michael Novak, Peter Berger, Seymour Martin Lipset, Amitai Etzioni, Ezra Vogel, Atsushi Seike, Chie Nakane, Takeshi Ishida, Noritake Kobayashi, Saburo Shiroyama, Steven Rhoads, Reiko Kinoshita, Mancur Olson, Michael Kennedy, Henry S. Rowen, Clare Wolfowitz, Robert D. Putnam, George Holmgren, Lawrence Harrison, David Hale, Wellington K. K. Chan, Kongdan Oh, Richard Rosecrance, Bruce Porter, Mark Cordover, Jonathan Pollack, Michael Swaine, Aaron Friedberg, Tamara Hareven y Michael Mochizuki. Abram Shulsky, como siempre, contribuyó en gran medida a la conceptualización del libro.

Una vez más le agradezco a James Thomson y a la RAND Corporation, que han tolerado mi presencia en la empresa mientras estaba escribiendo este libro. Tengo una antigua deuda de gratitud con mis agentes literarios, Esther Newberg y Heather Schroder, que hicieron posible tanto este volumen como el anterior. Con mucho del material incluido en este libro, nunca me hubiese reunido a no ser por el arduo trabajo de investigación de mis asistentes Denise Quigley, Tenzing Donyo y, en especial, Chris Swenson, de valiosísima ayuda durante todas las etapas de este estudio.

Mi esposa, Laura, a quien he dedicado el libro, siempre ha sido una cuidadosa lectora y crítica; me ayudó muchísimo y fue un gran apoyo durante todo este esfuerzo.

Yoshia Fukuyama, mi padre, fue sociólogo de religiones y me transfirió, hace ya varios años atrás, su biblioteca de clásicos de las ciencias sociales. Después de resistirme, durante muchos años, a enfocar los temas con esa perspectiva de análisis, creo que ahora comprendo mejor su interés por el tema. Mi padre leyó y comentó el manuscrito de esta obra, pero falleció antes de que fuera publicada. Espero que haya llegado a comprender cuántos de sus propios intereses se encuentran reflejados aquí.

Al igual que en mis trabajos anteriores, en lugar de agradecerle a una mecanógrafa por haber tipiado el libro, quiero expresar mi gratitud a los curiosos y creativos tecnólogos y diseñadores —muchos de ellos inmigrantes— que crearon las computadoras, el software y los demás equipos sin los cuales la producción de este libro no hubiera sido posible.

I

EL CONCEPTO DE CONFIANZA.

*El improbable poder de la cultura
en la construcción de la sociedad económica*

CAPÍTULO 1

La situación del hombre en el fin de la historia

A medida que nos aproximamos al siglo XXI, se ha ido produciendo, a nivel mundial, una notable convergencia de instituciones políticas y económicas. A principios del presente siglo, las sociedades del mundo estaban divididas por profundos abismos ideológicos. Monarquía, fascismo, democracia liberal y comunismo eran enconados contrincantes que se disputaban la supremacía política, mientras que los diferentes países optaban por los divergentes caminos económicos del proteccionismo, el corporativismo, el libre mercado y la planificación socialista centralizada. Hoy en día, casi todos los países desarrollados han adoptado, o están tratando de adoptar, formas institucionales de tipo democrático-liberal. Muchos de estos países se han ido desplazando, en forma simultánea, hacia una economía de mercado y una integración a la división del trabajo capitalista y global.

Como dije en otra oportunidad, este movimiento constituye el "fin de la historia", en el sentido marxista-hegeliano que ve a la historia como una amplia evolución de las sociedades humanas en su avance hacia un objetivo final.[1] A medida que se va desarrollando la tecnología moderna, ésta va modelando las economías nacionales en forma coherente, entrelazándolas en una vasta economía global. Al mismo tiempo, la creciente complejidad de la vida actual y la intensidad de información que la caracteriza hacen que una planificación centralizada de la economía resulte extremadamente difícil. A su vez, la enorme prosperidad creada por el capitalismo, impulsada por la tecnología, funciona como incubadora de un régimen liberal con igualdad de derechos a nivel universal, en el cual culmina la lucha por el reconocimiento de la dignidad humana. Mientras que muchos países han tenido problemas para crear las instituciones inherentes a la democracia y los mercados libres, y otros —sobre todo en ciertas regiones de lo que fuera el mundo comunista— han ido retrocediendo hacia el fascismo o la anarquía, los países avanzados del mundo no tienen otro modelo alternativo de organización política y económica, al que puedan aspirar, que el capitalismo democrático.

Esta convergencia de instituciones alrededor del modelo del capitalismo democrático, sin embargo, no ha puesto fin a los desafíos que enfrenta la sociedad. Dentro de un marco institucional determinado, las sociedades pueden ser más ricas o más pobres, o tener una vida social y espiritual más o menos satisfactoria. Pero el corolario a la convergencia de las instituciones al "fin de la historia", es el reconocimiento generalizado de que, en las sociedades postindustriales, no será a través de la ingeniería social que se puedan lograr ulteriores mejoras. Ya no tenemos esperanzas realistas de poder crear una "gran sociedad" mediante abarcadores programas gubernamentales. Las dificultades experimentadas por el gobierno de Clinton para implementar la reforma del sistema de salud pública en 1994 demuestra que los estadounidenses siguen teniendo grandes dudas con respecto de la funcionalidad del manejo gubernamental, en gran escala, de un sector importante de su economía. En Europa, casi nadie sostiene que las mayores preocupaciones que hoy en día tiene el continente, como son la tasa de desempleo sostenidamente elevada o el problema de la inmigración, pueden ser resueltas mediante la expansión de la asistencia social del Estado. Por el contrario, los programas de reforma contemplan una reducción de este tipo de asistencia, para lograr que la industria europea sea más competitiva a nivel mundial. Incluso el gasto deficitario keynesiano —muy difundido en las democracias industriales después de la Gran Depresión, para controlar el ciclo comercial— actualmente es considerado, por la mayoría de los economistas, como un sistema que, a la larga, resulta contraproducente. Hoy, la máxima ambición de la mayoría de los gobiernos, con respecto a su política macroeconómica, es no originar perjuicios, asegurando recursos monetarios estables y controlando los grandes déficit presupuestarios.

En la actualidad, al haberse abandonado la promesa que suponía la ingeniería social, casi todos los observadores serios entienden que las instituciones políticas y económicas liberales dependen de una sociedad civil fuerte y dinámica, que garantice su vitalidad.[2] La "sociedad civil" —una compleja mezcla de instituciones intermedias, incluyendo empresas, asociaciones de voluntarios, instituciones educativas, clubes, sindicatos, medios de difusión, entidades caritativas e iglesias— se asienta, a su vez, en la familia, que es el instrumento primario por medio del cual el ser humano es socializado en su cultura y recibe las habilidades que le permiten vivir en una sociedad más amplia. Es a través de la familia que los valores y los conocimientos de dicha sociedad son transmitidos de generación en generación.

Una estructura familiar fuerte y estable, e instituciones sociales perdurables a través del tiempo, no pueden ser creadas por un gobierno, mediante leyes o decretos, tal como crearía un banco central o un ejército. Una próspera sociedad civil depende de los hábitos, las costumbres y el carácter distintivo de un grupo humano, todos ellos atributos que sólo pueden ser conformados de manera indirecta a través de la acción política ya que, básicamente, deben ser nutridos a través de la creciente conciencia y del respeto por la cultura.

Más allá de los límites de una nación específica, este significado de cultura se extiende al área de la economía global y al orden internacional. Por cierto, una de las ironías de la convergencia de grandes instituciones transnacionales desde la conclusión de la guerra fría es que los pueblos de todo el mundo parecieran estar tomando mayor conciencia de las diferencias culturales que los separan. Por ejemplo, durante la última década, los estadounidenses han ido comprendiendo que Japón, otrora miembro del "mundo libre" durante la Guerra Fría, practica tanto la democracia como el capitalismo, de acuerdo con una serie de normas culturales muy distintas de las de los Estados Unidos. Estas diferencias han conducido, por momentos, a considerables fricciones, como ocurre, por ejemplo, cuando los miembros de una red empresarial japonesa, conocida en Japón como *keiretsu*, compran a otra empresa de la misma red, en lugar de hacerlo a una empresa extranjera, aunque esta última le ofrezca mejor precio o calidad. Por su parte, muchos asiáticos se sienten molestos por ciertos aspectos de la cultura estadounidense, como, por ejemplo, la facilidad para entablar juicios o la insistencia en los derechos individuales a costa del bien común. En forma creciente, los asiáticos van recalcando aquellos aspectos de su propia herencia cultural que consideran superiores, como el respeto por la autoridad, el énfasis en la educación y los valores familiares, destacándolos como fuente de su vitalidad social.[3]

El creciente prestigio de la cultura en el orden global es tal, que Samuel Huntington afirmó que el mundo está entrando en un período de "choque civilizacional", en el cual la identificación primaria del hombre no será ideológica, como durante la Guerra Fría, sino cultural.[4] Por lo tanto, lo más probable será que los conflictos no vayan a surgir entre fascismo, socialismo y democracia, sino entre los principales grupos culturales del mundo: el occidental, el islámico, el confuciano, el japonés, el hindú y así sucesivamente.

Huntington está en lo cierto cuando afirma que las diferencias culturales cobrarán, a partir de ahora, mayor importancia y que todas las sociedades deberán prestar más atención a la cultura, no sólo en lo que se refiere a sus problemas internos sino a su trato con el mundo exterior. Sin embargo, el argumento de Huntington es menos convincente cuando afirma que las diferencias, necesariamente, serán causa de conflicto. Por el contrario, la rivalidad que surge de la interacción de diferentes culturas con frecuencia podrá conducir a cambios creativos, y ya existen numerosos casos de esa estimulación transcultural. La confrontación del Japón con la cultura occidental, después de la llegada de los "buques negros" del comodoro Perry, en 1853, abrió el camino para la Restauración Meiji[*] y la posterior industrialización del Japón. Durante la última generación, diversos sistemas de organización de tareas en las plantas de producción industrial fueron trasladados desde Japón a los Estados Unidos, para beneficio de estos últimos. Más allá de si la confrontación de las culturas conduce a conflictos o a la adecuación y el progreso, es de importancia vital desarrollar, aquí y ahora, una comprensión más profunda de qué es lo que diferencia a ciertas culturas de otras y qué las hace más funcionales, dado que todos los temas relacionados con la competencia internacional, tanto política como económica, serán expresados en términos culturales.

Quizás el área más crucial de la vida moderna, en el cual la cultura ejerce una influencia directa sobre el bienestar doméstico y el orden internacional, sea la economía. Si bien la actividad económica está inexorablemente ligada a la vida política y social, existe una tendencia errónea —alentada por el discurso económico contemporáneo— a considerar la economía como una faceta de la vida regida por sus propias leyes y separada del resto de la sociedad. Vista de esta forma, la economía es un área en la cual el encuentro o la unión entre los individuos tiene como único y exclusivo fin la satisfacción de sus necesidades y deseos egoístas, para luego retirarse nuevamente a sus vidas sociales "reales". Pero en toda sociedad moderna la economía constituye uno de los campos más dinámicos y fundamentales de la sociabilidad humana. Prácticamente no existe ninguna forma de actividad económica, desde manejar un negocio de tintorería hasta fabricar circuitos integrados en gran escala, que no exija la cooperación social entre seres humanos. Si bien la gente trabaja en las organizaciones a fin de satisfacer sus necesidades individuales, el lugar de trabajo también saca al individuo de su vida privada y lo conecta con un mundo social más amplio. Esta relación no sólo es un medio para alcanzar el objetivo de obtener un sueldo, sino también un importante fin en sí mismo de la vida humana. Porque si bien el individuo es egoísta, una parte de su personalidad

---

(*) Período de la historia japonesa que abarca el reinado del emperador Mutsu Hito (1868-1912) durante el cual se realizaron numerosas transformaciones, que sentaron las bases para el Japón moderno. (N. de la T.)

humana ansía formar parte de comunidades más amplias. El ser humano experimenta una aguda sensación de incomodidad —lo que Emile Durkheim denominó *anomie* (sentimiento de alienación ante la destrucción de las estructuras de una sociedad)— ante la ausencia de normas y pautas que lo relacionen con otros, una incomodidad que el moderno lugar de trabajo pretende moderar y superar.[5]

La satisfacción que obtenemos al estar relacionados con otros en el lugar de trabajo surge a partir de un deseo humano fundamental de ser reconocido. Como afirmo en *El fin de la historia y el último hombre*, todo ser humano busca que otros seres humanos reconozcan su dignidad (vale decir, ser evaluado de acuerdo con su valor real). Este impulso es tan sustancial y profundo que constituye uno de los principales motores de todo el proceso histórico de la humanidad. En otros tiempos, esta necesidad de reconocimiento se exteriorizaba en el campo militar, cuando reyes y príncipes libraban sangrientas batallas para establecer su dominio sobre los demás. En los tiempos modernos, esta lucha por el reconocimiento ha pasado del ámbito militar al económico, donde surte el efecto socialmente benéfico de crear riqueza en lugar de destruirla. Más allá de la subsistencia básica, las actividades económicas con frecuencia, son desarrolladas no sólo como un medio de satisfacer las necesidades materiales, sino también para obtener reconocimiento.[6] Las primeras, como señaló Adam Smith, no son muchas y se satisfacen con relativa facilidad. Pero trabajo y dinero también tienen mayor importancia como fuentes de identidad, de *status* y de dignidad, ya sea que el individuo haya fundado un imperio mundial de medios de comunicación o haya sido promovido de operario a capataz. Este tipo de reconocimiento no puede ser logrado por el individuo aislado, pues sólo aparece a partir de un contexto social.

De allí que la actividad económica representa una parte crucial de la vida social y está unida a una gran variedad de normas, pautas, obligaciones morales y otros hábitos que, en su conjunto, dan forma a la sociedad. Como se demostrará en el presente libro, una de las lecciones más importantes que podemos aprender del análisis de la vida económica es que el bienestar de una nación, así como su capacidad para competir, se halla condicionado por una única y penetrante característica cultural: el nivel de confianza inherente a esa sociedad.

Analicemos las siguientes anécdotas de la vida económica del siglo xx:

• Durante la crisis petrolera que se produjo a principios de la década de los 70, dos fabricantes de automóviles, ubicados en dos extremos opuestos del mundo, Mazda y Daimler-Benz (este último fabricante de los automóviles de lujo Mercedes-Benz), sufrieron una dramática caída en sus ventas, que los puso al borde de la bancarrota. En ambos casos, las empresas fueron rescatadas por una coalición de compañías con las cuales tradicionalmente mantenían relaciones comerciales, encabezadas por un banco importante: el Sumitomo Trust, en el caso de Mazda, y el Deutsche Bank, en el caso de Daimler. En las dos instancias se sacrificó la rentabilidad inmediata a fin de salvar la institución y, en el caso alemán, además, para evitar que la empresa fuera comprada por un grupo de inversores árabes.

• La recesión de 1983-1984, que asoló el corazón industrial de los Estados Unidos, también golpeó duramente a la Nucor Corporation. La Nucor recién había ingresado en el negocio del acero, fabricando dos miniplantas siderúrgicas con una nueva tecnología alemana para colada continua. Las plantas habían sido construidas en lugares como Crawfordsville, Indiana, fuera del área siderúrgica tradicional, y eran operadas por obreros no sindicalizados, muchos de los cuales habían sido granjeros y trabajadores rurales. Para paliar la caída de los ingresos, Nucor redujo la semana laboral, para todos sus colaboradores —desde el ejecutivo máximo hasta el último peón de mantenimiento—, de cinco a dos o tres días, con la correspondiente reducción salarial. No se despidió personal alguno y cuando la economía y la empresa se recuperaron, Nucor se benefició con el profundo espíritu de equipo que se había generado durante la crisis, que le permitió convertirse en una de las principales fuerzas de la industria siderúrgica estadounidense.[7]

• En la planta de armado en Takaoka, de la Toyota Motor Company, cada uno de los miles de operarios que trabajan en su línea de armado puede detener el funcionamiento de la línea tirando de un cordón ubicado en su lugar de trabajo. Muy rara vez lo hacen. Por el contrario, a los operarios de las grandes plantas automotrices de Ford, como Highland Park o River Rouge —plantas que casi definieron la naturaleza de la moderna producción industrial, durante tres generaciones—, nunca se les había confiado semejante poder. Hoy, después de la adopción de las técnicas japonesas, los operarios de Ford tienen un poder de decisión similar al de los operarios japoneses, lo que les da mayor control sobre su lugar de trabajo y sobre las máquinas que manejan.

• En Alemania, todo capataz de un local de producción de cualquier fábrica sabe cómo realizar las tareas de quienes trabajan a su cargo y a menudo los sustituye en caso de necesidad. El capataz puede reasignar las tareas de sus operarios y los evalúa sobre la base de su interacción personal y directa. En lo referente a promociones, existe una gran flexibilidad: un operario puede acceder a un puesto de ingeniero concurriendo a un extensivo programa de capacitación interno, en lugar de tener que asistir a la universidad.

• • •

El hilo rector que une esas cuatro historias, en apariencia desconectadas entre sí, es que, en cada caso, los actores económicos se apoyaron o apoyan mutuamente, porque consideran que forman una comunidad basada en la confianza mutua. Los banqueros y proveedores que organizaron el salvataje de Mazda y Daimler Benz sintieron la obligación moral de apoyar a esas empresas, porque éstas los habían apoyado a ellos en el pasado y con seguridad volverían a hacerlo en el futuro. En el caso alemán, además, había un componente de sentimiento nacional al evitar que una marca alemana tan tradicional como Mercedes Benz cayera en manos extranjeras. Los colaboradores de Nucor aceptaron una importante reducción en sus sueldos porque estaban convencidos de que los directivos que habían ideado ese procedimiento también eran afectados por el problema y, además, confiaban en el compromiso de éstos de no despedirlos. A los obreros de la planta de Toyota se les asignó el inmenso poder de detener toda la línea de armado porque la gerencia confiaba en que no abusarían de él; los obreros respondieron a esa confianza, utilizando el poder con responsabilidad para mejorar la productividad general de la planta.

Por último, el lugar de trabajo en Alemania es flexible e igualitario, porque los operarios confían en sus gerentes y en sus colegas mucho más que lo habitual en otros países europeos.

En cada uno de los casos mencionados, la comunidad era de índole cultural, formada no sobre la base de reglas y normas explícitas sino a partir de una serie de características distintivas de esa sociedad y de obligaciones morales recíprocas, internalizadas por cada miembro del grupo. Esos hábitos y reglas dieron a los miembros de la comunidad las razones necesarias para la confianza mutua. Las decisiones para apoyar a las empresas mencionadas no se basaron sólo en un interés económico personal. La gerencia de Nucor podría haber decidido asignarse pagos especiales mientras despedían a los operarios, tal como hicieron muchas otras empresas estadounidenses en ese tiempo: y Sumitomo Trust y Deutsche Bank, quizás, podrían haber maximizado sus ganancias vendiendo las acciones de sus clientes al borde de la bancarrota. La solidaridad manifestada dentro de las comunidades económicas citadas tuvo consecuencias benéficas inmediatas y, sin duda, las tendrá también en el largo plazo. No cabe duda de que los obreros de Nucor se sintieron motivados para trabajar en forma más intensiva una vez superada la recesión, del mismo modo que lo sintió el capataz alemán a quien su empresa ayudó a convertirse en ingeniero. Pero la razón por la cual esos actores económicos se comportaron como lo hicieron no era necesariamente la especulación anticipada con esas consecuencias económicas; la solidaridad dentro de su comunidad económica se había convertido en un objetivo por sí mismo. Dicho de otra manera, cada uno se sintió motivado por algo más grande y abarcador que el interés individual. Como iremos viendo, todas las sociedades económicas de éxito están unidas por la confianza.

En contraposición con los ejemplos anteriores, analicemos algunas situaciones en las cuales la ausencia de confianza condujo a rendimientos económicos deficientes, con las consiguientes implicancias sociales.

- En una pequeña ciudad, en el sur de Italia, durante la década de los 50, Edward Banfield observó que los ciudadanos adinerados no estaban dispuestos a unirse para fundar la escuela o el hospital que la ciudad necesitaba con absoluta urgencia, o a construir una fábrica, a pesar de la abundancia de capital y mano de obra, porque consideraban que era obligación del Estado tomar esas iniciativas.
- Al contrario de lo que es habitual en Alemania, las relaciones del capataz francés con sus operarios están reguladas por una maraña de leyes y normas establecidas por un ministerio, en París. Eso se debe a que el francés, por lo general, no confía en que sus superiores harán una evaluación personal honesta del desempeño de sus subordinados. Las regulaciones formales impiden al capataz cambiar a sus operarios de una tarea a otra; por lo tanto, inhiben el desarrollo de cualquier sentimiento de solidaridad en el lugar de trabajo y dificultan marcadamente la introducción de innovaciones, como las del sistema de trabajo en equipos de los japoneses.
- Las pequeñas empresas y negocios de los populosos barrios céntricos de clase media y baja de las ciudades estadounidenses rara vez pertenecen a afroamericanos; por lo general son controlados por otros grupos étnicos, como los judíos (a principios de este siglo) y los coreanos (en la actualidad). Una de las causas de este hecho es la ausencia de una comunidad fuerte y la carencia de confianza mutua entre los miembros de la clase baja afroamericana contemporánea. Los negocios de los coreanos están organizados alrededor de núcleos familiares estables, y se benefician con los servicios de asociaciones crediticias rotativas, que funcionan dentro de la comunidad étnica más amplia. Las familias afroamericanas que viven en esos barrios son de estructura débil y las instituciones crediticias manejadas por miembros de esa etnia prácticamente no existen.

Estos tres casos revelan la ausencia de una capacidad de integración comunitaria, que inhibe a los individuos y les impide explotar las oportunidades económicas de que disponen o que se les presentan. El problema consiste en un déficit de lo que el sociólogo James Coleman ha denominado "capital social", es decir, la capacidad de los individuos de trabajar junto a otros, en grupos y organizaciones, para alcanzar objetivos comunes.[8] El concepto de capital humano, ampliamente utilizado y comprendido entre los economistas, surge a partir de la premisa de que el capital, hoy en día, está cada vez menos representado por la tierra, las fábricas, las máquinas y las herramientas, y cada vez más por el conocimiento y las habilidades del ser humano.[9] Coleman afirma que, además de las habilidades y los conocimientos, una parte importante del capital humano está constituida por la capacidad de los individuos de asociarse entre sí. Esta capacidad sería de importancia crítica, no sólo para la vida económica de una comunidad sino también para otros aspectos de su existencia social. La capacidad de asociación depende, a su vez, del grado en que los integrantes de una comunidad comparten normas y valores, así como de su facilidad para subordinar los intereses individuales a los más amplios del grupo. A partir de esos valores compartidos nace la confianza, y la confianza, como veremos, tiene un valor económico amplio y mensurable.

En lo que se refiere a la capacidad para la formación espontánea de comunidades, tal como se ha descrito más arriba, los Estados Unidos tienen más en común con Japón y Alemania que lo que cualquiera de estos tres países tiene en común con las sociedades chinas, como Hong Kong y Taiwan, por un lado, o con Italia y Francia por el otro. Los Estados Unidos, al igual que Japón y Alemania, ha sido históricamente una sociedad de alto nivel de confianza y con una marcada orientación comunitaria, a pesar de que los estadounidenses se vean a sí mismos como inveterados individualistas.

Pero los Estados Unidos han ido cambiando de manera dramática, durante las últimas generaciones, en lo que se refiere al arte de la asociación. En muchos aspectos, la sociedad estadounidense se está volviendo tan individualista como sus integrantes siempre supusieron que era: la tendencia del liberalismo basado en los derechos individuales, de expandir y multiplicar esos derechos, contraponiéndolos a la autoridad de virtualmente todas las comunidades existentes, ha sido llevada hasta su lógica consecuencia. La declinación de la confianza y de la sociabilidad en los Estados Unidos se manifiesta también a través de una cantidad de cambios que se están produciendo en este país, como, por ejemplo: el auge del crimen violento y de los juicios civiles; la desintegración de la estructura familiar; la decadencia de una serie de estructuras sociales intermedias como sociedades vecinales, iglesias, sindicatos, clubes e instituciones de caridad; y el sentimiento generalizado entre la población de que ya no se comparten valores ni principios comunitarios.

Esta decadencia de la sociabilidad tiene implicancias importantes, más para la democracia del país que para su economía. En la actualidad, los Estados Unidos ya pagan una suma significativamente mayor que otros países industrializados para la protección policial, y tienen más del uno por ciento del total de su población encerrado en prisiones. Los Estados Unidos también pagan mucho más a sus abogados que Europa o Japón, a fin de que sus ciudadanos puedan demandarse mutuamente. Estos dos costos que, sumados, representan un importante porcentaje del producto bruto interno anual, constituyen un impuesto directo motivado por el colapso que está sufriendo la confianza en la sociedad. En el futuro, los efectos económicos podrán tener un alcance aún mucho mayor. La capacidad del estadounidense de crear o trabajar en una amplia diversidad de organizaciones podría ir deteriorándose a medida que esa misma diversidad reduzca el nivel de confianza y cree nuevas barreras a la cooperación. Además de vivir de su capital físico, los Estados Unidos han estado viviendo de un importante fondo de capital social. Así como su tasa de ahorro ha sido demasiado baja como para reemplazar del modo adecuado la planta física y la infraestructura, también la recuperación de su capital social ha quedado rezagada en las últimas décadas. Sin embargo, la acumulación del capital social es un proceso cultural complejo y, en muchos aspectos, misterioso. Si bien los gobiernos suelen implementar políticas que surten un efecto de agotamiento del capital social, tienen grandes problemas para entender cómo recomponerlo.

La democracia liberal que emerge en el fin de la historia no es, por lo tanto, totalmente "moderna". Para que las instituciones de la democracia y del capitalismo funcionen en forma adecuada, deben coexistir con ciertos hábitos culturales premodernos que aseguren su debido funcionamiento. Las leyes, los contratos y la racionalidad económica brindan una base necesaria, pero no suficiente, para la prosperidad y la estabilidad en las sociedades postindustriales. Es necesario que éstas también estén imbuidas de reciprocidad, obligación moral, deber hacia la comunidad y confianza, que se basa más en el hábito que en el cálculo racional. Todas estas características, en una sociedad moderna, no constituyen anacronismos, sino que, por el contrario, son el *sine qua non* de su éxito.

El problema de los Estados Unidos comienza con la incapacidad de sus ciudadanos para percibir correctamente su propia sociedad y su orientación comunitaria histórica. La Parte I de este libro habla de esta omisión, comenzando con una discusión acerca de por qué, a juzgar por las recientes afirmaciones de ciertos pensadores, éstos parecieran no comprender un aspecto crítico de la dimensión cultural de la vida económica. El resto de esta parte definirá con mayor precisión qué se entiende por cultura, confianza y capital social. Se explicará de qué manera la confianza se relaciona con la estructura industrial y la creación de esas organizaciones de gran escala, vitales para el bienestar económico y la competitividad.

Las partes II y III tratan sobre dos importantes puentes de la sociabilidad: las comunidades familiares y las no familiares, respectivamente. En la Parte II se describen cuatro sociedades "familísticas": China, Francia, Italia y Corea del Sur. En cada una de ellas, la familia constituye la unidad básica de la organización económica; cada una ha experimentado dificultades en crear grandes organizaciones que vayan más allá de la familia, y en cada una, en consecuencia, el Estado ha tenido que intervenir para promover empresas duraderas y globalmente competitivas. En la Parte III se analiza a Japón y Alemania, ambas sociedades con alto nivel de confianza interna que, en contraste con las sociedades familísticas de la Parte II, han demostrado una facilidad mucho mayor para generar empresas de gran escala cuya base no es la familia. Estas sociedades no sólo han sido pioneras en dejar la dirección de sus empresas en manos de profesionales, sino que también han sido capaces de crear una relación laboral mucho más eficiente y satisfactoria en las plantas. El sistema de trabajo denominado *lean manufacturing*, creado por la Toyota Motor Corporation para la fabricación de automotores, es considerado como un ejemplo de las innovaciones organizacionales posibles en una sociedad de alto nivel de confianza.

En la Parte IV se analiza el complicado problema de dónde ubicar a los Estados Unidos dentro del espectro que incluye desde las sociedades de bajo nivel de confianza hasta las de alto nivel de confianza. La cuestión sobre el origen de la capacidad de asociación estadounidense y las causas por las que se ha ido debilitando será el tema principal analizado en esta parte del libro. Por último, en la Parte V se tratará de llegar a algunas conclusiones generales sobre el futuro de la sociedad global y sobre el papel de la vida económica dentro de la actividad humana en general.

CAPÍTULO 2

La solución del veinte por ciento

Durante las últimas generaciones, el pensamiento económico estuvo dominado por los economistas neoliberales del libre mercado y se asociaba a nombres como Milton Friedman, Gary Becker y George Stigler. El surgimiento de la teoría económica neoliberal constituye una gran mejora, en comparación con lo que ocurría en las primeras décadas de este siglo, cuando el marxismo y el keynesismo dominaban el panorama. Podemos considerar que la economía neoliberal está en lo cierto, digamos, un ochenta por ciento: ha revelado importantes verdades sobre la naturaleza del dinero y de los mercados, porque su modelo fundamental del comportamiento humano racional y egoísta es correcto, como dijimos, en un ochenta por ciento de las veces. Pero hay un veinte por ciento del comportamiento humano sobre el cual poco dicen las economías neoliberales. Tal como lo entendió muy bien Adam Smith, la vida económica está profundamente imbricada en la vida social y no puede ser comprendida separada de las costumbres, la moral y los hábitos de la sociedad en que transcurre. En síntesis, no puede ser divorciada de la cultura.[1]

Por lo dicho, los debates económicos contemporáneos que no tienen en cuenta esos factores culturales nos prestan un muy magro servicio. Un ejemplo de esto lo constituye la discusión entre los economistas del libre mercado y los denominados neomercantilistas, que ha tenido lugar en los Estados Unidos durante la última década. Quienes proponían la segunda perspectiva —incluyendo personas como Chalmers Johnson, James Fallows, Clyde Prestowitz, John Zysman, Karl van Wolferen, Alice Amsden y Laura Tyson— han argumentado que las economías dinámicas y de rápido crecimiento de Asia Oriental han tenido éxito por no seguir las normas de la economía neoliberal, sino por violarlas.[2] Los países asiáticos que se han desarrollado con tanta rapidez, según los neomercantilistas, no habrían logrado sus sorprendentes altas tasas de crecimiento gracias al funcionamiento sin trabas de los mercados libres, sino debido a la intervención de los gobiernos de cada uno de esos países, que se ocuparon de promover el desarrollo a través de políticas industriales. A pesar de la profunda conciencia que han tomado acerca de las características bien diferenciadas de Asia, muchos neomercantilistas defienden sus conclusiones referidas a las políticas económicas en los mismos términos abstractos y universales que los economistas neoclásicos. Afirman que Asia es diferente, pero no debido a su cultura sino porque las sociedades asiáticas, reaccionando contra su situación de "desarrollados tardíos", que tratan de alcanzar a Europa y los Estados Unidos, optan por crear organizaciones económicas diferentes. Esta posición, sin embargo, no toma en cuenta el grado en que la capacidad de crear determinadas organizaciones y manejarlas en forma eficaz es, en sí mismo, un hecho ligado a la cultura.

James Fallows, en su libro *Looking at the Sun*, ha hecho, quizá, la denuncia más abarcadora de la economía neoliberal.[3] Fallows afirma que la preocupación anglo-estadounidense por la economía de mercado ha cegado a los estadounidenses frente al papel crítico desempeñado por los gobiernos y al hecho de que gran parte del mundo, fuera de los Estados Unidos, opera sobre la base de hipótesis que difieren marcadamente de las reglas de la economía neoclásica. Los gobiernos asiáticos, por ejemplo, han protegido sus industrias locales a través de la imposición de tarifas elevadas a las importaciones, restringiendo la inversión extranjera, promoviendo las exportaciones mediante créditos baratos y subsidios directos, otorgando licencias a ciertas empresas preferidas, organizando carteles para compartir los costos de investigación y desarrollo y adjudicando participaciones en el mercado, o bien financiando directamente las actividades de investigación y desarrollo.[4] Chalmers Johnson fue uno de los primeros en afirmar que fue el Ministerio de Industria y Comercio Internacional de Japón (MITI), y no el mercado, el responsable de llevar a la economía japonesa de posguerra a sus extraordinarias tasas de crecimiento. Casi todos los neomercantilistas han denunciado que los Estados Unidos se han quedado atrás en la competencia económica con el Japón y con otros países asiáticos, porque la política de mercado libre de los sucesivos gobiernos estadounidenses ha permitido que industrias clave cayeran víctimas de la competencia exterior. Han propuesto la creación de un equivalente estadounidense del MITI, que subsidie, coordine y, en general, promueva las industrias estadounidenses de alta tecnología en el mercado global y coordine la implementación de una política de comercio que proteja a las industrias estadounidenses que se vieran enfrentadas con una competencia extranjera "desleal".

El debate generado por los neomercantilistas ha girado en torno de dos temas: si en realidad fueron las políticas industriales las responsables de las altas tasas de crecimiento de Asia, y si los gobiernos son capaces de dirigir el desarrollo económico mejor que los mercados.[5] Los neomercantilistas, sin embargo, relegan a un segundo plano el papel que desempeña la cultura en la formación de la política industrial misma. Porque, aun si aceptamos la hipótesis de que haya sido la sabia conducción de los tecnócratas la responsable del progreso asiático, resulta claro que existen marcadas diferencias en la capacidad relativa de los distintos Estados para planificar e implementar políticas industriales. Esas diferencias están dadas tanto por la cultura como por la naturaleza de las instituciones políticas y las circunstancias históricas de los diferentes países. Los franceses y los japoneses tienen una larga tradición estatista, mientras que los Estados Unidos tienen una historia igualmente larga de antiestatismo y, además, existe un mundo de diferencias entre la capacitación y la calidad general de los individuos que ingresan en las respectivas burocracias nacionales. Es por eso que no debiera sorprender que exista una gran diferencia en la calidad de las políticas y en la conducción resultante.

También existen diferencias culturales importantes en lo que se refiere a la naturaleza y prevalencia de la corrupción. Uno de los principales problemas de cualquier política industrial es que ésta invita a la corrupción de los agentes públicos, lo cual, a su vez, vicia cualquier efecto beneficioso posible de la política implementada. Sin duda, las políticas industriales funcionan mejor en sociedades con una larga tradición de servidores públicos competentes y honestos. A pesar de que la corrupción de los políticos japoneses se ha convertido en un escándalo nacional, son muy pocas las acusaciones de esa naturaleza que se han levantado contra el MITI o contra los burócratas del Ministerio de Finanzas. Esto último es muy poco probable que ocurra en el caso de los burócratas de América latina y, ni que hablar, de otras partes del Tercer Mundo.

Pero también hay otras consideraciones culturales que muy probablemente afecten el éxito de una política industrial. Las actitudes del asiático frente a la autoridad podrían haber ayudado a esos países a implementar políticas industriales de una forma que no sería posible en otros lugares del mundo. Consideremos la cuestión de la ayuda gubernamental en el caso de industrias nacientes y caducas. En teoría, para los tecnócratas de los países que se encuentran en una franja de no liderazgo tecnológico, sería posible elegir determinadas industrias o sectores industriales para su promoción, pero, por lo general, en esos casos intervienen factores políticos que desvían la política gubernamental en la dirección equivocada. Por definición, las industrias nacientes todavía no existen y, por lo tanto, no tienen grupos de intereses que las promuevan. Las industrias caducas, por otra parte, a menudo son grandes empleadores y en general tienen patrocinadores políticamente poderosos, que saben cómo hacer escuchar su voz. Una de las características distintivas de las políticas industriales implementadas por muchos de los gobiernos asiáticos ha sido su habilidad para desarmar, en forma sumamente ordenada, industrias tradicionales pero en etapa de decadencia, que empleaban gran cantidad de personal. En Japón, por ejemplo, el empleo en la industria textil cayó de 1,2 millones a 655.000 personas, entre principios de la década de los 60 y 1981; el empleo en la industria carbonífera bajó de 407.000 a 31.000 personas entre 1950 y 1981; y la industria naval sufrió una reducción similarmente dramática en la década de los 70.[6] En cada caso, el Estado intervino, no para mantener el empleo en esos sectores, sino para *ayudar a implementar la reducción de personal*. Los gobiernos de Taiwan y Corea del Sur han dado su ayuda en circunstancias similares, en industrias que tradicionalmente han sido empleadoras de gran cantidad de mano de obra.

En Europa y América latina, a los gobiernos casi les ha resultado políticamente imposible desmantelar las industrias caducas. En lugar de contribuir a acelerar su desaparición, los gobiernos europeos han nacionalizado las industrias que se encuentran en su ocaso, como la del carbón, la siderurgia y la automotriz, en la vana esperanza de que los subsidios estatales lograran convertirlas en empresas internacionalmente competitivas. Mientras que dichos gobiernos europeos afirman estar de acuerdo con la necesidad de transferir los recursos a sectores más modernos, su carácter democrático los induce a ceder a presiones políticas para dirigir los subsidios gubernamentales hacia las industrias más tradicionales, muchas veces con un tremendo costo para los contribuyentes impositivos. Está claro que en los Estados Unidos sucedería algo similar si el gobierno se pusiera a distribuir subsidios para lograr la "competitividad". El Congreso, respondiendo a la presión de ciertos grupos de intereses, sin duda declararía que industrias como la textil y la del calzado —y no la aeroespacial y la de los semiconductores— son "estratégicas" y, por lo tanto, merecedoras de ser subsidiadas por el Estado. Aun en el área de la alta tecnología, las industrias más antiguas sin duda tendrían mayor peso político que aquellas que aún se hallan en etapa de desarrollo. Es así como el argumento más convincente contra una política industrial para los Estados Unidos no es de tipo económico, sino que se relaciona con el carácter de la democracia estadounidense.

Como se irá demostrando en este libro, el significado del sector estatal varía enormemente de acuerdo con la cultura. En sociedades familiares como la china o la italiana, la intervención del Estado es, a menudo, la única vía por la cual una nación puede llegar a desarrollar industrias de gran escala y es, por lo tanto, relativamente importante si el país quiere participar en sectores económicos globales que exigen gran escala. Por otro lado, las sociedades con un alto grado de confianza y un alto capital social, como Japón y Alemania, pueden crear organizaciones muy grandes sin apoyo estatal. En otras palabras, al calcular la ventaja comparativa, los economistas necesitan tener en cuenta la cantidad relativa del capital social, así como formas más convencionales de capital y recursos. Cuando hay un déficit en el capital social, esta carencia muchas veces puede ser compensada por el Estado, de la misma forma que lo hace al rectificar el déficit de capital humano construyendo más escuelas y universidades. Pero la necesidad de la intervención estatal dependerá, en gran medida, de la cultura en particular y de la estructura social de la sociedad que gobierna.

El otro polo del actual debate sobre la política industrial está representado por los economistas neoliberales, que en la actualidad dominan la profesión económica. La economía neoliberal es una empresa intelectual mucho más seria y sostenida que el neomercantilismo. Una cantidad sustancial de pruebas empíricas confirman que los mercados son, en efecto, eficientes asignadores de recursos y que dar rienda suelta al egoísmo promueve el crecimiento. El postulado de la economía de libre mercado es, repito, correcto en un ochenta por ciento, cosa que no está nada mal para una ciencia social y resulta considerablemente mejor que los postulados de sus rivales como base para una política pública.

Pero la totalidad de la victoria intelectual de la teoría de la economía del libre mercado en los últimos años ha sido acompañada de una considerable dosis de arrogancia. No contentos con descansar sobre sus laureles, muchos economistas neoliberales han llegado a creer que el método económico por ellos estructurado les proveía de las herramientas necesarias para construir algo similar a la ciencia universal del hombre. Las leyes de la economía, aducen, son aplicables a absolutamente todo: son válidas tanto en Rusia como en los Estados Unidos, en Japón, Burundi o en las colinas papúas de Nueva Guinea, y no admiten variaciones culturales significativas en su aplicación. Estos economistas creen que tener razón también en un sentido epistemológico más profundo: a través de su metodología económica, han revelado una verdad fundamental sobre la naturaleza humana, que les permitirá explicar casi todos los aspectos del comportamiento humano. Dos de los más prolíficos y renombrados economistas neoliberales contemporáneos, Gary Becker, de la Universidad de Chicago, y James Buchanan, de la George Mason University (ambos galardonados con sendos Premios Nobel por sus trabajos), han construido su carrera extendiendo su metodología económica a los que, en general, se consideran fenómenos no económicos, como la política, la burocracia, el racismo, la familia y la fertilidad.[7] Los departamentos de ciencias políticas de toda universidad importante, se hallan ahora repletos de seguidores de la denominada teoría de la elección racional, que intenta explicar la política utilizando una metodología esencialmente económica.[8]

El problema de la economía neoliberal es que ha olvidado ciertos fundamentos clave en los cuales se basó la economía clásica. Adam Smith, el maestro de los economistas clásicos, creía que el ser humano era impulsado por el deseo egoísta de "mejorar su condición", pero nunca hubiera adherido a la noción de que la actividad económica podría ser reducida a la maximización utilitaria racional. De hecho, su otra obra importante, además de *The Wealth of Nations* (La riqueza de las naciones), fue *The Theory of Moral Sentiments* (La teoría de los sentimientos morales), que retrata la motivación económica como algo altamente complejo, imbuido de hábitos y costumbres sociales más amplios. En el cambio de la denominación de la disciplina, de "economía política" a "economía", entre el siglo XVIII y fines del siglo XIX, ya se refleja de qué manera se fue estrechando el modelo del comportamiento humano en su núcleo. El discurso económico actual necesita recuperar parte de la riqueza de la economía clásica, en contraposición a la economía neoliberal, tomando en cuenta de qué manera la cultura configura todos los aspectos del comportamiento humano, incluso su comportamiento económico, en una diversidad de modos críticos. La perspectiva de la economía neoliberal no sólo resulta insuficiente para explicar la vida política, con sus emociones dominantes de indignación, orgullo y vergüenza, sino que tampoco alcanza a explicar muchos aspectos de la vida económica.[9] No todas las acciones económicas surgen a partir de lo que, de manera tradicional, se supone que son motivos económicos.

Todo el imponente edificio de la teoría económica neoliberal contemporánea se basa en un modelo relativamente simple de la naturaleza humana: que los seres humanos son "individuos racionales que maximizan el logro de la utilidad". Es decir, que el ser humano busca adquirir la mayor cantidad posible de las cosas que considera que le son útiles; lo hace en forma racional y realiza ese cálculo como individuo, buscando maximizar sus propios beneficios en lugar de procurar el beneficio del grupo más amplio del que forme parte. En síntesis, la economía neoclásica postula que el ser humano es un individuo esencialmente racional pero egoísta, que busca maximizar su bienestar material.[10] Los economistas, mucho más que los filósofos, los poetas, el clero o los políticos, predican las virtudes de la persecución de los estrechos intereses egoístas, porque creen que el mayor bienestar de la sociedad global puede lograrse permitiendo al individuo perseguir sus propios intereses, a través del mercado. En un experimento social, realizado en una universidad, se distribuyeron fichas a varios grupos de personas. Dichas fichas podían ser canjeadas por dinero que se entregaba a cada individuo, o por dinero que se le entregaba al grupo como entidad y que debía ser compartido. Resultó que entre el cuarenta y el sesenta por ciento de los participantes de este ensayo contribuyó en forma altruista al bienestar del grupo. La única excepción fue un grupo de jóvenes egresados de economía.[11] Según las palabras de uno de los economistas, "el primer principio de la Economía es que cada agente es motivado sólo por el interés personal (egoísmo)".[12]

El poder de la teoría neoliberal se basa en el hecho de que, la mayoría de las veces, su modelo de humanidad es correcto: es verdad que se puede confiar en que el individuo perseguirá sus propios intereses egoístas más a menudo de lo que se consagra al logro de algún bien común. El cálculo egoísta y racional trasciende las fronteras culturales. Todo estudiante de economía de primer año lee estudios que demuestran que, cuando el precio del trigo aumenta en relación con el del maíz, los campesinos cambian su producción de maíz a trigo, independientemente de si viven en China, Francia, India o Irán.

Pero cada uno de los términos de la premisa neoliberal, acerca de que el ser humano es un individuo racional que procura alcanzar el máximo de utilidad, está limitado por importantes excepciones.[13] Tómese la afirmación de que las personas persiguen la utilidad. La definición más elemental de utilidad es la realizada por el "utilitarista" del siglo XIX Jeremy Bentham, que dice que la utilidad es la persecución del placer y la elusión del dolor. Ésta es una definición directa y se corresponde con un entendimiento de la motivación económica basada en el sentido común: el ser humano quiere tener la posibilidad de consumir la mayor cantidad de cosas buenas de la vida. Pero existen numerosas ocasiones en las que el individuo persigue objetivos que no son utilitarios.[14] Por ejemplo, es capaz de entrar en una casa en llamas para salvar a otros, de morir en batalla o de tirar por la borda su carrera profesional para irse a vivir a algún lugar de la montaña, a fin de estar en contacto con la naturaleza. La gente no simplemente vota por sus billeteras: también tiene idea de que determinadas cosas son justas o injustas, y toma importantes decisiones de acuerdo con esa percepción.[15] No habría, ni de cerca, la cantidad de guerras que hay si éstas sólo fuesen libradas para lograr el dominio sobre los recursos económicos. Desafortunadamente, por lo general giran alrededor de objetivos no utilitarios, como la religión, la justicia, el prestigio y el honor.

Algunos economistas procuran soslayar este problema ampliando la definición de utilidad más allá del placer o del dinero, para incluir otras motivaciones como el "placer psíquico" que se recibe por "hacer lo que está bien", o el "placer" que puede derivar del consumo de los demás.[16] Los economistas afirman que se puede saber qué es lo útil sólo a través de lo que la gente afirma percibir como útil a través de sus elecciones; de este hecho surge el concepto de "preferencia revelada".[17] Tanto el abolicionista que muere para poner fin a la esclavitud como el banquero inversionista que especula con las tasas de interés persiguen una "utilidad". La única diferencia radica en que la utilidad del abolicionista es de índole psíquica. En su extremo máximo, la "utilidad" se convierte en un concepto puramente formal, utilizado para describir cualquier objetivo o preferencia que persiga el individuo. Pero este tipo de definición formal de la utilidad reduce la premisa fundamental de la economía a una afirmación que establece que el individuo maximiza cualquier cosa que decida maximizar, lo que constituye una tautología que quita al modelo todo interés o fuerza explicatoria. Por el contrario, afirmar que el individuo prefiere sus egoístas intereses materiales por encima de todo otro tipo de intereses equivale a una afirmación muy fuerte acerca la naturaleza humana.

También debiera tenerse en cuenta que el ser humano no siempre persigue la utilidad, por más definida que ésta sea, en una forma "racional, es decir, considerando las alternativas disponibles y eligiendo aquella que maximiza la utilidad en el largo plazo. De hecho, es posible afirmar que, en este sentido, el individuo, por lo general, no es racional.[18] La preferencia china, coreana e italiana por la familia, la actitud japonesa frente a la adopción de una persona que no pertenece a la familia, la renuencia del francés a entablar relaciones cara a cara, el énfasis alemán en la capacitación o el temperamento sectario de la vida social estadounidense, no son consecuencia de un cálculo racional sino que provienen de hábitos éticos heredados.

La mayoría de los economistas neoliberales responderían a estos ejemplos diciendo que no son casos de comportamiento irracional sino producto de una información imperfecta. Con respecto a la información sobre los precios relativos y la calidad de un producto, muchas veces no se puede acceder a ella, o conseguirla requiere considerable tiempo y esfuerzo. La gente opta en forma en apariencia irracional porque el costo de adquirir mejor información excede los beneficios que esperan obtener si los consiguen. Para el individuo no es racional ser "racional" en cada una de las opciones que hace en la vida. Si esto fuera así, nuestra vida se iría en tomar decisiones sobre los temas más insignificantes.[19] Los individuos insertos en una cultura tradicional seguirán los dictados de la tradición y actuarán en forma muy diferente que la gente de las sociedades industrializadas, y ello se debe a que la cultura tradicional tiene internalizadas las reglas de comportamiento que son racionales para esa cultura.[20]

Pero mientras que algunos hábitos pueden ser económicamente racionales o pueden haber tenido como origen causas racionales, muchos de ellos no responden a este encuadre, o siguen llevándose a la práctica en situaciones marcadamente diferentes. En el contexto de la sociedad campesina tradicional china, pudo haber sido racional procurar tener muchos hijos varones, ya que éstos eran quienes cuidaban a los ancianos. Pero, ¿por qué se sigue manteniendo esa conducta cuando los chinos emigran a los Estados Unidos o a Canadá, donde existen sistemas de seguridad social estatales que protegen a los ancianos? La preferencia francesa por una autoridad burocrática centralizada pudo haber sido una reacción razonable frente al absolutismo centralizado, pero ¿por qué les sigue resultando tan difícil a los franceses autoorganizarse, aun cuando los gobiernos centrales contemporáneos les brindan las condiciones necesarias para hacerlo? Pudo haber sido racional que una madre soltera que recibía ayuda social no se casara con el padre de su hijo, debido a los incentivos económicos establecidos por el sistema de bienestar social, pero ¿por qué persiste ese hábito, aun cuando esos beneficios ya no existan o sean evidentes, para la mujer, las desventajas económicas a largo plazo? Es imposible sostener que todas las culturas han fijado reglas por entero racionales dentro de su contexto. La gran variedad de culturas que existen en el mundo, y el enorme espectro de adaptaciones culturales diferentes, efectuadas frente a situaciones económicas similares, sugiere que no todas esas reglas han sido igualmente racionales.

Por último, es muy cuestionable que el ser humano actúe como un individuo al que sólo le preocupa el logro de la utilidad personal, en lugar de verse como parte de un grupo social más abarcador. Según la frase de Mark Granovetter, "el ser humano se encuentra implantado en distintos grupos sociales —la familia, el vecindario, las redes interpersonales, los negocios, las iglesias y las naciones—, con cuyos intereses tiene que compatibilizar los suyos propios."[21] Las obligaciones que se sienten para con la propia familia no nacen de un simple cálculo de costo-beneficio, aun cuando esa familia esté manejando una empresa; en este caso, incluso, el carácter de la empresa está notablemente influenciado por la relación familiar preexistente. En la estructura de una compañía, los trabajadores nunca son simples números; desarrollan solidaridades, lealtades y aversiones, que configuran la naturaleza de la actividad económica. Es decir que el comportamiento social y, por lo tanto, moral, coexiste con el comportamiento egoísta que procura el máximo de utilidad en los más diversos niveles. La mayor eficiencia económica no ha sido lograda, en la mayor parte de los casos, por los individuos racionales y egoístas, sino, por el contrario, por grupos de individuos que, a causa de una comunidad moral preexistente, son capaces de trabajar juntos en forma eficaz.

Decir que existe un aspecto importante de la personalidad humana que no se corresponde con el individuo racional que, según la economía clásica, procura maximizar la utilidad, no afecta la estructura básica del edificio neoliberal esto es, que las personas actuarán como individuos egoístas con la suficiente frecuencia como para que las "leyes" de la economía constituyan una guía útil para elaborar pronósticos y formular una política pública. Para cuestionar el modelo neoliberal, no es necesario recurrir a la premisa marxista de que el hombre es un "ser gregario" que da prioridad, de manera espontánea, a la sociedad por encima de sus propios intereses egoístas. El ser humano actúa con fines no utilitarios en forma no racional y con orientación grupal con suficiente frecuencia como para afirmar que el modelo neoclásico nos presenta una imagen incompleta de la naturaleza humana.

Las eternas discusiones entre los economistas del libre mercado y los neomercantilistas, sobre si el gobierno debiera o no debiera intervenir en la economía, y de qué manera se debiera concretar esa intervención, eluden un aspecto importante. No cabe duda de que la marcroeconomía es importante, pero debe ser aplicada dentro de un contexto político, histórico y cultural determinado. Las fórmulas políticas que surgen de una u otra perspectiva pueden no ser generalizables. La misma política industrial que conduce al desastre total en América latina puede resultar eficaz, o al menos no causar perjuicio alguno, en Asia. Algunas sociedades pueden proteger en forma más eficaz a sus tecnócratas de la presión popular cotidiana para mantener abierta la planta X o para subsidiar la industria Y. La variable importante no es la política industrial en sí misma, sino la cultura.

CAPÍTULO 3

Escala y confianza

Los comienzos de la década de los 90 fueron invadidos por un torrente de literatura sobre la revolución de la información y la transformación que sufrirá cada hogar y cada individuo, como resultado de la puesta en acción de la autopista informática. Uno de los temas más frecuentes y difundidos por los futurólogos de la era de la información es que esta revolución tecnológica significará el fin de las jerarquías de todo tipo, tanto políticas como económicas y sociales. Según dicen, la información es poder y quienes hoy se hallan a la cabeza de las jerarquías tradicionales mantienen su dominio controlando el acceso a la información. Las modernas tecnologías de comunicación —teléfonos, máquinas de fax, fotocopiadoras, casetes, videocaseteras (VCR) y la computadora personal interconectada, de importancia central— están rompiendo ese dominio absoluto de la información. El resultado, de acuerdo con los gurúes de la información, desde Alvin y Heidi Toffler y George Gilder hasta el vicepresidente de los Estados Unidos, Al Gore, y el presidente de la Cámara de Representantes de ese país, Newt Gingrich, será que el poder volverá a descender al común de la gente y que todo el mundo se verá liberado de las limitaciones impuestas por esas organizaciones dictatoriales y centralizadas para las cuales trabajaban.[1]

No cabe duda de que la tecnología ha contribuido a muchas de las tendencias descentralizadoras y democratizantes de última generación. Es ampliamente conocido que los medios electrónicos han contribuido a derrocar regímenes totalitarios, incluyendo la dictadura de Marcos en las Filipinas y el dominio comunista en Alemania Oriental y en la ex Unión Soviética.[2] Pero los teóricos de la era de la información afirman que la tecnología es destructiva para todas las formas de jerarquía, incluyendo a las gigantescas corporaciones que emplean a la gran mayoría de los trabajadores estadounidenses. El desplazamiento de IBM de su otrora legendaria posición de dominio en la industria de la computación, provocado por novatos advenedizos como Sun Microsystems y Compaq, durante la década de los 80, muchas veces es presentado como una fábula con moraleja, donde el empresario pequeño, flexible e innovador desafía al gran monstruo, representante de la tradición burocratizada y centralizada, y recibe una suculenta recompensa. Diversos autores han afirmado que, como resultado de la revolución de las telecomunicaciones, todos nosotros trabajaremos, algún día, en pequeñas corporaciones virtuales conectadas por una red. Es decir que las empresas se irán reduciendo hasta desprenderse de todas las actividades fuera de sus "competencias centrales", subcontratando y "tercerizando" hacia pequeñas empresas, a través de la fibra óptica, absolutamente todo, desde insumos y materia prima hasta la contabilidad y los servicios de marketing.[3] Están también los que sostienen que las redes de pequeñas organizaciones, y no las grandes jerarquías y los mercados caóticos, serán la norma en el futuro, todo esto impulsado por el implacable avance de la tecnología electrónica. Las comunidades espontáneas —y no el caos y la anarquía— emergerán sólo si la sociedad se libra de la autoridad centralizada de las grandes organizaciones, desde el gobierno federal hasta IBM y AT&T. Con las comunicaciones impulsadas por la tecnología, la buena información eliminará a la mala información, los honestos y trabajadores desplazarán a los fraudulentos y parásitos, y la gente se unirá voluntariamente con fines que apunten al bien común.[4]

Está claro que la revolución de la información traerá aparejados importantes cambios, pero la era de las grandes organizaciones jerárquicas está muy lejos de haber terminado. Muchos futurólogos de la era de la información sobregeneralizan a partir de la industria de la computación, cuya tecnología, rápidamente cambiante, de hecho tiende a beneficiar a las empresas pequeñas y flexibles. Pero muchas otras áreas de la vida económica, desde la construcción de aviones y automóviles hasta la fabricación de piezas de silicona, requieren cada vez más capital, tecnología y personas para manejarlas. Aun dentro de la industria de la comunicación, la transmisión a través de la fibra óptica favorece a una sola e inmensa empresa de telecomunicaciones, y no es una simple coincidencia que, en 1995, AT&T haya involucionado a las dimensiones que tenía en 1984, cuando el ochenta y cinco por ciento de la empresa fue traspasada a empresas telefónicas locales.[5] La tecnología de la información ayudará a algunas pequeñas empresas a realizar grandes cometidos de manera más eficiente, pero no eliminará la necesidad de la escala.

Lo más importante es que, cuando los más entusiastas apóstoles de la era de la información celebran el derrumbe de la jerarquía y la autoridad, dejan de lado un factor crítico: la confianza y las normas éticas sobre las que aquéllas se basan. Las comunidades dependen de la confianza mutua y no surgirán espontáneamente sin ella. Las jerarquías son necesarias porque no se puede confiar en que todos los integrantes, dentro de una comunidad, vivan única y exclusivamente sobre la base de tácitas reglas éticas. Un pequeño número de individuos puede ser activamente asocial, buscando socavar o explotar el grupo mediante el fraude o la simple maldad. Una cantidad mucho mayor tendrá tendencia a comportarse como polizones, dispuestos a beneficiarse lo más posible con su pertenencia al grupo pero contribuyendo lo menos posible a la causa común. La jerarquías son necesarias porque no es posible confiar en que todo el mundo, todo el tiempo, viva de acuerdo con reglas éticas profundamente internalizadas y cumpla con su participación equitativa en el grupo. En última instancia, es necesario que sean sometidos a la coerción impuesta por reglas explícitas, y aplicar sanciones en el caso de que no se las cumpla. Esto vale tanto en la economía como, en un sentido más amplio, en toda la sociedad. El origen de las grandes corporaciones es el hecho de que es muy costoso contratar bienes o servicios con individuos que uno no conoce bien o en quienes no confía. Por lo tanto, las empresas comprobaron que era mucho más económico incorporar a esos terceros a su propia organización, donde tenían la posibilidad de supervisarlos en forma directa.

La confianza no reside en los circuitos integrados o en los cables de fibra óptica. Aun cuando implica intercambio de información, la confianza no puede ser reducida simplemente a información. Una empresa "virtual" puede recibir abundante información a través de los cables de su red, referida a proveedores y contratistas. Pero si todos son tramposos o utilizan el fraude de modo permanente, tratar con ellos seguirá siendo un proceso costoso, que implicará contratos complejos y largos procesos de coerción para lograr el cumplimiento deseado. Sin la confianza, existirá una gran motivación para volver a incorporar esas actividades al seno de la empresa y restituir las viejas jerarquías.

De ahí que esté muy lejos de ser evidente que la revolución de la información convertirá en obsoletas a las grandes organizaciones jerárquicas, o que emergerá una comunidad espontánea una vez que las jerarquías hayan desaparecido. Dado que la comunidad depende de la confianza, y la confianza, a su vez, es algo culturalmente determinado, se llega a la conclusión de que la comunidad espontánea irá emergiendo en distintos grados, en diferentes culturas. Dicho de otra forma, la capacidad de una empresa de pasar de grandes estructuras jerárquicas a las redes flexibles de empresas más pequeñas dependerá del grado de confianza y del capital social existentes en la sociedad más amplia. Una sociedad de alto nivel de confianza, como la japonesa, ha creado redes mucho antes de que la revolución de la información se pusiera en marcha. Una sociedad de bajo nivel de confianza, en cambio, nunca será capaz de aprovechar las ventajas que ofrece la tecnología de la información.

La confianza es la expectativa que surge dentro de una comunidad de comportamiento normal, honesto y cooperativo, basada en normas comunes, compartidas por todos los miembros de dicha comunidad.[6] Esas normas pueden referirse a cuestiones de valor profundo, como la naturaleza de Dios o de la Justicia, pero también comprenden normas seculares como las pautas profesionales y los códigos de conducta. Es decir, confiamos en que un médico no nos hará daño en forma intencional, porque esperamos que se atenga a su juramento hipocrático y a las pautas de la profesión médica.

El capital social es la capacidad que nace a partir del predominio de la confianza, en una sociedad o en determinados sectores de ésta. Puede estar personificado en el grupo más pequeño y básico de la sociedad, la familia, así como en el grupo más grande de todos, la nación, y en todos sus grupos intermedios. El capital social difiere de otras formas de capital humano en cuanto que, en general, es creado y transmitido mediante mecanismos culturales como la religión, la tradición o los hábitos históricos. Los economistas suelen afirmar que la formación de grupos sociales puede explicarse como el resultado de un contrato voluntario entre individuos que, en base a un cálculo racional, han llegado a la conclusión de que dicha cooperación favorece sus intereses personales en el largo plazo. Si esto fuese así, la confianza no sería necesaria para la cooperación; el claro interés personal, en forma conjunta con mecanismos legales como los contratos, podría compensar la ausencia de confianza y permitir que perfectos extraños creen, conjuntamente, una organización que funcione para el logro de un propósito común. Este tipo de grupos, basados en el interés personal de sus integrantes, pueden ser constituidos en cualquier momento y su formación no depende de la cultura.

Sin embargo, aun cuando los contratos y el interés personal pueden ser fuentes importantes para la asociación, las organizaciones más eficientes se hallan establecidas en comunidades que comparten valores éticos. En esas comunidades no se requieren extensos contratos ni una regulación legal de sus relaciones, porque el consenso moral previo provee a los miembros del grupo de una base de confianza mutua.

El capital social que se necesita para crear este tipo de comunidad moral no puede ser adquirido, como es el caso de otras formas de capital humano, a través de decisiones racionales de inversión. Es decir, un individuo puede decidir "invertir" en capital humano convencional, como, por ejemplo, la educación terciaria o la capacitación necesaria para llegar a ser un maquinista o un programador de computación, simplemente concurriendo a la institución educativa correspondiente. La adquisición del capital social, por el contrario, exige la habituación a las normas morales de una comunidad y, dentro de este contexto, la adquisición de virtudes como lealtad, honestidad y confiabilidad. Además el grupo, como unidad, tendrá que adoptar normas comunes antes de que la confianza se generalice entre sus miembros. Es decir que el capital social no puede ser adquirido simplemente por individuos que actúan por sí solos. Se basa en el predominio de virtudes sociales más que individuales. La propensión hacia la sociabilidad es mucho más difícil de adquirir que otras formas de capital humano, pero dado que se basa en un hábito inherente a su grupo de pertenencia, también es más difícil de modificar o destruir.

Otro término que usaré con frecuencia a lo largo de este libro es *sociabilidad espontánea*, que constituye un subgrupo dentro del capital social. En toda sociedad moderna, de manera constante, se crean, destruyen y modifican organizaciones de todo tipo. A menudo, la forma más útil de capital social no es la capacidad de trabajar bajo la autoridad de una comunidad o de un grupo tradicional, sino la capacidad de formar nuevas asociaciones y de cooperar dentro del marco de referencia que éstas establecen. Este tipo de grupo, engendrado por la compleja división del trabajo de la sociedad industrial y, sin embargo, basado más en valores compartidos que en contratos, cae bajo el rubro general de lo que Durkheim denominó "Solidaridad orgánica".[7] Además, la sociabilidad espontánea se refiere a ese amplio espectro de comunidades intermedias, no relacionadas ni con la familia ni con las deliberadamente establecidas por los gobiernos. Los gobiernos, a menudo, tienen que intervenir para promover el comunitarismo, cuando existe un déficit de sociabilidad espontánea. Pero la intervención estatal implica riesgos muy concretos, ya que es muy fácil que la misma debilite, de manera paulatina, las comunidades espontáneas establecidas en la sociedad civil.

El capital social tiene importantes consecuencias en lo que se refiere al tipo de economía industrial que esa sociedad sea capaz de crear. Si existe una confianza mutua entre las personas que tienen que trabajar juntas en una empresa, haciéndolo de acuerdo con una serie de normas distintivas comunes, el costo operativo de ese negocio será menor. Una asociación de estas características tendrá más capacidad para innovar organizacionalmente, ya que el alto grado de confianza permitirá que emerja una variedad más amplia de relaciones sociales. Ésta es una de las razones por las cuales algunos estadounidenses altamente sociables fueron los pioneros del desarrollo de la empresa moderna a fines del siglo XIX y principios del siglo XX, y por las que los japoneses exploraron, en el siglo XX, las posibilidades de las organizaciones en red.

Por el contrario, la gente que no confía en su prójimo termina cooperando con éste sólo bajo un sistema de normas y regulaciones que tienen que ser negociadas, acordadas, litigadas e implementadas, a veces en forma coercitiva. Este aparato legal, que sirve como sustituto de la confianza, contiene lo que los economistas denominan "costos de transacción". En otras palabras, la desconfianza ampliamente difundida en una sociedad impone una especie de impuesto a todas las formas de actividad económica, un impuesto que no tienen que pagar las sociedades con un alto nivel de confianza interna.

El capital social no se encuentra distribuido de manera uniforme en las sociedades. Algunas presentan una proclividad marcadamente mayor hacia la asociación que otras, así como difieren las formas de asociación preferidas por cada sociedad. En algunas, la familia y el parentesco constituyen la forma de asociación primaria; en otras, las asociaciones voluntarias son mucho más fuertes y sirven para sacar al individuo de su seno familiar. En los Estados Unidos, por ejemplo, la conversión religiosa muchas veces induce a los individuos a dejar a sus familias y seguir el llamado de una nueva secta religiosa o, al menos, participar de manera tan intensiva en sus nuevas obligaciones que éstas compiten con las que tienen para con su familia. En China, por el contrario, los sacerdotes budistas con frecuencia obtuvieron mucho menor éxito en lograr adherentes tan absolutos y a menudo fueron castigados por seducir a los niños con el fin de alejarlos de su familia. Una misma sociedad, a través del tiempo, puede adquirir capital social o perderlo. Hacia fines del Medioevo, Francia tuvo una compacta red de asociaciones, pero la espontánea capacidad de sociabilidad espontánea de los franceses fue destruida, a partir de los siglos XVI y XVII, por una victoriosa monarquía centralizada.

La sabiduría convencional sostiene que Alemania y Japón son sociedades orientadas hacia la asociación grupal. En ambas, tradicionalmente, se valora la obediencia a la autoridad y se practica lo que Lester Thurow denominó "capitalismo comunitario".[8] Gran parte de la literatura de las últimas décadas referidas a la competitividad plantea supuestos similares: Japón es una sociedad con "orientación grupal"; los Estados Unidos se ubican en el otro extremo, constituyendo el epítome de una sociedad individualista en la cual los individuos no están dispuestos a trabajar en conjunto o a apoyarse mutuamente. De acuerdo con Ronald Dore, estudioso del Japón, su gente y sus costumbres, todas las sociedades pueden ser ubicadas a lo largo de un eje, que se extiende desde un extremo donde se encuentran los países individualistas anglosajones, como los Estados Unidos y Gran Bretaña, hasta otro en el que se ubican los países de orientación grupal, como Japón y otros.[9]

Esta dicotomía, sin embargo, representa una gran distorsión de la manera en que se halla distribuido el capital social alrededor del mundo, y muestra también una profunda falta de comprensión del Japón y, en particular, de los Estados Unidos. Es verdad que existen sociedades verdaderamente individualistas, con poca capacidad para la asociación. En tales sociedades, tanto las familias como las sociedades voluntarias son débiles. En estas sociedades a menudo las asociaciones más fuertes tienen lugar en las patotas criminales. Esto induce a pensar en Rusia y en algunos otros países que fueron comunistas, así como en las comunidades de los barrios pobres de las grandes ciudades de los Estados Unidos.

En un nivel más alto de sociabilidad que el de la Rusia contemporánea se encuentran las sociedades familísticas, en las cuales la vía primaria (y, a veces, única) de sociabilidad es la familia nuclear y los vínculos familiares más amplios, como los clanes o las tribus. Las sociedades familísticas con frecuencia, incluyen asociaciones voluntarias débiles, porque los individuos no emparentados carecen de base para confiar unos en otros. Las sociedades chinas, como Taiwan, Hong Kong y la misma República Popular China, son ejemplos de esto. La esencia del confucianismo chino es la elevación de los lazos familiares por encima de todo otro tipo de lealtad social. Pero Francia y parte de Italia también comparten esta característica. A pesar de que, en estas dos sociedades, el familismo no es tan pronunciado como en China, existe un déficit de confianza entre los pobladores no unidos por lazos familiares y, por lo tanto, una gran debilidad en lo referente al funcionamiento de las comunidades voluntarias.

Como contrapartida de las sociedades familísticas, tenemos aquellas que ostentan un alto grado de confianza social generalizada y, por lo tanto, una fuerte propensión hacia la sociabilidad espontánea. Sin duda, Alemania y Japón integran esta última categoría. Pero, desde los tiempos de su fundación, los Estados Unidos nunca han sido la sociedad individualista que la mayoría de los estadounidenses supone que es. Por el contrario, siempre contaron con una amplia red de asociaciones voluntarias y estructuras comunitarias a las cuales sus habitantes han subordinado sus estrechos intereseses individuales. Es cierto que los estadounidenses, tradicionalmente, han sido mucho más "antiestatistas" que los alemanes o los japoneses, pero, en ausencia de un estado fuerte, ha sido posible el surgimiento de comunidades pujantes y poderosas.

El capital social y la proclividad hacia la sociabilidad espontánea tienen consecuencias económicas importantes. Si se analiza la dimensión de las empresas más grandes, en una serie de economías nacionales (excluyendo las empresas estatales y/o fuertemente subsidiadas por el Estado, y las multinacionales de origen extranjero), se pueden obtener resultados muy interesantes.[10] En Europa y América del Norte, las empresas del sector privado de los Estados Unidos y de Alemania son significativamente mayores que las que se encuentran en Italia y en Francia. En Asia, el contraste es aún mayor entre Japón y Corea por un lado, que tienen grandes empresas e industrias altamente concentradas, y Taiwan y Hong Kong, por el otro, cuyas empresas tienden a ser mucho menores en tamaño.

A primera vista, cabría pensar que la capacidad de generar grandes empresas se relaciona, simplemente, con la dimensión absoluta de la economía de una nación. Por razones obvias, es probable que Andorra y Liechtenstein no constituyan el caldo de cultivo adecuado para gigantes multinacionales de la escala de Shell o General Motors. Por otro lado, en muchos países del mundo industrializado no existe necesariamente una correlación entre el producto bruto interno absoluto y la dimensión de sus grandes corporaciones. Tres de las economías más pequeñas de Europa —Holanda, Suecia y Suiza— albergan gigantescas corporaciones privadas. De acuerdo con la mayoría de las mediciones, Holanda es el país industrialmente más concentrado del mundo. En Asia, las economías de Taiwan y Corea del Sur han sido de dimensiones medianamente comparables durante las últimas generaciones, y sin embargo las empresas de Corea son mucho más grandes que las de Taiwan.

A pesar de que hay otros factores que explican la dimensión de las empresas, incluyendo política impositiva, política antimonopolio y otras formas de legislación regulatoria, existe una relación entre las sociedades de alto nivel de confianza con abundante capital social —Alemania, Japón y los Estados Unidos— y la capacidad de crear grandes organizaciones comerciales privadas.[11] Estas tres sociedades fueron las primeras —tanto en una escala de tiempo absoluta como en relación con las historias de su propio desarrollo— en desarrollar grandes corporaciones jerárquicas, modernas y conducidas en forma profesional. Por el contrario, las economías de sociedades de nivel de confianza relativamente bajo, como Taiwan, Hong Kong, Francia e Italia, han sido pobladas, de modo tradicional, por negocios familiares. En esos países, la renuencia de sus habitantes a confiar en quienes no forman parte de la familia ha retrasado y, en algunos casos, evitado el surgimiento de corporaciones modernas, manejadas en forma profesional.

Si una sociedad familística, de bajo nivel de confianza, quiere tener empresas que operen en gran escala, es necesario que intervenga el Estado para ayudar a crearlas, mediante subsidios, conducción o, directamente, como propietario. El resultado será una distribución de las empresas en forma de "silla de montar", con una gran cantidad de empresas familiares relativamente pequeñas en el "arzón trasero", una pequeña cantidad de grandes corporaciones estatales en la "perilla frontal" de la silla y casi nada en el medio de los dos extremos. La participación estatal ha permitido a países como Francia desarrollar sectores industriales con empresas de producción en gran escala e intensivo movimiento de capitales, pero con un aspecto negativo: las empresas estatales son, de modo inevitable, menos eficientes y peor manejadas que las dirigidas por el sector privado.

El predominio de la confianza no sólo facilita el crecimiento de grandes organizaciones. Si los modelos con numerosos niveles jerárquicos son capaces de evolucionar hacia redes de empresas más pequeñas, a través de la moderna tecnología de información, también aquí la confianza contribuye a concretar esa transición. A medida que se vayan modificando la tecnología y los mercados, las sociedades que disponen de un importante capital social serán mucho más capaces de adoptar nuevas formas organizativas que aquellas en las que este capital sea reducido. Y lo harán mucho más rápido. Se puede afirmar que, al menos en una etapa temprana de desarrollo económico, no acarrea graves problemas que una sociedad no cuente con empresas de gran tamaño. A pesar de que, en una sociedad, la falta de confianza puede alentar la formación de pequeñas empresas e impone un impuesto sobre la actividad económica, estas deficiencias pueden ser compensadas por las ventajas que a menudo presentan las pequeñas empresas frente a las grandes corporaciones. Son más fáciles de crear, son más flexibles y se adecuan con mayor rapidez a los mercados cambiantes que las grandes corporaciones. En la práctica, países que en general tienen básicamente empresas pequeñas —por ejemplo, Italia dentro de la Comunidad Europea, o Taiwan y Hong Kong en Asia— han crecido en forma más rápida, en los últimos años, que sus vecinos con grandes organizaciones comerciales.

Pero el tamaño de una empresa sí afecta a los sectores de la economía global en los que una nación puede participar y, a la larga, puede afectar su competitividad general. Las pequeñas empresas están relacionadas con la producción de bienes que requieren, comparativamente, mucha mano de obra y que están destinados a mercados que cambian con gran rapidez, como, por ejemplo, vestimenta, textiles, plásticos, componentes electrónicos y muebles. Las grandes empresas, en cambio, son necesarias para manejar procesos de producción complejos que requieren grandes sumas de capital, como la industria aeroespacial, la de semiconductores y la del automóvil. También son ellas las que crean las estructuras de marketing que están detrás de los nombres de productos más famosos; no es casual que las marcas mundialmente más conocidas —Kodak, Ford, Siemens, AEG, Mitsubishi, Hitachi— provengan de países que también se caracterizan por contar con grandes organizaciones. Resulta muchísimo más difícil recordar el nombre de alguna marca surgida de las empresas chinas de pequeña escala.

En la teoría clásica del mercado liberal, la división internacional del trabajo está determinada por las ventajas comparativas, medidas, en general, por la capacidad relativa de cada nación en lo que se refiere a capital, mano de obra y recursos naturales. Una de las afirmaciones que se presentan en este libro es que el capital social debe ser considerado como parte integral de los recursos naturales con que cuenta una nación. Las implicancias que conllevan diferentes niveles de capital social con que cuentan los países son potencialmente enormes en su relación con la división internacional del trabajo. Siguiendo esta línea de pensamiento, se podría afirmar, por ejemplo, que por los contenidos del confucianismo, religión que practican la mayoría de los chinos, su país nunca será capaz de alcanzar el desarrollo logrado por Japón y seguirá participando sólo en sectores económicos por entero distintos.

En qué medida la incapacidad de crear grandes organizaciones afectará, en el futuro, el crecimiento económico dependerá de factores hoy imposibles de conocer, como, por ejemplo, el rumbo que tomarán la tecnología y los mercados. Pero, en determinadas circunstancias, dicha incapacidad podrá resultar significativa y llegar a perjudicar el potencial de crecimiento, en el largo plazo, de países como China e Italia.

Asimismo, una fuerte tendencia a la sociabilidad espontánea puede provocar el logro de otros beneficios, algunos de los cuales no son económicos. Una sociedad con alto nivel de confianza puede estructurar sus organizaciones sobre la base de modelos que incluyan mayor flexibilidad y orientación hacia el trabajo en equipo y posean criterios de mayor delegación de responsabilidad hacia los niveles más bajos de la organización. Por el contrario, las sociedades con bajo nivel de confianza entre sus miembros tienen que limitar la acción y aislar a sus trabajadores, mediante una serie de reglas burocráticas. Por lo general, los trabajadores encuentran que su lugar de trabajo resulta más atractivo si en él son tratados como adultos y si se confía plenamente en sus aportes positivos, en lugar de ser considerados como un minúsculo diente dentro de un inmenso engranaje industrial diseñado por otros. El sistema de producción de Toyota, que es la sistematización de un lugar de trabajo organizado de modo comunitario, también ha conducido a lograr enormes mejoras en la productividad, lo que indica que comunidad y eficiencia son perfectamente compatibles. La lección que nos brinda este hecho es que el capitalismo moderno, dominado por la tecnología, no impone una única forma de organización industrial que todo el mundo debe seguir en forma ineludible. Los directivos empresarios disponen de la cuota de poder suficiente como para, al organizar sus negocios, tomar en consideración el "aspecto social" de la personalidad humana. No existe ninguna contradicción entre comunidad y eficiencia. Quienes presten atención a los aspectos comunitarios dentro de las organizaciones serán quienes alcancen los mayores niveles de eficiencia.

CAPÍTULO 4

El lenguaje del bien y del mal

El capital social, crisol de la confianza y aspecto fundamental de la salud de una economía, se basa en raíces culturales. A primera vista, parece casi paradójico que la cultura de una sociedad pueda relacionarse con su eficiencia económica, dado que dicha cultura no se basa en la razón ni en su esencia ni en la forma en que es transmitida. Ante el intento de someterlo a un análisis erudito, esto puede resultar muy ambiguo. A los economistas, que suelen considerarse los científicos sociales más obstinados, por lo general les desagrada ocuparse del concepto de cultura, dado que ésta no puede encuadrarse en una definición simple y, por lo tanto, no puede servir como base para definir un modelo claro de comportamiento humano, como, por caso, describir al ser humano como "individuo racional que procura alcanzar el máximo de utilidad". En un libro de texto sobre antropología, de uso generalizado, su autor ofrece no menos de once definiciones del término "cultura".[1] Otro autor analizó ciento sesenta definiciones de cultura, utilizadas por antropólogos, sociólogos, psicólogos y otros estudiosos.[2] Los antropólogos culturales insisten en que casi no existen aspectos culturales que sean comunes a todas las sociedades humanas.[3] Por lo tanto, no es posible sistematizar los factores culturales y encuadrarlos en leyes universales. Sólo pueden interpretarse a través de lo que Clifford Geertz denomina "*thick description*", una técnica etnográfica que toma en cuenta la diversidad y complejidad de cada cultura individual. Según el punto de vista de muchos economistas, la cultura se convierte en una caja de sorpresas que guarda las categorías residuales utilizadas para explicar todo aquello que no puede ser explicado por las teorías generales del comportamiento humano. La cultura, sin embargo, puede tener su propia racionalidad adaptativa, aun cuando ello no resulte evidente a primera vista. Pero, antes que nada, creo conveniente definir cómo utilizaré yo, en este libro, el concepto de cultura.

Los antropólogos y sociólogos culturales diferencian entre "cultura" y lo que ellos denominan "estructura social". En este encuadre, la cultura se limita a significados, símbolos, valores e ideas, abarcando también fenómenos como religión e ideología. Según la definición que el mismo Geertz hiciera de la cultura, ésta es "un esquema de significados corporizados en símbolos, transmitidos históricamente, un sistema de conceptos heredados, expresado en forma simbólica, mediante el cual los seres humanos comunican, perpetúan y desarrollan su conocimiento sobre la vida y sus actitudes frente a ésta".[4] Una estructura social, en cambio, se refiere a organizaciones sociales concretas, como la familia, el clan, el sistema legal o la nación. Como ejemplos de estas afirmaciones, las doctrinas confucianas sobre la relación entre padres e hijos varones tienen que ver con la cultura; en cambio, el modelo de familia china patrilineal[*] es una estructura social.

En este libro no utilizaré esas diferenciaciones entre cultura y estructura social porque a menudo resulta difícil distinguir entre una y otra; los valores y las ideas dan forma a relaciones sociales concretas y viceversa. Por ejemplo, la familia china tradicional tiene una estructura patrilineal, en gran medida porque la ideología confuciana otorga preferencia a los hombres y enseña a los niños a honrar a sus padres (varones). A su vez, esa ideología confuciana parece razonable a todos los que se han criado en familias chinas.

La definición que yo usaré abreva tanto en la estructura cultural como en la social, estrictamente definida, y se acerca al significado que, en general, se da al término "cultura": cultura es un hábito distintivo o etopeya heredada. Una etopeya puede consistir en una idea o valor, como el concepto que sostiene que el cerdo es impuro o que las vacas son sagradas, o puede referirse a una relación social, como la costumbre existente en la sociedad tradicional japonesa, por la cual el hijo mayor hereda la totalidad de los bienes paternos.

Quizá la cultura pueda ser entendida más fácilmente en términos de lo que no es. No es una elección racional, como la utilizada por los economistas en su definición del ser humano como un maximizador utilitario racional. Por "elección racional" entiendo aquí, en primer lugar, el medio racional y no el fin racional, es decir, la consideración de caminos alternativos para lograr un fin determinado, y la elección del camino óptimo sobre la base de la información de que se dispone. Las elecciones

---

(*) El autor utiliza este término para definir la tradición en la cual todo lo relativo a linaje, herencia de bienes, apellido, etc., se transmite a través de los varones de la familia, es decir, que pasa de padres a hijos varones. (N. de la T.)

influidas por la cultura surgen a partir del hábito. Un chino come con palillos no porque ha comparado los palillos con los cubiertos occidentales y comprobó que los primeros son más adecuados para manipular la comida china, sino simplemente porque son los elementos que habitualmente usan todos los chinos. La veneración del pueblo hindú por las vacas, que protege a una población bovina improductiva que equivale al cincuenta por ciento de la población humana de la India, no constituye una elección racional. Más allá de todo esto, los hindúes siguen adorando a las vacas.[5]

Los hábitos más importantes que conforman las culturas tienen menos que ver con cómo uno come su comida o peina su cabello, que con códigos etopéyicos heredados, mediante los cuales las sociedades regulan su comportamiento, o lo que el filósofo Nietzsche llamó el "lenguaje del bien y del mal" de un pueblo. A pesar de su diversidad, todas las culturas buscan limitar, de una u otra forma, el crudo egoísmo de la naturaleza humana, estableciendo reglas morales no escritas. Aun cuando se podría afirmar que un código ético está constituido por opciones racionales, cuidadosamente consideradas y establecidas comparando el código ético propio contra las alternativas disponibles, esto no es lo que ocurre en la gran mayoría de los pueblos. Por el contrario, los individuos que los integran son educados —en la vida familiar, en el contacto con amigos y vecinos o en la escuela— para seguir las reglas morales de su sociedad simplemente por hábito.

En los Estados Unidos, una publicidad televisiva de un autómovil muestra a una jovencita sentada en un aula escolar donde reina un clima opresivo, mientras una severa maestra repite, con voz monótona, una y otra vez la necesidad de "no salirse de las líneas". La escena se corta y se pasa a otra, donde aparece la misma niña, convertida en una joven —la escena ahora está filmada en color, en lugar del blanco y negro utilizado en la anterior—, conduciendo su propio automóvil con la capota descorrida y con el viento agitando su cabello. No sólo se sale de las líneas demarcatorias de la ruta, sino que es la imagen viva de la felicidad y la alegría al abandonar la ruta y cruzar con su automóvil a través del campo. A pesar de que los autores de la publicidad no incluyeron ese detalle, el automóvil podría haber mostrado un adhesivo que dijera "Cuestione la Autoridad". Si esa misma publicidad se hubiera producido en Asia, acaso mostraría a una maestra comprensiva que enseña a la niña cómo mantenerse "dentro de las líneas". Después de paciente práctica, la niña haría exactamente eso, con máxima precisión. Sólo después sería premiada con un nuevo automóvil, en cuyo autoadhesivo se podría leer "Respete la autoridad". En ambos casos, las lecciones morales son transmitidas no en forma racional sino a través de imágenes, hábitos y opiniones sociales.

La estrecha relación entre virtud moral y hábito es evidente en el concepto de carácter. Intelectualmente es muy fácil saber qué es lo correcto, pero sólo los individuos con "carácter" son capaces de realizarlo en circunstancias difíciles o desafiantes. Aristóteles explica que, a diferencia de la virtud intelectual, la "virtud ética (*ethike*) es, en su mayor parte, producto del hábito (*ethos*) y ha tomado su nombre, con una ligera variación de forma, de esta última palabra". Sigue explicando que "nuestros hábitos morales se forman como consecuencia de lo que suele enseñarnos nuestro entorno. Por lo tanto, no es de poca relevancia si, desde nuestra infancia, hemos sido formados en una serie de hábitos o en otra; por el contrario, esto es de fundamental, casi suprema, importancia".[6]

Las religiones o los sistemas éticos tradicionales (por ejemplo, el confucianismo) constituyen las principales fuentes institucionalizadas del comportamiento determinado culturalmente. Los sistemas éticos crean comunidades morales porque su lenguaje común, en cuanto al bien y al mal, ofrece a sus miembros una vida moral común. En cierta medida, toda comunidad moral, independientemente de las reglas éticas específicas involucradas, genera un cierto grado de confianza entre sus miembros. Determinados códigos éticos tienden a promover un radio más amplio de confianza que otros, poniendo énfasis en los imperativos de la honestidad, la caridad y la benevolencia hacia la comunidad en general. Éste, afirma Weber, fue uno de los resultados clave de la doctrina puritana de gracia, que impulsó pautas de comportamiento confiable más elevadas en áreas situadas más allá de la familia. La confianza, que según dicho autor, fue crítica para la vida económica surgió históricamente más a partir de hábitos religiosos que de un cálculo racional.

Identificar la cultura con el hábito, en lugar de hacerlo con la elección racional, no quiere decir que las culturas sean irracionales. Simplemente prescinden de la razón cuando de tomar decisiones se trata. Puede darse el caso de que ciertas culturas estén imbuidas de un alto grado de racionalidad. Por ejemplo, el uso de la cortesía y de las expresiones honoríficas en un discurso sirve para transmitir información útil sobre el nivel social del interlocutor. De hecho, probablemente no nos sería posible vivir día a día sin esa parte no razonada de la cultura que se refleja en nuestras acciones habituales. Nadie tiene el tiempo o la vocación de tomar, en forma permanente, decisiones racionales con respecto a la gran mayoría de las opciones con que nos enfrentamos en la vida cotidiana, como, por ejemplo, si irnos o no de un restaurante sin pagar la cuenta, si ser corteses o no con un extraño o si abrir o no la carta del vecino que por error cayó en nuestro buzón, para ver si contiene dinero. La mayoría de la gente simplemente está habituada a un determinado nivel mínimo de honestidad. Reunir la información necesaria sobre una situación particular y evaluar las posibles alternativas es, en sí mismo, un proceso costoso que insume tiempo y que puede ser simplificado gracias al hábito y la costumbre.[7] Como señaló el ya desaparecido Aaron Wildavsky, esto vale incluso para decisiones políticas en apariencia sofisticadas, tomadas por personas educadas en sociedades de avanzada. El ser humano va tomando ciertas actitudes frente al riesgo —por ejemplo, ¿qué es más peligroso: el poder nuclear o el contacto con individuos que sufren de sida?— no a partir de un análisis racional del riesgo real involucrado en cada caso, sino sobre la base de su orientación personal, por ejemplo, liberal o conservadora.[8]

Los economistas modernos tienden a identificar los objetivos racionales con la maximización de la utilidad; por maximización de la utilidad se entiende, en general, el máximo bienestar posible del consumidor. De acuerdo con esta definición, muchas culturas tradicionales (incluyendo la cultura tradicional occidental) serían arracionales en lo que se refiere a sus fines, dado que, en la escala de valores de dichas culturas, el bienestar económico se ubica por debajo de otros fines. Un budista devoto, por ejemplo, cree que la finalidad de la vida no es la acumulación de posesiones materiales sino precisamente lo opuesto, es decir, la aniquilación del deseo de posesión y la disolución de la personalidad individual en un "todo" universal. Creer que sólo los objetivos económicos, en su sentido más limitado, pueden ser considerados racionales, es un acto de terrible arrogancia intelectual.

Muchos occidentales tienden a calificar de irracionales a las culturas no occidentales. Por ejemplo, muchas voces tildaron de irracional a la revolución iraní de 1978, cuando el país rompió sus lazos con Occidente y se embarcó en un programa de expansión cuya motivación fundamental era religiosa. Sin embargo, si se analizan los hechos con detenimiento, Irán tuvo, durante ese período, un comportamiento que era tanto racional como maximizador, por la forma en que calculó los medios para lograr sus objetivos. Lo que aparecía como irracional ante los ojos de los occidentales fue el hecho de que muchos de sus objetivos finales no fueran económicos, sino religiosos.

Por otra parte, es perfectamente posible que tradiciones culturales que no se basan en un razonamiento material, practicadas como hábito y con el fin de alcanzar la gloria en otro mundo, puedan, sin embargo, impulsar una maximización utilitaria desde un punto de vista netamente materialista. Éste fue el planteo central de Max Weber en *The Protestant Ethic and the Spirit of Capitalism* (La ética protestante y el espíritu del capitalismo), mediante el cual el autor demuestra que los primeros protestantes, buscando glorificar sólo a Dios y renunciando a la adquisición de bienes materiales como un fin en sí mismo, desarrollaron determinadas virtudes, como la honestidad y la austeridad, que resultaron de suma utilidad para la acumulación de capital.[9] Uno de los argumentos centrales de este libro es similar al planteado por Weber: existen hábitos etopéyicos, como la capacidad de asociarse espontáneamente, que son cruciales para la innovación organizacional y, por lo tanto, para la creación de la riqueza. Diferentes tipos de hábitos etopéyicos generan formas alternativas de organización económica y conducen a una amplia variación en las estructuras económicas. En otras palabras, los mayores maximizadores de utilidad no siempre tienen por qué ser los más racionales. Quienes practican determinados tipos de virtudes morales y sociales tradicionales, sin regirse sólo por el frío raciocinio y apuntando con frecuencia a objetivos absolutamente no económicos, quizá no se hallen en una posición tan desventajosa ni estén tan confundidos como nos quieren hacer creer los economistas modernos.

Definir la cultura como un hábito ético o moral puede dificultar la medición de las variables culturales. Entre las herramientas más comunes utilizadas por los sociólogos se cuentan las encuestas de opinión, en las cuales se le pide a una porción representativa de una población determinada que responda a una serie de preguntas que, supuestamente, revelarán información sobre valores subyacentes. Uno de los problemas de este enfoque —aparte de los metodológicos, como, por ejemplo, lo adecuado del tamaño de la muestra, o la tendencia que suelen tener quienes contestan, en cuanto a decir a los entrevistadores lo que creen que estos últimos quieren escuchar— es que confunde opiniones con hábitos. Por ejemplo, numerosas encuestas indican que los estadounidenses ubicados en niveles de pobreza, que cobran subsidio por desempleo, tienen, frente al trabajo, el ahorro y la dependencia, actitudes similares a las de la gente de clase media.[10] Pero sostener la opinión de que es importante trabajar mucho, es muy diferente de poseer una ética laboral, es decir, estar habituado a levantarse temprano para concurrir a un trabajo aburrido o desagradable y postergar el consumo para obtener un bienestar a largo plazo. Sin duda, quienes cobran subsidio por desempleo quisieran salir de esa situación, pero los datos empíricos no muestran con claridad si esos individuos tienen los hábitos necesarios para lograrlo. Gran parte del debate sobre el tema de la pobreza en los Estados Unidos, durante la última generación, giró alrededor de la siguiente pregunta: ¿la subclase urbana baja y muy baja estadounidense es pobre porque carece de oportunidades económicas, o existe lo que podría llamarse la "cultura de la pobreza" —hábitos sociales disfuncionales, como embarazo adolescente y drogadicción— que persistiría aun en el caso de que existieran las oportunidades económicas?[11]

Si definimos cultura como hábito y, en particular, como hábito ético, la línea que separa una elección racional de un comportamiento determinado por la cultura no siempre resulta clara. Lo que en un principio es una elección racional puede convertirse, con el tiempo, en un hábito cultural. Por ejemplo, en general es más sensato definir la preferencia de los Estados Unidos y de sus habitantes por la democracia y el mercado libre como una ideología y no como una cultura. Muchos estadounidenses pueden explicar razonablemente bien por qué la democracia es preferible a la tiranía o por qué el sector privado hace las cosas mejor que el Estado, ya sea sobre la base de sus propias experiencias o de las características de las ideologías económicas y políticas que les van inculcando como parte de su crianza y educación general.

Por otro lado, no cabe ninguna duda de que muchos estadounidenses adoptan esas actitudes sin pensar mucho en ellas y las transmiten a sus hijos, por decirlo así, a partir del primer biberón. Mientras que en sus orígenes los habitantes de los Estados Unidos eran sumamente recatados y racionales, las posteriores generaciones de estadounidenses aceptaron los principios que postularon los fundadores del país, no porque los hubieran analizado con la misma conciencia y profundidad con que lo hicieron los Padres Fundadores, sino porque ya constituían una tradición. De allí que, muchas veces, cuando la gente describe a los Estados Unidos como un país que tiene una cultura "democrática" o de "libre mercado", quiere significar que los estadounidenses se inclinan a desconfiar del gobierno y de la autoridad en general, que valoran el individualismo y que poseen una desenvoltura y seguridad generadas por la igualdad. Todos estos rasgos del carácter nacional fueron descriptos con clara percepción por Tocqueville, en su libro *Democracy in America*. Los estadounidenses se comportan de esta manera sin pensar por qué lo hacen o si existen alternativas mejores de ver o hacer las cosas. Es por eso que tienen una ideología democrática y actúan a partir de motivaciones ideológicas; pero también tienen una cultura igualitaria que se ha desarrollado a partir de esa ideología (en combinación con otros factores) a través del tiempo.

A menudo, sucede que lo que comienza como un hecho político termina convirtiéndose en un atributo cultural. Por ejemplo, en los siglos XVI y XVII Inglaterra y Francia experimentaron una serie de guerras entre sus respectivas monarquías y la nobleza, las ciudades independientes y las autoridades eclesiásticas, entre las cuales se hallaba dividida la soberanía en aquellos tiempos. En Inglaterra, la monarquía perdió la lucha y se vio obligada a aceptar una cantidad de limitaciones constitucionales a su poder que, con el tiempo, se convirtieron en los fundamentos de la democracia parlamentaria moderna. En Francia, en cambio, ganó la monarquía e inició un largo proceso de centralización de la autoridad alrededor del poder absoluto del Estado. No conozco ninguna razón histórica profunda por la cual la monarquía perdió en Inglaterra y ganó en Francia. Incluso sería fácil imaginarse un resultado inverso.[12] Pero el hecho de que las cosas hayan sucedido como sucedieron tuvo consecuencias posteriores profundas para la cultura política de ambos países. En Francia, la centralización de la autoridad política socavó la autonomía de la asociación voluntaria e hizo que los franceses dependieran, en generaciones futuras, de una autoridad centralizada, ya fuese ésta monárquica o republicana. En Inglaterra, por el contrario, la sociedad se autoorganizó mucho más porque la gente no dependía de una autoridad centralizada para fallar y dirimir sus diferencias, una costumbre que fue trasladada por los colonos ingleses al Nuevo Mundo.[13]

Para complicar aún más las cosas, hay momentos en que, en apariencia, las decisiones políticas tienen raíces culturales. La proclividad francesa hacia la centralización política que comenzó como un hecho político, pero luego se convirtió en un atributo cultural, influyó sobre subsiguientes decisiones políticas. Es así como la adopción de la constitución hiperpresidencial y centralizada de la Quinta República del general de Gaulle, en 1958, fue un acto político en respuesta a la crisis de Argelia, pero también se adaptó, en gran medida, a las tradiciones político-culturales francesas. Fue una solución típicamente francesa frente al problema del desorden político de la Cuarta República, una solución que tuvo muchos precedentes en la historia francesa.

Dado que la cultura es cuestión de hábitos característicos y distintivos, cambia muy lentamente... mucho más lentamente que las ideas. Cuando, entre 1989 y 1990, se produjo la caída del Muro de Berlín y se derrumbó el comunismo, la ideología imperante en Europa oriental y en la Unión Soviética cambió de la noche a la mañana del marxismo-leninismo al sistema democrático y a la economía de mercado. En forma similar, en algunos países de América latina las ideas estatistas o nacionalistas, como, por ejemplo, la sustitución de importaciones, fueron dejadas de lado en menos de una década, al asumir el poder un nuevo presidente o ministro de economía con ideas renovadoras. Lo que no puede cambiar, ni de lejos, con la misma rapidez es la cultura. La experiencia de muchas sociedades que fueron comunistas es que el comunismo creó una cantidad de hábitos —como la dependencia excesiva del Estado, que condujo a la ausencia de vocación y fuerza empresarial, la incapacidad de compromiso y el rechazo a la cooperación voluntaria en grupos como empresas o partidos políticos— que han atrasado de manera muy marcada la consolidación tanto de la democracia como de la economía de mercado. Los integrantes de esas sociedades podrán haber dado su consentimiento intelectual para que el comunismo sea sustituido por la democracia y el capitalismo, votando por los reformadores "democráticos", pero no poseen los hábitos sociales necesarios para que estos sistemas funcionen.

Por otra parte, la gente suele asumir, en forma errónea, lo opuesto, es decir, que la cultura es incapaz de cambiar y no puede ser influenciada por hechos políticos. Sin embargo, permanentemente vemos pruebas de cambios culturales a nuestro alrededor. El catolicismo, por ejemplo, ha sido tildado a menudo de hostil tanto hacia el capitalismo como hacia la democracia. En su libro *Protestant Ethic* (Ética protestante) Weber afirma que la Reforma fue, en cierto sentido, una condición previa necesaria para que se produjera la revolución industrial. Aun después de ocurrida esta última, la Iglesia Católica a menudo criticó el mundo económico construido por el capitalismo, y los países católicos, como grupo, se industrializaron mucho más tarde que los países protestantes.[14] En las luchas entre dictadura y democracia ocurridas durante la primera mitad del siglo XX, como, por ejemplo, la Guerra Civil Española, el trono y el altar estaban estrechamente unidos.

Sin embargo, hacia el final de la segunda mitad del siglo XX, se produjo una gran transformación en la cultura católica. En sus pronunciamientos oficiales, la Iglesia se reconcilió con la democracia y, en cierta medida, con el capitalismo moderno.[15] La gran mayoría de las nuevas democracias que surgieron entre 1974 y 1989 fueron sociedades católicas y en muchas de ellas la Iglesia Católica desempeñó un papel clave en la lucha contra el autoritarismo.[16] Además, durante varios períodos, en las décadas de los 60, 70 y 80, países católicos como España, Portugal, Italia, Chile y Argentina crecieron más rápidamente que otros, de religión protestante, como Gran Bretaña o los Estados Unidos. La reconciliación entre la cultura católica y la democracia o el capitalismo está muy lejos de haberse completado. Sin embargo, hubo una "protestantización" de la cultura católica que hace que la diferencia entre las sociedades católicas y las protestantes sea mucho menos pronunciada hoy en día que en tiempos pasados.[17]

No cabe duda de que los seres humanos son, como dicen los economistas, básicamente egoístas y que persiguen sus intereses personales en forma racional. Pero también poseen un aspecto moral, que hace que sientan obligaciones para con los demás, un aspecto que muchas veces se opone a sus instintos egoístas.[18] Tal como ya lo sugiere la palabra "cultura", las reglas éticas más desarrolladas que guían la vida del individuo son alimentadas por la repetición, la tradición y el ejemplo. Estas reglas pueden reflejar una racionalidad adaptativa más profunda. Pueden servir a fines económicos racionales. Y, en el caso de algunos pocos individuos, pueden ser el producto de un consenso racional. Pero son transmitidas de generación en generación como hábitos sociales no razonados. Estos hábitos, a su vez, aseguran que el ser humano nunca se comporte como el ente puramente egoísta, que maximiza la utilidad personal, postulado por los economistas.

CAPÍTULO 5

Las virtudes sociales

E stá de moda no emitir juicios de valor al comparar culturas diferentes pero, desde un punto de vista económico, algunos hábitos distintivos constituyen, sin duda alguna, virtudes, mientras que otros pueden ser considerados como vicios. No todos los hábitos culturales que constituyen virtudes contribuyen a la formación del capital social. Algunas pueden ser mostradas por individuos que actúan por sí mismos mientras que otras —en particular la confianza recíproca— sólo emergen en un contexto social. Las virtudes sociales, incluyendo la honestidad, la confiabilidad, la colaboración y el sentido del deber para con el prójimo, son de importancia crítica para generar las virtudes individuales, y sin embargo se les ha prestado una atención considerablemente menor en discusiones sobre este tema. Ésta es una de las razones fundamentales por las cuales aquí voy a hacer hincapié en ellas.

La literatura existente sobre el impacto de la cultura en la vida económica es voluminosa, pero en su mayor parte gira, de manera preponderante, en torno de una única obra, *The Protestant Ethic and the Spirit of Capitalism,* de Max Weber, publicada en 1905. Weber puso a Karl Marx patas para arriba al afirmar que no son las fuerzas económicas subyacentes las que crean un producto cultural, como la religión y las ideologías, sino que es la cultura la que produce determinadas formas de comportamiento económico. El capitalismo no emergió en Europa cuando naturalmente las condiciones tecnológicas le fueron propicias; hubo un "espíritu", una determinada condición del alma, que permitió que se produjera la transformación tecnológica. Ese espíritu era el producto del protestantismo puritano o fundamentalista, con su entronización de las actividades mundanas y su énfasis en la posibilidad de la salvación eterna individual, sin intervención mediadora de jerarquías tradicionales, como sucede en la Iglesia Católica.[1]

Hasta el día de hoy, la obra de Weber sigue engendrando controversias entre el sector de quienes dan por sentada la verdad básica de sus hipótesis y quienes discuten casi todas las afirmaciones contenidas en su libro.[2] Existen muchas anomalías empíricas en la correlación entre el protestantismo y el capitalismo, como, por ejemplo, el vigoroso desarrollo comercial de las ciudades-estado del norte italiano durante los siglos XIV y XV, o la incapacidad de los sudafricanos calvinistas de desarrollar una próspera cultura capitalista antes de los últimos veinticinco años del siglo XX.[3]

Por otra parte, la correlación entre el protestantismo y el capitalismo es lo bastante fuerte como para que sean pocos los que están dispuestos a aseverar que no existe relación causal alguna entre esos dos temas.[4] Además, resulta claro que, en el nivel de doctrina, el catolicismo mantuvo, hasta las últimas décadas del siglo XX, una mayor hostilidad hacia el capitalismo moderno que las principales Iglesias protestantes.[5] Ante esta realidad, muchos son los intelectuales que asumen una posición intermedia. Admiten que Weber pudo haber estado desacertado en lo que respecta a las formas específicas de la relación causal entre capitalismo y protestantismo, y que se había equivocado en varios hechos empíricos. Pero, de acuerdo con una teoría contemporánea, a pesar de que no hubo nada inherente al catolicismo que limitara la modernización económica, como afirmaba Weber, la contrarreforma provocada por el protestantismo surtió un efecto asfixiante que cohibió la posibilidad de innovación en aquellos países en los cuales había triunfado.[6]

Muchos de los trabajos empíricos sobre casos ocurridos desde que Weber escribió su libro han tendido a confirmar, en líneas generales, su hipótesis. Quizá los resultados más curiosos provengan de América latina, donde algunos protestantes norteamericanos han llevado a cabo una amplia tarea de evangelización durante las últimas dos o tres generaciones. Muchos países latinoamericanos, tradicionalmente católicos, ahora tienen una importante población protestante que constituye una especie de laboratorio para medir las consecuencias de un cambio cultural. El protestantismo exportado desde los Estados Unidos hacia América latina pertenecía, fundamentalmente, a la iglesia pentecostal, sobre la cual el sociólogo David Martin afirma que constituye la tercera gran ola de renovación fundamentalista (las otras dos fueron el puritanismo original de la Reforma y la renovación metodista de los siglos XVIII y XIX). Se estima que, en la actualidad, el veinte por ciento de la población de Brasil es protestante, porcentaje del cual más de doce millones son evangélicos. La población protestante de Chile se calcula entre un quince y un veinte por ciento del total de los habitantes; en

Guatemala, esa proporción asciende al treinta por ciento, y una quinta parte de la población nicaragüense ha sido convertida al protestantismo.[7] La mayoría de los trabajos sociológicos empíricos que se han realizado sobre este tema, incluyendo el estudio abarcador del mismo Martin, tienden a confirmar la hipótesis de Weber. Es decir, que la conversión protestante en América latina estuvo acompañada por una significativa mejora de la higiene, una mayor tendencia hacia el ahorro, mejores logros en educación y, por último, un incremento del ingreso per cápita.[8]

El término "ética del trabajo", ya sea protestante o de otra índole, es, en realidad, un término inapropiado para denominar toda esa serie de rasgos personales interrelacionados que por lo general abarca este rubro en la literatura post-weberiana. Si por "ética del trabajo" entendemos la tendencia general de la población trabajadora a levantarse temprano y dedicarse durante largas horas a tareas física o mentalmente agotadoras, hay que admitir que la ética del trabajo, por sí sola, difícilmente haya sido suficiente para crear el mundo capitalista moderno.[9] El campesino típico de la China del siglo XV, acaso trabajaba más y durante más horas que el operario de hoy en día en la línea de armado de automóviles en Detroit o Nagoya.[10] Pero la productividad de ese campesino era sólo una fracción infinitesimal de la del obrero moderno, porque la riqueza de hoy en día se basa en el capital humano (conocimiento y capacitación), en la tecnología, en la innovación, la organización y una cantidad de otros factores relacionados más con la calidad que simplemente con la cantidad de trabajo utilizado para producirla.[11]

El espíritu capitalista al que hace referencia Weber en su obra, por lo tanto, no sólo se relaciona con la ética del trabajo definida en forma limitada, sino también con otras virtudes afines como la austeridad, un enfoque racional de la resolución de problemas y una preocupación por el aquí y ahora que hace que el individuo se incline a controlar su entorno mediante la innovación y el trabajo. Estas características son más aplicables al empresario y propietario del capital, que a los obreros que éstos contratan.

Sin embargo, como conjunto de cualidades inherentes al empresario, la expresión "espíritu del capitalismo" tiene un significado concreto, en especial para aquellas sociedades que se encuentran en sus primeras etapas de desarrollo económico. Quienes comprenden muy bien este significado son los economistas desarrollistas que han pasado algún tiempo analizando el comportamiento de las sociedades preindustriales. Frente a la ausencia de mentalidades "modernas", hasta el plan de estabilización teóricamente más correcto del Fondo Monetario Internacional tendrá poco efecto.[12] En muchas sociedades preindustriales, nada asegura que un hombre de negocios concurra con puntualidad a una reunión, que las ganancias no serán retiradas de la empresa y gastadas por familiares y amigos en lugar de ser reinvertidas, o que los fondos estatales destinados al desarrollo de la infraestructura del país no irán a parar a los bolsillos de los funcionarios encargados de su distribución.

La capacidad de trabajar con empeño, la austeridad, la racionalidad, el espíritu innovador y la disposición para correr riesgos son todas virtudes empresariales propias del individuo y podrían ser puestas en práctica hasta por Robinson Crusoe en su proverbial isla desierta. Pero existen también una serie de virtudes sociales, como la honestidad, la confiabilidad, la cooperación y el sentido de responsabilidad para con los demás, que son de naturaleza esencialmente social. Si bien *The Protestant Ethic* se concentra en las primeras, Weber discute las virtudes sociales en un ensayo separado y mucho menos difundido, titulado *The Protestant Sects and the Spirit of Capitalism*.[13] En este trabajo, dicho autor afirma que otro efecto importante del protestantismo —o, de modo más preciso, del protestantismo sectario que existe en algunas regiones de Inglaterra y Alemania, y en todos los Estados Unidos— fue el de incrementar, en nuevas comunidades, la capacidad de cohesión de sus adherentes.

Las comunidades religiosas sectarias, como los bautistas, los metodistas y los cuáqueros, crearon pequeños grupos estrechamente unidos, cuyos miembros estaban ligados entre sí a través de un compromiso común para con valores como la honestidad y el servicio. Esta cohesión les resultó de suma utilidad en el mundo de los negocios, dado que las transacciones comerciales dependen, en gran medida, de la confianza. Al viajar a través de los Estados Unidos, Weber observó que muchos comerciantes recalcaban su pertenencia a determinada fe cristiana como credencial de su honestidad y confiabilidad. Como ejemplo, valga el siguiente caso:

> Durante un largo viaje en ferrocarril a través de una región que, en aquel entonces, era territorio indígena, el autor, sentado al lado de un viajante de letras de hierro para las lápidas funerarias, mencionó como al pasar la gran influencia que seguía ejerciendo la Iglesia en la mentalidad de la gente, a lo cual el viajante respondió: "Señor, por lo que a mí atañe, cada uno puede creer o dejar de creer lo que quiera; pero si me encuentro con un campesino o un comerciante que no pertenece a ninguna iglesia, no le fiaría ni cinco centavos. ¿Por qué habría de pagarme a mí, si no cree en nada?"[14]

Weber observó también que las pequeñas comunidades sectarias creaban una red natural a través de la cual los empresarios podían contratar a sus empleados, encontrar clientes y abrir líneas de crédito.

Precisamente porque eran miembros de una comunidad religiosa voluntaria y no de una Iglesia tradicionalmente institucionalizada, los adherentes a las sectas protestantes tenían un grado de compromiso más profundo para con sus valores religiosos y los unía un lazo más estrecho con sus correligionarios. Habían internalizado los valores morales de su secta, en lugar de guiarse por dogmas que los obligaban a observarlos.

La importancia de la forma sectaria del protestantismo y su impacto, tanto en la sociabilidad espontánea como en la vida económica, se ve ilustrada en las diferencias que se pueden notar entre Canadá y los Estados Unidos. La mayoría de los estadounidenses no serían capaces de señalar marcadas diferencias sociales entre ellos y sus vecinos del norte (sin embargo, esto no es tan así a la inversa). Pero la diferencia en lo que se refiere al espíritu social de ambos países es, en ocasiones, muy marcada. Canadá tiene dos Iglesias centralizadas (una católica y una protestante) que han recibido importante apoyo por parte del Estado y, a pesar de muchas similitudes que existen con los Estados Unidos, la sociedad canadiense siempre se ha parecido, mucho más que sus vecinos del sur, a un país europeo con una Iglesia establecida. A través de los años, muchos observadores notaron que las empresas canadienses eran menos vigorosas que las estadounidenses. Incluso Friedrich Engels, a quien se tiene como un determinista económico, afirmó, después de visitar Canadá, que allí uno "siente que está nuevamente en Europa... Aquí se ve cuán necesario es el febril espíritu especulativo de los estadounidenses para lograr un rápido desarrollo en un país nuevo".[15] Seymour Martin Lipsent observa que, según las estadísticas, existen diferencias muy específicas, en lo referente al enfoque de la vida económica, entre el canadiense angloparlante y el estadounidense, que reflejan las que existen, dentro de Canadá, entre protestantes y católicos. Los canadienses son más reacios a correr riesgos; invierten una menor parte de su capital en acciones; prefieren una educación humanística general a una educación comercial práctica; y son menos afectos que los estadounidenses a la financiación de deudas.[16] Si bien existen diferencias estructurales entre la economía estadounidense y la canadiense, que contribuyen a explicar esas diferencias, Lipset tiende a correlacionar esas tendencias económicas con la naturaleza sectaria del protestantismo que se observa en los Estados Unidos.

La sociabilidad espontánea es crítica para la vida económica porque prácticamente toda actividad económica es llevada a cabo más por grupos que por individuos. Antes de que se pueda crear la riqueza, los individuos tienen que aprender a trabajar juntos y, si se espera lograr un progreso continuado, será necesario desarrollar nuevas formas de organización. Si bien se suele asociar el crecimiento económico con el desarrollo tecnológico, es de destacar que la innovación organizativa ha desempeñado un papel de igual —si no de mayor— importancia, en este aspecto, desde los comienzos de la Revolución Industrial. Los historiadores económicos Douglass North y Robert Thomas lo han afirmado en forma tajante: "Una organización económica eficiente es la clave del crecimiento. El desarrolllo de una organización económica eficiente en Europa Occidental es lo que posibilitó el ascenso de Occidente".[17]

El desarrollo del comercio transoceánico, en el siglo XV, dependió del invento del galeón, que podía navegar más allá de las zonas costeras. Pero también tuvo que ver con la creación de las sociedades comerciales por acciones, a través de las cuales los individuos podían aunar sus recursos y compartir los riesgos que implicaba financiar los grandes viajes. A mediados del siglo XIX, la extensión del ferrocarril a través de la parte continental de los Estados Unidos exigía empresas jerárquicamente organizadas, con gerentes dispersos geográficamente. Hasta ese momento, las empresas existentes en el país eran propiedad de familias que las operaban y manejaban. Pero a una empresa familiar le resultaba imposible no sólo lograr que los trenes funcionaran a horario, sino también evitar que de pronto corrieran por el mismo riel y chocaran entre sí, como sucedió en el terrible accidente ocurrido en 1841 en una línea que corría entre Massachusetts y Nueva York.[18] A principios del siglo XX, Henry Ford posibilitó la producción en masa de automóviles, colocando el chasis sobre una cinta transportadora y subdividiendo el trabajo en pasos sencillos y repetitivos. La fabricación de una máquina complicada como lo es un automóvil ya no requería los servicios de artesanos especializados, sino que podía realizarse con obreros casi carentes de capacitación o experiencia. En los últimos años, Toyota logró ocupar un lugar destacado en el mercado automotor mundial debido, en parte, a que modificó el sistema fabril de Henry Ford y dio a sus obreros una mayor participación en la responsabilidad del manejo de la línea de producción. En la economía estadounidense, en lo que va de la década de los 90 se están produciendo cambios masivos, aplicando técnicas de redimensionamiento y reestructuración. Las empresas están descubriendo que pueden producir los mismos bienes con menos personal, no tanto mediante un cambio en aspectos tecnológicos, sino procurando que sus empleados trabajen en equipo.

En contraste con la forma en que han sido tratadas en la literatura la ética del trabajo y las virtudes individuales que se asocian con ella, se ha estudiado de manera mucho menos sistemática el impacto que tienen sobre la vida económica las virtudes sociales que estimulan y alientan la sociabilidad espontánea y la innovación organizativa.[19] Se puede argumentar que las virtudes sociales constituyen un requisito previo para el desarrollo de virtudes individuales como la ética del trabajo, dado que estas últimas pueden ser cultivadas idealmente en el contexto de grupos fuertes —familias, escuelas, lugares de trabajo— que son fomentados en sociedades con un alto grado de solidaridad social.

La mayoría de los economistas ha supuesto que la formación de un grupo no depende de los hábitos característicos o distintivos de un conjunto humano, sino que surge en forma natural a partir de instituciones legales como derechos de propiedad y las leyes contractuales. Para ver si esto es verdad, es necesario comparar la propensión a la sociabilidad espontánea en distintos grupos culturales, manteniendo constantes, dentro de lo posible, las instituciones económicas y las condiciones del entorno.

CAPÍTULO 6

El arte de la asociación en el mundo

L a estructura industrial con que cuentan los países suele ser una interesante vidriera para observar una parte de la cultura de un país. Las sociedades en las que existen familias con lazos de unión muy fuertes, pero con interrelaciones muy débiles entre los individuos no emparentados entre sí, están estructuradas con empresas pequeñas, que son propiedad de una familia y están manejadas en forma exclusiva por los miembros de ésta. Por el contrario, en los países que tienen importantes organizaciones intermedias, como escuelas, hospitales, iglesias e instituciones de caridad, se desarrollan instituciones económicas privadas fuertes, que superan el marco de la familia.

Se suele afirmar que Japón es el modelo típico de una sociedad "comunitaria", orientada hacia el grupo y el Estado, mientras que los Estados Unidos son el paradigma de la sociedad individualista. En la extensa literatura existente sobre la competitividad, uno de los temas omnipresentes es el que hace referencia a que en los Estados Unidos se vive de acuerdo con los principios del liberalismo anglosajón, en el cual el individuo persigue sus propios objetivos y se resiste a colaborar dentro de una comunidad más amplia. En ese contexto, también se afirma que Japón constituye el polo opuesto en lo que se refiere a sociabilidad.

Pero si observamos las estructuras industriales del Japón y de los Estados Unidos, encontramos una cantidad de similitudes interesantes. Ambas economías están dominadas por grandes corporaciones, de las cuales relativamente pocas son propiedad del Estado o subsidiadas por éste. En ambos países, desde una etapa temprana de sus respectivas historias evolutivas —comenzando en la década de 1830 en los Estados Unidos y en las últimas décadas del siglo XIX en Japón—, las empresas familiares se fueron transformando en grandes corporaciones, organizadas en forma racional y conducidas por profesionales. A pesar de que Japón y los Estados Unidos siguen teniendo importantes sectores integrados por pequeñas empresas conducidas mayoritariamente por familias, el grueso del empleo, hoy en día, es ofrecido por grandes empresas que operan en el mercado accionario y cuya propiedad tiene, por lo tanto, un alto grado de dispersión. Estas dos estructuras industriales son mucho más parecidas entre sí de lo que cualquiera de ellas lo es, comparativamente, con las que existen en sociedades chinas como Taiwan y Hong Kong, o en países como Francia, Italia o España.

Si Japón y los Estados Unidos representan polos opuestos en lo que se refiere a su tendencia hacia el comunitarismo, ¿por qué se parecen tanto sus estructuras industriales, diferenciándose marcadamente de otros países industrializados con un nivel de desarrollo comparable? La razón de esta aparente contradicción es que la calificación de las sociedades japonesa y estadounidense como "polos opuestos" es errónea. Ni Estados Unidos es un país tan individualista, ni Japón es tan estatista como suele decirse. La literatura que analiza la competitividad, al concentrarse en el tema de política industrial *versus* política de libre mercado, ha olvidado un factor que es crítico para una economía y una sociedad fuertes.

Veamos el caso de los Estados Unidos. A pesar de que los estadounidenses, por lo general, se describen a sí mismos como individualistas, la mayoría de los observadores sociales del pasado ha notado que este país, históricamente, ha tenido siempre una estructura comunal fuerte e importante, que confiere dinamismo y elasticidad a su sociedad civil. En mucho mayor grado que otras sociedades occidentales, los Estados Unidos poseen una densa y compleja red de organizaciones voluntarias, integrada por iglesias, asociaciones profesionales, instituciones de caridad, colegios privados, universidades y hospitales, así como, por supuesto, un sector industrial privado muy fuerte. Esta compleja red societaria fue observada por primera vez por el viajero francés Alexis de Tocqueville, durante su visita a los Estados Unidos, realizada alrededor de 1830.[1] Este aspecto de la sociedad estadounidense también fue observado por el sociólogo Max Weber, después de visitar los Estados Unidos a fines del siglo XIX: "En el pasado, y hasta la actualidad, una de las características de la democracia específicamente estadounidense ha sido que no constituye, cual montículo de arena, un amorfo cúmulo de individuos, sino que, por el contrario, es un dinámico cúmulo de asociaciones estrictamente exclusivas pero de integración voluntaria".[2]

Es verdad que los estadounidenses poseen una fuerte tradición antiestatista; ésta se evidencia a través de un sector público relativamente pequeño si se lo compara con el de casi todos los países europeos,[3] y surge también de las encuestas de opinión, que demuestran que los estadounidenses tienen niveles de confianza decididamente más bajos, con respecto al gobierno o a su accionar, que los ciudadanos de otros países industrializados.[4] Pero el antiestatismo no implica la hostilidad hacia el accionar comunitario. Los mismos estadounidenses que están en contra de la regulación estatal, de la política impositiva o de la posesión o supervisión de los recursos productivos por parte del Estado, pueden mostrarse extraordinariamente cooperadores y sociables en sus empresas, en asociaciones voluntarias, iglesias, periódicos comunales, universidades u otras instituciones semejantes. Los estadounidenses afirman sentir una fuerte desconfianza hacia el "gran gobierno", pero se consideran muy confiados y eficientes en lo referente a crear y mantener organizaciones privadas grandes y fuertemente estructuradas. Fueron los pioneros en la creación de la moderna empresa jerárquica (y, más tarde, multinacional), así como de los grandes sindicatos que surgieron como consecuencia del crecimiento de dichas empresas.[5]

La tendencia del estadounidense a asociarse en organizaciones voluntarias se mantiene hasta el presente, pero en las últimas dos o tres generaciones se ha ido debilitando en algunos aspectos clave. La vida familiar, que constituye la forma primaria y básica de asociación, se ha ido deteriorando de manera muy marcada desde la década de los 60, con un fuerte incremento en las tasas de divorcio y de familias a cargo de uno solo de los padres. Más allá de lo que sucede con la familia, también se ha observado un debilitamiento de los tipos de comunidad más antiguos, como el vecindario, la iglesia y el lugar de trabajo. Al mismo tiempo, se ha notado un amplio aumento del nivel general de desconfianza, mensurable a través del grado de cautela con que actúa el estadounidense frente a su prójimo, a causa del aumento de la criminalidad y del incremento masivo de juicios como instrumento para dirimir diferencias. En los últimos años, el Estado, muchas veces disimulado dentro el sistema judicial, ha apoyado una serie de derechos individuales que se van ampliando con rapidez, socavando así la capacidad de las grandes comunidades para fijar las pautas de conducta para sus miembros. Es así como los Estados Unidos, en la actualidad, presentan la imagen contradictoria de una sociedad que se nutre de un gran fondo de capital social acumulado previamente, que le brinda una vida de asociación rica y dinámica, mientras que, al mismo tiempo, manifiesta extremos de desconfianza e individualismo asocial que tienden a aislar y atomizar a sus miembros. Este tipo de individualismo siempre, de alguna forma, estuvo latente, pero durante la mayor parte de la existencia de los Estados Unidos permaneció sofrenado por las fuertes corrientes comunitarias existentes.[6]

No sólo es incorrecto retratar a la sociedad estadounidense, en los análisis convencionales, como exclusivamente individualista, sino que también hay un malentendido cuando se representa a Japón como el extremo opuesto, es decir, como una sociedad comunitaria y estatista. Entre los intelectuales más prominentes que, a través de los años, han puesto el énfasis en el papel del Estado en el desarrollo japonés, están los historiadores económicos Alexander Gerschenkron y el "japonólogo" Chalmers Johnson.[7]

Al igual que el concepto que sostiene que los estadounidenses son individualistas, la afirmación de que Japón es una sociedad estatista se funda en un núcleo de verdad, pero en ella se deja de lado un aspecto crítico de la sociedad japonesa. No cabe duda de que el Estado japonés desempeña un papel mucho mayor en la vida de la sociedad de su país que su contrapartida estadounidense, y de que esto ha sido así a lo largo de las historias de estos dos países. En Japón, los jóvenes más capaces e inteligentes aspiran a ingresar en la estructura estatal y no a convertirse en hombres de negocios, por lo cual existe una intensa competencia para acceder a puestos estatales. El Estado japonés regula la economía y la sociedad en un grado mucho mayor que la administración estatal en los Estados Unidos, y tanto las empresas de Japón como el ciudadano de ese país se someten con mucho mayor facilidad a la autoridad estatal que en los Estados Unidos. A partir de la restauración de la dinastía Meiji, en 1868, el Estado japonés desempeñó un papel clave en el desarrollo económico de ese país, otorgando créditos, protegiendo determinadas industrias de la competencia extranjera, financiando la investigación y el desarrollo, etc. El *Ministry of International Trade and Industry* (MITI, Ministerio de Industria y Comercio Internacional) se hizo célebre en todo el mundo como la inteligencia rectora responsable del desarrollo económico japonés de posguerra. Es de señalar que los Estados Unidos nunca tuvieron una política industrial explícita.[8] En este país existe una fuerte tradición de hostilidad hacia todo lo estatal y una sensación generalizada de que cualquier cosa que haga el gobierno puede hacerla mucho mejor el sector privado.

Pero comparado con sociedades altamente estatistas como Francia, México o Brasil (dejando de lado casos extremos como las sociedades socialistas, como la ex Unión Soviética o China), el papel directo del Estado japonés en la economía siempre ha sido limitado. De hecho, el Estado japonés fue mucho menos intervencionista que el de otros países asiáticos de rápido desarrollo, como Taiwan, donde las industrias estatales han llegado a conformar hasta un tercio del producto bruto interno, o Corea, donde la intervención estatal para crear conglomerados económicos del estilo japonés ha sido mucho más abierta.[9] Hasta el día de hoy, el papel directo del gobierno japonés en la economía continúa siendo reducido. Observando el porcentaje del producto bruto interno, la participación del sector público ha sido, durante muchos años, la más baja en la Organización de Cooperación Económica y Desarrollo, e incluso más baja que en los Estados Unidos.[10]

Quienes han abogado por una interpretación estatista del desarrollo japonés apuntan, por supuesto, no a la intervención gubernamental directa sino a la sutil interacción entre el gobierno y las grandes empresas de Japón, una relación caracterizada por el término familiar *"Japan, Incorporated"*. El grado de connivencia entre los organismos públicos y las empresas privadas es mucho mayor que en los Estados Unidos, hasta un punto tal que a veces resulta difícil saber qué es público y qué es privado. A menudo se afirma que la vida económica japonesa contiene un elemento nacionalista del que carecen los países occidentales. Cuando un ejecutivo japonés se consagra a su tarea, no sólo trabaja para sí mismo, para su familia y su empresa, sino también para "mayor gloria de la nación japonesa".[11]

Dado que la connivencia gobierno-empresas privadas y la mentalidad nacionalista del Japón dificultan diferenciar con claridad lo público de lo privado, muchos han llegado a la apresurada conclusión de que no existen diferencias entre ambos. La complejidad, a veces casi incomprensible, que para la mayoría de los extraños presenta la sociedad japonesa refuerza esas teorías. Pero los grandes mecanismos del crecimiento económico japonés, como los *zaibatsu* de la preguerra, o los gigantescos conglomerados industriales, las corporaciones multinacionales de la posguerra con su red de *keiretsu* —así como las muchas veces subestimadas y muy numerosas pequeñas empresas que conforman un segundo nivel sorprendentemente vigoroso en la economía japonesa— han sido todos (salvo una breve excepción, durante las dos primeras décadas del gobierno Meiji) empresas privadas.[12] Cuando los empresarios del Japón vieron que sus intereses corrían paralelos a los del Estado, fueron ellos quienes proveyeron la acumulación del capital, la innovación tecnológica y la capacidad organizativa para crear una economía moderna. William Lockwood, un historiador de la economía japonesa, al revisar la historia de los principios de la industrialización japonesa afirma: "Los comentarios precedentes... todos hacen dudar de la tesis, aun en el caso de Japón, de que el Estado fue 'el principal elemento del desarrollo económico' o que los hombres del Estado fueron 'los principales actores'. ...La energía, la capacidad y la ambición, que constituyen la verdadera fuerza motriz de la industrialización japonesa, fueron demasiado arrolladoras y diversas como para ser resumidas en una simple fórmula de este tipo".[13] Existen numerosas pruebas de que, en el período de posguerra, el gobierno japonés y el sector privado a menudo tuvieron choques, y que el crecimiento se produjo a pesar de los esfuerzos del MITI y también gracias a éstos. De cualquier modo, considerar al sector privado japonés simplemente como una extensión del

Estado, empaña y disminuye la extraordinaria capacidad de autoorganización que caracteriza a la sociedad japonesa.

Al igual que en los Estados Unidos, la sociedad japonesa apoya una densa red de organizaciones voluntarias. Muchas de ellas son lo que los japoneses denominan grupos *iemoto*, reunidos alrededor de un arte o costumbre tradicional, como lo es el teatro Kabuki, el arte del arreglo floral o la clásica ceremonia del té. Estos grupos son de una estructura jerárquica similar a la de una familia, con vínculos verticales muy estrechos entre maestros y discípulos, pero no se basan en el parentesco y se ingresa en ellos en forma voluntaria. Las organizaciones del tipo *iemoto*, que no tienen similares en China, están amplia y profundamente difundidas en la sociedad japonesa y se extienden mucho más alllá de las artes o costumbres tradicionales, para abarcar organizaciones religiosas, políticas y profesionales. A diferencia de los chinos, pero en forma similar a los estadounidenses, los japoneses denotan un alto grado de religiosidad.[14] Pertenecen a templos e iglesias sintoístas, budistas e incluso cristianas, y apoya con sus contribuciones una densa red de organizaciones religiosas. El carácter sectario de la vida religiosa japonesa también les resultaría más familiar a los estadounidenses que a los chinos. A través de toda la historia japonesa encontramos una constante sucesión de monjes y predicadores que han establecido el seguimiento de un culto, a menudo chocando con las autoridades políticas e incluso entre sí. Por último, Japón es el único país de Asia que posee un fuerte sistema de universidades privadas —instituciones como Waseda, Keio, Sophia y Doshisha— fundadas, al igual que sus similares estadounidenses en Harvard, Yale o Stanford, por comerciantes adinerados u organizaciones religiosas.

Estará más en lo cierto quien afirme que los japoneses tienen una cultura de orientación grupal, que quien diga que esa cultura es de orientación estatal.[15] Si bien la mayoría de los japoneses de posguerra respetan al Estado, su vínculo afectivo primario —y la lealtad que hace que permanezcan en la oficina hasta las diez de la noche o dejen de compartir el fin de semana con sus familias— es hacia las corporaciones, empresas o universidades privadas que los emplean. Hubo un tiempo, antes de la Segunda Guerra Mundial, en que el Estado fue el objeto primario de la lealtad y los ciudadanos eran mucho más conscientes de los objetivos nacionales a los que deseaban servir; pero la derrota en la guerra desacreditó ese tipo de nacionalismo, excepto en la extrema derecha.

Los grupos a los cuales los japoneses sienten que deben su lealtad pueden ser más fuertes y más unidos que en los Estados Unidos, y no cabe duda de que el Estado japonés es más intrusivo que el estadounidense. Pero Japón comparte con los Estados Unidos la capacidad de generar, en forma espontánea, grupos sociales muy fuertes en el sector medio del espectro, es decir, en la zona ubicada entre la familia por un lado y el Estado por el otro. La importancia de esta capacidad se torna mucho más evidente si comparamos a ambos países —los Estados Unidos y el Japón— con sociedades socialistas, con los países católicos de América latina o con la sociedad china.

Quizás una de las consecuencias más devastadoras del socialismo, tal como se lo practica concretamente en la ex Unión Soviética y en Europa oriental, fue la eficaz destrucción de la sociedad civil que tuvo lugar en esos países, una destrucción que ha dificultado la aparición tanto de economías de mercado que funcionen, como de democracias estables. El Estado leninista se dedicó, en forma deliberada, a destruir todos los posibles competidores con su poder, desde las "altos mandos" de la economía hasta la familia misma, pasando por las innumerables granjas, pequeñas empresas, sindicatos, iglesias, diarios y asociaciones voluntarias.

El grado en que tuvo éxito el proyecto totalitario fue variado, si se analizan los distintos países socialistas. La destrucción más completa de la sociedad civil se produjo, quizás, en la Unión Soviética. La sociedad civil rusa existente antes de la Revolución Bolchevique, debilitada por siglos de gobierno totalitario, no era una sociedad fuerte. Lo que existía, como el pequeño sector privado y las estructuras sociales como la comunidad campesina o *mir*, fue erradicado sin contemplaciones. Cuando Stalin consolidó su poder, a fines de la década de los 30, la Unión Soviética carecía por completo de un "sector intermedio", es decir, de asociaciones intermedias fuertes, duraderas y unidas. El Estado soviético era muy poderoso y existía una gran cantidad de individuos y familias atomizadas, pero entre ambos extremos casi no existía grupo social alguno. La consecuencia irónica de una doctrina creada para eliminar el egoísmo humano fue que la gente se tornó más egoísta. Era común observar, por ejemplo, que los inmigrantes judíos soviéticos que llegaban a Israel eran mucho más materialistas y tenían un espíritu comunitario mucho menos desarrollado que aquellos que provenían de países más burgueses. Prácticamente, en la Unión Soviética, todos se habían vuelto cínicos en lo que se refería al "espíritu público", como consecuencia de un Estado que sin cesar los intimidaba y forzaba a sacrificar "voluntariamente" sus fines de semana para apoyar al pueblo cubano o vietnamita o cualquier otra causa semejante.

Pero las sociedades socialistas no fueron las únicas en poseer asociaciones intermedias débiles. Muchos países católicos latinos, como Francia, España, Italia y una cantidad de naciones latinoamericanas, presentan una distribución en forma de "silla de montar" en cuanto a sus organizaciones, con familias fuertemente unidas por un lado, un

Estado muy fuerte por el otro, y casi nada entre medio. Estas sociedades difieren fundamentalmente de las socialistas en un sinnúmero de aspectos, sobre todo en lo que se refiere a su mayor respeto por la familia. Pero, al igual que en las sociedades socialistas, en ciertos países católicos latinos hubo un déficit de grupos sociales intermedios, en el sector existente entre la familia y algún tipo de gran organización centralizada, como lo es la Iglesia o el Estado.

Los estudios que se ocupan de Francia, por ejemplo, han subrayado desde hace mucho tiempo la ausencia de organizaciones comunitarias que se verifica entre la familia y el Estado. Es memorable la reflexión de Tocqueville, incluida en *The Old Regime and the French Revolution*, en la que dice: "Al comenzar la revolución, hubiese sido imposible encontrar, en la mayor parte de Francia, tan sólo diez hombres acostumbrados a actuar en conjunto y a defender sus intereses sin recurrir a la ayuda de un poder central". Tocqueville compara de manera desfavorable esta característica de la sociedad francesa con la tendencia de los estadounidenses a la asociación mutua.[16] En forma similar, en *The Moral Basis of a Backward Society* (Las bases morales de una sociedad atrasada), Edward Banfield introduce el concepto de "familismo amoral" para describir la vida social en una comunidad campesina del sur de Italia, después de la Segunda Guerra Mundial. En esa comunidad, Banfield observó que los lazos sociales y las obligaciones morales se limitaban estrictamente al núcleo familiar primario; fuera de éste, los individuos no confiaban en el prójimo y, en consecuencia, no sentían ningún tipo de responsabilidad para con grupos más amplios, ya fuesen éstos el vecindario, el pueblo, la iglesia o la nación.[17] Estos juicios fueron confirmados, en gran parte —al menos para el sur de Italia—, por el estudio realizado por Robert Putnam sobre las tradiciones cívicas de ese país. Y en España, según Lawrence Harrison, un excesivo individualismo y "un limitado grado de confianza, y la centralidad de la familia que conduce a la exclusión de la sociedad que la rodea" han sido, desde siempre, una característica distintiva.

La ausencia de ese nivel intermedio entre la familia y el Estado no es privativo de esas culturas católicas latinas. Por el contrario, encuentra una expresión aún más pura en sociedades chinas como Taiwan, Hong Kong, Singapur y la misma República Popular China. Tal como se verá en los próximos capítulos, la esencia del confucianismo chino es el familismo. El confucianismo promueve un increíble fortalecimiento de los vínculos familiares, a través de la educación moral y la elevación de la importancia de la familia por encima de cualquier otro tipo de vínculo social. En ese aspecto, la familia china es mucho más fuerte y unida que la familia japonesa. Al igual que en las sociedades católicas latinas, la fuerza del lazo familiar implica una cierta debilidad en los lazos entre individuos no unidos entre sí por algún parentesco: en cuanto se sale del círculo familiar, existe un nivel de confianza relativamente bajo en la sociedad china. En este sentido, la distribución de las asociaciones en las sociedades chinas como Taiwan o Hong Kong se parece a la que se observa en Francia. Las estructuras industriales de las comunidades chinas son sorprendentemente similares a las que se observan en los países católicos latinos: las empresas suelen ser propiedad de la familia, son conducidas por ésta y tienden, por lo tanto, a ser más bien de dimensión reducida. Hay un rechazo marcado hacia la incorporación de gerentes profesionales en su estructura, porque esto significa aventurarse más allá de las fronteras familiares, hacia un terreno en el cual el nivel de confianza es muy bajo. Es por esta razón que sólo se está adoptando muy lentamente la estructura empresaria impersonal, necesaria para manejar organizaciones de gran escala. Esas empresas familiares son, a menudo, dinámicas y rentables, pero les cuesta institucionalizarse y convertirse en empresas más estables en su funcionamiento, que no dependan de la salud y de la capacidad de la familia empresaria fundadora.

Tanto en el caso de los países católicos latinos como en el de los países chinos, la existencia de grandes unidades económicas no basadas en la familia depende, en gran medida, del papel que desempeña el Estado o de la inversión extranjera. Los sectores públicos de Francia e Italia figuran, tradicionalmente, entre los más grandes de Europa. En la República Popular China casi todas las grandes empresas siguen siendo de propiedad estatal, como resabio de los días del comunismo ortodoxo, y en Taiwan gran parte de las grandes empresas manufactureras —muchas de ellas relacionadas con defensa y armamentos— son estatales. Por otra parte, Hong Kong, con su gobierno británico marcadamente no intervencionista, ha tenido poca participación estatal en su economía y por lo tanto posee un número reducido de grandes corporaciones.

Con respecto a la distribución de los grupos sociales, existen diferencias significativas entre las sociedades japonesa y china. Tanto Japón como China son sociedades confucianas y comparten muchos rasgos culturales; tanto los chinos como los japoneses se sienten mucho más cómodos en la sociedad del otro que en Europa o en los Estados Unidos. Sin embargo, existen notables diferencias entre ambas, las que se manifiestan en todos los aspectos de la vida social. Cuando se compara la cultura japonesa con la china o con la católica latina, con sus asociaciones intermedias tan débiles, las similitudes entre Japón y los Estados Unidos se tornan más comprensibles. No es casual que los Estados Unidos, Japón y Alemania fueran los primeros países en desarrollar grandes corporaciones, modernas, organizadas en forma racional y conducidas por una gerencia profesional. Cada una de esas culturas tuvo determinadas características que permitieron que las organizaciones empresariales crecieran, con considerable rapidez, más allá de los límites de la familia y crearan una gran variedad de grupos sociales nuevos y voluntarios, no basados en el parentesco. Como veremos más adelante, fueron capaces de lograrlo porque en cada una de esas sociedades hubo un alto nivel de confianza, aun entre individuos no emparentados entre sí y, por lo tanto, existió una sólida base para la generación de capital social.

II

LAS SOCIEDADES CON BAJO NIVEL DE CONFIANZA Y LA PARADOJA DE LOS VALORES FAMILIARES

CAPÍTULO 7

Caminos y atajos
hacia la sociabilidad

En los Estados Unidos, durante la campaña presidencial de 1992, el vicepresidente de ese país, Dan Quayle, atacó a los demócratas, apelando al tema relativo a los valores familiares y afirmando que la izquierda cultural glorificaba a la madre soltera mediante personajes televisivos como Murphy Brown. El tema de la vida familiar se vio de pronto politizado; la izquierda acusaba a los republicanos de que, con mentalidad estrecha, discriminaban a los homosexuales y hostilizaban a las madres solteras, mientras que la derecha replicaba que el feminismo, los derechos de los homosexuales y el sistema de bienestar social habían contribuido al brusco deterioro de la unión y la estabilidad de la familia estadounidense.

Una vez pasada la tormenta de la campaña electoral, resultó claro que la familia estadounidense se halla amenazada por serios problemas, que han sido reconocidos reiteradamente por el presidente demócrata Bill Clinton. El grupo familiar primario comenzó a desintegrarse, en todo el mundo industrializado, a partir de fines de la década de los 60, y algunos de los cambios más marcados se produjeron en los Estados Unidos.[1] A mediados de la década de los 90, la cantidad de familias lideradas por uno solo de los padres, en la comunidad blanca, alcanzaba un índice cercano al 30 por ciento, el mismo nivel que Daniel Patrick Moynihan encontró tan preocupante en la comunidad afroamericana, en la década de los 60. En la actualidad, la tasa de madres (o padres) solos, en la comunidad negra de las áreas urbanas humildes, llega al 70 por ciento. Tal como lo documentara, con gran detalle, la Oficina de Censos de los Estados Unidos, el crecimiento de la cantidad de familias lideradas por uno solo de los padres en las décadas de los 70 y 80 trajo aparejado un importante incremento de la pobreza y de las patologías sociales que se nutren de ella.[2] Parecían nadar contra la corriente ciertos grupos de inmigrantes, a quienes les iba bien porque supieron mantener la firme estructura familiar que "importaron" de las culturas de las cuales provenían, estructuras que aún no habían sido minadas por las grandes corrientes atomizadoras que aparecieron en la sociedad estadounidense.[3] Hoy en día, en los Estados Unidos existe una tendencia general a evaluar en forma positiva el papel de la familia como institución eficaz para socializar al individuo, institución que no puede ser reemplazada tan fácilmente por grupos comunitarios más amplios y que, desde ya, no puede ser suplida por programas gubernamentales.

Si tomamos cierta distancia respecto de los actuales debates sobre los valores familiares, encontramos que, por paradójico que parezca, la familia no siempre desempeña un papel positivo en lo que se refiere a la promoción del crecimiento económico. Los primeros teóricos sociales que vieron a la familia como a un obstáculo para el desarrollo económico no estaban del todo equivocados. En algunas culturas, como las de China y las de ciertas regiones de Italia, la familia tiene una importancia mucho mayor que cualquier otra forma de asociación. Este hecho produce un impacto notable sobre la vida industrial. Como lo indica el desarrollo, extraordinariamente acelerado durante los últimos años, de muchas de las economías chinas e italianas, el familismo en sí no constituye una barrera ni para la industrialización ni para el rápido crecimiento, si los demás valores culturales se hallan en equilibrio. Pero el familismo afecta el carácter de ese crecimiento en lo referente a los tipos de organización económica posibles, así como en cuanto a los sectores de la economía global en los que esa sociedad operará. Las sociedades familistas tienen mayores dificultades en crear grandes organizaciones económicas, y esta limitación reduce la cantidad de sectores de la economía global en los que ese tipo de empresas podrán operar.

Existen tres vías básicas que conducen a la sociabilidad: la primera se basa en la familia y el parentesco; la segunda, en las asociaciones voluntarias con terceros, como colegios, clubes y organizaciones profesionales; y la tercera, en el Estado. También existen tres formas de organización económica, que corresponden a cada una de esas vías: la empresa familiar, la gran empresa conducida por profesionales y las empresas estatales o subsidiadas por el Estado. La primera y la tercera vía están estrechamente interrelacionadas: las culturas en las cuales el camino principal hacia la sociabilidad es la familia y el parentesco tienen grandes dificultades para crear grandes organizaciones económicas perdurables y, por lo tanto, esperan que éstas sean creadas y sostenidas por el Estado. En cambio, las culturas que se inclinan hacia la asociación voluntaria son capaces de crear espontáneamente grandes organizaciones económicas privadas y no necesitan del apoyo estatal.

En esta Parte II del libro analizaremos cuatro sociedades —la china, la italiana, la francesa y la coreana— en las que las familias desempeñan un papel central y las asociaciones voluntarias son relativamente débiles. En la Parte III estudiaremos dos sociedades —Japón y Alemania— en las cuales las asociaciones más allá del núcleo familiar son fuertes y numerosas.

Casi todos los esfuerzos económicos comienzan con la forma de una empresa familiar, es decir que las empresas son propiedad de una familia y son manejadas por ésta. La unidad básica de cohesión social sirve también como unidad básica para la empresa económica: el trabajo se divide entre los esposos, los hijos, los parientes políticos y así se va extendiendo, sucesivamente (según la cultura), hacia círculos de parentesco cada vez más amplios.[4] La empresa familiar en los hogares campesinos fue un hecho omnipresente, tanto en las sociedades agrícolas preindustriales como en las más modernas, y formó la columna vertebral de la primera revolución industrial, tanto en Inglaterra como en los Estados Unidos.

En economías maduras, las nuevas empresas también comienzan, en general, como pequeñas empresas familiares que sólo con el tiempo van adoptando una estructura empresarial más impersonal. Dado que esa cohesión se basa en los lazos morales y afectivos de un grupo social preexistente, la empresa familiar puede prosperar aun ante la ausencia de leyes comerciales o de una estructura estable en lo referente a derechos de propiedad.

Pero la empresa familiar es sólo el punto de partida del desarrollo de las organizaciones económicas. Algunas sociedades comenzaron a encarar, desde muy temprano, otras formas de sociabilidad, que iban más allá de la familia. Por ejemplo, a partir del siglo XVI, Inglaterra y Holanda establecieron acuerdos legales que permitían la cesión de la propiedad a grupos más amplios, como las sociedades conjuntas, las empresas por acciones o las sociedades de responsabilidad limitada. Además de permitir a sus propietarios retener las ganancias resultantes de sus inversiones, las estructuras legales de este tipo permitían que personas a quienes no unía ningún tipo de parentesco cooperaran en la creación de una empresa. El contrato y todos sus sistemas afines de obligaciones y penalidades, aplicadas a través del sistema legal, fueron capaces de cubrir el vacío dejado por la ausencia de la confianza existente, por lo general, en las familias. Las sociedades anónimas en particular permitieron que las empresas crecieran en una escala mucho mayor de lo que hubiesen logrado las posibilidades de una sola familia, aunando los recursos de un gran número de inversores.

Algunos historiadores del desarrollo económico, como Douglass North y Robert Thomas, afirman que la creación de un sistema estable de derechos de propiedad fue la decisión crucial que permitió que comenzara el proceso de industrialización.[5] En algunos países, como los Estados Unidos, se estableció en una etapa muy temprana un sistema de derechos de propiedad, de modo que las empresas familiares por lo general también estaban registradas como entidades legales. Pero en otros lugares, como en China, donde hubo poca seguridad con respecto a los derechos de propiedad, la empresa familiar alcanzó un tamaño considerable sin protección legal alguna.

A pesar de que los acuerdos legales por los cuales se constituía una empresa por acciones o una sociedad de responsabilidad limitada permitían que personas no emparentadas cooperaran entre sí comercialmente, no condujeron a lograr ese resultado en forma automática, ni a la extinción de la empresa familiar. En muchos casos la empresa familiar se acogió a esas leyes, beneficiándose con la protección de sus derechos de propiedad, pero en otros aspectos siguió operando como antes. Casi todas las empresas fueron negocios de familia hasta alrededor de 1830, a pesar de la existencia de un sistema bien desarrollado de legislación comercial y un incipiente mercado de acciones. Una empresa familiar puede crecer hasta alcanzar dimensiones muy importantes y emplear decenas de miles de trabajadores y la más moderna tecnología. De hecho, muchas de las grandes empresas contemporáneas de los Estados Unidos, como la Campbell Soup Company, ampliamente conocida en el mercado consumidor de ese país, todavía sigue siendo propiedad de la familia fundadora.[6]

Pero a medida que una empresa va aumentando de tamaño, su creciente escala por lo general excede la capacidad operativa de una sola familia. Lo primero que desaparece del ámbito familiar es la gestión gerencial: una sola familia, por grande que sea y por capaces y bien instruidos que sean sus integrantes, sólo puede llegar a tener una cantidad limitada de hijos, hijas, esposos, esposas y hermanos lo bastante competentes como para supervisar las diversas partes de una empresa que se va ramificando a paso acelerado. La propiedad familiar suele persistir durante más tiempo, pero el crecimiento a menudo requiere también más capital del que puede proveer una sola familia. El control familiar se va diluyendo, primero a través de los préstamos bancarios, que dan a los acreedores un cierto derecho a opinar sobre el manejo del negocio, y luego a través de la oferta de acciones. En muchos casos, la familia se va o es expulsada de la empresa que ha fundado, a medida que sus acciones son adquiridas por inversores ajenos a la familia. A veces la familia se va desintegrando sola, como resultado de celos, disputas o incompetencia, cosa que ha sucedido en innumerables bares irlandeses, restaurantes italianos y tintorerías chinas.

Al llegar a ese punto crítico, la familia se enfrenta a dos opciones:

tratar de retener el control de su empresa familiar, lo cual a menudo equivale a decidir seguir dentro de una dimensión limitada, o dejar de controlar su empresa y convertirse en accionistas pasivos. Si se deciden por esta última opción, la empresa familiar pasa a tener la organización de toda empresa moderna. El lugar de los propietarios fundadores de la empresa es ocupado por gerentes profesionales, elegidos no por su consanguinidad sino por su competencia en determinados aspectos de la conducción empresarial. La compañía comienza a institucionalizarse, cobrando una vida propia que va más allá del control de un solo individuo. La estructura, muchas veces creada *ad hoc*, encargada de la toma de decisiones de la empresa familiar cede su lugar a un organigrama formal, con líneas de autoridad estructuradas. En lugar de que todos respondan directamente al fundador de la empresa, se crea toda una jerarquía de gerentes intermedios para "aislar" a los ejecutivos máximos de una sobrecarga de información proveniente de los niveles inferiores. Por último, la misma complejidad de conducir un negocio de gran escala exige la incorporación de una modalidad de toma de decisiones descentralizada, establecida en divisiones separadas, a las que la gerencia máxima maneja como centros de ganancias independientes.[7]

La forma de organización corporativa no apareció hasta mediados del siglo XIX. Primero surgió, lentamente, en los Estados Unidos y algo más tarde en Alemania, pero en las primeras décadas del siglo XX, ya se había convertido en la forma de organización económica predominante en los Estados Unidos. La descripción de esta nueva forma de conducción de las empresas estadounidenses fue presentada por Adolph Berle y Gardner Means en su libro *The Modern Corporation and Private Property*, escrito en 1932. Los autores recalcaron que, con la nueva forma de organización empresarial, la unidad entre propiedad y gerencia se iba rompiendo cada vez más, abriendo la posibilidad de un conflicto de intereses entre los propietarios y los gerentes profesionales.[8] Muchas de las marcas que conforman el moderno empresariado de los Estados Unidos, como DuPont, Eastman Kodak, Sears, Roebuck, Pitney-Bowes y Kellogg, comenzaron como pequeñas empresas familiares en el siglo XIX.[9]

Durante décadas los científicos sociales creyeron que existía un camino natural de desarrollo que conducía de la empresa familiar basada en la reciprocidad, hacia la corporación moderna impersonal, dirigida por una gerencia profesional y apoyada en la legislación contractual y de propiedad. En consecuencia, muchos sociólogos afirmaron que una insistencia demasiado fuerte, por parte de una sociedad, en mantener los lazos familiares a costa de otro tipo de relaciones sociales —lo que denominamos "familismo" iba en detrimento del desarrollo económico. Max Weber, en su libro *The Religion of China,* afirmó que la tan fuerte familia china creaba lo que él denominó "grilletes familiares" (vínculos familiares excesivamente restrictivos), impidiendo así el desarrollo de valores universales y los lazos sociales impersonales, necesarios para el adecuado funcionamiento de una organización empresarial moderna.

En Occidente, muchos observadores estaban convencidos de que era necesario debilitar los vínculos familiares para que pudiera producirse el progreso económico. El siguiente pasaje, tomado de una de las obras clásicas sobre el desarrollo industrial, típicas de la temprana escuela de modernización de posguerra, ilustra ese punto de vista referido a la desintegración de la familia vincular o amplia:

> (La familia vincular) brinda techo y alimento a todos sus miembros, independientemente de su contribución individual, de modo que tanto los indigentes como los indolentes, sin distinción, son atendidos gracias a un sistema que constituye algo así como un "seguro social". Se supone que los miembros de la familia que trabajan aúnan sus ganancias para beneficio de todos; se desalienta el ahorro individual. El comportamiento y la carrera (incluso el matrimonio) de sus miembros son observados muy de cerca por sus mayores. La lealtad hacia la familia y las responsabilidades para con ella están por encima de otras lealtades y responsabilidades. De esa forma, la familia vincular tiende a diluir los incentivos para el trabajo, el ahorro y la inversión.[10]

Pero no sólo fueron los científicos sociales de Occidente y los expertos en *management* quienes sostenían una visión negativa del papel de la familia en la vida económica. Los comunistas chinos pensaban de la misma forma, y esperaban lograr romper la dominación de la familia tradicional china alentando otro tipo de lealtades, como, por ejemplo, hacia la comunidad, al partido o al mismo Estado.[11]

A pesar de que el familismo fue considerado un obstáculo para el desarrollo económico, los sociólogos también consideraban que sería erosionado como resultado inevitable de los cambios socioeconómicos. Hubo una difundida convicción de que en las sociedades agrícolas premodernas algún tipo de familia vincular era la norma, y que estas familias serían reemplazadas por la familia nuclear o primaria, como resultado de la industrialización. A pesar de que en las distintas culturas se observó, antes de la revolución industrial, una gran variedad de estructuras familiares, se fue desarrollando un consenso acerca de que esas diferencias serían superadas con el tiempo y que todas las culturas terminarían teniendo el mismo tipo de estructura familiar nuclear, característica de la América del Norte industrializada y de Europa.

Más recientemente, se ha ido aceptando mucho menos la existencia de un solo camino hacia el desarrollo económico, el que deberá ser recorrido por todas las sociedades a medida que se vayan modernizando. El historiador económico Alexander Gerschenkron, por ejemplo, notó que los países que se modernizaron más tardíamente, como Alemania y Japón, hicieron las cosas en forma bastante diferente de los países cuya modernización fue más temprana, como Inglaterra y Estados Unidos, con gobiernos muchos más activos en cuanto a su papel de promotor del desarrollo.[12] En términos de evolución de la organización corporativa, la gran empresa integrada verticalmente descrita por Chandler no es la única forma de manejar el problema de la escala. El sistema del *keiretsu* japonés constituye una forma alternativa de organización corporativa, basada en redes en lugar de jerarquías, y en efecto logra las economías de escala de integración vertical, con una forma de organización mucho más flexible. La economía de un país industrializado de avanzada puede, por otra parte, seguir estando dominada por la moderna empresa familiar, como veremos en los casos de Taiwan e Italia. Las tradiciones artesanales y la producción en pequeña escala han sobrevivido junto a las grandes empresas de producción masiva.[13]

Investigaciones recientes sobre la historia de la familia indican que la teoría de que la familia "moderna" evolucionó en forma progresiva y constante desde la gran familia vincular a la familia nuclear, no es del todo exacta. Algunos estudios históricos han demostrado que la familia nuclear solía ser más frecuente en sociedades preindustriales de lo que se creía y, en algunos casos, hubo grupos de parentesco vincular que primero se desintegraron, pero que luego volvieron a reconstituirse a medida que la industrialización avanzaba.[14] Como veremos, las economías de China y Japón están estructuradas de forma muy diferente, y el origen de esas diferencias puede derivar, en última instancia, de la estructura familiar.

En los Estados Unidos, durante las últimas generaciones, la visión tajante de la familia como obstáculo para el desarrollo se ha suavizado de modo considerable y ha sido reemplazada —como indican los discursos de Dan Quayle sobre los valores familiares— por una evaluación más positiva del impacto de la vida familiar sobre el bienestar económico. Si observamos en retrospectiva lo escrito por los téoricos de la modernización de las décadas de los 50 y del 60, parecería claro que era falso o erróneo asumir que la desintegración de la estructura familiar se detendría en la familia nuclear, cuya estabilidad y cohesión se consideraban inalterables. Lo que en realidad ocurrió fue que la familia nuclear también comenzó a desintegrarse, a un ritmo alarmante, para convertirse en familias a cargo de uno solo de los padres, con consecuencias mucho menos benignas que la desintegración de la familia vincular en generaciones previas.

Esto hace que el impacto de los valores familiares sobre la vida económica presente un cuadro contradictorio y complejo: es posible que, en determinadas sociedades, las familias sean demasiado fuertes como para permitir la formación de organizaciones modernas, mientras que en otras pueden ser demasiado débiles como para cumplir con su cometido básico de socialización. En los próximos capítulos se analiza cómo es posible que ambas cosas sucedan en forma simultánea.

CAPÍTULO 8

Una bandeja de arena seca

Wang Laboratories, de Lowell, Massachusetts, comenzó como una pequeña empresa familiar. Wang era un fabricante de equipos de computación cuyas ventas, en 1984, superaban los 2.200 millones de dólares y que, en un momento dado, llegó a emplear 24.800 personas, lo que la convirtió en uno de los principales empleadores de la ciudad de Boston y sus alrededores.[1] An Wang, que fundó Wang Laboratories en 1951, nació en Shanghai y emigró a los Estados Unidos a la edad de veinticinco años. Wang Laboratories alcanzó notoriedad pública a fines de la década de los 50 y llegó a ser una de las grandes historias de éxito empresarial "high-tech" estadounidense durante la generación siguiente. Pero cuando An Wang alcanzó la edad de retirarse, a mediados de la década de los 90, insistió en que su hijo Fred Wang, ya nacido en los Estados Unidos, se hiciera cargo del negocio. Fred Wang fue promovido, pasando por encima de gerentes de mayor antigüedad y amplia trayectoria, incluyendo a John Cunningham, a quien la mayoría de la gente, dentro de la empresa, consideraba el sucesor lógico de An Wang. El flagrante nepotismo de esa promoción resultó muy chocante para muchos de los gerentes estadounidenses de la empresa, que de inmediato dejaron la compañía.[2]

A partir de ese momento la caída de Wang Laboratories fue vertiginosa, incluso para una empresa integrante de la cambiante industria de la computación. La compañía anunció sus primeras pérdidas al cumplirse el primer año desde que Fred Wang se hiciera cargo de la empresa. El noventa por ciento de su capitalización de mercado había desaparecido en cuatro años y en 1992 se declaró en quiebra. Wang padre tuvo que admitir, por fin, que su hijo había sido superado por las responsabilidades que debía asumir como directivo y se vio obligado a despedirlo. Si la única marca china que se hizo familiar en los Estados Unidos logrará sobrevivir hasta el final de la década de los 90 es una pregunta que aún no tiene respuesta.

La historia de Wang Laboratories, aun cuando se desarrolló muy lejos de China, revela una verdad fundamental sobre las empresas de este origen: a pesar de la explosión de su industria en todo el mundo durante los últimos veinte años, y de la fachada moderna y de alta tecnología que muestran muchas de esas compañías, el manejo de la empresa china sigue basado en los vínculos familiares. La familia china provee el capital social con el que se inicia un nuevo negocio, pero también constituye una importante limitación estructural para esas empresas, lo cual, en muchos casos les impide evolucionar y convertirse en grandes organizaciones con larga permanencia en el mercado.

El desastre de Wang Laboratories demuestra otro aspecto más de la cultura china. Algunos observadores han notado que muchos de los problemas que surgieron después de que Fred Wang se hiciera cargo de la empresa fueron, en realidad, consecuencia del estilo gerencial que aplicaba su padre. An Wang fue siempre un ejecutivo sumamente autocrático, muy renuente a la delegación de autoridad. En 1972, cuando la empresa ya contaba con 2.000 colaboradores, 136 personas dependían de él en forma directa.[3] An Wang fue lo bastante dinámico y capaz como para hacer que ese sistema de conducción absolutamente centralizado, típicamente chino, funcionara y, en algunos aspectos, incluso contribuyera a incrementar el espíritu de equipo en la empresa. Pero este sistema de conducción, que resulta en extremo difícil de institucionalizar, precipitó la decadencia de la empresa tan pronto como An Wang se retiró. Veremos que estas prácticas gerenciales se repiten con frecuencia en el mundo empresarial chino. Sus orígenes en la familia china son tan fuertes como profundos.

Los chinos constituyen el grupo racial, lingüístico y cultural más grande del mundo. Se encuentran distribuidos en un área geográfica muy extensa y viven en una gran diversidad de Estados, desde la todavía comunista República Popular China y las colonias chinas del sudeste asiático, hasta las democracias industriales como los Estados Unidos, Canadá y Gran Bretaña.

A pesar de esa variedad de entornos políticos, se puede hablar de una cultura económica china relativamente homogénea. Sus manifestaciones más puras se encuentran en Taiwan, Hong Kong y Singapur, donde los chinos son mayoría étnica y el Estado, a diferencia de lo que sucede en la República Popular China, no ha establecido, para el desarrollo económico, una vía ideológica determinada. Sin embargo, también es posible observar esa cultura en los enclaves étnicos chinos de Malasia, Tailandia, Indonesia y las Filipinas, así como en la economía privada y abierta que ha florecido en la República Popular China desde las reformas económicas de Deng Xiaoping, desde fines de la década de los 70. E incluso, tal como lo ilustra la historia de Wang Laboratories, se revela entre los chinos en los Estados Unidos, a pesar de que el grado de asimilación de la cultura dominante es relativamente más alto que en el sudeste asiático. El hecho de que cada vez que un gobierno les permite a las comunidades chinas organizar sus propios negocios emerge un modelo de comportamiento económico similar sugeriría que es, en cierto sentido, una consecuencia natural de la cultura sínica.

Lo primero que notamos en la estructura industrial de las comunidades chinas como Taiwan, Hong Kong y Singapur, es la pequeña dimensión de las empresas.[4] En Occidente, Japón y Corea, el desarrollo económico ha logrado más por medio del rápido incremento en la escala de las empresas que a través del aumento de la cantidad de éstas. En las sociedades con cultura china sucede exactamente lo opuesto. En Taiwan, por ejemplo, de las 44.054 empresas industriales que existían en 1971, el 68 por ciento eran empresas de pequeña escala y otro 23 por ciento fueron clasificados como empresas medianas, de hasta 50 trabajadores.[5] La cantidad de ese tipo de empresas aumentó entre 1966 y 1976 en un 150 por ciento, mientras que la dimensión promedio de una empresa individual, medida por la cantidad de trabajadores que empleaba, aumentó en un 29 por ciento. En Corea, cuyo desarrollo siguió un curso más parecido al de Japón o los Estados Unidos, se observó exactamente lo contrario: la cantidad de empresas industriales aumentó, durante el mismo período, en sólo un 10 por ciento, mientras que los trabajadores por empresa aumentaron en un 176 por ciento.[6] A pesar de que existen algunas empresas privadas en Taiwan, su escala resulta diminuta si se las compara con las grandes empresas privadas de Corea. Resulta evidente que esa diferencia no se explica por el nivel de desarrollo, dado que, por lo general, se considera que Corea está ligeramente atrasada con respecto a Taiwan. La mayor empresa privada de Taiwan, Formosa Plastics, registró en 1983 un nivel de ventas de U$S 1,6 mil millones y contaba con 31.211 colaboradores. Durante el mismo período, las ventas de los consorcios coreanos Hyundai y Samsung fueron de U$S 8 y U$S 5,9 mil millones, con 137.000 y 97.384 colaboradores, respectivamente. En 1976, la dimensión de la empresa taiwanesa promedio era sólo de la mitad de la empresa coreana promedio.[7]

La empresa pequeña es aún mucho más común en Hong Kong, que desde hace tiempo es célebre como ejemplo de un mercado altamente competitivo conformado por compañías atomizadas. El tamaño promedio de las empresas de Hong Kong ha ido declinando: en 1947 había en Hong Kong 961 empresas, que empleaban 47.356 personas, con un promedio de 49,3 empleados por firma, mientras que en 1984 había 48.992 empresas que empleaban 904.709 personas, lo cual reduce el promedio a 18,4 colaboradores por empresa.[8] Incluso en el suburbio industrial de Kwun Tung, que fue reservado adrede para alentar el establecimiento de empresas más grandes, el 72 por ciento de las compañías radicadas allí emplean menos de 50 trabajadores cada una, mientras que sólo el 7 por ciento ocupa más de 200 personas.[9] Esta disminución en el tamaño de las empresas se debió en parte a la apertura, en la década de los 80, de la provincia de Guangdong, en la República Popular China, a las empresas de Hong Kong; muchas grandes empresas industriales se trasladaron al continente para beneficiarse con el menor costo de la mano de obra que se podía obtener en esa región. Por otra parte, hubo un flujo inverso de capital desde la República Popular China hacia Hong Kong, que fue utilizado para establecer allí una cantidad de grandes empresas. Los datos referidos a otras comunidades chinas fuera de China continental sugieren un esquema similar. En las Filipinas, por ejemplo, el activo de las empresas chinas es sólo un tercio del de las empresas no chinas.[10] De las 150 empresas mencionadas en un estudio realizado en 1990 por la revista *Fortune*, sobre las empresas más grandes de la región del Pacífico, una sola de las mismas —una empresa petrolera estatal de Taiwan— era china.[11]

La pequeña escala de la industria taiwanesa corre paralela con otra característica distintiva del desarrollo de ese país: gran parte de la producción se lleva a cabo fuera de las grandes áreas urbanas. Todavía a mediados de la década de los 60, más de la mitad de la fuerza laboral manufacturera de Taiwan era empleada fuera de los siete principales centros urbanos del país y de las restantes nueve grandes ciudades.[12] Una gran parte de la producción se realizaba en empresas familiares rurales, manejadas por granjeros *part-time*, tal como sucedía en la República Popular China después de la descolectivización. Esas empresas eran financiadas casi en su totalidad con los ahorros familiares y utilizaban mano de obra familiar para producir componentes plásticos con bajo nivel de tecnología, productos de papel y elementos similares.[13]

En Taiwan siempre hubo una cierta cantidad de grandes empresas estatales, sobre todo petroquímicas, astilleros, empresas siderúrgicas, plantas de aluminio y, más recientemente, fábricas de semiconductores y de productos para la industria aeroespacial. Algunas de esas empresas fueron creadas durante el período colonial japonés y cuando el gobierno nacionalista asumió el poder de la isla, en 1949, se hizo cargo de ellas. Alice Amsden afirma que el sector estatal de Taiwan ha sido ignorado en cuanto a su colaboración y participación en muchos aspectos del desarrollo del país y que, en realidad, esas empresas desempeñaron un papel importante durante los primeros años de la industrialización de la isla.[14] Pero esas grandes empresas estatales siempre constituyeron la parte menos dinámica de la economía de la isla, y a través del tiempo han aportado una parte cada vez menor del producto bruto interno. Muchas de estas empresas están actualmente en rojo, pero son sostenidas por el Estado por razones de seguridad nacional, o porque la participación estatal es quizá la única forma en que ese tipo de sociedad puede desarrollar empresas de gran escala.[15] La realidad indica que es el sector privado, dominado por las pequeñas empresas, el que ha logrado un crecimiento tan impresionante a partir de la década de los 50.

Como en todas las demás sociedades asiáticas, existe entre los chinos otro nivel de organización económica que se halla por encima de la empresa individual. Este nivel puede ser denominado, colectivamente, "organizaciones en red".[16] La mayor y más conocida de este tipo de organizaciones es el *keiretsu* japonés (que antes de la Segunda Guerra Mundial era conocido con el nombre de *zaibatsu*), como los grupos Sumitomo y Mitsubishi: están constituidos por una alianza de empresas, a menudo agrupadas alrededor de un banco, donde todas son propietarias de acciones de las demás y las negocian, de preferencia, entre sí. La versión coreana de la organización en red es conocida como *chaebol*, entre las que encontramos nombres tan conocidos como Samsung y Hyundai. Esas redes poseen grandes estructuras y alcanzan el nivel de las principales empresas occidentales, pero con una organización más dinámica, que les permite un grado de flexibilidad mayor que la de su equivalente, la empresa estadounidense de integración vertical.

Taiwan también tiene redes organizativas, pero de un tipo muy diferente. En primer lugar, son mucho más pequeñas que sus pares japonesas o coreanas: las seis mayores *keiretsu* japonesas abarcan un promedio de treinta y una empresas por grupo[17]; las *chaebol* cuentan con once, y las organizaciones en red taiwanesas están formadas por sólo siete firmas cada una. La dimensión promedio de cada empresa de un grupo empresarial taiwanés es menor que sus similares de Japón y Corea, y su importancia en la economía del país es mucho menor. Mientras que las organizaciones en red de Japón y de Corea incluyen a las empresas más grandes e importantes de sus respectivas economías, los grupos taiwaneses son mucho menos representativos en este aspecto: de las 500 principales empresas industriales de Taiwan, sólo el cuarenta por ciento forma parte de grupos empresariales.[18] Estas organizaciones en red no se concentran, como la *keiretsu* japonesa, alrededor de un banco u otro tipo de institución financiera. La mayoría de las empresas taiwanesas opera con diferentes bancos, la mayoría de los cuales es propiedad del Estado.[19] Por último, la naturaleza de los vínculos que unen a los miembros de las organizaciones en red taiwanesas también difiere de la de los que encontramos en Japón. En su mayor parte se basan en la familia. En ese aspecto se parecen mucho más a la *chaebol* coreana —cuyos vínculos de unión también son familiares—, que a las *keiretsu* japonesas, que son corporaciones unidas entre sí por la tenencia cruzada de acciones.[20]

La razón principal de las pequeñas dimensiones de las empresas que operan en las sociedades chinas se encuentra en el hecho de que casi todo el negocio del sector privado es de propiedad familiar y manejado por los integrantes de dichas familias.[21] A pesar de que resulta difícil encontrar estadísticas confiables al respecto, la realidad indica que la gran mayoría de las pequeñas empresas que dominan la vida económica de Hong Kong, Taiwan y Singapur son de propiedad familiar.[22] Las grandes corporaciones públicas, jerárquicas y conducidas por una gerencia profesional, que ha sido la forma de organización predominante en Japón y en los Estados Unidos durante muchos años, casi no existe en sociedades culturalmente chinas.

Esto no quiere decir que no existan empresas de envergadura ni gerentes profesionales en la República Popular China, en Taiwan, en Hong Kong o en Singapur. La World Wide Shipping Company de Hong Kong, propiedad del ya difunto *Sir* Yew-kong Pao, fue en un tiempo la mayor empresa de Asia, con oficinas instaladas en todo el mundo.[23] El gigantesco imperio Li Ka-shing, también con asiento en Hong Kong, ha incorporado, con mucho éxito, una gran cantidad de gerentes profesionales. Existe una docena de familias multimillonarias que controlan las grandes empresas de Taiwan, y en Hong Kong existe una cantidad similar. El cincuenta y cuatro por ciento del capital que se maneja en la Bolsa de Hong Kong se halla bajo el control de diez grupos familiares (siete chinos, uno judeo-británico y dos británicos).[24]

Desde afuera, estas empresas parecieran ser corporaciones modernas, con oficinas establecidas en San Francisco, Londres, Nueva York y otros sitios. Pero esas grandes empresas siguen siendo manejadas por la familia, y al frente de las oficinas regionales a menudo encontramos a un hermano, primo o yerno del fundador, que vive en Hong Kong o Taipei.[25] En los niveles máximos de la empresa, la separación entre propiedad familiar y conducción familiar ha sido mucho más lenta que en Japón o los Estados Unidos. La conducción del imperio de Li Ka-shing está ahora en manos de los dos hijos mayores de Li, educados en Stanford. El imperio Pao, por su parte, está comandado básicamente por los cuatro yernos de su fundador. El imperio fue dividido en cuatro, entre esas ramas de la familia, poco antes de la muerte de Pao.[26]

El hecho de que muchas de esas grandes empresas figuran de manera oficial en los mercados de acciones locales como públicas no las vuelve menos controladas por la familia que las empresas privadas equiparables. Las familias, por lo general, son reacias a permitir que su participación en el paquete accionario de sus empresas caiga por debajo del treinta y cinco a cuarenta por ciento, lo que basta para asegurarles un poder importante en la conducción de las mismas.[27] Por otra parte, muchas de las acciones cotizadas públicamente son propiedad de un banco o de una empresa financiera, controlados por la misma familia.[28] Estas estratificaciones de la propiedad a menudo disimulan el hecho de que es una sola familia la que sigue ejerciendo el control.

La empresa familiar no es privativa de las sociedades chinas. Casi todas las empresas occidentales fueron, en sus comienzos, empresas familiares que sólo con el tiempo adquirieron una estructura corporativa. Sin embargo, lo que llama la atención en el caso de la industrialización china —ejemplificado dramático en el caso de Wang Laboratories— es la gran dificultad que parecen tener las empresas familiares chinas para hacer la transición desde una conducción familiar hacia una conducción profesional, un paso que es necesario para que la empresa pueda institucionalizarse y perdurar más allá del tiempo de vida de la familia fundadora.

Esa dificultad de los chinos para transferir sus empresas a conducciones profesionales se relaciona con la naturaleza del familismo vigente en esa sociedad.[29] Hay una actitud muy arraigada entre los chinos, que es la de confiar sólo en aquellas personas con las que están emparentados y, por lo tanto, desconfiar de cualquier persona ajena a su familia.[30] En un estudio realizado por Gordon Redding sobre la vida empresarial de Hong Kong, el autor afirma lo siguiente:

> La característica clave pareciera ser que uno confía ciegamente en la familia y en los amigos y conocidos sólo en la medida en que se haya establecido una dependencia mutua. Con todas las demás personas, no se hace especulación alguna sobre su buena voluntad. Se tiene el derecho a esperar que sean corteses y que se atengan a las pautas sociales, pero más allá de eso hay que suponer que ellos, al igual que uno mismo, se preocupan básicamente por sus propios intereses, es decir, por los de su familia. Conocer a fondo sus propias motivaciones equivale, para los chinos más que para nadie, a desconfiar de las motivaciones ajenas.[31]

La carencia de confianza fuera de la familia hace que resulte difícil para personas no unidas por vínculos familiares conformar grupos u organizaciones, incluyendo emprendimientos económicos. En marcado contraste con Japón, la sociedad china no es gregaria. Esta diferencia se refleja en las expresiones de Lin Yo-tang, que dijo que la sociedad japonesa era como un trozo de granito, mientras que la sociedad tradicional china era como una bandeja de arena seca, donde cada grano —sin cohesión alguna con los demás— representaba un grupo familiar.[32] Esto es lo que hace que la sociedad china parezca tan individualista a los ojos de los observadores occidentales.

En la vida económica tradicional china no existe una figura comparable, en lo que se refiere a importancia social, al *banto* japonés, es decir, el gerente profesional reclutado en el mercado laboral para que maneje los negocios de la empresa familiar.[33] Incluso las pequeñas empresas familiares, instaladas en la sociedad china, a menudo necesitan del trabajo de empleados que no pertenecen a la familia, pero la relación de éstos con los dueños-gerentes miembros de la familia es bastante fría y distante. La actitud japonesa de considerar la empresa como una familia sustituta no existe en la China. A los empleados que no pertenecen a la familia por lo general no les gusta trabajar para extraños y no aspiran a un trabajo vitalicio en la misma empresa, sino a independizarse y fundar su propia compañía.[34] Estudios comparativos de *management* han detectado que los gerentes chinos mantienen una distancia social mucho mayor entre ellos y sus empleados.[35] La camaradería espontánea e igualitaria que aparece cuando el gerente japonés sale por la noche a tomar una copa con la gente a la que supervisa es mucho más difícil de encontrar en el contexto cultural chino. Las actividades auspiciadas por la empresa, tan frecuentes en Japón, durante las cuales toda la oficina —supervisores con sus supervisados— dejan Tokio o Nagoya para hacer un retiro en algún centro recreativo en el campo, durante varios días, constituyen un concepto tan extraño al entorno cultural chino como lo es para Occidente. En Hong Kong o Taipei, estos retiros, así como las vacaciones normales, estarían reservados con exclusividad para los miembros del núcleo familiar y quizás, en forma ocasional, para la familia vincular.[36] Los gerentes de las empresas chinas que no son miembros de la familia nunca reciben una participación importante en el negocio y a menudo se quejan de la falta de sinceridad y franqueza que existe cuando hablan con su superior. Además, en general chocan con un tope tácito en lo que se refiere a promociones, ya que siempre se dará prioridad a los miembros de la familia para ocupar cargos importantes.

En otras palabras, el problema del nepotismo, que Weber y otros veían como una seria limitación para la modernización, no ha desaparecido de la vida económica china, a pesar del considerable crecimiento económico que se produjo, durante los últimos tiempos, en las distintas comunidades de ese país. Su persistencia se debe, en parte, a que la familia desempeña un papel más preponderante en la cultura china que en las de otro origen, y también a que los chinos han encontrado maneras de mejorarlo. Los empresarios fundadores de muchas de las grandes y modernas empresas chinas tratan de solucionar el problema de sus descendientes incompetentes educando muy bien a sus hijos, enviándolos a cursar carreras relacionadas con los negocios o la ingeniería, en Stanford, Yale o el MIT. Una alternativa consiste en buscar a las hijas maridos bien preparados, a fin de incorporar nuevos talentos gerenciales a la familia. Las obligaciones familiares también funcionan a la inversa: en muchos casos, los hijos formados en los Estados Unidos como médicos o científicos son llamados para hacerse cargo de la conducción de la empresa familiar. Pero hay ciertos límites para ese tipo de estrategias, sobre todo a medida que la empresa crece y la familia se va reduciendo.

La fuerte influencia de los valores familiares genera, para los consumidores chinos, dilemas que no se conocen en otras culturas. Como ejemplo, transcribo la siguiente descripción de cómo se hacen las compras en Hong Kong:

> Se espera que el minorista cobre un precio más barato a sus familiares, pero también se pretende que éste compre sin mucho regateo... Una anciana evitaba cuidadosamente ir al negocio de ramos generales del hijo de su hermana, porque se sentía obligada a comprar, aun cuando el objeto o producto no fuese lo que ella en realidad quería. Si lo que buscaba era algo en verde y sólo lo tenían en color rojo, ése era el color que tendría que llevar. Así que iba al negocio de alguien con quien no estuviera emparentada, donde podía elegir lo que más le agradara, salir sin comprar si no lo hallaba y regatear el precio a muerte cuando encontraba algo que deseaba comprar.[37]

La gran desconfianza frente a los extraños y la preferencia por una conducción familiar existente en las sociedades chinas conduce, en la empresa de ese origen, a ciclos evolutivos divididos en tres etapas.[38] En la primera etapa, el negocio es fundado por un empresario, en general un patriarca fuerte que de inmediato ubica a sus parientes en los puestos gerenciales clave y dirige a la empresa en forma autoritaria. La solidaridad de la familia china no significa que no existan importantes tensiones en su seno, pero frente al mundo externo la familia muestra un frente unido y es la autoridad del empresario fundador la que, en última instancia, resuelve cualquier disputa. Dado que muchos empresarios chinos empiezan sus negocios siendo muy pobres, toda la familia se muestra dispuesta a trabajar mucho para lograr el éxito de la empresa. A pesar de que pueden llegar a contratar empleados que no sean familiares, es poca la diferencia que existe entre las finanzas de la empresa y las de la familia.

Durante el mando del empresario-gerente de primera generación, aun si la empresa prospera y crece a una escala mayor, por lo general no se hace ningún esfuerzo para pasar a un sistema de conducción moderno, con una división formal del trabajo, una jerarquía gerencial y una organización multidivisional descentralizada. La empresa continúa organizada de acuerdo con un sistema altamente centralizado, en el cual las distintas sucursales dependen en forma directa del empresario fundador.[39] A menudo se describe el estilo gerencial chino como personalista, es decir que, en lugar de basarse en criterios objetivos de *performance*, las decisiones relativas al personal se toman sobre la base de las relaciones personales del jefe con sus subordinados, aun cuando éstos no sean parientes.[40]

La segunda etapa en la evolución de la empresa familiar china —suponiendo que los negocios hayan ido bien— se produce con la muerte del patriarca fundador. El principio de la distribución igualitaria de los bienes entre los herederos masculinos se halla firmemente arraigado en la cultura china, y por lo tanto todos los hijos del fundador tienen una participación idéntica en la empresa familiar.[41] Aun cuando existe una considerable presión para que todos los hijos se interesen por igual en la empresa familiar, no todos tienen la misma vocación. Al igual que en otras culturas, las presiones de este tipo conducen a la rebelión, y son numerosas las historias del hijo que, enviado a los Estados Unidos o a Canadá para estudiar una carrera relacionada con la conducción empresarial, opta luego por un estudio relacionado con las artes o algún otro campo que nada tiene que ver con el mundo económico al que su padre desea incorporarlo. La sociedad compuesta por los hijos interesados en conducir el negocio está cargada de tensiones. A pesar de que, como punto de partida, todos poseen la misma participación, no todos poseen la misma capacidad o el mismo interés. La empresa tiene mejores posibilidades de sobrevivir si uno de los hijos se hace cargo de la conducción y vuelve a centralizar la autoridad en su persona. Si esto no sucede, la autoridad se fragmenta entre los hermanos. El resultado habitual son las disputas, que a veces requieren, para su resolución, una delimitación formal, por contrato, de la autoridad. Si la división de las responsabilidades no se resuelve de manera amistosa, los herederos pueden caer en una lucha intestina de poderes para lograr el control de la empresa, lo cual, en algunos casos, conduce a la división de esta última.

La tercera fase se produce cuando el control pasa a manos de los nietos del empresario fundador. Las empresas que han sobrevivido hasta esta etapa tienden a desintegrarse a partir de aquí. Dado que los hijos del fundador suelen tener una cantidad dispar de hijos, la magnitud de la participación de los nietos varía en tamaño. En el caso de familias económicamente exitosas, los nietos se han criado en un ambiente de bienestar. A diferencia del empresario fundador, suelen considerar como normales y merecidos su nivel de vida y su prosperidad, y por lo tanto se sienten menos motivados para hacer los sacrificios que requiere mantener competitiva a la empresa. También suele ocurrir que sus intereses se vuelquen hacia otro tipo de actividades.

Por supuesto que la gradual decadencia del talento empresarial de la primera a la tercera generación no es algo que sólo se produce en la cultura china, sino que suele caracterizar a las empresas familiares en todas las sociedades; este fenómeno ha sido denominado "Buddenbrooks". Hay un dicho irlandés que refleja el crecimiento y la decadencia de las fortunas familiares: "De la pobreza a la pobreza en tres generaciones". En los Estados Unidos, la Organización de la Pequeña Empresa estima que el ochenta por ciento de todas las empresas que la integran son de propiedad familiar, pero que sólo un tercio sobrevive hasta la segunda generación.[42] Muchas de las grandes familias emprendedoras —los DuPont, los Rockefeller y los Carnegie— han vivido una decadencia similar. Los hijos y los nietos suelen seguir brillantes carreras en otros campos, como las artes o la política (como lo hicieron Nelson y Jay Rockefeller), pero raras veces se destacan en la conducción de la organización fundada por sus ancestros.

La gran diferencia entre las familias empresarias de la China y las de los Estados Unidos es, sin embargo, que al llegar a la tercera generación muy pocas empresas familiares chinas han logrado institucionalizarse. La empresa familiar estadounidense, incorpora con rapidez un nivel gerencial profesional, en particular después de la muerte del fundador, y al llegar a la tercera generación la empresa, en general, se halla por entero en manos de una conducción profesional. Es posible que los nietos aún retengan la posesión de la empresa como accionistas mayoritarios, pero son muy pocos los que participan en forma activa en su conducción.

Por el contrario, en la cultura china la gran desconfianza frente a los extraños suele impedir la institucionalización de la empresa. Antes de permitir que gerentes profesionales se hagan cargo de la conducción, los miembros de la familia propietaria del negocio se muestran dispuestos a aceptar su fragmentación en nuevos consorcios, o su desintegración total. En este aspecto, resulta característico lo sucedido en el caso de uno de los grandes y exitosos empresarios de la China Imperial, Sheng Hsuan-huai. En lugar de reinvertir sus ganancias en la empresa familiar, derivó el sesenta por ciento a una fundación destinada a ayudar a sus hijos y nietos, y una generación después de su muerte la fortuna había desaparecido.[43] Por supuesto que hay que tener en cuenta las condiciones políticas nada propicias de los tiempos de Sheng, pero aun así pareciera que el suyo es un caso en que el capital que respaldaba a un potencial imperio económico, que podría haber llegado a ser un Sumitomo chino, fue dilapidado a causa de la actitud china con respecto a los vínculos familiares.

Las dificultades de las empresas chinas para institucionalizarse, así como el principio chino de la herencia igualitaria, explican por qué la dimensión de las empresas de esa cultura se ha mantenido relativamente pequeña. Ese hecho también confiere un carácter muy diferente a la organización industrial existente dentro de la economía general del país. Constantemente se fundan empresas que crecen, prosperan y vuelven a desaparecer del panorama económico. En los Estados Unidos, en Europa Occidental y en Japón, muchos sectores (sobre todo los de mayor volumen de capital) están organizados en forma oligopólica, con una pequeña cantidad de empresas enormes que se reparten el mercado entre sí. En Taiwan, Hong Kong y Singapur sucede exactamente lo contrario. Allí los mercados se parecen al ideal neoliberal de la competencia perfecta, con cientos o miles de pequeñas empresas, entre las cuales existe una competencia feroz para seguir manteniéndose en el mercado. Si la estructura tipo cartel de la economía japonesa aparece como la antítesis de la competencia, el mundo caleidoscópicamente cambiante de las empresas familiares chinas es, por el contrario, en exceso competitivo.

Otra consecuencia de la escala relativamente pequeña de las empresas chinas es la escasez de marcas chinas importantes.[44] En los Estados Unidos y en Europa, la aparición de productos envasados con marca, en sectores como el tabacalero, el de la alimentación, el de la vestimenta y en el de otros bienes de consumo masivo, fue el resultado de una integración hacia adelante de fabricantes que deseaban dominar el nuevo mercado masivo que se abría para sus productos. Una marca sólo puede ser establecida por empresas capaces de manejar grandes capitales e implementar un marketing de amplio espectro. Las empresas propietarias de esas marcas deben ser relativamente grandes y mantener una presencia en el mercado durante el tiempo suficiente como para que el consumidor tome conciencia de la calidad y la particularidad de sus productos. Nombres como Kodak, Pitney-Bowes, Courtney's y Sears nacieron en el siglo XIX. Las marcas japonesas como Sanyo, Panasonic o Shiseido llevan menos tiempo en el mercado, pero fueron creadas por grandes corporaciones.

Por el contrario, en el mundo económico chino hay muy pocas marcas. El único nombre que resulta conocido a la mayoría de los estadounidenses es Wang, la excepción que confirma la regla. Las empresas chinas de Hong Kong y Taiwan producen textiles destinados a marcas estadounidenses como Spalding, Lacoste, Adidas, Nike y Arnold Palmer, pero muy rara vez una empresa china lanza su propia marca. Las razones resultan evidentes si se tiene en cuenta la evolución de la empresa familiar china. Debido a su reticencia para adoptar una conducción profesional, su integración hacia adelante se ve limitada, en especial en los mercados de ultramar, que les resultan poco familiares y en los que se necesita conocer las características de las estrategias de marketing que tienen éxito en esos mercados. Para una pequeña empresa familiar china es muy difícil desarrollarse hasta alcanzar un nivel de escala tal que le permita lograr un producto que se destaque en el mercado de consumo masivo. Además, son muy pocas las empresas chinas que sobreviven el tiempo suficiente como para establecer y afianzar su reputación entre los consumidores. El resultado de ello es que las empresas chinas por lo general buscan socios comerciales occidentales para la distribución de sus productos, en lugar de crear sus propias organizaciones de marketing, como lo hacen las grandes compañías japonesas. Esta relación resulta muy conveniente para la empresa occidental, ya que es muy poco probable que su asociado chino, al contrario de lo que sucede con la corporación japonesa, trate de dominar la comercialización en ese sector particular.[45] En otros casos, como en el de la línea de ropa Bugle Boy, la comercialización del producto se ha llevado a cabo por un familiar chino-estadounidense, con una cultura totalmente norteamericana.

La actitud de las empresas chinas, de seguir siendo pequeñas y conducidas por la familia, no necesariamente es una desventaja y en algunos mercados incluso puede llegar a constituir una ventaja. Su mejor desempeño se registra en aquellos sectores de la industria que requieren relativamente mucha mano de obra o en mercados muy segmentados, muy cambiantes y, por lo tanto, pequeños, como el textil, el de la vestimenta, de la madera y otros *commodities*, el armado de componentes para PC, artículos de cuero, productos metalúrgicos de pequeño tamaño, muebles, plásticos, juguetes, productos de papel y servicios bancarios. Una empresa pequeña manejada por una familia es altamente flexible y capaz de tomar decisiones con suma rapidez. En comparación con la gran firma japonesa, de organización jerárquica y con sus complejos sistemas de toma de decisiones consensuadas, la pequeña empresa china se halla mucho mejor preparada para responder a los cambios abruptos en la demanda del mercado. Donde el desempeño de las empresas chinas es mucho menos eficiente es en los sectores de capital intensivo, en los que las utilidades de escala son muy grandes sólo cuando se cuenta con procesos de fabricación complejos, como lo son el sector de los semiconductores, el aeroespacial, el automotor, el petroquímico y otros similares. Las empresas privadas taiwanesas no pueden ni siquiera soñar con competir con Intel o Motorola en la producción de microprocesadores de última generación, cosa que sí pueden hacer las empresas japonesas Hitachi y NEC.[46] Pero sí son altamente competitivos en el área de los *commodities* dentro de la industria de la computación personal, donde una cantidad inmensa de computadoras personales sin marca salen de pequeñas líneas de armado.

A la sociedad china se le abren tres caminos para superar su incapacidad de crear grandes corporaciones. El primero es a través de las organizaciones de red. Es decir, las empresas chinas pueden desarrollar un modelo de economía de gran escala, mediante vínculos familiares o personales con otras pequeñas empresas chinas. Hoy en día, existen en la región del Pacífico una gran cantidad de redes de empresas chinas, que se superponen y ramifican. Gran parte del desarrollo protegido que se está llevando a cabo en las provincias de Fujian y Guangdong, en la República Popular China, es obra de las redes familiares con base en Hong Kong, que se extienden por las regiones vecinas a China. La familia es importante para las organizaciones en red, aunque en menor medida que para la empresa individual. Muchas redes utilizan los lazos de parentesco que van más allá de la familia propiamente dicha, como los clanes que existen en el sur de China. (Es de señalar que algunas de las relaciones de red no se basan en ningún tipo de parentesco sino, simplemente, en los contactos personales y en la confianza.)

El segundo método para desarrollar industrias de gran escala es propiciar la inversión extrajera directa. Tradicionalmente, las sociedades chinas siempre han sido reacias a permitir que los extranjeros desempeñen un papel de tanta influencia dentro de su economía. En Taiwan y en la República Popular China, esta práctica se encuentra estrictamente regulada.

El tercer camino por el que las naciones de origen chino pueden lograr economías de gran escala es a través de la promoción estatal o de la posesión de grandes empresas por parte del Estado. Un mercado atomizado y altamente competitivo, integrado por pequeñas empresas, no es un fenómeno novedoso; este sistema ha caracterizado la vida económica china durante muchos siglos, tanto en el campo como en las ciudades. La China tradicional tuvo, a principios del período moderno, una capacidad industrial muy perfeccionada y un alto nivel de complejidad tecnológica, si se la compara con la Europa de esos tiempos, pero este desarrollo siempre estuvo dentro del sector estatal. Por ejemplo, Jingdezhen, la capital de la porcelana, tenía cientos de miles de habitantes y se decía que cada una de las piezas pasaba por setenta o más pares de manos en su proceso de fabricación. Sin embargo, la fabricación de la porcelana en ese lugar siempre fue un negocio que estuvo en manos del Estado y no se tiene conocimiento de empresas privadas que hayan alcanzado una dimensión comparable.[47] En forma similar, durante la dinastía Quing —el último Estado dinástico— se establecieron una serie de empresas denominadas *Kuan-tu Shang-pan* ("de propiedad privada, oficialmente supervisadas"), incluyendo el monopolio de la producción de sal y una cantidad de industrias fabricantes de armamento, consideradas esenciales para la seguridad nacional. En estos casos, el Estado designaba supervisores oficiales, mientras que la producción era vendida a comerciantes particulares, a los cuales el gobierno cobraba impuestos.[48] Cuando los comunistas chinos ganaron la guerra civil, en 1949, de inmediato procedieron a nacionalizar la industria china, de acuerdo con sus principios marxistas. Al mejor estilo socialista, la República Popular China tiene hoy una enorme cantidad de empresas estatales gigantescas (y altamente ineficientes). Pero los nacionalistas chinos también heredaron de los japoneses algunas grandes empresas estatales y, hasta hace poco, no demostraron ninguna prisa por privatizarlas. Si Taiwan espera desempeñar un papel importante en sectores como el de la industria aeroespacial y la de semiconductores, el apoyo del Estado (ya sea en forma de propiedad estatal directa o de subsidios) se presentaría como el único camino viable.

El familismo que se evidencia en la vida empresarial china tiene profundas raíces en su cultura, y es allí adonde debemos remitirnos para comprender estas características tan particulares.

CAPÍTULO 9

El fenómeno "Buddenbrooks" (*)

L os comunistas chinos asumieron el poder en 1949, decididos a romper el predominio del familismo en la sociedad china. Estaban convencidos, —erróneamente— de que la tradicional familia patrilineal china constituía una amenaza para la modernización económica. Pero lo que, además, veían con suma claridad era que la familia era un contrincante político que debilitaba el poder que la influencia de la ideología comunista y el concepto de nación podían ejercer en la población de ese inmenso país. Por lo tanto, procedieron a tomar una serie de medidas destinadas a destruir la estructura familiar tradicional: se introdujo una legislación familiar "moderna", la poligamia fue declarada ilegal y se reafirmaron y garantizaron los derechos de la mujer; la gran familia campesina fue dividida mediante la colectivización de la agricultura; se nacionalizaron o expropiaron las empresas familiares; y los niños eran adoctrinados para que consideraran que el partido, y no la familia, era la autoridad máxima en su vida. Las medidas de planificación familiar destinadas a disminuir el explosivo crecimiento demográfico de China, limitando la descendencia a un solo niño por familia, acaso constituyeron el ataque más frontal al confucianismo tradicional y a su imperativo milenario de engendrar muchos hijos varones.[1]

Pero los comunistas subestimaron, y mucho, el arraigo y la persistencia de la cultura confuciana y de la familia china como institución. Esta última resurgió, después de medio siglo de confusión

---

(*) *Los Buddenbrooks*, novela del escritor alemán Thomas Mann, donde se relata la decadencia de la burguesía, utilizando la saga de la familia que da título a la obra. (N. de la T.)

política, más fuerte que nunca. La clave para entender la naturaleza de la sociedad económica china, así como de otras sociedades familistas del mundo de hoy, es una comprensión adecuada del papel de la familia en la cultura china.

El confucianismo, mucho más que el budismo o el taoísmo, ha definido el carácter de las relaciones sociales dentro de la sociedad china durante los últimos dos milenios y medio. Consiste en una serie de principios éticos que se suponen la base de una sociedad que funcione de la manera adecuada.[2] Ese tipo de sociedad no está regulado por una constitución ni por el sistema legal que emana de ésta, sino por la internalización de los principios éticos del confucianismo, por parte de cada individuo, como resultado de un proceso de socialización. Estos principios éticos definen la naturaleza adecuada de una amplia variedad de relaciones sociales. De estas relaciones, las cinco principales son las de gobernante-ministro, padre-hijo, marido-mujer, hermano mayor-hermano menor y amigo-amigo.

Se ha escrito mucho sobre lo que Tu Wei-ming caracteriza como el "confucianismo político", es decir, el apoyo del confucianismo a un sistema jerárquico de las relaciones sociales, con un emperador a la cabeza y una clase de gentileshombres-intelectuales que ocupan una organizada burocracia centralizada por debajo de aquél. Esta estructura política fue considerada como la "superfamilia" del pueblo chino, y la relación del emperador con su gente era vista como la de un padre con sus hijos. En este sistema, a través de una serie de exámenes imperiales para el ingreso en la burocracia, era posible la promoción meritocrática, pero el ideal social al que aspiraban los examinados era llegar a ser un intelectual, versado en los textos confucianos tradicionales. El hombre superior (*chun tzu*) poseía *li*, o sea la habilidad de comportarse de acuerdo con las elaboradas reglas del decoro y la corrección,[3] con lo cual se hallaba muy lejos de parecerse al empresario moderno. Más que al arduo trabajo, aspiraba al descanso; gozaba de ingresos generados por rentas; se consideraba un custodio de la tradición confuciana, no un innovador. En la sociedad confuciana tradicional, muy estratificada, el comerciante no gozaba de gran estima. Si la familia de un comerciante se enriquecía, los hijos no aspiraban a continuar con el negocio paterno sino a presentarse al examen imperial e ingresar en las filas de la burocracia. En lugar de reinvertir, muchos comerciantes desviaban las ganancias de sus negocios hacia la adquisición de tierras, cosa que les confería un prestigio social mucho mayor.[4]

Muchas de las afirmaciones negativas acerca del impacto del confucianismo sobre la economía durante la primera mitad del siglo XX, se debieron, en gran parte, a que se consideraba que los aspectos políticos de la doctrina constituían el núcleo del sistema cultural. De todas formas, el confucianismo político casi ha desaparecido de la escena. La última dinastía china fue derrocada en 1911, con lo cual la burocracia imperial quedó abolida. Aun cuando, en los últimos años, varios generalísimos y comisarios han sido comparados con emperadores, el sistema imperial ha muerto hace tiempo y no hay muchas probabilidades de que reviva. La estratificación social apoyada por el confucianismo político también ha sido desmantelada en su mayor parte. La antigua estructura de clases fue disuelta, por la fuerza, en la República Popular China, después de la revolución y anulada como resultado del exitoso desarrollo económico de Taiwan. Tampoco fue posible exportar el sistema político tradicional chino a otras comunidades chinas de comerciantes y pequeños industriales, de una relativa homogeneidad étnica.[5] Algunas sociedades chinas, como Singapur, han intentado resucitar una forma de confucianismo político, como medio para legitimizar su versión particular de "autoritarismo blando", pero esos esfuerzos han resultado un tanto artificiales.

En todo caso, la verdadera esencia del confucianismo chino nunca fue el confucianismo político sino lo que Tu Wei-ming denomina la "ética personal confuciana". El núcleo central de estas enseñanzas éticas fue la apoteosis de la familia —en chino, la *jia*— como relación social, a la que se subordinaban todas las demás. La obligación para con la familia se ubicaba por encima de todas las demás, incluso las obligaciones para con el emperador, el Cielo o cualquier otra fuente de autoridad, divina o temporal.

De las cinco relaciones cardinales del confucianismo, la que tenía lugar entre padre e hijo era la fundamental, ya que establecía la obligación moral del *xiao,* o sea de la piedad filial, el imperativo moral central del confucianismo.[6] En todas las culturas se fomenta en los hijos el respeto por la autoridad paterna, pero en la cultura tradicional china esto llega a grados extraordinarios. Los hijos tienen la obligación de respetar, aun de adultos, los deseos de sus padres, apoyarlos económicamente en su vejez, honrar sus espíritus una vez muertos y mantener una linea familiar que se remonte hacia atrás en la historia, a través de generaciones de antepasados. En Occidente, la autoridad paterna compite contra una cantidad de rivales, entre los que se incluyen maestros, empleadores, el Estado y, en última instancia, Dios.[7] En los Estados Unidos, por ejemplo, la rebelión contra la autoridad paterna prácticamente ha sido institucionalizada como ritual de ingreso en la mayoría de edad. En la cultura china tradicional, esto sería algo inconcebible. No existe un equivalente del concepto judeo-cristiano de la existencia de una fuente divina de autoridad o ley superior, que pueda aprobar la rebelión individual contra los dictados de la familia. En la sociedad china, la obediencia a la autoridad paterna equivale a un acto divino y no hay ningún concepto de conciencia individual que pueda inducir al individuo a contradecir dicha autoridad.

La centralidad de la familia en la cultura tradicional china se torna evidente cuando se presenta un conflicto entre la lealtad a la familia y la lealtad hacia alguna autoridad política como el emperador o, en la República Popular China, el comisario. Por supuesto que, de acuerdo con los dogmas del confucianismo ortodoxo, tales conflictos nunca debieran surgir. En una sociedad ordenada, todas las relaciones sociales están en armonía. Sin embargo, aparecen. Y se hacen presentes en forma aguda si el padre ha cometido un delito y la policía lo está buscando. Muchos dramas clásicos chinos reflejan la agonía del hijo que se ve obligado a elegir entre la lealtad hacia el Estado y la lealtad para con su familia, pero al final siempre es la familia la que gana: no entrega al padre a la policía. En un cuento clásico, que tiene por protagonistas a Confucio y al jefe de Estado de un reino vecino, "el rey se ufanaba frente a Confucio de que, en su país, la virtud de sus habitantes era tal, que si un hombre robaba, su hijo denunciaba el delito y al delincuente ante las autoridades del Estado. Confucio replicó que, en su Estado, la virtud de sus habitantes era aún mayor, ya que a ningún hijo se le ocurriría tratar a su padre de ese modo".[8] Los comunistas tenían razón cuando consideraban que la autoridad de la familia constituía una amenaza para sus objetivos, e iniciaron una larga lucha para subordinar la familia al Estado: de acuerdo con sus pautas, el hijo virtuoso entregaba a su padre delincuente a la policía. Sin embargo, existen pruebas contundentes de que el comunismo ha fracasado por completo en su intento de sojuzgar a la familia. La prioridad de la familia sobre el Estado y, de hecho, sobre cualquier otra relación fuera de ella, es lo que diferencia marcadamente al confucianismo ortodoxo chino de su rama japonesa, lo cual tiene importantes consecuencias sobre la organización empresarial en uno y otro país.

La competencia entre las familias hace que las sociedades chinas parezcan muy individualistas, pero no existe competencia entre el individuo y su familia, en el sentido occidental de la palabra. La identidad individual está contenida en la familia, forma parte indisoluble de ella. La antropóloga Margery Wolf, en su estudio de un pueblo taiwanés, afirma lo siguiente:

> Un hombre que no está contenido totalmente por una red de familiares y parientes no es digno de confianza, porque no se puede tratar con él en forma normal. Si su comportamiento es inapropiado, no se lo puede discutir con su hermano o exigir reparación a sus padres. Si se lo quiere abordar en un asunto delicado, no se puede recurrir a su tío para que haga de intermediario y prepare el camino.

La riqueza no es capaz de compensar esa deficiencia, del mismo modo como no puede suplir la pérdida de un brazo o de una pierna. El dinero no tiene pasado, no tiene futuro y no tiene obligaciones. Los parientes sí.[9]

La fragilidad del sentido de compromiso u obligación para con cualquiera ajeno a la familia, en la China tradicional, se manifiesta a través de la familia campesina.[10] Los campesinos, por lo general, procuraban no depender en nada de sus vecinos, a pesar de que podían realizarse algunas tareas colectivas en momentos pico durante la época de la cosecha. Al contrario de lo que sucedía en los sistemas feudales de la Edad Media, en los cuales los campesinos estaban estrechamente vinculados con la familia de sus señores y dependían de éstos para obtener tierras, créditos, semillas y otros servicios, el campesino chino en general era dueño de su tierra y mantenía un contacto casi nulo con el estrato social superior, salvo cuando se le cobraban los impuestos. La familia constituía una unidad independiente tanto para la producción como para el consumo. En el campo, había poca división del trabajo. La familia compesina procuraba producir ella misma todos los productos no agrícolas que necesitaba en la vida cotidiana, en lugar de comprarlos en el mercado. Las pequeñas industrias domésticas campesinas, que fueran fomentadas en la República Popular China y que surgieron en forma espontánea en Taiwan, tienen, por lo tanto, profundas raíces en la cultura china.[11]

Entre las familias de la burguesía, el grado de autosuficiencia era menor, a pesar de que seguía siendo un ideal social. En una familia de buena prosapia había excedente suficiente como para mantener hogares más grandes y más mujeres. Los miembros de la familia no trabajaban, sino que dirigían, y dependían del trabajo de empleados no familiares. El sistema de examinación imperial existía como camino hacia el ascenso social fuera de la familia. La familia burguesa a menudo vivía en la ciudad, donde había más distracciones y oportunidades para entablar relaciones fuera de la familia. Sin embargo, las familias aristocráticas chinas seguían siendo mucho más autosuficientes que las familias burguesas europeas.[12]

Si se estudia el familismo chino desde una perspectiva histórica, resulta claro que detrás de él existía una buena dosis de racionalidad económica. En la China tradicional no se conocían derechos de propiedad legalmente establecidos. A lo largo de gran parte de la historia china, el sistema impositivo era por completo arbitrario; el Estado subcontrataba la recaudación de impuestos con funcionarios locales o cobradores de impuestos, que fijaban el nivel impositivo de acuerdo con lo máximo que podía soportar la población.[13] Los campesinos también podían ser reclutados en forma arbitraria para servir en el ejército o para trabajar en proyectos de obras públicas. A cambio de todos los impuestos que cobraba, el Estado ofrecía muy pocos servicios sociales. El sentido de obligación patriarcal que existía entre el señor y los campesinos en el sistema feudal europeo y que, por incoherente e hipócrita que pudiera ser, ofrecía una cierta protección, no tuvo nunca un paralelo chino. La China tradicional enfrentaba situaciones de superpoblación y escasez de recursos (por ejemplo, tierras), y la competencia entre las distintas familias siempre fue muy fuerte. En la mayoría de las sociedades confucianas no existía un sistema formal de seguridad social, carencia que ha persistido hasta nuestro días.

En ese entorno, un sistema familiar fuerte puede verse como el mecanismo de defensa fundamental contra un medio externo hostil y arbitrario. El campesino sólo podía confiar en los miembros de su propia familia, porque todos los que estaban fuera de ella —funcionarios públicos, burócratas, autoridades locales y burguesía— carecían de todo sentido de obligación recíproca y no tenían el menor reparo en cometer abusos contra él. Como la mayoría de las familias campesinas vivían permanentemente al borde de la inanición, no había excedente alguno que les permitiera ser generosas con amigos o vecinos. Los hijos varones —la mayor cantidad posible— eran una necesidad absoluta, ya que sin ellos no había posibilidad de sobrevivir en la vejez.[14] En esas condiciones tan duras, la familia autosuficiente constituía la única fuente de amparo y cooperación disponible.

La China tradicional no logró desarrollar una riqueza concentrada que podría haber aportado el capital para una industria temprana, debido al principio de la distribución igualitaria de la herencia entre los hijos varones, firmemente arraigado en esa cultura.[15] El sistema familiar chino es estrictamente patrilineal; la herencia pasa sólo por los miembros masculinos de la familia y es compartida por igual entre todos los hijos de un mismo padre. Con el crecimiento de la población, las tierras se fueron subdividiendo de generación en generación, hasta convertirse en predios demasiado pequeños para alimentar en forma adecuada a una familia. Este fenómeno perduró hasta el siglo XX.[16]

Aun entre las familias adineradas, la división igualitaria de la herencia provocaba que las fortunas se diluyeran en el término de una o dos generaciones. Una de las consecuencias de esto es que en la China existen muy pocas mansiones comparables con las europeas, es decir, grandes residencias construidas para que las ocupara una misma familia aristocrática a lo largo de generaciones. Las residencias de las familias acaudaladas eran construcciones pequeñas, de una sola planta, abigarradas alrededor de un patio común, en las cuales vivían las familias de los hijos del patriarca. Al contrario de lo que sucede en sociedades con un sistema de primogenitura, como la inglesa o la japonesa, los hijos menores de una familia, al no ser excluidos de la herencia familiar, no se veían obligados a buscar su fortuna en el comercio, las artes o el ejército. Por lo tanto, en China siempre hubo una mayor permanencia de mano de obra en la zona rural, que en los países con un sistema de primogenitura.

Los hijos eran importantes no sólo para continuar con la herencia de sus mayores sino como una forma de seguridad social. Pero resultaba sumamente difícil adoptar a alguien que no perteneciera a la familia, en el caso de no tener hjos varones o de que éstos murieran a temprana edad o fuesen incompetentes.[17] A pesar de que, en teoría, era posible adoptar un hijo no biológico pero de alguna forma emparentado (en general a través del matrimonio de una hija con un tercero, que era incorporado a la familia), ése no era un procedimiento muy aceptado. Un hijo adoptado no sentiría la misma obligación para con su nueva familia que un hijo biológico, y desde la perspectiva del padre siempre existía el riesgo de que el hijo adoptado tomara a sus niños y se separara por completo de la familia si, por ejemplo, sentía que no había recibido la parte de la herencia que le correspondía. A causa de ese riesgo de deslealtad, se preferían las adopciones de niños recién nacidos. En estos casos, el padre adoptivo tomaba cuidadosas precauciones para mantener en secreto la identidad de la familia biológica del adoptado. De todos modos, las adopciones se realizaban básicamente dentro de la familia consanguínea.[18] Recurrir a la adopción de alguien por entero ajeno a la familia era un hecho fuera de lo común, marcado por la humillación pública hacia el hombre sin hijos varones que se veía obligado a adoptar.[19] En la cultura china, el límite entre familiares y no familiares está trazado con gran nitidez. Como veremos más adelante, en Japón las costumbres con respecto a la adopción, son diametralmente opuestas.

La combinación de familismo intenso, herencia masculina igualitaria, ausencia de mecanismos de adopción de extraños y desconfianza hacia quienes no están unidos entre sí por lazos sanguíneos condujo a la sociedad tradicional china a un comportamiento económico que, en muchos aspectos, se asemeja a la cultura empresarial contemporánea de Taiwan y Hong Kong. En las áreas rurales no había grandes fincas sino propiedades minúsculas, que se iban reduciendo aún más de una generación a otra. Había un ciclo constante de crecimiento y decadencia de las familias: aquellas que eran trabajadoras, ahorrativas y capaces acumulaban dinero y ascendían en la escala social.[20] Pero la fortuna familiar —no sólo las tierras sino también la residencia o las residencias y el equipamiento doméstico— se iba diluyendo en la segunda generación a causa de la división igualitaria entre los hijos varones. No estaba garantizado que, en las siguientes generaciones, la capacidad y la moral fueran virtudes inamovibles, y con el tiempo la familia volvía a caer en la pobreza y en la oscuridad. El antropólogo Hugh Baker comentó, con respecto a la vida pueblerina china: "Ninguna familia en nuestra aldea había sido capaz de conservar la misma cantidad de tierra a lo largo de tres o cuatro generaciones".[21] Las comunidades campesinas experimentaban, a través del tiempo, un ciclo repetitivo de crecimiento y decadencia en sus distintas familias. Al respecto, sigue diciendo Baker: "Este proceso de crecimiento y decadencia de las fortunas familiares se parecía a un caldero con su contenido en ebullición. Las familias emergían en la superficie como burbujas, estallaban y volvían a descender al fondo. Al estallar las familias, también se fragmentaban sus propiedades y el aspecto de una manta de *patch-work*, producido por el constante ciclo de parcelamiento y reagrupación de las tierras, constituía una característica muy particular del paisaje chino".[22] Las familias no podían enriquecerse demasiado, al menos no con las oportunidades tecnológicas de la agricultura tradicional china. Pero tampoco podían caer en la extrema pobreza, dado que, por debajo de un cierto nivel de indigencia, el hombre no tenía los medios como para casarse y tener hijos.[23] La única oportunidad de romper ese ciclo se presentaba cuando un hijo especialmente dotado era aceptado para rendir el examen imperial, cosa que sucedía muy raras veces y, de todos modos, afectaba a un solo individuo.

Hasta aquí he utilizado el término "familia" como si la familia china fuera idéntica a su paralelo occidental. Pero esto no es así.[24] Las familias chinas, por lo general, siempre han sido más grandes que sus equivalentes de Occidente, tanto antes como después de la industrialización, de modo que les era posible sostener unidades económicas algo mayores. La familia confuciana ideal es, de hecho, la que reúne cinco generaciones, donde los bisabuelos viven junto a sus bisnietos. Obviamente, este tipo de familia vincular raras veces era factible; lo más común era un conglomerado familiar en el cual el padre y la madre (y posiblemente las familias de los hermanos del padre) vivían con las familias de sus hijos adultos.[25] Investigaciones históricas realizadas sobre la familia china han demostrado que ese tipo de conglomerado familiar constituía más un ideal que una realidad. Las familias nucleares han sido mucho más comunes en la China que lo que los mismos chinos suponen, aun entre los campesinos más tradicionalistas de las zonas rurales.[26] La gran familia unida fue, en cierta forma, un privilegio de la clase acomodada: sólo quien tuviera cierto nivel económico podía mantener a muchos hijos varones con sus familias y dar de comer a tantos miembros al mismo tiempo. Entre las familias adineradas, se producía una evolución cíclica de familia nuclear a conglomerado familiar y la regresión a familia nuclear, a medida que los hijos se hacían adultos, los padres morían y se establecían nuevas familias.

No es correcto pensar que la familia tradicional china es una unidad tan armónica y cohesionada como se la podría percibir desde afuera. La *jia* estaba plagada de una serie de tensiones internas. Era tanto patrilineal como patriarcal: se esperaba que la mujer que ingresaba en una familia a través del matrimonio cortara los lazos con su propia familia y viviera estrictamente subordinada a su suegra.[27] En la China tradicional, los hombres adinerados a menudo tomaban varias esposas y/o concubinas, de acuerdo con su capacidad económica para mantenerlas.[28] Las mujeres aportaban mayor fuerza laboral en las familias campesinas que en las familias adineradas, y por lo tanto ejercían mayor influencia sobre el hombre. El resultado de esto era una escisión más frecuente de esas familias. La fuerza y la estabilidad de la familia tradicional China provenía, por lo tanto, de su capacidad de controlar y sojuzgar a la mujer. Cuando ese control se debilitaba, las familias tendían a fragmentarse.

Además, la igualdad de *status* de todos los hermanos conducía a una rivalidad considerable, y eran innumerables las historias que daban cuenta de los conflictos y los celos que surgían entre las esposas de los hermanos. De hecho, en los niveles más acomodados la convivencia del conglomerado familiar —en que las familias de los diversos hermanos vivían bajo el mismo techo o en casas separadas ubicadas alrededor del patio común— solía ser una fórmula explosiva y muchas de esas familias terminaban atomizándose en familias nucleares, porque no podían contener la tensión provocada por dicha convivencia. De ahí que, a pesar de que la familia que reunía a cinco generaciones bajo un techo seguía siendo el ideal teórico, había considerables presiones que conducían a su desintegración en unidades más pequeñas.[29]

Más allá de la *jia*, ya fuera en su forma amplia o nuclear, había otros círculos concéntricos de parentesco de gran importancia económica. La forma más importante de ese tipo de asociación era determinada por el linaje, definido como "un *grupo corporativo* que establecía una *unidad ritual* y se basaba en la *descendencia comprobada* de un antepasado en común".[30] De manera alternativa, se puede entender esa organización como una familia de familias que se remontan a un origen común.[31] Esa asociación por linajes se encuentra sobre todo en las provincias costeras del sur de la China, como Guangdong y Fujian, mientras que es mucho menos frecuente encontrarla en el norte. Los linajes chinos, a veces descritos como clanes, pueden abarcar una aldea entera, en la cual todas las familias llevan el mismo apellido. Más allá del linaje, existe lo que se denomina "linaje de orden superior", que comprende distintos linajes, reunidos en un gran clan por el denominador común de antiguos ancestros en un gigantesco clan. Por ejemplo, en los Nuevos Territorios de Hong Kong existen varias aldeas conformadas por linajes con el apellido Deng, que remontan su origen a un individuo de ese apellido que se afincó en esa zona hace mil años.[32] Los linajes, por lo general, poseen alguna finca o propiedad común, por ejemplo un paraninfo que se utiliza para fines rituales, algunos de ellos conservan una serie de tradiciones y registros genealógicos muy elaborados, que se remontan a varios siglos.[33]

Económicamente, los linajes han cumplido con la función de ampliar el círculo del parentesco y, por lo tanto, es posible confiar en una mayor cantidad de personas, dentro de un emprendimiento económico. Las obligaciones de los miembros de un mismo linaje para con el grupo son mucho menores que las que se tienen para con la familia. El mismo linaje puede comprender familias muy ricas y muy pobres, y los miembros ricos no tienen ninguna obligación particular de ayudar a los más pobres.[34] Los linajes a veces pueden ser ficticios: todos los individuos que llevan apellidos como Chang o Li y provienen de la misma región geográfica podrían considerar que pertenecen al mismo linaje, cuando en realidad no existe ningún tipo de parentesco entre ellos.[35] Sin embargo, los vínculos familiares, por más atenuados que estén, brindan la base para un grado de confianza y compromiso que no existe para con extraños, e incrementan enormemente la cantidad de gente que se puede incorporar a la empresa familiar sin sentir que se están corriendo riesgos.[36]

Los lazos del linaje son sumamente importantes para comprender la naturaleza del desarrollo económico chino contemporáneo. Muchas de las empresas chinas establecidas en el exterior, denominadas *nanyang,* en las prósperas comunidades de la región del Pacífico —Singapur, Malasia, Indonesia, Hong Kong, Taiwan—, se originaron a partir de la inmigración proveniente de las provincias Fujian y Guangdong, ubicadas al sur de la China. A pesar de que dicha inmigración se produjo, en muchos casos, hace tres o cuatro generaciones, los chinos establecidos en el exterior han mantenido los lazos que los unen a sus parientes residentes en la China. Gran parte del desarrollo económico que se ha producido en Fujian y en Guangdong durante las últimas décadas se basa en capital chino expatriado que vuelve al continente a través de ramificadas redes familiares y de linaje. Esto vale en especial para Hong Kong y sus Nuevos Territorios, que físicamente está al lado de Guangdong, y cuyas organizaciones de linaje en alguna medida se superponen entre sí. En muchos casos, los empresarios chinos del exterior han sido bienvenidos en sus aldeas o regiones natales por las autoridades locales, que les han dado un tratamiento especial gracias a sus lazos sanguíneos. La existencia de estos vínculos de parentesco es lo que ha dado a los chinos que viven fuera de su país la confianza necesaria para invertir en la República Popular China, a pesar de la ausencia de derechos de propiedad o de un entorno político estable. Esto también explica por qué los chinos de ultramar tienen ventaja frente a otros inversores del exterior, como, por ejemplo, los japoneses, los estadounidenses o los europeos.

En la cultura china, la prioridad de la familia y, en menor grado, la de los lazos del linaje dan un significado por entero nuevo a los términos "nacionalismo" y "ciudadanía". Muchos observadores, a lo largo del tiempo, han notado que, en comparación con algunos vecinos como Vietnam o Japón, tanto el sentido chino de la identidad nacional como su conciencia de ciudadanía y su espíritu público son mucho más débiles. Sin embargo, los chinos poseen un sentido de identidad nacional muy desarrollado, basado en una cultura común tan antigua como rica. La identidad nacional en la China tradicional, tal como hemos visto, estuvo sustentada por el confucianismo político, que fijó una serie de obligaciones frente a toda una jerarquía de autoridades políticas, que culminaba en el emperador. A fines del siglo XIX y principios del siglo XX se fue forjando un sentido de identidad nacional negativo y xenófobo, debido a la ocupación sufrida por China, primero por poderes coloniales europeos y luego por el Japón. En el siglo XX, el Partido Comunista chino intentó ocupar el lugar del emperador y adquirió un aura de legitimidad nacionalista gracias al que desempeñó en la lucha contra los japoneses.

Pero, desde los tiempos de las dinastías hasta la victoria comunista en 1949, las principales lealtades del individuo en la China no eran para con las autoridades políticas de turno, sino para con su familia. El concepto de "China" nunca tuvo para los chinos el mismo significado afectivo de "comunidad de valores, intereses y experiencias compartidas" que tiene "Japón" para los japoneses. En el confucianismo chino no existe nada parecido a una obligación moral universal para con todos los seres humanos, obligación que sí se observa en las religiones cristianas.[37] Las obligaciones implican distintos grados de intensidad, la cual disminuye cuanto más uno se aleja del núcleo familiar más estrecho.[38] Como dice Barrington Moore: "Es evidente que la aldea china, que, como en todo el mundo, constituye el núcleo básico de la sociedad rural, carecía de cohesión si se la comparaba con las de la India, las de Japón y las de muchas partes de Europa. Eran muchas menos las ocasiones en que una gran cantidad de integrantes de la aldea cooperaban en alguna tarea común que creara hábitos y sentimientos de solidaridad. Más que de una comunidad viva y activamente operativa, se trataba de una aglomeración edilicia de hogares campesinos individuales".[39] En sociedades chinas como la República Popular China, Singapur y Taiwán se ha logrado imponer un espíritu ciudadano mediante un gobierno autoritario, que también fue el que subsidió el crecimiento de las grandes empresas en esos países. Pero los propios chinos han podido observar que existe un grado muy bajo de espíritu ciudadano "espontáneo", cosa que se puede medir en aspectos como el uso y cuidado de los espacios públicos, la disposición a apoyar campañas caritativas, colaborar en forma voluntaria en grupos de interés comunitario o morir por su país.[40]

Sin embargo, las fuerzas del cambio socioeconómico han modificado la familia tradicional china y la red de linajes, tanto en la República Popular China como en las sociedades chinas establecidas en el exterior.[41] La urbanización y la movilidad geográfica debilitan las organizaciones basadas en el linaje, dado que los miembros de este último ya no pueden vivir todos en una misma aldea, como lo hicieran sus antepasados. En un entorno urbano, resulta más difícil mantener la gran familia vincular, y ésta es sustituida de manera gradual por la familia conyugal.[42] Las mujeres reciben cada vez mayor educación y, en consecuencia, están menos dispuestas a aceptar la posición subordinada que les asignaba la familia tradicional.[43] Tanto la agricultura a cargo de las familias campesinas como la industrialización rural están alcanzando los límites de su potencial productivo. Todo futuro progreso económico exigirá que la población rural china se vaya urbanizando en mayor grado, o que logre crear alguna forma nueva de organización económica rural, con lo cual se destruiría la autosuficiencia de la familia campesina tradicional. Muchos de estos cambios ya se han producido en sociedades chinas no comunistas, como Taiwan y Hong Kong.

Sin embargo, es aún prematuro hablar de la desaparición o incluso de la erosión de la *jia*. Se está demostrando, cada vez más, que los cambios en el esquema familiar chino han sido menos profundos de lo que se suponía.[44] De hecho, en los entornos urbanos modernos las relaciones familiares han logrado reconstituirse. Es evidente que, en su competencia con la familia tradicional, el comunismo ha llevado las de perder. El sinólogo australiano W. J. F. Jenner ha observado que la única institución que logró emerger fortalecida del naufragio ocurrido en la historia china del siglo xx, es la familia patrilineal china.[45] Ésta siempre ha sido un refugio para protegerse de los caprichos de la vida política, y los campesinos chinos han comprendido que, en última instancia, los únicos en que podían confiar realmente eran los miembros de su familia más cercana. La historia política del presente siglo ha reforzado esa sensación. Dos revoluciones, la dictadura militar, la ocupación extranjera, la colectivización y la locura de la Revolución Cultural, seguida de la descolectivización después de la muerte de Mao, han enseñado al campesino chino que, en el entorno político, nada es seguro. Quienes hoy detentan el poder mañana pueden ser los sojuzgados. La familia, por el contrario, le brinda el último ápice de seguridad: para asegurarse su vejez, es mucho mejor confiar en los hijos que en las leyes o en las cambiantes autoridades políticas.

Desde las reformas implementadas por Deng Xiao-ping a fines de 1970 y la "marketización" de un amplio sector de la economía China a partir de ese momento, se han producido cambios monumentales en China. Pero en cierto sentido la reforma no fue sino la restauración de las relaciones sociales chinas anteriores. Resultó que la familia china autosuficiente no había muerto bajo el comunismo, y resurgió con toda su fuerza a la primera oportunidad que le ofreció el nuevo sistema de responsabilidad rural. El antropólogo Victor Nee admitió, con cierto sarcasmo, que habría querido comprobar que los lazos sociales creados por el sistema comunitario comunista se habían fortalecido a lo largo de dos décadas de explotación agraria colectivizada. Lo que encontró, en cambio, al igual que muchos otros, fue sólo el individualismo de la familia campesina.[46] Jenner señala que en las últimas décadas muchos funcionarios del partido comunista chino, a pesar de su ideología marxista, abrieron cuentas bancarias en el exterior y educaron a sus hijos en Occidente, a fin de estar preparados para el día en que el comunismo ya no ejerciera el poder. Para ellos, al igual que para el más humilde de los campesinos, la familia es y seguirá siendo el único refugio seguro.[47]

En el capítulo I de este libro hablé de la pequeña escala de la empresa china y del hecho de que todas solían ser propiedad de las familias y operadas por éstas. La razón de la perdurabilidad de esa pequeña escala no puede ser atribuida ni al nivel de desarrollo de las sociedades chinas contemporáneas ni a la carencia de instituciones legales o financieras modernas. Otras sociedades, de menor nivel de desarrollo y con instituciones mucho más frágiles, han sido capaces, a pesar de ello, de superar a la familia como forma predominante de organización comercial.

Por otra parte, es bastante probable que la estructura de la moderna empresa china tenga sus raíces en el lugar especial que ocupa la familia en la cultura china. El esquema de vida social en la China moderna es igual al de la China tradicional. El continuo surgimiento y desaparición de empresas familiares atomizadas; la incapacidad de esas empresas para institucionalizarse o sobrevivir más allá de dos o tres generaciones; la profunda desconfianza hacia cualquier extraño y la renuencia a incorporar en la familia a individuos no emparentados; y los obstáculos sociales que implica la tradicional ley de herencia para la acumulación de grandes fortunas, son todos aspectos que existían en la sociedad china mucho antes de la industrialización de posguerra de Taiwán, Hong Kong, Singapur y la República Popular China.

CAPÍTULO 10

El confucianismo italiano

D urante los últimos quince años, uno de los nuevos fenómenos económicos más interesantes para estudiar en las *business schools,* y que es analizado con frecuencia por los expertos en *management,* ha sido la industria de pequeña escala que se desarrolló en Italia central. Este país, que se industrializó tardíamente y cuya economía en general ha sido considerada una de las más atrasadas de Europa Occidental, acusó una explosión económica en determinadas regiones durante las décadas de 1970 y 1980, con la aparición de redes de pequeñas empresas que fabricaban todo tipo de productos, desde textiles y ropa de marca hasta máquinas-herramienta y robots industriales. Algunos entusiastas de la industrialización en pequeña escala han afirmado que el modelo italiano representa un nuevo paradigma de la producción industrial, que puede ser exportado a otras economías. Un análisis del capital social y de la cultura de ese país nos permitirá una mejor comprensión de las causas de ese renacimiento económico en miniatura.

A pesar de que podría parecer algo extraño comparar Italia con la cultura confuciana de Hong Kong y Taiwan, en determinados aspectos la naturaleza de sus respectivos capitales sociales es similar. En ciertas regiones de Italia y en el caso de toda China, los lazos familiares tienden a ser más fuertes que cualquier otro tipo de lazo social que no se base en el parentesco, mientras que el poder y el número de asociaciones intermedias formadas entre el Estado y el individuo son relativamente bajos, lo cual refleja una desconfianza generalizada para todo lo externo a la familia. Las consecuencias, mostradas en la estructura industrial, también son similares: empresas relativamente pequeñas y controladas por la familia en el sector privado, y empresas de gran escala apoyadas desde el Estado para que resulten viables. Y tanto en las sociedades chinas como en las católicas latinas, las causas de esa carencia de sociabilidad espontánea son similares: el predominio de un Estado central y arbitrario durante la primera fase de su desarrollo histórico, que en forma deliberada destruyó toda agrupación intermedia y procuró controlar la vida societaria. Estas generalizaciones, como todas las grandes abstracciones, deben adaptarse a las condiciones históricas y geográficas; sin embargo, resultan bastante llamativas.

Hemos notado que en la sociedad china los individuos están estrechamente subordinados a la familia y tienen poca identidad propia fuera de ella. Debido al elevado grado de competencia que existe entre las familias, lo cual refleja la ausencia de un sentido de confianza generalizado dentro de la sociedad, la cooperación en actividades grupales fuera de la familia, o de los lazos que establece la pertenencia al mismo linaje, se halla sumamente limitada. Comparemos esa situación con la descripción de la vida social en la pequeña ciudad de Montegrano, en el sur de Italia, realizada por Edward Banfield en su estudio *The Moral Basis of a Backward Society:*

> El apego del individuo a la familia constituye el punto de partida para comprender la etopeya en Montegrano. Se puede afirmar que el adulto prácticamente no tiene individualidad fuera de la familia: no existe como un "ego" sino como un "pariente"...
>
> De acuerdo con la mentalidad montegraniana, toda ventaja que se brinda a un tercero necesariamente es dada a costa de la propia familia. Por lo tanto, nadie se puede dar el lujo de ser caritativo, dando a otros más de lo que les corresponde, y ni siquiera de ser justo, dándoles lo que les correspondería. Siendo el mundo lo que es, todos aquellos que se hallan fuera del estrecho círculo familiar son, por lo menos, potenciales competidores y, por lo tanto, potenciales enemigos. La actitud razonable frente a quienes no son de la familia es la sospecha. El padre de la familia sabe que otras familias envidiarán y temerán el éxito de su familia y que es probable que busquen perjudicarla. Por lo tanto, es necesario temer a los demás y estar dispuesto a infligirles algún perjuicio, a fin de que tengan menos poder para perjudicarlo a él y a los suyos.[1]

Banfield vivió en el empobrecido poblado de Montegrano durante un período prolongado, en la década de los 50 y observó que la característica más notable del lugar era la ausencia casi completa de asociaciones. Banfield acababa de completar un estudio de la pequeña ciudad de St. George, en Utah, Estados Unidos, un sitio entrecruzado por una densa red de asociaciones, y le llamó la atención el contraste total que, en ese aspecto, presentaba el poblado italiano. La única obligación moral que sentían los pobladores de Montegrano era para con los miembros de su propia familia nuclear. La familia era la única fuente de seguridad social del individuo. Por lo tanto, la gente temía quedar "en el aire" cuando los miembros de su familia morían a temprana edad. Los montegraninos eran absolutamente incapaces de unirse para la organización de escuelas, hospitales, empresas, acciones caritativas o cualquier otra forma de actividad común. En consecuencia, cualquier tipo de vida social que se observara en el poblado dependía de la iniciativa de dos fuentes, externas y centralizadas, de autoridad: la Iglesia y el Estado. Banfield resumió el código moral montegranino de la siguiente forma: "Maximizar la ventaja material y de corto plazo de la familia nuclear, y suponer que todos los demás hacen lo mismo". Denominó ese tipo de aislamiento basado en la familia como "familismo amoral", un término que más adelante ingresó en el léxico general de las ciencias sociales. Con algunas modificaciones, también podría ser aplicado a la sociedad china.

Banfield se interesaba más por las consecuencias políticas que por las económicas que podía acarrear el familismo amoral. Observó, por ejemplo, que en ese tipo de sociedad la gente teme y desconfía del gobierno pero que, al mismo tiempo, cree en la necesidad de un gobierno fuerte para que controle a sus conciudadanos. Al igual que en las sociedades chinas no comunistas, el grado de ciudadanía e identificación con instituciones más amplias es sumamente débil. Pero los efectos económicos del familismo amoral también eran evidentes: "En casi todo el mundo, la ausencia de ese tipo de asociación (más allá de la familia) es un factor limitante de suma importancia, en lo que se refiere al desarrollo económico. A no ser que los individuos sean capaces de crear y mantener organizaciones, no es posible tener una economía moderna".[3] La mayoría de los habitantes de Montegrano eran campesinos que vivían en un nivel muy próximo a la mera subsistencia; el empleo industrial en ese tipo de comunidades tenía que venir desde afuera, en general bajo la forma de empresas estatales. Aun cuando los grandes terratenientes de la región podrían haber construido una fábrica rentable, desistían de hacerlo porque estaban convencidos de que el Estado tenía la obligación de asumir ese riesgo.[4]

En varios aspectos, las afirmaciones de Banfield deberían ser limitarse y actualizarse. La más importante salvedad que es preciso hacer consiste en que el individualismo atomizado de Montegrano no es característico de toda Italia sino en particular de la zona sur del país. El mismo Banfield observó los llamativos contrastes existentes entre Italia del norte e Italia del sur; el norte, con una red mucho más densa de organizaciones sociales intermedias y una tradición de comunidad cívica, se parece más a Europa

Central que al *Mezzogiorno* (textualmente, el término significa "mediodía" y se refiere a toda el área del sur de Roma). En los últimos quince años, los analistas de Italia hablan no sólo de dos sino de tres Italias: el empobrecido sur, que incluye las islas de Sicilia y Cerdeña; el triángulo industrial formado por Milán, Génova y Turín, en el norte; y lo que se denomina *Terza Italia* o "Tercera Italia", ubicada entre las dos anteriores, que comprende las regiones centrales de la Emilia Romana, Toscana, Umbría y la región de los Apeninos de las Marcas y, hacia el nordeste, las regiones de Venecia, del Friul y de Trento. La Tercera Italia posee algunas características que la diferencian de las otras dos Italias tradicionales.

Robert Putnam ha ampliado los estudios de Banfield, midiendo, a través de toda Italia, lo que denomina la "comunidad cívica", es decir, la propensión de la gente a conformar organizaciones que no se basen en el parentesco, es decir, que surjan de la sociabilidad espontánea. Putnam encontró una marcada escasez de comunidades cívicas en el sur de Italia, característica que se reflejaba mediante factores tales como la reducida cantidad de sociedades literarias, clubes deportivos y de caza, prensa local, grupos musicales, sindicatos y similares.[5] Comprobó también que los italianos del sur eran mucho menos propensos que los del resto del país a leer los diarios, pertenecer a un sindicato, votar y participar de cualquier otra manera en la vida política de sus comunidades.[6] Además, la gente del sur manifestaba un grado mucho menor de confianza social y de fe en que sus conciudadanos respetarían las leyes vigentes.[7] Putnam afirma que el catolicismo italiano influye en forma negativa sobre la actitud cívica de los individuos. Midiendo parámetros como la asistencia a misa, los matrimonios religiosos, el rechazo hacia el divorcio, etc., constató que dicha influencia negativa se va reafirmando cuanto más se avanza hacia el sur, mientras que, paralelamente, la actitud cívica se va debilitando en forma proporcional.[8]

Putnam comprobó que el familismo amoral detectado por Banfield sigue prosperando en el sur, a pesar de que la presión competitiva, ejercida por una sociedad en el límite de la subsistencia, ha cedido un tanto, con motivo del crecimiento económico italiano de posguerra. Sin embargo, afirma que el aislamiento y la desconfianza que existen entre las familias del sur se remontan a generaciones y persisten hasta nuestros días. Un informe de 1863 registra que en Calabria no existen "asociaciones ni ayuda mutua; todo es aislamiento. La sociedad se mantiene sólo gracias a los lazos naturales, civiles y religiosos; pero no existen lazos económicos, no hay solidaridad entre las familias o entre los individuos, o entre éstos y el gobierno".[9] Otro historiador italiano afirma que, a fines del siglo pasado y a principios del presente, "las clases campesinas estaban más en guerra entre ellas que con otros sectores de la sociedad rural... El hecho de que predominaran esas actitudes sólo se puede explicar en el contexto de una sociedad dominada por la desconfianza".[10] Estas características son muy similares a las que se observan en la vida campesina china.

En el sur de Italia notamos otro fenómeno que tiene su contrapartida en otras sociedades atomizadas, con organizaciones sociales intermedias relativamente débiles: los grupos comunitarios más poderosos son las "comunidades delictivas" que no tienen sanción a través de las leyes etopéyicas predominates.[11] En el caso italiano, estas comunidades constituyen célebres organizaciones criminales como la Mafia, Ndrangheta o Camorra. Al igual que los *tongs* chinos, una banda criminal italiana es una organización de tipo familiar aunque no constituya, literalmente, una familia. En una sociedad en la cual los lazos de confianza más allá de la familia son sumamente débiles, los juramentos de sangre que hacen los miembros de la "Cosa Nostra" sirven como sustituto de los vínculos de parentesco y permiten a los delincuentes confiar los unos en los otros en situaciones en las cuales la traición constituye una tentación permanente.[12] Las bandas delictivas altamente organizadas son también características en otras sociedades de bajo nivel de confianza y con instituciones intermedias débiles, como en la Rusia poscomunista y en las clases urbanas bajas de las grandes ciudades estadounidenses. Es de señalar también que la corrupción de las elites políticas y comerciales es más frecuente en el sur que en el norte.

Por el contrario, las regiones de Italia en las que el capital social alcanza su máximo nivel son las del norte (Piamonte, Lombardía y Trento) y, en particular, algunas zonas de la *Terza Italia* como la Toscana y la Emilia-Romana.[13]

El tema general de este libro —el capital social y su impacto significativo en la vitalidad y la escala de las organizaciones económicas— sugiere que debería haber importantes diferencias en el carácter de las organizaciones económicas en las diferentes regiones de Italia. Y, en efecto, ese esquema general se confirma con los datos que surgen de una comparación entre lo que ocurre en el norte y en el sur. Italia tiene mucho menor cantidad de grandes corporaciones que los países europeos comparables con ese país, en términos de producto bruto interno, como Inglaterra o Alemania; incluso países como Suecia, Holanda y Suiza, cuyo producto bruto interno constituye sólo un quinto o un cuarto del italiano, poseen corporaciones de tamaño similar.[14] Si se dejan de lado las empresas estatales, la brecha resulta aún mayor. Italia, al igual de Taiwan y Hong Kong, tiene muy pocas corporaciones multinacionales privadas y conducidas por niveles gerenciales profesionales. Las pocas que existen, como el grupo FIAT, de la familia Agnelli, u Olivetti, se encuentran aglomeradas en el triángulo industrial del norte. La Italia del sur, por el contrario, es un ejemplo típico de la distribución en forma de "silla de montar", característica de Taiwan. Las compañías privadas son pequeñas, débiles y basadas en el núcleo familiar, lo cual obliga al Estado a intervenir, para mantener el nivel de empleo, subsidiando una cantidad de empresas grandes e ineficientes del sector público.

Mucha gente cree que el Estado italiano es débil e incluso inexistente, pero esto equivale a confundir debilidad con ineficiencia. En cuanto a sus poderes formales, el Estado italiano es tan fuerte como el francés, ya que fue diseñado adrede, después de la unificación, de acuerdo con el modelo de este último. Hasta principios de la década de los 70, cuando se introdujeron diversas reformas descentralizadoras, las políticas de las distintas regiones eran dictadas centralmente desde Roma. En grado aún mayor que en Francia, el Estado maneja directamente muchas empresas muy grandes, entre las que se pueden citar Finmeccania, Enel, la Banca Nazionale del Lavoro, la Banca Commerciale Italiana y Enichem. Desde la elección, en abril de 1994, del gobierno de derecha de Silvio Berlusconi, de corta vida, se viene hablando de privatizar una parte importante del sector estatal italiano, al igual que lo que sucede en Francia desde que el gobierno conservador de Edouard Balladur asumiera el poder. Queda por verse si alguno de los dos países logrará concretar esas privatizaciones.

La parte de Italia que ha demostrado ser la más dinámica, desde el punto de vista económico, durante la última generación, y que presenta la mayor incógnita en lo que se refiere al capital social, también es la parte que más se parece a Taiwan y a Hong Kong: la *Terza Italia*, en el centro del país. Los primeros sociólogos italianos que comenzaron a escribir sobre la Tercera Italia observaron que su estructura industrial se encuentra mayormente compuesta por empresas familiares pequeñas, conducidas por dichas familias.[15] Mientras que el familismo campesino sigue siendo característico del empobrecido sur italiano, la empresa familiar de la *Terza Italia*, por el contrario, resultó ser innovadora, orientada hacia la exportación y, en muchos casos, de alta tecnología. Esta zona es, por ejemplo, la sede de la industria italiana de máquinas-herramienta, con una gran cantidad de muy pequeños fabricantes de estos equipos con control númerico (NC) (computadorizados), cuyo nivel de producción, a fines de la década de los 70, ha colocado a Italia en el segundo puesto entre los grandes productores de máquinas-herramienta de Europa (el primer lugar es ocupado por Alemania).[17] Muchas de esas máquinas-herramienta tienen su mercado en la poderosa industria automotriz alemana. A pesar de la gran producción total, las series de fabricación de la industria emiliana de máquinas-herramienta suelen ser muy reducidas y a veces se limitan a una sola máquina, diseñada sobre pedido especial.[17]

Otros productos altamente competitivos de la *Terza Italia* son los textiles y vestimenta, muebles, máquinas agrícolas y otros tipos de bienes de capital avanzado, como equipamiento para la industria del calzado y robots industriales, además de cerámica de alta calidad y mosaicos cerámicos. Esto confirma que no necesariamente tiene que existir una correspondencia entre la industria de pequeña escala y el atraso tecnológico. Italia es el tercer productor mundial de robots industriales y, sin embargo, un tercio de la producción de esta rama de la industria es fabricado por empresas que emplean menos de cincuenta personas.[18] Italia se ha convertido, en muchos aspectos, en el centro de la industria europea de la moda, con muchas marcas que han pasado a ese país desde Francia en las décadas de los 60 y 70. En 1993, la industria italiana textil y del vestido acumuló un excedente de U$S 18 mil millones en la balanza comercial, es decir, el equivalente al déficit comercial en el área de los alimentos y la energía. En esta industria, las únicas dos empresas de gran escala que cotizan en el mercado de acciones son Benetton y Simint; el sesenta y ocho por ciento de los trabajadores son empleados por empresas de menos de diez colaboradores cada una.[19]

Muchos observadores de las pequeñas empresas familiares de la *Terza Italia* han notado la tendencia de éstas a congregarse en distritos industriales, como los identificados por primera vez por Alfred Marshall en el siglo XIX, en los que pueden aprovechar los beneficios que representa el "fondo común" local de capacidad y conocimiento profesional. Se han considerado esos distritos como la versión italiana del Silicon Valley de California, o la Ruta 128 de Boston. En ciertas ocasiones, esos distritos industriales han sido fomentados en forma deliberada por los gobiernos locales, ofreciendo capacitación, financiamiento y otros servicios. En otros casos pequeñas empresas familiares han formado redes espontáneas con otras empresas de orientación similar y, dentro de éstas, subcontratan insumos o servicios de marketing con otras empresas pequeñas. Esas redes se asemejan a las organizaciones en red que existen en Asia, a pesar de que, en cuanto a su escala, se parecen más a las redes familiares de Taiwan y otros países chinos que a las gigantescas organizaciones *keiretsu* del Japón. Las redes italianas parecieran cumplir una función económica similar a las de Asia, ofreciendo la gran escala y la integración vertical de las grandes corporaciones, pero manteniendo gran parte de la flexibilidad inherente a la pequeña empresa dirigida por su propietario.

El dinamismo y el éxito del sector de la pequeña empresa en la *Terza Italia* lo han convertido en objeto de intenso análisis. Este tipo de distrito industrial, integrado por pequeñas empresas de orientación artesanal y alta tecnología, fue uno de los ejemplos más ilustrativos del paradigma de la "especialización flexible" formulado por Michael Piore y Charles Sabel.[20] Piore y Sabel afirmaron que la producción masiva realizada por empresas de gran escala no era una consecuencia necesaria de la revolución industrial. Las empresas de escala más pequeña, basadas en su habilidad artesanal, no sólo han sobrevivido a la par de los gigantescos consorcios, sino que, con la evolución de los mercados de consumo altamente segmentados, complejos y rápidamente cambiantes, la flexibilidad y la adaptabilidad que sólo puede ofrecer una organización pequeña son virtudes muy apreciadas. Para Piore y Sabel, la cantidad de pequeños productores cuya base está constituida por la empresa familiar no es sólo una peculiaridad interesante del desarrollo italiano, sino que representa, para el futuro, una posibilidad de crecimiento para otros países, posibilidad que evita las características más alienantes del paradigma de la producción masiva. Si están en lo cierto o no dependerá —como veremos— del grado en que esa industrialización de pequeña escala posea una base cultural.

Muchos observadores externos, viendo el fenómeno de la industria de pequeña escala en Italia, han considerado que ésta podría convertirse en un modelo generalizable de desarrollo industrial, ya sea en Europa o en el resto del mundo. La Comisión Europea, por ejemplo, consideró los distritos industriales italianos como un modelo positivo para el desarrollo de empresas en pequeña escala, generadoras de puestos de trabajo. Mientras que las grandes corporaciones de Europa, a lo largo de todo el período de posguerra, han ido reduciendo los puestos de trabajo a medida que aprendían a ser más productivas, la proporción del empleo generado por el sector de la pequeña y mediana empresa ha crecido.[21] Pero el crecimiento del empleo en la pequeña empresa no ha estado distribuido en forma pareja dentro de Europa. Además, este crecimiento, considerado en su totalidad, comparado con lo ocurrido en los Estados Unidos, ha sido mucho menos vigoroso.[22] Numerosos promotores de la idea de los distritos industriales se inclinan a creer que el camino de la industrialización en pequeña escala es positivo en sí mismo y suelen enfatizar los aspectos valorables de este fenómeno, que pueden ser apoyados por la política estatal con la creación, por ejemplo, de infraestructuras de capacitación y formación por parte de los gobiernos locales.

Resulta claro que el alto grado de capital social existente en el norte y el centro de Italia desempeña un papel fundamental en la explicación de la mayor prosperidad económica de estas áreas. Sin duda, Robert Putnam está en lo cierto cuando afirma que la economía no permite predecir el grado de sociabilidad espontánea (o de comunidad cívica, como él la denomina) que existe en una sociedad determinada. Pero, a la inversa, el grado de sociabilidad espontánea permite predecir el desempeño económico de esa sociedad, mejor que los factores económicos propiamente dichos.[23] En el momento de la unificación del país, en 1870, ni el norte ni el sur de Italia se hallaban industrializados y la población agraria constituía un porcentaje algo más elevado en el norte del país. Pero el desarrollo industrial avanzó con rapidez en el norte, mientras que el sur se fue desurbanizando y desindustrializando ligeramente entre 1871 y 1911. El ingreso per cápita en el norte fue ascendiendo en forma ininterrumpida y la brecha entre las regiones sigue siendo, hasta el día de hoy, muy elevada. Esas variaciones regionales no se pueden explicar de manera adecuada sobre la base de diferencias en la política gubernamental, dado que ésta (en su mayor parte) ha sido implementada en el nivel nacional, desde el surgimiento del Estado italiano unificado. Pero esas variaciones sí guardan relación con el grado de comunidad cívica o de sociabilidad espontánea que predomina en las respectivas regiones.[24] Existen empresas familiares en toda Italia, pero aquellas ubicadas en centros de alto capital social han sido más dinámicas, innovadoras y prósperas que las del sur, caracterizadas por una desconfianza social generalizada.

Las pequeñas firmas familiares de Italia central constituyen, sin embargo, una suerte de anomalía en lo que se refiere a la escala de las empresas. Es comprensible que la Italia del norte tenga empresas más grandes que la del sur, en relación con su grado de capital social. ¿Pero por qué predominan las pequeñas empresas familiares en la Italia central, la cual, según lo informado por Putnam, tiene el grado más elevado de capital social de todo el país? El alto grado de confianza social en esa región debiera haber permitido a los industriales ir más allá del negocio familiar, en lo que se refiere a la organización empresarial, cosa que han logrado en la vida política, que, a diferencia de lo que sucede en el sur, no se basa en la influencia personal y familiar.

Probablemente existan factores externos —ya sean políticos, legales o económicos— que no tienen nada que ver con el capital social, que han fomentado la formación de organizaciones de gran escala en el norte y desalentado su aparición en el centro. Sin embargo, ante la falta de una explicación al respecto, se plantean dos posibles respuestas. La primera es que, al evaluar la estructura industrial de la *Terza Italia,* debiéramos prestar mayor atención a las redes que a las empresas individuales. Al igual que las organizaciones comparables que se pueden encontrar en Asia, estas redes italianas permiten a las pequeñas empresas lograr economías de gran escala sin necesidad de crear grandes corporaciones integradas. A diferencia de las redes chinas, sin embargo, la versión italiana no se basa sólo en la familia, sino que implica la coöperación de no familiares, conformando una base profesional y funcional. De acuerdo con esto, la pequeña empresa que forma parte de una red constituye una opción organizativa deliberada por parte de empresarios con un grado relativamente elevado de sociabilidad espontánea, quienes podrían, si así lo quisieran, optar por formar empresas individuales de gran escala.

Por otra parte, también hay pruebas de que la reducida dimensión de esas empresas y su estructura en red es, a veces, consecuencia de su debilidad y de su incapacidad de institucionalizarse, y no una elección deliberada. De aquí que una segunda explicación de este fenómeno residiría en que los fuertes vínculos familiares siguen siendo importantes en la Italia central e imprimen un carácter distintivo a la vida empresarial de esa región, sin erosionar, en forma simultánea, el sentido comunitario que se manifiesta a través de sus comunidades civiles y en el campo político. Es decir que, en esta parte de Italia, no necesariamente es preciso optar entre fuertes lazos familiares o gran capacidad de asociación voluntaria, sino que ambas relaciones pueden coexistir con igual fuerza en determinada sociedad, así como ambas pueden ser muy débiles en otras.

Existen algunas evidencias que confirmarían esta última tesis. El familismo sigue siendo en Italia —ya se trate del norte, el sur o el centro del país— una fuerza más poderosa que en otros países europeos, a pesar de que varía de modo considerable dentro de las distintas regiones. Varios observadores han señalado marcadas diferencias entre las estructuras familiares de las distintas partes del país. Investigaciones recientes han demostrado que, al igual que en el caso de China, en Europa, ya desde el siglo XIV, la pequeña familia nuclear era mucho más común de lo que se supone.[25] La Italia central, sin embargo, constituye una excepción: desde la Edad Media, allí persiste la compleja estructura familiar compuesta, fuerte y coherente.[26] El concepto de "estructura familiar compuesta" significa, en este caso, algo similar a la familia vincular china: un padre y una madre que conviven bajo el mismo techo con sus hijos casados y sus familias. El esquema de la familia vincular continúa manteniéndose hasta el presente. En la *Terza Italia*, el cincuenta por ciento de la población vive en familias compuestas, en comparación con el veintisiete por ciento del triángulo de la región norte (Lombardía, Piamonte y Liguria) y sólo el veinte por ciento del sur del país. En consecuencia, la incidencia de la familia nuclear es mucho más elevada en el norte (64,6 por ciento de la población) y —dato muy interesante— aún más alta en el empobrecido sur (74,3 por ciento).[27] Esta última cifra apoya la afirmación de Banfield acerca de que la familia nuclear es la unidad de parentesco primaria que más concita los sentimientos de obligación moral de los habitantes del sur de Italia.

Uno siente la tentación de afirmar que la parte de Italia que más se parece a la China es el sur, donde el radio de confianza no se extiende más allá de la familia nuclear y donde los individuos que no están unidos por vínculos familiares tienen grandes dificultades para cooperar entre sí. Sin embargo, es en la *Terza Italia* donde la estructrura familiar se parece más a la china.[28] Las familias campesinas de Montegrano descritas por Banfield se hallan mucho más atomizadas y aisladas que la típica familia campesina china o que las familias más grandes de la Italia central. Veamos la descripción que hace Banfield de las tensiones intrafamiliares observadas en su estudio:

> En el momento en que se establece una nueva familia, los lazos con las anteriores se debilitan. Ya los preparativos para la boda ofrecen oportunidades para que la novia y el novio se enfrenten con sus respectivas familias políticas... La inquina cumple la función de proteger a la nueva familia de las posibles exigencias de la de su origen. Pero también impide que haya cooperación entre los miembros de una familia. La división de la tierra en pequeñas parcelas muy dispersas se produce, en parte, por disputas familiares. Por ejemplo, la media hermana de Prato posee una fracción de tierra al lado de la de su hermano. Ella misma no es capaz de trabajar esa tierra, pero no se la quiere vender ni arrendar y, por lo tanto, queda sin cultivar. Si los campesinos estuviesen, en general, en buenos términos con sus hermanos, resultaría posible, en algunos casos, racionalizar la distribución de la tierra mediante una serie de intercambios. ... Pero aun cuando no haya un franco distanciamiento entre ellos, el vínculo que une al hijo varón con sus padres prácticamente se disuelve en el momento en que éste se casa. Una vez que tiene su propia esposa e hijos, ya no se espera que se preocupe por el bienestar de sus padres, a no ser, quizá, que éstos estén al borde de la inanición.[29]

La sociedad descrita por Banfield no es similar a la china, donde sobresale el poderoso sentimiento de obligación para con la familia. Esas familias del sur de Italia son tan pequeñas, están tan atomizadas y son tan débiles, que poseen muy poca utilidad como elementos constructivos de una empresa económica. La familia china y, en consecuencia, la empresa familiar china pueden recurrir a hijos, hijas, tíos, abuelos e incluso a parientes más distantes dentro de la organización del linaje, para que trabajen en la empresa familiar. Y ésa es, precisamente, el tipo de estructura familiar que existe en la *Terza Italia:* una estructura familiar que sirve como soporte a la moderna empresa familiar italiana.

Otro factor, señalado por algunos sociólogos como posible explicación del predominio de la empresa familiar en la Italia central, fue la institución de la aparcería.[30] La aparcería se basaba en un contrato a largo plazo entre el propietario de la tierra y el jefe de la familia que la trabajaba, según el cual ambos participaban de los productos obtenidos; esa contratación se hacía extensiva a todos los miembros de la familia.

El propietario tenía interés en que la familia del aparcero fuese lo bastante numerosa como para poder trabajar con eficiencia toda su propiedad. Además, el contrato le permitía controlar la migración de los miembros de la familia e incluso el casamiento de éstos. En muchos casos, los predios eran demasiado grandes para que una familia nuclear los pudiese trabajar, y ello constituía un incentivo para la integración de las familias que solían vivir agrupadas en las tierras que trabajaban. En el sur de Italia, por el contrario, la mano de obra agrícola predominante no tenía ninguna relación con la tierra que trabajaba. El *bracciante* era contratado en forma individual y por lo general vivía en el poblado y no en la tierra que trabajaba. La familia aparcera de la Italia central trabajaba como una unidad y compartía la propiedad de herramientas y animales. Los incentivos estaban estructurados de forma tal que alentaban el ahorro y el espíritu de empresa, incentivos de los que carecía el jornalero agrícola del sur.[31] Se puede suponer, entonces, que la familia aparcera —de estructura vincular— de la Italia central constituía una unidad económica muy similar a la familia campesina china. Esta modalidad de trabajo, previa a la industrializacion, sirvió de base natural a la empresa familiar que surgiría en años posteriores.

¿Por qué varía de manera tan dramática el grado de sociabilidad espontánea a lo largo del territorio italiano, siendo tanto más bajo en el sur que en el norte y en el centro? Parecería que la explicación de este fenómeno guardara relación con el grado de centralización política que existía, históricamente, en cada región mucho antes de los comienzos de la industrialización. El familismo amoral del sur tiene sus orígenes en los reinos normandos de Sicilia y Nápoles, en especial durante el reinado de Federico II. Los reinos del sur establecieron una forma temprana de absolutismo monárquico, aplastando la independencia de aquellas ciudades que pretendían su autonomía. En las áreas rurales se estableció una jerarquía social absolutamente vertical, con una aristocracia de terratenientes que poseían amplios poderes sobre una clase campesina cuyo nivel de vida se hallaba muy próximo al de la simple subsistencia. A pesar de que en algunas sociedades la religión puede llegar a servir para fortalecer las instituciones intermedias y la tendencia hacia una organización espontánea, en el sur de Italia la Iglesia Católica sólo sirvió para reforzar el absolutismo monárquico. La Iglesia era considerada como una imposición externa y una carga, y no como una comunidad en la que se ingresaba en forma voluntaria y que era controlada por sus integrantes.

Esta autoridad central contrastaba marcadamente con la descentralización del norte y el centro del país, donde una cantidad de ciudades-Estado como Venecia, Génova y Florencia constituían, a fines de la Edad Media, repúblicas independientes. Esas ciudades-Estado no sólo eran políticamente autónomas, sino que practicaban, aunque con cierta discontinuidad, formas republicanas de gobierno, que exigían un alto grado de participación política por parte de sus integrantes. Bajo ese techo se hizo posible el florecimiento de una intensa vida societaria que incluía, entre otros, gremios profesionales, asociaciones vecinales, organizaciones parroquiales y confraternidades. En el norte y el centro de Italia la Iglesia sólo era una organización social más entre muchas otras. Robert Putnam lo formula de la siguiente manera: "Al comienzo del siglo XIV, Italia había producido no uno, sino dos esquemas de gobierno innovadores, con sus correspondientes caracterísitcas culturales y sociales: la célebre aristocracia feudal normanda en el sur y el fértil republicanismo comunitario del norte".[32] En los años subsiguientes, el norte fue "refeudalizado" y sometido al control de una sucesión de distintos centros de autoridad (muchos de ellos extranjeros); pero las tradiciones republicanas forjadas durante el Renacimiento sobrevivieron, a pesar de todo, como parte de la cultura del norte del país para convertirse, en los tiempos modernos, en el origen de un grado mucho más elevado de sociabilidad espontánea que el observado en el sur.

Como su nombre lo sugiere, la *Terza Italia* ocupa una especie de posición alternativa entre los dos polos representados por el norte y el sur del país. Por una parte, se halla imbuida de un familismo que, en muchos aspectos, es más intenso y está más desarrollado que en el sur. Ese familismo hace que la empresa familiar constituya una unidad constructiva económica natural, aun al tender a limitar el crecimiento de la empresa familiar y su transformación en grandes organizaciones. Por otro lado, gran parte de la Italia central y nordeste se halla imbuida del espíritu norteño que tiende hacia un comunalismo republicano, que atempera en gran medida el familismo altamente atomizado existente en el sur. Las redes de empresas familiares de la Emilia-Romana o de la región de las Marcas son, por lo tanto, una escala intermedia entre los minúsculos propietarios campesinos del sur y las grandes corporaciones con conducción profesional del norte: no están ni totalmente atomizadas ni totalmente integradas como grandes organizaciones.

Quienes abogan por la especialización flexible suelen considerar la industrialización italiana en pequeña escala como la forma ideal de organización industrial. Desde esa perspectiva, la empresa familiar italiana combina la integración de la pequeña dimensión, la habilidad artesanal y el respeto por las tradiciones familiares, con la eficiencia, la complejidad tecnológica y otros aspectos positivos que por lo general se asocian con las empresas de gran escala. Robert Putnam pinta la actividad económica de esas regiones como el súmmum de cooperatividad cívica, donde las redes comerciales se integran con el gobierno local a fin de ofrecer satisfacción laboral y propiedad para todos.[33] Pero ¿es realmente esa organización en red de empresas de pequeña escala una modalidad "New Age" de organización industrial, que combina la producción en gran escala con la intimidad del pequeño lugar de trabajo y concreta la conjunción entre los propietarios de la empresa y la gerencia profesional?[34]

No ha ocurrido, por cierto, que Italia haya tenido que pagar un alto precio económico por sus industrias de escala relativamente pequeña. Hasta la recesión de 1992-1994, la economía italiana era una de las de crecimiento más acelerado dentro de la Comunidad Europea y, en gran medida, ello se debía al dinamismo de su sector de pequeñas y medianas empresas. Por lo tanto, al igual que en Taiwan o Hong Kong, la pequeña escala de la mayoría de las empresas italianas no constituye ninguna limitación para el crecimiento del producto bruto interno agregado. En una industria como la de la vestimenta, que, de acuerdo con lo expresado por uno de los principales diseñadores italianos, "se reinventa a sí misma cada seis meses y a extraordinaria velocidad", la pequeña escala constituye, sin duda, una ventaja.[35]

Pero esa forma de industrialización también posee algunos aspectos negativos. Las empresas familiares italianas suelen tener corta vida y a menudo no logran poner en práctica sistemas gerenciales eficientes, tal como sucede también en la China. Silicon Valley de California y Route 128 de Boston alojan una gran cantidad de emprendimientos que fueron inicialmente pequeños, pero una cantidad de las compañías instaladas allí, como Intel y Hewlett-Packard, crecieron hasta convertirse en corporaciones enormes, con una organización burocrática vertical. De hecho, no podrían haber crecido hasta el nivel de ejercer el predominio en sus sectores, sin haber adoptado una forma de organización corporativa. Si bien hay excepciones, como Benetton y Versace, son muchas menos las pequeñas empresas familiares que han logrado hacer la misma transición. Michael Blim, que ha estudiado a fondo la industrialización en pequeña escala de la región de las Marcas, dice lo siguiente:

> Casi todos los empresarios de San Lorenzo se resistieron a la institucionalización de sus empresas a través de la incorporación de una estructura gerencial; de ese modo, suelen vivir gracias a su inteligencia y perseverancia y, a veces, simplemente a fuerza de coraje y valentía. Con el tiempo, sin embargo, la fatiga acaba por afectar incluso a los más versátiles y entonces se retiran o cierran la empresa antes de llegar al fracaso total. Afortunadamente —teniendo en cuenta los bajos costos de reemplazo— sigue habiendo jóvenes imbuidos de ese invalorable espíritu virginal, que ocupan su lugar. Sin embargo, sucede demasiado a menudo que la segunda generación de

empresarios deja de lado el tacaño hábito del ahorro que ha servido de base a la fortuna empresarial. En lugar de ahorrar y reinvertir, las ganancias se derivan al consumo y a incrementar el *status* social.[36]

Al igual que las taiwanesas, estas pequeñas empresas familiares son altamente competitivas y, a pesar de las redes que las interconectan, están mucho más atomizadas y desconfían entre sí mucho más de lo que sus defensores extranjeros indican. El grado de conciencia cívica que se pone de manifiesto en la relación entre la empresa familiar y sus empleados y proveedores es cuestionable, sobre todo si se considera la difundida práctica del *lavoro nero* (trabajo "en negro"), una clase de práctica ilícita que implica la falta de pago de los impuestos y cargas sociales, la no declaración de ingresos o de ventas, y actos similares.[37] En muchos casos, las pequeñas empresas de la Italia central prosperan porque sus empleados no están sindicalizados, como en el caso del triángulo industrial del norte, y, por lo tanto, es posible pagarles salarios menores.[38]

Aun cuando "más grande" no significa necesariamente "mejor", para algunas ramas de la industria y del comercio la mayor dimensión constituye una ventaja. Es así como la naturaleza familística de esas pequeñas y medianas empresas les impide ingresar en nuevos mercados o beneficiarse con las ventajas que ofrece la mayor escala. A pesar de que en algunos mercados de consumo existe una tendencia hacia una mayor segmentación y diferenciación del producto, en muchas industrias no ha desaparecido ni la producción masiva ni la economía de escala. Al igual que en Taiwan y en Hong Kong, la orientación familiar de las empresas, además de una ventaja, puede resultar una limitación para la capacidad de Italia de ingresar en ciertos sectores de la economía global que requieren mayor escala en sus empresas. En ese aspecto, las redes que han surgido entre las pequeñas empresas familiares italianas podrían ser no tanto el modelo del futuro, sino un reflejo de la incapacidad de esas pequeñas empresas para crecer a una escala más eficiente o lograr la integración vertical necesaria para explotar nuevos mercados y oportunidades tecnológicas. No es casualidad que esas empresas —al igual que muchas pequeñas empresas de Taiwan— se hayan especializado en máquinas-herramienta, cerámicas, vestimenta, diseño industrial y otras actividades que no requieren empresas de grandes dimensiones. Por otro lado, cabe dudar si el esfuerzo por interconectarse en forma de red, realizado por las pequeñas empresas italianas, será suficiente como para producir, por ejemplo, una industria italiana de semiconductores.

Muchos observadores han comparado a Italia con la Europa continental, pero nadie, al menos que yo conozca, ha intentado compararla con China. A pesar de que entre Italia y China existen grandes diferencias en lo que se refiere a historia, religión y otros aspectos culturales, en algunos aspectos críticos son bastante similares. En ambos casos, la familia desempeña un papel central en las estructuras sociales, con la correspondiente debilidad de todas las organizaciones no basadas en el parentesco. En ambas sociedades, la estructura industrial está integrada por empresas familiares relativamente pequeñas, interconectadas por una compleja red de interdependencia. Pero las similitudes van aún más allá. Debido a su pequeña escala y su ágil estructura para la toma de decisiones, tanto las empresas de la *Terza Italia* como las de Taiwan y Hong Kong se adecuan en forma admirable a los mercados de consumo altamente segmentados y rápidamente cambiantes, o a los mercados para productores de bienes como máquinas-herramienta, que no requieren una producción en gran escala. En ambas sociedades la pequeña empresa familiar se conecta en forma de redes para lograr lo que sería, de alguna manera, una economía de escala. Por otra parte, ni la empresa familiar italiana ni la china han sido capaces de trasponer los sectores a los cuales se hallan confinados por su escala, y por lo tanto ocupan un nicho similar dentro de la economía global. Por ende, en términos de estructura industrial, para esas regiones de Italia, que son de naturaleza esencialmente confuciana, los desafíos que deberán afrontar para adecuarse a las cambiantes condiciones económicas serán similares a los que se les se plantean a las sociedades confucianas de Oriente.

CAPÍTULO 11

Cara a cara en Francia

En las últimas décadas, el Estado francés se ha fijado el objetivo prioritario de convertir a Francia en líder de la alta tecnología en diversos campos, como la industria aeroespacial, la electrónica y la de la computación. Su enfoque fue coherente con el adoptado por diversos gobiernos franceses durante los últimos quinientos años: un grupo de burócratas de París elabora planes para la promoción de la tecnología, que se implementa a través de la protección de la industria doméstica, subsidios, adquisiciones estatales y, después del triunfo socialista de 1981, la nacionalización de una serie de empresas de alta tecnología, incluyendo todo el sector de la electrónica. Este tipo de política estatal o dirigismo produjo algunos resultados positivos: una industria aeroespacial importante, que concibió el avión supersónico Concorde; una serie de aviones militares exportables; un activo programa espacial y, con la ayuda de sus socios europeos, una aerolínea comercial, el Airbus.[1]

Pero, vistos en su totalidad, los logros de la política francesa de fomento de la alta tecnología han sido deprimentes. Las estimaciones gubernamentales, a fines de la década de los 60, predijeron que el poder informático se concentraría en unas pocas *mainframe* de tiempo compartido; cuando se produjo la revolución de las computadoras personales, cambiaron de rumbo y subsidiaron los desarrollos en esa dirección.[2] La industria francesa de la computación, nacionalizada y fuertemente subsidiada a principios de la década de 1980, comenzó a perder dinero de inmediato, incrementando el déficit presupuestario del gobierno y deprimiendo al franco francés. Es conocido que las empresas francesas nunca llegaron a ser proveedoras líderes en este campo, ni en *hardware* ni en *software*, salvo en el mercado cautivo francés de las telecomunicaciones. La política gubernamental tampoco logró fomentar el surgimiento de industrias de nivel internacional en áreas como la de los semiconductores, la biotecnología o la industria automotriz.

El poco éxito de la política industrial francesa a menudo es presentado por los libremercadistas como un elocuente fracaso de la intervención estatal, y de hecho ofrece una clara lección sobre las limitaciones del Estado en cuanto a designar quiénes deben ser los ganadores en la industria del país. Pero lo que muchos de esos críticos no tienen en cuenta es que los gobiernos franceses siempre han sido tentados a intervenir en la economía porque el sector privado de ese país nunca ha sido dinámico e innovador ni ha mostrado un marcado espíritu empresario. Según las palabras de Pierre Dreyfus, ex ministro de Industria y directivo máximo de la empresa automotriz Renault, "la empresa privada en Francia no corre riesgos; es fría, tímida y apocada".[3] Durante los últimos ciento cincuenta años las empresas privadas de Francia nunca fueron líderes en cuanto a nuevas formas organizativas, ni se han destacado por su gran escala o su capacidad de dominar procesos industriales complejos. Las empresas más exitosas —fuera de las estatales o las subsidiadas por el Estado— han sido consorcios familiares, abastecedores de productos para mercados de consumo que aprecian la alta calidad, o muy especializados.

Si este esquema ya nos suena conocido... lo es. Aunque pueda parecer presuntuoso comparar una sociedad tan compleja y altamente desarrollada como lo es la de la Francia moderna, con las pequeñas sociedades chinas del lejano Oriente, existen una serie de paralelos en lo que se refiere a las características de su capital social. Francia comparte con la típica sociedad china la debilidad de sus asociaciones intermedias, ubicadas entre la familia y el Estado. Esa debilidad ha limitado la capacidad del sector privado francés para generar empresas grandes, fuertes y dinámicas. En consecuencia, la vida económica de Francia se ha concentrado alrededor de las empresas privadas familiares o bien en el ámbito de las inmensas empresas estatales, que fueron creándose cuando el gobierno salvaba de la bancarrota a las grandes empresas privadas. La ausencia de un nivel de organizaciones intermedias en Francia no sólo incide en la estructura industrial francesa en general, sino también en la forma en que interactúan patrones y obreros en ese país.

Pero, para empezar a analizar estos temas, debiéramos remarcar las diferencias significativas entre Francia y una típica sociedad confuciana. Sería erróneo afirmar que la sociedad francesa es familística en el mismo sentido que la sociedad china. Ni tampoco se parece al familismo de la Italia central. Más allá del valor general conferido a la familia por la Iglesia católica y por la tradición latina de la familia, Francia nunca tuvo una ideología elaborada que confiriera especiales privilegios a la familia. Aun en los tiempos premodernos, el parentesco nunca desempeñó el mismo papel que en China. Durante la Edad Media, Francia se caracterizaba por una gran diversidad de organizaciones intermedias —gremios, órdenes religiosas, municipios y clubes— ninguna de las cuales se basaba en el parentesco. En años posteriores Francia habría de convertirse en el país que inventó el concepto de *la carrière ouverte aux talents* ("carrera abierta al talento"), basado en el criterio objetivo del mérito, en lugar de cuna o *status* social heredado. La familia francesa, más allá de las clases sociales, nunca aspiró a ser una unidad económica autosuficiente y nunca tuvo la patrilinealidad estricta de la *jia* china. El gran número de nombres compuestos de la aristocracia y de la alta burguesía francesa demuestran la importancia de la herencia materna.

Además, el Estado francés ha tenido, por lo menos desde los principios del período moderno, una legitimidad y una *gloire* muy distintas del chino. El emperador chino, su corte y la burocracia imperial se ubicaban, en teoría, en el pináculo de la sociedad china y derivaban su legitimidad de la ideología confuciana. Pero, en forma paralela, existía una tradición china de desconfianza frente al Estado y un celoso cuidado de las prerrogativas familiares contra las depredaciones por parte de éste. En Francia, por el contrario, el servicio en el Estado sigue siendo la aspiración máxima de los mejores y más inteligentes individuos, que esperan poder ingresar en la École Nationale d'Administration (ENA) u otra de las *grandes écoles* de este tipo y obtener un puesto dentro de la burocracia gubernamental o en la conducción de una de las grandes empresas estatales. A pesar de que en China la renuencia frente a las carreras burocráticas en el Estado en la actualidad podría hallarse en un proceso de cambio, relativamente pocos chinos ambiciosos han preferido el servicio público a forjar su fortuna, para ellos y sus familias, en la empresa privada, ya sea en la República Popular China, Taiwan, Hong Kong o Singapur.

La real significación de la familia francesa no radica tanto en el hecho de que sea particularmente fuerte o unida, sino en que se le ha conferido el papel de polo principal de cohesión social, debido a la ausencia de otros grupos intermedios entre la familia y el Estado que puedan concitar lealtades individuales. Esto vale, sobre todo, para la vida económica.

En un importante artículo escrito a fines de 1940, el historiador económico David Landes afirmó que el relativo atraso económico de Francia, en comparación con el desarrollo logrado en Inglaterra, Alemania o los Estados Unidos, se debía al predominio de la tradicional empresa familiar.[4] Landes afirmó que el típico empresario familiar francés era básicamente conservador y además caracterizado por un marcado rechazo hacia lo novedoso y lo desconocido. Sus intereses fundamentales eran la supervivencia y la independencia de su empresa familiar, y por lo tanto era reacio a constituir una sociedad en comandita por acciones o a recurrir a cualquier fuente de capital que diluyera su control personal sobre la empresa. Altamente proteccionista y mucho menos orientado hacia la exportación que los alemanes, el fabricante francés se consideraba más un funcionario que un empresario, y "llegó a considerar al gobierno como una especie de padre protector, en cuyos brazos siempre podría encontrar protección y consuelo".[5]

La tesis de Landes fue ampliada por Jesse Pitts, que afirmó que el próspero burgués francés estaba claramente influido por los valores y las costumbres de la aristocracia. Esta última tenía en poca estima al capitalismo, y valoraba más la proeza (la *prouesse*) noble e individualista que el proceso de acumulación constante y racional de riquezas.[6] La familia burguesa de Francia no buscaba revertir el *statu quo* a través del crecimiento y la innovación. Por el contrario, aspiraba al estable y permanente *status* de rentista (*rentier)* característico de la aristocracia. Resultaba difícil lograr una gran acumulación de riquezas, en parte porque las familias empresarias no estaban dispuestas a correr riesgos importantes, y también por la naturaleza misma de la familia. La ley de primogenitura fue abolida como "no democrática" durante la Revolución, y la matrilinealidad de la familia francesa a menudo conducía a fraccionamientos internos y a la división de las fortunas. Pitts podría haber agregado que el anticapitalismo conservador de la aristocracia fue reemplazado, en el siglo XX, por el esnobismo igualmente anticapitalista de una clase intelectual en su mayoría marxista. Esto surtió un marcado efecto sobre la visión del empresario francés con respecto a la legitimidad de su misión.

La tesis de Landes sobre las raíces familísticas del atraso económico francés fue atacada en reiteradas oportunidades, desde una cantidad de perspectivas diferentes, en los años siguientes al de la presentación de sus ideas sobre este tema. Por otra parte, la economía francesa acusó un considerable crecimiento durante la década de los 50, produciendo su propio "mini milagro económico", no menos impresionante que el de los alemanes. A partir de ese momento comenzaron a cuestionarse este tipo de supuestos referidos al atraso económico francés.[7] Hoy en día, los franceses poseen uno de los ingresos per cápita más altos del mundo industrializado, si se lo mide en términos de paridad del poder adquisitivo en lugar de medirlo en dólares. Los estudiosos de temas económicos han realizado una importante tarea revisionista, basados en la cual afirman que, en primer lugar, las tasas de crecimiento francesas nunca fueron significativamente menores que las de países supuestamente más avanzados, como Inglaterra y Alemania[8] y, en segundo lugar, que las empresas familiares no son menos capaces de innovar y generar nuevas riquezas que aquellas que tienen una dirección gerencial profesional. Tanto la empresa automotriz Renault como la minorista Bon Marché —esta última, inventora del sistema de las tiendas por departamentos— son ejemplos de empresas familiares dinámicas que crecieron en forma considerable.[10]

Sin embargo, y a pesar de esas afirmaciones, pocos podrán negar que la economía francesa estuvo organizada en forma familiar hasta bien entrada la segunda mitad del siglo XX; que los franceses demoraron mucho más que Alemania y los Estados Unidos en realizar la transición del modelo de empresa familiar al de corporación con una conducción gerencial profesional; y que el Estado francés desempeñó un papel muy importante en la incentivación de esa transición. Mientras que la empresa alemana comenzó a tomar la forma de una gran organización profesional alrededor de 1870, en Francia no se cuestionó la validez de la conducción familiar empresarial, y las firmas de este tipo dominaron el mercado hasta bien entrada la década de 1930.[11] El control familiar fue debilitándose por una serie de leyes, aprobadas a mediados de la década de los 30, que, entre otras consecuencias, igualaron el derecho de voto entre todos los accionistas. Pero la real transición hacia una conducción corporativa no se produjo hasta bastante después de la Segunda Guerra Mundial.[12] Es de señalar que, si bien es cierto que la tasa de crecimiento francesa puede haber igualado la de Gran Bretaña, si se la mide en producto per cápita, pocos historiadores económicos discutirán que Francia tardó mucho más tiempo en poner en práctica nuevas tecnologías, en especial las de la "segunda" revolución industrial (en productos químicos, equipamientos eléctricos, carbón, acero, etc.), que Alemania o los Estados Unidos. En Francia, asimismo, las asociaciones o cámaras empresariales siempre han sido débiles si se las compara con las de Alemania, que desempeñan un papel de suma importancia en promover estándares, capacitación, mercados, etc. A pesar de que se han ido modernizando, las asociaciones francesas de este tipo, en sus orígenes, fueron organizadas básicamente para proteger de la competencia a los sectores ya establecidos, mediante la fijación de tarifas y subsidios.[13] También hay consenso general en cuanto a que la producción francesa, durante gran parte del siglo XIX, permaneció orientada hacia la fabricación tradicional de bienes de consumo de alta calidad, para lo cual la empresa familiar de pequeña escala resulta particularmente adecuada.[14]

De hecho, muchas de las características distintivas de la economía francesa encuentran su origen en el familismo francés. Algunos

observadores han sostenido que la industria gala sufrió de una
organización de mercado malthusiana, que expuso a una gran cantidad
de pequeñas empresas a una competencia "excesiva", reduciendo
su rentabilidad u obligándolas a la cartelización para proteger su
participación en el mercado.[15] En general, la estructura de un mercado
es un efecto, y no una causa, de la existencia de una cantidad de empresas
que intentan convertirse en empresas grandes. Si las empresas francesas
fueron incapaces de completar ese proceso con eficiencia, es probable
que el problema haya residido no en el mercado sino en la proclividad
de las empresas familiares a no expandirse ni limitar su poder. También
hay quienes afirman que el hecho de que los franceses den prioridad a la
producción en pequeña escala de productos tradicionales de alta calidad
proviene de la naturaleza de los mercados que atienden, pequeños y
segmentados. Es cierto que la supervivencia de la diferencia de clases
y una cierta tradición aristocrática ha tenido un impacto importante
sobre los gustos del consumidor francés. Pero también es verdad que
las grandes y modernas organizaciones de marketing tienden a crear su
propia demanda. El mercado francés para productos de consumo masivo
surgió después de la Segunda Guerra Mundial, pero más tarde que en
los Estados Unidos y en Alemania. Ese atraso relativo también podría
atribuirse a que la empresa familiar, en Francia, sólo fue desapareciendo
muy lentamente.[16]

La solidaridad interna de la familia tradicional burguesa francesa,
con su tendencia a la introversión y su preocupación por el *status* y las
tradiciones, ha sido tema de innumerables obras de la literatura francesa
y de comentarios sociales. Al igual que en otras sociedades familísticas,
había un rechazo cultural frente al tema de la adopción, el que se reflejó
en los debates en el *Conseil d'état* cuando se introdujo la ley básica
sobre adopción durante el gobierno de Napoleón.[17] Sin embargo, el
familismo francés no es, de ninguna manera, tan fuerte como el familismo
chino o incluso como el familismo de la Italia central. ¿Por qué razón,
entonces, le llevó tanto tiempo a la empresa familiar francesa realizar la
transición hacia una conducción gerencial profesional de sus empresas
y una estructura corporativa moderna de éstas?

La respuesta tiene que ver con el bajo nivel de confianza entre los
franceses y su dificultad tradicional para asociarse, en forma espontánea, en grupos. La relativa escasez de grupos intermedios entre la familia
y el Estado que existe en Francia ha sido analizada por distintos observadores, el primero y más importante de los cuales fue Alexis de
Tocqueville. Tocqueville explicó en *The Old Regime and the French
Revolution* que, en vísperas de la Revolución, Francia se encontraba
invadida por numerosas divisiones de clases y minúsculas jerarquías dentro de cada clase, que impedían que la gente pudiera trabajar en conjunto,
aun cuando tuvieran importantes intereses en común.

El sociólogo francés Michel Crozier observó que eso también era característico de la organización clerical y del monopolio industrial de la posguerra, después de la Segunda Guerra Mundial. Dentro de cada burocracia no existían grupos ni equipos de ningún tipo, no había asociaciones relacionadas ni con el trabajo ni con el tiempo libre; los empleados raras veces tenían amistades dentro de la organización y preferían relacionarse entre sí formalmente, respetando las reglas jerárquicas existentes.[18] Crozier se refirió a una gran variedad de estudios que señalan la ausencia de grupos informales en la sociedad francesa: en un pueblo observó que los niños no formaban grupos o pandillas y no lograban desarrollar vínculos que perduraran a través del tiempo;[19] en otro poblado, los adultos tenían grandes dificultades en ponerse unos al servicio de otros y para cooperar en tareas relacionadas con intereses comunes, dado que ello rompería con la igualdad teórica que existía entre todos los habitantes del pueblo.[20]

En otras palabras, en Francia existe un desagrado cultural muy pronunciado frente a las relaciones informales, cara a cara, de las que mucho se requiere en las asociaciones informales; en cambio, existe una marcada preferencia por una autoridad centralizada, jerárquica y legalmente definida. Es decir que a los franceses de igual *status* les resulta difícil resolver problemas entre sí sin la intervención de una autoridad superior centralizada.[21] Según las palabras de Crozier:

> Las relaciones de dependencia cara a cara se perciben como muy difíciles en el medio cultural francés. La visión de la autoridad que prevalece sigue siendo la del universalismo y del absolutismo; sigue manteniendo algo de la teoría política del siglo XVII, que es una mezcla de racionalidad y *bon plaisir*. Estas dos actitudes son contradictorias. Sin embargo, pueden ser reconciliadas dentro del sistema burocrático, dado que las normas impersonales y la centralización posibilitan reconciliar una concepción absolutista de la autoridad y la eliminación de las relaciones de dependencia más directas. Vale decir que el sistema de organización burocrática francés es la solución perfecta para el dilema básico del francés con respecto a la autoridad.[22]

La aversión a una relación directa, cara a cara, se pone de manifiesto en muchos aspectos de la vida económica francesa. El obrero fabril francés es reacio a formar equipos en forma espontánea. Prefiere cooperar sobre la base de normas formales, establecidas centralmente por la conducción o por una negociación centralizada entre la conducción empresarial y el personal. Las relaciones laborales, en su totalidad, padecen del mismo formalismo. Los sindicatos no procuran llegar a un arreglo directo con la conducción local, sino que derivan el problema a lo largo de la escala jerárquica hasta llegar, por último, al gobierno central establecido en París.

Los orígenes históricos de la propensión francesa hacia la centralización y la correspondiente debilidad de la vida de asociación pueden hallarse en el triunfo de la monarquía francesa sobre sus rivales aristócratas, durante los siglos XVI y XVII, y la supresión y subordinación sistemáticas de todo centro de poder alternativo. En este aspecto se encuentran similitudes con el sistema imperial chino y el reino normando del sur de Italia.[23] El surgimiento de un Estado francés centralizado no estuvo motivado en sus orígenes por cuestiones económicas sino por presiones políticas, en particular por la necesidad de reclutar un ejército lo bastante grande como para ampliar las posesiones dinásticas de la monarquía francesa.[24] La administración local fue abolida en favor de un sistema de *intendants* designados desde París y supervisados por un Consejo Real con atribuciones cada vez más amplias. Según Tocqueville, el resultado de esa centralización política era que "no había municipio, burgo, villa o poblado, por más pequeño que fuese, ni hospital, fábrica, convento o colegio que tuviera el derecho de conducir sus propios asuntos como mejor le pareciera o de administrar sus posesiones sin interferencias".[25]

En lo referente a la economía, durante el reinado de Carlos VII (1427-1461) se fue desarrollando en Francia el control real absoluto sobre los asuntos fiscales. Dicho control fue consolidado y ampliado —como se manifestara, a través de un incremento más o menos constante de las tasas impositivas— durante los subsiguientes reinados de Luis XI, Luis XII y Francisco I, durante fines del siglo XV y principios del siglo XVI. Tocqueville recalca que el aspecto más negativo del sistema impositivo era su desigualdad, ya que hacía que la gente tomara conciencia de sus diferencias y que surgieran celos y rencores frente a los privilegios de otros.[26] Además de los impuestos, la Corona desarrolló un nuevo sistema para obtener ingresos, mediante la venta de puestos en el gobierno y la expansión de la burocracia real. Por lo general, quienes ocupaban esos cargos no cumplían ninguna función oficial, al menos ninguna que fuera de alguna utilidad a la sociedad; pero ese cargo los eximía del pago de una serie de impuestos y, además, les confería un título que les daba considerable prestigio social.[27] Al igual que en China, la burocracia francesa constituía un gran agujero negro que consumía las energías de cualquiera que tuviese ambición o talento: "Se encuentran pocos paralelos, o ninguno, a ese deseo intenso del francés de clase media de tener una figuración oficial; tan pronto disponía de un pequeño capital, lo gastaba en la compra de un cargo público, en lugar de invertirlo en un negocio".[28]

En el largo plazo, la venta de los cargos públicos surtía un efecto aún más pernicioso, pues dividía a la sociedad francesa en clases y subdividía, a su vez, las clases en estratos aún más pequeños que competían duramente entre sí para lograr puestos oficiales y el favor real. Ese proceso es descrito de manera admirable por Tocqueville: "Cada grupo se diferenciaba de los demás por su derecho a mezquinos privilegios de uno u otro tipo, de los cuales aun el más insignificante era considerado como un símbolo de su *status* privilegiado. Es así como reñían constantemente por cuestiones de prioridad, a tal extremo que el *Intendant* y las cortes a menudo eran incapaces de encontrar una solución a sus diferencias".[29]

Las distinciones de *status*, fomentadas por la política impositiva y los privilegios del Viejo Régimen, sobrevivieron hasta la Francia moderna y han afectado de numerosas formas su vida económica. En muchos aspectos Francia sigue siendo una sociedad clasista. El desarrollo relativamente tardío de un mercado de consumo masivo en Francia y la persistencia de pequeños mercados para bienes costosos, de alta calidad, son testimonio de que en el consumidor francés de clase media aún perduran los efectos de la sensibilidad aristocrática. La brecha entre la clase obrera y la conducción empresaria ha sido tradicionalmente muy grande. Al igual que lo ocurrido en otros países del sur de Europa, el movimiento obrero francés flirteó con el anarcorradicalismo de fines del siglo XIX, y en el siglo XX estuvo marcadamente ideologizado y dominado por el partido comunista francés. Disputas laborales que en los Estados Unidos se habrían solucionado en forma pragmática a menudo adquirían connotaciones políticas y en general requerían la intervención del gobierno central para dirimir las diferencias. Stanley Hoffmann ha hecho notar cómo aún sobreviven los valores aristocráticos en la clase obrera francesa, lo que se evidencia en el énfasis demostrado en sus luchas contra la burguesía.[30] En ese clima reinante en el ámbito fabril, la idea japonesa de los equipos, que diluyen las diferencias de las jerarquías burocráticas, o el concepto de que la empresa constituye una "gran familia" que rompe con los límites de clases, habrían resultado extraños e inaceptables.

Esta división de clases en la sociedad francesa, combinada con la señalada actitud tradicional para con la autoridad, ha creado un sistema de relaciones laborales legalistas e inflexibles. Los observadores del sistema político francés han notado que el rechazo a una interacción cara a cara reduce las posibilidades de realizar ajustes pragmáticos, crea bloqueos y genera la ausencia de un *feedback*. La política fuertemente rutinaria y normativa implica la sumisa aceptación de una autoridad burocrática fuerte y centralizada y es, en general, muy frágil; cuando las presiones por un cambio llegan a su punto máximo, los participantes del sistema se pasan al extremo opuesto, rebelándose y cuestionando toda autoridad.[31] Este esquema se refleja con claridad en las relaciones entre los sectores obrero y patronal franceses, en los que raras veces se logran pequeños ajustes incrementales, sino que los conflictos generales explotan en forma periódica, con un accionar altamente politizado de la parte obrera, tendiente a lograr objetivos de alcance nacional.

Dentro de la clase patronal —el *patronat*— hubo tensiones históricas entre la alta y la pequeña burguesía, o entre los "dos capitalismos" de Francia, el primero de éstos católico y orientado hacia la familia y la producción, y el segundo dominado por judíos y protestantes, muy involucrados en las finanzas, en la actividad bancaria y en la especulación.[32] Al igual que en Inglaterra, donde los especuladores de la City, en Londres, menospreciaban a los fabricantes provinciales de las ciudades del norte, como Manchester o Leeds, también en Francia hubo siempre una desconfianza mutua entre el capital financiero de París y la industria manufacturera de las provincias. En esas circunstancias, es difícil encontrar un grupo industrial estrechamente ligado a una gran institución bancaria, como los que funcionan en Alemania o en Japón, que dependen, en gran medida, de la confianza entre la parte financiera y la parte productiva. Un primer esfuerzo francés por establecer un grupo de esas características, Crédit Mobilier, terminó, en 1867, con un espectacular fracaso.

La burocracia que durante el Viejo Régimen desempeñaba una función económica regulaba todos los aspectos de la economía francesa. Los gremios —una forma de organización medieval que podría, en teoría, haber retenido un grado de independencia y, por lo tanto, actuado como freno contra las tendencias centralizadoras del Estado francés— en la realidad fueron incorporados al Estado y se convirtieron en un instrumento mediante el cual este último lograba dominar la vida económica del país. En cada industria tradicional, las regulaciones estatales abarcaban casi cada uno de los aspectos del proceso de producción. Según los historiadores Douglass North y Robert Thomas, las regulaciones que regían el proceso de teñido textil contaba con 317 artículos. Los gremios estaban acostumbrados a establecer pautas que limitaban los mercados y presentaban importantes barreras. Según afirman North y Thomas: "El sistema de control e inspección por parte de los funcionarios del gremio podía llegar a ser tan abarcador que durante la época de Colbert hasta la tela más común requería por lo menos seis controles".[33] Era así como los gremios no consideraban que su propósito principal fuera la defensa de las tradiciones de su sector contra la intrusión de terceros, incluyendo el Estado, sino que, por el contrario, dependían del Estado para que éste los protegiera de la competencia, para que legitimara sus poderes e implementara su control sobre la vida económica.

Este alto grado de centralización dio cabida a una marcada

dependencia de la industria privada francesa respecto de la protección y el subsidio del Estado. Mientras que la legislación inglesa había sido modificada, en el siglo XVII, para permitir que las empresas constituidas por capitales privados y estatales retuvieran una gran parte de sus ingresos percibidos a través de la innovación, el Estado francés ingresaba esos beneficios en sus propias arcas. Colbert, el legendario ministro de finanzas de Luis XIV, tuvo grandes dificultades para fundar un equivalente francés de las Compañías de Indias Orientales inglesa y holandesa, y se quejaba —al igual que el ejecutivo de la Renault citado con anterioridad— de que "nuestros comerciantes... no tienen la capacidad de encarar ningún tema con el que no estén familiarizados".[34] El hábito de depender de los favores del gobierno se instaló en el sector privado francés mucho antes de la Revolución, tal como lo describe Tocqueville:

> Como en Francia el gobierno había tomado el lugar de la Divina Providencia, no era sino lógico que todo el mundo, cuando se hallaba en dificultades, invocara su ayuda. Encontramos una gran cantidad de petitorios que, aun cuando sus firmantes decían hablar en nombre del bien público, en realidad tenían como única finalidad fomentar sus propios y mezquinos intereses privados... Constituyen una lectura deprimente. Encontramos campesinos que solicitan compensación por la pérdida de su ganado o de sus hogares; acaudalados terratenientes que piden ayuda financiera para la mejora de sus fincas; fabricantes que le piden al *Intendant* un monopolio que los proteja de la competencia.[35]

La tradición de una fuerte intervención del gobierno francés en la economía del país, en especial en favor de las firmas de gran dimensión, ha continuado hasta nuestros días. Muchas empresas privadas, propiedad de una familia, fueron nacionalizadas cuando, después de haber alcanzado una magnitud determinada, se vieron en problemas, por una u otra razón, bajo su conducción privada. Entre esos casos se cuentan, a través del tiempo, la empresa automotriz Renault, la empresa siderúrgica Usinor-Sacilor, la empresa química Pechiney, la empresa petroquímica Elf, el banco Crédit Lyonnais y las empresas de alta tecnología, de la industria aeroespacial y electrónica, Thomson-CSF, Snecma, Aérospatiale y Companies des Machines Bull.

El *dirigisme* francés o la participación activa del Estado en la vida económica, fue, pues, tanto causa como efecto de la debilidad del sector privado francés y de su incapacidad de crear, por sus propios medios, empresas competitivas de gran escala. Es decir que, en el lejano pasado histórico, el Estado central francés socavó en forma deliberada la independencia del sector privado, a través de impuestos y privilegios, a fin de someterlo a su control político. Ello tuvo como consecuencia el debilitamiento de los hábitos empresariales y organizativos de las empresas. Pero, más adelante, fue esa misma debilidad del espíritu empresarial lo que dio motivo a reiteradas intervenciones por parte del Estado en un intento de reenergizar un sector privado cauteloso y carente de inventiva. La disposición del Estado, a intervenir en caso de crisis no hizo sino perpetuar la dependencia del sector privado. El tema se complicó aún más en el siglo XX. Primero, los gobiernos socialistas comenzaron a nacionalizar las empresas privadas por razones ideológicas, aun cuando éstas hubieran podido funcionar perfectamente en forma independiente. Luego, los gobiernos conservadores procuraron privatizar, también a partir de convicciones ideológicas. (Hay que hacer notar, sin embargo, que los gobiernos franceses conservadores de verdadera orientación hacia el mercado, constituyen un fenómeno relativamente nuevo; muchos conservadores se han sentido absolutamente cómodos ejerciendo su poder sobre un enorme sector estatal.)

La mayoría de los economistas neoclásicos sostendría que las empresas estatales siempre serán, de modo inevitable, menos eficientes que una empresa privada, porque el Estado carece de los incentivos adecuados para dirigir una empresa en forma eficiente. El Estado, por otra parte, no tiene que temer la quiebra, ya que puede mantener sus empresas a partir de los ingresos impositivos o, peor aún, imprimiendo dinero. A esto se agrega que existe la posibilidad (y la tentación) de usar la empresa estatal con fines políticos, como la creación de puestos y el otorgamiento de favores políticos. Estas deficiencias en el manejo de la propiedad pública han constituido la justificación básica del movimiento global hacia la privatización que se observó durante la última década. Una empresa estatal puede ser conducida de manera más o menos eficiente, pero cualquier opinión en cuanto a la relación entre eficiencia y estatización debe ser comparada con la capacidad empresarial existente en el sector privado del país de que se trate. En el caso de Francia, las empresas nacionalizadas han tenido, a menudo, considerable libertad en cuanto a su conducción, y su funcionamiento no difiere mucho del de las empresas del sector privado.[36]

La cara opuesta de la debilidad del sector privado francés es el talento y la capacidad de los burócratas del sector público. El Estado francés, desde su ingreso en la modernidad, siempre ha tenido un prestigio, un *élan*, y gozado de un respeto ausentes en otras burocracias centralizadas. Tocqueville observa que "en Francia, el gobierno central nunca siguió el ejemplo de otros gobiernos del sur de Europa, que se apropiaron de todo y esterilizaron cuanto tocaron. El gobierno francés siempre demostró gran inteligencia y un grado sorprendente de energía en el cumplimiento de las tareas que se fijó."[37] Uno de esos gobiernos del sur de Europa a los que Tocqueville se refiere es sin duda el reino normando del sur de Italia. Al contrario de éste, el Estado francés centralizado logró modernizar Francia y convertirla en uno de los principales poderes tecnológicos modernos. Al contrario de lo que sucedió con las industrias nacionalizadas de los ex países socialistas o de América latina, las industrias nacionalizadas de Francia han sido manejadas con relativa eficiencia. Por ejemplo, cuando los socialistas asumieron el poder, en 1981, se consagraron a una importante reorganización de las industrias química y siderúrgica francesas, proceso que implicó, entre otras cosas, el despido de una importante cantidad de obreros, como resultado de las reestructuraciones llevadas a cabo. Gracias a la conducción estatal, la industria siderúrgica francesa se volvió más competitiva, aunque los contribuyentes tuvieron que pagar el alto precio de las inversiones en infraestructura industrial.[38] Por supuesto que también hubo grandes desastres, como el mal manejo del banco estatal Crédit Lyonnais, que a principios de 1990 acumuló un monto inmenso de deudas irrecuperables que debió ser cubierto por el tesoro francés.[39]

Un tema que complica aún más este panorama es la cuestión del cambio cultural. La dificultad que tienen los franceses con respecto a la asociación espontánea, y la consiguiente debilidad de los grupos intermedios, ha sido una de las constantes más llamativas a través de siglos de historia francesa, una constante en la cual el Viejo Régimen y la Francia moderna "se dan la mano a través del abismo de la Revolución".[40] Pero así como la cultura de la centralización en la vida social francesa fue el producto de un período específico de la historia de Francia, también diversos aspectos de su cultura han sido expuestos a otras influencias, que las han modificado. A medida que se fue encauzando la recuperación de posguerra, después de la Segunda Guerra Mundial, observadores como Charles Kindleberger señalaron los importantes cambios que se producían en la cultura de la empresa familiar francesa, que se estaba abriendo, en mayor grado, a la innovación y la conducción profesional.[41] Durante las últimas generaciones, Francia ha pasado por un proceso de homogeneización cultural al integrarse a la Comunidad Europea y participar en la globalización de la economía mundial. Los imperativos de la modernización industrial han modificado importantes aspectos de la cultura económica francesa, a medida que las corporaciones de ese país pugnaban por ser competitivas a nivel mundial. Muchos eminentes economistas franceses han estudiado economía neoliberal en universidades estadounidenses. Mucho más que antes, los jóvenes franceses concurren a *business schools* del tipo de las que se encuentran en los Estados Unidos, y una gran cantidad de ellos domina el idioma universal de los negocios: el inglés. Aunque está muy lejos de ser una bendición sin bemoles, la revolución en las comunicaciones hizo que resultara cada vez más difícil conservar intactas las tradiciones culturales francesas. La tradicional debilidad francesa en lo que se refiere a su capacidad de asociación también ha ido cambiando: hoy en día existe en Francia una importante cantidad de grupos voluntarios privados, como la asociación humanitaria Médicos sin Fronteras (*Médecins sans frontières*), que han desplegado una gran actividad en distintos lugares del Tercer Mundo.

Sin embargo, por su misma naturaleza, el cambio cultural es algo que se produce muy lentamente. Un abismo de desconfianza sigue caracterizando las relaciones de los obreros franceses entre sí y de éstos con el sector patronal. En términos de capital social, Francia continúa pareciéndose más a Italia y Taiwan —a pesar de las enormes diferencias que existen, en otros aspectos, con esos países— que a Alemania, Japón o los Estados Unidos. Esto tiene importantes implicaciones para el futuro económico de Francia. Si este país desea seguir desempeñando un papel importante en sectores en los cuales importa la dimensión, el Estado tendrá que seguir involucrándose con fuerza. A pesar de la orientación económica liberal de los últimos gobiernos conservadores de Francia, sin duda las privatizaciones funcionarán de manera menos eficiente en el entorno cultural francés que en el de otros países, y el Estado podría verse obligado a intervenir nuevamente en el futuro, para rescatar industrias clave privatizadas que se consideren de importancia estratégica.

CAPÍTULO 12

Corea: la presencia subyacente de la empresa china

L as sociedades familistas, de bajo nivel de confianza, con organizaciones intermedias débiles, que hemos analizado hasta este momento se han caracterizado todas por una distribución similar de sus empresas en forma de "silla de montar". Taiwan, Hong Kong, Italia y Francia poseen una cantidad de empresas privadas pequeñas o medianas que constituyen el núcleo empresarial de sus respectivas economías, y una pequeña cantidad de empresas muy grandes, estatales, en el otro extremo de la escala. Y entre ambos extremos, nada. En ese tipo de sociedades, el Estado desempeña un papel importante en lo que hace al fomento de empresas de gran escala, aunque a costa de un cierto grado de eficiencia, ya que el sector privado no tiene la capacidad para generarlas en forma espontánea. Esto podría inducirnos a postular, como regla general, que cualquier sociedad con instituciones intermedias débiles y bajos niveles de confianza fuera de la familia mostrará, dentro de su economía, una tendencia hacia una distribución similar de las empresas.

Sin embargo, la República de Corea presenta una aparente excepción a esta regla. A fin de preservar la validez general de la regla que mencionamos, es necesario explicar en detalle las características especiales de esa sociedad. Corea es similar a Japón, Alemania y los Estados Unidos en cuanto a la existencia de grandes corporaciones privadas y una estructura industrial altamente concentrada.

Por otra parte, en lo que se refiere a la estructura familiar, Corea se parece mucho más a China que a Japón. En la cultura japonesa, la familia ocupa un lugar de importancia similar al que ocupa en China y, a diferencia de Japón, carece de mecanismos que permitan la inclusión de terceros en el grupo familiar. Si se tiene en cuenta el esquema chino, esto debiera conducir a la existencia de pequeñas empresas familiares y a dificultades en la institucionalización de formas de organización corporativa.

La respuesta a esa aparente paradoja es el papel desempeñado por el Estado coreano, que en forma deliberada fomentó la formación de grandes conglomerados empresariales como parte de su estrategia de desarrollo durante las décadas de los 60 y 70, superando lo que de otra forma hubiese sido una marcada tendencia hacia la creación de pequeñas y medianas empresas, típica, por ejemplo, de Taiwan. Si bien los coreanos lograron crear grandes empresas y *zaibatsu*, según el modelo japonés, tuvieron que enfrentar muchas de las dificultades observadas en la China en lo que se refiere al estilo de conducción de empresas, desde la transferencia de la dirección empresaria a niveles gerenciales hasta la forma de manejo de las relaciones laborales. El caso coreano demuestra, sin embargo, que un Estado competente y decidido puede conformar la estructura industrial de un país y superar arraigadas tendencias culturales.

Lo primero que llama la atención en la estructura industrial de Corea es la absoluta concentración de la industria. Al igual que en otras economías asiáticas, aquí también hay dos niveles típicos de organización: empresas pequeñas de un solo dueño y grandes organizaciones en red, que establecen una unión entre entidades corporativas diversas. La red organizativa coreana se conoce con el nombre de *chaebol*, palabra representada por los mismos dos caracteres chinos que el *zaibatsu* japonés y estructurada deliberadamente según el modelo de ese país. La dimensión de las empresas coreanas con un único dueño, de acuerdo con estándares internacionales, no es muy grande. A mediados de la década de los 80, la Hyundai Motor Company, la fábrica automotriz más grande de Corea, era, por su dimensión, una treintava parte de la General Motors; y la Samsung Electronic Company, sólo un décimo de la empresa japonesa Hitachi.[1] Sin embargo, estos datos no reflejan el verdadero poder económico de dichas empresas, ya que éstas se hallan interconectadas a través de grandes organizaciones en red. Prácticamente todo el sector de la gran industria coreana forma parte de una red *chaebol*: en 1988, cuarenta y tres *chaebol* (definidas como conglomerados con activos de más de 400 mil millones de won, o sean unos 500 millones de dólares) aglomeraban 672 empresas.[2] Si medimos la concentración industrial por *chaebol* en lugar de hacerlo por empresas individuales, las cifras resultan en verdad sorprendentes: en 1984, sólo las tres *chaebol* más grandes (Samsung, Hyundai y Lucky-Goldstar) producían el 36 por ciento del producto bruto interno coreano.[3] La industria coreana está más concentrada que la japonesa, en especial en el sector manufacturero; la tasa de concentración de las tres empresas coreanas mencionadas, en 1980, fue del 62 por ciento de todos los bienes producidos, en comparación con un 56.3 por ciento registrado en Japón.[4] El grado de concentración de la industria coreana creció a lo largo de todo el período de posguerra, mientras que la tasa de crecimiento de la *chaebol* ha venido superando, en forma sustancial, la tasa de crecimiento total de la economía. Por ejemplo, en 1973, las veinte mayores *chaebol* producían el 21,8 por ciento del producto bruto interno; en 1975, el 28,9 por ciento; y en 1978, el 33,2 por ciento.[5]

La influencia japonesa en la organización empresarial coreana ha sido enorme. A comienzos de la ocupación colonial japonesa, en 1910, Corea era una sociedad casi por completo agrícola, y Japón fue responsable de la creación de gran parte de la primera infraestructura industrial del país.[6] En 1940 vivían en Corea alrededor de 700.000 japoneses y una cantidad similar de coreanos vivían en Japón, como mano de obra forzada. Algunas de las empresas coreanas más antiguas tienen su origen en empresas coloniales establecidas durante el período de la ocupación japonesa.[7] Gran parte de la población emigrada de ambos países fue repatriada después de la guerra, lo que produjo un importante intercambio de conocimientos y experiencias empresariales. Las estrategias de desarrollo, altamente estatizadas, del presidente Park Chung Hee fueron establecidas como resultado de su estudio acerca de las políticas industriales japonesas en la Corea del período de preguerra.

Tal como sucede con la *keiretsu* japonesa, las empresas afiliadas a una *chaebol* coreana poseen acciones unas de otras y suelen colaborar entre sí, colaboración ésta que se realiza sin cargo para ninguna. Sin embargo, hay una serie de aspectos que diferencian a la *chaebol* coreana de la *zaibatsu* japonesa de preguerra o de la *keiretsu* de posguerra. La primera, y quizá la más importante, de esas diferencias es que las redes coreanas no fueron creadas alrededor de un banco privado o de otra institución financiera, como es el caso de la *keiretsu* japonesa.[8] Esto se debe a que los Bancos comerciales coreanos eran todos estatales hasta su privatización, a principios de la década de los 70, a lo que se suma que las empresas industriales coreanas tenían prohibido, por ley adquirir más del ocho por ciento del capital accionario de cualquier Banco. Por supuesto que los grandes Bancos japoneses, que constituían el núcleo de las *keiretsu* de posguerra, trabajaban en estrecha relación con el Ministerio de Finanzas del país, en todo el proceso de otorgamiento de créditos subsidiados. En cambio, las *chaebol* coreanas eran controladas por el gobierno de una forma mucho más directa, ya que este último era el dueño de todo el sistema bancario. Es así como las redes, que surgieron de forma más o menos espontánea en Japón, fueron creadas de manera mucho más deliberada en Corea, como consecuencia de la política gubernamental de ese país.

La segunda diferencia es que las *chaebol* coreanas se parecen más a las *keiretsu* horizontales de intermercado que a las verticales (véase pág. 220). Es decir que cada uno de los grandes grupos *chaebol* tiene *holdings* en sectores muy diversos, desde la industria pesada y la electrónica, hasta la industria textil, el negocio de seguros y el comercio minorista. A medida que los productores coreanos fueron creciendo y bifurcándose en negocios afines, comenzaron a incorporar a sus redes a proveedores y subcontratistas. Pero esas relaciones se parecían más a una simple integración vertical que a las relaciones contractuales que unen a los proveedores japoneses con los armadores de equipos. Las elaboradas redes estratificadas de proveedores de una casa matriz japonesa, como Toyota, no tienen un equivalente en Corea.[9]

Por último, las *chaebol* coreanas tienden a estar considerablemente más centralizadas que las *keiretsu* japonesas. Dado que las *chaebol* tienen su base en el parentesco, existe entre los jefes de cada una de las familias asociadas una unidad natural, que difiere de la relación entre los miembros de una *keiretsu* japonesa. La *chaebol* coreana se caracteriza por una dirección centralizada para toda la organización que por lo general no es tan grande como la dirección central de los grandes conglomerados estadounidenses de otrora, como la ITT o la Gulf+Western, pero sí mucho más institucionalizada que el Consejo de Presidentes que une a las redes organizativas japonesas. Esa dirección central es responsable de planificar la distribución de los recursos en toda la organización. Los *staffs* centrales de planificación también pueden desempeñar un papel en lo referente a las decisiones relacionadas con los recursos humanos de la organización en su totalidad. Además, algunas *chaebol* están concentradas en un *holding* único, como la Daewoo Foundation, que tiene acciones de todos los miembros de la red. El resultado de estas diferencias es que los límites entre las *chaebol* coreanas son más nítidos que los que existen entre las *keiretsu* japonesas. En Japón existen varios casos en que una misma empresa esté representada en el Consejo de Presidentes de dos o más *keiretsu* diferentes.[10] No conozco ningún caso similar en Corea. En consecuencia, la *chaebol* coreana se parece más a una organización jerárquica y menos a una red.

Si analizamos ahora la estructura de la familia coreana, nos encontramos con que es mucho más parecida a la china que a la japonesa. La familia tradicional coreana, al igual que la china, es estrictamente patrilineal; la herencia nunca se transmitió, como solía suceder en Japón, a través de las hijas. En el *ie* u hogar japonés, los papeles del padre, el hijo mayor y otros similares no tenían que ser desempeñados necesariamente por parientes consanguíneos. En Corea, por el contrario, no hubo un equivalente del *mukoyoshi* japonés, el hijo adoptado con el que no existía ningún vínculo biológico. Un hijo adoptado tenía que provenir del grupo familiar, siendo la modalidad más habitual la adopción de los hijos de los hermanos.[11] Las prácticas de primogenitura en Japón por lo general contribuyeron, en la etapa preindustrial, a concentrar la riqueza y a crear un excedente de hijos menores que debían hacer su fortuna fuera de la granja o del hogar familiar. En Corea, las prácticas relativas a la herencia difieren tanto de las de China como de las de Japón, pero tenían un impacto económico más similar al de las chinas. La herencia era divisible, pero no se repartía por partes iguales entre los herederos masculinos, como en China. En general, el hijo mayor recibía el doble de los demás hijos y, en cualquier caso, no menos de la mitad de la propiedad.[12] En la práctica, los montos reales podían ser adecuados a las circunstancias; si la propiedad familiar terminaba dividida en fracciones demasiado pequeñas como para ser económicamente rentables, los hijos menores sólo recibían una herencia simbólica. Sin embargo, igual que en China, existían muchos potenciales herederos para la propiedad de un padre acaudalado y, por lo tanto, una tendencia hacia la dilución de la fortuna al cabo de dos o tres generaciones.

Sin embargo, las familias, en general, eran más pequeñas en Corea que en China. Había menos familias vinculares, en las cuales los hijos adultos y sus familias podían seguir conviviendo en el mismo hogar. Se esperaba, en cambio, que los hijos menores, igual que en Japón, se fueran de la familia, llevando consigo su parte de la herencia, para fundar su propio hogar.[13] Sin embargo, a diferencia de Japón, la sucesión legal del padre como jefe del hogar no se producía cuando el padre se retiraba sino sólo a su muerte.[14]

Durante mucho tiempo Corea fue una sociedad confuciana mucho más estricta que Japón, cosa lógica en vista de su mayor proximidad con China y el fácil acceso geográfico desde ésta. Hay quienes afirman, incluso, que Corea es más confuciana que la misma China.[15] Mientras que la influencia confuciana en Japón se remonta al período Taika, en el siglo VII a.C., la importancia de esta doctrina estuvo sometida a numerosos altibajos. En Corea, el confucianismo fue adoptado como la ideología del Estado durante la dinastía Yi (1392-1910), mientras que el budismo fue suprimido oficialmente y los monjes budistas tuvieron que refugiarse en las montañas. Además de la marcada influencia cristiana protestante durante el siglo XX, en Corea siempre hubo una diversidad de vida religiosa activa más escasa que en Japón, tal como lo refleja la mucho menor cantidad de templos y monasterios budistas que existen en el país. Al igual que en China, en Corea la virtud confuciana del amor filial se halla firmemente arraigada en las relaciones familiares. Esto significa que en la sociedad coreana tradicional la lealtad primaria del individuo no es para con las autoridades políticas sino para con la familia.[16] Tal como sucede en China, el familismo coreano hace que la sociedad parezca más individualista que la japonesa, a pesar de que lo que se percibe como individualismo es en realidad la competencia entre familias o linajes.[17]

La estructura social de Corea era similar a la de China: un rey o un mandarín como jefe de gobierno y, debajo de éste, las familias y los linajes, pero con relativamente pocas organizaciones intermedias que no se basaran en el parentesco (como los grupos *iemoto* en Japón). A pesar de que Corea fue asediada por invasores desde Mongolia, Japón y China, se mantuvo como reino unitario provenientes de su unificación bajo el reino de Silla. No existió un período feudal genuino, como lo fue el período de Tokugawa en Japón o la Edad Media en Europa, durante el cual el poder político se disgregó entre una clase de nobles o dictadores militares. Al igual que la China, Corea era gobernada por intelectuales gentileshombres —la clase de los *yangban*— y no por militares. En la época pre-industrial, las tres sociedades —la china, la japonesa y la coreana— estaban rígidamente estratificadas en clases sociales oficiales, pero la permeabilidad de las fronteras entre una y otra de esas clases quizás era menor en Corea que en los otros dos países. La clase social más baja, la de los *chonmin*, estaba constituida por esclavos, que podían ser comprados o vendidos por sus amos. El examen de admisión al servicio público, que abría el camino hacia un puesto gubernamental y el *status* más alto posible, sólo era accesible a los miembros de la clase *yangban*.[18] De todos modos, la sociedad premoderna de Corea era extremadamente inerte y estancada, con una gran rigidez interna y cerrada a influencias foráneas.

Como en el sur de China, la estructura social primaria entre la familia y el Estado se basa en el parentesco o el linaje. Los linajes coreanos son aún más amplios que los chinos. Los individuos basan su pertenencia a determinado linaje en un antepasado común que vivió hace treinta generaciones. Así, un linaje puede llegar a incluir cientos de miles de individuos.[19] La influencia de los grandes linajes en Corea se evidencia a través del hecho de que existen aún menos apellidos en ese país que en la China. Aproximadamente el cuarenta por ciento de todos los coreanos lleva el apellido Kim y un dieciocho por ciento se apellida Park.[20] Ello demuestra que los linajes coreanos eran más homogéneos y no se segmentaban en clases sociales, como ocurría en el sur de China.[21]

En vista de ese tipo de estructura familiar y social, sería de esperar que la estructura comercial de la Corea moderna se pareciera a la de las sociedades chinas capitalistas, como Taiwan y Hong Kong. Es decir, que la mayoría de las empresas fueran emprendimientos familiares, de escala relativamente pequeña. A medida que dichas empresas crecieran más allá de la familia, la contratación de mano de obra estaría basada en orígenes de linaje o regionales. Tal como lo hemos visto en el caso de China, también Corea carece de un método sencillo que permita la adopción de no familiares, y por lo tanto hay una resistencia a la incorporación de extraños en la empresa familiar y, en consecuencia, a la profesionalización de la dirección de las empresas. Sin el precedente de una amplia gama de organizaciones sociales intermedias premodernas, la confianza debiera verse limitada a los grupos unidos por el parentesco. Por lo tanto, lo lógico sería pensar que la aparición de empresas modernas, basadas en principios distintos de los del parentesco, se produciría sólo con gran lentitud. La divisibilidad de la herencia contribuiría a la inestabilidad de la empresa coreana y a la probabilidad de su fraccionamiento al cabo de una o dos generaciones. En vista del conflicto de intereses entre familia y empresa, sería dable esperar también que los coreanos optaran por la familia. Es decir que, si la cultura es un elemento importante en este tipo de comportamientos sociales, la estructura industrial coreana debiera ser muy similar a la de Taiwan o a la de Hong Kong.

Lo cierto es que las empresas coreanas, a pesar de su gran escala, efectivamente se parecen y comportan más como una empresa china que como una corporación japonesa. Debajo del imponente exterior corporativo de colosos como Hyundai y Samsung subyace un núcleo interior familístico que se acomoda, en forma muy lenta y a regañadientes, a una conducción profesional, a la negociación abierta de sus acciones, al divorcio entre dirección y propiedad, y a una forma de conducción corporativa, impersonal y jerárquica.

La *chaebol* coreana comenzó siendo una empresa familiar y la mayoría continúa en manos de una familia que, ocupando los puestos de mayor jerarquía, sigue ejerciendo su dirección. Al igual que las grandes empresas de Hong Kong, gigantes como Daewoo y Ssangyong exceden, desde hace tiempo, la capacidad de conducción de una sola familia para dirigirlas en su totalidad, por lo que se han poblado de una legión de gerentes profesionales que ocupan los niveles intermedios. Pero el control familiar sigue siendo relativamente firme en la alta dirección. Un estudio realizado en 1978 determinó que de 2.797 ejecutivos de grandes empresas coreanas, alrededor del doce por ciento estaba emparentado directamente con los fundadores, ya sea a través de lazos sanguíneos o políticos (esta cifra excluye a los 76 fundadores).[22] Otro estudio comprobó que, en las veinte principales *chaebol*, el treinta y uno por ciento de los ejecutivos eran miembros de la familia, el cuarenta por ciento de ellos había sido contratado fuera de la familia y el veintinueve por ciento había sido promovido dentro de la organización.[23] Un tercer estudio demostró que, desde principios de la década de 1980, el veintiséis por ciento de todos los presidentes de las grandes empresas eran también sus fundadores, el diecinueve por ciento estaba constituido por hijos de los fundadores, el veintiún por ciento había sido promovido dentro de la organización, y el treinta y cinco por ciento era contratado afuera. Chung Ju Yung, fundador de la *chaebol* Hyundai, tenía siete hijos, conocidos como los "siete príncipes", que pasaron a ocupar, a edad relativamente temprana, altas posiciones de conducción en diveras empresas de la Hyundai.[24] Esto contrasta marcadamente con lo que sucede en Japón, donde un porcentaje mucho menor de los directivos se halla integrado por los fundadores o sus parientes directos y una proporción mucho más elevada ha tenido como origen las promociones internas, sin tener en cuenta parentescos con la familia fundadora.[25] En Corea también existe una tasa relativamente elevada de matrimonios entre los descendientes de los fundadores de las *chaebol*. Según un estudio sobre este tema, la mitad de los descendientes de los fundadores de los cien principales grupos *chaebol* se casaron con una pareja proveniente del mismo entorno social, mientras que el resto contrajo matrimonio dentro de la elite de funcionarios gubernamentales, funcionarios militares y similares.[26]

Las *chaebol* coreanas existen desde hace mucho menos tiempo que las *zaibatsu/keiretsu* japonesas, de modo que no sorprende que los empresarios fundadores siguieran estando al frente de las mismas durante toda la década de 1980. Tal como cabe esperar de una cultura altamente influenciada por China, la sucesión resultó ser un problema complicado en Corea, mucho más de lo que lo es en Japón. La mayoría de los empresarios fundadores quería transferir su empresa a su hijo mayor y, según un estudio realizado sobre la sucesión empresarial en Corea, el sesenta y cinco por ciento había hecho precisamente esto.[27] (Una excepción notable es la *chaebol* Daewoo, que tiene como política no incorporar en la dirección a miembros familiares.)[28] La educación adecuada de los hijos del empresario fundador resulta de extrema importancia, cosa que coincide con el gran énfasis que pone el confucianismo coreano en la educación. Sin embargo, al igual que en China, el principio familístico de la sucesión conduce a graves problemas cuando el hijo mayor es incompetente o no tiene interés en asumir la conducción de la corporación.

Algo así sucedió en el caso de la mayor *chaebol* de Corea, Samsung, cuando su fundador, Lee Byung Chul, resolvió retirarse. Tenía tres hijos varones, el mayor de los cuales era inválido y, obviamente, incapaz de dirigir la empresa. En lugar de poner en sus manos el control de la empresa o de dividirla en tres partes, el padre decidió pasar por encima de sus dos primeros hijos, a favor del tercero y menor, Kun Hee. Una decisión como ésa habría resultado relativamente fácil bajo el sistema japonés *ie*, pero iba totalmente en contra de los criterios del familismo coreano. Para disimular la verdadera naturaleza de su decisión, Lee Byung Chul tuvo que escenificar la elaborada farsa de transferir la amplia mayoría de sus acciones a dos fundaciones familiares, para evitar que sus dos hijos mayores controlaran los intereses de la empresa por partes iguales. Cuando el menor de los hijos asumió la conducción, las acciones pasaron, desde las fundaciones, a sus manos.[29] Lee Byung Chul solucionó así el problema de tener un hijo mayor incompetente para asumir las responsabilidades que implica la dirección de una empresa, y mantuvo unida la fortuna familiar de Samsung; pero el método para lograrlo fue complicado y desprolijo.

En otros casos, menos notables, hubo algunas *chaebol* que se desintegraron, como las empresas familiares chinas, debido a una división, consecuencia de la repartición de la herencia y la sucesión familiar. Taehan Textil y Taehan Electric Wire fueron, en un tiempo, parte de la misma *chaebol*, fundada por Ke Dong Sol, que, a la muerte de éste, fue dividida entre sus herederos. De forma similar, las empresas Kukajae y Chinyang formaban parte de la misma *chaebol*, mientras que ahora cada una es propiedad de uno de los dos hijos del fundador.[30] A pesar de la dimensión de las empresas coreanas, mantener su gran escala a través de un período prolongado resulta más difícil que en el caso de las grandes corporaciones japonesas.

Otra forma en que el familismo coreano afecta las prácticas comerciales de ese país, radica en el estilo de conducción. Casi todos los estudios comparativos de los niveles gerenciales coreanos indican que las empresas de ese país suelen ser dirigidas en forma jerárquica, autoritaria y centralizada.[31] Este tipo de estructura autoritaria hace que se asemejen a la empresa familiar china y que se diferencien tanto del estilo consensuado de la dirección empresarial japonesa como de la clásica descentralización de la autoridad en las corporaciones multidivisionales estadounidenses. Esto vale, en particular, para las *chaebol* que todavía son conducidas por sus fundadores, quienes insisten en tomar prácticamente todas las decisiones en forma personal. Se dice que Chung Ju Yung, fundador de Hyundai, hablaba personalmente con todos los directores de sus sucursales del exterior, todos los días, entre las seis y las seis y media de la mañana, y se reunía dos veces por semana con los presidentes de las alrededor de cuarenta empresas que integraban la *chaebol*. Esas reuniones se caracterizaban por un alto grado de formalidad; según informa un periódico coreano, "la reunión de los presidentes del grupo a menudo sirve para hacer sentir a éstos que la distancia entre ellos y el directivo máximo es tan grande como la que existe entre cada uno de los presidentes y el último de los empleados... Todos, incluso quienes antaño fueran altos funcionarios del gobierno o compañeros del directivo fundador, tienen que asumir posición de firme cuando éste entra en la sala de conferencias, aunque su edad apenas supere los treinta años".[32] El estilo más autoritario en la toma de decisiones hace que en Corea a las empresas les resulte más fácil moverse con agilidad y rapidez. No están frenados por la necesidad de alcanzar un amplio consenso a través de una cantidad de niveles jerárquicos —como sucede en el estilo japonés— para poder moverse. Sin embargo, este estilo de toma de decisiones más ágil y rápido también puede originar resoluciones que no hayan sido adecuadamente revisadas, o que se toman sobre la base de información insuficiente.[33]

La *chaebol* coreana se parece, entonces, más a la empresa familiar china que a la corporación japonesa o *kaisha*. Las formas de solidaridad comunitaria que impregnan a la corporación japonesa se encuentran, en gran medida, ausentes en la coreana. Por ejemplo, no existe un sistema de empleo permanente y vitalicio, basado en un compromiso recíproco no escrito, y los despidos en las grandes empresas son más comunes que en Japón.[34] El empleo en los niveles gerenciales en las corporaciones coreanas sólo es relativamente estable gracias a la tasa de crecimiento económico constante del país, que hace que los despidos no constituyan un problema serio. El grupo de colaboradores clave con los que la empresa siente un compromiso más marcado es más pequeño que en la corporación japonesa. Además, existe un círculo marginal de colaboradores "sacrificables", que no tiene similar en las empresas de Japón.[35] Las corporaciones coreanas nunca han tenido el espíritu paternalista que existe en la conducción empresarial de Japón o de Alemania, con un amplio sistema de beneficios sociales y protección de diversos tipos para sus colaboradores. Los coreanos no tienen equivalente para el concepto japonés de *amae*, que establece que los miembros de un grupo no sacarán ventaja de las debilidades de otro, actitud japonesa que genera un sentido muy fuerte de dependencia mutua. La consecuencia es, según sostiene un observador, que, "mientras los coreanos suelen tener una relativa orientación grupal, también tienen marcadas características individualistas, similares a las de la mayoría de los occidentales. Los coreanos suelen decir, bromeando, que 'si bien un coreano puede vencer a un japonés, un grupo de coreanos sin duda sería derrotado por un grupo de japoneses'".[36] Las tasas de rotación laboral, de robo por parte de una empresa a otra de mano de obra capacitada, y de otras actitudes similares son más altas en Corea que en Japón.[37] Según las referencias, parecería que en Corea existiera un menor grado de interacción social, en el ámbito laboral, que en Japón; uno de los hechos que avalan esta afirmación es que, mientras que los empleados coreanos al final del día regresan directamente a sus hogares, sus colegas japoneses, terminado el trabajo, salen a beber algo con sus colegas.[38]

A pesar de que Corea es un país racial y lingüísticamente muy homogéneo, resulta ser una sociedad muy clasista en comparación con la homogeneidad de Japón. Una gran cantidad de empresarios coreanos han surgido y surgen de la clase de gentileshombres intelectuales *yagban*, que, tradicionalmente, estaba menos abierta a extraños que la clase *samurai* japonesa. Esa tradicional diferencia de clases se ha acentuado, en cierta manera, a través del surgimiento de una elite empresarial fabulosamente rica, cuyos hijos prefieren, en general, casarse entre ellos. Este tipo de división de clases se ha visto mitigado en alguna medida por el desarrollo de un sistema de educación universal, exámenes estandarizados y ciertas instituciones niveladoras como, por ejemplo, el ejército.

Teniendo en cuenta este entorno general existente en Corea, no debería sorprendernos encontrar que las relaciones entre los obreros y la patronal sean mucho más controvertidas que en Japón, ya que se parecen más a las que se observan en América del Norte y Europa Occidental. De acuerdo con lo afirmado por un analista, "los coreanos también parecieran tener un sentido mucho menor de compromiso (*un* en coreano, *on* en japonés) para con la organización y sus colegas. Una vez que los lazos con la organización se ponen tensos o se rompen, por ejemplo, a causa de fricciones internas, el coreano, a diferencia del japonés, no siente culpa sino enojo y siente que ha sido traicionado".[39] El gobierno autoritario que gobernó Corea hasta fines la década de los 80 abolió las huelgas y declaró ilegal la intervención de los sindicatos en las discusiones entre patrones y trabajadores. El Estado brindaba muy pocos servicios sociales y tampoco obligaba a los empleadores a hacerlo.[40] Si bien esto contribuyó, durante las primeras décadas de la posguerra, a mantener bajos los sueldos y otros costos sociales, también generó una importante militancia gremial y alentó a los sindicatos a adoptar posiciones fuertemente antigubernamentales.[41]

Además de una cultura nacional, también existen culturas corporativas individuales que, en cierta medida, ejercen su influencia más allá de las tendencias generales. Por ejemplo, en su gran *chaebol*, el fundador de Samsung, Lee Byung Chul, hizo notables esfuerzos para crear un clima de camaradería dentro de la empresa, actitud que no fue seguida por el más autoritario Chung Ju Young, máximo directivo de Hyundai. Es de señalar que Samsung tuvo una cantidad de huelgas considerablemente menor que Hyundai.[42]

Tampoco debe exagerarse el impacto del familismo coreano sobre la estructura industrial del país. La familia tradicional coreana y los lazos que la mantenían unida han ido debilitándose, en cierto grado, con la urbanización del país.[43] La mayor dimensión en las empresas, ha superado la capacidad de la mayoría de las familias fundadoras para generar y preparar ejecutivos competentes, y muchas empresas se han visto obligadas a adoptar sistemas de reclutamiento de ejecutivos, mediante los cuales fuese posible seleccionar gerentes profesionales, en forma objetiva, entre graduados universitarios. Además, las grandes *chaebol* se han convertido en marcas de alcance mundial, reconocidas como líderes nacionales; permitir que esas grandes empresas se subdividan, a raíz de disputas por la sucesión y la herencia, constituiría un golpe al orgullo nacional y en algunos casos este tipo de conflicto también podría llegar a tener consecuencias económicas perniciosas.[44] Las empresas coreanas tienen, por lo tanto, incentivos más fuertes que las chinas para mantener intactas sus estructuras.

La necesidad de sostener nombres como Samsung o Hyundai, después de que estas empresas se han convertido en instituciones importantes, es comprensible, pero surge una pregunta: ¿Cómo fue posible que esas empresas crecieran tanto, al punto de convertirse en competidores tan formidables? El surgimiento de empresas de gran escala, en el contexto de una cultura de carácter tan marcadamente chino como la de Corea, se debe a dos factores básicos: el comportamiento del Estado coreano y su deseo de imitar el modelo industrial de Japón. De hecho, este fenómeno fue, en gran medida, el resultado de la orientación ideológica que impuso a su gobierno un solo hombre, el presidente Park Chung Hee, ex funcionario militar, que condujo el surgimiento de Corea como un Estado en desarrollo desde el momento en que asumió la presidencia, en 1961, hasta su asesinato, en 1979.

De todos los países de acelerado desarrollo existentes en Asia Oriental, Corea del Sur ha tenido quizás el sector estatal más hiperactivo (con excepción de los países comunistas). Las empresas estatales, incluyendo todo el sector bancario, producían el nueve por ciento del producto bruto interno en 1972, o sea el trece por ciento de toda la producción no agraria.[45] El resto de la economía se hallaba altamente regulado, a través del control estatal sobre el otorgamiento de créditos y su capacidad de premiar o castigar a las empresas privadas a través de la concesión (o negación) de subsidios, licencias y protección frente a la competencia exterior. El Estado coreano estableció, en 1962, un proceso formal de planificación que tuvo por consecuencia una serie de planes quinquenales que han regido la dirección de la estrategia general de inversiones en el país.[46] En vista de la alta incidencia de la relación entre activos y pasivos de las corporaciones coreanas, el acceso al crédito fue la clave para gobernar la economía en su totalidad y, de acuerdo con lo expresado por un observador, "todos los empresarios coreanos, incluso los más poderosos, han tomado conciencia de la importancia de estar en buenos términos con el gobierno, a fin de asegurar la continuidad de su acceso a créditos y evitar el acoso por parte de los funcionarios impositivos".[47]

Hasta este punto, el comportamiento del Estado coreano no pareciera diferir mucho del que mostrara el de Taiwan. Este último país tuvo un sector estatal aún más grande y el gobierno era propietario de todos los bancos comerciales y, sin embargo, su economía era dominada por los productores medianos y pequeños. La diferencia clave entre Corea y Taiwan no fue el grado de participación estatal en la economía, sino su dirección. Mientras que el gobierno del Partido Nacional del Pueblo (Kuo-Min-Tang) de Chiang Kai-shek no quería fomentar la formación de grandes empresas que algún día pudieran convertirse en competidoras del partido político, el gobierno coreano, bajo el mandato de Park Chung Hee, buscó crear grandes empresas líderes nacionales que, según esperaba, competirían con las *keiretsu* japonesas en los mercados mundiales.[48] Park —eso era obvio— tomaba como modelo a otros revolucionarios políticos como Sun Yat-sen, Ataturk, Nasser y los gobernantes Meiji de Japón. Es evidente que compartía algo de la fijación leninista con la gran escala, y estaba convencido de que ésta era un componente indispensable de la modernización. Como explicó en su manifiesto autobiográfico, al principio deseaba crear "millonarios que promovieran la reforma (de la economía)" y alentar así el "capitalismo nacional".[49] Mientras que los planificadores taiwaneses se contentaban con crear las condiciones macroeconómicas y de infraestructura necesarias para un rápido crecimiento, el régimen de Park intervino en forma microeconómica para alentar a determinadas empresas y fomentar determinados proyectos de inversión.[50]

El gobierno coreano utilizó una cantidad de mecanismos diferentes para alentar el crecimiento de sus empresas. El primero y más importante fue el control sobre los créditos. Al contrario de lo sucedido en Taiwán, donde se aplicó una política de altas tasas de intereses para estimular el ahorro, el gobierno coreano volcaba sus fondos a las grandes *chaebol*, en su esfuerzo por fortalecer su posición competitiva en un nivel mundial. Este crédito muchas veces se otorgaba a tasas de interés real negativas, hecho que explica en gran medida la expansión de esos conglomerados, contra viento y marea, hacia áreas de negocios en las que tenían una experiencia limitada.[51] La proporción de los denominados "préstamos políticos", es decir, préstamos dirigidos explícitamente por el gobierno hacia firmas específicas, aumentaron del cuarenta y siete por ciento de todos los préstamos en 1970, al sesenta por ciento en 1978.[52] El gobierno también tenía la posibilidad de manipular los mercados crediticios, como sucedió con el Decreto de Emergencia de 1972 para el control de los límites de préstamos comerciales, cuyo objetivo era beneficiar a las empresas grandes en detrimento de las pequeñas y medianas.[53]

Otro método de que disponía el gobierno para alentar el crecimiento de las empresas era permitir la participación en el lucrativo mercado de las exportaciones a sólo un número limitado de compañías.[54]

Fue así como el gobierno, por ejemplo, fijaba las pautas de acuerdo con las cuales una empresa podía ser considerada compañía exportadora (según el modelo de las compañías exportadoras japonesas). Dichas pautas establecían un nivel mínimo de capital aportado, monto de exportaciones, sucursales en el exterior, etc. Una vez que lograba esa calificación, una empresa tenía acceso preferencial a créditos, mercados y licencias.[55] Por último, mediante un alto grado de planificación indicativa, el gobierno coreano logró crear un contexto económico interno razonablemente predecible, en el cual las grandes empresas podían operar sabiendo que estarían protegidas de la competencia externa en sus mercados internos (aunque fuesen pequeños) y apoyadas en sus actividades de exportación.[56]

El Estado coreano también tuvo la posibilidad de controlar el comportamiento empresarial a través de métodos autoritarios más directos, como, por ejemplo, iniciar juicios a ejecutivos que habían caído en desgracia y hacer que sus empresas fracasaran. Park Chung Hee creía no sólo en la necesidad de que el país tuviese "millonarios" coreanos, sino también en que era imprescindible ejercer un fuerte control estatal sobre su comportamiento. Un mes después de asumir el poder, en 1961, el régimen de Park aprobó la Ley sobre la Acumulación Ilícita de Riquezas y, con gran despliegue publicitario, arrestó a una cantidad de comerciantes que habían hecho gran fortuna durante la era de Syngman Rhee. Se los absolvía del procesamiento y de la confiscación de sus propiedades si accedían a establecer sus empresas en sectores industriales designados por el gobierno y vendían parte de sus acciones al Estado.[57] En mucho mayor grado que en Japón, los estrechos lazos entre el gobierno y la comunidad empresaria se basaban en el temor y en la implícita amenaza de que el Estado utilizara su poder coercitivo si los empresarios no seguían la dirección señalada por éste.[58]

La predisposición del Estado coreano para intervenir en la economía con este tipo de instrumentos significó que el curso general del desarrollo económico del país, después de 1961, fuera dictado en gran medida por la visión de los funcionarios económicos y no por el mercado. Fue así como, en la década de los 70, los planificadores del gobierno coreano decidieron abandonar a las industrias que exigían gran cantidad de mano de obra, como la textil, y volcarse a la industria pesada: construcción civil y naval, siderurgia, petroquímica y similares. En 1976, el setenta y cuatro por ciento de toda la inversión manufacturera se volcó a la industria pesada. (La mayor parte de esta inversión estaba constituida por préstamos gubernamentales, dirigidos específicamente hacia esos mercados.) En 1979, la cifra antes mencionada superó el ochenta por ciento.[59] Al cabo de una década, toda la distribución sectorial de la economía coreana se había modificado. Esa marcha forzada industrial condujo a consecuencias predecibles. Por ejemplo, a principios la década de los 70 el presidente Park instó a Chung Ju Yung, de Hyundai, a ingresar en el mercado de la construcción naval. La industria naviera coreana, que nunca antes había construido barcos de más de 10.000 toneladas, inició la producción de los enormes transportadores petroleros de 260.000 toneladas. Acababa de salir el primer barco de los astilleros cuando se produjo la crisis petrolera de 1973 y la sobrecapacidad de transporte petrolero mundial y la demanda de grandes buques petroleros cayeron de manera vertiginosa.[60] Un problema similar se produjo en la industria petroquímica, cuando la nueva capacidad productiva, agregada durante la década de los 70, superó de lejos la demanda doméstica del país y los productores coreanos se vieron forzados a malvender sus productos en el mercado internacional.

A pesar de que el Estado desempeñó un papel importante en el fomento de la industria de gran escala, sería un error afirmar que en Corea no existe una base social espontánea para el establecimiento de organizaciones de gran escala. Muchos otros "puentes" hacia la sociabilidad han permitido a los coreanos trascender los límites del estrecho familismo. El primero de éstos, al igual que en el sur de China, es el linaje. La extraordinaria extensión de los grupos unidos por parentesco ofrece la posibilidad de contratar personal de entre una gran comunidad de individuos que están de alguna forma emparentados, lo cual mitiga las consecuencias negativas del empleo nepotista.

Un segundo puente lo constituye el regionalismo, un fenómeno que también encontramos en China, aunque no en Japón. Las diferentes regiones de Corea tienen identidades bien diferenciadas, que se remontan a tiempos anteriores a la unificación del país bajo el reinado de Silla, en el siglo XVII. Las elites políticas y comerciales provienen, en su mayoría, de las provincias de Kyongsang (en las que se encuentran las ciudades sureñas de Pusan y Taegu) y de los alrededores de Seúl; las provincias de Chungchon, Cholla y Kangwon, por el contrario, tienen una representación muy baja entre dichas élites.[61] El fundador de Samsung, Lee Byung Chul, provenía de la región de Yong-nam. A pesar de que Samsung ha implementado un sistema de selección de personal altamente objetivo para la contratación de sus niveles gerenciales, ocurre que una gran cantidad de los colaboradores de Samsung también proviene de Yong-nam.[62]

Otro puente hacia la sociabilidad fuera de la familia se encuentra en la clase universitaria. Al igual que en Japón, las grandes corporaciones de Corea reclutan un alto número de personal en las universidades más prestigiosas del país.[63] Samsung, además de dar preferencia a colaboradores provienentes de Yong-nam, también suele convocar a los egresados de la Universidad Nacional de Seúl. Entre los miembros de una misma promoción suele existir un grado considerable de solidaridad, la cual se mantiene a medida que ascienden en el mercado laboral y constituye la base para un futuro *networking*.

Una cuarta fuente de sociabilidad fuera de la familia, y que no tiene paralelo en el Japón contemporáneo, es el ejército. Desde la guerra de Corea, existe en el país un servicio militar masculino obligatorio. Casi todos los jóvenes pasan por el proceso socializador del servicio militar o de las filas de la policía; además, se les exige cumplir, con posterioridad, servicio de reservistas durante una cantidad de años. El ejército es, por supuesto, el ejemplo prototípico de una gran organización jerárquica y racional, y la disciplina adquirida durante el servicio en sus filas suele trasladarse a la vida empresarial.[64] Cabe suponer que el ejército ha sido una fuerza socializadora especialmente importante durante las primeras fases de la industrialización, cuando los campesinos abandonaban sus granjas para integrarse como mano de obra a la industria urbana.

Por último, en la cultura urbana contemporánea de Corea han aparecido una cantidad de nuevos grupos de estudio o de actividades recreativas que se concentran, al igual que sus equivalentes estadounidenses, alrededor de intereses o actividades compartidos por sus miembros. Estos grupos ofrecen un espacio para la sociabilidad fuera de la familia y del lugar de trabajo.

Es importante señalar que el nacionalismo y la identidad nacional se encuentran mucho más desarrollados en Corea que en China, a pesar de todas las similitudes que existen entre ambas culturas. Corea siempre ha sido un Estado aislado y hermético, atrapado entre poderosos vecinos, y las experiencias del siglo pasado —la colonización japonesa, la revolución, la guerra y las luchas con el norte— han reforzado la conciencia coreana en cuanto a su identidad como grupo étnico y nacional. Resulta muy claro que el nacionalismo desempeñó un papel importante en el pensamiento de líderes como Park Chung Hee. Como en el caso de los japoneses, el éxito económico se perseguía por motivos de orgullo nacional. El nacionalismo constituyó una de las motivaciones, más allá de la racionalidad económica, para aspirar a tener industrias de gran escala en sectores económicos de importancia.

En Corea también existen otras diferencias culturales interesantes que pueden ejercer su influencia en la vida económica. Por ejemplo, el empresariado no se encuentra distribuido en forma pareja entre las distintas regiones del país, sino que se concentra en áreas determinadas. Muchos empresarios han venido de lo que hoy es Corea del Norte y de otras regiones septentrionales. También provienen de Seúl y del área de Kyongsan, en el sur; las provincias de Chungchong, Cholla y

Kangwon, por el contrario, tienen muy pocos representantes en este sector de la sociedad. Las razones que justifican esa variación no resultan muy claras, dado que el entorno familiar del que provienen los empresarios del norte y del sur difiere bastante. Un factor común podría ser, sin embargo, que en ambos casos los entornos familiares difieren del resto de la sociedad coreana, lo cual les daría un cierto *status* de forasteros.[65]

Además, está el tema del impacto del cristianismo en el desarrollo económico coreano. Corea, fuera de las Filipinas, es el único país del este asiático que tiene una importante población cristiana. La conversión al cristianismo se inició durante la ocupación japonesa, ya que ser cristiano constituía una forma un poco menos peligrosa de protestar contra el poder japonés. Después de la Guerra de Corea, los vínculos estratégicos vitales de Corea con los Estados Unidos constituyeron la puerta de entrada para un marcada influencia cultural, y por lo tanto también religiosa, de ese país. La población protestante de Corea creció enormemente después de la guerra y hoy en día constituye más del veinte por ciento del total de los habitantes. La mayoría de los conversos pertenece a sectores fundamentalistas, como la Asamblea de Dios. La mayor iglesia pentecostal del mundo, la Full Gospel Central Church, se encuentre en Seúl y cuenta con 500.000 feligreses.[66] Los cristianos han tenido una participación desproporcionada, medida en cantidad numérica, en la vida política y social del país. El primer presidente del sur, Syngman Rhee, era cristiano. Los cristianos desarrollaron un papel sumamente activo en los movimientos democráticos de protesta que, condujeron a la caída del gobierno militar, en 1987. En la actualidad, tres de las mejores universidades de Corea son cristianas.[67]

Los protestantes coreanos han participado con gran entusiasmo en la vida económica del país. Casi la mitad de los inmigrantes coreanos llegados recientemente a los Estados Unidos, que han ganado tanta reputación por su capacidad de trabajo y su espíritu empresario, son cristianos. Sin embargo, es difícil encontrar evidencias concretas de que los protestantes hubieran desempeñado un papel que excediera en importancia su porcentaje numérico dentro de la población total, en lo que se refiere a su incidencia en el rápido desarrollo económico de Corea.[68] Puede ser que tanto la cultura protestante como la confuciana fomenten valores económicos y empresariales similares, por lo que es difícil detectar qué papel desempeñó, en este aspecto, el protestantismo coreano. En América latina, por ejemplo, esta relación se puede observar con mayor precisión.[69]

El caso coreano demuestra que un Estado competente y firmemente determinado a lograr su objetivo puede actuar de manera decisiva para superar la tendencia cultural hacia la formación de sólo pequeñas organizaciones y crear industrias de gran escala en los que considera sectores estratégicos. A pesar de que existen otras fuentes de sociabilidad en Corea, resulta claro que la industria del país no estaría tan concentrada como lo está hoy en día sin una participación activa tan prolongada por parte del Estado a partir del año 1961.

Se podría afirmar, incluso, que los coreanos lograron conducir su economía hacia la dirección deseada evitando, al mismo tiempo, muchos de los fracasos sufridos por las políticas industriales francesa o italiana, y canalizando los subsidios gubernamentales hacia empresas privadas, en lugar de hacerlo hacia las estatales. El hecho de que las *chaebol* se hayan mantenido más competitivas que muchas empresas estatales o subsidiadas por el Estado tanto de Europa como de América latina se debe al énfasis permanente de la supervisión estatal, que las instó a concentrarse y a imponerse en los mercados altamente competitivos del exterior. La necesidad de vender en el exterior, compitiendo con las condiciones que impone el mercado, les ha dado una disciplina similar a la experimentada por la industria química alemana en la década de los 20, cuando fue fusionada en un solo cartel.

Al optar por la gran escala, los planificadores estatales coreanos lograron muchos de sus objetivos. Hoy en día las empresas coreanas compiten, en el nivel mundial, con las estadounidenses y las japonesas, en sectores de capital intensivo como el de los semiconductores, de la industria aeroespacial, productos de consumo electrónicos y del ramo automotor, en los cuales aventajan en mucho a las empresas de Taiwan o de Hong Kong. A diferencia de los países del sudeste asiático, los coreanos han ingresado en esos sectores a través de sus propias organizaciones y no mediante *joint-ventures*, en las cuales un socio del exterior instala plantas de armado cautivas. Los coreanos han tenido tanto éxito que muchas organizaciones japonesas se sienten acosadas implacablemente por sus competidores coreanos en áreas como la de los semiconductores o la siderurgia. La principal ventaja de las organizaciones *chaebol* de gran escala pareciera ser la capacidad del grupo para ingresar en nuevas industrias y armar una producción eficiente con suma rapidez.[70]

¿Significa esto, entonces, que los factores culturales como el capital social y la sociabilidad espontánea no son, en última instancia, tan importantes, ya que el Estado puede intervenir con éxito para llenar el vacío dejado por la cultura? La respuesta es no, y las razones son varias.

En primer lugar, no todo Estado posee la competencia cultural como para conducir una política industrial con la eficiencia con que lo ha hecho Corea. Los subsidios masivos y los beneficios otorgados a las empresas coreanas, a lo largo de los años, podrían haber conducido a enormes abusos, a corrupción y a la mala distribución de los fondos de inversión. Si el presidente Park y su equipo económico se hubiesen hallado sometidos a presiones políticas para hacer lo que parecía más conveniente, en lugar hacer lo que consideraban económicamente más beneficioso; si no se hubiesen orientado en forma tan marcada hacia las exportaciones o simplemente hubieran sido más consumistas o corruptos, hoy en día Corea se parecería mucho más a las Filipinas. De hecho, el escenario económico y político coreano bajo el gobierno de Syngman Rhee, durante la década de los 50, se parecía mucho al de las Filipinas. Park Chung Hee, a pesar de todas sus falencias, llevó un estilo de vida personal disciplinado y espartano, y tenía una clara visión de la meta económica que pretendía alcanzar para su país. Mostró favoritismos y toleró un considerable grado de corrupción, pero todo dentro de límites razonables y de las pautas aplicadas por otros países en desarrollo. Personalmente, no dilapidó dinero e impidió que las elites empresariales invirtieran sus recursos en lujosas mansiones en Suiza o pasaran largas vacaciones en la Costa Azul.[71] Park fue un dictador que estableció un sistema político horrible y autoritario, pero como líder económico su desempeño fue mucho más positivo. El mismo poder sobre la economía, en otras manos, podría haber conducido a una catástrofe.

La promoción estatal de la industria de gran escala tiene otras desventajas económicas. La crítica más frecuente de los defensores de la economía de mercado es que, al estar la inversión más impulsada por el gobierno que por el mercado, Corea del Sur ha desarrollado una serie de industrias que constituyen elefantes blancos, como la naviera, la petroquímica y la industria pesada. En una era que premia el achicamiento y la agilidad, los coreanos han creado una serie de corporaciones centralizadas e inflexibles, que irán perdiendo en forma gradualmente la ventaja competitiva que les confería su mano de obra barata. Algunos citan la tasa de crecimiento económica total de Taiwan (durante el período de la posguerra), algo más elevada que la coreana, como prueba de la mayor eficiencia que implica una estructura industrial más pequeña y competitiva.

Existen otros problemas estrechamente vinculados con la cuestión cultural. La discrepancia entre la gran escala y las tendencias familísticas de Corea probablemente hayan limitado, en cierta medida, la eficiencia. La cultura ha retrasado la introducción de gerentes profesionales en situaciones en las cuales éstos eran de necesidad absoluta. Además, el bajo nivel de confianza que caracteriza a la cultura coreana no permite a la *chaebol* explotar al máximo todo el potencial económico de escala y espectro que ofrece una red organizativa, en la medida en que lo hace la *keiretsu* japonesa. Vale decir que la *chaebol* se parece más al tradicional conglomerado estadounidense que a la *keiretsu*. Soporta la carga de una dirección única y un aparato centralizado para la toma de decisiones, de alcance para toda la *chaebol*. En los albores de la industrialización coreana pueden haber existido algunas razones económicas para la expansión horizontal de la *chaebol*, induciéndola a incursionar en negocios con los que estaba poco familiarizada, ya que era una forma de introducir técnicas de dirección moderna en una economía tradicional. Pero, a medida que la economía maduró, la lógica de unir en una red a empresas que actuaban en sectores totalmente diferentes, sin ninguna sinergia evidente, fue tornándose más cuestionable. La escala de las *chaebol* pudo haberles dado ciertas ventajas en cuanto a la obtención de capitales y el apoyo cruzado en sus negocios, pero habría que preguntarse si esto representaba una real ventaja para la economía coreana, una vez deducidos del balance todos los costos de una organización centralizada. (Es de señalar que el grueso de la financiación de las *chaebol* proviene del gobierno, a tasas de interés especiales.) Los lazos de las *chaebol* pueden llegar a frenar a algunos de los miembros más competitivos, involucrándolos en los negocios de sus socios de crecimiento más lento. Por ejemplo, de todos los miembros del conglomerado Samsung, sólo Samsung Electronics desempeña un papel realmente poderoso en un nivel mundial. Sin embargo, esa empresa se vio trabada durante varios años por la reorganización de todo el grupo, que comenzó con el traspaso del liderazgo de la red de su fundador a su hijo, a fines de la década de los 80.[72]

En el área política y social se plantea un problema de clases diferente. En Corea, la riqueza está considerablemente más concentrada que en Taiwan, y las tensiones causadas por las disparidades económicas se manifiestan a través de la turbulenta historia de las relaciones laborales. Mientras que la tasa de crecimiento en ambos países ha sido similar durante las últimas cuatro décadas, el obrero taiwanés promedio tiene un estándar de vida más alto que el coreano. El gobierno no desechó el ejemplo taiwanés y alrededor de 1981 comenzó a revertir, en cierto grado, el énfasis previo puesto en las empresas de gran escala, reduciendo los subsidios y dirigiéndolos hacia la pequeña y mediana empresa. Sin embargo, a esa altura las grandes corporaciones se habían afianzado de tal manera en sus sectores de mercado, que resultaba muy difícil desalojarlas. La cultura misma, que, liberada a sus propios designios, hubiese dado preferencia a la pequeña empresa familiar, había comenzado a cambiar muy sutilmente. Al igual que en Japón, trabajar en una de las grandes empresas confería cierto lustre, lo que aseguraba a esas organizaciones una afluencia constante de lo mejor y más brillante de la juventud coreana.[73]

La gran concentración de riqueza en manos de los propietarios de las *chaebol* tuvo las consecuencias temidas por el KMT (Partido Nacional del Pueblo) de Taiwan: el ingreso en la política de los acaudalados industriales. Esto sucedió por primera vez con la candidatura de Chung Ju Yung, fundador de Hyundai, para las elecciones presidenciales de 1993. Por supuesto que no hay nada de malo en que, en una democracia, un multimillonario, al estilo de Ross Perot, ingrese en la política. Pero el grado de riqueza concentrada en la comunidad empresarial coreana logró poner nerviosos a otros actores políticos, tanto de derecha como de izquierda. Para Corea, hasta el momento, el resultado de este intento no ha sido auspicioso. Si bien perdió las elecciones frente a Kim Young Sam, el septuagenario Chung fue encarcelado, a fines de 1993, bajo dudosos cargos de corrupción, una advertencia para todos los potenciales futuros políticos surgidos de la clase empresarial, destinada a indicarles a las claras que su participación en la política no es bienvenida.[74]

A pesar de la aparente discrepancia entre su cultura familística al estilo chino y sus grandes corporaciones, Corea sigue confirmando mi hipótesis general que sostiene que tanto Corea como China se nutren en una cultura familística con un grado relativamente bajo de confianza, más allá de la familia. Para compensar esa tendencia cultural, el Estado coreano tuvo que intervenir para crear grandes organizaciones que de otra manera no hubiesen sido generadas espontáneamente por el sector privado. Si bien las grandes *chaebol* coreanas han sido manejadas en forma más eficiente que las empresas estatales de Francia, Italia y de una cantidad de países latinoamericanos, no dejan de ser el producto del subsidio, del proteccionismo, de la regulación y de otros actos de intervención gubernamental. Mientras que la mayoría de los países se sentirían muy felices de tener la tasa de crecimiento de Corea, nada asegura que podrían lograrlo utilizando los métodos coreanos.

III

SOCIEDADES CON ALTO NIVEL DE
CONFIANZA Y EL DESAFÍO DE LA
SOCIABILIDAD SOSTENIDA

CAPÍTULO 13

Economías sin fricciones

Por qué es necesario recurrir a características culturales, como la sociabilidad espontánea, para explicar la existencia de corporaciones de gran escala en una economía o dar explicaciones acerca de la prosperidad en general? ¿Acaso no se ha creado el moderno sistema de contratación y legislación comercial precisamente para obviar la necesidad de que los integrantes de una sociead comercial confíen unos en otros, de la manera en que lo hacen los miembros de una familia? Las sociedades industrializadas modernas han creado una amplia estructura legal para la organización económica y una extensa gama de figuras jurídicas, desde la propiedad individual hasta las grandes empresas multinacionales, cuyas acciones se cotizan en bolsa. Muchos economistas agregarían a todo este guiso el egoísmo racional individual, para explicar el surgimiento de las organizaciones modernas. ¿Acaso no es verdad que las empresas basadas en fuertes vínculos familiares y obligaciones morales no escritas terminan degenerando en nepotismo, amiguismo y, en general, en una forma equivocada de tomar decisiones empresariales? ¿No constituye, de hecho, la sustitución de las obligaciones morales informales por otras, formales y legalmente transparentes, la esencia misma de la vida económica moderna?[1]

La respuesta a estas preguntas es que, aun cuando los derechos de propiedad y otras instituciones económicas modernas resultaron necesarios para la creación de la empresa moderna, a menudo no tomamos conciencia de que ella descansa sobre una sólida base de hábitos sociales y culturales que con demasiada frecuencia se dan por sentados. Las instituciones modernas son necesarias, pero no constituyen una condición suficiente para la prosperidad y el bienestar social que debieran asegurar. Esas instituciones tienen que ir, necesariamente, acompañadas de determinados hábitos sociales y etopéyicos tradicionales, si se pretende que funcionen de la manera adecuada. Un contrato permite que extraños, entre los cuales no existe ninguna base de confianza, puedan trabajar unos con otros, pero el proceso funciona de forma muchísimo más eficiente si dicha confianza existe. Figuras legales, como una sociedad en comandita por acciones, pueden permitir la colaboración entre individuos no relacionados entre sí, pero la agilidad de ese accionar en conjunto depende del grado de cooperación que exista en el interaccionar mutuo.

El tema de la sociabilidad espontánea es de particular importancia, porque no podemos dar por sentados esos antiguos hábitos etopéyicos y éticos. Una sociedad civil rica y compleja no surge en forma inevitable y automática a partir de la lógica de nuestra industrialización avanzada. Por el contrario, como veremos en los próximos capítulos, Japón, Alemania y los Estados Unidos se convirtieron en los líderes del poder industrial en gran medida gracias a que tenían un capital social sano y una buena sociabilidad espontánea, y no a la inversa. Las sociedades liberales como los Estados Unidos tienen una tendencia hacia el individualismo y una atomización social potencialmente debilitadora. Como hemos dicho antes, existen pruebas de que, en los Estados Unidos, la confianza y los hábitos sociales que han cimentado su ascenso al nivel de una potencia industrial mundial se han ido erosionando de modo significativo durante el último medio siglo. Algunos de los ejemplos que se dan en la Parte II de este libro deberían servir de advertencia: es posible que una sociedad pierda su capital social a través del tiempo. La sociedad civil francesa, compleja y floreciente en un tiempo, fue debilitada más tarde por un gobierno excesivamente centralizador.

Los países que analizaremos en esta Parte II y en la Parte IV del libro están todos constituidos por sociedades de un alto nivel de confianza, con una inclinación por la sociabilidad espontánea y con un importante estrato de asociaciones intermedias. En Japón, Alemania y los Estados Unidos, una cantidad de grandes empresas, poderosas y fuertemente unidas, se han desarrollado en forma espontánea desde el sector privado. A pesar de que, en ocasiones, el Estado ha intervenido para apoyar industrias debilitadas, promovido el desarrollo tecnológico u operado directamente grandes organizaciones económicas, como las empresas telefónicas y los servicios postales, el grado de intervención estatal ha sido relativamente reducido en comparación con los casos presentados en la Parte II del libro. En contraposición con la distribución de las organizaciones en forma de "silla de montar", con un vacío entre los dos polos —familia y Estado—, observada en China, Francia e Italia, estas sociedades tienen organizaciones muy fuertes entre dichos polos. Estas naciones también tendieron, desde los comienzos de su industrialización, a ser líderes dentro de la economía mundial y hoy en día constituyen las sociedades más ricas del mundo.

En términos de estructura industrial y de sus sociedades civiles en general, los países aquí analizados tienen más elementos en común entre sí que cualquiera de ellos comparado con sociedades más familísticas, como Taiwán, Italia o Francia. La fuente de la sociabilidad espontánea tiene, en cada caso, raíces históricas muy diferentes. La del Japón parte de la estructura familiar y de la naturaleza del feudalismo japonés; la alemana tiene relación con la supervivencia, hasta el siglo XX, de organizaciones comunitarias tradicionales, como los antiguos gremios; y la de los Estados Unidos es el producto de su tradición religiosa sectaria protestante. Como veremos en los capítulos finales de esta Parte III, la naturaleza comunitaria de estas sociedades se manifiesta, en todo nivel, a través de las relaciones laborales entre operarios, capataces y gerentes.

Sin embargo, antes de entrar a analizar en detalle estos casos, debemos considerar el valor económico que tienen la confianza y la sociabilidad espontánea. No cabe duda de que instituciones como la legislación contractual y comercial son condiciones previas necesarias para el surgimiento de una economía industrial moderna. Nadie se atrevería a afirmar que ellas podrían ser sustituidas simplemente por la confianza o el compromiso moral. Pero, partiendo de la base de que estas instituciones legales existen, hay que admitir que la presencia de un alto grado de confianza, como elemento adicional de las relaciones económicas, puede incrementar la eficiencia de éstas, mediante la reducción de lo que los economistas llaman "costos de transacción". Se trata de los costos en que se incurre cuando hay que dedicarse a encontrar el comprador o vendedor adecuado, negociar un contrato, cumplir con regulaciones gubernamentales y hacer valer un contrato en el caso de disputas o fraude.[2] Cada una de esas transacciones se facilita de modo notable si las partes confían en la honestidad recíproca. Hay menor necesidad de especificar cada detalle en forma exhaustiva en extensos contratos; existe una menor necesidad de protegerse contra contingencias inesperadas; se producen menos disputas y una menor necesidad de litigar si aparece alguna diferencia. De hecho, en algunas relaciones de alto nivel de confianza, las partes ni siquiera necesitan preocuparse por la maximización de los beneficios en el corto plazo, porque saben que el déficit de un período será compensado, más adelante, por la otra parte.

En realidad, es muy difícil concebir la vida económica moderna sin la existencia de un nivel mínimo de confianza informal. El economista y Premio Nobel Kenneth Arrow lo formula de esta manera:

> Aunque más no fuera, la confianza tiene un importante valor pragmático. En un sistema social, la confianza es el lubricante básico

y muy eficiente. Un grado adecuado de fe en la palabra de otros nos ahorra una gran cantidad de trastornos.

Desafortunadamente, no es un bien que se puede comprar con mucha facilidad. Si se lo tiene que comprar, ello significa que ya se tienen ciertas dudas sobre lo que se está comprando. La confianza y sus valores afines, como la lealtad y la veracidad, son ejemplos de lo que los economistas denominarían "externalidades". Son bienes, son *commodities*, tienen un valor económico real y práctico; incrementan la eficiencia del sistema, permiten producir más bienes o más de cualquier tipo de valores que se tengan en alta estima. Pero su comercialización en el mercado es técnicamente imposible y carente de significado.[3]

A menudo pasamos por alto la existencia de un nivel mínimo de confianza y honestidad, y no nos damos cuenta de que se hallan presentes en todos los aspectos de nuestra vida económica cotidiana y de que son cruciales para el buen funcionamiento de ésta. ¿Por qué, por ejemplo, no sucede más a menudo que alguien se baje de un taxi sin pagar, o se vaya de un restaurante sin dejar el quince por ciento de propina, monto habitual en los Estados Unidos? Por supuesto que no pagar la cuenta es ilegal y en algunos casos la idea de ser descubiertos constituirá un poderoso elemento de disuasión. Pero si el individuo estuviera tan obsesionado, como afirman los economistas, con sólo maximizar sus ingresos económicos, sin que factores no económicos —como las costumbres o consideraciones morales— se lo impidan, debería evaluar, cada vez que entre en un restaurante o suba a un taxi, la posibilidad de poder eludir el pago correspondiente. Si el costo que le acarrearía la estafa —como, por ejemplo, pasar vergüenza o, en el peor de los casos, sufrir un problema legal menor— fuera mayor que el beneficio esperado (un viaje o una comida gratuitos), la persona, sin duda, actuaría con honestidad. De lo contrario, se iría sin pagar. Si este tipo de estafa se generalizara, los negocios tendrían que cargar con mayores costos, por ejemplo, al tener que poner más vigilancia en la puerta del restaurante, para evitar que los clientes se vayan sin pagar, o al exigir un depósito previo en efectivo. El hecho de que la gran mayoría de la gente no actúe de esa forma indica que un cierto nivel de honestidad básica, que se practica más por hábito que por cálculo racional, se halla bastante difundido en toda la sociedad.

Quizá sea más fácil apreciar el valor económico de la confianza, si consideramos cómo sería un mundo por entero carente de confianza. Si tuviésemos que encarar cada contrato suponiendo que la otra parte tratará de estafarnos en cuanto se le presente la oportunidad, deberíamos invertir una cantidad considerable de tiempo y energía en asegurarnos de que el documento no tiene ningún resquicio legal que permita al otro aprovecharse de nosotros. Los contratos serían tremendamente extensos y detallarían cada contingencia posible, especificando hasta la más mínima obligación. Nunca estaríamos dispuestos a hacer más de lo que se supone que estamos obligados legalmente a hacer, por temor a ser explotados, y consideraríamos cualquier propuesta nueva o potencialmente innovadora, por parte de nuestro socio contractual, como una treta para sacar alguna ventaja. Además, estaríamos constantemente frente a la posibilidad de, a pesar de todos nuestros esfuerzos durante la negociación contractual, encontrar gente que lograría estafarnos o que dejaría de cumplir con sus obligaciones sin motivo alguno. No podríamos recurrir al arbitraje, porque no confiaríamos lo suficiente en los árbitros. Todo tendría que pasar por el sistema legal para su resolución, con todas sus engorrosas regulaciones y metodologías, hasta, potencialmente, llegar hasta los altos estrados de la justicia.

Que esta descripción suene un tanto familiar a los oídos de los estadounidenses, como una descripción cada vez más aproximada del entorno comercial habitual, es señal de que existe un creciente nivel de desconfianza en esta sociedad. Sin embargo, hay áreas específicas de la vida económica estadounidense que se parecen más y más a ese mundo de desconfianza total. La razón por la cual los estadounidenses descubrieron, en la década de los 80, con que el Pentágono pagaba U\$S 300 por martillos y U\$S 800 por asientos de inodoro es la ausencia total de confianza dentro del sistema de contratación del área de Defensa. Esta área de contratación es una actividad económica muy particular, dado que muchos sistemas de armamento son productos únicos. Como existen muy pocos proveedores, los precios de estas compras estatales se fijan sobre la base del costo de producción más un margen de utilidad fijo (*cost-plus*), en lugar de hacerlo sobre la base de los valores del mercado. Este sistema, por supuesto, se presta a manipulaciones y, ocasionalmente, al fraude, tanto por parte de los proveedores como de los funcionarios gubernamentales que redactan los contratos. Una forma de manejar este problema es reducir la burocracia. Habría que confiar en el criterio de funcionarios clave del Pentágono para decidir sobre las adquisiciones, lo que implicaría tolerar algún error e incluso uno que otro escándalo, como costo de una transacción general más eficiente. De hecho, éste es un método que se ha aplicado con éxito al desarrollo de algunos armamentos de alta prioridad.[4] Pero las compras de rutina se realizan suponiendo que la confianza no existe en el sistema. Los contratistas tratarán de estafar a los contribuyentes, si eso fuera posible, y los funcionarios del gobierno, si no se los controla de la manera adecuada, abusarán de su libertad de acción.[5] Los costos tienen que justificarse a través de gran cantidad de documentación que exige, tanto a los proveedores como al gobierno, contratar una cantidad de auditores para controlarla en forma adecuada. Todas estas reglamentaciones cargan a las compras del gobierno con enormes costos de transacción adicionales, los cuales constituyen la razón básica y fundamental por la cual las compras militares son tan costosas.[6]

Como regla general, la confianza surge cuando una comunidad comparte una serie de valores morales, de modo tal que se espera un comportamiento regular y honesto. En cierta medida, el carácter particular de esos valores es menos importante que el hecho de que sean compartidos. Es probable que los presbiterianos y los budistas, por ejemplo, comprobaran que tienen mucho en común entre sí y, por lo tanto, fueran capaces de establecer una base moral de confianza mutua. Sin embargo, esto no siempre es el caso, dado que ciertos sistemas etopéyicos fomentan determinadas formas de confianza por sobre otras: las sociedades de brujos y caníbales, presumiblemente, están cargadas de diversas tensiones internas. En general, cuanto más exigentes sean los valores del sistema ético de la comunidad, y cuanto más altas sean las calificaciones necesarias para ingresar en ella, tanto mayor será el grado de solidaridad y confianza mutua entre los que la integran. Es así como los mormones y los Testigos de Jehová, que establecen estándares relativamente elevados para ingresar en esas comunidades, como la templanza y el pago del diezmo, tal vez se sientan unidos por lazos comunes más estrechos que, por ejemplo, los metodistas o los episcopales de hoy en día, ya que sus comunidades se hallan abiertas a casi todo el mundo. A la inversa, las comunidades unidas por estrechos vínculos internos son las que tienen una conexión más débil con quienes están fuera de ella. Por lo tanto, el abismo que separa a los mormones de los no mormones será mayor que el que existe entre metodistas y no metodistas.

Es en este contexto que se puede observar la significancia de la Reforma protestante. Los historiadores económicos Nathan Rosenberg y L. E. Birdzell observan que durante el primer período capitalista (a partir de fines del siglo xv) fue necesario que el individuo superara la etapa de las empresas basadas en el parentesco y separara sus finanzas personales de las finanzas de la empresa. En este aspecto, una innovación técnica como la contabilidad de partida doble resultó indispensable. Pero los avances técnicos no eran, por sí mismos, suficientes:

> La necesidad de una forma de empresa que pudiese generar con-
> fianza y lealtad sobre otra base que la del parentesco sólo era una
> faceta de una necesidad más amplia: el creciente comercio mundial
> requería un sistema moral. Necesitaba una moral que apoyar a la
> confianza en su complejo aparato de representación y promesa: cré-

ditos y representaciones en lo que hace a calidad, promesas de entrega de bienes o compra de mercadería en el futuro y acuerdos sobre la forma de compartir las ganancias de los viajes. También se necesitaba un sistema moral… para abastecer las lealtades personales necesarias para el desarrollo de empresas, más allá de la familia, así como para justificar la confianza en la discreción de los agentes, desde los capitanes de las naves hasta quienes manejaban las remotas factorías, incluyendo los propios socios del comerciante. El sistema ético de la sociedad feudal se había construido alrededor de la misma jerarquía militar que el resto del feudalismo y no cumplía con los requisitos que deseaban los comerciantes. Fue a partir de la turbulenta Reforma protestante que se comenzó a desarrollar una moral y un esquema de fe religiosa compatible con las necesidades y los valores del capitalismo.[7]

La religión puede constituir un obstáculo para el crecimiento económico, por ejemplo cuando es el clero y no el mercado quien establece el precio "justo" de los bienes o declara una determinada tasa de interés como "usuraria". Pero ciertas formas de vida religiosa también pueden resultar extremadamente favorables en determinado entorno del mercado, porque la religión ofrece los medios necesarios para internalizar las reglas de un comportamiento mercantil adecuado.

Existe otra razón por la cual las sociedades que manifiestan un alto grado de solidaridad comunitaria y valores compartidos debieran ser más eficientes económicamente que sus equivalentes más individualistas. Esto tiene que ver con el problema del "parásito". Muchas organizaciones producen lo que los economistas denominan "bienes públicos", es decir, bienes que benefician a los miembros de una organización, con independencia del grado de esfuerzo que aporte cada uno de ellos para su generación. La defensa nacional y la seguridad pública son ejemplos clásicos de bienes públicos, provistos por el Estado y que benefician por igual a todos los ciudadanos, simplemente por su carácter de tales. Organizaciones más pequeñas también producen bienes que benefician a todos sus miembros en forma indistinta. Un sindicato, por ejemplo, negocia salarios más altos que benefician a todos sus afiliados, independientemente del grado de militancia de cada individuo, o de si ha pagado o no sus aportes sindicales.

Como señalara el economista Mancur Olson, todas las organizaciones que producen bienes públicos de este tipo sufren la misma lógica interna: cuanto más grandes se tornan, mayor es la tendencia a la aparición de "parásitos" entre los individuos que la integran. Un parásito se beneficia de los bienes públicos producidos por la organización, pero no aporta su parte individual al esfuerzo común.[8] En un grupo muy pequeño, como una sociedad de media docena de abogados o contadores, este problema no es muy grave. Si uno de los socios reduce su grado de colaboración, esa actitud será notada de inmediato por sus colegas y su desempeño mediocre o nulo tendrá consecuencias relativamente importantes y perceptibles sobre la rentabilidad del grupo como tal. Pero a medida que el tamaño de una organización aumenta se va reduciendo el grado en que el rendimiento de un individuo afecta el rendimiento de todo el grupo. Al mismo tiempo, la probabilidad de que el parásito sea detectado y estigmatizado también disminuye. Es mucho más fácil para un obrero de una línea de armado, en una fábrica que emplea miles de personas, simular una enfermedad o tomarse más tiempo libre del que le corresponde, que en una sociedad pequeña, en la cual los integrantes dependen, en alto grado, unos de otros.

La problemática del parásito es un clásico problema de comportamiento grupal.[9] La solución habitual es que el grupo imponga alguna forma de coerción a sus miembros, para limitar el grado en que puedan parasitar impunemente. Por eso, por ejemplo, los sindicatos exigen el pago de una cuota y el cierre de la planta en caso de huelga. De otro modo, el individuo preferiría dejar el sindicato y romper la huelga, o no abonar sus cuotas pero beneficiarse con los acuerdos salariales logrados. Ni falta que hace mencionar que ésta es también la razón por la cual los gobiernos aplican sanciones legales para lograr que los ciudadanos sirvan en el ejército o paguen sus impuestos.

El problema del parasitismo, sin embargo, podría ser mitigado de otra manera, si el grupo poseyera un mayor grado de solidaridad social. Los individuos se convierten en parásitos porque anteponen sus intereses personales a los del grupo. Pero si equipararan marcadamente su propio bienestar con el del grupo, o incluso antepusieran los intereses del grupo a los suyos propios, sería mucho menos probable que eludieran su aporte personal o sus responsabilidades. Ésta es una de las razones por las que la empresa familiar constituye una forma de organización económica natural. Aunque muchos padres estadounidenses sienten que sus hijos adolescentes se han convertido en parásitos, los miembros de una familia por lo general contribuyen con mayor energía y entusiasmo al éxito de la empresa familiar, que si estuvieran colaborando con extraños, en cuyo caso se preocuparían mucho menos por su contribución relativa y los beneficios generados por ésta. Victor Nee señala que el parasitismo fue lo que corrompió la eficiencia de las comunidades campesinas establecidas en la República Popular China, bajo el gobierno de Mao. La disolución de esas comunidades, a fines de la década de los 70, y su reemplazo por la familia campesina como unidad básica de la producción agraria causaron un incremento impresionante en la productividad, porque de esa forma se resolvió el problema del parasitismo.[10]

Es muy fácil para un individuo identificarse con los objetivos de una organización por encima de sus propios intereses, estrechos y egoístas, cuando el propósito de la organización no es primordialmente económico. Las unidades de mando y las sectas religiosas constituyen ejemplos de organizaciones en las cuales los individuos tienen suficiente automotivación como para poner los intereses del grupo por encima de los suyos propios. Quizá ésta sea una de las razones por las cuales los primeros empresarios puritanos, a los que se refiere Weber, o los recientes conversos al protestantismo de América latina registren un desempeño tan eficiente: es mucho más difícil ser un parásito cuando Dios (y no simplemente un contador) es quien ejerce el control. Pero aun en organizaciones más comunes, que tienen un objetivo económico, un buen gerente sabe cómo generar un cierto sentido de orgullo entre sus colaboradores, la convicción de que constituyen parte de algo más grande e importante. Como expresara en cierta oportunidad John Akers, ex presidente de IBM, las personas se sienten más motivadas para cumplir con su parte de la tarea si están convencidas de que el objetivo de la empresa es, por ejemplo, trasponer las fronteras de la tecnología informática, y no simplemente maximizar la rentabilidad de la inversión de los accionistas (a pesar de que esto último es, por supuesto, la cruda verdad).

Mientras los grupos que presentan un alto grado de confianza y solidaridad pueden ser económicamente más eficientes que aquellos que carecen de esos atributos, no todas las formas de confianza y solidaridad son necesariamente ventajosas. Si la lealtad va más allá de la racionalidad económica, la solidaridad comunitaria sólo conduce al nepotismo o al amiguismo. El favoritismo del jefe para con sus hijos o un subordinado en particular no le hace ningún bien a la organización. Muchos grupos, aunque pongan de manifiesto un alto grado de solidaridad, son altamente ineficientes desde el punto de vista del bienestar económico de la sociedad en su totalidad. Mientras que los grupos y las organizaciones son necesarios para llevar a cabo cualquier tipo de actividad económica, no todos los grupos tienen una finalidad económica. Muchos dedican a la redistribución más que a la producción de riquezas, desde la mafia y los Blackstone Rangers hasta la United Jewish Appeal y la Iglesia Católica. Sus fines van desde lo siniestro a lo divino, pero desde el punto de vista del economista todas esas organizaciones conducen hacia "ineficiencias de distribución", es decir, hacia una desviación de los recursos de sus usos más productivos. Muchos agentes económicos importantes son carteles que buscan promover su propio bienestar mediante el control del ingreso de otros actores en el mercado. Los carteles contemporáneos no sólo incluyen a los productores petroleros y a los proveedores de oro y diamantes, sino a asociaciones profesionales como la Asociación

Estadounidense de Medicina (American Medical Association) o la Asociación Nacional de Educación (National Educational Association), que fijan las pautas para el ingreso en la profesión médica y el campo de la enseñanza, respectivamente, en los Estados Unidos, o los sindicatos que regulan el ingreso de nuevos trabajadores en el mercado laboral.[11] En una democracia desarrollada como la de los Estados Unidos, prácticamente todos los sectores significativos de la sociedad se encuentran representados en el proceso político, mediante grupos de intereses bien organizados. Estos últimos procuran promover o defender sus posiciones no sólo a través de una actividad económica sino también ejerciendo cierta influencia en el proceso político.

Los países de Europa, tanto en la Edad Media como en los albores de la modernidad, eran en muchos aspectos sociedades altamente comunitarias, con una gran cantidad de fuentes de autoridad comunitaria superpuestas —reales, eclesiásticas, señoriales y locales— que limitaban el comportamiento del individuo. La vida económica en las ciudades era estrictamente regulada por los gremios profesionales, que habían establecido sistemas de calificación para la asociación, limitando la cantidad de individuos que ingresaban en el oficio y regulando el tipo de trabajo que cada uno podía realizar. En las primeras fases de la revolución industrial, las nuevas empresas tenían que ubicarse fuera de las ciudades para escapar de las restricciones impuestas por los gremios: una irónica versión del dicho *Stadluft macht frei* ("el aire de la ciudad libera"). Muchos de los hitos de la progresiva industrialización de Gran Bretaña y Francia estuvieron marcados por la destrucción de los gremios y por la liberación de la actividad económica de la autoridad que éstos ejercían.

Carteles, gremios, asociaciones profesionales, sindicatos, partidos políticos, organizaciones de *lobbying* y otras entidades similares cumplen una importante función política, al sistematizar y articular los intereses en una democracia pluralista. Pero a pesar de que, por lo general, atienden los intereses económicos de sus miembros, buscando redistribuir la riqueza entre ellos, raras veces sirven a los intereses más amplios de la sociedad en general. Es por esto que muchos economistas consideran la proliferación de ese tipo de grupos como una traba a la eficiencia económica global. Mancur Olson formuló una teoría en la que sostiene que las causas del estancamiento económico pueden hallarse en la creciente proliferación de grupos de intereses que se produce en las sociedades democráticas estables.[12] Ante la ausencia de *shocks* provenientes del exterior —guerras, revoluciones o acuerdos sobre la apertura de mercados—, la habilidad organizativa de una sociedad tiende a volcarse, en medida creciente, hacia la creación de nuevos carteles de distribución que inyectan a la economía una paralizante rigidez.

Olson sugiere que una de las razones de la decadencia económica británica, durante el último siglo, es que, a diferencia de sus vecinos continentales, Gran Bretaña experimentó una continuidad de paz social que permitió el aumento constante de grupos que no hacían sino destruir la eficiencia.[13]

Las sociedades que tienen gran habilidad para generar organizaciones económicas creadoras de riqueza probablemente posean la misma habilidad para crear grupos de intereses dedicados a la redistribución de esa riqueza, que perjudican la eficiencia. Los efectos económicos positivos de la sociabilidad espontánea deberán evaluarse sólo después de deducir los costos que se generan a raíz del accionar de sus grupos de interés. Pueden existir sociedades que sean muy eficientes en lo que se refiere a la generación de grupos de interés, sin tener capacidad para producir empresas eficientes. En estos casos, la sociabilidad debiera ser considerada como un pasivo. La Europa medieval, en muchos aspectos, constituía una sociedad de este tipo, al igual que ciertas sociedades del Tercer Mundo que tienen un exceso de cámaras de empleadores, sindicatos laborales y organizaciones comunitarias, mientras registran una marcada escasez de corporaciones productivas. Si bien se ha afirmado que los Estados Unidos padecen de una creciente parálisis debido a la proliferación de grupos de intereses, sería difícil sostener que la propensión hacia la asociación haya constituido, históricamente, un pasivo para su vida económica o política.[14]

Dado que los grupos sociales de una comunidad se entrecruzan y superponen, lo que desde cierta perspectiva parece un fuerte sentido de solidaridad social puede verse, desde otra, como atomización, división excesiva y estratificación. Las sociedades altamente familísticas, como China e Italia, presentan un aspecto altamente comunitario si se las observa desde el interior de la familia; pero, por el contrario, aparecen como sumamente individualistas cuando se comprueba el bajo nivel de confianza y de compromiso mutuo que existe entre los distintos grupos familiares. Esto también vale desde la perspectiva del clasismo. La clase obrera británica siempre demostró un grado de solidaridad y militancia más alto que su equivalente estadounidense. Siempre hubo un mayor porcentaje de afiliación sindical en Gran Bretaña que en los Estados Unidos, hecho que ha inducido a algunos a afirmar que Gran Betaña es una sociedad menos individualista y de mayor orientación comunitaria que los Estados Unidos.[15] Pero esa misma solidaridad que ocurre en Gran Bretaña entre la clase obrera profundiza la división que existe entre el sector patronal y el sector de los trabajadores. En tales condiciones, los obreros consideran como una afrenta, y ven como totalmente descabellada, la idea de que ellos y el sector patronal puedan constituir una "gran familia" o un equipo con intereses comunes. La solidaridad de clase puede hasta impedir que se implementen innovaciones en el ámbito laboral, tales como equipos de trabajo o círculos de calidad, integrados por obreros, capataces y otros superiores.

Por el contrario, en Japón existe una solidaridad obrera horizontal mucho menor que en Gran Bretaña, y en este sentido se podría afirmar que los japoneses son menos comunitarios que los ingleses.[16] Los obreros japoneses, en general, se identifican más con sus empresas que con sus compañeros de trabajo. Dado que se constituyen sindicatos por empresa, estas organizaciones japonesas son menospreciadas por sus equivalentes, más militantes, del exterior. Pero la otra cara de la moneda es que en Japón existe un grado mucho mayor de solidaridad empresaria vertical, y por lo tanto podemos afirmar, sin temor a equivocarnos, que Japón es un país con mayor orientación grupal, dentro de la sociedad, que Gran Bretaña. Este tipo de solidaridad grupal vertical pareciera ser más conducente al logro del crecimiento económico que su alternativa horizontal.

Evidentemente, la solidaridad social no es siempre beneficiosa, desde el punto de vista del bienestar económico. Según dice Shumpeter, el capitalismo es un proceso de "destrucción creativa" en el que las organizaciones más viejas, económicamente ineficientes o perjudiciales, tienen que ser modificadas o eliminadas para crear otras nuevas en su lugar. El progreso económico exige la sustitución constante de un tipo de grupo por el otro.

Se puede decir que la sociabilidad tradicional significa lealtad hacia grupos sociales establecidos desde larga data. Los productores medievales que seguían las doctrinas de la Iglesia Católica caían en esta categoría. La sociabilidad espontánea, en cambio, es la capacidad de unirse estrechamente en grupos nuevos y prosperar en un entorno organizacional innovador. La sociabilidad espontánea es positiva, desde un punto de vista económico, sólo si se la utiliza para construir organizaciones económicas que generen riquezas. La sociabilidad tradicional a menudo puede resultar un obstáculo para este tipo de crecimiento.

Teniendo presentes estas consideraciones generales, pasaremos a analizar el país que, entre las naciones contemporáneas, quizá sea el que presenta, en su sociedad el mayor grado de sociabilidad espontánea: Japón.

CAPÍTULO 14

Un bloque de granito

Al cabo de competir, durante toda una generación, con las empresas japonesas, los estadounidenses han logrado comprender mucho mejor la naturaleza de la economía japonesa y los aspectos en que ésta difiere de la de los Estados Unidos. Pero las diferencias entre la economía japonesa y la de una sociedad china o cualquier otra sociedad familística resultan mucho menos claras, y sin embargo son fundamentales para comprender de qué manera la cultura influye sobre una economía. Muchos estadounidenses y europeos suponen que la mayoría de las economías asiáticas son similares, visión que es fomentada por los promotores de la idea de un "Milagro Asiático Oriental", quienes a menudo hablan como si Asia fuera una región cultural sin diferenciaciones. Sin embargo, en la realidad el Japón se parece mucho más a los Estados Unidos que a China en lo que se refiere a sociabilidad espontánea y a la capacidad de esa sociedad para generar y conducir organizaciones de gran escala. Las diferencias entre la cultura japonesa y la china, sobre todo en lo que se refiere a la estructura familiar, revelan el profundo impacto de la cultura japonesa en la vida económica del país y aclaran la base de su similitud con las sociedades occidentales con alto nivel de confianza.

Lo primero que llama la atención en la moderna estructura industrial de Japón es que siempre ha sido dominada por organizaciones muy grandes. Su rápido ascenso, desde una sociedad predominantemente agrícola a una moderna potencia industrial, después de la Restitución Meiji ocurrida en 1868, guarda estrecha vinculación con el crecimiento de las *zaibatsu*, los grandes conglomerados industriales de propiedad familiar, como Mitsubishi y Sumitomo, que dominaron la industria japonesa antes de la Segunda Guerra Mundial. (*Zai*, en japonés, significa "fortuna" o "dinero", mientras que *batsu* es una camarilla.) Antes de la Segunda Guerra Mundial, las diez mayores *zaibatsu* generaban el cincuenta y tres por ciento del capital ingresado en el sector financiero, el cuarenta y nueve por ciento en el sector de la industria pesada y el treinta y cinco por ciento de la economía en su totalidad.[1] Al final de la guerra, los "cuatro grandes" —Mitsui, Mitsubishi, Sumitomo y Yasuda— controlaban por completo una cuarta parte del capital invertido en todo el sector empresario japonés.[2]

Las *zaibatsu* desaparecieron bajo la ocupación estadounidense del país, pero gradualmente fueron reconstituyéndose, hasta formar las actuales *keiretsu*. La industria japonesa siguió creciendo en escala y hoy en día el sector privado japonés es mucho más concentrado que el de las sociedades chinas. Las diez, veinte y cuarenta empresas más grandes del Japón sólo son inferiores en tamaño a las de los Estados Unidos. Las diez principales empresas son veinte veces más grandes que las de Hong Kong y cincuenta veces más grandes que las de Taiwan. En la Tabla i, por ejemplo, se mide la dimensión de las principales empresas de diez naciones industrializadas, en términos de mano de obra empleada, y no de ventas. Las principales empresas japonesas son, en este aspecto y en promedio, menores que las de los Estados Unidos, Alemania, Gran Bretaña y Francia. Como porcentaje del empleo industrial total, las empresas japonesas son las menos populosas o concentradas de todo el conjunto, en especial si se las compara con países europeos más pequeños, como Holanda, Suiza y Suecia.

Esta comparación, sin embargo, conduce a conclusiones erróneas, debido a la naturaleza de las organizaciones en red de Japón. Muchas de las empresas japonesas consideradas en la tabla como organizaciones individuales, como Mitsubishi Heavy Industries (MHI) y Mitsubishi Electric Co. (MELCO), están unidas entre sí, dado que integran la misma *keiretsu*. Sin ser del todo independientes, pero muy lejos de estar integradas, *keiretsu* permite a organizaciones nominalmente separadas compartir su capital, su tecnología y su personal a través de una modalidad particular, muy distinta de la que sería posible para empresas externas a esta red.

TABLA I
Concentración industrial agregada
El Japón frente a otros países industrializados, 1985

PAÍS	DIMENSIÓN PROMEDIO DE LAS EMPRESAS LÍDERES (NÚMERO DE EMPLEADOS)		EMPLEO EN LAS EMPRESAS LÍDERES (% DEL EMPLEO TOTAL)	
	1AS. 10	*1AS. 20*	*1AS. 10*	*1AS. 20*
Japón	107.106	72.240	7,2	9,9
Estados Unidos	310.554	219.748	13,1	18,6
Alemania Occ.	177.173	114.542	20,1	26,0
Reino Unido	141.156	108.010	23,1	35,3
Francia	116.049	81.381	23,2	35,3
Corea del Sur	54.416	s/d[(*)]	14,9	s/d
Canadá	36.990	26.414	15,3	21,9
Suiza	60.039	36.602	49,4	60,2
Holanda	84.884	47.783	84,5	95,1
Suecia	48.538	32.893	49,4	66,9

(*) s/d = sin datos
Fuente: F. M. Scherer y David Ross, *Industrial Market Structure and Economic Performance*, 3a. Ed. (Houghton Mifflin, Boston, 1990), pág. 63.

El siguiente ejemplo ilustra el impacto de las redes sobre la dimensión de las empresas: a fines de la década de los 80, Toyota, la corporación industrial más grande de Japón en ventas, produjo 4,5 millones de automóviles por año, con 65.000 operarios. General Motors, por su parte, produjo 80 millones de automóviles con 750.000 operarios, es decir, menos del doble de automóviles con más de diez veces la cantidad de mano de obra empleada.[3] Esta diferencia se debe, en parte, a la mayor productividad de Toyota: en 1987, la planta de Toyota ubicada en Takaoka (Japón) necesitaba dieciséis horas-hombre para producir un automóvil, en comparación con las treinta y una horas requeridas para la misma operación en la planta de General Motors de Framingham, Massachusetts.[4] Pero más importante aún es el hecho de que Toyota subcontrata la parte principal de la tarea de armado de cada automóvil, mientras que GM es una empresa integrada en forma vertical, propietaria de muchos de los proveedores de partes para sus vehículos. Toyota es la empresa líder de una *keiretsu* vertical, y sus funciones se limitan al diseño y al armado final. Sin embargo, está interconectada con cientos de subcontratistas y autopartistas independientes, mediante una red informal pero perdurable. A través de sus socios dentro de la *keiretsu*, Toyota es capaz de lograr el efecto de una economía de gran escala en diseño, producción y marketing, con una organización que, en tamaño, es la mitad de GM pero además sólo cuenta con menos de una décima parte de operarios.

Más allá de que Japón posee muchas grandes corporaciones, también tiene un sector importante de pequeñas empresas. De hecho, la existencia de este sector en el Japón ha sido uno de los aspectos más duraderos y más exhaustivamente estudiados dentro de la estructura industrial de este país. De acuerdo con las cifras arrojadas por el censo de 1930, aproximadamente un tercio de toda la población trabajadora del Japón se hallaba conformado por empresarios pequeños e independientes; por otra parte, el treinta por ciento de toda la producción industrial del país provenía de plantas que empleaban menos de cinco personas.[5] Esas empresas solían pertenecer a una familia y ser manejadas por ésta, al igual que sus equivalentes chinas, y se encontraban en sectores del mercado como la venta minorista, restaurantes, industrias hogareñas y de artesanías tradicionales, como tejidos y cerámica. Muchos suponían que esas pequeñas firmas tradicionales desaparecerían con el avance de la industrialización, tal como sucedió en la India. Pero, en general, esto no fue así. En la década de los 30, por ejemplo, las hilanderías tradicionales e independientes ampliaron su participación en el mercado con mayor rapidez que las grandes empresas textiles.[6] Entre 1954 y 1971 la cantidad de empresas manufactureras de Japón se duplicó, frente a un incremento de sólo un veintidós por ciento registrado en los Estados Unidos durante el mismo período.[8] David Friedman ha llegado a afirmar que fueron las dinámicas pequeñas empresas, y no las gigantescas corporaciones, las que constituyeron la esencia del "milagro" japonés.[9] En ese aspecto, la estructura industrial japonesa tendría muchas similitudes con la de las sociedades chinas, con sus millares de pequeñas industrias familiares.

Esta última posición, sin embargo, sobrestima y no representa de manera adecuada el papel de la pequeña empresa en el Japón. A pesar de que la cantidad de pequeñas empresas manufactureras japonesas es considerable, muchas no son, en realidad, firmas por completo independientes, sino que se hallan unidas a empresas más grandes, a través de las *keiretsu*. La *keiretsu* implica una relación mucho más estrecha y permanente que las redes de pequeñas empresas que se encuentran en ciertos distritos industriales estadounidenses como Silicon Valley. Los proveedores y subcontratistas de las grandes empresas dependen, en gran medida, de éstas, no sólo en lo que se refiere a las compras sino a menudo en lo relacionado con el personal, la tecnología y el asesoramiento organizativo. Dado que la relación que se da en la *keiretsu* impone a las empresas involucradas la obligación moral recíproca de comerciar entre sí, no tienen la libertad de vender sus productos a cualquiera o de obtener mejores precios. En realidad, se comportan mucho más como proveedores cautivos en una empresa estadounidense, integrada en forma vertical, que como pequeñas empresas totalmente independientes.

Además, es un error afirmar que las pequeñas empresas constituyen el sector líder de la economía japonesa, tal como lo son en Taiwan o Hong Kong. El grueso de las pequeñas empresas japonesas se ubica en sectores poco atractivos e ineficientes, como la venta minorista, restaurantes y otros servicios. En el área productiva, están concentradas en la industria de las máquinas-herramienta, que siempre se ha prestado para la producción en pequeña escala, tanto en Japón como en cualquier otra parte del mundo. La mayor parte de las innovaciones tecnológicas importantes y de los beneficios en productividad se han logrado, sin embargo, en las grandes empresas japonesas altamente competitivas y orientadas hacia la exportación.

Consideremos, por ejemplo, la industria de la computación. Se trata de un sector en el que, básicamente, la producción en gran escala no constituye una ventaja e incluso a menudo es considerada un inconveniente. En los Estados Unidos, el predominio de IBM en el negocio de la computación, que en la década de los 70 tenía más del ochenta por ciento del mercado total estadounidense, fue erosionado de manera paulatina por el surgimiento de nuevas empresas, mucho más pequeñas. Una de éstas era Digital Equipment (DEC), que en la década de los 70 comenzó a socavar el negocio de equipos grandes de IBM con una nueva generación de tecnología: la PC. A fines de la década de 1980, el mercado de la PC de DEC fue, a su vez, erosionado por fabricantes de *workstation* nuevas y aún más pequeñas, como Sun Microsystems y Silicon Graphics. En estos casos, la línea de producción y la capacidad de innovación de las respectivas empresas se había anquilosado y los desarrollos tecnológicos de avanzada fueron llevados a cabo por competidores más pequeños y ágiles.

La industria de la computación japonesa, por el contrario, está dominada por cuatro grandes fabricantes —Nippon Electric Company (NEC), Hitachi, Fujitsu y Toshiba— que han sido los responsables de casi todas las innovaciones tecnológicas japonesas logradas durante la última generación. No existe un segundo nivel de pequeñas empresas, dinámicas y agresivas, que desafíen constantemente el predominio de las cuatro grandes. Dado que la industria japonesa carece de este tipo de competencia interna, las grandes empresas han tenido que comprar pequeñas empresas estadounidenses para establecer su base en nuevos mercados (como, por ejemplo, la compra de la pequeña HAL Computer Systems de Silicon Valley, adquirida por Fujitsu en 1990)[10] o formar alianzas con empresas grandes (como los casos de Hitachi-IBM y Fujitsu-

Sun, anunciados en 1994).[11] Si bien ocasionalmente una pequeña empresa surge de la nada y crece hasta convertirse en un líder industrial, como lo hizo Honda Motor Company en las décadas de los 50 y 60, esos casos son muy raros en Japón. Las pequeñas empresas a menudo participan en proyectos innovadores, pero, en general, bajo la dirección de un socio más grande, que constituye la verdadera fuente de liderazgo y dinamismo. La habilidad de la pequeña empresa japonesa para cooperar con las grandes, dentro de las *keiretsu*, constituye de por sí una innovación organizativa importante, pero no contradice la afirmación de que la economía japonesa se halla dominada, cuantitativamente y en lo que hace a dinamismo y capacidad de innovación, por las organizaciones de gran escala.

Una segunda característica notable de la estructura industrial japonesa, estrechamente relacionada con la primera, es que la conducción familiar fue sustituida, en una etapa bastante temprana del desarrollo económico japonés, por una dirección profesional. El Japón adoptó con gran rapidez la forma corporativa en sus organizaciones empresariales; hoy en día existe una gran cantidad de empresas japonesas dirigidas de manera profesional, multidivisionales y jerárquicas, que cotizan sus acciones en los mercados bursátiles. La adopción de esta forma de organización, a su vez, permitió a las empresas japonesas crecer enormemente y fue la condición fundamental que les permitió surgir en un sector caracterizado por la gran escala, el capital intensivo y los complejos procesos de producción.

Al igual que en otras partes del mundo, prácticamente todas las corporaciones japonesas tuvieron su origen en una empresa familiar. Esta afirmación es válida, sobre todo, para las grandes *zaibatsu*, que siguieron perteneciendo a sus familias fundadoras hasta el momento de su disolución, después de la Segunda Guerra Mundial. Las ocho ramas de la familia Mitsui, por ejemplo, poseían el noventa por ciento de su riqueza en forma colectiva y tenían un acuerdo formal para actuar como una entidad colectiva. La *zaibatsu* Mitsubishi era controlada por las dos ramas de la familia Iwasaki, que se alternaban en la conducción, y los intereses de Sumitomo eran manejados por el único jefe de la familia.[12]

Pero, mientras las *zaibatsu* eran todavía una organización familiar, introdujeron en su conducción la gerencia profesional. El *banto* era un ejecutivo contratado, a menudo sin ninguna relación de parentesco con la familia, a quien se le encomendaba la supervisión del negocio familiar. Al contrario de lo que sucedía en la China, el papel del *banto* se hallaba ya firmemente establecido en Japón mucho antes de la Restitución Meiji y del comienzo de la industrialización.[13] Por ejemplo, ya en el siglo XVIII los comerciantes tradicionales de Osaka habían establecido un pacto entre ellos que implicaba no traspasar sus empresas a sus hijos y, en cambio, encomendar las tareas de supervisión del negocio al *banto*. El *banto* pasaba por una etapa de aprendizaje muy similar a la de los aprendices de los oficios tradicionales y, a pesar de que su *status* era equiparable al del vasallo para con su señor feudal, se le daba un alto grado de autonomía en la toma de decisiones relativas al negocio. El viejo dicho japonés que afirma que "la fortuna ganada por el trabajo arduo de la primera generación se pierde en la despreocupada tercera generación" refleja, según los nipones, los riesgos que conlleva el familismo excesivo.[14] Sin duda, también en Japón existe el nepotismo, pero en forma mucho menos notable que en la China. Muchas grandes empresas japonesas prohíben el matrimonio entre sus empleados, y para el ingreso en ellas suelen tomarse en cuenta criterios objetivos, como los títulos universitarios o la realización de exámenes previos al ingreso.[15] La orientación no familiar de los empresarios japoneses se refleja en la decisión de Soichiro Honda (fundador de Honda Motor Company) de no permitir a sus hijos ingresar en la empresa, para evitar que ésta quedara en manos de una dinastía.[16]

La profesionalización de la conducción de las empresas se produjo de diversas formas. En las empresas familiares tradicionales, antes de la Restitución Meiji, durante períodos prolongados se delegaba la autoridad máxima en gerentes asalariados. En el siglo XX, el nivel de preparación y complejidad de conocimientos de esos ejecutivos se fue incrementando en forma sostenida. En empresas más nuevas, establecidas después de 1868, el empresario-fundador original solía conducir el negocio con la ayuda de un nivel gerencial profesional intermedio. Este esquema también era común en la China, pero en Japón la segunda generación familiar tendía a retroceder a un segundo plano, actuando como accionistas pasivos, mientras que la dirección efectiva de la empresa pasaba a manos de gerentes asalariados. Por último, en empresas con comandita por acciones, no controladas por una única familia, los directivos profesionales a menudo llegaban a tener una participación en la empresa y en algunos casos terminaron por convertirse en los dueños absolutos.[17] En forma paulatina las *zaibatsu* fueron pasando, en distintos momentos de su evolución, a manos de una conducción profesional; en Mitsubishi, por ejemplo, este cambio se produjo mucho antes que en la más tradicional Mitsui. En la década de los 30, casi todas ellas habían dejado de recurrir a miembros de la familia para ocupar posiciones gerenciales.[18]

La transformación de la propiedad familiar en una sociedad anónima abierta, en cambio, tardó más tiempo en concretarse. A pesar de que los integrantes de las familias propietarias de las *zaibatsu* y de otras empresas habían dejado de integrar el *staff* ejecutivo, estaban mucho menos dispuestos a prescindir de la propiedad absoluta y del control formal de sus empresas. Pese a la promulgación, al principio del período

Meiji, de una legislación relativa a las sociedades por acciones, muchas familias seguían reteniendo sus acciones dentro del círculo familiar. De manera ocasional se permitía a ramas familiares más distantes y a colaboradores no emparentados adquirir parte del capital accionario, pero la participación en general era muy pequeña y estaba recortada por una serie de limitaciones legales, resabios del período Edo anterior, referidas a los derechos de voto y de venta. Estas desigualdades en los derechos de voto de los accionistas fueron abolidas como consecuencia de la Ley Comercial de 1893 y de la Ley Civil de 1898.[19] A partir de ese momento muchas familias, a fin de evitar la dilución del control familiar, establecieron diversos acuerdos según los cuales las acciones eran de propiedad colectiva, evitando así que alguno de los descendientes pudiese vender, en forma individual, sus acciones a terceros. Dentro de las familias propietarias de las *zaibatsu* por lo general existían acuerdos según los cuales los ingresos provenientes de las inversiones realizadas sólo podían ser reinvertidos dentro de empresas integrantes de la *zaibatsu*.[20]

La propiedad familiar, en las grandes empresas japonesas, llegó abruptamente a su fin con la ocupación estadounidense, en 1945. Los administradores del New Deal, que asesoraban al general Douglas MacArthur, consideraban que la gran concentración de riqueza que significaban los *holdings* de las *zaibatsu*, era antidemocrática y constituía una fuente de apoyo para el militarismo japonés. Se ordenó a los propietarios de los grandes *trusts* familiares que depositaran sus acciones en la Comisión para la Disolución de las *Zaibatsu*, la que luego las vendió públicamente.[21] Al mismo tiempo, se realizó una purga de los accionistas y principales directivos de las *zaibatsu* que habían supervisado el funcionamiento de éstas antes y durante la guerra. El gran vacío que se produjo como consecuencia de estos hechos en los niveles de conducción de muchas grandes corporaciones japonesas fue ocupado por los integrantes más jóvenes de los niveles gerenciales medios, que no tenían gran participación en los beneficios empresariales. Bajo el mando de estos nuevos directivos, las redes organizativas se reconstituyeron con rapidez en la forma de las *keiretsu*, pero la titularidad de las acciones quedó marcadamente dispersa. Con la reforma agraria, que condujo al fraccionamiento de las grandes propiedades rurales, los elevados impuestos a las propiedades personales y la deflación de los valores accionarios, todo esto como consecuencia de la guerra perdida, en Japón no quedaron muchas grandes fortunas.[22]

A partir de todos estos hechos se produjo el surgimiento, en el período de posguerra, de empresas japonesas que se parecían más a lo descrito por Berle y Means como corporación moderna que a las existentes antes del inicio de la guerra. En ese momento, las empresas japonesas, en su mayoría, poseían una gerencia y dirección profesional y su propiedad se hallaba atomizada en acciones cotizadas en el mercado bursátil; estas características trajeron como consecuencia una marcada diferenciación entre propiedad y conducción. En 1970 Japón llegó a tener uno de los índices de propiedad familiar en sus empresas (en términos de capitalización total del mercado) más bajo de los países industrializados, con sólo un catorce por ciento de todo su capital en manos de familias o individuos.[23] Es de señalar que, mientras que la industria japonesa se halla altamente concentrada, su propiedad lo está mucho menos. La mayoría de las corporaciones japonesas son propiedad de otras instituciones, como fondos de pensión, bancos, compañías de seguros y otras corporaciones, principalmente integrantes de la misma *keiretsu*, y la tenencia cruzada de acciones constitùye una práctica común. A medida que fueron creciendo en escala, las empresas japonesas también dejaron de lado el sistema de organización centralizada, habitual en las empresas con una conducción familiar, reemplazándolo por una organización jerárquica multidivisional.

La difusión del empleo de gerentes profesionales, ya registrado en la era preindustrial, ha permitido a los japoneses crear organizaciones económicas muy duraderas. Los orígenes de la cadena de tiendas por departamentos Daimaru se remontan a varios siglos atrás, a la firma Shimomura, y las *keiretsu* Mitsui y Sumitomo son aún más antiguas. Sumitomo fue fundada en 1590 por Soga Riemon, que comenzó con un taller en el que se trabajaba el cobre, en Kyoto, que creció rápidamente, abarcando actividades mineras, bancarias y de comercialización. Mientras que muchas pequeñas empresas japonesas aparecen y desaparecen en forma cíclica, las grandes compañías tienen una alta capacidad de permanencia en el mercado, fortalecida por el apoyo mutuo que entre los integrantes de la *keiretsu* se dispensan. La dimensión de esas empresas y su continuidad institucional les permiten crear marcas comerciales y difundirlas adecuadamente. Al contrario de lo que sucede en China, los japoneses han establecido extensas organizaciones de marketing en los Estados Unidos, en Europa y en otros mercados de su interés.

Frente al fenómeno de las dimensiones de muchas empresas japonesas, surge la siguiente pregunta: ¿La gran escala de la industria japonesa es la resultante de una política gubernamental deliberada, o surgió impulsada por factores culturales? Al igual que en Corea, para Japón es válida la respuesta que señala que, si bien el Estado desempeñó un cierto papel en la promoción de industrias de gran escala, aun sin esa intervención las empresas japonesas habrían alcanzado las dimensiones que hoy tienen. A principios del período Meiji, el gobierno desempeñó un papel importante en la promoción de algunas de las grandes fortunas familiares reunidas en las *zaibatsu*. Las industrias *han*, propiedad de los gobiernos provinciales antes de 1868, fueron abolidas en 1869 y sus activos fueron privatizados. Otras empresas, que eran propiedad del gobierno central de Tokio, fueron vendidas algunos años después del fracaso del primer intento japonés de imponer un capitalismo de Estado. En forma conjunta, estas industrias estatales, una vez privatizadas, conformaron el núcleo de una cantidad de empresas privadas de gran escala. Además, el gobierno japonés trabajó muy estrechamente con las *zaibatsu*, derivando créditos y negocios hacia ellas. Este esquema se repitió después de la Segunda Guerra Mundial, cuando el Banco de Japón aseguró el crédito para una cantidad de grandes bancos privados que transfirieron sus bajos costos en préstamos a sus grandes clientes empresariales. El gobierno japonés es conocido por trabajar, mediante acuerdos velados, con las grandes empresas japonesas, y nunca puso de manifiesto una posición dura y combativa frente al gran empresariado, como ha ocurrido, en diversas oportunidades, con los gobiernos estadounidenses.

El apoyo gubernamental a la industria de gran escala alentó una tendencia que ya existía en el sector privado japonés y que tal vez también se hubiera desarrollado sin ese apoyo del gobierno. El Estado japonés nunca ejerció un papel tan directo e importante como el coreano o el francés en lo que se refiere al otorgamiento de subsidios a las empresas de gran escala. El apoyo estatal en Japón fue más esporádico y no guarda demasiada correlación con los períodos de fuerte crecimiento de la industria de gran escala. Como las empresas japonesas lograron institucionalizarse con gerencias profesionales y administraciones jerárquicas, nunca sufrieron la problemática de la reducción o pérdida de energía empresarial a la muerte de su fundador, como solía suceder en la empresa china. Muchas de las características organizativas de las grandes empresas japonesas —la organización en red, la contratación de negociadores, el empleo vitalicio, la tenencia cruzada de acciones, entre otras— fueron innovaciones producidas por el sector privado japonés.

Las empresas grandes y las jerarquías administrativas no siempre constituyen una ventaja. Ya hemos visto que Japón carece de un nivel de pequeñas empresas agresivas en computación y en otros sectores de la alta tecnología. Las cuatro grandes empresas de computación japonesas fueron creadas deliberadamente según el modelo de IBM, y sufren de la misma inercia y falta de agilidad que caracterizan a esta empresa, para identificar nuevas tecnologías y nuevos mercados. Dentro de la gran burocracia corporativa japonesa la toma de decisiones es considerablemente lenta; la necesidad de consenso que caracteriza a la cultura japonesa ha conducido a un proceso en el cual incluso las decisiones rutinarias de bajo nivel tienen que ser aprobadas por media docena, o más, de niveles administrativos superiores antes de ser implementadas.[24] Las pequeñas empresas familiares, con una administración menos estructurada, muchas veces pueden responder con mayor rapidez.

Por otra parte, la gran escala de sus empresas ha permitido a Japón desempeñarse en sectores clave de los cuales, de otro modo, se habría visto excluido. Resulta difícil imaginar que la invasión a la industria automotriz y de semiconductores de los Estados Unidos, implementada en las décadas de los 70 y 80 por las empresas japonesas, hubiese podido llevarse a cabo por parte de empresas que no fuesen enormes, y dispusieran de grandes recursos tecnológicos y económicos. A fin de obtener una participación en el mercado, empresas japonesas fabricantes de semiconductores, como NEC e Hitachi, tuvieron que reducir fuertemente sus precios y, en consecuencia, su margen de ganancia, al punto de que fueron acusados en forma reiterada de *dumping* por sus competidores estadounidenses.[25] Pudieron soportar ese período de baja rentabilidad gracias a que su negocio de semiconductores era subsidiado por otras divisiones más rentables, como productos electrónicos de consumo masivo. Además, no sólo tenían sus propios recursos empresariales, sino también el respaldo financiero de sus socios en la *keiretsu.* Las empresas coreanas fabricantes de semiconductores podrían aspirar a imitar el ejemplo japonés, porque se trata de empresas muy grandes, aún más concentradas que sus equivalentes niponas. Pero resulta muy difícil imaginar que una empresa de Hong Kong o Taiwan, aun las más grandes de esos mercados, decida encarar un proyecto de este tipo sin contar con un importante apoyo estatal.

La empresa japonesa logró crecer y superar el modelo de la empresa familiar, en un momento muy temprano de su historia industrial, porque la familia japonesa es muy distinta de la familia china. Éste es el tema que abordaremos a continuación.

CAPÍTULO 15

Hijos y extraños

H istóricamente, desde una época muy temprana los japoneses desarrollaron hábitos de asociación que no se basaban en el parentesco. A pesar de que en Japón existían, en la época feudal, clanes que muchas veces se compararon con los linajes chinos, estos grupos no afirmaban descender de un progenitor común sino que estaban unidos por la lealtad a un determinado señor feudal o *daimyo*. Fue así como el japonés desarrolló una serie de asociaciones no basadas en el parentesco, muchos siglos antes de la revolución industrial y en la misma época en que existían grupos similares en Europa.

La base fundamental de la marcada propensión japonesa hacia la sociabilidad espontánea es la estructura de la familia japonesa. Los vínculos que la unen son mucho más débiles que los existentes en la familia china. La familia en sí es más pequeña y más débil, en lo que se refiere a un compromiso tradicional, que la familia vincular de la Italia central. En términos afectivos, es probable que la familia japonesa ejerza menos poder que la familia estadounidense, a pesar de ser mucho más estable que ésta. La marcada ausencia de familismo en Japón posibilitó el crecimiento de otro tipo de asociaciones, en especial a comienzos del período Edo (1600-1867), lo cual constituye la base del extraordinario grado de sociabilidad espontánea que se manifiesta en el siglo xx.

Japón es, por supuesto, una sociedad confuciana, y como tal tiene muchos valores en común con China, país del cual adoptó numerosos conceptos culturales.[1] Para ambas culturas, la caridad filial es una virtud fundamental; los hijos tienen para con sus padres una cantidad de obligaciones que no existen en las culturas occidentales. Tradicionalmente, se supone que un hijo debe sentir más afecto por sus padres que por su esposa. En ambas culturas existe una fuerte tendencia a respetar la edad, como se refleja en el sistema de remuneraciones japonés, basado en la antigüedad y por lo tanto en la edad. En ambas culturas se practica la veneración de los ancestros y en los sistemas legales tradicionales se reconoce la responsabilidad familiar conjunta frente a la ley. También, en ambas culturas, la mujer se halla estrictamente subordinada al hombre.

Pero entre chinos y japoneses existen importantes diferencias en cuanto a ideología familiar, las que han tenido un impacto directo sobre la organización económica moderna. La diferencia central está dada en el *ie* japonés, habitualmente traducido como "hogar" y que difiere de modo significativo de la *jia* o "familia" china.

El *ie* japonés en general —aunque no necesariamente— corresponde a una familia biológica. Es como un fideicomiso para los bienes que son utilizados en forma comunitaria por todos los miembros de la familia, en la cual el jefe de familia actúa como fiduciario.[2] Lo que importa es la continuidad del *ie* a través de las generaciones. Es una estructura cuyas posiciones pueden ser ocupadas temporariamente por la familia que actúa como su custodio. Pero esos papeles no tienen por qué ser desempeñados por parientes biológicos.

Por ejemplo, el papel de jefe del hogar es, por lo general, transmitido del padre a su hijo mayor, pero el papel de hijo mayor puede ser desempeñado por un tercero, siempre y cuando haya pasado por el procedimiento legal de adopción.[3] En Japón, en marcada contraposición con lo que sucede en China, la práctica de adopción de un tercero no unido biológicamente a la familia se halla muy difundida y resulta relativamente fácil de concretar. En una familia que no tenía heredero masculino, o cuando éste era incompetente, lo más común era casar a la hija y que el yerno adoptara el apellido de su esposa. Dado ese paso, heredaría la riqueza del *ie* y sería tratado como si hubiese nacido en el seno familiar. Esta disposición no perdía vigencia aunque con posterioridad naciera un hijo carnal en la familia.[4] En la antigüedad, las familias japonesas no presentaban la patrilinealidad estricta de las familias chinas. Algunas familias cortesanas practicaban el casamiento matrilineal-uxorilocal, en cuyo caso la herencia y residencia eran transmitidos a través de la mujer.[5] En ocasiones, incluso, podía ser adoptado un sirviente. Para muchos *ie*, los sirvientes que vivían bajo el mismo techo tenían una relación más estrecha con la familia que los parientes consanguíneos que vivían en otro lugar, y podían llegar a convertirse en parientes rituales que honraban los mismos antepasados y eran enterrados en la sepultura familiar.[6]

No sólo era posible adoptar un hijo, sino que hasta había un cierto rechazo cultural hacia el nepotismo, lo que se refleja en una cantidad de proverbios populares que advierten contra los peligros de los hijos perezosos e incompetentes. Evidentemente, era muy común pasar por encima de un hijo biológico que por una u otra razón era considerado incapaz de heredar el liderazgo del *ie*, y, de esa forma, convocar a un extraño. Esa práctica era más común en los tiempos premodernos que a partir de la Restitución Meiji, en especial en los hogares de los comerciantes y de los *samurai* (donde había más bienes para heredar). Se calcula que la cantidad de hijos que eran desheredados en favor de un heredero adoptivo, en esos grupos, oscilaba entre el veinticinco y el treinta y cuatro por ciento.[7] Estas prácticas eran muchísimo menos comunes en China.

En Japón, la adopción de individuos fuera del grupo de parentesco no constituía un estigma para el adoptante.[8] La familia que adoptaba no era públicamente humillada, como sucedía en China. De hecho, los chinos solían criticar las prácticas de adopción "promiscuas" de los japoneses, señalándolas como "bárbaras" y "carentes de toda ley", en vista de la apertura que frente a terceros evidenciaban.[9] Es muy común que los hijos menores de familias de alto *status* social se conviertan en *mukoyoshi* o hijos adoptivos de otras familias. Por ejemplo Eisaku Sato, quien fuera primer ministro de Japón desde 1964 hasta 1972, era hijo adoptivo, pero había nacido en el seno de una familia prominente (su hermano, Nobusuke Kishe, había sido primer ministro algunos años antes).[10] Si nos remontamos más aún en la historia japonesa, encontramos otros ejemplos de hijos adoptivos que alcanzaron la fama. Toyotomi Hideyoshi, el gran shogún que unificó el Japón a comienzos del período Tokugawa, era hijo de un campesino que había sido adoptado por una familia aristocrática. Uesugi Yozan, el *daimyo* de Yonezawa, también fue adoptado de otra familia *daimyo*.[11] Estos ejemplos, que no tienen equivalente en la historia china, podrían ser multiplicados indefinidamente. De acuerdo con un estudio sobre el tema, el porcentaje de adopción registrado en las familias *samurai* de los cuatro dominios feudales estudiados aumentó del 26,1 por ciento en el siglo XVII al 36,6 por ciento en el siglo XVIII y a 39,3 por ciento en el siglo XIX.[12]

Otra gran diferencia entre la estructura familiar japonesa y la china tiene que ver con la ley de primogenitura. Los chinos, como hemos visto, han practicado durante miles de años la división de los bienes, por partes iguales, entre todos sus herederos de sexo masculino. Japón, sin embargo, desarrolló, durante el período Muromachi (1338-1573), un sistema de primogenitura comparable al de Inglaterra y otros países europeos.[13] De acuerdo con él, el grueso de los bienes, incluso la residencia familiar y, cuando la había, la empresa de la familia, eran heredados por el hijo mayor.[14] Este hijo tenía varias obligaciones para con sus hermanos menores. Por ejemplo, podía emplear a un hermano menor en la empresa familiar o ayudarlo a establecerse en otra profesión.

Pero no estaba obligado a compartir la riqueza familiar. Los hijos menores no permanecían en el hogar, sino que, por el contrario, se les exigía formar sus hogares propios, por separado. Era así como, en la segunda generación, las familias se iban dividiendo con rapidez en *honke* y *bunke* (ramas *senior* y *junior*, respectivamente). Además, la costumbre china de tener varias mujeres, no se hallaba tan difundida en Japón. Esto no significaba que los hombres japoneses fueran más fieles a sus mujeres —el concubinato era una práctica común—, pero sí significaba que los ricos tenían menor cantidad de hijos con derechos legales sobre la herencia familiar.

La institución de la primogenitura tuvo diversas consecuencias para la vida familiar y la actividad empresarial japonesas. En primer lugar, las grandes fortunas familiares, que habían sido adquiridas a través del comercio u otro tipo de actividades económicas, no se dispersaban al cabo de dos o tres generaciones, como solía suceder en China. En segundo lugar, los hogares eran más pequeños. En China, el ideal social era una familia grande, en la cual los hijos casados vivían en la misma residencia que sus padres. El vivir separados era algo que debía evitarse y sólo sucedía si las esposas de los distintos hermanos no se llevaban bien. En Japón, por el contrario, era normal que los hermanos menores se fueran de la casa una vez que el hermano mayor se había hecho cargo del *ie*, para establecer sus propios hogares. El hogar más pequeño significaba que el *ie* no podía aspirar al mismo grado de autosuficiencia que la tradicional "gran familia" china, sino que, para subsistir, tenía que entrar en transacciones económicas con terceros. También implicaba un grado mayor de movilidad en general, ya que las familias se iban ramificando permanentemente en nuevos hogares.[15] Como señala Chie Nakane, existe una relación entre la dimensión de la familia y las prácticas de adopción: los chinos no necesitan adoptar a extraños con tanta frecuencia porque sus grandes familias y linajes les ofrecen una fuente mucho mayor de herederos, si los hijos biológicos de un padre no se desempeñan en forma adecuada.[16] Por último, el hecho de que el hijo menor no heredaba una parte importante de la fortuna familiar significaba un flujo constante de jóvenes hacia otro tipo de actividades, hacia la burocracia y el ejército, o bien hacia el comercio. Estas alternativas, sin duda, incidieron en el grado de urbanización de Japón, una vez que se fueron abriendo mayores oportunidades en cuanto al empleo urbano.

Las diferencias entre la familia china y la japonesa también se evidencian en la formación de apellidos, los cuales son mucho más numerosos en Japón que en China, así como hay más apellidos chinos que coreanos. En China, la cantidad relativamente pequeña de apellidos da testimonio del carácter inclusivo de la organización familiar y del linaje. Los apellidos chinos son muy antiguos y muchos de ellos permanecen vigentes desde hace más de dos mil años. No es raro que, al cabo de un cierto tiempo, todos los habitantes de una aldea lleven el mismo apellido. Las familias se consagran a la búsqueda de ramas distantes y perdidas en el tiempo, para reincorporarlas al tronco central, y los descendientes lejanos de algún linaje prominente, unidos a éste sólo por una remota conexión, tratan de probar su pertenencia mediante su apellido. Además, los hombres de una misma generación y de igual apellido por lo general tienen también un elemento común en su nombre de pila. En Japón, por el contrario, muchas familias no utilizaban apellido alguno antes del período de Tokugawa, de modo que ni siquiera padres e hijos estaban unidos por un apellido común. Los hogares tendían a dividirse en otros, más pequeños, y no existía presión sobre los *bunke* para mantener sus vínculos con el *honke* dominante. Gracias a esta divisibilidad del núcleo familiar, y al hecho de que las familias podían adoptar a terceros en su seno, nunca hubo uno o dos nombres de algún linaje prominente que terminaran dominando determinada zona geográfica.[17]

Las diferencias entre el *ie* japonés y la *jia* china se reflejan también en los grupos sociales más amplios. Como hemos visto, más allá de la familia china existe el linaje y, ocasionalmente, un linaje superior que constituye una especie de clan familiar. Mientras que los linajes chinos no son un factor que incida en la extensión de la sociabilidad, más allá de los límites de la familia inmediata, continúan basados en el parentesco. En Japón había organizaciones más grandes, llamadas *dozoku*, denominación que también suele traducirse como "clan", pero nunca estuvieron basadas en el parentesco.[18] Tampoco existía entre ellas ningún lazo territorial, ni estaban relacionadas directamente con la tenencia de tierras.[19] Por el contrario, su fundamento era el compromiso mutuo, asumido en forma voluntaria durante el período feudal japonés, caracterizado por sus guerras y su caos interno. Así, por ejemplo, en una aldea, un samurai se unía a un grupo de campesinos, brindándoles protección contra las bandas de asaltantes que moredeaban por la zona, a cambio de una participación en su producción agrícola. Obligaciones similares eran asumidas por el señor o *daimyo* y el *samurai* que luchaba para él.[20] Esas obligaciones, con el tiempo, asumían un carácter ritual, pero no eran hereditarias y las organizaciones, por lo tanto, no sobrevivían sin una renovación de ese compromiso, que se establecía y renovaba en cada generación. Pero no se trataba de asociaciones voluntarias al estilo estadounidense, como la Iglesia Metodista Unida o la Asociación Médica Estadounidense. A pesar de que el ingreso en esa relación era voluntario, el egreso no lo era. El compromiso moral de obligación mutua era de por vida, y tenía el carácter de un voto religioso.

Fue así como, desde los comienzos del período feudal japonés, la sociedad nipona tuvo un carácter muy distinto del de la china. La primera estaba constituida por familias relativamente pequeñas y frágiles, al mismo tiempo que desarrollaba una importante cantidad de organizaciones sociales que no se basaban en el parentesco.[21] Por otra parte, la fuerza de los grupos externos a la familia tenía como contrapartida que los lazos dentro de esta última eran más débiles, sobre todo observados desde el punto de vista chino. Chie Nakane dice que "aun en los tiempos anteriores a la guerra, el comportamiento de los niños japoneses a menudo sorprendía a los chinos que visitaban Japón, por su falta de respeto hacia los mayores, de acuerdo con los parámetros chinos".[22] Al igual que la familia china, la japonesa ha ido cambiando, como respuesta a la urbanización y al crecimiento económico.[23] Sin embargo, a diferencia de la situación en China, estos cambios, para las organizaciones sociales y comerciales japonesas, tuvieron un efecto menor, ya que éstas siempre tuvieron una base familiar mucho menos marcada.

El término *iemoto* alude al jefe de un grupo de estructura y peso similar a las *ie*, pero integrado por individuos no emparentados, y, por extensión, a esos grupos mismos, omnipresentes en la sociedad japonesa. Son de particular importancia en las artes y oficios tradicionales, como la arquería, la esgrima, la ceremonia del té, el teatro Noh, el drama Kabuki y el arte del arreglo floral, entre otros. Los grupos *iemoto* son asociaciones de personas no emparentadas que se comportan como si lo estuviesen. Un maestro desempeña el papel del padre, y los discípulos, el papel de los hijos. La autoridad, dentro del grupo *iemoto*, es jerárquica y paternalista, como en la familia tradicional. Los lazos sociales más importantes no son los horizontales, entre pares (por ejemplo, entre todos los discípulos de un mismo maestro), sino los verticales, entre ancianos y jóvenes.[24] Esta relación es comparable a la que encontramos en la familia japonesa, donde la unión entre padres e hijos es mucho más fuerte que la que existe entre hermanos. Los grupos *iemoto* se parecen a las modernas asociaciones voluntarias occidentales en cuanto a que no se basan en el parentesco; en principio, todos pueden unirse a ellos. Pero, por otro lado, son como familias, ya que las relaciones dentro del grupo no son democráticas sino jerárquicas, y porque las obligaciones morales asumidas al ingresar en el *iemoto* no se pueden rescindir con tanta facilidad. La pertenencia al grupo, sin embargo, no es hereditaria y no puede ser transferida de padre a hijo.[25]

El antropólogo Francis Hsu afirma que los grupos del tipo *iemoto* no sólo son característicos de las artes y los oficios tradicionales, con los que se los asocia habitualmente, sino que constituyen la estructura de casi todas las organizaciones del Japón, incluso de las organizaciones empresariales.[26] Los partidos políticos japoneses, por ejemplo, se hallan divididos en facciones casi permanentes, lideradas por un miembro veterano del partido. Estas facciones no representan diferentes posiciones ideológicas o políticas como, por ejemplo, el Black Caucus o el Democratic Leadership Council dentro del Partido Demócrata estadounidense. Son, por el contrario, grupos al estilo *iemoto*, basados en las obligaciones mutuas asumidas entre el líder de la facción y sus seguidores, que tienen por fundamento la asociación personal arbitraria. Las organizaciones religiosas japonesas también tienen estructuras del estilo *iemoto*, con discípulos y seguidores. Al contrario de lo que sucede en China, donde la gente visita cualquier templo o santuario, la mayoría de los japoneses "pertenecen" a un templo, así como los estadounidenses "pertenecen" a una iglesia determinada, y lo apoyan con donaciones caritativas y establecen una relación personal con el monje o abad a cargo de dicho templo.[27] De allí que la vida religiosa en Japón sea más organizada y sectaria que en China.

Esta forma de organización social crea hábitos que se trasladan al mundo empresario: aunque a menudo se dice que las empresas japonesas son "como una familia", las chinas son, en efecto, familias.[28] La corporación japonesa tiene una estructura de autoridad y un sentido de obligación moral, entre sus miembros, similares a los que prevalecen en una familia, pero también tiene elementos de voluntarismo no limitados por consideraciones de parentesco, lo que las hace mucho más parecidas a asociaciones voluntarias occidentales que a la familia o al linaje chinos.

La posición de la familia dentro de la sociedad japonesa, tan diferente en comparación con lo que se observa en China, también fue reforzada por el confucianismo japonés. Japón ha sido un país confuciano desde por lo menos el siglo VII, cuando el príncipe Taishi Shotoku redactó para Japón una constitución de diecisiete artículos basada en los principios confucianos.[29] Algunos autores hablan del confucianismo japonés como si impusiera a sus adherentes los mismos imperativos que su equivalente chino, pero lo cierto es que, al emigrar a Japón, esta religión adoptó, en algunos aspectos clave, un carácter bastante diferente.[30] La doctrina confuciana sostiene una cantidad de virtudes distintas y el énfasis relativo que se les da puede tener implicaciones importantes para la relación social en el mundo real. Por ejemplo, de las cinco virtudes fundamentales postuladas en el confucianismo chino ortodoxo, la benevolencia (*jen*), o sea la buena voluntad que naturalmente existe en los individuos en el seno familiar, y el *xiao*, o amor filial, son de importancia central.[31] La lealtad también es una virtud en el confucianismo chino, pero se la considera más un atributo individual que social: se es leal a uno mismo y a las propias convicciones, no a una determinada fuente de autoridad política. Además, para el chino, la virtud de la lealtad debe ser atemperada por la virtud de la justicia o rectitud (*i*).[32] Es probable que, si una fuente de autoridad externa que exige lealtad se comportara de manera injusta, la exigencia del *jen* no tendría por qué ser obedecida ciegamente.

Sin embargo, cuando el confucianismo fue importado y adaptado a las condiciones japonesas, el peso relativo de esas virtudes cambió en forma considerable. En un documento que refleja de modo típico la interpretación japonesa del confucianismo —el exhorto imperial a las fuerzas armadas emitido en 1882— la virtud de la lealtad fue elevada al primer puesto, y la virtud de la benevolencia fue tachada de la lista.[33] Además, el significado de lealtad cambió ligeramente, con respecto a su versión original china. En China existía un sentido ético de las obligaciones para con uno mismo, es decir, pautas personales de conducta según las cuales se regían los individuos y que actuaban como el equivalente funcional de la conciencia occidental. En China, la lealtad a un señor debía ser adecuada a este tipo de obligación para con los propios principios. En Japón, por el contrario, la obligación para con un señor tenía un carácter mucho más incondicional.[34]

El impacto que tuvo la elevación a niveles superiores del concepto de lealtad en el confucianismo japonés y la reducción del valor del concepto de amor filial se percibe con claridad cuando surge un conflicto entre las distintas obligaciones sociales. Hemos visto que, en la China tradicional, cuando un padre contraviene la ley, el hijo por lo general no está obligado a informar del hecho a la policía u otras autoridades. Los vínculos familiares pesan más que los lazos con las autoridades políticas, incluso que con la autoridad del emperador. En Japón, por el contrario, un hijo que enfrenta un dilema similar tendría la obligación de delatar a su padre a la policía: la lealtad para con el *daimyo* es más fuerte que la lealtad hacia la familia.[35] El papel central de las obligaciones para con la familia confirió al confucianismo chino su carácter particular. Porque si bien la doctrina confuciana ortodoxa subrayaba la lealtad hacia el emperador y su elite gubernamental de gentileshombres intelectuales, la familia tenía la importancia de ser una fortaleza que protegía a la autonomía privada del control del Estado. En Japón sucede precisamente lo contrario: las autoridades políticas ejercen su control sobre la familia y en teoría ninguna esfera autónoma se encuentra a salvo de la intromisión gubernamental.[36]

La manifestación contemporánea de la lealtad del *samurai* para con su *daimyo* es la lealtad del ejecutivo japonés contemporáneo u "hombre asalariado" para con su empresa. La familia de ese ejecutivo ha sido sacrificada en este proceso: el hombre rara vez está en su casa y casi nunca ve a sus hijos, en especial durante la etapa de la infancia de éstos; los fines de semana, e incluso las vacaciones, se dedican más a la empresa que a la esposa y a los hijos.

Los japoneses modificaron las enseñanzas confucianas traídas desde China para adecuarlas a sus propias circunstancias políticas. En China, ni siquiera la autoridad del emperador era absoluta; podía ser afectada si perdía el "mandato celestial" por comportarse de manera inmoral. La sucesión de dinastías chinas, ninguna de las cuales duró más de algunos cientos de años, es testimonio de la poca perdurabilidad de la autoridad política china. En Japón, en cambio, hubo una única e ininterrumpida tradición dinástica desde la fundación mítica del país, y no existió ningún equivalente político a la pérdida del "mandato celestial" vigente en China, por el cual un emperador japonés pudiese perder su trono. Al importar el neoconfucianismo, los japoneses tuvieron mucho cuidado de que sus dictados no impugnaran las prerrogativas del emperador y de la clase dirigente política.

Además, quienes se hallaban a la cabeza del sistema político japonés solían ser militares, mientras que China fue gobernada, tradicionalmente, por una burocracia de gentileshombres intelectuales. La clase militarista que gobernaba el Japón desarrolló su propio código ético —*bushido*, o lo que daba en denominarse *ética samurai*—, que recalcaba las virtudes militares como lealtad, honor y coraje. Los vínculos familiares estaban estrictamente subordinados a los feudales.[37] Cuando el confucianismo chino de la dinastía Sung, en particular la escuela Chu Hsi, fue llevado a Japón a principios del período Tokugawa, se lo hizo coincidir con el *bushido*, dando especial énfasis a la lealtad. A pesar de que en aquel momento se produjo un debate sobre la prioridad relativa de la lealtad y el amor filial, la primera siempre terminaba emergiendo a la cabeza de la lista.[38]

La elevación de la virtud de la lealtad en el confucianismo japonés se produjo hace muchos siglos, pero después de la Restauración Meiji se hicieron marcados esfuerzos por adecuar el confucianismo y presentarlo como una ideología que apoyara los objetivos de modernización y unidad nacional del gobierno.[39] Este esfuerzo japonés, realizado durante el siglo XIX, de utilizar el confucianismo para modelar la cultura no difiere mucho de los esfuerzos del primer ministro Lee Kwan Yew, de Singapur, para realizar algo semejante en 1990. En el Exhorto Imperial a Soldados y Marinos de 1882 y en el Edicto Imperial sobre Educación de 1890, se utilizó un lenguaje de raíz confuciana para enfatizar la lealtad al Estado como virtud.[40] A fines del siglo pasado, los funcionarios y comerciantes japoneses, frente al problema de la escasez de mano de obra y la movilidad de los trabajadores calificados, comenzaron a extender a la sociedad en su totalidad aquello que hasta entonces había sido una doctrina enseñada básicamente a las clases superiores. El principio de la lealtad fue ampliado para incluir no sólo al Estado sino también a la empresa, y fue inculcado a través del sistema educativo y en el lugar de trabajo.[41] Chalmers Johnson está en lo cierto cuando afirma que esto se realizó como un acto simplemente político, para satisfacer las necesidades del Estado y de la sociedad de Japón, en una coyuntura particular de su historia.[42] Sin embargo, su implementación obtuvo éxito sólo porque el concepto ya estaba profundamente inserto en la cultura japonesa. No habría ocurrido lo mismo, casi con seguridad, si doctrinas similares se hubiesen querido poner en práctica en China.

Una de las consecuencias de esas modificaciones del confucianismo chino en Japón es que el comportamiento ciudadano y el nacionalismo son mucho más importantes en la sociedad japonesa que en China. Dije con anterioridad que la familia china constituía, en cierto sentido, un bastión contra un Estado arbitrario y rapaz, y en consecuencia la empresa familiar china, en forma instintiva, buscó formas de ocultar sus ingresos de los recaudadores de impuestos. La situación en Japón es muy distinta, ya que la familia allí es más débil y los individuos son tironeados en distintas direcciones por diversas estructuras verticales de autoridad que se hallan por encima de ellos. Toda la nación japonesa, con el emperador a la cabeza, es en cierto sentido la *ie* de todas las *ies*, y exige un grado de compromiso moral y una adhesión afectiva de los que nunca gozó el emperador chino. A diferencia de los japoneses, los chinos casi no han tenido esa actitud de "nosotros contra ellos" frente al extranjero, y se identifican mucho más con la familia, el linaje o la región, que con la nación.

El lado oscuro del sentido nacionalista de los japoneses, y su tendencia a confiar profundamente sólo entre sí mismos, es su falta de confianza para con quienes no son oriundos del país. Son bien conocidos los problemas que enfrentan los no japoneses que viven en Japón, como, por ejemplo, la importante comunidad coreana. La desconfianza frente al "no japonés" también se evidencia en las prácticas de muchas multinacionales japonesas que operan en otros países. Mientras que algunos sistemas de manufactura, como el de Toyota, han sido introducidos con mucho éxito en los Estados Unidos, las empresas japonesas que se instalaron en ese país no han obtenido los mismos logros en lo que se refiere a su integración en las redes locales de proveedores. Las empresas automotrices japonesas que construyen plantas de armado en los Estados Unidos, por ejemplo, acostumbran traer consigo, desde Japón, a los proveedores de su red organizativa. De acuerdo con un estudio sobre este tema, alrededor del noventa por ciento de las autopartes para los automóviles armados en los Estados Unidos provienen de subsidiarias de empresas japonesas instaladas en dicho país.[43] Esto quizás era de predecir, en vista de las diferencias culturales que existen entre los armadores japoneses y los subcontratistas estadounidenses, pero aun así ha provocado resentimientos entre ambas partes. Otro ejemplo de esta situación lo constituye el hecho de que, mientras las multinacionales japonesas han contratado muchos ejecutivos nativos para dirigir sus empresas en el exterior, casi nunca se los trata igual que a los ejecutivos del mismo nivel que se desempeñan en la casa matriz japonesa. El estadounidense que trabaja para la filial de una empresa japonesa instalada en los Estados Unidos podrá aspirar a progresar dentro de esa filial, pero difícilmente se le ofrezca la oportunidad de trasladarse a Tokio o, incluso, de ocupar un puesto más importante en otro país, fuera de los Estados Unidos.[44] No obstante, también hay algunas excepciones. Sony America, por ejemplo, con su *staff* básicamente estadounidense, es altamente autónoma y a menudo influye en su casa matriz del Japón. Pero en general un japonés sólo brinda su confianza, en forma total y absoluta, a otro japonés.

Otro aspecto de la cultura japonesa que permitió introducir un factor adicional de flexibilidad en las relaciones comerciales fue la larga tradición japonesa de que quienes son los reales dueños del poder no necesariamente son los mismos que detentan el poder nominal. Esto también constituye una diferencia importante entre la cultura japonesa y la china. En Japón, a menudo, quien realmente detenta el poder es una persona anónima que opera entre bambalinas, y se contenta con ejercer su dominio en forma indirecta. La misma Restitución Meiji que, *nominalmente* restituyó, como su nombre lo indica, al emperador Meiji a su trono, a expensas del shogunato, fue digitada por un grupo de nobles de Satsuma y Choshu que actuaron en nombre del emperador. El emperador mismo ejerció muy poco poder, tanto antes como después de su restitución. De hecho, la única razón por la cual Japón tiene una tradición dinástica ininterrumpida es que los emperadores japoneses siempre carecieron de poder. Al contrario de lo que sucedía en China, donde los emperadores realmente solían reinar, en el Japón la verdadera lucha por el poder se producía entre los asesores del emperador, que mantenían la fachada de la legitimidad ininterrumpida del gobierno, mientras que entre ellos luchaban por el poder en forma tan marcada que el país se vio con frecuencia inmerso en guerras civiles.

Al igual que la difundida práctica de la adopción, el hecho de que el poder real y el nominal no necesariamente estén en las mismas manos ha constituido una gran ventaja para las sucesiones, tanto políticas como empresariales. A fines de la década de los 80 y a principios de la de los 90 de este siglo, muchos de los líderes que ejercían el poder real en la República Popular China eran hombres octogenarios que habían luchado con Mao como compañeros en la Larga Marcha o iniciado su carrera política en épocas de la revolución de 1949. No hubo forma de desplazarlos para dejar lugar a líderes más jóvenes, y el proceso de la reforma política se fue demorando, mientras el país esperaba que esos ancianos murieran.[45] (Una situación similar existe en Corea, cuyas prácticas culturales están más cerca de las de China que de las de Japón; la política de Corea del Norte fue, en gran medida, rehén de la longevidad de su líder, Kim Il Sung.) En Japón la situación es muy distinta. Los líderes que se ponen demasiado viejos o incompetentes pueden ser desplazados hacia posiciones honoríficas, mientras la autoridad real es asumida por gente más joven. Los orígenes de esta práctica quizá provengan del hogar campesino tradicional. En él no era raro que el jefe de familia se mudara de la casa principal a una casa más pequeña, para dejar lugar a su hijo mayor cuando éste alcanzaba la edad suficiente para asumir las responsabilidades de la conducción familiar. A pesar de que los japoneses respetan la edad, también respetan a un anciano que, como Soichiro Honda, entiende cuándo su tiempo ha terminado y cede el poder a alguien más joven y vigoroso.[46]

Analizar los orígenes históricos de instituciones japonesas como el *ie* y el *iemoto*, la ley de primogenitura y las normas para la adopción, entre otras, escapa al alcance del presente libro. Sin embargo, un factor crítico, señalado por muchos autores para explicar por qué estas instituciones surgieron en Japón y no así en otros lugares de Asia Oriental, tiene que ver con la naturaleza descentralizada del poder político en Japón.[47] Al igual que Alemania e Italia del norte, pero a diferencia de Italia del sur, Francia y China, Japón nunca fue gobernado, en su período premoderno, por un gobierno fuerte y centralizado con una gran burocracia estatal, intrusiva del ámbito privado. A pesar de que Japón ostenta una tradición dinástica ininterrumpida, los emperadores japoneses siempre han sido débiles y nunca estuvieron en una posición favorable para someter, como sucedió en Francia, a la aristocracia feudal del país. El poder se hallaba distribuido entre una serie de clanes que guerreaban entre sí, cuyas fortunas estaban sometidas a constantes altibajos. La incapacidad de la autoridad central para consolidar el control dejó un cierto espacio libre en el cual pudieron desarrollarse pequeñas asociaciones. Durante el período de la reforma *taika*, en el siglo VII, por ejemplo, los campesinos eran tentados a dejar las propiedades imperiales y servir a señores locales, a cambio de la protección militar de la autoridad imperial.[48] Al igual que en Europa, prolongados períodos de guerra civil dieron origen a feudos autónomos basados en el intercambio de protección por arroz, entre los *samurai* y los campesinos, donde el parentesco no desempeñaba ningún papel. La idea de la obligación recíproca, basada en el intercambio de servicios, se remonta, por lo tanto, a la tradición feudal y está profundamente arraigada en la cultura japonesa.[49] El poder político descentralizado permitió un espacio bastante amplio para la actividad económica privada.

Inmediatamente antes de la Restitución Meiji, por ejemplo, muchos de los gobiernos locales (*han*), en los que Japón había sido dividido durante el período de Tokugawa, apoyaban la creación y el mantenimiento de sus propias industrias. Una cantidad de esas industrias *han* se convirtieron en la base de importantes empresas después de 1868. El fraccionamiento del poder central permitió el crecimiento de ciudades como Osaka y Edo (Tokio), que albergaban una clase mercantil grande y cada vez más poderosa.[50] Una clase de estas características no hubiera podido surgir en China, sin chocar muy pronto, con la autoridad imperial y enfrentarse a la absorción o a la regulación por parte de dicha autoridad.

Sin duda que otros aspectos de la cultura japonesa también desempeñaron un papel significativo en el éxito económico nipón. Uno de ellos, muy importante, se relaciona con el carácter particular del budismo japonés. Como ha demostrado Robert Bellah, entre otros, las doctrinas de los monjes budistas Baigan Ishida y Shosan Suzuki, durante principios del período Tokigawa, bendijeron la actividad económica mundana y promulgaron una ética comercial comparable, en cierta forma, con la del puritanismo, en sus comienzos, vigente en Inglaterra, Holanda y los Estados Unidos.[51] En otras palabras, hubo un paralelo japonés de la ética del trabajo protestante, formulado aproximadamente en la misma época que su versión europea. Este fenómeno guarda estrecha relación con la tradición Zen referida al perfeccionismo en las actividades seculares cotidianas —el arte de la esgrima, la arquería, la carpintería y el tejido de la seda, entre otros— que se concreta más a través de la meditación interior que mediante una técnica explícita.[52] Quienes hayan visto la película de Akira Kurosawa *Los siete samurais* recordará la figura del maestro Zen, espadachín que, después de la meditación, era capaz de destripar a su oponente de un solo golpe de espada, ágilmente asestado, antes de que éste supiera qué era lo que le estaba sucediendo. Este perfeccionismo obsesivo, crucial para el éxito de la industria exportadora japonesa, tiene raíces religiosas más que económicas. A pesar de que otras áreas de Asia comparten la ética de trabajo de Japón, pocas son las que comparten la tradición japonesa de perfeccionismo. Sin embargo, no me he explayado sobre estos aspectos culturales dado que no están específicamente relacionados con la tendencia hacia la sociabilidad espontánea.[53]

Lo que ahora nos hace falta es comprender de qué manera esas prácticas culturales se manifiestan en el mundo empresarial contemporáneo japonés.

CAPÍTULO 16

Un trabajo de por vida

Durante las últimas dos décadas, la economía estadounidense ha pasado por una notable serie de transformaciones, a medida que las grandes y antiguas empresas comenzaron a reducir su dimensión, a reestructurarse y, en algunos casos, a desaparecer de plaza. La "reingeniería de la corporación" es el último de una serie de eufemismos utilizados por asesores de empresas para describir el despido de trabajadores en nombre de una mayor productividad. El presidente Clinton y una cantidad de otros expertos han advertido a los estadounidenses que ya se acabaron los tiempos en que se podía mantener el mismo trabajo durante toda la vida, y que no les queda otra opción que aceptar un nivel de cambio e inseguridad económica en su vida laboral, considerablemente mayor que el que tuvieron que vivir sus padres.

Resulta interesante imaginar qué sucedería si, en vista de las condiciones económicas globales existentes en la actualidad, los líderes de una hipotética invasión marciana a la Tierra dictaran una ley por la cual ninguna de las grandes corporaciones estadounidenses pudiera despedir a sus trabajadores. Los economistas, una vez recuperados del susto, sin duda afirmarían que este hecho provocaría la muerte de la economía de los Estados Unidos, ya que, sin lo que ellos llaman el "factor de movilidad", los mercados laborales no serían capaces de adecuarse a los rápidos cambios en la demanda ni de incorporar tecnologías más eficientes. Pero si los nuevos amos marcianos insistieran en ese punto (el empleo de por vida), manteniendo la flexibilidad en todos los demás aspectos económicos, seguramente seríamos testigos de algunos importantes cambios. En primer lugar, los empleadores comenzarían a exigir una mayor flexibilidad en lo que se refiere a regulaciones y condiciones de trabajo para lograr que, si no se necesitara a un obrero en determinado puesto, la empresa tuviera la posibilidad de trasladarlo a un puesto en el cual el trabajo de ese individuo resultara de mayor utilidad. En segundo término, las empresas tendrían la ineludible necesidad de capacitar a su gente, enseñándoles nuevas técnicas y tareas, a fin de que todos aquellos cuyo trabajo actual se convirtiera en superfluo no constituyeran un lastre para la compañía. La estructura y los objetivos de las empresas también cambiarían. Tendrían un fuerte incentivo para internarse en otros campos de actividad, a fin de que los trabajadores que ya no se necesitaran para fabricar acero o textiles pudieran ser transferidos a otros puestos, por ejemplo al área de producción electrónica o de marketing, o adonde la empresa los requiriera en ese momento. Y por último debería crearse un sector de pequeñas empresas a las que no se les aplicaría la ley del trabajo de por vida, hacia las cuales se pudieran derivar, como último recurso, a todos aquellos trabajadores que ya no se necesitaran. Difícilmente este tipo de ajustes compensaría la pérdida de eficiencia que sufrirían las empresas al no poder despedir a su gente, pero el cambio les permitiría obtener un bien intangible, que podría tener una gran rentabilidad *bottom-line:* la lealtad de su gente y una menor predisposición a parasitar dentro de la empresa.

El párrafo anterior describe, en esencia, las características del sistema de empleo vitalicio japonés, de práctica en las grandes empresas. El empleo de por vida y el alto grado de solidaridad comunitaria que existen dentro de las empresas japonesas es una de las características más distintivas, y quizá más peculiar, de la economía japonesa. Las otras características, que se discuten en el siguiente capítulo, tienen que ver con la estabilidad a largo plazo de las relaciones entre diferentes empresas que pertenecen a la misma red organizativa. Ambas prácticas tienen como fuente común el compromiso moral recíproco, que los japoneses desarrollan dentro de los grupos que conforman de manera espontánea.[1] Este sentido de compromiso u obligación no se basa en el parentesco, como en China, ni surge a partir de una relación contractual. Es como la obligación moral que sienten entre sí los miembros de una secta religiosa, donde el ingreso en la relación es voluntario, pero el egreso lo es mucho menos.

La primera manifestación del compromiso recíproco se verifica en el mercado laboral japonés y en la relación entre operarios y directivos. En la China, como hemos visto, los trabajadores de una empresa que no forman parte de la familia por lo general no están demasiado ansiosos por permanecer durante un período prolongado en la empresa familiar, si es que cuentan con otras opciones. Saben que probablemente nunca tendrán acceso a los niveles más altos de conducción como socios del todo equiparados a los miembros de la familia, ni serán nunca merecedores de la misma confianza. Asimismo, no se sienten cómodos en su relación cotidiana de dependencia con sus empleadores. Por lo dicho, los trabajadores de las empresas chinas en general tienden a cambiar con frecuencia de empleador y lo que más ansían es poder juntar capital suficiente como para iniciar su propio negocio.

Las grandes empresas japonesas, por el contrario, han institucionalizado la práctica del empleo vitalicio (*nenko*, en japonés) desde por lo menos el primer período de posguerra.[2] Cuando un colaborador comienza su carrera en una empresa, hay un acuerdo mutuo por el cual la dirección de ésta se compromete a darle trabajo en forma permanente, mientras que el empleado, por su parte, asume la responsabilidad de no buscar un empleo mejor o un salario más alto en otro lado. Aun cuando puede existir un contrato escrito a tal efecto, la fuerza del acuerdo no radica en tal contrato. De hecho, por lo general se considera una burda grosería insistir en la formulación contractual de ese acuerdo, y el empleado, al hacer hincapié en ello, arriesga ser marginado definitivamente del sistema de empleo vitalicio.[3] Las penas por violar el contrato informal pueden resultar severas: el empleado que deja la empresa que le dio trabajo vitalicio por otra, que le paga mejor, puede terminar repudiado y marginado, y lo mismo le sucederá a la empresa que trata de "robar" empleados a otra. La implementación de esas sanciones no se realiza a través de la vía legal sino, simplemente, mediante la presión moral.

El sistema de trabajo vitalicio tiene el efecto de encauzar al trabajador en un camino único durante la mayor parte de su carrera laboral. La sociedad japonesa se considera altamente igualitaria y meritocrática en cuanto a su forma de brindar oportunidades de progreso; pero la oportunidad para una movilidad social en general se produce una vez en la vida, cuando los jóvenes aprueban el dificilísimo examen de ingreso en la universidad. Estos exámenes están abiertos para todo el mundo, se califican con objetividad y constituyen la base sobre la cual las universidades admiten a sus alumnos. La calidad del empleo al que se puede aspirar después del estudio terciario depende, en gran medida, del tipo de colegio al que se asistió (más que del desempeño efectivo durante los estudios) y, una vez que se ingresó en la empresa, existe muy poca oportunidad de progreso si no se pasa, religiosamente, por los distintos escalones jerárquicos. La empresa puede reubicar a sus colaboradores a voluntad, y éstos, por lo general, no son consultados. Un estudiante que fracasa en el examen de admisión universitaria tiene casi vedado el ingreso en el sector de las grandes empresas, que ofrecen buenos puestos y atractivos salarios, aunque puede tener oportunidades laborales en el sector de la pequeña empresa.[4] (Los colegiales japoneses se sienten permanentemente presionados para obtener éxito, presión ésta que a veces comienza a partir del momento en que ingresan en el jardín de infantes.) Todo esto contrasta marcadamente con lo que sucede en los Estados Unidos, donde siempre ha sido posible, aun a una edad más avanzada, empezar de nuevo en el caso de haber fracasado.

Los trabajadores son compensados de acuerdo con lo que parecería ser una modalidad totalmente irracional, desde el punto de vista de la economía neoliberal.[5] No existe nada similar al principio que estipula "igual salario por igual trabajo". La remuneración se basa, en general, en la antigüedad o en otros factores que nada tienen que ver con el desempeño del trabajador, como, por ejemplo, la cantidad de miembros que integran la familia que debe mantener.[6] Las empresas japonesas pagan una parte relativamente importante de la remuneración total en forma de bonificaciones. Algunas bonificaciones se otorgan como recompensa al esfuerzo individual, pero en general se hacen extensivas a grupos más amplios —por ejemplo, a una sección dentro de la empresa, o a la empresa en su totalidad— para premiar el esfuerzo colectivo. Vale decir que un trabajador sabe que no será despedido, excepto en caso de inconducta extrema, pero también sabe que su remuneración sólo se incrementará como consecuencia de su edad y no en pago a su esfuerzo personal. Si el trabajador resulta ser incompetente o de alguna forma incapaz para su trabajo, la empresa, en lugar de despedirlo, a menudo le busca alguna otra ubicación dentro de su estructura. Desde el punto de vista empresarial, la mano de obra se convierte en un importante costo fijo que se puede reducir sólo con grandes dificultades, sobre todo en tiempos de recesión económica.[7]

Este tipo de sistema de compensación pareciera invitar al parasitismo, pues cualquier incremento de los beneficios que surgen a partir de un mejor desempeño, es de dominio común dentro de la empresa, lo que tentaría al individuo a disminuir la cuota de su propia participación. Las sociedades de lo que fuera el mundo comunista fueron las únicas donde también se separaron desempeño y remuneración en forma tan radical y allí, como bien se sabe, el resultado fue la total erosión de la productividad y de la ética del trabajo.

Que en Japón el empleo vitalicio no erosione la productividad ni la ética del trabajo y que, por el contrario, sea compatible con una ética laboral extraordinariamente vigorosa confirma y ratifica el notable poder movilizador que posee el compromiso recíproco en la sociedad japonesa. Una parte del tácito contrato de empleo vitalicio es el acuerdo que determina que, a cambio de un trabajo estable y una continuidad en su progreso, el trabajador ofrecerá a la empresa lo mejor de sus esfuerzos. Es decir que el empleado hará por la empresa todo lo que esté a su alcance, porque la compañía cuidará de su bienestar a largo plazo. El sentido de compromiso no es formal o legal; es algo por entero internalizado y el resultado de un sutil proceso de socialización. La educación pública en Japón no duda en lo que se refiere a enseñar a los niños un comportamiento "moral" adecuado. Esa educación moral se continúa en los programas de capacitación laboral patrocinados por las grandes corporaciones japonesas.[8]

Los Estados comunistas procuraron inculcar un sentido de compromiso moral similar a un grupo social muy grande, a través de una constante propaganda, adoctrinación e intimidación. Ese tipo de acoso ideológico no sólo demostró ser poco o nada efectivo para la motivación laboral del individuo, sino que, además, fomentó un cinismo muy difundido que, desde la caída del comunismo, demostró haber generado una marcada ausencia de valores laborales y de espíritu cívico, tanto en la Europa oriental como en la ex Unión Soviética.

Los empleados integrados en un sistema de empleo vitalicio como el japonés se resisten a la tentación del parasitismo en parte porque un compromiso moral es un camino de ida y vuelta. Su lealtad y su trabajo se remuneran de distintas maneras, las que van más allá del compromiso de brindar seguridad laboral. El empleador japonés es célebre por asumir una actitud paternalista en lo referente a la vida personal de sus colaboradores. Un supervisor asiste al casamiento y al funeral de la gente a la que supervisa e incluso puede actuar como casamentero. Mucho más que su equivalente chino, suele desempeñar un papel importante en el apoyo al colaborador, prestándole ayuda en caso de problemas financieros o enfermedad, o por algún fallecimiento ocurrido en la familia.[9] Y es mucho más propenso a reunirse socialmente, después del trabajo, con sus supervisados. Es habitual que las empresas japonesas organicen actividades sociales y deportivas y vacaciones para sus colaboradores.

A menudo se describe a la corporación japonesa como una "gran familia".[10] La afirmación de que "un buen capataz trata a sus obreros como un padre lo hace con sus hijos" en general, obtiene un alto puntaje en las encuestas de opinión japonesas.[11] A diferencia de lo que sucede en los Estados Unidos, el japonés no duda en afirmar, en un ochenta y siete por ciento de los casos, según esas encuestas, que su supervisor en el trabajo "se preocupa personalmente por sus colaboradores en temas no relacionados con la actividad laboral".[12] Los lazos morales que surgen entre los trabajadores de una empresa a menudo suelen ser más importantes que los que existen con la familia. Es habitual que el trabajador japonés asista a retiros organizados por su empresa, durante un fin de semana, en lugar de pasar ese tiempo con su familia, o que salga por la noche a beber con sus compañeros de trabajo, en lugar de quedarse en casa, con su mujer y sus hijos. Su disposición para sacrificar los intereses de la familia frente a los de la empresa se considera como una señal de lealtad; el negarse a hacerlo sería visto como un fracaso moral. Y, al igual que en una verdadera familia, es muy duro salir de esa relación: si se considera que el "padre" corporativo es demasiado absorbente por lo general no se tiene la opción de repudiarlo y renunciar para poder trabajar en otra parte.

Los lazos del compromiso recíproco que sienten tanto trabajadores como directivos se reflejan, en mayor escala, también en las organizaciones sindicales japonesas. Los sindicatos japoneses de posguerra no están organizados por gremio o sector industrial, como en los Estados Unidos y en muchos países europeos, sino como sindicatos de la empresa; por ejemplo, la Unión Hitachi representa a los trabajadores de Hitachi, con independencia de su especialización. Las actitudes entre el sector sindical y el patronal reflejan un grado de confianza mucho más elevado que en los Estados Unidos y más aún que en algunos países europeos, como Gran Bretaña, Francia e Italia, con sus largas historias de sindicalismo militante e ideologizado. A pesar de que los sindicatos japoneses ponen en escena sus demostraciones de primavera, como una especie de nostalgia por los días de militancia de principios del siglo, sostienen intereses comunes con la patronal, en lo que se refiere al crecimiento general y a la prosperidad de la empresa. Por lo tanto, los sindicatos japoneses muchas veces actúan como herramienta de la conducción empresaria, procurando mitigar las quejas sobre condiciones de trabajo o disciplinando a trabajadores rebeldes. La situación en Gran Bretaña, por ejemplo, es totalmente diferente. Tal como lo explica el sociólogo Ronald Dore en su estudio comparativo entre la fábrica británica y la japonesa: "En Gran Bretaña, en muchos casos, tanto sindicalistas como empresarios, si bien no les queda otro remedio que aceptar la inevitable existencia del otro, se niegan a reconocer su legitimidad o, al menos, la legitimidad del poder que ejercen. Ambas partes tienden a considerar como ideal a una sociedad en la que el otro no exista".[13]

Los empresarios occidentales, al observar la aparente docilidad de los sindicatos japoneses, muchas veces desearían tener relaciones similares con su personal. Tratan de seducir a sus sindicatos empleando el lenguaje japonés, que habla de los intereses comunes entre trabajadores y patrones, para convencerlos de liberalizar ciertas normas laborales o aceptar hacer concesiones salariales. Pero si el compromiso recíproco, al estilo japonés, es trabajar, el compromiso y la confianza deben asumirse en ambas direcciones. Un sindicalista occidental afirmaría, con bastante razón, que sería ingenuo confiar en que la parte empresarial procurará beneficiar en la misma medida a los trabajadores y a la empresa. La compañía explotará cualquier concesión hecha por el sindicato, retribuyendo a sus trabajadores con el mínimo posible en lo que hace a seguridad laboral y otros beneficios. En las negociaciones contractuales, la parte empresarial a menudo permite a los negociadores sindicales acceder a sus balances financieros, para convencerlos de que no puede aceptar determinada exigencia salarial. Sin embargo, esta táctica no funciona, a no ser que el sindicato confíe plenamente en la honestidad de lo que afirma la empresa.[14] Muchos sindicatos occidentales han tenido la desgraciada experiencia de ser manipulados por la parte empresarial, que no titubeaba en "cocinar" las cifras, exagerando los costos y minimizando las ganancias, para obtener ventajas en la negociación. Al analizar estos temas se llega a la conclusión de que los sindicatos japoneses poseen características especiales porque la conducción empresarial japonesa tiene esas mismas características.

Algunos observadores extranjeros e incluso muchos japoneses han afirmado que el sistema de empleo vitalicio de Japón y las relaciones entre sindicatos y empresas que dicho sistema engendra constituyen una práctica de larga data que tiene sus orígenes en una profunda tradición cultural, en particular, en la tradición confuciana de la lealtad.[15] De hecho, existe una base cultural relacionada con el empleo vitalicio, pero la ligazón entre la tradición cultural y las prácticas empresariales contemporáneas es mucho más compleja.[16] El empleo vitalicio, en su forma actual, no se remonta más allá de fines de la Segunda Guerra Mundial y además no es aplicable a muchas de las pequeñas empresas que constituyen el segundo nivel de la industria japonesa. Este sistema representa la culminación de los esfuerzos realizados por los empleadores y el gobierno japonés para estabilizar la fuerza laboral, una lucha que se inició cuando Japón comenzó a industrializarse, a fines del siglo XIX. En particular a principios de este siglo, solía haber gran escasez de mano de obra especializada y los empleadores a menudo eran incapaces de conservar a los trabajadores que necesitaban. Hay una tradición, que se remonta a los tiempos de Tokugawa, de artesanos que iban de un lugar a otro, según les diera la gana. Estos trabajadores se enorgullecían de su intolerancia frente a la rutina, su espíritu de rebeldía, su capacidad de vender su mano de obra donde ellos elegían hacerlo y su elevado, y a menudo poco convencional, estilo de vida. Todas éstas son características que hoy en día no asociamos de modo alguno con el japonés contemporáneo.[17] En aquellos tiempos la mano de obra especializada estaba organizada en *oyakata*, los tradicionales gremios en los cuales la lealtad era en primer lugar, para con el oficio y no hacia el empleador.[18]

La estabilidad laboral era de particular importancia porque las empresas privadas asumían la responsabilidad de capacitar a su personal en las habilidades industriales básicas. El costo de la desvinculación era, por lo tanto, muy alto para aquellas empresas que habían invertido mucho dinero en la capacitación de sus trabajadores. Mitsubishi fue uno de los primeros grandes consorcios que, en 1897, ofreció un generoso paquete de beneficios en cuanto a protección de la salud y retiro, en un esfuerzo por retener a su personal. A pesar de este tipo de prácticas, las tasas de rotación de personal siguieron siendo sumamente elevadas durante los años siguientes. En la industria de la ingeniería, por ejemplo, raras veces llegaban por debajo del cincuenta por ciento anual.[19] No es cierto que las relaciones laborales en Japón hayan sido siempre pacíficas. El crecimiento de la clase obrera condujo a una importante actividad político-sindical, hasta que, en 1938, el régimen militar disolvió los sindicatos. Cuando la industria japonesa se recompuso, después de la guerra del Pacífico, sus líderes esperaban poder crear relaciones laborales más armónicas que las existentes con anterioridad. Después de fines de la década de los 40, con el apoyo del gobierno conservador y un aliado estadounidense que no quería saber nada de la militancia sindical izquierdista, se logró alcanzar el resultado final, que fue el sistema *nenko* que ahora conocemos.

Los orígenes más recientes de la institución del empleo vitalicio han inducido a algunos observadores a afirmar que el *nenko* no es en absoluto un fenómeno cultural, sino que se trata, simplemente, de una institución creada por las autoridades políticas para satisfacer las necesidades de Japón, en una coyuntura particular de su historia.[20] Sin embargo, esta interpretación no acierta a comprender el papel desempeñado por la cultura en la conformación de esa institución.[21] A pesar de que es verdad que el empleo vitalicio no es una práctica antigua o histórica en el Japón, no cabe duda de que se basa en determinados hábitos etopéyicos de larga data. Un sistema que se basa en el compromiso moral recíproco del trabajo exige, ante todo, la existencia de un alto grado de confianza en el seno de la sociedad. La modalidad del empleo vitalicio se prestaría, por un lado, a la explotación de obreros y sindicatos por parte de las empresas y, por el otro, al parasitismo entre los trabajadores. El hecho de que no suceda ninguna de las dos cosas, al menos no en forma perceptible, es prueba de que cada una de las partes confía en que la otra cumplirá con su parte del trato. Resulta difícil imaginar la implementación del empleo vitalicio en sociedades con un nivel relativamente bajo de confianza social, como Taiwan, Hong Kong, Italia del sur o Francia, o en una sociedad plagada de animosidades clasistas, como Gran Bretaña. Tanto los trabajadores como los empleadores desconfiarían de la motivación de quienes establecieran el sistema; los primeros pensarían que es una conspiración para debilitar la solidaridad sindical, mientras que los segundos lo calificarían de una beneficencia corporativa encubierta. El gobierno de esas sociedades podría establecer el empleo vitalicio como una imposición legal, como lo han hecho muchos Estados socialistas, pero lo más probable sería que ni la parte obrera ni la parte empresarial cumplieran con su responsabilidad contractual: los trabajadores simularían trabajar y los empleadores simularían darles beneficios. El sistema japonés funciona de manera tan eficiente porque tanto los trabajadores como los empresarios han internalizado las reglas de juego: los trabajadores trabajan y los empleadores velan por los intereses de los primeros, sin coerción y sin los costos de transacción que habría que pagar si un sistema legal formal de derechos y obligaciones regulara estas relaciones.

El estallido de la economía de burbuja, a fines de la década de los 80, y la recesión de 1992-1993, con los problemas relacionados con la subida del yen, han significado una presión tremenda sobre el sistema del empleo vitalicio. En su intento por reducir costos y al mismo tiempo cumplir con su compromiso de mantener el empleo, las empresas japonesas han reaccionado de distintas formas. Han trasladado a sus colaboradores a otras ramas de su empresa; los han transferido al nivel de las pequeñas empresas; han reducido las bonificaciones, forzado el retiro voluntario y marginado por completo a algunos trabajadores, manteniéndolos en la nómina salarial mientras que, en la realidad, los subempleaban. Quizá la consecuencia social más seria fue el marcado descenso del nivel de contratación de nuevos graduados universitarios.[22] La contratación empresarial de egresados universitarios cayó en un veintiséis por ciento en 1992, y otro diez por ciento en 1993; en la actualidad hay 150.000 graduados universitarios sin trabajo.[23] Algunas grandes corporaciones han llegado a efectuar despidos y otras adoptaron la modalidad estadounidense de los "cazadores de cabezas", aprovechando la baja demanda laboral para robar gente talentosa a sus competidores. El sistema de empleo vitalicio, sin embargo, les impide implementar el achicamiento de estructuras, aplicar la "reingeniería" o aprovechar los beneficios de la productividad realizando despidos masivos o vaciamientos, como lo han hecho muchas corporaciones estadounidenses a principios de la década de los 90. El empleo vitalicio es un compromiso que resultó mucho más fácil de cumplir cuando Japón experimentó un crecimiento de dos dígitos, con pocos reveses o retrasos. Queda por ver si constituirá una limitación significativa en los niveles de productividad de las empresas japonesas, ahora que la economía del país ha madurado y se ha detenido en un esquema de crecimiento más lento y a largo plazo. Pero aun si el *nenko* japonés no fuera el sistema óptimo para el futuro, no cabe duda de que ha funcionado muy bien en el pasado, reconciliando la estabilidad laboral con la eficiencia económica, cosa que muchas de las economías occidentales no han logrado hasta ahora.[24] El hecho de que haya funcionado tan bien hasta el momento —y, de hecho, que *haya funcionado*— es testimonio de la fuerza del compromiso recíproco en la vida social japonesa.

CAPÍTULO 17

La camarilla del dinero

U n reciente incidente ocurrido en la Internet —la red de computación originalmente establecida por el Departamento de Defensa de los Estados Unidos para permitir que todas las computadoras se intercomunicaran en un nivel mundial— demuestra la importancia del compromiso recíproco para el funcionamiento de una red. Muchos de los entusiastas de la autopista informática creen que las redes de pequeñas firmas o individuos constituyen la nueva forma organizativa que demostrará su superioridad, tanto frente a las grandes corporaciones jerárquicas como en las anárquicas relaciones del mercado. Sin embargo, si las redes han de ser la forma de organización más eficiente, la base para ello será un alto nivel de confianza y la existencia de normas de conducta ética compartidas por todos los miembros de la red. La importancia de la obligación social puede resultar una sorpresa para muchos de los *hackers* que han armado la Internet que, en general, son espíritus libres, hostiles a cualquier forma de autoridad. Sin embargo, las redes son particularmente vulnerables a ciertas formas de comportamiento asocial que no respetan normas de ningún tipo.

La Internet es tanto una red física como, en cierto sentido —limitado pero crítico—, una comunidad con valores compartidos.[1] En sus inicios, durante las décadas de los 70 y 80, la comunidad de la Internet se hallaba integrada en su mayor parte por investigadores académicos y del gobierno, que constituían un grupo lo bastante homogéneo, en lo que se refiere a su formación e intereses, como para acatar una serie de reglas tácitas referentes al buen uso de la red. Sin ningún tipo de jerarquía administrativa ni normas legales, los usuarios de la Internet intercambiaban libremente datos e información, dando por sentado que el costo de ingresar informaciones en la red sería compensado, con el correr del tiempo, por la posibilidad de acceder con libertad a los datos ingresados por los demás. Una de las normas básicas, de tipo informal, era la prohibición de utilizar el correo electrónico para cualquier tipo de publicidad comercial, ya que ésta podría llegar a bloquear la red si su volumen aumentaba en forma desmedida. Los costos del sistema podían ser mantenidos relativamente bajos, porque los usuarios habían aceptado totalmente las normas y se confiaba en que nadie haría abuso de la red. La cultura de la Internet, aunque limitada, generaba una eficiencia económica real.

Pero a medida que la información sobre este servicio gratuito (o, por lo menos, de bajo costo) se fue difundiendo, a principios de la década de los 90, se iba multiplicando la cantidad de usuarios, incluyendo algunos que no sentían la restricción ética de los integrantes originales de la comunidad de Internet. La prohibición de transmitir publicidad fue violada de manera flagrante en 1994, por dos abogados que bombardearon los grupos de noticias de la Internet con avisos en los que ofrecían sus servicios. A pesar de los gritos de protesta proferidos por los tradicionales usuarios de la Internet, los abogados afirmaron que no habían infringido ninguna ley ni regulación oficial y que, por lo tanto, nadie los podía obligar a deponer su actitud.[2] Resultaba claro que su acción ponía en peligro la viabilidad de la red en su totalidad, porque, con el tiempo, otros seguirían sus pasos, explotando lo que era en realidad un bien público, para sus fines particulares.

El problema se podría solucionar convirtiendo la red en una jerarquía y fijando una serie de reglas formales para su uso, factibles de implementar legalmente. Es probable que llegue el día en que se haga precisamente eso. Los "buenos modales" en el uso de la red se mantendrían a través de la amenaza de iniciar acciones legales y no en virtud de un sentido de compromiso recíproco internalizado por todos sus usuarios. Las reglas podrán preservar la viabilidad de la Internet, pero también elevarán de modo considerable los costos de transacción que implicaría su mantenimiento, dado que, entre otras cosas, habría que contratar administradores y policías para la red y establecer restricciones para el acceso a ésta. La introducción de virus de computación en la red, por parte de *hackers* "inadecuadamente socializados", ya ha obligado a realizar considerables gastos adicionales en la Internet, como la compra de computadoras preparadas especialmente para rechazar este tipo de ataques, así como la compartimentación de datos. Lo que en un tiempo se manejaba sin problemas sólo con el compromiso interno mutuo ahora requiere una ley externa con todos los inconvenientes que eso significa; lo que en una época era un ente descentralizado que se autocontrolaba ahora tiene que recurrir a una administración central y a la burocracia que ella implica.

Probablemente el lugar donde la red, como comunidad basada en compromisos morales recíprocos, se halla más desarrollada sea Japón. Además del empleo vitalicio, la *keiretsu* o red empresarial es la segunda característica en importancia que diferencia de otras a la economía japonesa; el funcionamiento de la *keiretsu* depende de la capacidad de integrarse en una relación de alto nivel de confianza.[3]

Existen dos grandes categorías de *keiretsu*. La *keiretsu* vertical, como la de Toyota Motor Corporation, consiste en una empresa manufacturera que constituye el núcleo central, cuyos subcontratistas ocupan la parte superior de la vertical, y sus organizaciones de marketing, la parte inferior. El segundo tipo de organización en red, y además el más frecuente, es la *keiretsu* horizontal o intermercado, que incluye diversos tipos de empresa, similar a los conglomerados estadounidenses como la Gulf+Western y la ITT, que tuvieron su auge en las décadas de los 60 y 70. Una *keiretsu* intermercado típica se concentra alrededor de un gran Banco u otra institución financiera y por lo general también incluye una empresa de comercialización, una compañía de seguros, una empresa de industria pesada, una empresa electrónica, una compañía química y una petrolera, varios productores de *commodities* y una empresa transportadora, entre otras. Cuando las *zaibatsu* comenzaron a reconstituirse, después de la ocupación estadounidense, crearon los llamados Consejos Presidenciales, en los cuales se reunían, en forma regular, los directivos máximos de las empresas que históricamente tenían una relación entre sí. Los miembros de una *keiretsu* no se hallan unidos por lazos legales, a pesar de que a menudo están relacionados entre sí por un complicado sistema de tenencia cruzada de acciones.

En diferentes culturas existen grupos empresariales con una organización similar a la de una *keiretsu*.[4] Las sociedades chinas como Taiwan y Hong Kong poseen organizaciones en red familiares; las pequeñas empresas de la Italia central están unidas por una compleja telaraña de interdependencias; y los Estados Unidos, en la última parte del siglo pasado, han tenido los llamados *trusts*, como el Morgan y el Rockefeller. Aun después de la desarticulación de los *trusts*, no era raro que las empresas de este país formaran alianzas a largo plazo, con consejos de dirección interconectados. Cuando el fabricante de aviones Boeing se está equipando para fabricar la aeronave 777, está, de hecho, actuando como un ente integrador cuya principal misión es organizar las actividades de una cantidad de subcontratistas independientes, que son quienes en realidad construyen la mayor parte del avión. Dentro de la economía alemana existen muchos grupos industriales concentrados alrededor de un Banco, similares, en distintos aspectos, a las organizaciones en red japonesas.

El sistema de las *keiretsu* japonesas, sin embargo, se destaca por una serie de características que no tienen equivalente en otras sociedades. La primera de ellas es que son muy grandes y desempeñan un papel de suma importancia en la economía japonesa. Comparadas con las redes empresariales taiwanesas, integradas por un promedio de seis empresas, las seis principales *keiretsu* intermercado de Japón reúnen un promedio de treinta y una empresas cada una.[5] De las doscientas principales empresas industriales japonesas, noventa y nueve pertenecen a una organización en red. Las empresas que no pertenecen a una *keiretsu* suelen ser las industrias más nuevas, en las cuales aún no hubo tiempo para establecer ese tipo de alianzas.[6]

Una segunda característica es que, a pesar de su gran tamaño, los miembros individuales de una *keiretsu* intermercado rara vez se convierten en monopolio con respecto a un sector determinado de la economía japonesa. Cada *keiretsu* se halla representada por un único competidor oligopólico en cada sector del mercado, sector por sector. Es así como Mitsubishi Heavy Industries, Sumitomo Heavy Industries y Kawasaki Heavy Industries (miembro del grupo Dai-Ichi Kangyo) compiten entre sí en el mercado de la industria pesada y de la defensa, así como el Banco Mitsubishi, el Banco Sumitomo y el Banco Dai-Ichi Kangyo compiten entre sí en el área de las finanzas.[7]

Una tercera característica es que los miembros de la red comercian entre ellos sobre la base de un trato preferencial, aun cuando, desde el punto de vista estrictamente económico, ello pareciera no tener mucho sentido. No es que los miembros de una *keiretsu* no interactúen comercialmente con nadie que no esté dentro de la red, pero suelen dar preferencia a la concreción de transacciones con sus socios, dentro de la misma *keiretsu*, a menudo pagando precios más altos o aceptando recibir menor cantidad de mercadería de lo que recibirían si realizaran la transacción con un tercero.[8] Otra forma de relación comercial preferencial es la de los préstamos acordados con tasas preferenciales, otorgados por la institución financiera central de la red, lo cual, en realidad, constituye un subsidio. La actitud de los miembros de una *keiretsu*, de comerciar básicamente entre ellos, es uno de los factores importantes que han originado la tensión que existe en las relaciones comerciales entre los Estados Unidos y Japón, y una causa importante de los malentendidos entre ambos países. Una empresa estadounidense que intente exportar hacia el Japón a menudo encontrará incomprensible que el cliente japonés prefiera pagar el precio más elevado exigido por su socio dentro de la *keiretsu,* que adquirir el producto importándolo a menor precio. Cuando actúa de esta forma, la empresa japonesa no necesariamente está tratando de excluir, en particular, los productos estadounidenses: también daría preferencia a su socio de la *keiretsu* sobre cualquier otro proveedor japonés enfermo a la red. Para terceros, sin embargo, este sistema se parece mucho a una barrera informal al comercio exterior.

Por último, el grado de acercamiento que existe entre los socios de las *keiretsu* es, a menudo, muy grande y refleja un alto grado de confianza. Empresas como GM y Boeing suelen tener relaciones de larga data con sus proveedores, pero éstos siempre se mantienen a cierta distancia. El proveedor no deja de pensar que, si la firma contratante conoce demasiado sobre sus procesos o sobre sus finanzas, podría utilizar esos conocimientos para perjudicarlo, quizá filtrando información a un competidor o ingresando ella misma como competidora en ese sector. Esa desconfianza reduce el grado de eficiencia en la transacción entre los actores comerciales. Los contratantes japoneses, por el contrario, a menudo exigen conocer y visualizar todos los aspectos de las operaciones del subcontratista o proveedor, a fin de lograr una mayor eficiencia, una exigencia que éste acepta porque confía en que el primero no utilizará esa información de manera indebida.[9]

El conocido caso de Toyo Kogyo —la empresa automotriz (conocida también como Mazda Motors) que estuvo al borde de la quiebra en 1974, cuando las ventas de sus automóviles cayeron estrepitosamente como consecuencia de la crisis petrolera— es un claro ejemplo del sentido de compromiso recíproco que existe entre los miembros de una *keiretsu*. Toyo Kogyo era miembro de la *keiretsu* Sumitomo, y el principal Banco del grupo, el Sumitomo Trust, era uno de sus mayores acreedores y, al mismo tiempo, uno de sus principales accionistas. El Sumitomo Trust se encargó de reorganizar Toyo Kogyo, desvinculando siete directores y obligando a la empresa a adoptar nuevas técnicas de producción. Los otros miembros de la *keiretsu* comenzaron a comprar automóviles Mazda, los proveedores de autopartes redujeron sus precios y los acreedores suministraron el crédito necesario. El resultado fue que Mazda superó el problema sin tener que despedir personal, a pesar de que tanto la dirección como los trabajadores sufrieron una reducción de sus bonificaciones.[10] Chrysler, que algunos años más tarde enfrentó un problema similar al de Mazda, no pudo recurrir a sus acreedores ni a sus proveedores para que la ayudaran a salir del mal trance, sino que tuvo que pedir apoyo al gobierno de los Estados Unidos. Observadas de modo individual, las acciones realizadas para salvar la Toyo Kogyo, por parte de los miembros de la *keiretsu* Sumitomo, resultan carentes de sentido económico. Si en su conjunto tienen mayor validez es algo que también puede ser cuestionado por algunos economistas. Pero ese caso sirve para ilustrar los sacrificios que están dispuestos a hacer los miembros de una *keiretsu* por sus socios dentro de la red.

Para entender la economía de las redes de empresas de Japón tenemos que analizar, en términos más generales, las teorías existentes sobre.la empresa. Mientras que se supone que el capitalismo se basa en el libre mercado y en la competencia, la vida dentro de una corporación occidental es, al mismo tiempo, jerárquica y cooperativa. Como lo sabe todo aquel que ha trabajado en una de ellas, las corporaciones constituyen el último bastión del autoritarismo: un único directivo máximo, ubicado en la punta de la pirámide, tiene, con la anuencia de su consejo de dirección, una libertad más o menos total para comandar a su organización como si fuese un ejército. Al mismo tiempo, se supone que quienes trabajan dentro de esa jerarquía cooperan entre sí en lugar de competir unos con otros.

Esta aparente contradicción entre el competitivo libre mercado y la empresa cooperativa y, al mismo tiempo, autoritaria, fue el punto de partida de un importante artículo escrito por el economista Ronald Coase en la década de los 30.[11] Coase destacó que la esencia del mercado era el mecanismo de la formación de precios que mantenía el equilibrio entre oferta y demanda, pero que, dentro de la empresa, ese mecanismo era suprimido y los bienes se distribuían en forma autoritaria y dirigida. Si el mecanismo de la oferta y la demanda era tan eficiente, se planteaba la pregunta: ¿Para qué existen las empresas? Es imaginable, por ejemplo, que, en un mercado descentralizado, los automóviles podrían ser fabricados en su totalidad sin la existencia de empresas terminales automotrices. Una firma vendería el diseño del automóvil a un armador final, quien compraría los principales componentes a subcontratistas que, a su vez, comprarían las autopartes para el subarmado a otros proveedores independientes. El autómovil terminado sería comercializado por una organización de ventas independiente, que se lo vendería al concesionario y, de allí, al consumidor final. Pero las modernas empresas automotrices hacen exactamente lo opuesto: se han ido integrando hacia atrás y hacia adelante, comprando sus empresas proveedoras y sus organizaciones de marketing, y evitando así todo tipo de transacción con terceros. ¿Por qué las fronteras entre empresa y mercado terminaron siendo lo que son?

La respuesta de Coase a esta pregunta, y la de otros economistas que luego se ocuparon del tema, es que, a pesar de que los mercados distribuyen los bienes en forma eficiente, a menudo también se generan sustanciales costos de transacción: coordinación entre vendedor y comprador, negociación de precios y cierre de operaciones a través de contratos. Estos costos hacen que, para la empresa automotriz, resulte más económico comprar las empresas de sus proveedores e integrarlos a su organización, en lugar de regatear continuamente con ellos sobre precios, calidad y plazos de entrega.

La tesis original de Coase fue ampliada, en particular por Oliver Williamson, hasta constituir una teoría abarcadora sobre la corporación moderna.[12] Según las palabras de Williamson: "Básicamente, hay que ver a la corporación moderna como el producto de una serie de innovaciones organizativas que han tenido por objetivo y meta el ahorro de los costos de transacción".[13] Estos costos, a su vez, pueden llegar a ser sustanciales, debido a que el ser humano no es por entero confiable. Es decir que, si las personas persiguieran su beneficio económico personal y, al mismo tiempo, fueran absolutamente honestas, sería posible fabricar automóviles mediante la subcontratación. Se podría confiar en que cada proveedor ofrecería su mejor precio, que no dejaría de cumplir con lo pactado y trataría con absoluta reserva la información sobre patentes y procesos de fabricación, que observaría los plazos de entrega y mantendría la calidad máxima posible, etc. Pero siendo el ser humano lo que es —según la opinón de Williamson, "oportunista" y caracterizado por una "racionalidad limitada" (con lo que quiere significar que no siempre toma las decisiones racionales óptimas)—, las corporaciones integradas se hacen necesarias, porque no es posible confiar en que los proveedores externos cumplan con aquello a lo que se han comprometido contractualmente.[14]

Las empresas, por lo tanto, se integran en forma vertical a fin de reducir los costos de transacción. Continúan expandiéndose hasta que los costos que van aparejados con el creciente dimensionamiento de la empresa comienzan a exceder el ahorro en costos de transacción. Es decir que las organizaciones grandes sufren de una "dis-economía de escala", con las siguientes consecuencias: el problema del parasitismo se agrava cuanto más grande se vuelve una organización;[15] está expuesta a padecer un exceso de costos internos a medida que la burocracia de la empresa convierte la propia supervivencia, y no la maximización de beneficios, en su objetivo primordial; y los costos de la desinformación producen estragos cuando los directivos se desconectan de lo que está sucediendo en sus propias organizaciones. Según la opinión de Williamson, la corporación funcional adoptada por el empresariado estadounidense a principios del siglo xx fue una respuesta innovadora para la solución de este problema, respuesta que combinaba el ahorro de los costos de transacción producidos por la integración, con centros de ganancias independientes y descentralizados.[16]

Debiera resultar claro, sin embargo, que la *keiretsu* es también una solución innovadora al problema de la gran escala. La relación a largo plazo, a través del tiempo, entre los integrantes de una *keiretsu* sustituye la integración vertical y permite lograr una eficiencia similar en lo que se refiere al ahorro en costos de transacción. Toyota podría haber comprado directamente a uno de sus grandes subcontratistas, Nippondenso, así como General Motors adquirió Fisher Body, en la década de 1920. Sin embargo, no lo hizo, porque esa compra no hubiese reducido sus costos de transacción. La íntima relación que Toyota tiene con Nippondenso le permite participar en decisiones sobre productos y calidad, tal como lo haría si esta última fuese una subsidiaria de Toyota. Además, los lazos de mutuo compromiso que existen entre las dos empresas le da a Toyota la seguridad de que Nippondenso seguirá cumpliendo con su papel de proveedor absolutamente confiable, en forma indefinida a través del tiempo. Lo importante es la estabilidad a largo plazo de la relación de compromiso: ambas partes pueden invertir y planificar a futuro, sabiendo que el otro no abandonará el barco si aparece un tercero que le ofrece un mejor precio para seducirlo.[17] Además, pierden menos tiempo en regatear sobre los precios de cada transacción: si una de las partes considera que el precio no es el ideal o que, incluso, sufrió una pérdida en el corto plazo, sabe que, a la larga, la otra parte compensará la pérdida sufrida.

Es comprensible que el tipo de relación que se da en las *keiretsu* haya aparecido en el entorno cultural japonés: debido a la relativa facilidad con que dos partes pasan a integrar una relación duradera de compromiso mutuo, los costos de transacción son menores en todo Japón.[18] Transacciones que resultarían costosas de llevar a cabo en sociedades de bajo nivel de confianza, como Hong Kong o la Italia del sur (entre empresas que no estén unidas por lazos de parentesco), cuestan mucho menos en Japón, porque las partes contratantes tienen un nivel de confianza mayor en cuanto a que el contrato se cumplirá. Asimismo, los miembros de la *keiretsu* japonesa no incurren en los costos adicionales relativos a la administración centralizada que existen en una empresa integrada verticalmente.

El enfoque de los costos de transacción es importante para comprender la eficiencia económica de una *keiretsu* vertical como Toyota, que es una equivalente funcional de las empresas verticales integradas de Occidente. ¿Pero qué pasa con las *keiretsu* horizontales o intermercado, cuyos distintos miembros no necesariamente tienen conexión económica entre sí? ¿Cuáles son las motivaciones económicas que, por ejemplo, hacen que sea importante que cada *keiretsu* intermercado grande incluya en su grupo una cervecería, haciendo que los miembros de Sumitomo sólo beban cerveza Asahi, mientras que los de Mitsubishi prefieran la Kirin? [19]

En la medida en que los miembros de la *keiretsu* realicen operaciones económicas entre ellos, la *keiretsu* intermercado puede compartir gran parte de sus costos de transacción. Esto significa que los miembros del grupo se conocen lo bastante bien como para confiar plenamente en el otro. Comprarle a un integrante del grupo no implica los mismos costos de información y negociación que se producen cuando se compra a un extraño.[20] Las pérdidas producidas en un período se compensan en el siguiente.

Otra característica económica distintiva es el papel del Banco que constituye el núcleo de toda *keiretsu* intermercado. La bolsa de valores japonesa, aun cuando es muy antigua, nunca ha desempeñado un papel importante en la capitalización de la industria japonesa. Esta función ha sido desempeñada por los Bancos y, en segundo lugar, por el endeudamiento con el gobierno, en este último caso, cuando se trata de entidades estatales. Los grandes Bancos privados han desempeñado un papel clave en la financiación de las más importantes industrias manufactureras, desde los comienzos de la industrialización del Japón. En la primera fase de esa industrialización, tal vez tenía sentido que una *zaibatsu* se ramificara hacia negocios no relacionados directamente con sus intereses principales, a pesar de la ausencia de una sinergía natural con ellos, pues podían aportar técnicas de dirección modernas a sectores que, en este aspecto, se hallaban marcadamente atrasados y, además, beneficiarlos con créditos subsidiados. Durante el período de recuperación, en la época de la posguerra, el Banco de Japón (estatal) canalizaba los ahorros hacia el sector productivo a través de los Bancos privados, mediante el sistema de "sobrepréstamos". Al manejar los requerimientos de la reserva y, de hecho, asegurar un nivel elevado y estable de actividad crediticia, el Banco Central podía liberar capital que el mercado, por sí solo, no podría haber suministrado a tasas de interés similares.[21]

Los grandes bancos podrían haber desempeñado el mismo papel en la capitalización de la industria sin estar ligados a ninguna *keiretsu*. Existen varias razones posibles por las cuales desarrollaron esas relaciones de largo plazo con determinados clientes industriales, aun después de concluida la práctica del sobrepréstamo. En primer lugar, la estabilidad de la relación permitía al Banco tener acceso a una mayor información sobre sus clientes.[22] Es probable que ese conocimiento también le facilitara la distribución de su capital en forma más eficiente. Asimismo, la institución bancaria podía intervenir directamente en la reestructuración de una empresa cliente con problemas, como en el caso de Mazda. En segundo lugar, la *keiretsu* podía encarar emprendimientos más pequeños y riesgosos (o inversiones de largo plazo, cuyos beneficios se acumularían recién en un futuro lejano), al obtener capital a tasas de interés más bajo. Las grandes corporaciones, por lo general, pueden tomar dinero a tasas reales más bajas que las empresas pequeñas;[23] la *keiretsu* socializa los costos del capital entre sus miembros y utiliza el ingreso estable de las empresas más antiguas y mejor establecidas, para subsidiar los emprendimientos más nuevos y arriesgados. Por último, el Banco *keiretsu*, a través de préstamos preferenciales, puede servir como un agente para el *clearing* de precios, ayudando a equilibrar las tasas de retorno de aquellas empresas integrantes de la red cuyas ganancias han sido afectadas en forma adversa por precios no competitivos, así como la tesorería de una corporación compensa a las divisiones por las pérdidas ocasionadas por precios de transferencia interempresarias distorsionadas.

Probablemente existan también otras razones para la existencia de la *keiretsu* intermercado. Las marcas de propiedad de la *keiretsu*, por ejemplo, pueden ser utilizadas en nuevos mercados para reafirmar la confianza hacia ella. Una función muy importante desempeñada por las *keiretsu* en las décadas de los 60 y 70 era bloquear o, de lo contrario, controlar la inversión extranjera en Japón. Cuando el gobierno japonés accedió a liberalizar los mercados de capitales, a fines de la década de los 60, muchas empresas japonesas temieron la afluencia de la competencia extranjera, en particular de los Estados Unidos, concretamente cuando las empresas extranjeras comenzaron a comprar acciones de compañías japonesas. La importancia de la inversión extranjera directa para las exportaciones ha sido subestimada; a veces le resulta muy difícil a una corporación multinacional comercializar sus productos en un mercado extranjero, a no ser que también tenga un centro de producción en ese país.[24] Tal como demostrara Mark Mason, el nivel de tenencia cruzada de acciones intra-*keiretsu* creció en forma notable ante la perspectiva de la liberalización del mercado de capitales, a fin de dificultar a las empresas extranjeras la adquisición de una mayoría accionaria en corporaciones japonesas.[25] Esa táctica resultó ser muy exitosa: pocas multinacionales estadounidenses lograron comprar más que una participación minoritaria en las empresas japonesas, aun después de que ello estuviese legalmente permitido. La publicitada historia acerca de la imposibilidad de T. Boone Pickens, conocido "pirata empresarial", de lograr ocupar un asiento en el comité de dirección de una empresa japonesa de autopartes, pese a haber comprado una importante cantidad de acciones de dicha compañía, demuestra la eficiencia de las *keiretsu* para limitar el acceso de extranjeros a los mercados japoneses. Como indica el ejemplo, el papel de las *keiretsu* intermercado, en ocasiones, puede llegar a ser más político que económico.

Las características originales y sorprendentes de las organizaciones en red del Japón han inducido a algunos a suponer que la organización en red podría ser una forma económicamente eficiente para la estructuración de la vida empresaria moderna, no sólo en Japón sino también en otros países. Utilizando las categorías desarrolladas por Coase y Williamson, las economías occidentales por lo general abarcaron dos tipos de relaciones industriales: las de mercado, en las cuales existía un intercambio de bienes sobre la base de un acuerdo entre actores por completo independientes, y las jerárquicas, en las cuales los bienes son intercambiados entre actores relacionados, dentro de la misma empresa, sobre la base de imperativos administrativos. Pero una red, según Shumpei Kumon, es "una organización en la cual... la mayor parte de la interacción mutua está orientada hacia el consenso y el incentivo", y en la cual los actores tienen una relación continuada, aunque informal, entre sí.[26] Es así como las redes pueden lograr el mismo ahorro en costos de transacción que las grandes organizaciones y, al mismo tiempo, evitar los altos costos administrativos generales que caracterizan a estas últimas. Se afirma que éste es un modelo que puede aplicarse no sólo a las relaciones económicas sino también a las políticas, en aquellos casos en que grandes y rígidas estructuras gubernamentales típicas de otras épocas han demostrado ser demasiado inflexibles y lentas para adecuarse y dar respuesta a las necesidades de las complejas sociedades modernas.

Hay un cierto grado de verdad en la afirmación de que la organización en red no es necesariamente un modelo exclusivo de la cultura japonesa. Alemania y los Estados Unidos, sociedades con alto nivel de confianza, han tenido sus propias versiones de la organización en red. Éstas son particularmente evidentes en Alemania, donde los carteles y las asociaciones profesionales han desempeñado un importante papel en la economía. A pesar de que, en los Estados Unidos, organizaciones similares han chocado con la barrera de las actas antimonopólicas de Sherman y de Clayton, a principios del siglo XX, seguían existiendo redes informales en forma de empresas interrelacionadas, con tenencia cruzada de acciones y directores comunes en sus respectivos comités de dirección (el gigante químico E. I. duPont de Nemours, por ejemplo, era uno de los principales accionistas de la General Motors, empresa con la cual compartía algunos directores). Los gerentes de compras estadounidenses no siempre otean inescrupulosamente el horizonte, buscando proveedores que les ofrezcan la máxima calidad al menor precio y cambiando continuamente de un proveedor a otro según el precio ofrecido, como suele sugerir la economía neoliberal. En la práctica, los compradores a menudo establecen relaciones de larga duración con determinados proveedores en quienes confían, considerando que la confianza, a la larga, es más importante que un precio marginal más bajo. También suelen ser reacios a dejar de lado a un proveedor sólo sobre la base de consideraciones de beneficio a corto plazo, porque piensan que una relación de confianza lleva años en afirmarse, y que, en el futuro, quizá la otra parte también le dé una mano en caso de necesidad.

Pero es difícil imaginar que la forma específicamente japonesa de la organización en red pudiese convertirse en un modelo generalizable, sobre todo en sociedades con bajo nivel de confianza y muy poca sociabilidad espontánea. En una organización en red no hay un nivel máximo de autoridad: si dos miembros no pueden llegar a un acuerdo sobre un precio de transacción, no hay una oficina central que resuelva la diferencia por ellos. Si llega a ser necesaria alguna acción por parte de la red como unidad —por ejemplo, la decisión del grupo Sumitomo de auxiliar a Mazda Motors—, cualquier miembro individual de la red tiene la posibilidad potencial del veto, dado que cualquier accionar en común exige consenso. Pero en Japón es relativamente fácil lograr un consenso. En una sociedad con bajo nivel de confianza, la organización en red conduciría a la parálisis y la inacción. Cada miembro de la red, al enfrentarse a la necesidad de un accionar colectivo, trataría de encontrar la forma de explotar a la red para su propio beneficio, y sospecharía que los demás están haciendo exactamente lo mismo.

Las redes basadas en el compromiso moral recíproco se han ramificado a través de la economía japonesa debido al altísimo grado de confianza generalizada que es posible encontrar entre individuos no relacionados. Esto no quiere decir que todos los japoneses confían en su prójimo, o que la confianza es una característica propia de todo Japón, sin excepciones. En Japón, como en todas partes, existen criminales que asesinan, roban y estafan, aunque menos que en los Estados Unidos. El grado de confianza fuera de la *keiretsu* es mucho más bajo que dentro de ésta. Pero hay algo en la cultura japonesa que torna al individuo más proclive a establecer un compromiso con su prójimo y a mantenerlo a través del tiempo. Este hecho sugiere que la estructura en red de la economía japonesa sólo sería copiable en forma parcial, aun en otras sociedades con alto nivel de confianza. Decididamente, no es un modelo aplicable en sociedades con bajo nivel de confianza, donde las redes sólo se basan en el parentesco o no son sino una ligera modificación de una relación de mercado pura, en la cual los lazos que unen a las empresas integradas a la red son frágiles y se hallan sujetos a frecuentes cambios.

Al igual que la práctica del empleo de por vida, la *keiretsu* se vio sometida a considerables presiones durante la recesión que comenzó en Japón en 1992. Una cosa es pagar un precio innecesariamente elevado a un socio dentro de la *keiretsu* en tiempos de bonanza, y otra, muy distinta, es hacerlo cuando el déficit se acumula y aparecen terceros que ofrecen importantes descuentos. El impacto de la recesión y el aumento del yen resultaron particularmente duros para las empresas pequeñas que, en ocasiones, se vieron desprotegidas por sus relaciones dentro de la *keiretsu,* cuando los grandes productores trataron de manera desesperada de reducir sus propios costos trasladándolos a sus subcontratistas.[27] La recesión también redujo el grado de tenencia cruzada de acciones, ya que las empresas industriales buscaban vender, a cualquier precio, las acciones de los Bancos con los que trabajaban.[28] La presión por desintegrar las *keiretsu* también provino del exterior, incluyendo a los exportadores estadounidenses y sus intenciones de irrumpir en el cerrado mercado japonés. Las relaciones de *keiretsu* también pueden acarrear ineficiencias que suelen constituir serias limitaciones, en cuanto al control de costos en las corporaciones japonesas, en una economía internacional cada vez más competitiva. Sin embargo, como en el caso del sistema de empleo vitalicio, la recesión de principios de la década de los 90, logró doblar el sistema de las *keirestu*, pero no quebrarlo.

Japón fue el primer país de Asia oriental que pasó del modelo de empresa familiar a la forma organizativa de una corporación moderna, adoptando sus estructuras jerárquicas y sus gerentes profesionales. Estos cambios se llevaron a cabo en una etapa muy temprana del desarrollo económico del país, mucho antes de que comenzara la industrialización. Japón y Corea son los únicos países asiáticos cuyas economías están dominadas por grandes empresas privadas. En consecuencia, Japón logró participar en una amplia gama de sectores de capital intensivo, que implican complejos procesos de producción.

La razón por la cual Japón ha logrado sus objetivos es que la sociedad japonesa tiene una tendencia mucho mayor hacia la sociabilidad espontánea que, por ejemplo, China o Francia, con sus organizaciones intermedias relativamente débiles. En Japón, el nivel de confianza se extiende mucho más allá de la familia o del linaje, y alcanza una amplia gama de grupos sociales intermedios.[29] En este aspecto, tienen particular importancia las reglas de adopción: la familia japonesa podía y puede incorporar a su familia personas no unidas a ésta por vínculos de sangre, característica que allanó el camino de entrada, en la empresa familiar, de la gerencia profesional. En Japón la confianza surge de manera espontánea entre los diversos grupos de personas que se unen voluntariamente. Una vez que se ha establecido una relación del tipo *iemoto*, ésta pierde algo de su carácter voluntario, ya que sus integrantes dejan de gozar de libertad total para rescindir las relaciones de compromiso mutuo. Pero el grado en que individuos no emparentados, integrantes de organizaciones voluntarias, se brindan a la relación de mutua confianza, sin que exista un contrato u otro instrumento legal que especifique los derechos y las obligaciones de sus integrantes, es en Japón extraordinariamente elevado, quizá mucho más que en cualquier otra sociedad contemporánea. La intensidad de este sentimiento de compromiso moral recíproco permite el surgimiento de prácticas económicas como el empleo de por vida o las redes empresariales, como las *keiretsu*, que no tienen equivalente en el resto del mundo, ni siquiera en las sociedades que se caracterizan por un alto grado de sociabilidad espontánea.

Después de Japón, probablemente sea Alemania el país que pone de manifiesto el mayor grado de sociabilidad espontánea. A pesar de que los orígenes culturales específicos del comunitarismo son muy distintos en Alemania y en Japón, los efectos son muy similares: en un momento temprano de su historia, Alemania desarrolló grandes organizaciones y adoptó la conducción profesional para aquéllas; además, posee una economía organizada en redes informales y un alto grado de solidaridad empresaria. Éste es el caso que analizaremos a continuación.

CAPÍTULO 18

Los gigantes alemanes

L a economía alemana resulta de particular interés por dos hechos trascendentes. El primero es que ha sido extraordinariamente exitosa durante un tiempo muy prolongado. Cuando las condiciones políticas del siglo XIX resultaron propicias para la creación de un espacio económico unificado (el *Zollverein*) y luego un país unificado, Alemania superó a paso acelerado a sus vecinos más desarrollados, Gran Bretaña y Francia, y se convirtió, en el término de dos generaciones, en el poder económico líder de Europa. Esa posición de liderazgo no ha cambiado hasta el presente, a pesar de las pérdidas ocasionadas por dos guerras horrendas. El segundo hecho es que las principales características de sus políticas económicas se han mantenido, a pesar de que la economía alemana nunca fue organizada según los lineamientos puramente clásicos que los economistas neoliberales hubiesen recomendado. Desde los tiempos de Bismarck, los alemanes siempre han tenido un estado benefactor importante, que hoy insume más de la mitad del producto bruto interno del país. Asimismo, en la economía alemana encontramos un considerable grado de inflexibilidad, especialmente en el mercado laboral; a pesar de que no existe un sistema de empleo vitalicio, sigue siendo mucho más difícil despedir a un trabajador alemán que a uno estadounidense.

Alemania se distingue de sus vecinos, Francia e Italia, por las mismas diferencias sistémicas que existen entre Japón y China. La economía alemana siempre ha estado inundada de instituciones comunitarias, que no tienen paralelo fuera de la Europa central.[1] Al igual que en Japón, muchas de esas instituciones son el resultado de normas de derecho positivo o de la política administrativa, pero también abrevan en una fuerte tradición comunitaria propia de la cultura alemana.

La cantidad de similitudes entre la cultura alemana y la japonesa, muchas de las cuales pueden atribuirse al elevado sentido de solidaridad comunitaria que comparten ambos países, resulta sorprendente y ha sido comentada por numerosos observadores. Ambos países tienen reputación de ser ordenados y disciplinados, cosa que se refleja en espacios públicos limpios y prolijos y en ordenados hogares privados. Éstas son sociedades a cuyos integrantes les satisface acatar las reglas de juego, lo que les refuerza su sensación de pertenencia a un grupo cultural particular. Ambos pueblos tienen la fama de tomar el trabajo en serio y consagrarse a él con intensa concentración, pero ninguno de los dos pueblos es conocido por su ligereza al abordar problemas o por su sentido del humor. La obsesión por el orden a menudo se torna en fanatismo, tanto positivo como negativo. Dentro de la primera categoría encontramos la larga tradición del perfeccionsimo, tanto entre alemanes como entre japoneses, cuyas expresiones industriales contemporáneas se distinguen por la precisión de sus productos. Ambos países son reconocidos por sus máquinas-herramienta y su mecánica de precisión, por sus industrias automotriz y óptica, por sus Leicas y sus Nikons. Por otra parte, su solidaridad comunitaria, tan sólida dentro del ámbito nacional, se debilita con respecto a quienes se hallan fuera de ese ámbito; ninguno de los dos países se ha caracterizado por su amabilidad frente a los extranjeros, y ambos se destacaron por su brutalidad para con los pueblos que conquistaron y dominaron. Ambos países han permitido, en el pasado, que su pasión por el orden y la disciplina los condujera a apoyar terribles dictaduras y a una sumisión irracional a la autoridad.

Sin embargo, es importante no enfatizar demasiado las similitudes entre Japón y Alemania, en particular después de la finalización de la Segunda Guerra Mundial. A partir de esa época, Alemania ha mostrado un cambio cultural mucho más profundo que Japón, y se ha convertido en una sociedad mucho más abierta e individualista que la de ese país oriental. Sin embargo, las tradiciones culturales de ambas sociedades han generado estructuras económicas similares.

Es de hacer notar que, en la parte oriental del país, la continuidad de la cultura alemana fue interrumpida, o al menos fracturada, con motivo de la gestión del gobierno comunista de la República Democrática Alemana. Muchos alemanes, tanto del este como del oeste, se han sorprendido, después de la unificación, de las enormes diferencias culturales que los separan. Algunos dirigentes empresarios de la parte occidental han llegado a afirmar que sus trabajadores turcos poseen mayor cantidad de virtudes clásicas alemanas —como, por ejemplo, la ética del trabajo y la autodisciplina— que los alemanes que se han criado en el entorno cultural del comunismo. Asimismo, los alemanes del este, en muchos casos, se han sentido más cercanos a los polacos, rusos y búlgaros que a sus hermanos del oeste, en lo que se refiere a aspiraciones, problemas y reacciones frente al mundo poscomunista. Esto indica que la cultura no es una fuerza primordial e inflexible, sino algo que se va modelando y modificando a través del devenir de la política y de la historia.

Desde que los distintos estados alemanes, en la década de 1840, comenzaron a industrializarse, la economía alemana se ha caracterizado siempre por tener empresas de gran escala. Tal como se indica en la tabla 1, incluida al comienzo del capítulo 14, las empresas alemanas de la actualidad son las más grandes de Europa. Debido a la dimensión general de la economía alemana, la participación de las diez o veinte empresas más grandes del país en la tasa de ocupación total es menor que en otros países europeos; pero aun así esa participación supera las cifras equivalentes que encontramos en las otras dos grandes economías que se caracterizan por poseer corporaciones gigantescas, es decir, la de los Estados Unidos y la de Japón.

Históricamente, estas diferencias de escala han sido aún más pronunciadas. Dado que la justicia alemana sostenía la legalidad de las grandes fusiones y carteles en la misma época en que la justicia y el gobierno estadounidenses se dedicaban a la desintegración de los *trusts*, los grandes consorcios alemanes, en sectores clave como las industrias química y siderúrgica, eran muchísimo más grandes que los de sus principales competidores internacionales. Por ejemplo, en 1925, las principales empresas químicas de Alemania, incluyendo a los gigantes Bayer, Hoechst y BASF (Badische Analin und SodaFabrik), se fusionaron, formando un solo grupo bajo el nombre de IG Farbenindustrie. La industria química alemana, en ese momento, era la más grande y moderna del mundo y, al lado de la nueva IG Farben, las otras grandes industrias de ese sector, en el nivel internacional, como la estadounidense DuPont y las predecesoras suizas de la actual Ciba-Geigy, parecían pequeñas. Al año siguiente, gran parte de la poderosa industria siderúrgica alemana fue reunida en un solo *trust*, la Vereinigte Stahlwerke. Esos consorcios gigantescos fueron desarticulados por el Consejo Aliado de Control que ocupara Alemania después de la Segunda Guerra Mundial, al mismo tiempo y por las mismas razones que las fuerzas de ocupación de los Aliados desmantelaron las *zaibatsu* japonesas. La Vereinigte Stahlwerke fue fraccionada en trece empresas independientes, mientras que los consorcios que habían conformado la IG Farben, resurgieron como empresas individuales. Mientras que las grandes IG alemanas (de *Interesengemeinschaften* o «comunidades de interés») nunca volvieron a reconstituirse, como lo hicieron las *zaibatsu* japonesas, Bayer, Hoechst y BASF siguen siendo grandes e importantes actores en las industrias química y farmacéutica mundial. Al igual que en Japón, también en Alemania, durante el período de preguerra, se sancionaron leyes antimonopólicas similares al modelo estadounidense, lo cual, sin embargo, no impidió la formación de grandes oligopolios.[2]

La razón por la cual existen en Alemania tantas y tan grandes empresas es la misma que explica ese fenómeno en Japón y, como veremos más adelante, en los Estados Unidos: los alemanes pasaron muy rápidamente de la empresa familiar a una conducción empresaria profesional, diseñando jerarquías administrativas organizadas en forma racional, que se convirtieron en instituciones perdurables. La corporación, como forma organizativa, fue creada en Alemania a mediados del siglo XIX, alrededor de la misma época en que también comenzó a aparecer en las empresas estadounidenses.

Esa transición de la gran empresa familiar alemana al modelo de corporación en otros países europeos se produjo sólo mucho más tarde. En Inglaterra, por ejemplo, las grandes empresas, en las cuales los miembros de la familia ejercían la dirección ejecutiva, sobrevivieron hasta el final de la Segunda Guerra Mundial. Lo mismo sucedió en Francia y en Italia. (Holanda, Suiza y Suecia hicieron esa transición al poco tiempo que en Alemania, y hoy en día, a pesar de su pequeña dimensión como país, poseen algunas empresas gigantescas, como Royal Dutch/Shell, Phillips Electronics, Nestlé y ABB Asea Brown Boveri. Pero ésa es otra historia, que escapa a los alcances del presente libro.)

Existen numerosos ejemplos de empresas alemanas que se convirtieron en gigantescos consorcios multinacionales en el término de sólo unas pocas décadas. Emil Rathenau, por ejemplo, fundó la Deutsche Edison-Gesellschaft en 1883, para explotar en Alemania las patentes adquiridas a la firma Edison. La empresa cambió luego su nombre por el de Allgemeine Elektrizitäts-Gesellschaft (AEG) y, al despuntar el año 1900, tenía cuarenta y dos sucursales en Alemania, treinta y siete en el resto de Europa y treinta y ocho en el exterior.[3] El otro gigante de los equipamientos eléctricos, Siemens, creó un centro industrial en Berlín, que Alfred Chandler describe de la siguiente manera:

> En 1913, la Siemensstadt de Berlín se había convertido en el grupo industrial más grande y complejo del mundo, reunido bajo una conducción única. No existía nada similar ni en los Estados Unidos ni en Gran Bretaña. En efecto, la diferencia entre las instalaciones de Siemens y GE era más que llamativa. Un complejo similar sólo se habría logrado en los Estados Unidos si se hubieran reunido las plantas de la GE de Schenectady, Nueva York, Lynn y Pitsfield, Massachusetts; Harrison, Nueva Jersey; y Erie, Pennsylvania, con la gran planta de Chicago de la Western Electric, que producía casi la totalidad de los equipos telefónicos del país, en un solo centro geográfico que estuviese

ubicado cerca de la calle 125 en la ciudad de Nueva York, o cerca del
Rock Creek Park en Washington, D.C..[4]

Un industrial británico, *Sir* William Mather, adquirió las patentes
de Edison al mismo tiempo que Rathenau, pero no logró crear una
organización similar a la de éste. No cabe duda de que Gran Bretaña no
tenía nada que envidiarle a Alemania en lo que se refiere a capacidad
técnica o disponibilidad de capital o mano de obra especializada, y estaban
dadas todas las condiciones para crear una gran industria eléctrica. Sin
embargo, no apareció ningún equivalente británico de una AEG, una
Siemens, una General Electric o una Westinghouse, y la industria inglesa
de equipamientos electrónicos anduvo a la zaga de los líderes alemanes
y estadounidenses durante todo el siglo XX.[5] La empresa alemana
Stollwercks, originalmente una fábrica familiar abocada a la elaboración
de chocolates, contrató un importante equipo gerencial profesional y,
en las décadas de 1870 y 1880, creó una gran organización de marketing
en toda Europa y en los Estados Unidos. La empresa británica Cadbury
(ahora Cadbury-Schweppes), por el contrario, compitiendo en mercados
similares, continuó siendo una empresa familiar y, por lo tanto, más
pequeña, durante dos o tres generaciones más.[6] La diferencia
fundamental entre los consorcios alemanes y los británicos radica en la
calidad de sus empresarios y en la tremenda capacidad organizativa de
los grandes industriales alemanes.

Existe una cantidad de organizaciones económicas comunitarias
alemanas cuyos equivalentes más cercanos se encuentran en Japón y no
en otros países europeos. La primera de estas organizaciones es el grupo
industrial que tiene como eje central a un Banco. Al igual que en Japón
y en otros países asiáticos modernizados en forma tardía, el crecimiento
industrial alemán, durante la segunda mitad del siglo XIX, fue financiado
principalmente por Bancos y no por la distribución de capital accionario.
En Alemania, cuando resultó legalmente viable la creación de Bancos
de responsabilidad limitada, una gran cantidad de éstos creció de manera
considerable, en estrecha relación con alguna industria específica, a la
que conocían a fondo, a la cual proveían de capital. Fue así como el
Diskontogesellschaft se convirtió en el «Banco ferroviario»; el Berliner
Handelsgesellschaft estaba estrechamente ligado a la industria de
equipamientos eléctricos; y el Darmstaedter Bank financiaba el desarrollo
de los ferrocarriles en las zonas de Hessen y Turingia.[7]

Las inversiones que estos Bancos efectuaban en determinadas empresas e industrias no eran ni a corto plazo ni a prudente distancia.
Como en el caso de la *zaibatsu* japonesa, los representantes del Banco
se involucraban estrechamente en los negocios de sus clientes comerciales, durante períodos prolongados. Era habitual que representantes

del Banco integraran el *Aufsichtsrat*, el más alto de los dos directorios que suspervisaban las actividades de las empresas alemanas. Los Bancos de inversión alemanes fueron los primeros en crear grandes equipos de especialistas para industrias determinadas, que eran responsables de todas las relaciones del Banco con éstas.[8] En la actualidad, esos grupos empresarios organizados alrededor de un Banco (al igual que su equivalente japonés) confieren a las financiaciones un grado de estabilidad importante, lo que permite a las empresas alemanas asumir una perspectiva de largo plazo para sus inversiones, mucho mayor de la que le es posible a una empresa estadounidense, financiada por capitales propios.[9] Esto, unido al hecho de que, por ley, una adquisición hostil, para poder concretarse, exige la compra del setenta y cinco por ciento de las acciones, hace que la fuerte participación de los Bancos en el capital empresario les permita frenar cualquier intento de adquisición indeseado. Un ejemplo de esto es el bloqueo del intento de vaciamiento de Daimler Benz por parte de capitales árabes, llevado a cabo por el Deutsche Bank, mencionado en el primer capítulo de este libro.

Este tipo de grupos, con un Banco como eje central, no era tan común en otras sociedades desarrolladas. Algunos de los *trusts* estadounidenses de fines del siglo XIX incluían instituciones financieras que eran utilizadas para capitalizar a las empresas industriales del *trust*. Muchos de ellos fueron desintegrados durante el movimiento antitrust de fines del siglo pasado y por último declarados ilegales en 1933, con la sanción del Acta Glass-Steagall, que separó la actividad bancaria comercial de la de inversiones. El Crédit Mobilier francés, establecido en 1852 por Emile e Isaac Pereire como un banco de inversiones, quebró en 1867, en medio de un terrible escándalo. Los Bancos británicos se negaron a participar en financiaciones industriales a largo plazo, sobre todo después del fracaso del City of Glasgow Bank, en Gran Bretaña, en 1878. Esto era el reflejo de una profunda brecha social existente en ese país, entre los financistas que trabajaban en la City londinense, y los industriales de las ciudades del norte, como Liverpool, Leeds y Manchester. Los banqueros solían integrarse con facilidad en los círculos de la alta sociedad británica y menospreciaban a los industriales, menos refinados y más pragmáticos, de las mugrientas ciudades del norte. A menudo los primeros optaban por la seguridad y la estabilidad, en lugar de asumir los riesgos del largo plazo, propios de la financiación de nuevas industrias. En consecuencia, industrias como la eléctrica y la automotriz nunca recibían la financiación que necesitaban como para poder ser competitivas en un nivel mundial.[10] Como sucedió a lo largo de toda la historia de la economía británica, el desarrollo industrial fue dificultado por barreras de clase y de *status* que socavaron el sentido de comunidad y erigieron obstáculos innecesarios a la cooperación económica. A pesar de que Alemania también era una sociedad clasista, no existían, entre banqueros e industriales, diferencias de *status* comparables a las inglesas, ya que los grupos no se hallaban aislados ni física ni culturalmente. Otra organización económica alemana comunitaria eran los carteles industriales, que también existían en Japón. En Alemania, los carteles nunca tuvieron las connotaciones negativas que tienen en los Estados Unidos. No existió un equivalente alemán de las actas antimonopólicas de Sherman y Clayton, que prohibiera la amalgama de empresas. En la misma época en que la Corte Suprema de los Estados Unidos reafirmaba la constitucionalidad del Acta Sherman, la justicia alemana sostenía la validez de los contratos entre empresas, fijando precios, cuotas de producción y participación en el mercado. La cantidad de carteles industriales creció en forma constante en la última parte del siglo XIX, aumentando de cuatro en 1875 a ciento seis en 1890, a doscientos cinco en 1896 y a trescientos ochenta y cinco en 1905.[11] Estos carteles compartían los costos de investigación y desarrollo, o encaraban planes de reestructuración global interna. Los acuerdos de cartel solían cobrar mayor difusión en tiempos de recesión que en épocas de crecimiento. En esos períodos recesivos, las empresas, en lugar de competir entre sí y desplazar a los competidores más débiles, acordaban compartir los mercados. Durante la década de 1920, los carteles comenzaron a ser reemplazados por acuerdos intercorporativos como las IG (por ejemplo, el caso de la IG Farben antes comentado) o por los *Konzerne*, más pequeños que las anteriores, que agrupaban empresas a través de acuerdos de tenencia cruzada de acciones, controladas por familias o grupos de individuos.

Más allá de que el desmantelamiento de los *trusts* en los Estados Unidos, y la creación de los carteles, IG y *Konzerne* en Alemania, eran consecuencia de las diferencias entre la legislación de uno y otro país, las leyes, en sí mismas, también reflejaban ciertas tendencias culturales subyacentes. En los Estados Unidos siempre hubo una fuerte desconfianza popular frente a la concentración del poder económico, a pesar de la poderosa tendencia norteamericana hacia la creación de grandes organizaciones. La aprobación del acta antimonopólica de Sherman fue consecuencia, en alguna medida, del resentimiento de la población hacia empresas que, como Standard Oil Trust, habían logrado acaparar una gran porción del mercado petrolero estadounidense. Por otra parte, la implementación de esa acta fue uno de los hitos populistas de la presidencia de Teodoro Roosevelt. El populismo político era complementado por una ideología económica liberal, que consideraba que el bienestar social se maximizaba mediante una fuerte competencia y no por la cooperación entre las grandes empresas.

En Alemania, por el contrario, nunca hubo una desconfianza similar frente a la dimensión de las empresas. Desde su comienzo, las industrias alemanas se orientaron hacia la exportación. Su tamaño, con frecuencia, estaba más relacionado con los grandes mercados globales a los que servían que con el limitado mercado doméstico. A diferencia de las empresas estadounidenses, cuya competencia empezaba y terminaba dentro de sus fronteras, las empresas alemanas tenían un sentido mucho más marcado de su identidad nacional, en un mundo de fuertes competidores internacionales. Como se hallaban orientadas hacia la exportación, se minimizaban las potenciales ineficiencias de un monopolio doméstico. Además, las grandes empresas alemanas estaban obligadas a actuar con honestidad, más por sus relaciones con las grandes empresas de otros países que por la presión de sus pares en el mercado doméstico.

A pesar de que la economía alemana está dominada por grandes compañías, tiene, al igual que Japón, un sector amplio y dinámico de pequeñas y medianas empresas que constituyen lo que se denomina el *Mittelstand*. Las empresas familiares están tan generalizadas y son tan importantes en Alemania como en cualquier otro país; incluso, los casos en que la familia retiene el control y el manejo de una gran empresa son más frecuentes en este país que en los Estados Unidos.[12] Pero la familia nunca ha sido una traba para la creación de grandes empresas conducidas profesionalmente, o al menos no en la medida en que esto ha sucedido en China, Italia, Francia e, incluso, en Gran Bretaña.

A pesar de que los grandes grupos industriales formalmente constituidos, como los carteles o las IG, fueron desarticulados durante la ocupación de los Aliados, después de la guerra, su lugar ha sido ocupado, de manera más informal, por las poderosas asociaciones profesionales alemanas llamadas *Verbände*. Entre éstas cabe mencionar la Asociación Federal de Empleadores Alemanes, la Asociación Federal de la Industria Alemana y otros grupos similares, relacionados directamente con sectores industriales específicos.[13] Esas asociaciones profesionales no tienen un equivalente exacto fuera de Europa Central. Sus actividades y responsabilidades son mucho más amplias que las de asociaciones dedicadas, por ejemplo, al *lobbying* político, como la Cámara Estadounidense de Comercio o la Asociación Nacional de Productores, de los Estados Unidos. Las *Verbände* alemanas actúan como contrapeso de los sindicatos en las negociaciones colectivas mediante las cuales se estipulan los salarios, beneficios y condiciones laborales para ese sector de la industria. También participan en forma activa en la fijación de estándares de capacitación y de calidad de los productos, y se ocupan, asimismo, de la planificación a largo plazo y del desarrollo de estrategias futuras referidas a sectores industriales determinados. Las asociaciones profesionales han desempeñado un papel clave, por ejemplo, en la iniciación de las negociaciones que dieron como resultado la firma del Acta sobre Ayuda para Inversiones, de 1952, mediante la cual los sectores relativamente prósperos de la industria alemana eran gravados con fuertes impuestos, que se utilizaban para subsidiar a otros sectores que pasaban por serias dificultades, como el del carbón, el siderúrgico, el de la electricidad y el ferroviario.[14]

Un tercer tipo de organizaciones económicas comunitarias es el constituido por las complejas relaciones entre la parte laboral y la empresarial, sistematizadas como parte de la *Sozialmarktwirtschaft* o economía social de mercado, implementada por Ludwig Erhard en la época de posguerra. Alemania siempre ha tenido organizaciones sindicales poderosas y bien estructuradas, que son representadas políticamente, desde la última parte del siglo pasado, por el influyente Partido Social Demócrata (SPD). A pesar de las corrientes marxistas que han existido, históricamente, dentro de los sindicatos obreros alemanes, las relaciones laborales, desde el período de posguerra, han sido sumamente consensuadas. Alemania no experimentó el amargo antagonismo de clases que a menudo caracterizó las relaciones laborales en Gran Bretaña, Francia e Italia. Por ejemplo, la cantidad de días perdidos por huelga se halla entre los niveles más bajos del mundo desarrollado y es comparable con las registradas en Austria, Suecia y Japón.[15] Al contrario de lo que sucede con otros movimientos obreros, los sindicatos alemanes no han asumido posiciones fuertemente proteccionistas para defender industrias en decadencia y en general han tenido lo que la parte empresarial calificaría de actitud responsable. Todo esto demuestra que en Alemania existe un grado mucho mayor de confianza mutua entre la parte obrera y la parte empresarial, que en otras sociedades con orientación menos comunitaria.

Este grado de armonía se origina fundamentalmente en la reciprocidad entre ambas partes, que se ha ido institucionalizando en Alemania a través de los años. El empresariado y el estado alemanes han demostrado tradicionalmente un mayor grado de preocupación paternalista por los intereses del trabajador. Después de todo, fue Bismarck quien implementó el primer sistema de seguridad social existente en Europa, en 1880 (aun cuando fuera como contrapeso de su legislación antisocialista, que incluyó la proscripción del Partido Social Demócrata (SPD)).[16] La *Sozialmarktwirtschaft* en realidad tiene su origen en la República de Weimar de la década de los 20, época en la que se introdujeron diversas leyes laborales, incluyendo el derecho de negociación colectiva libre y los consejos de trabajadores.[17] Después de las turbulentas décadas de los 30 y 40, cuando los nazis proscribieron los sindicatos independientes e impusieron sus propias organizaciones corporativas, hubo amplio consenso entre los líderes alemanes de posguerra sobre la necesidad de establecer un sistema nuevo y más cooperativo. Uno de los principales elementos de la *Sozialmarktwirtschaft* es la *Mitbestimmung* o codeterminación, un sistema que dispone la participación de representantes de los trabajadores en los comités de dirección de las empresas en las que estos últimos se desempeñan, teniendo dichos representantes acceso a información sobre la empresa y un cierto grado de participación real —en general, limitada— en la conducción de la compañía. Otro aspecto clave es el sistema de libre negociación entre la asociación empresarial y los sindicatos, a través del cual se fijan, entre otras cosas, salarios, horarios y beneficios para un sector industrial determinado.[18] Y, por último, un tercer elemento fundamental de la *Sozialmarktwirtschaft* lo constituye la amplia legislación sobre bienestar social, que se ocupa, entre otros temas, del cuidado de la salud, de las condiciones de trabajo, los horarios y la estabilidad laboral. Todo este sistema es negociado y administrado por una serie de organizaciones intermedias, fundamentalmente los sindicatos y las asociaciones profesionales de empresarios, organizadas en un nivel nacional, a fin de excluir las juntas locales independientes de empleadores o gremios.[19]

La reciprocidad institucionalizada surge en Alemania en un ámbito intelectual, que siempre se sintió incómodo con las tendencias individualistas y disgregadoras de la economía clásica y neoliberal.[20] En el siglo XIX hubo una escuela de pensamiento económico nacional-mercantilista, representada por Friedrich List, que definió los objetivos económicos en términos de poder/prestigio, abogando, al mismo tiempo, por un fuerte dirigismo estatal de la economía.[21] La escuela «ordoliberal», surgida después de la Segunda Guerra Mundial y que se asocia con los intelectuales de la Universidad de Friburgo, que influyó sobre el desarrollo de la *Sozialmarktwiertschaft*, se oponía a cualquier tipo de retorno simplista hacia un capitalismo *laissez-faire*. Esta escuela afirmaba que el estado tenía que intervenir para fijar reglas estrictas para la regulación del mercado y para la protección de los intereses de los grupos que participaban en él.[22] Las principales corrientes de los partidos conservadores de Alemania —la Unión Democrática Cristiana y su ala bávara, la Unión Socialista Cristiana— nunca aceptaron las ideas económicas liberales sin una buena dosis de bienestar social, dejando la posición netamente liberal al Partido Libre Demócrata, mucho más pequeño que los antes mencionados. La *Sozialmarktwirtschaft* fue concebida, en un principio, como un intento de hallar una tercera posición entre el capitalismo puro, netamente orientado hacia el mercado, y el socialismo, y fue implementada, no por un canciller socialista, sino por un hombre de la Democracia Cristiana, Ludwig Erhard.[23]

En Alemania, las relaciones entre el sector obrero y la patronal son similares a las que existen en Japón. Implican un grado relativamente grande de reciprocidad entre el trabajador y la empresa, y dependen en gran medida de un alto nivel de confianza social generalizada. Sin embargo, existen diferencias importantes entre la forma en que uno y otro país entienden sus instituciones comunitarias. A pesar de que han colaborado de manera eficaz con la conducción empresarial, los sindicatos alemanes siguen estando mucho más politizados que los japoneses. No existen sindicatos de empresa, como los del Japón de posguerra; esta alternativa fue impuesta (y quedó terriblemente desacreditada) durante el período nazi y, por cierto, ya no constituye una opción que se pueda considerar.

Otra diferencia importante reside en que las organizaciones alemanas están fuertemente basadas en la legislación, cosa que no ocurre con las japonesas; este hecho no necesariamente hace que las primeras sean más estables. En Japón, el empleo de por vida, las relaciones *keiretsu* y el nivel correspondiente de beneficios sociales otorgados por la empresa a sus trabajadores por lo general no están legislados, sino que se basan en una obligación moral informal y, por lo tanto, su cumplimiento no puede ser exigido por vía legal. En Alemania, por el contrario, casi todos los aspectos que trata la *Sozialmarktwirtschaft* se hallan respaldados por una legislación que a menudo detalla con minuciosidad todos los términos de la relación. Incluso aspectos comunales que están profundamente arraigados en las organizaciones intermedias de la sociedad civil alemana, como la codeterminación y la negociación colectiva, en realidad fueron creados a través de un proceso político, liderado por el estado, que fue imponiéndose desde arriba hacia abajo. Las organizaciones comunitarias japonesas, a diferencia de las anteriores, parecieran haberse cristalizado simplemente a partir de la sociedad civil, sin que las apoyara ninguna decisión política explícita. A pesar de que resulta difícil afirmar que la economía japonesa está menos regulada que la alemana, gran parte de la interacción comunitaria en Japón se hace, por así decirlo, de manera informal. Por ejemplo, los servicios de bienestar social de este país siempre han sido brindados más por empresas privadas que por el Estado. El resultado es que, mientras que el sector público alemán es uno de los más grandes del mundo industrializado, consumiendo casi la mitad del producto bruto interno del país, Japón es, históricamente, entre los miembros de la Organización para la Cooperación Económica y el Desarrollo, el país que tiene el sector público más pequeño. Sin embargo, en términos de beneficios otorgados, como estabilidad laboral y otras formas de seguridad social, la brecha entre Japón y Alemania no es, ni de lejos, tan grande como la diferencia entre los respectivos sectores estatales podría indicar.

El papel que ha tenido el Estado en la organización de la economía de posguerra alemana es la continuación de una larga tradición de intervencionismo estatal en la economía de ese país. Al igual que lo hicieron Japón y otros países de Asia recientemente industrializados, el gobierno alemán del siglo XIX protegió y subsidió diversas industrias. Como ejemplo se puede mencionar el famoso «matrimonio entre hierro y cebada» de Bismarck, que consistió en la protección a la nueva industria siderúrgica del Ruhr a través del gravamen impositivo aplicado a la producción agraria prusiana. El Estado alemán actual y sus predecesores fueron dueños de muchas industrias, en particular ferrocarriles y comunicaciones. Quizás el logro más importante del gobierno alemán haya sido establecer sistemas de educación universal y terciaria de primer orden. Las escuelas técnicas de este sistema sirvieron para cimentar la eficiencia económica alemana durante lo que se dio en denominar «la segunda revolución industrial», durante la segunda mitad del siglo XIX, que vio el surgimiento de las industrias química, siderúrgica y eléctrica.[24] Durante el período nacionalsocialista, el estado se apropió de importantes sectores de la economía, distribuyendo créditos, fijando precios y salarios y ocupándose de la producción.[25]

El papel del Estado alemán en la economía del país es conocido y ha sido comentado con harta frecuencia. Esas políticas no son ni exclusivas de Alemania ni necesariamente características de una sociedad de alto nivel de confianza con una gran tendencia hacia la sociabilidad espontánea.[26] Por el contrario, como hemos visto, diversas formas de estatismo se practican en forma intensiva en países familísticos con bajo nivel de confianza, como Taiwan o Francia. Lo que sí es una característica particular de la vida económica alemana, y que ha surgido de manera espontánea a través de la vida social cotidiana, es la naturaleza cooperativa de las relaciones en las plantas de producción de las empresas alemanas. Esta relación económica será el objeto de los siguientes capítulos. Pero antes será necesario un breve introito para señalar las formas en que las relaciones de confianza se reflejan en el trabajo diario en los establecimientos manufactureros de las empresas alemanas.

CAPÍTULO 19

Weber y Taylor

Un hecho revelador de las características de la sociedad alemana, es el papel del suboficial en el ejército alemán. Desde mucho antes de las reformas democráticas, implementadas a partir de 1945, el suboficial alemán poseía una autoridad mucho más amplia que sus pares de Francia, Gran Bretaña o Estados Unidos, y ejercía funciones que en otros países se hallaban reservadas a los oficiales. En el ejército de numerosos países, el suboficial suele tener un nivel de educación inferior y por lo general proviene de la clase obrera. Permitir que asuma el papel de mando de un teniente, que suele provenir de otro estrato social, equivale a reducir las diferencias de *status* dentro de la unidad. La cohesión dentro de la pequeña unidad que surge como consecuencia de lo dicho fue una de las causas del extraordinario coraje y fuerza de combate de la Reichswehr y de la Wehrmacht. La relación entre el suboficial alemán y sus hombres se refleja, dentro del ámbito laboral, en el tipo de contacto que existe entre el jefe o capataz —*Meister*— de la planta de producción y el equipo de trabajadores que éste supervisa, entre quienes el trato es igual de frontal, igualitario y estrecho.

Puede parecer sorprendente que las relaciones dentro de un grupo pequeño, ya sea en el ejército o en la fábrica, sean tan igualitarias en Alemania, en vista del apego a la jerarquía y a la autoridad que culturalmente tiene su gente. Pero un alto grado de confianza generalizada dentro de la sociedad permite a los individuos entablar relaciones directas entre ellos, en lugar de tener que mediatizarlas por medio de regulaciones o procedimientos formales, establecidos por terceros. Para comprender cómo se manifiesta la confianza en las relaciones de trabajo más elementales, en la planta industrial, es necesario comprender, en un nivel más generalizado, la relación un tanto compleja entre la confianza y las reglas formales.

Según Max Weber y la tradición sociológica fundada por él, la esencia misma de la vida económica moderna es el surgimiento y la proliferación de normas y leyes. Uno de sus conceptos más célebres es la división tripartita de las formas de autoridad, en tradicional, carismática y burocrática. En el primer caso, la autoridad es heredada de fuentes culturales de larga data, como la religión o la tradición patriarcal. En el segundo, la autoridad emana de un "don": el líder es elegido por Dios o por alguna fuerza sobrenatural.[1] Sin embargo, el advenimiento del mundo moderno estuvo unido al surgimiento de la racionalidad, es decir, la estructuración ordenada de medios y fines; para Weber, la máxima encarnación de la racionalidad era la burocracia moderna.[2] Ésta se basaba en el "principio de áreas jurisdiccionales fijas y oficiales, que, en general, se hallan regidas por normas, es decir, por leyes y regulaciones administrativas".[3] La estabilidad y racionalidad de la moderna autoridad burocrática era consecuencia de que estaba sujeta a reglas. La posibilidad de que un superior imponga su voluntad está limitada de manera clara y articulada, y los derechos y deberes de los subordinados están establecidos por adelantado.[4] Las burocracias modernas son la encarnación social de reglas y normas y gobiernan casi todos los aspectos de la vida moderna, desde las corporaciones, los gobiernos y los ejércitos, hasta los sindicatos, las organizaciones religiosas y los establecimientos educacionales.[5]

Para Weber, el mundo económico moderno también había quedado limitado luego por el surgimiento del contrato. Weber observó que los contratos, en particular los referidos a matrimonio y herencia, han existido desde hace milenios. Pero hace una distinción entre los contratos de *"status"* y lo que denomina contratos de "propósito".[6] En los primeros, una persona accedía, en forma general y difusa, a entablar una relación con otra (por ejemplo, el vasallo o el aprendiz); las responsabilidades y obligaciones no eran estipuladas en forma expresa, sino que se basaban en la tradición o en las características del *status* particular de la relación. Los contratos de propósito eran los que unían a dos o más personas con un fin específico, como, por ejemplo, el intercambio económico. No afectaban las relaciones sociales generales, sino que se limitaban a una transacción particular. La proliferación de este último tipo de contratos era una característica de la modernidad:

> Al contrario de lo que sucedía en la ley más antigua, la característica principal de la moderna ley sustantiva, en especial la ley privada, es la creciente importancia de las transacciones legales, en especial de los contratos, como fuente de reclamos garantizados por una potencial coerción legal. Éste es un rasgo tan característico de la ley privada, que se puede designar, *a priori*, el tipo de sociedad

contemporánea, en la medida en que prevalece la ley privada, como una sociedad "contractual".[7]

Como hemos visto en las páginas anteriores dedicadas a las etapas del desarrollo económico (véanse capítulos 7 y 13), la aparición de instituciones como los derechos de propiedad, los contratos y un sistema estable de legislación comercial fue crucial para el crecimiento de Occidente. Estas instituciones legales sirven como sustitutos de la confianza que existía, de manera natural, en el seno de la familia y de los grupos de parentesco, y constituyen el marco dentro del cual individuos extraños pueden interactuar en emprendimientos comunes o en el mercado.

Sin despreciar la importancia general de las reglas y de los contratos para la empresa moderna, también es evidente que no han descartado del todo la necesidad de la confianza en el moderno mundo laboral. Considere el caso de profesionales como médicos, abogados o profesores universitarios. El profesional recibe una educación universitaria y una formación técnica en su especialidad, y se espera de él, como algo natural, que además posea un alto grado de criterio propio e iniciativa. La naturaleza de ese criterio o discernimiento a menudo es compleja y dependiente del contexto, y por lo tanto no puede ser especificada en detalle por anticipado. Ésa es la razón por la cual el profesional, una vez recibidos todos los créditos que le permiten ejercer su profesión, es capaz de actuar en forma autónoma, independiente o bajo una supervisión muy liberal, en caso de hacerlo dentro de una jerarquía administrativa. Esto significa, en otras palabras, que se confía más en el profesional que en el no profesional y, por lo tanto, el primero opera en un entorno mucho menos regulado. A pesar de que son perfectamente capaces de traicionar la confianza que en ellos se ha depositado, el concepto que se tiene del profesional sirve como prototipo para un trabajo relativamente desregulado, que convoca un alto nivel de confianza.[8] Es inevitable que exista una disminución de la confianza a medida que disminuye el nivel de capacitación: a un trabajador especializado, por ejemplo, a un oficial tornero se le otorga menos autonomía que a un profesional, mientras que el operario sin ningún tipo de formación requiere mayor supervisión y cantidad de reglas que un trabajador especializado.

Desde un punto de vista económico, poder desenvolverse en un entorno relativamente libre de normas tiene marcadas ventajas. Esto resulta evidente si se consideran las connotaciones peyorativas que tiene el término *burocratización*. Los lugares de trabajo funcionarían de manera más eficiente si todos los trabajadores, y no sólo los más capacitados, se comportaran como profesionales y fueran tratados como tales, con pautas de conducta y criterios profundamente internalizados. Después de cierto punto, la proliferación de normas para regular una cantidad cada vez mayor de relaciones sociales se convierte, no en el súmmum de la eficiencia racional, sino en un signo de disfunción social. En general, hay una relación inversa entre las normas y la confianza: cuanto más dependen los individuos de normas que regulen sus interacciones, tanto menor es la confianza que se tienen, y viceversa.[9]

Durante muchos años se creyó que el proceso de industrialización, y en particular el que surge de la producción masiva, conduciría, en forma inevitable, a la proliferación de normas y a la eliminación tanto de la habilidad del individuo como de la confianza en las relaciones en el lugar de trabajo. En épocas anteriores al siglo XX, cualquier tipo de manufactura compleja era realizada básicamente por artesanos. Bajo el paradigma de su oficio, un trabajador hábil y capaz, utilizando herramientas de uso común, realizaba una gran variedad de tareas para producir una pequeña cantidad de productos. El trabajador, aun cuando no era "educado" de la forma que lo es el profesional universitario, requería de un largo aprendizaje para conocer su oficio a la perfección. Por lo general se podía confiar en que sabía autosupervisarse y por lo tanto se le otorgaba un considerable grado de autonomía para organizar la producción como mejor le pareciera. La producción artesanal se adecuaba bien a mercados relativamente pequeños y era dirigida a consumidores de las clases altas. Era de esta forma como se fabricaban los primeros automóviles, a comienzos del siglo XX, cuando constituían un artículo de lujo.[10]

La producción masiva se hizo posible a través de la aparición de grandes mercados nacionales e internacionales, como consecuencia de la revolución en las comunicaciones, que tuvo lugar en el siglo XIX (ferrocarriles y otras formas de transporte), y de la extensión a sectores más amplios de la población, de mayor poder adquisitivo. Como dijo Adam Smith: "La división del trabajo está limitada por la dimensión del mercado". Con el crecimiento del mercado masivo resultaba más eficiente, desde el punto de vista económico, fabricar incluso productos complejos, mediante un proceso de subdivisión del trabajo. La producción masiva hizo que resultara más económico comprar costosas máquinas especiales que reemplazaban sin mayores inconvenientes al artesano especializado. El panel de una puerta, que antes era trabajado a mano por un trabajador especializado, podía ser estampado por un obrero no calificado, simplemente oprimiendo el botón de una prensa automática. Es decir que la creciente masificación de la producción condujo a un crecimiento en la fabricación de maquinarias y, a su vez, a una disminución de la necesidad de mano de obra calificada para operar esos equipos, cuya operación era más simple.

El cambio a la producción masiva comenzó en la industria textil durante la primera mitad del siglo XIX, y se fue extendiendo con relativa lentitud a otros tipos de industria. La empresa que simbolizó el nacimiento de la era de la producción masiva fue, sin duda, Ford Motor Company, con la planta inaugurada en 1913 en Highland Park, Michigan.[11] Nunca antes se había fabricado un producto tan complicado como un automóvil con los métodos propios de la producción masiva. La planta misma fue el resultado de estudios de ingeniería que trataban de dividir y hacer rutina los miles de pasos del proceso de producción automotriz, colocando el automóvil sobre una cinta transportadora, que pasaba por una serie de estaciones de trabajo; el trabajo de cada operario se limitaba a unas pocas y simples operaciones, realizables en forma repetitiva por individuos con una capacitación limitada.

El incremento en la productividad generado por la innovación de Ford fue sorprendente y revolucionó no sólo a la industria automotriz, sino prácticamente a todas las industrias que abastecían el mercado masivo. La introducción de técnicas "fordistas" de producción masiva se convirtió en una especie de moda fuera de los Estados Unidos. A mediados de la década de los 20, la industria alemana pasó por un período de "racionalización", cuando los fabricantes comenzaron a importar las técnicas de organización estadounidenses de "avanzada".[12] La desgracia de la Unión Soviética fue que Lenin y Stalin aparecieron por esa época, y que esos dos líderes bolcheviques asociaban la modernidad industrial con producción masiva en gran escala *tout court*. Su convicción de que "más grande" significaba necesariamente "mejor" finalmente dejó a la Unión Soviética, al final del período comunista, con una infraestructura industrial ineficiente y sobreconcentrada, algo así como un "fordismo" alimentado con esteroides, en un tiempo en el que el modelo creado por Ford ha dejado de ser relevante.

La nueva forma de producción masiva asociada con Henry Ford, tuvo su propio ideólogo: Frederick W. Taylor, cuyo libro *The Principles of Scientific Management* acabó por ser considerado la biblia de la nueva era industrial.[13] Taylor, ingeniero industrial, fue uno de los primeros en proponer estudios sobre tiempos y movimientos, con el objetivo de maximizar la eficiencia del trabajo en la fábrica. Trató de codificar las "leyes" de la producción masiva, recomendando un grado de especialización muy elevado, con el que se evitaba deliberadamente la necesidad de que un obrero en la línea de armado contase con iniciativa propia, criterio o incluso habilidad. El control de la línea de armado y su "puesta a punto" era encomendado a un departamento de mantenimiento específico, y la "inteligencia rectora" detrás de la línea de armado era espacio exclusivo, reservado a los departamentos de ingeniería y planificación. La eficiencia del obrero guardaba relación directa con un estricto enfoque estilo "palo y zanahoria": los obreros que producían más recibían más salario que los menos productivos.

En una actitud típica estadounidense, Taylor disimuló una cantidad de suposiciones ideológicas bajo el manto del análisis científico. Para él, el obrero medio era comparable al "hombre económico" mencionado en la economía clásica: un individuo pasivo, racional y aislado, que responde primariamente al estímulo de sus estrechos intereses egoístas.[14] El objetivo de la dirección científica de Taylor era estructurar el lugar de trabajo de modo tal que la única cualidad que se requería de un trabajador era la obediencia. Todas las actividades del obrero, hasta los movimientos de sus brazos y sus piernas en la línea de producción, se hallaban estipulados en detalladas normas determinadas por los ingenieros de producción. Todos los demás atributos humanos —creatividad, iniciativa, capacidad de innovación, etc.— estaban reservados a los especialistas que actuaban en otro lugar de la organización empresarial.[15] El taylorismo, nombre que también se le dio a la dirección científica, sintetizó en su sistema de producción conceptos como el bajo nivel de confianza y la fijación de normas estrictas, lo que dio como resultado reacciones que, hasta cierto punto, fueron lógicas.

Las consecuencias del taylorismo en las industrias en que fue implementado, en cuanto a las relaciones entre la parte obrera y la empresarial, fueron predecibles y, a la larga, bastante nocivas. Una fábrica organizada de acuerdo con los principios taylorianos transmite a sus trabajadores el mensaje de que nunca se les encomendarán responsabilidades importantes y que sus tareas les serán indicadas hasta el último detalle y en forma normatizada. Resulta natural, entonces, que los sindicatos respondieran exigiendo que la parte patronal también especificara sus deberes y responsabilidades hasta el último detalle, dado que no se podía confiar en que la empresa, sin esas especificaciones, se ocupara del bienestar de sus trabajadores.[16]

Así como el nivel general de confianza varía mucho entre una sociedad y otra, también puede cambiar con el tiempo y dentro de una misma sociedad, como resultado de condiciones y circunstancias específicas. Alvin Gouldner afirma que la reciprocidad es una norma existente, en cierto grado, en prácticamente todas las culturas: si una persona x le presta un servicio a la persona y, esa persona y se sentirá agradecida y buscará retribuirle su gesto a x de alguna manera. Pero un grupo humano puede entrar en una espiral descendente de desconfianza, cuando la confianza es retribuida con lo que se percibe como traición o explotación.[17]

En la primera mitad del siglo XX, esa espiral de desconfianza se generó en industrias manufactureras estadounidenses clave, como la automotriz y la siderúrgica. Como consecuencia de esta situación, en la década de los 70 las relaciones entre obreros y empresa, que mostraban una imagen totalmente negativa, se caracterizaban por un alto grado de formalismo legal. Por ejemplo, en 1982, los contenidos del acuerdo entre el Sindicato Automotor Unido (*United Auto Workers*) y la Ford ocupaba cuatro volúmenes, cada uno de los cuales contaba doscientas páginas, y se complementaba con otro acuerdo colectivo igualmente grueso, con alcance limitado a cada planta, en el cual se especificaban las reglas de trabajo, los términos y condiciones de empleo y aspectos específicos similares.[18] Estos documentos concentraban su atención en el control del trabajo, es decir que se ocupaban menos del tema salarial que de las condiciones específicas del empleo. Había, por ejemplo, un sistema detallado de clasificación de puestos, con una extensa descripción de cada posición. Los salarios no se relacionaban con la capacidad del trabajador sino con la mencionada clasificación de puestos. Los procedimientos para efectuar reclamos, los beneficios por antigüedad y similares, estaban todos explicados con el máximo de detalle. Los delegados sindicales solían mantenerse atentos y vigilantes para evitar que un obrero realizara una tarea que no se hallara especificada en la descripción de su puesto. Un plomero podía llegar a tener problemas con su delegado si ayudaba en el arreglo de una máquina, aunque tuviera el tiempo y la capacidad para hacerlo, porque eso no estaba detallado en su descripción de tareas. El sindicato también abogaba por la promoción sobre la base de la antigüedad y de la capacidad. Promover a un trabajador sobre la base de su capacidad obligaba a confiar en que la dirección de la empresa haría una evaluación profunda y objetiva de la capacidad individual, cosa que se suponía como muy improbable. Los acuerdos requerían un procedimiento legal que, en la práctica, creaba una sistema de carácter judicial en miniatura dentro de la empresa, lo cual reflejaba la creciente "legalización" de la sociedad estadounidense en general.[19] Las disputas que surgían en el lugar de trabajo en general, no se dirimían de manera informal, a través de la discusión grupal, sino que eran derivadas al sistema legal para su resolución.

Los sindicatos que negociaban esos contratos de trabajo afirmaban que, si la parte patronal insistía en subdividir el trabajo en tareas pequeñas y específicas, al modo tayloriano, ellos aceptarían las consecuencias, pero obligarían a la empresa a atenerse, con absoluta rigidez, a dichas especificaciones. Si no se confiaba en que el trabajador podía tener criterio o asumir nuevas responsabilidades, tampoco se confiaría en la capacidad de los empresarios para distribuir nuevas tareas y evaluar la capacidad y las habilidades del trabajador. Sería erróneo afirmar que la focalización en el control del trabajo que se observaba en los contratos laborales de mediados del presente siglo surgió, simplemente, a causa de la presión de los sindicatos. La conducción empresarial, bajo el influjo de los conceptos incluidos en el modelo de la dirección científica de Taylor, aceptaba esa posición sindical de buen grado, porque evitaba que los trabajadores usurparan los que se consideraban los privilegios gerenciales. El sistema de control del trabajo reservaba a los gerentes la toma de todas las decisiones sobre el negocio y la producción, lo que les daba a éstos una esfera de responsabilidades importante y claramente definida.[20]

La pregunta que se plantearon muchos observadores del desarrollo industrial que se produjo durante el siglo XX, era si el taylorismo era la consecuencia inevitable del avance de la tecnología, como el mismo Taylor hubiese sostenido, o si existían formas alternativas de organización fabril que permitieran a los trabajadores una mayor iniciativa y autonomía. Una importante escuela de sociólogos estadounidenses consideraba, por aquel entonces, que en todas las sociedades avanzadas habría una gradual convergencia hacia el modelo tayloriano de las relaciones entre obreros y patrones.[21] Este punto de vista era compartido por muchos de los críticos de la moderna sociedad industrial, desde Karl Marx hasta Charlie Chaplin, que creían que la división tayloriana del trabajo era la consecuencia inevitable de la forma de industrialización capitalista.[22] Bajo este sistema, el hombre estaba destinado a terminar alienado: las máquinas que había construido para servirle se habían convertido en sus amos, reduciendo al ser humano a una simple rueda en el complejo engranaje de la producción mecanizada. La descapacitación de la fuerza laboral estaría acompañada por una disminución de la confianza en la sociedad toda; la gente se interrelacionaría a través del sistema legal y no como miembros de comunidades orgánicas. El orgullo del oficio, que había acompañado desde siempre la producción artesanal, habría desaparecido, así como los artículos variados y especiales producidos por esos artesanos. Con cada nueva innovación tecnológica aparecían nuevos temores, al pensar que esos nuevos desarrollos surtirían un efecto devastador en la naturaleza del trabajo. En la década de los 60, cuando comenzaron a introducirse en las líneas de producción las máquinas-herramienta con control numérico, mucha gente supuso que se eliminaría la necesidad de contar con los maquinistas especializados que empleaban las fábricas.

La perspectiva de la alienación, que aparece a medida que las industrias van pasando de la producción artesanal a la producción masiva, induce a plantear otra pregunta fundamental sobre la naturaleza de la actividad económica. ¿Por qué trabaja la gente? ¿Por el salario que ganan, o porque les gusta trabajar y se sienten realizados a través de lo que hacen? La respuesta ofrecida por los principios de la economía neoliberal es bastante explícita al respecto. El trabajo es considerado, en esencia, una incomodidad, es algo desagradable que la gente no haría si pudiese evitarlo. El individuo no trabaja por el amor a su tarea, sino por el amor al ingreso que recibe a cambio de su trabajo, ingreso que gasta en su tiempo libre. Todo trabajo, por lo tanto, es realizado, en última instancia, por amor al descanso y al tiempo libre. Esa visión del trabajo es, en su esencia, dolorosa y tiene sus raíces en la tradición judeo-cristana. Adán y Eva, en el paraíso, no tenían necesidad de trabajar; sólo como consecuencia del pecado original Dios les impuso, como castigo, que trabajaran para mantenerse. La muerte, en la tradición cristiana, es considerada un alivio del trabajo y del esfuerzo inherente a la vida; de allí surge la inscripción que se coloca en las lápidas: *Requiescat in Pace.*[23] Dada esta visión del trabajo, el paso de la artesanía a la producción masiva no debiera haberle importado a nadie si el ingreso real subía, cosa que, en efecto, sucedió como resultado de esa transición.

Existe, sin embargo, otra tradición, que está más estrechamente asociada con Marx: el hombre es una criatura a la vez productiva y consumidora, que encuentra satisfacción en dominar y transformar la naturaleza a través de su trabajo. El trabajo en sí mismo cumpliría, por lo tanto, una función positiva, más allá de la compensación que se reciba por él. Pero en esto tiene gran importancia el tipo de trabajo. La autonomía del artesano —como su capacidad en el oficio y la creatividad e inteligencia que debe poner de manifesto para la fabricación del producto final— era esencial para su satisfacción personal. De ahí que el paso a la producción masiva y la descapacitación de la fuerza laboral privaron al trabajador de algo muy importante, que no podía ser compensado por salarios más altos.

A medida que proliferaba la producción masiva, sin embargo, comenzó a resultar evidente que el taylorismo no era el único modelo de modernidad industrial, que la habilidad y el oficio no habían desaparecido y que la confianza en las relaciones seguía siendo crítica para el funcionamiento adecuado de los modernos lugares de trabajo. Como señalaron Charles Sabel, Michael Piore y otros defensores de la especialización flexible, las técnicas artesanales de producción han sobrevivido "a la sombra" de las gigantescas plantas de producción masiva. Hay varias razones para ello, comenzando por el hecho de que las máquinas altamente especializadas utilizadas para la elaboración en gran escala no pueden ser producidas, a su vez, en forma masiva; prácticamente, deben ser fabricadas en forma artesanal, ya que por lo general poseen un diseño exclusivo. (Esto explica por qué las pequeñas empresas familiares de la Italia central han sido tan exitosas en el sector de las máquinas-herramienta.) A medida que crecen el poder adquisitivo y el nivel de educación del consumidor, su deseo de obtener productos diferenciados también ha crecido, lo cual condujo a una mayor segmentación del mercado, a producciones más pequeñas y, en consecuencia, a la necesidad de una flexibilidad *cuasi* artesanal en la elaboración de bienes.

El hecho de que las pequeñas industrias basadas en el trabajo artesanal hayan sobrevivido, e incluso demuestren una sorprendente vitalidad, no invalida, sin embargo, la afirmación de que el taylorismo se ha extendido. La gran mayoría de los trabajadores de casi todos los países industrializados sigue trabajando en centros de producción masiva. Las verdaderas alternativas al taylorismo deben encontrarse, por lo tanto, dentro del mismo sector de la producción en gran escala, donde, como se puede comprobar, ha habido una sorprendente cantidad de variaciones acerca de cómo se lleva a cabo la producción y también acerca del grado de confianza social que entra en juego en dichos procesos. Por ejemplo, los adelantos tecnológicos han creado una demanda de nuevas capacidades y han hecho desaparecer otras, ya obsoletas.[24] El obrero de la fábrica de alfileres al que hace referencia Adam Smith, aquel que realizaba un trabajo elementalmente simple, repetitivo y estupidizante, resultó ser mucho más fácil de reemplazar por una máquina que el trabajador que se encargaba del mantenimiento de la máquina o la modificaba para adecuarla a una nueva línea de producción. Las máquinas-herramienta numéricamente controladas (NC) no eliminaron la necesidad de maquinistas capacitados, dado que resultó relativamente difícil programar esas herramientas sin poseer una experiencia práctica en ese tipo de operaciones. La mecanización llevó, en cambio, a lo que Sabel denomina la "intelectualización del oficio", es decir, el reemplazo de la habilidad mecánica por una capacidad *cuasi* mecánica, que exige un aporte intelectual mucho mayor por parte del trabajador.[25] En la práctica hubo pocas evidencias que apoyaran el punto de vista de que los obreros que se desempeñaban en líneas de producción masiva detestaran su trabajo porque éste era deshumanizador.[26]

Desde los comienzos de la etapa de la producción masiva ha quedado demostrado que el trabajador no es, en la práctica, el individuo pasivo, aislado y egoísta que describía Taylor. Los estudios efectuados en Hawthorne, llevados a cabo en la década de los 30, demostraron que la organización de los trabajadores en pequeños grupos surtía un efecto marcadamente positivo sobre la productividad.[27] Aquellos trabajadores cuyas normas de trabajo no estaban definidas con total rigidez, sino que les permitían tomar sus propias decisiones en el proceso de fabricación, resultaron ser más productivos y sentirse, al mismo tiempo, más satisfechos con su trabajo. En esas condiciones, los obreros demostraron considerable interés por ayudarse mutuamente y crearon su propio sistema de liderazgo y apoyo mutuo. Estos experimentos fueron la base sobre la cual Elton Mayo desarrolló su movimiento de "relaciones humanas" de la década de los 30, que apuntaba a configurar lugares de trabajo menos rígidos y de orientación más comunitaria.[28]

El hecho de que la confianza y la sociabilidad no se hallan distribuidas en forma equitativa en las distintas culturas, sino que estos elementos existen más en unas que en otras, sugeriría que el éxito del taylorismo guardaría directa relación con las características de cada entorno cultural. Es decir que el taylorismo podrá ser la única forma de lograr disciplina en determinadas sociedades con bajo nivel de confianza, mientras que las sociedades con alto nivel de confianza se inclinarían por generar alternativas al taylorismo, basadas en una mayor dispersión de las responsabilidades y capacidades. Por cierto, una cantidad de estudios sobre aspectos relativos a estos temas, llevados a cabo después de la Segunda Guerra Mundial, indican que los principios de la escuela de relaciones humanas de Mayo no se confirmaban en forma uniforme en todas las culturas; ni siquiera en diferentes partes de los Estados Unidos dieron estos experimentos los mismos resultados.[29]

La prueba más convincente de que el taylorismo no es una consecuencia inevitable de la industrialización proviene de la experiencia en otros países. En Alemania, en los lugares de trabajo, nunca se estuvo por entero de acuerdo con la idea de diseñar una forma de organización puramente tayloriana. Si se comparan los lugares de trabajo de Alemania con los estadounidenses de las décadas de los 60 y 70, se observa con claridad que en los primeros se estableció una gran cantidad de interrelaciones de confianza que dieron lugar a un mayor grado de flexibilidad. Ésas son las relaciones que analizaremos a continuación.

CAPÍTULO 20

La confianza en los equipos

L a ideología estadounidense de la producción masiva llegó a Alemania con la publicación de una edición local del libro de Taylor *The Principles of Scientific Management*, en 1918, y de la autobiografía de Henry Ford, en 1923. En 1922, el primero de estos libros ya había vendido 30.000 ejemplares, y el segundo tuvo treinta ediciones sucesivas en los años siguientes, convirtiendo al taylorismo y al fordismo en casi un culto.[1] El enorme avance logrado en la productividad en las instalaciones de Ford en Highland Park convenció a los fabricantes alemanes de la necesidad de adoptar las técnicas de producción masiva para sus propias operaciones y dejar atrás la "racionalización" adoptada por la industria alemana a mediados de la década de los 20.

Pero, si bien la industria alemana adoptó la producción masiva, el taylorismo nunca había conquistado demasiado la simpatía de los gerentes y los ingenieros industriales alemanes, y mucho menos la del obrero alemán. La descapacitación de la fuerza laboral, la sobreespecialización y la falta de satisfacción ofrecida por el trabajo obrero en la fábrica tayloriana constituían una amenaza a la convicción alemana, de larga data, de que la *Arbeitsfreude* o "placer por el trabajo" —cuyo origen se remonta a la tradición premoderna de los oficios y artesanos— era de primordial importancia. Los ingenieros industriales que escribieron sobre el tema de la organización fabril de ese período, como Gustav Frenz, Paul Rieppel, Friedrich von Gottl-Ottlilienfeld y Goetz Briefs, hacían una clara diferenciación entre el taylorismo y lo que ellos consideraban como un sistema más humano, en este caso, el implementado por Ford.[2] Es decir que, si bien históricamente se asociaba en forma estrecha a Taylor y a Ford como el codificador y el implementador, respectivamente, de los sistemas de producción masivos caracterizados por el bajo nivel de confianza, en la práctica, en las primeras plantas instaladas por Ford, se ejercía una forma de paternalismo empresarial que nunca fue parte de los principios de la dirección científica creados por Taylor. Hasta que la Gran Depresión redujo de manera dramática las ventas y las ganancias, Ford ofrecía a sus trabajadores vivienda y beneficios sociales, los atraía con un continuo aumento de salarios y trataba de cultivar un espíritu comunitario dentro de la planta, entre el sector obrero y los niveles de supervisión y gerenciales. Esos teóricos alemanes de la organización afirmaban que los principios del taylorismo no se adecuaban a las características de los lugares de trabajo alemanes, pero que los aspectos paternalistas del fordismo podrían ser aplicables a la organización de las empresas. Muchas de estas críticas al taylorismo se anticipaban a las que harían Elton Mayo y la escuela de las relaciones humanas en la década siguiente.

La legislación aprobada en 1920, referida a los consejos de empresa, dio un carácter institucional a la idea de establecer una comunidad de intereses entre los trabajadores y la dirección empresaria. Estos consejos de empresa (*Betriebesräte*) establecieron el principio de la representación obrera electa en el seno de la dirección de la empresa, es decir, la inclusión de representantes de los trabajadores que participaran en la toma de decisiones referidas a la empresa, área que, hasta entonces, había sido exclusiva de los niveles directivos. El ala más radical del movimiento obrero alemán, que postulaba un control completo de la empresa por parte de los obreros (durante el período revolucionario, inmediatamente después de la Primera Guerra Mundial, en Alemania se habían establecido numerosos *soviets* de trabajadores, al estilo bolchevique), veía con desconfianza a los *Betriebesräte*, como consecuencia de lo cual los consejos de empresa no lograron, en el período de entreguerras, su objetivo de crear un sentido de comunidad obrero-empresarial.[3] Esa temprana legislación weimariana logró, sin embargo, establecer el precedente de una comunidad trabajador-empresario institucionalizada que años más tarde sería incorporada a la *Sozialmarktwirtschaft* de la posguerra, ya que reflejaba el serio interés alemán por el concepto desde el momento en que fuera introducida en las fábricas la producción en gran escala.

Con independencia de la suerte corrida por esta figura tan particular de la legislación social, en la segunda mitad del siglo XX las relaciones laborales en la indusria alemana evolucionaron decididamente hacia formas comunitarias. Una de las características curiosas de la Alemania moderna es la coexistencia de dos imágenes casi opuestas de su sociedad. Por un lado, este país (como cualquier otra sociedad europea) está partido por marcadas diferencias de clases y obstáculos para la movilidad social. Posee un movimiento obrero poderoso y complejo, que durante muchos años se identificó con la posición marxista de la necesidad de la lucha de clases y que sigue bregando por lograr que el sector empresarial y capitalista les otorgue una participación adecuada en los beneficios económicos. En Alemania no existen los sindicatos de empresa, como en Japón. Ese tipo de organización laboral "amarilla" fue implementado por el Estado durante el período nacionalsocialista y, por lógica, se halla totalmente desacreditado. Al mismo tiempo, en la clase obrera alemana existe un alto grado de orgullo por el trabajo que se realiza y un sentido de profesionalismo que permite al obrero alemán identificarse no sólo con su clase social sino también con su industria y sus directivos. Este sentido de profesionalismo y vocación ha constituido un freno para sentar las bases de la lucha de clases, y ha determinado un tipo muy particular de relaciones en el lugar de trabajo.

Si nos pusiéramos a imaginar cómo sería, en la actualidad, un lugar de trabajo con una orientación más comunitaria, sin duda en ese contexto no tendría cabida el retorno a la producción artesanal —cosa que, para la mayoría de las industrias modernas de gran escala, sería imposible— sino, más bien, deberíamos incluir la integración de una serie de reglas no taylorianas para la organización del trabajo. En lugar de subdividir los procesos más y más, transformándolos en tareas simples realizadas en forma repetitiva por trabajadores especializados, una fábrica de orientación comunitaria mantendría un máximo de flexibilidad con respecto al empleo de sus trabajadores. Cada trabajador estaría capacitado para realizar una serie de tareas distintas y podría ser transferido de una estación de trabajo a otra, de acuerdo con las necesidades particulares de la producción del día. La responsabilidad se delegaría hasta el mínimo nivel jerárquico posible. En lugar de diseñar una clasificación de puestos rígida y jerárquica, que suele establecer barreras muy marcadas entre los niveles de dirección y los trabajadores, en una fábrica de estas características se quitaría el énfasis a las diferencias de *status* y se pemitiría un alto grado de movilidad entre las tareas de producción y las de tipo administrativo. El trabajo sería realizado por equipos en los cuales, como resultado de la polifuncionalidad de cada operario, los trabajadores se reemplazarían entre sí en caso de necesidad. Al contrario de lo que sucede en la organización tayloriana, donde se impone un sistema de pago "por tanto" netamente escalonado, con importantes incentivos económicos para el esfuerzo individual adicional y grandes diferencias de nivel salarial entre los niveles de conducción y los trabajadores, en un sistema de orientación comunitaria se implementarían escalas salariales relativamente aplanadas y bonos variables otorgados sobre la base del esfuerzo grupal. En el sistema tayloriano las normas y disposiciones son una condición básica, en virtud de la forma detallada en que los ingenieros industriales planifican y diseñan el desarrollo del trabajo y por la manera en que el sector laboral actúa frente a esas imposiciones. En cambio, en un lugar de trabajo comunitario se recurre con frecuencia a la interacción personal y a los canales de comunicación informales, por ejemplo, para dirimir conflictos. Por último, mientras que la fábrica tayloriana descapacita al trabajador y deja de lado la confianza, la fábrica no tayloriana apuntaría a incrementar la capacidad del trabajador, a fin de que se le puedan confiar más responsabilidades, tanto en el diseño como en la implementación de los procesos de producción.

En una serie de estudios de casos donde se compara la organización fabril de Alemania con la de otras naciones industrializadas, se indica que en las plantas alemanas todas las características señaladas precedentemente para caracterizar al modelo no tayloriano se encuentran presentes en mucho mayor grado que en las de muchos otros países europeos. Tomemos como ejemplo el tema de la flexibilidad de la capacidad y la organización de la fábrica por equipos. Antes de que el trabajo por equipos se convirtiera en una práctica de moda en las fábricas estadounidenses, el trabajo fabril alemán ya se hallaba organizado sobre la base de equipos. Los sindicatos alemanes nunca insistieron en mantener la rígida clasificación de tareas y normas de trabajo que caracterizaron a la fábrica estadounidense como lo hiciera el sindicalismo de los Estados Unidos durante la época de auge de la producción en gran escala. Al capataz alemán (*Meister*) se le confían mayores responsabilidades que, por ejemplo, a su equivalente francés. El capataz, junto con sus encargados de turno (*Vorarbeiter*), está facultado para redistribuir a los trabajadores y asignarles distintas tareas dentro del grupo que se encuentra bajo su responsabilidad. El capataz observa de qué manera los trabajadores de su grupo van desarrollando su capacidad y puede aprovechar ésta de la mejor forma posible y según el desempeño real de cada operario. Existe la costumbre de rotar a los trabajadores por distintos sectores de trabajo, como parte de un proceso de socialización. Es así como, cuando un maquinista se enferma o surge una emergencia en la línea de producción, el encargado puede cambiar a los trabajadores de un puesto a otro, para hacer la suplencia, sin ninguna limitación legal.[4]

En Francia, por el contrario, existe un único sistema de clasificación de puestos, de nivel nacional, que asigna un coeficiente a cada puesto dentro de la escala, lo que incluye desde el obrero no calificado hasta el gerente. Los trabajadores se incorporan a estas categorías y son promovidos sobre la base de su antigüedad; como en el clásico sistema de control de los puestos del sindicalismo estadounidense, existe una marcada resistencia, por parte de los trabajadores franceses, a la promoción basada en la capacidad. El sistema es tan universalista y cartesiano como rígido: los coeficientes (y, por lo tanto, el salario) se vinculan con el tipo de puesto y no con el trabajador, y por lo tanto los esfuerzos no se centran en la mejora de la capacidad y la productividad, sino en ascender en la escala de categorías de puesto. Al contrario de lo que sucede en Alemania, el trabajador francés sólo puede progresar si se producen vacantes en categorías superiores a la suya, y no a través de su capacitación o habilidad personales. Por lo tanto, hay un fuerte interés en forzar el aumento de la cantidad de puestos de mayor categoría, sean o no necesarios, algo que sólo se logra mediante negociaciones de alto nivel, en cada rama de la industria. Esto provoca que tanto el sector sindical como el empresario tengan que invertir mucho tiempo en negociaciones, en el nivel sectorial, para ponerse de acuerdo sobre la categorización de puestos, en lugar de negociar en el nivel planta sobre cómo asignar a los trabajadores a los puestos más apropiados y cómo remunerarlos en la forma más adecuada.

El sistema de categorización de puestos en la industria francesa es altamente centralizado y legalista, similar al que existe para los funcionarios públicos. Su efecto más importante es que anula la posibilidad de desarrollar un sentido de comunidad en el lugar de trabajo. Recordemos lo que dijo Tocqueville sobre el sistema de privilegios del Viejo Régimen: "Cada grupo se diferenciaba de los demás por su derecho a mezquinos privilegios, de uno u otro tipo, de los cuales aun el más significante era considerado como símbolo de su *status* privilegiado". Algo similar sucede con el sistema de categorización de puestos: su jerarquía y formalismo tienden a aislar a los trabajadores entre sí, obligándolos a mirar hacia la autoridad central en busca de soluciones, en lugar de buscarlas en y con sus compañeros de tareas. El sistema impide tanto el desarrollo de equipos de trabajo como el traslado de trabajadores de un puesto a otro, según las necesidades internas.[5]

En Alemania suele denominarse "grupo del *Meister*" al equipo de trabajo que desarrolla su propio espíritu de cuerpo. El *Meister* tiene la obligación de conocer muy bien a su gente, ya que es personalmente responsable de su evaluación. De esa evaluación dependen los bonos las gratificaciones y la futura promoción. El capataz se halla en condiciones de realizar esa evaluación porque antes de ser nombrado capataz fue obrero especializado y, por lo tanto, conoce a la perfección las tareas que supervisa. En Francia —como ocurría en los Estados Unidos bajo la gestión del sindicalismo tradicional con su control de los puestos de trabajo— el hecho de que cada puesto tiene asignado una categoría y un coeficiente determinados dificulta en grado sumo la formación de equipos de trabajo. Esta situación provoca la imposibilidad de trasladar a un obrero de un sector a otro, si el nuevo puesto no corresponde a la misma categoría que el anterior.[6] Al contrario de lo que hemos visto en el caso del *Meister* alemán, el capataz francés suele ocupar una posición conflictiva, ya que se encuentra entre dos fuegos: los obreros y los niveles gerenciales y de supervisión que están por sobre él. Ya no es un obrero, pero tampoco es aceptado como par por el sector administrativo y gerencial.[7] Coherente con el rechazo de los franceses a toda interacción personal entre supervisores y supervisados descrito por Crozier y otros, el capataz francés no realiza una evaluación del desempeño personal de sus trabajadores, ya que el salario de éstos se establece sobre la base de la antigüedad y a la categoría del puesto. (El mismo sistema se aplica a los profesores de las universidades públicas francesas, los que no son promovidos sobre la base de una evaluación por sus pares académicos, como sucede en los Estados Unidos, sino que su promoción es decidida por burócratas del Ministerio de Educación, sobre la base de criterios formales.)

Los niveles de mando y las jerarquías laborales también presentan un mayor grado de organización comunitaria en Alemania, si se compara a este país con Gran Bretaña. Las empresas británicas, siguiendo un modelo más tayloriano, tienden a quitar a las áreas de producción una cantidad mucho mayor de funciones técnicas y de conducción, cosa que no se observa en Alemania, donde los obreros de las líneas de producción poseen un nivel más alto de capacidad y conocimientos técnicos y, por lo tanto, son capaces de operar sus líneas de producción con un menor grado de supervisión.[8] Según estudios comparativos realizados en Alemania e Inglaterra, la cantidad de maquinistas germanos que saben programar sus máquinas-herramienta con control numérico era mucho mayor que la que se registraba en las fábricas inglesas, donde la programación era una función reservada a trabajadores con *status* administrativo que trabajaban en oficinas separadas de los trabajadores de la línea de producción.[9] En Alemania, los niveles de supervisión suelen estar a cargo de personas con la misma formación técnica que los obreros a los que supervisan, y no por una clase de individuos distintos, que se consideran capacitados en técnicas gerenciales específicas.

La consecuencia de ese mayor grado de responsabilidad y capacidad que poseen los obreros y los niveles inferiores de supervisión alemanes es que la línea a partir de la cual comienza el trabajo netamente administrativo se halla mucho más arriba en Alemania que en Gran Bretaña. En consecuencia, la relación proporcional entre trabajadores de producción y empleados administrativos es mucho más baja en Alemania que en Francia o Gran Bretaña. Por ejemplo, en Francia hay cuarenta y dos administrativos por cada cien obreros, mientras que en Alemania hay sólo treinta y seis por cada cien. El capataz francés, en promedio, supervisa a dieciséis obreros, mientras que el capataz alemán medio supervisa a veinticinco.[10] En Francia existe una correspondencia entre áreas de producción estables, con una fuerte influencia obrera, por un lado, y codiciados puestos administrativos, en permanente crecimiento, por el otro. Lograr el *status* administrativo significa dar un salto hacia arriba en lo que se refiere a prestigio e ingreso, pero también implica que se levanta una pared entre el promovido y sus ex colegas. Alemania, por el contrario, logró evitar el crecimiento desmedido de puestos administrativos y retener una amplia gama de funciones que requieren capacidad y criterio, dentro del sector de producción.[11] Todo esto permite alcanzar un grado mayor de solidaridad y flexibilidad dentro de la línea de producción.

Tal como es de esperar en una sociedad organizada sobre la base de principios comunitarios, la variación en las remuneraciones de las distintas categorías es menor en Alemania que en Francia. La relación de la diferencia salarial entre administrativos y operarios en Alemania es de 1,33, mientras que en Francia es de 1,75. En vista de la mayor proporción de trabajadores de nivel administrativo que se observa en la industria francesa, esa diferencia tiende a incrementar, en su totalidad, el costo de la mano de obra francesa. El achatamiento de la pirámide salarial en Alemania guarda estrecha relación con el sistema de equipos de trabajo. Los bonos por productividad se otorgan a partir de niveles de la estructura organizativa relativamente bajos, y se basan, en última instancia, en la evaluación que el *Meister* hace respecto del desempeño de sus operarios. Es obvio que variaciones muy grandes o caprichosas en los niveles de compensación dañarían la moral de un pequeño grupo y erosionarían la confianza del trabajador en su supervisor inmediato. De aquí que las diferencias salariales, en Alemania, estén relacionadas directamente con las diferencias de capacidad y en general no sean tan marcadas.[12] La naturaleza formal del sistema de categorización de puestos francés transfiere la responsabilidad por todo lo relacionado con remuneraciones de los trabajadores a la oficina de personal de la empresa, o incluso al nivel de las negociaciones entre trabajadores y empresarios, realizadas en forma global para todo un sector industrial. Al no haber necesidad de una interacción personal, las mayores diferencias de compensación no son tema de análisis, ya que no hay muchas oportunidades para discutirlas.

La disposición de los niveles de jefatura alemanes a confiar mayores responsabilidades al sector de operarios se halla estrechamente relacionada con el alto nivel de capacitación del obrero alemán y, en consecuencia, con el sistema de formación de aprendices, que ha servido para desarrollar y mantener esa capacitación. Resulta difícil medir los niveles absolutos de capacidad industrial a través de las diferentes culturas, pero su importancia relativa está indicada, en alguna medida, por el hecho de que sólo el diez por ciento de todos los obreros especializados de Alemania carece de algún tipo de título o diploma, mientras que en

Francia más de la mitad de los obreros especializados carece de ese tipo de certificados.[13] Al sistema alemán para la formación de aprendices se le ha dado el mérito de proveer a la industria alemana de la fuerza laboral capacitada necesaria para mantener la reputación de su calidad, así como de reducir marcadamente el desempleo de los jóvenes, en comparación con otros países de Europa. Es por eso que dicho sistema de capacitación industrial ha sido ampliamente admirado, en particular por la administración del presidente Clinton, que convirtió la capacitación de ese tipo —*vocational training*— en uno de sus caballitos de batalla durante la campaña para las elecciones presidenciales de 1992. Sin embargo, en Alemania la capacitación de aprendices forma parte del sistema educativo, que difícilmente pueda ser fraccionado en partes exportables, y se basa, en última instancia, en la continuidad de ciertas tradiciones culturales y sociales características de Europa central.

El sistema alemán de capacitación de aprendices es mucho más amplio que el de Gran Bretaña, donde sólo existe en algunas industrias y en áreas como el campo de la ingeniería o la construcción, o el de Francia, donde sólo se lo encuentra en el tradicional sector de los oficios artesanales.[14] Un setenta por ciento de todos los jóvenes alemanes comienza su carrera laboral como aprendiz; sólo el diez por ciento de todos los alemanes no pasa por un proceso de aprendizaje o alguna otra formación superior, después de finalizada la educación primaria.[15] La capacitación se extiende durante dos, tres o más años, durante los cuales el aprendiz trabaja por un salario considerablemente más bajo. Este sistema de capacitación de aprendices existe en casi todos los sectores, tanto para tareas fabriles como administrativas. Se extiende al ramo de los servicios, como la venta minorista, el trabajo bancario o de oficina, áreas para las cuales, en los Estados Unidos y en otros países europeos, casi no existe una capacitación profesional habitual.

Un vendedor de una tienda por departamentos de Alemania ha recibido, como mínimo, tres años de capacitación; uno estadounidense que ocupe un puesto equivalente en J. C. Penney no habrá tenido más de tres días de entrenamiento práctico, después de su ingreso en la tienda.[16] Parte del objetivo de la capacitación del aprendiz consiste en introducir a los jóvenes en el ritmo y los requerimientos de la vida laboral, pero también en darle una capacitación específica para un oficio determinado. Al final del programa, el aprendiz debe rendir un minucioso examen y, si lo aprueba, recibe el certificado correspondiente. Estos certificados representan una calificación estandarizada para ejercer un oficio determinado, y por lo tanto es aceptado por los empleadores de toda Alemania. Al igual que los títulos profesionales en las profesiones liberales (medicina, contabilidad, derecho, etc.), estos certificados representan un logro y un orgullo para quienes los obtienen. En Alemania, ser panadero, secretaria o mecánico requiere un esfuerzo y un grado de conocimientos considerablemente mayor que en los Estados Unidos, Inglaterra o Francia.

El sistema es administrado, en parte, por empresas privadas de distinta dimensión, y en parte por escuelas estatales que brindan la capacitación laboral general. La participación en ese programa, tanto por parte de los trabajadores como de las empresas, es voluntaria, a pesar de que casi todas las empresas adhieren a dicho programa y se someten a las exigentes disposiciones estatales. Los costos de la capacitación se dividen entre las empresas, diversos niveles gubernamentales y los aprendices (que durante su entrenamiento tienen que trabajar por una remuneración inferior a la del mercado). Para que ese sistema de capacitación de aprendices funcione, hace falta un alto grado de consenso, tanto entre las empresas como entre los aprendices, sobre su valor y su alcance. La capacitación en las empresas tiene un alto costo para éstas (aunque se discuta cuán alto es, en realidad, ese costo), y, a diferencia de lo que ocurre en las empresas japonesas, las firmas que ofrecen ese tipo de capacitación ni hacen ni reciben promesa de empleo vitalicio o de lealtad por parte de quienes pasan por el programa. Las tasas de desvinculación son relativamente altas; en la década de los 70, sólo el catorce por ciento de los aprendices que se recibían seguían dentro de la empresa que los capacitó dieciocho meses después de recibir su título.[17]

Dadas las altas tasas de probabilidad de desvinculación mencionadas, se podría suponer que la tentación de algunas empresas de beneficiarse gratuitamente de los programas de capacitación que ofrecen otras debiera ser grande.[18] Que esto no sea así, o al menos no en forma significativa, se debe a diversos factores. Uno de ellos es que el programa abarca prácticamente a todas las empresas del país. Incluso si una empresa pierde a un aprendiz en el cual invirtió mucho tiempo y esfuerzo, sabe que podrá contratar a un empleado con una formación similar, proveniente de otra empresa. Al mismo tiempo, el aprendiz recibe una capacitación en la que se combina la formación general y la relacionada de manera específica con la empresa en la que realiza el aprendizaje, estableciéndose un conocimiento mutuo; aun cuando pueda conseguir un trabajo comparable en otra empresa, esto es un incentivo, tanto para la empresa capacitadora como para el aprendiz, para seguir juntos. Lo más importante es que todos los empleadores sienten un alto grado de presión social para cuidar que sus aprendices adquieran la capacitación necesaria como para ser empleables. Las empresas que no cumplen con esa función arriesgan ser marginadas y no mantienen con sus trabajadores la misma relación de confianza que aquellas que la cumplen en forma adecuada. Esto, en última instancia, es algo profundamente cultural. En Alemania, una sorprendente variedad de instituciones contribuye al funcionamiento del sistema de capacitación de aprendices: el gobierno federal, los gobiernos provinciales, las autoridades de municipalidades, iglesias y sindicatos son sólo algunas de ellas. Por lo tanto, mantenerse al margen de este sistema equivale a rechazar, en forma global, el valor que la cultura alemana asigna al trabajo.

Por si las presiones morales no fueran suficientes, los consejos de empresa o *Betriebesräte* —esos grupos formados en la empresa, integrados por representantes de la parte laboral y la patronal, cuyos antecedentes se remontan al período weimariano— tienen poder legal para definir las reglas que limitan el accionar de los empleadores, impidiéndoles contratar o despedir a sus trabajadores sobre bases no objetivas o caprichosas. Las empresas que quieren reducir su estructura tienen que presentar planes de compensación, reentrenamiento o reubicación de los empleados que despedirán. Esto restringe la posibilidad de que empresas parásitas del sistema de capacitación de aprendices roben la mano de obra especializada de otras empresas.[19] Esos consejos de empresa generan un efecto similar al del sistema de empleo vitalicio japonés, en cuanto a que limitan la movilidad laboral. Si en entornos culturales distintos de los mencionados, como, por ejemplo, Italia o Gran Bretaña, existieran instituciones con poderes similares al que detenta el consejo de empresa, es probable que utilizaran su poder político para mantener puestos a cualquier costo, sin importarles el efecto que esto tuviera sobre la productividad. (Baste recordar la encarnizada lucha llevada a cabo por Arthur Scargill y los mineros británicos, a principios de la década de los 80, para evitar que se cerraran minas que habían dejado de ser rentables.) Que este problema no sea, ni de lejos, tan grave en Alemania tiene relación con el grado mucho mayor de confianza que existe entre los consejos de empresa y la dirección empresarial.[20] Los consejos de empresa tienen clara conciencia de la necesidad de mantener productivas y competitivas a sus empresas, y a menudo presionan para reentrenar o trasladar trabajadores, con la finalidad de incrementar la productividad. Al igual que en el sistema japonés, el hecho de que las empresas no puedan despedir con tanta facilidad a sus trabajadores los incentiva para reentrenarlos y hace que un mercado laboral aparentemente rígido en la realidad sea mucho más flexible de lo que parece. Sin embargo, si bien el grado de solidaridad en el lugar de trabajo que se observa en Alemania es mucho más alto que en otros países europeos, es bastante menor que el que se encuentra en Japón.

Una de las paradojas del sistema de capacitación industrial alemán es que, si bien tiende a producir un fuerte sentido de solidaridad en el ambiente laboral, por otro lado es alimentado por un sistema educacional general que, a primera vista, aparece mucho menos igualitario que el de

Francia, los Estados Unidos o Japón. La característica más notable de la educación secundaria alemana es su especialización. Después de cuatro años de educación primaria, los alumnos tienen que decidir si quieren seguir una de las tres ramas en que se halla dividida la educación: la *Hauptschule,* la *Realschule* o el *Gymnasium.*

Las dos primeras de estas ramas conducen al sistema de capacitación de aprendices; sólo quienes pasan por el *Gymnasium* pueden aspirar a una educación superior. El estudiante que aprueba el *Abitur* o examen final, al concluir su educación secundaria en el *Gymnasium,* tiene derecho a ingresar en cualquier universidad alemana. Es así como a la edad de diez años los niños alemanes ya se ven frente a una importante decisión que determinará su nivel de educación y sus perspectivas laborales para el resto de sus vidas. Este sistema refleja las diferencias de clase que existen en la sociedad alemana y no contribuye, precisamente, a fomentar la movilidad entre clases. De los hijos de padres de la clase obrera, sólo el quince por ciento han ingresado en los *Gymnasium* durante la década de los 60.[21] Por el contrario, el ingreso universitario en Francia y en Japón está determinado por los resultados de un único examen de admisión de carácter nacional, que se rinde al finalizar la educación secundaria, examen que, en teoría, está abierto a todo el mundo, con independencia de su entorno social o su nivel educacional previo. En Francia, el sistema de educación secundaria es mucho más abierto para las diferentes clases sociales; en la década de los 60, el cuarenta por ciento de los estudiantes de los *lycées* (el nivel superior de la preparación secundaria) provenía de la clase obrera francesa.

¿Cómo es posible, entonces, que sea el sistema educativo francés, y no el alemán, el que conduce a un lugar de trabajo mucho más estratificado en grupos de *status* diferente, a los que les resulta tan difícil cooperar entre sí? Gran parte de la respuesta tiene que ver con el tipo de capacitación que se brinda una vez que los estudiantes han completado su educación general. En Francia existe un sistema educativo primario y secundario relativamente abierto, que conduce al examen de *baccalauréat.* Sobre la base de los resultados de este examen, un estudiante de origen humilde pero talentoso puede ingresar, primero, en una buena universidad y, más adelante, asistir a una de las *grandes écoles,* que son la clave para acceder a un puesto en el pináculo del sistema administrativo francés, ya sea en el sector público o en el privado. Pero la distribución de talentos es tan despareja en Francia como en cualquier otra parte del mundo, y una gran mayoría de los estudiantes salen del sistema educativo al terminar el nivel del *baccalauréat* o después. (En Francia, el cuarenta y cinco por ciento de los alumnos que cursan los niveles secundarios superiores no aprueban el *baccalauréat,* mientras que la cifra relativa al examen equivalente en Alemania es sólo del diez por ciento.[22] Como en los Estados Unidos, en Francia la enseñanza práctica de oficios conlleva una especie de estigma: es el destino casi seguro de quienes fracasan en el sistema de educación general y no poseen la suficiente capacidad para ingresar en una universidad. Estos fracasados, que pasan a cubrir puestos de operarios o administrativos de bajo nivel, no cuentan con muchas razones para sentirse orgullosos de su trabajo; es lo que terminaron haciendo en una sociedad que esperaba más de ellos. En Alemania, por el contrario, los estudiantes que provienen de la clase trabajadora saben, desde una edad relativamente temprana, que no irán a la universidad. Pero como el sistema de capacitación de aprendices les ofrece una capacitación y una calificación profesional adecuada a su nivel de aptitudes, no se consideran fracasados en el sistema de educación general, sino que se ven como individuos que han triunfado dentro del ámbito de una exigente educación profesional práctica.

Además, en Alemania, el dinamismo del sistema de la enseñanza de oficios es tal que las oportunidades de capacitación no terminan cuando el aprendiz ha completado su programa de enseñanza teórico-práctico. Más allá del programa de capacitación básica que reciben los aprendices, se ha ido desarrollando un importante sistema de títulos intermedios, que permiten a los trabajadores ya mayores incrementar su nivel de capacidad. Estos títulos intermedios constituyen un camino alternativo de ascenso social que no existe en la mayoría de los demás países. Por ejemplo, en Francia o en los Estados Unidos no es posible obtener el título de ingeniero sin haber ido a la universidad. Éste no es el caso en Alemania, donde existen dos caminos hacia un título de ingeniero: o bien ir a la universidad y obtener el título, como ocurre en otros países, o hacerlo a través de programas de capacitación profesional intermedia.[23] Con el correr del tiempo se han abierto numerosos nuevos caminos hacia una educación superior y, en consecuencia, hacia un *status* laboral y social más alto. Por lo tanto, la decisión del niño alemán de diez años de ingresar en la *Hauptschule* no es tan limitante, con respecto a su carrera futura, como podría parecer a primera vista. Al mismo tiempo, el sistema de aprendices ofrece al tercio inferior de la población la posibilidad de obtener un alto nivel de capacitación y, además, algo tan importante como lo es sentir un alto grado de orgullo por su oficio.

Existen, sin embargo, una serie de interrogantes que se proyectan sobre el futuro del sistema alemán de capacitación de aprendices y su validez para sustentar la competitividad futura de la industria alemana. A principios de la década de los 80, el sistema pareció entrar en crisis, cuando la gran cantidad de jóvenes que se postulaban como aprendices excedió la capacidad de oportunidades de empleo disponibles en el momento de completar el entrenamiento. Este problema desapareció, sin embargo, cuando el *baby boom* se convirtió en algo totalmente opuesto hacia fines de esa década.[24] La cuestión que se plantea en la actualidad es si los programas de capacitación de este tipo que existen hoy en día permitirán dotar a la mano de obra alemana de los conocimientos y la capacidad tecnológica que serán necesarios en el futuro, en particular en la economía de la era informática que traerá consigo el siglo XXI. El sistema es sumamente dinámico. Las asociaciones profesionales sectoriales y los sindicatos se hallan trabajando en estrecha cooperación para asegurar que los tipos de aprendizaje y los estándares que se le fijen al aprendiz para obtener el título final se adecuen a las necesidades de la industria. Es cierto que el sistema actual es muy apropiado para la capacitación de trabajadores que se desempeñarán en industrias de tecnología intermedia, en las cuales los alemanes tradicionalmente se han destacado, como la industria automotriz, la industria química, las máquinas-herramienta y otros equipos para producción.

Sin embargo, surge la pregunta de si el sistema de capacitación de aprendices podrá llegar a constituir la fuente de conocimientos y habilidades requeridos en las industrias de alta tecnología, como telecomunicaciones, semiconductores y computación, y biotecnología. Preparar una fuerza laboral masiva con ese tipo de calificación quizás requiera, en lugar del sistema de aprendizaje actual, una amplia expansión del sistema universitario.[25]

El tema principal aquí, no obstante, no es si el sistema de capacitación de aprendices será el mecanismo institucional adecuado para la capacitación en el próximo siglo. Ese sistema de entrenamiento alemán es interesante porque constituye un puente fundamental hacia la sociabilidad en el lugar de trabajo.

El contar con trabajadores mejor preparados permite a los niveles de jefatura confiar en el trabajo autónomo de aquéllos, aliviando la necesidad normativa y la supervisión estrecha. Además, esta preparación socializa a los nuevos trabajadores, familiarizándolos con las características propias de un oficio determinado, así como con las de la empresa en la cual son capacitados. Es probable que un trabajador que pasa por tres años de aprendizaje dentro de una empresa determinada sienta un mayor grado de lealtad hacia aquella que alguien cuya capacitación sólo ha insumido tres días. Y al darle un título habilitante, incluso al operario ubicado en el nivel más bajo de las categorías, el trabajador desarrolla un mayor sentido de orgullo con relación a su tarea. En la medida en que el trabajador considere su trabajo algo más que una carga o una forma de obtener bienes materiales, el lugar de trabajo se tornará menos alienante y se integrará mejor dentro de la vida social del trabajador. Como dice Charles Sabel:

Los supervisores alemanes asumen lo opuesto [que sus equivalentes franceses], es decir que sus subordinados desean y son capaces de adquirir la clase de conocimiento sobre sus tareas que les permita trabajar en forma autónoma. La tarea del supervisor alemán no es, por lo tanto, indicar al personal encargado de llevar a cabo una tarea cómo hacerla, sino cuáles son las tareas a realizar. A cambio de no ser limitados y acosados por una maraña de normas, los subalternos alemanes deben confiar en que sus supervisores no harán uso abusivo de su poder discrecional. La alemana es una sociedad de alto nivel de confianza porque desalienta la división entre concepción y ejecución.[26]

La recesión de 1992-1993 provocó en Alemania un nivel de desocupación alto y en apariencia ingobernable. Según la opinión de muchos observadores, la causa de este hecho en gran medida guarda estrecha relación con las características comunitarias de la *Sozialwirtschaft* (economía social) alemana de posguerra. La estructura de beneficios sociales a cargo del Estado creció muchísimo, insumiendo, a principios de la década de los 90, la mitad del producto bruto interno del país. La mano de obra alemana se había vuelto extremadamente gravosa, y los empleadores tenían que cargar con los altos costos de las cargas sociales, salud, desempleo, capacitación y vacaciones, sumados a la imposibilidad de despedir trabajadores y reducir sus empresas.

A pesar de que existen muchas similitudes entre la orientación comunitaria y paternalista de las industrias de Alemania y Japón, el sistema japonés sigue siendo mucho más flexible. La orientación social de la empresa japonesa, en su mayor parte, no está fijada por ley. Ni el empleo vitalicio ni el sistema de *keiretsu* se basan en otra cosa que en una obligación moral informal. En Japón, las empresas tienen mayor espacio de maniobra en lo que se refiere a reducir costos, ya sea trasladando la mano de obra hacia otros sectores, rebajando los salarios (cuya mayor parte está integrado por bonos predeterminados) o insistiendo en que los trabajadores incrementen sus esfuerzos productivos. El gobierno japonés paga un nivel relativamente bajo de costos de beneficios sociales, ya que esa función fue trasladada, en gran medida, al sector privado. En Alemania, por el contrario, la mayoría de los beneficios sociales están fijados por ley y son administrados por el Estado, en diversos niveles. Por lo tanto, es mucho más difícil ajustarlos o reducirlos, por ejemplo, en un momento de depresión económica. La competitividad de la economía alemana depende de un delicado equilibrio: la mano de obra, si bien costosa, también es altamente calificada, y sus productos de alto valor agregado han encontrado y ocupado un nicho importante en la economía mundial. El sistema puede llegar a desequilibrarse si el valor agregado, generado gracias a la mano de obra calificada, deja de marchar al paso de los costos, tanto directos como indirectos. Es importante señalar que esas empresas con marcada orientación social han desempeñado un papel fundamental en el crecimiento económico del país y han brindado gran cantidad de beneficios sociales a lo largo de la mayor parte del período de posguerra, cosa que no han logrado muchos de los vecinos de Alemania.

Antes de concluir nuestras observaciones sobre Alemania y volver a la cuestión de las relaciones en el lugar de trabajo en Japón, considero necesario analizar brevemente los orígenes históricos del sistema de entrenamiento de aprendices.

CAPÍTULO 21

Los de adentro y los de afuera

U na de las grandes ironías de la moderna economía alemana es que el sistema de capacitación de aprendices, al que se atribuye en gran parte su predominio industrial en Europa, tiene su origen directo en el sistema medieval de los gremios. Durante toda la era de la Revolución Industrial, los gremios eran la *bête noire* de los reformadores económicos liberales, que consideraban que representaban una tradición fanática y obstinada y constituían una traba para el cambio económico modernizador.

El papel de los gremios en el desarrollo de instituciones libres en Occidente es bastante complejo. Los gremios —corporaciones cerradas que existían en casi todos los países europeos y en la mayoría de los asiáticos— fueron precursores lejanos de organizaciones modernas como la American Bar Association y la American Medical Association. Con algunas variaciones, limitaban el ingreso en un oficio o una profesión determinada, fijando estándares de calificación para la admisión, con lo que se incrementaba de manera artificial el ingreso económico de sus miembros. Los gremios regulaban la calidad de los productos y ocasionalmente se encargaban de la capacitación de sus miembros. En la Edad Media tardía desempeñaron un papel importante en la desintegración del sistema feudal. Particularmente en la Europa central, los gremios echaron profundas raíces en las ciudades libres imperiales, donde obtuvieron el derecho de conducir sus propios negocios y se convirtieron en los bastiones de la independencia del control feudal y patricio.[1] Por estas razones, los gremios constituían organizaciones intermedias clave y esenciales en la rica sociedad civil de fines de la Edad Media. Su existencia limitaba el poder de los soberanos absolutos y, por lo tanto, desempeñó un papel importante en el desarrollo de las instituciones políticas occidentales libres.

Los gremios, con sus prácticas de autogobierno y, a menudo, con su considerable riqueza, representaban un desafío para príncipes ambiciosos que los miraban con una mezcla de envidia y resentimiento. Con el surgimiento, en los siglos XVI y XVII, de las grandes monarquías centralizadas en países como Francia y España, los gremios fueron considerados como rivales del poder. Como hemos visto en un capítulo anterior, la monarquía francesa logró someterlos a los objetivos del Estado, dentro del cual se convirtieron en una especie de apéndice regulador de las autoridades políticas de París. La situación fue bastante distinta en Alemania, donde no se estableció un Estado centralizado hasta 1871. El carácter descentralizado del poder político en los países alemanes hizo que una cantidad de instituciones comunitarias feudales —entre ellas, los gremios— sobreviviera durante mucho más tiempo que en otras partes de Europa.

Mientras que algunos observadores han considerado que los gremios tuvieron marcada importancia en la preservación de las tradiciones artesanales y en mantener pautas de calidad,[2] a principios del siglo XVIII las corrientes de opinión progresista de Inglaterra y Francia fueron volviéndose decididamente contra ellos.[3] Aunque por motivaciones diferentes, los primeros liberales continuaron la tarea de las monarquías absolutas, reduciendo el poder y la influencia de los gremios. Las primeras fábricas modernas debieron construirse en el campo, fuera de las ciudades donde los gremios imponían sus restricciones. En Inglaterra, los reformadores liberales presionaron por la abolición de los Estatutos de los Artesanos y por poner fin a la asociación obligatoria a los gremios, sobre todo durante las décadas centrales del siglo XVIII.[4] En Francia y en las regiones de Europa ocupadas por los franceses, los gremios, cuya independencia ya había sido erosionada por el Viejo Régimen, fueron oficialmente abolidos durante la Revolución.

La lucha liberal contra los gremios en los países de habla alemana se prolongó mucho más y resultó mucho más intrincada. Como en otros lugares, en Prusia uno de los gritos de guerra de los reformadores liberales fue la *Gewerbefreiheit*, o "libertad de ocupación", un principio que fue introducido, en forma limitada, a partir de 1808.[5] A través de las reformas de Stein-Hardenberg de 1807-1812, el comercio fue liberalizado en las áreas que habían estado bajo control francés, pero en las décadas siguientes se produjeron diversas reacciones en muchos de los Estados alemanes, buscando revitalizar los privilegios de que habían gozado los gremios. Este movimiento fue encabezado por los artesanos tradicionales, cuya subsistencia se veía amenazada por el avance de la industrialización. Si bien en Prusia, a través de la Ordenanza General Industrial de 1845, se abolieron determinados privilegios corporativos, esta disposición introdujo la obligación de contar con título habilitante para acceder al *status* de maestro artesano y de una certificación de bienes para los empresarios.[6] Incluso, en 1848, mientras el *Frankfurter Vorparlament* (Parlamento Previo de Francfort), de orientación liberal, estaba deliberando paralelamente en la misma ciudad, el sector artesanal independiente organizó el Congreso General de los Artesanos Alemanes (*Allgemeiner Deutscher Handwerker-Kongress*), procurando la aprobación de la protección de privilegios para los artesanos.[7] En la década que siguió a la derrota de las revoluciones de 1848, las ordenanzas que afectaban a los gremios se hicieron más severas en diversos estados alemanes. La lucha de los reformadores económicos liberales contra los gremios corría paralela a la lucha del liberalismo político en Alemania. Si bien los principios liberales lograron algún avance en 1815 y en 1848, también es cierto que sufrieron frecuentes e importantes fracasos antes y después de la unificación de Alemania, y nunca lograron la ascendencia que pudieron conseguir en Inglaterra y en Francia.

Hacia fines del siglo XIX, el poder concreto de los gremios había sido, en la práctica, bastante erosionado, debido al crecimiento de industrias totalmente nuevas, como la ferroviaria y la siderúrgica, que surgieron fuera de su área de control. El control legal sobre la calidad de los productos y los títulos habilitantes de los artesanos sólo existía en el sector manufacturero tradicional. Pero los gremios, por así decirlo, tuvieron la última palabra. Cuando Alemania se industrializó, gran parte de los miembros del sector artesanal tradicional se pasaron a la producción moderna para convertirse allí en maquinistas u otro tipo de obreros calificados, y llevaron consigo sus tradiciones corporativistas. Tanto el Comité Alemán para la Educación Técnica (*Deutscher Ausschuss für technisches Schulwesen*) como el Instituto Alemán para la Capacitación Técnica (*Deutsches Institut für technische Arbeitsschulung*) fueron establecidos a principios del siglo XX, para proveer una capacitación sistemática en oficios para la industria.[8] En 1922, la Cámara de la Confederación de Artesanos (*Handwerkskammer Tag*) fue reconocida legalmente como representante de los intereses de los artesanos.[9] Durante el período de la República de Weimar fue creado el marco básico para la capacitación en oficios, que estableció el entrenamiento de aprendices y la formación de escuelas técnicas, involucrando en esta acción tanto a la industria como a los sindicatos. En 1935, bajo el nacionalsocialismo, se asignó la responsabilidad de este tipo de entrenamiento a las asociaciones profesionales, resultando un sistema similar al existente en los antiguos gremios artesanales.[10] Fue en ese período cuando se desarrolló la capacitación sistemática del *Meister* o capataz. Este legado del nacionalsocialismo no fue rechazado al crearse la República Federal Alemana, en 1949, sino que se mantuvo y fortaleció mediante el Acta de Educación y Entrenamiento Profesional de 1969.

Es decir que en Alemania los gremios nunca fueron despiadadamente destruidos como sucedió en Francia. Por el contrario, sobrevivieron y fueron transmutados a una forma moderna hasta constituirse en la base del sistema de aprendices de la posguerra. Inglaterra, por el contrario, no institucionalizó, después de la guerra, ningún tipo de sistema de capacitación en oficios en un nivel nacional, debido, al menos en parte, a sus propios principios liberales. En esto no sólo influyó el hecho de que la eliminación de los privilegios de los gremios fue uno de los caballitos de batalla de la reforma liberal, sino también una cierta indolencia o *laissez-faire* frente al tema de la educación, hecho que contribuyó a la lentitud con que Gran Bretaña fue implementando un sistema educativo moderno, adecuado a su poder industrial en el siglo xx. La educación libre y universal no fue instituida en Gran Bretaña hasta 1891, mucho más tarde que en Alemania, y las instituciones de educación superior no orientaron sus programas hacia las ciencias y la tecnología hasta bien avanzado el siglo xx.[11]

En Alemania, el triunfo incompleto del liberalismo tuvo, en el nivel político, un efecto desastroso.[12] El Estado alemán, a principios del siglo xx, era considerablemente más autoritario que los de Gran Bretaña o Francia, con importante poder en manos del emperador y de la aristocracia de los *Junker* que lo rodeaba. Los *Junker*, con su tradición militar y sus relaciones sociales autoritarias, fueron quienes fijaron el tono de la política interna y externa de Alemania. Al margen de las instituciones que creara, la naturaleza comunitaria de la cultura alemana también generó intolerancia y falta de apertura. Es decir, la misma fuerza de los lazos que unían a los alemanes les daba un claro sentido de su propia identidad cultural y constituyó un elemento que fomentó el nacionalismo alemán durante la primera mitad de este siglo. Los historiadores también han afirmado que la unión tardía en un estado único hizo que la insistencia alemana en su identidad nacional distintiva fuese más constante y agresiva. Cuando, como resultado de la derrota sufrida en la Primera Guerra Mundial y el consiguiente desastre económico, los alemanes también pudieron verse como víctimas, el fuerte sentido de identidad cultural comenzó a tomar formas extremas y horribles. Fueron necesarios la derrota en la Segunda Guerra Mundial y el doloroso legado del nacionalsocialismo para doblegar el cerrado sentido de comunidad de los alemanes y construir las bases de una sociedad que diera cabida al tipo de tolerancia y apertura hacia el exterior que existen en Gran Bretaña y en Francia desde hace varias generaciones. Incluso hoy, la democracia alemana es más corporativa y menos individualista que la de Inglaterra o Francia, debido al papel, legalmente reconocido, que desempeñan los grupos sociales establecidos en ella. Lo que tuvo siniestras consecuencias desde el punto de vista del desarrollo político resultó ser de gran utilidad en lo referente a la modernización económica. La República Federal no rechazó de plano la legislación nacionalsocialista sobre entrenamiento y capacitación, como hizo con casi todas las demás innovaciones legales nazis, sino que la preservó y la amplió en ciertos aspectos. En esto, el caso alemán es similar al de Japón, donde se tomaron tradiciones culturales como la *iemoto* y la virtud confuciana de la lealtad, y se las modernizó como parte de la nueva síntesis industrial.

Nada de esto debe interpretarse como que la preservación de las tradiciones culturales por sí mismas es una condición fundamental para lograr una modernización económica exitosa. Pero así como a muchos de los inmigrantes que llegaron a los Estados Unidos les va bien porque lograron combinar sus tradiciones culturales con la libertad que les ofrece una sociedad liberal, así también muchos de los países que aparecen como prósperas usinas industriales son los que supieron combinar instituciones tradicionales y/o características culturales con un marco económico marcadamente liberal. Los alemanes no conservaron el sistema de los gremios en forma intacta, así como los japoneses no preservaron las estructuras de los clanes feudales, pero ninguno de los dos países sentó las bases de sus sociedades pura y exclusivamente con principios liberales. Por el contrario, el marco liberal fue moderado por ciertas instituciones premodernas que le confirieron cohesión.

El caso de Alemania demuestra la importancia de ser hábil o de tener suerte en lo que se refiere al mantenimiento de las pautas culturales tradicionales. La sociedad británica moderna también es una mezcla de instituciones liberales y antiguas tradiciones culturales, pero en el caso inglés la combinación de ambas no funcionó tan bien, al menos desde el punto de vista económico. Dije antes que los británicos asumieron una actitud más *laissez faire*, frente al tema de la educación, que los alemanes. Esto tuvo tanto que ver con la ideología liberal como con la cultura tradicional de la aristocracia, que era hostil al tipo de educación técnica y pragmática necesaria para crear una economía industrial moderna. Los Estados Unidos no fueron una sociedad menos liberal que Gran Bretaña, y sin embargo introdujeron mucho antes la educación libre y universal y desarrollaron un sistema de educación superior técnica mucho más eficiente.[13] Hasta bien entrado el siglo xx, en Gran Bretaña las instituciones de educación superior siguieron dedicándose a la enseñanza del humanismo clásico, en lugar de las ciencias modernas. La ingeniería no se consideraba una ocupación de gran *status* y solía constituir un área reservada para los hijos de trabajadores calificados y no para los hijos de la elite del país. Las clases altas cultivaban el ideal del aficionado culto o el pensador práctico, los cuales desdeñaban la educación técnica sistemática.[14]

Martin Wiener sostuvo que fueron precisamente el gradualismo y la tolerancia de la política inglesa, que resultaron ser un éxito total desde el punto de vista del desarrollo de instituciones políticas liberales adecuadas, lo que tuvo el perverso efecto de dejar intacta una cultura de clase alta, abiertamente hostil a los valores de la moderna sociedad industrial.[15] La aristocracia británica estaba más dispuesta que los *Junker* prusianos a admitir en sus filas a industriales y financistas prósperos de clase media. Pero esta aceptación resultó ser un dardo venenoso: en lugar de energizar a la aristocracia, la clase media empresaria fue convertida a los valores ociosos de aquélla. Wiener cuenta la historia de Marcus Samuel, un ambicioso judío del East End de Londres que fundó la Shell Oil Company a fines del siglo XIX. La verdadera ambición de Samuel no era convertirse en un industrial fabulosamente rico, sino tener una casa en el campo (que adquirió en 1895) y un título (se convirtió en Lord Mayor de Londres en 1902), y enviar a sus hijos a Eton y Oxford (cosa que hizo). Pero mientras lograba todo eso, perdió el control de la empresa, que cayó en manos de Henry Deterding, ejecutivo máximo de la Royal Dutch, que conservaba más de las clásicas virtudes de clase media y no se dejó seducir por el encanto de la cacería del zorro o de las reuniones sociales con fines caritativos.[16]

Fue así como, desde el punto de vista económico, los alemanes resultaron afortunados de que, como resultado de medio siglo de guerras, revoluciones, inestabilidad económica, ocupación extranjera y acelerados cambios sociales, una cantidad de sus instituciones sociales tradicionales, más allá de los gremios, fueran destruidas. La aristocracia prusiana perdió la supremacía, concreta y simbólica, dentro de la sociedad alemana como consecuencia de la Primera Guerra Mundial, proceso que fue acelerado por Hitler y la revolución nacionalsocialista. Casi todas las jerarquías sociales quedaron desacreditadas con la derrota de 1945. El ingeniero y el empresario, que ya en la Alemania del siglo XIX tenían un *status* social más alto que sus pares ingleses, se convirtieron en los actores centrales cuando toda la nación concentró sus energías en la recuperación económica.

A comienzos del siglo XIX, Gran Bretaña, Alemania y Japón estaban gobernados por clases aristocráticas que despreciaban el comercio, la tecnología y las actividades lucrativas. Las tres sociedades conservaban instituciones comunitarias que eran resabios de la época feudal (gremios, iglesias o templos) y nichos de autoridad política local. Japón al comienzo del siglo XIX, y Alemania a mediados de esta centuria, habían logrado neutralizar sus aristocracias, ya sea volviendo las energías de la clase dirigente hacia la actividad empresarial (como fue el caso en Japón) o simplemente marginándola (como sucedió en Alemania). Al mismo tiempo, Japón y Alemania modernizaron muchas de sus prácticas o instituciones culturales comunitarias, transformándolas en los componentes de una moderna sociedad industrial, ya sea en forma de grupos centrados alrededor de un Banco, *keiretsu,* asociaciones industriales y sistema de aprendices. Ambos países fueron capaces de controlar el problema organizativo en ambos extremos de la escala, creando corporaciones jerárquicas de gran tamaño mientras que, al mismo tiempo, conferían al lugar de trabajo un aspecto más humano al alentar la solidaridad entre pequeños grupos.

Los ingleses hicieron más o menos lo opuesto: erosionaron muchas instituciones comunitarias tradicionales, como los gremios, y fueron sumamente lentos en crear organizaciones modernas que pudieran reemplazar las funciones de capacitación y control de calidad que los gremios, en su momento, habían asumido. La sociedad inglesa demostró una marcada tendencia hacia la sociabilidad espontánea. Como nunca estuvo sujeta a un poderoso estado modernizador, conservó gran cantidad de valiosas organizaciones intermedias durante todo su período de industrialización, incluyendo iglesias disidentes o libres (como los cuáqueros, los congregacionalistas y los metodistas), instituciones caritativas, colegios, clubes y sociedades literarias. Pero también conservó un marcado sentido de la división de clases, el que balcanizó a la sociedad británica, lo que tuvo por consecuencia que, en el siglo XIX, resultara imposible que obreros y empresarios sintieran que formaban parte del mismo equipo. Aun cuando el poder real de la nobleza inglesa fue decayendo, sus actitudes anticapitalistas fueron recogidas por una clase intelectual marxista que conservó el esnobismo de la aristocracia con respecto a la industria, la tecnología y los hombres de negocios. Para esa gente, "fabricar artefactos tridimensionales" resultaba una actividad dudosa.[17] La conciencia de clase y un especial sentido de la tradición demoraron la aparición de la forma corporativa en su plenitud hasta después de la Segunda Guerra Mundial. A pesar de que la sociedad británica no es ni aproximadamente tan familística como la de China o la de Italia, muchas grandes empresas británicas siguieron siendo de propiedad familiar y manteniendo una conducción familiar hasta la mitad del siglo XX.[18] En muchos sentidos, la revolución que produjo la primera ministra Thatcher estuvo dirigida tanto contra la derecha aristocrática antiempresaria como contra la izquierda sindicalista. Sin embargo, observando los hechos, el impacto provocado por Margaret Thatcher sobre la cultura existente a su llegada al poder pareciera haber sido más bien débil.

La supervivencia de las estructuras comunitarias en las economías de Alemania y Japón indica algo que, a primera vista, parecería una extraña paradoja. En el pasado, tanto Alemania como Japón se destacaron por sus gobiernos autoritarios y sus sociedades pronunciadamente jerárquicas. Un estereotipo popular y generalizado para ambos grupos señalaba que a los dos pueblos les gustaba someterse a una autoridad, punto de vista que, como todos los estereotipos, nunca fue del todo cierto y fue siéndolo cada vez menos con el correr del tiempo. Sin embargo, como hemos visto, las relaciones en la fábrica japonesa y alemana son mucho más igualitarias que en sus equivalentes inglesas, francesas o estadounidenses. Existen menos distinciones formales de *status* entre supervisores y supervisados; las diferencias salariales suelen ser menores; la autoridad se transfiere hasta niveles más bajos, en lugar de ser retenida, en forma exclusiva, por la dirección o por una administración central. ¿Cómo es posible que dos sociedades que nunca "adhirieron a la teoría de que todos los hombres han sido creados iguales" en la práctica traten a sus miembros en forma más igualitaria que otras sociedades?

La respuesta tiene que ver con el hecho de que el igualitarismo en sociedades de orientación comunitaria a menudo se limita a los grupos culturales homogéneos que las conforman y no se extienden a otros individuos o grupos humanos, aun cuando éstos compartan las convicciones culturales dominantes de esa sociedad. Una comunidad moral hace una clara distinción entre "los de adentro" y "los de afuera". Suele existir una proporción inversa entre el grado de solidaridad entre los miembros del grupo y la hostilidad, indiferencia e intolerancia que se manifiesta hacia quienes son extraños a éste. Frente a esta realidad, los países que "adhieren formalmente a la teoría de que todos los hombres han sido creados iguales" tienen que reunir individuos con marcadas diferencias, que no necesariamente comparten las mismas convicciones culturales o pautas morales. Entonces, en lugar de una comunidad regida sólo por la moral, se crean las sociedades regidas por la ley; en lugar de la confianza espontánea, aparece la igualdad formal y el proceso legal establecido. Estas leyes suelen provocar cierto rechazo entre un cierto sector de la comunidad ("los de adentro"), pero para los que se agregaron en algún momento a ella ("los de afuera") esas leyes significan la seguridad de que sus diferencias culturales serán respetadas y, aún más, que algún día podrán ser iguales a "los de adentro".

Desde la finalización de la Segunda Guerra Mundial, la cultura comunitaria alemana ha cambiado en mucho mayor grado que la japonesa. Como reacción frente a los excesos del período nazi, Alemania pasó de ser una de las sociedades más intolerantes de Europa a ser una de las más abiertas. A pesar de las restricciones introducidas en la ley de asilo político y de la violencia existente contra los extranjeros, ciudades alemanas como Francfort y Hamburgo siguen contándose entre las más cosmopolitas del mundo. La política de los sucesivos gobiernos de la Alemania de posguerra ha sido la de tratar de fundir la identidad alemana con una identidad europea, más amplia. Las actitudes de antaño con respecto a la autoridad, las jerarquías, el Estado y la nación quedaron muy desacreditadas por lo ocurrido durante la Segunda Guerra Mundial, y en la actualidad se está manifestando una cultura mucho más individualista.[19]

La transformación japonesa de posguerra fue mucho menos profunda. A pesar de que el país aceptó una constitución democrática y se tornó profundamente pacifista, los japoneses, a diferencia de los alemanes, nunca se autoflagelaron, al menos no en la misma medida, por su culpa de haber participado en la la guerra. Hoy, las diferencias entre ambos países se evidencian a través de la manera en que uno y otro habla de la guerra en los libros de texto, y de la manera en que respetables políticos y académicos japoneses niegan toda responsabilidad por ella.[20] Ese mayor nivel de conformismo existente en Japón resulta evidente para cualquiera que camine por las grandes ciudades japonesas. Los equivalentes de los movimientos feministas y ambientalistas alemanes son pocos en Japón y, si existen, tienen muy poca fuerza; allí tampoco existen "verdes" o *Autonomen*; y hay muy pocas minorías étnicas, salvo la pequeña comunidad coreana. Como dijera un joven alemán a un autor holandés que escribía un libro en el que comparaban las actitudes alemanas y las japonesas con respecto de la guerra: "Por favor, le ruego que no exagere las similitudes. Nosotros somos distintos de los japoneses. No dormimos en nuestras empresas para lograr que éstas se vuelvan más poderosas. Somos, simplemente, gente; gente normal".[21] Estadísticamente, se le puede dar la razón en un aspecto: los alemanes, hoy en día, trabajan, en promedio, mucho menos que los japoneses. Sea cual fuere la fuerza de la tradicional ética de trabajo protestante alemana celebrada por Max Weber, la semana laboral promedio alemana en las áreas de producción se ha reducido a treinta y una horas, contra las cuarenta y dos que se trabaja en Japón.[22] Por lo que pareciera, el trabajador alemán se toma sus vacaciones anuales con una conciencia mucho más tranquila que su equivalente japonés.

Al igual que en el caso de Japón, la recesión de principios de la década de los 90 y la intensificación general de la competencia en un nivel mundial han ejercido, y lo seguirán haciendo, una gran presión sobre las instituciones económicas comunitarias de Alemania. Es una buena política de empresa afirmar que tratará de mantener a sus trabajadores en lugar de despedirlos, y los alemanes se hallan en mejor posición para hacer lo que muchos de sus competidores europeos. Pero no siempre es posible adaptar la mano de obra calificada en una industria que atiende nichos de mercado para productos con alto valor agregado, en especial cuando la mano de obra es tan costosa como en Alemania. Cada vez es más fácil encontrar mano de obra con una calificación comparable, y a una fracción del costo alemán, en Europa oriental, Asia y en lugares del Tercer Mundo. Además, en Alemania hay muchas más instituciones económicas comunitarias establecidas por ley que en Japón, y muchas más administradas en forma directa por el Estado. Incorporar esas instituciones a la legislación, en lugar de implementarlas a través del consenso moral informal, genera costos de transacción y probablemente contribuya de modo considerable a la rigidez del sistema. La implicancia de esto es que, si Alemania quiere aceptar el futuro desafío de la competencia mundial, no necesariamente deberá convertirse en una economía menos comunitaria, sino en una menos estatista.

CAPÍTULO 22

El lugar de trabajo
con alto nivel de confianza

A nte la alternativa de comparar el lugar de trabajo estadounidense tradicional con su equivalente alemán, con alto nivel de confianza y orientado hacia el trabajo en equipos, o con el modelo francés, con su bajo nivel de confianza y sus regulaciones burocráticas, la mayoría de la gente se inclinaría a decir que el estadounidense se parece más a este último. Después de todo, Frederick Winslow Taylor fue estadounidense, y el sistema industrial con bajo nivel de confianza que creó fue considerado en todo el mundo como la visión típica estadounidense de la modernidad. El legalismo de la fábrica tayloriana, sus pretensiones de universalidad y los derechos cuidadosamente enumerados, controlados con celo por los sindicatos, reflejan con claridad aspectos propios de la ley constitucional estadounidense. La notable complejidad de la clasificación de puestos y su ramificación y alcance a toda el área productiva son una muestra de la extensión de las relaciones legales en la sociedad estadounidense. El sistema estadounidense de relaciones entre sindicato e industria del siglo XX, con sus despidos masivos periódicos, contratos que parecen la Biblia por su extensión, y su interacción burocrática y regida por un sinfín de normas, pareciera ser el prototipo de las relaciones sociales con bajo nivel de confianza.

Sin embargo, la fábrica tayloriana y el control sindical asociado con ella han sufrido una rápida declinación en los Estados Unidos durante las últimas décadas, y han sido reemplazadas por un modelo de planta de producción mucho más orientado hacia el trabajo en equipo, importado de Japón. Un análisis más detallado de la historia de la producción estadounidense en gran escala indica que el taylorismo, en lugar de ser el paradigma del lugar de trabajo estadounidense, más bien debe ser calificado como una anomalía histórica. En otras palabras, el sistema de producción por equipos (*lean manufacturing*) no es una práctica cultural foránea injertada en una sociedad básicamente diferente, sino que ha devuelto al trabajador estadounidense sus antiguas tradiciones comunitarias, que había perdido por el camino.

Cuando el taylorismo fue introducido en la industria automotriz, a poco de iniciado el presente siglo, muchas de sus características, como su forma fría y formal de tratar a los trabajadores, no cayeron bien a los estadounidenses, y su implementación se encontró con una considerable resistencia. Se puede decir que tuvo éxito básicamente por las condiciones específicas del mercado laboral en Detroit, durante la época del inicio de su puesta en práctica. La gente que ingresaba en la industria automotriz no tenía demasiado en común con la sociedad estadounidense tal como ésta se autodefinía por aquella época. La misma Detroit era, en muchos sentidos, una ciudad nueva; su población tuvo un explosivo crecimiento: de medio millón de habitantes en 1910, pasó a tener un millón sólo una década más tarde. Muy pocos eran los trabajadores de la industria del automóvil que tenían raíces en la comunidad. De la fuerza laboral de Detroit en 1911, estimada en 170.000 hombres, unos 160.000 habían sido contratados en otros lugares, mediante la Asociación de Empleadores.[1] La gran mayoría de los nuevos trabajadores atraídos por la industria automotriz eran inmigrantes, básicamente de origen austrohúngaro, italiano, ruso y de otras partes de Europa oriental. (Esto también sucedió en otras industrias nuevas; en 1907, de los 23.337 obreros de la planta siderúrgica Carnegie en Pittsburgh, dos tercios eran inmigrantes.)[2] Un estudio de los obreros de Highland Park, realizado en 1915, indicó que allí se hablaban más de cincuenta idiomas.[3] Tal como sigue sucediendo hoy en día, a los empleadores les resulta mucho más fácil explotar a inmigrantes que a los oriundos del país. Dado el carácter étnico y transitorio de la fuerza laboral, era natural que Ford y otros grandes fabricantes no consideraran a sus trabajadores como parte de una gran familia corporativa, sino que los vieran como extraños que había que controlar y disciplinar, por medio de reglas formales y legalistas.

Pero, aun así, Henry Ford pronto implementó una cantidad de prácticas laborales paternalistas que rara vez se identificaban con el taylorismo. El trabajo en el nuevo entorno de la producción masiva era altamente estresante y peligroso, y provocaba una alta tasa de rotación laboral. Ford reaccionó negativamente frente a las condiciones que observó en su propia planta y, por sí mismo, en 1914, propuso la más famosa de sus innovaciones: la introducción de una paga de cinco dólares por día.[4]

Con esto Ford duplicó el jornal de sus obreros en medio de una época de recesión. A continuación, la empresa creó un "Departamento Sociológico" que se ocupaba del bienestar social de los trabajadores.

Ese departamento, bastante policíaco, enviaba a sus agentes a los hogares de cada trabajador para relevar sus condiciones de vida, conducta moral y detectar problemas, como el abuso del alcohol; los obreros eran trasladados, ya fuera mediante persuasión o coersión, a mejores viviendas, porque Ford no quería que se formaran barriadas pobladas por sus obreros.[5] La empresa implementó un extensivo programa de enseñanza de la lengua inglesa y realizó particulares esfuerzos por contratar a gente discapacitada.[6] Todo esto hizo que existiera una gran brecha entre el taylorismo teórico y el sistema que Henry Ford implementara, en la práctica, en Highland Park y, más adelante, en River Rouge.

Al despuntar la década de 1930, la industria automotriz se vio afectada por la Gran Depresión, que hizo que dejara de existir un mercado para automóviles y, en consecuencia, las relaciones laborales en Ford cayeron en picada; produjeron despidos masivos y violentos choques entre obreros militantes y los guardias de las fábricas. La tristemente famosa lucha en las puertas de la planta de River Rouge, ocurrida en 1932, dejó el saldo de cuatro obreros muertos a balazos.[7] Después de la Segunda Guerra Mundial y la recuperación del país, después de la depresión sufrida, el esquema combativo y legalista de las relaciones laborales estadounidenses ya estaba establecido con firmeza, y el control sindical del trabajo comenzó a proliferar en una industria tras otra.[8]

La rapidez con que las empresas que optaron por el sistema de producción por equipos del estilo japonés lograron implementarlo en los Estados Unidos, y el entusiasmo general con que dicho sistema fue recibido por los obreros, indica que el taylorsimo y el control sindical tal vez no estén tan firmemente arraigados en la cultura estadounidense como podría parecer a primera vista. A pesar de las presiones significativamente mayores que el trabajo en grupos impone al obrero, el concepto de que la empresa es una familia ha tenido un gran atractivo para los trabajadores estadounidenses, muchos de los cuales se han re-sistido a la sindicalización, precisamente en aquellas plantas en que se introdujo ese sistema. No es casualidad que las empresas japonesas que se radicaron en los Estados Unidos hayan elegido para la construcción de sus instalaciones el sur o el área rural del centro del país, como, por ejemplo, la planta de Honda en Marysville, Ohio. Esas zonas no sólo no tienen sindicatos ni una tradición de militancia sindical, sino que albergan comunidades relativamente homogéneas, cuyo espíritu recuerda a las pequeñas ciudades estadounidenses de principios de este siglo.

Para comprender la revolución que ha tenido lugar en la planta de producción estadounidense en lo referente a las relaciones sociales, tenemos que comprender primero la naturaleza del sistema de producción por equipos.

Este sistema, que en inglés se denomina *lean manufacturing* (que integra conceptos como el *just-in-time*, o *kanban* en japonés), perfeccionado por la Toyota Motor Corporation, ha sido la fórmula mágica en la industria durante la última década y media, y su implementación se ha difundido desde el Japón a América del Norte, Europa e incluso algunas partes del Tercer Mundo. Ese sistema ha sido estudiado en profundidad, en particular por el Programa Internacional de Vehículos de Motor del MIT (*MIT International Motor Vehicle Program*), y aquí me basaré, en gran medida, en ese trabajo.[9] El hecho de que se lo haya implementado en tantos países diferentes sugiere a los autores del estudio del MIT que no se trata de una práctica determinada culturalmente, sino de una técnica gerencial de aplicabilidad universal. Esto es, en cierta medida, correcto: las relaciones de alta confianza pueden exportarse más allá de los límites culturales. Pero no es casualidad que el sistema de producción por equipos fuera inventado en Japón, un país con un muy alto nivel general de confianza social. Los datos del estudio del MIT no revelan si esta técnica puede ser implementada en países con bajo nivel de confianza con el mismo éxito y la misma facilidad con que se lo ha introducido en aquellos con alto nivel de confianza.

Este sistema de producción por equipos (SPE) fue inventado, en la década de los 50, por el principal ingeniero de producción de Toyota, Taiichi Ono, que se enfrentó con el problema de que el mercado de Toyota era demasiado pequeño como para soportar largos procesos de producción y, por consiguiente, para sostener la división de trabajo altamente especializada que caracterizaba a las plantas automotrices taylorianas de los Estados Unidos, de producción masiva. Los fabricantes estadounidenses poseían los recursos para comprar máquinas-herramienta especializadas, que se instalaban y permanecían en operación durante largos períodos, así como para mantener grandes *stocks*, en prevención de cualquier interrupción en la línea de producción. Al tratar de resolver este problema, Ono elaboró un sistema que resultaba más económico en términos de costos totales de capital y, al mismo tiempo, más productivo por unidad de capital que en la producción masiva tayloriana.[10]

La esencia del sistema creado por Ono es un proceso de fabricación extremadamente delgado y frágil, que puede ser interrumpido con gran facilidad por problemas producidos en cualquier punto de la línea de producción, desde el punto de suministro inicial hasta el armado final.[11] Los *stocks* se mantienen en un nivel mínimo. Cada operario tiene un cordón en su estación de trabajo, tirando del cual puede detener toda la línea de producción si detecta un problema. Si un trabajador tira del cordón o si el equipo proveedor de insumos de la línea no entrega los suministros exactamente de acuerdo con el cronograma fijado, toda la línea de armado se detiene. Esa misma fragilidad actúa como un sistema de retroalimentación de información, que comunica a los trabajadores o a los ingenieros de producción que existe un problema. Quienes se hallan operando la línea de producción están obligados a solucionar esos problemas en su origen, en lugar de permitir que los defectos se incorporen en el producto final. En una fábrica de producción masiva tradicional, el obrero tiene muy poco incentivo para descartar el panel de una puerta, aunque éste se encuentre mal alineado. En un área de producción que aplique el sistema japonés descrito, la línea se detendría hasta que se solucionara el problema con el panel de la puerta, ya sea en la estación de trabajo en que se realiza el armado, ya sea en la instalación del equipo proveedor del panel. La implementación inicial de este sistema es difícil, pero una vez que se encuentra en funcionamiento mejora de modo considerable la calidad del producto final. Los problemas de calidad se solucionan en su fuente de origen, y no en los talleres de reacondicionamiento, al final de la línea de producción, como sucede en las fábricas tradicionales de producción masiva.

El sistema de producción diseñado por Ono devuelve la responsabilidad de la toma de decisiones a los trabajadores de la línea de ensamblado, aún en mayor medida que el modelo de la fábrica alemana, descrita anteriormente.[12] Es decir que, en lugar de seguir la receta tayloriana de que sean los ingenieros de producción especializados quienes diseñen el trabajo en la planta, son los trabajadores que operan en la línea de producción quienes asumen la responsabilidad de decidir cómo hacerlo. En lugar de recibir instrucciones minuciosamente detalladas sobre cómo hacer una tarea acotada y simple, todo un equipo de operarios tiene la responsabilidad de decidir, en forma colectiva, cómo resolver un problema de producción más complejo. A los grupos de trabajo se les da tiempo para discutir la operación de la línea, y son incentivados de continuo para hacer sugerencias sobre cómo tornar más eficiente el proceso de producción. La tarea del obrero no consiste en realizar una simple operación única o manejar una máquina compleja, como en la fábrica de alfileres de Adam Smith, sino contribuir con su criterio a manejar la línea de producción en su totalidad. Es así como nace el concepto de los equipos de producción y, más adelante, el de los círculos de calidad.

Delegar la responsabilidad en equipos de producción limita la división del trabajo: los obreros son capacitados para desempeñar una amplia gama de tareas, para que puedan ser transferidos de un puesto a otro, según las necesidades del momento. Además, emplear trabajadores que cuentan con una capacitación de ese tipo y son capaces de llevar a cabo tareas diferentes en forma flexible reduce la necesidad de contar con máquinas-herramienta altamente especializadas y otros costosos bienes de capital. Una de las primeras innovaciones de Ono fue reorganizar el sector de matricería. Los tiempos de cambio de matrices en las grandes prensas de estampado, utilizadas para la fabricación de las partes del chasis de los vehículos, fueron reducidos de un día de trabajo a tres minutos, y el cambio podía ser realizado por los mismos operarios de la producción, en lugar de tener que ser llevado a cabo por especialistas. Fabricar partes en pequeños lotes mejora de manera increíble la productividad, porque reduce la necesidad de financiar grandes *stocks*, elimina la operación de costosas máquinas-herramienta especializadas y también permite detectar los problemas de calidad antes de que éstos sean transferidos a grandes lotes de productos.[13] La misma línea de armado puede utilizarse para producir una gama mucho más amplia de productos, utilizando herramientas tradicionales.

En este sistema de producción, el grado de confianza que se deposita hasta en el último obrero de armado es extraordinario, medido según las pautas taylorianas. En una planta tradicional de producción en serie, la línea de armado se halla organizada como para evitar a cualquier precio su detención. Ésta es la razón por la cual cada sector tiene una importante cantidad de *stocks* de repuestos a su disposición; los errores se transfieren a lo largo de la línea y son detectados o bien en el área de control, al final de la línea, o por el consumidor final. Parar una línea de armado constituye una crisis importante en la planta y la autoridad para hacerlo está en manos de los niveles más altos de la supervisión. En una instalación productiva organizada según el modelo del ingeniero Ono, por el contrario, se le confía a cada trabajador un cordón del que puede tirar para detener la línea si detecta un problema. Al principio, mientras se estaba implementando el sistema, el frecuente tirar del cordón condujo a considerables demoras, pero con el tiempo la cantidad de detenciones de la línea comenzó a decrecer en forma notable. Es fácil imaginar qué pasaría en una planta con un mal clima laboral, si cada uno de los operarios tuviese, de hecho, la autoridad como para sabotear la producción en su totalidad.

Para que el concepto del equipo de producción resulte eficaz, la dirección tiene que dejar de lado su ambición tayloriana de compartimentar el diseño y el control del proceso de producción como una función propia de la ingeniería especializada, y, en cambio, confiar a los obreros ubicados en un nivel jerárquico mucho más bajo la responsabilidad de las decisiones de producción básicas. Según dice el estudio del MIT: "Los trabajadores sólo responden cuando perciben que existe un compromiso recíproco, cuando sienten que la dirección realmente valora a sus operarios calificados, hace sacrificios por conservarlos y está dispuesta a delegar responsabilidades en el equipo. Si la empresa se limita a la modificación de sus organigramas para hacer figurar en ellos los 'equipos' y la introducción de círculos de calidad nada más que para encontrar formas de mejorar procesos y productos, difícilmente logrará generar cambios reales".[14]

Una verdadera delegación hacia abajo de la autoridad sólo se produce si los trabajadores tienen un espectro bastante amplio de habilidades como para posibilitarles ver el proceso de producción en su totalidad y no sólo una mínuscula parte de él. La inversión en capacitación es, por lo tanto, mucho más alta que en una clásica fábrica tayloriana. Esto significa, además, un menor grado de especialización tanto en la parte superior como en la inferior de la escala jerárquica: en determinadas fábricas que implementan este sistema se exige a los ingenieros de producto trabajar en la línea de armado, para familiarizarse con el proceso de producción y no estar encasillados en una estrecha categoría profesional para el resto de su carrera.[15]

En su forma totalmente ramificada, la red íntegra de proveedores y subcontratistas externos de la línea de armado se hallan incorporados en el sistema. En lugar de estar verticalmente relacionados con la casa matriz, a través de adquisiciones directas, están organizados en diversos estratos independientes. Se espera que los proveedores suministren pequeñas cantidades de producto, de acuerdo con plazos que deben observarse en forma estricta, y que se adapten a los cambios con tanta rapidez como lo tienen que hacer los mismos traabajadores de la línea de armado final. La responsabilidad por el diseño del producto también se transfiere al proveedor. En lugar de exigirle que fabrique el producto de acuerdo con las especificaciones exactas que le hacen llegar los ingenieros del armador final, se le dan los requisitos generales para la pieza que se necesita, y a partir de ahí puede tomar sus propias decisiones respecto del diseño. Sin embargo, si aparece un problema de calidad en el proceso de armado, el armador puede pedirle al proveedor que lo solucione en su fuente de origen. En ese punto, la relación puede no ser tan libre: los ingenieros del armador podrán criticar los métodos de producción del proveedor y exigirle que introduzca cambios en ellos. La firma matriz y sus proveedores, por lo tanto, intercambian una gran cantidad de información, no sólo especificaciones y planos, sino detalles más confidenciales sobre los respectivos procesos de producción. A menudo el intercambio de información va acompañado de un intercambio de personal. Es sumamente difícil armar toda esa red de proveedores, pero, una vez que está coordinada, se convierte en una prolongación de la planta de producción.

La relación de confianza es particularmente crítica para mantener la red de proveedores, y su ideal se establece en el contexto de las relaciones de la *keiretsu* japonesa. En una relación entre armador y proveedor puramente regida por el mercado, la empresa compradora trata con diversos proveedores y compara sus ofertas a fin de obtener los mejores precios y la mejor calidad. En esta forma de operar, la confianza entre armador y proveedor no es total: debido a la competitividad sin reparos, este último se mostrará reacio a brindar al primero sus datos sobre costos o procesos de fabricación propios, por temor a que la información sea utilizada en su contra. Si el proveedor desarrolló un proceso que mejora su productividad en forma significativa, tratará de acaparar las ganancias que esto le representa, en lugar de sentirse obligado a transferirla al cliente en forma de mejores precios. La relación de la *keiretsu*, por el contrario, se basa en un sentimiento de compromiso recíproco entre el armador y el proveedor: ambos saben que trabajarán juntos a largo plazo y que ni uno ni otro cambiará de interlocutor comercial por una pequeña diferencia en el precio. Sólo si existe un alto grado de confianza mutua un proveedor permitirá a los ingenieros de la empresa compradora conocer sus datos sobre costos y opinar sobre cómo compartir los beneficios económicos de las mejoras en la productividad.

El sistema de producción creado por Toyota constituyó un beneficio tan grande para la productividad de esta empresa que pronto fue analizado y copiado por otras firmas, así como fue imitado el sistema de producción de Henry Ford en Highland Park a principios de la era de la producción masiva. La importante caída de la industria automotriz estadounidense, después de la crisis petrolera de la década de los 70, fue el incentivo inmediato, para una cantidad de fabricantes estadounidenses, para aprender un nuevo estilo de fabricación.

Sin embargo, la introducción de métodos de producción que requerían un alto nivel de confianza, en un entorno industrial donde ese nivel de confianza era relativamente bajo, demostró ser sumamente difícil, dado que el sistema de Toyota apunta directamente contra la categorización de puestos y las normas laborales engendradas e impuestas por la producción masiva tayloriana y el control sindical del trabajo en la planta.

General Motors introdujo los equipos de trabajo en algunas de sus plantas a principios la década de los 80, reforma que significó el colapso de un sistema de categorización de puestos con gran cantidad de niveles, a favor de una única categoría de trabajadores de la producción. El sistema de producción por equipos alentó a los trabajadores de la GM a aprender una cantidad de nuevas tareas, con incentivos prácticos por parte de la empresa, así como a organizar algunos aspectos de la producción y constituir círculos de calidad. Sin embargo, el enfoque del trabajo por equipos era visto con marcada suspicacia por el sindicato de trabajadores de la industria del automotor, la United Auto Workers

(UAW), sobre todo porque la GM primero lo introdujo en sus plantas del sur de los Estados Unidos, que en ese momento no estaban sindicalizadas.[16] En Japón, los trabajadores no se aferran a una estricta clasificación de puestos y a garantías contractuales escritas, porque el sistema de la producción por equipo es parte del concepto de empleo vitalicio, lo que les otorga una total seguridad laboral. La UAW temía que la forma de trabajo por equipos erosionara la lealtad al sindicato y formara parte de una estrategia antisindical global que alentaría a los trabajadores a prescindir de las regulaciones laborales, que tanto les costara obtener, sin ganar a cambio nada en cuanto a seguridad laboral. Esto demuestra que, para que funcionen sistemas de producción como el de Toyota, el compromiso tiene que ser mutuo. En el caso particular de GM y de los primeros intentos para introducir algunos elementos del sistema de producción japonés, no se logró el éxito. La empresa no cumplió con su parte del compromiso: si bien, por un lado, alentó la formación de equipos de producción, por el otro compró robots y siguió despidiendo trabajadores. El otorgamiento de un bono de U$S 1,5 millones a Roger Smith, presidente de la GM, en medio de la traumática recesión de 1981-1982, no contribuyó a que los trabajadores percibieran a la empresa como un equipo del que ellos formaban parte.[17]

También hubo otros obstáculos institucionales que impidieron la introducción, en los Estados Unidos, del sistema de producción que comentamos. Una gran parte de la tarea de los funcionarios de las sedes sindicales de todo el país consistía en controlar los contratos y administrar las regulaciones laborales; si estas últimas eran abolidas o convertidas de modo tal que quedaran bajo la responsabilidad de los equipos de trabajadores, estos funcionarios se quedarían sin ocupación. Por su parte, muchos integrantes de los niveles gerenciales medios no se sentían nada felices de tener que ceder el control de la fábrica a los trabajadores de las áreas de producción. Por otra parte, la organización del trabajo en equipos puede resultar sumamente estresante para el trabajador, dado que debe asumir la responsabilidad de la productividad de su grupo y operar bajo la gran presión de maximizar el rendimiento de un proceso de producción complejo.

Muchas de las fábricas construidas en los Estados Unidos por empresas japonesas superaron los problemas del control sindical, instalándose en el sur o en otras áreas del país en las cuales no había una fuerza laboral sindicalizada.

Cuando General Motors pudo introducir al fin el sistema de producción de Toyota, con ayuda directa de esa empresa japonesa (en la planta de New United Motor Manufacturing Inc., en Freemont, California), lo hizo sólo gracias a que logró convencer a la UAW de sustituir sus engorrosas reglas y normas laborales por un contrato en el que se reconocen sólo dos categorías de trabajadores.[18]

El principal problema con la parte laboral sindicalizada que tuvo que enfrentar la empresa al introducir este nuevo sistema no fue una demanda laboral por mayores salarios, beneficios o estabilidad laboral (a pesar de que a todos los empleadores, por supuesto, les gustaría pagar menos), sino la insistencia de los sindicatos en mantener la existencia de detalladas normas laborales y de clasificación de puestos, lo que trababa la introducción de la producción flexible por equipos. En la práctica, el trato implícito que subyace a una implementación exitosa del sistema de producción por equipos, tanto en Japón como en los Estados Unidos, es un trueque de regulaciones laborales más flexibles por la estabilidad laboral a largo plazo. Fue Ford Motor Company la que implementó este sistema de manufactura en forma más abarcadora y generalizada en sus plantas de América del Norte, porque logró generar un sentimiento de confianza entre sus obreros, significativamente mayor que la GM, en cuanto a que cumpliría con su parte del trato.[19]

Los autores del estudio del MIT afirman que el sistema de Toyota no sólo sirve para entornos culturales como el de Japón, sino que, con una dirección adecuada, puede ser implementado en cualquier parte. Para apoyar esa afirmación, recurren a la gran cantidad de datos sobre la productividad de plantas de la industria automotriz en todo el mundo. Estos datos demuestran que, dentro de cada región —Japón, América del Norte, Europa y el Tercer Mundo— existen considerables variaciones en el grado de productividad de las plantas de la industria automotriz, variación que es mayor que las diferencias promedio de la productividad entre las regiones en sí. Esto sugiere que no es la cultura, sino las características de la conducción de estas plantas, lo que determina su productividad. Después de todo, este modelo operativo para la producción no surgió, totalmente armado y organizado, como producto de la cultura tradicional japonesa; fue inventado por un ingeniero de Toyota, en un momento histórico determinado, y permitió que esa empresa alcanzara una importante ventaja competitiva sobre sus rivales japoneses, hasta que también éstos adoptaron el sistema.[20] Por lo tanto, afirman los autores del MIT, las variaciones regionales en la productividad se deben simplemente a la perezosa lentitud de cada región en adoptar sistemas basados en el modelo de Toyota y en bajar la capacitación hasta los estamentos inferiores en sus áreas de producción.[21]

De acuerdo con lo afirmado anteriormente sobre cultura y confianza, habría que esperar que las culturas con una alta tendencia hacia la sociabilidad espontánea, como Japón y Alemania, fueran las que adoptaran con mayor facilidad el sistema de producción mencionado, mientras que otras, como Italia, Francia, Taiwán y Hong Kong tendrían mayores dificultades para hacerlo. Los Estados Unidos constituyen un complejo caso intermedio: en muchos aspectos, ésta es una sociedad tradicional con alto nivel de confianza, pero también posee tradiciones individualistas muy fuertes, por las cuales se buscaron, en determinado momento, soluciones industriales con todas las características de las que no requieren un alto nivel de confianza. Los datos del MIT, reproducidos en la tabla 2, en cierta forma reafirman esa hipótesis.

TABLA 2
Productividad en plantas de armado automotor
(unidades = horas/vehículo)

	MEJOR	PROMEDIO
Japonesas en Japón	13,2	16,8
Japonesas en los Estados Unidos	18,8	20,9
Estadounidenses en América del Norte	18,6	24,9
Estadounidenses y japonesas en Europa	22,8	35,3
Europeas en Europa	22,8	35,5
Nuevos países industrializados	25,7	41,0

Fuente: James P. Womack, Daniel T. Jones y Daniel Ross, *The Machine That Changed the World: The Story of Lean Production* (Nueva York, Harper Perennial, 1991), pág. 85.

Cualquiera que analice los datos del MIT tendrá que coincidir en que el modelo productivo por equipos es una técnica gerencial exportable, más allá de los límites culturales, y que cualquier empresa que la implemente logrará, probablemente, un incremento en su productividad, con independencia del lugar del mundo en que se encuentre ubicada. Pero esto no significa que no puedan existir importantes factores culturales que impidan la implementación exitosa de este tipo de sistema en determinados países. Por ejemplo, a pesar de que hay una considerable variación de la productividad entre los países, tanto la productividad promedio como la productividad en las plantas que utilizan las mejores prácticas de producción (probablemente las que emplean sistemas como el de Toyota) varían de manera considerable de región a región. De acuerdo con los datos del MIT, es Japón el que tiene las cifras más altas, tanto para el promedio como para las mejores prácticas, seguido por América del Norte, y Europa en un lejano tercer puesto.[22] (El estudio también brinda datos sobre el Tercer Mundo, pero éste se halla conformado por tantos países con características tan diferentes, que sus cifras, para estos fines comparativos, no tienen mucho valor.) La Tabla 2 indica que las mejores empresas japonesas instaladas en América del Norte y los mejores fabricantes asentados en esa parte del continente logran ambos un nivel de productividad similar en sus plantas, que, sin embargo, es más bajo que el de las mejores fábricas japonesas instaladas en Japón.[23]

Si se tiene en cuenta el carácter conflictivo de las relaciones laborales en Corea y la orientación más familística de esa sociedad, no debiera sorprender que las corporaciones coreanas no hayan estado en la vanguardia en cuanto a la utilización de sistemas productivos por equipos. Cuando los fabricantes de automóviles coreanos, como Hyundai y Daewoo, comenzaron a enviar sus productos al mercado norteamericano, en la década de los 80, lo hicieron como fabricantes en gran escala con productos de bajo costo, cuya ventaja competitiva se basaba en los bajos salarios que se pagaban en su país de origen. A pesar de que se nutrieron marcadamente de la tecnología japonesa (el Hyundai Excel es casi igual al Mitsubishi Colt), no importaron los métodos de Toyota y siguieron siendo los clásicos fabricantes masivos. Al principio los fabricantes de automotores coreanos hicieron muy buen negocio, pero las ventas comenzaron a caer en 1988, cuando el costo de la mano de obra doméstica comenzó a incrementarse con rapidez y, lo más importante de todo, cuando los consumidores comenzaron a darse cuenta de que los automóviles coreanos no cumplían con las mismas pautas de calidad que sus rivales japoneses.[24] Los métodos de la forma de producción por equipos sólo pudieron introducirse en Corea cuando resultó evidente que sus empresas no podían competir sólo sobre la base de su bajo costo de mano de obra. De todas formas, resulta claro que el método de Toyota no es algo que podría haber surgido en forma natural en la cultura coreana.

No todos los aspectos del sistema de manufactura que analizamos han sido exportados a los Estados Unidos con tanto éxito como los grupos de trabajo y los círculos de calidad. Las relaciones de tipo *keiretsu* que existen en Japón, entre las empresas centrales y los proveedores, por lo general no han sido adoptadas por los fabricantes de automotores de los Estados Unidos, excepto en las plantas automotrices japonesas que se trasladaron físicamente desde Japón a ese país. Las empresas automotrices estadounidenses continuaron integradas en forma vertical, o bien manteniendo relaciones de mercado formales y distantes con sus proveedores. Es más, algunas de las innovaciones introducidas en la industria automotriz estadounidense en la década de los 80, como la reorganización total de la red de proveedores llevada a cabo por el ex vicepresidente de GM, Ignacio López, procuraban utilizar una disciplina de mercado (a veces altamente adversa) para obtener mejores precios o mejor calidad de sus proveedores, en lugar de procurar establecer relaciones de confianza a largo plazo. Todavía hoy sucede que las terminales intentan oponer a sus distintos proveedores, lo que no hace sino generar desconfianza en estos últimos, que, por lo tanto, no están dispuestos a compartir con su cliente datos sobre técnicas de producción o de costos.[25] En otros casos el problema es más ideológico, como, por ejemplo, cuando una de las plantas de armado del Saturn de GM, que utilizaba métodos del tipo Toyota y ajustados *stocks*, fue deliberadamente obligado a cerrar sus puertas por la acción de uno de sus proveedores, que quería demostrar su poder.

Los autores del estudio del MIT afirman que, dado que el sistema de producción por equipos, al ser exportado a los Estados Unidos, logró sortear la barrera cultural estadounidense-japonesa con relativa facilidad, es un sistema que no está limitado por la cultura. Pero la verdad de esa afirmación parte de la suposición —sostenida, en general, haciendo referencia al campo de la competitividad— de que Japón y los Estados Unidos son polos culturalmente opuestos, con un Japón que ejemplifica el espíritu comunitario y un Estados Unidos altamente individualista. Si éste es el caso, constituye un interrogante que resultaría interesante discutir. Puede ser que el modelo tayloriano de organización industrial, inventado en los Estados Unidos y desde allí exportado al resto del mundo, no fuera, en realidad, un producto típico o inevitable de la cultura estadounidense. El taylorismo mismo puede haber sido algo así como una aberración en la historia de los Estados Unidos, y quizá su reemplazo por el modelo de producción, de orientación más comunitaria, de Toyota, haya significado un regreso de los Estados Unidos a raíces culturales alternativas, distintas pero muy auténticas. Para comprender por qué esto puede ser así, es necesario analizar de más cerca la dualidad de la herencia estadounidense, que es a un tiempo individualista y grupal.

IV

LA SOCIEDAD ESTADOUNIDENSE Y LA CRISIS DE CONFIANZA

CAPÍTULO 23

Las águilas no vuelan en bandadas... ¿o sí?

D esde los consejos escolares que amplían sus currículos para dar cabida al estudio de lenguas y culturas no occidentales, hasta las empresas que organizan seminarios de "capacitación para la diversidad", a fin de sensibilizar a sus colaboradores sobre las distintas y sutiles formas de discriminación, los estadonidenses de la década de los 90 vienen preocupándose —a favor o en contra— por los temas del "multiculturalismo". Quienes proponen planes de estudios multiculturales afirman que los Estados Unidos se hallan constituidos por una sociedad muy diversa y que los estadounidenses tienen que reconocer y comprender mejor el aporte positivo de esa cantidad de culturas que conforman su país, en especial de aquellas que no provienen de Europa. Los defensores del multiculturalismo o bien esgrimen el argumento de que los Estados Unidos nunca fueron una cultura única, más allá de su sistema político y legal universalista, o bien afirman que la cultura europea que predominó en el país durante las generaciones pasadas era opresiva y no debiera ser un modelo al que todos los estadounidenses deben adecuarse.

Por supuesto que nadie puede objetar seriamente la idea de estudiar con seriedad otras culturas, y en una sociedad liberal decididamente es necesario aprender a tolerar las diferencias entre sus habitantes. Sin embargo, algo muy distinto es afirmar que los ciudadanos de los Estados Unidos o bien nunca poseyeron una cultura predominantemente propia, o bien que, por una cuestión de principios, *no debieran tener* una cultura predominante a la cual distintos grupos deban asimilarse. Como se ha demostrado en este libro, la capacidad de un pueblo de mantener un "lenguaje común del bien y del mal" resulta fundamental para la creación de la confianza, del capital social y de todas las demás consecuencias positivas que surgen de estos atributos. La diversidad, sin duda, puede producir beneficios económicos reales, pero cuando excede cierto límite también erige nuevas barreras para la comunicación y la cooperación, con consecuencias económicas y políticas potencialmente devastadoras.

Tampoco es verdad que los Estados Unidos siempre hayan sido un lugar con un alto grado de diversidad, unido sólo por una constitución y un sistema legal comunes. Más allá del sistema político-legal universalista de los Estados Unidos, siempre hubo una tradición cultural central, que confería coherencia a las instituciones sociales estadounidenses y que permitió el surgimiento de los Estados Unidos como un poder económico global dominante. La cultura, en un principio atributo de un grupo religioso y étnico en particular, fue más tarde desarraigado de aquellas raíces etnorreligiosas y se convirtió en una identidad ampliamente accesible para todos los estadounidenses. En este sentido, la cultura estadounidense es muy diferente de las culturas europeas, enraizadas con firmeza en "la sangre y la tierra". Qué es esa cultura estadounidense y de dónde proviene es, sin embargo, tema de considerables malentendidos por parte de los mismos habitantes de los Estados Unidos, y es preciso aclararlo aquí en mayor detalle.

Los estadounidenses suelen autodefinirse como individualistas o, remontándose a los tiempos de los pioneros, como individualistas austeros. Pero si los estadounidenses hubiesen sido tan individualistas como creen serlo, sería difícil explicar el rápido surgimiento en el país de gigantescas corporaciones, como ocurrió durante el siglo XIX. Un visitante que llegue en los Estados Unidos sin ninguna información previa sobre su estructura industrial podría suponer, ante la afirmación de que se trata de una sociedad individualista, que se encontrará con gran cantidad de pequeñas y efímeras empresas. Si lo del individualismo fuese verdad, los estadounidenses serían demasiado testarudos y egoístas como para aceptar recibir órdenes en el marco de grandes organizaciones, y demasiado independientes como para constituir instituciones privadas duraderas. En este marco conceptual, las empresas surgirían, se dividirían y declinarían, tal como sucede en Taiwan o en Hong Kong. El observador podría suponer que los estadounidenses serían lo opuesto a las culturas alemana y japonesa, que ponen énfasis en el respeto por la autoridad, las jerarquías y la disciplina.

Sin embargo, lo que sucede en la práctica es precisamente lo contrario: los Estados Unidos son pioneros en el desarrollo de grandes y modernas corporaciones jerárquicas, y a fines del siglo XIX habían engendrado algunas de las más grandes organizaciones del mundo. Los empresarios fundaban sin cesar nuevas empresas y los ciudadanos parecían estar de acuerdo en trabajar bajo gigantescas jerarquías burocráticas. Esta capacidad de organización no se limita, sin embargo, a la creación de grandes empresas. Hoy en día, en una era que exige el achicamiento de las empresas y busca organizaciones comerciales más flexibles, como las empresas virtuales, los estadounidenses, una vez más, se encuentran a la vanguardia. La sabiduría convencional que describe al estadounidense como el paradigma del individualismo de alguna manera se ha equivocado.

Gran parte de la literatura sobre la competitividad, en la cual se compara a los Estados Unidos y a Japón, afirma que los estadounidenses son el paradigma de una sociedad individualista en la cual los grupos u otras comunidades más amplias tienen muy poca autoridad. Esa literatura sigue afirmando que, a causa de ese carácter individualista, los estadounidenses no tienen una inclinación natural por el trabajo en grupo. Como persisten en sus derechos, cuando aparece la necesidad de una cooperación social se interrelacionan a través de contratos y del sistema legal. En la mente de muchos asiáticos (en particular de los japoneses) y en la de los estadounidenses que estudian Asia, el control sindical sobre el trabajo, usual en los Estados Unidos, es sólo uno de los síntomas de una cultura ampliamente individualista que, con su carácter litigante y hostil, se ha tornado ligeramente patológica.

No sólo los asiáticos describen a los Estados Unidos como un país individualista. Los mismos estadounidenses ven a su propia sociedad como imbuida de esa peculiaridad. Sin embargo, no consideran al individualismo como una característica negativa sino, por el contrario, como una virtud prístina que equivale a creatividad, iniciativa, espíritu de empresa y a la orgullosa negativa de someterse a la autoridad. El individualismo es, por lo tanto y a menudo, fuente de considerable orgullo, algo que los estadounidenses consideran como uno de los aspectos más característicos y atractivos de su civilización. A fines de la década de los 80, durante las discusiones públicas sobre la caída del comunismo y de otros regímenes autoritarios del mundo, era común oír la afirmación de que las dictaduras habían sido erosionadas por la seducción ejercida por la cultura popular estadounidense y su ensalzamiento de la libertad individual. Una de las razones por las cuales el candidato presidencial independiente Ross Perot gozaba de tanta popularidad entre muchos estadounidenses era que, para ellos, encarnaba los mejores aspectos del individualismo estadounidense. Tras abandonar al gigante de la computación, IBM, donde se sentía asfixiado, Perot pasó a crear su propia empresa, Electronic Data Systems, y amasó una fortuna multimillonaria. Su personalidad se halla muy bien caracterizada en una de sus frases más repetidas: "Las águilas no vuelan en bandadas; hay que encontrarlas de a una por vez".

Ya sea que se considere al individualismo como un valor positivo o negativo, tanto los asiáticos como los estadounidenses, en un nivel popular, parecieran coincidir en que Estados Unidos, al contrario de lo que sucede en la mayoría de los países asiáticos, se encuentra ubicado en un extremo individualista. Esta percepción popular sólo constituye una verdad a medias. En la práctica, la herencia cultural estadounidense es ambivalente: junto con las tendencias individualistas que separan a los individuos, existe una poderosa propensión a formar asociaciones y a participar en otras formas de actividad grupal. Esos estadounidenses supuestamente individualistas también han sido, históricamente, gregarios hiperactivos que han creado organizaciones voluntarias fuertes y durables, desde las Pequeñas Ligas y los Clubes 4H hasta las National Rifle Association, National Association for the Advancement of Colored People (NAACP) y League of Woman Voters.

Lo que resulta más sorprendente, dentro del alto grado de solidaridad comunitaria que existe en los Estados Unidos, es el hecho de que se ha desarrollado en una sociedad étnica y racialmente diversa. Japón y Alemania son, después de todo, sociedades racialmente homogéneas cuyas minorías visibles siempre estuvieron marginadas de la corriente cultural central. A pesar de que no todas las sociedades homogéneas ponen de manifiesto un alto grado de sociabilidad espontánea, la diversidad étnica puede constituir un serio obstáculo para el desarrollo de una cultura común, como resulta evidente de la experiencia de numerosas sociedades multiétnicas de Europa oriental, del Medio Oriente y del sur asiático. Por el contrario, la etnicidad ha fortalecido la cohesión de las pequeñas comunidades estadounidenses de un mismo origen, sin convertirse en una barrera para el ascenso y la asimilación social, al menos por el momento.

La evaluación que hiciera Tocqueville del individualismo se aproximaba más al punto de vista asiático que al estadounidense: consideraba que era una característica negativa a la cual las sociedades democráticas se hallaban particularmente expuestas. Afirmó que el individualismo era una forma más leve del egoísmo, que "predispone a cada miembro de la comunidad a separarse de la masa de sus congéneres y a aislarse con su familia y sus amigos y, una vez que ha formado, de esa manera, su propio círculo, deja a la sociedad en general librada a su propia suerte". El individualismo aparece en sociedades democráticas porque en ellas no existen las clases ni otras estructuras sociales que unifican a grupos de personas en sociedades aristocráticas, dejando al individuo sin otro grupo de pertenencia que su propia familia. De ahí que el individualismo "al principio sólo agota las virtudes de la vida pública; pero, a la larga... ataca y destruye todas las otras virtudes y se convierte, en última instancia, en franco egoísmo".[1]

Tocqueville estaba convencido de que era la importante red de asociaciones civiles que observó en los Estados Unidos lo que desempeñaba un papel importante en la lucha contra el individualismo y que limitaba sus consecuencias potencialmente destructivas.[2] La debilidad del individuo en una sociedad democrática generaba en éste la necesidad de unirse a otros para lograr cualquier objetivo importante, y la cooperación en la vida cívica servía como escuela para crear un espíritu comunitario y alejar a la gente de su preocupación por su autogratificación personal.[3] En este aspecto, los Estados Unidos diferían mucho de Francia, donde los gobiernos despóticos destruyeron las asociaciones civiles que unían a los ciudadanos, dejándolos aislados y tornándolos cada vez más individualistas.[4]

La preocupación de Tocqueville no era económica sino política: temía que la inclinación de una sociedad hacia el individualismo hiciera que la gente se apartara de la vida pública, para perseguir sus propios y mezquinos intereses materiales. Con una ciudadanía indiferente frente a la actividad pública, se abría el camino para el despotismo. Pero la sociabilidad en la vida civil, en general, también fomenta una fuerte vida económica, formando al individuo en la cooperación y en la autoorganización. Quienes saben autogobernarse también son capaces de asociarse para perseguir intereses comerciales comunes y enriquecerse en una medida mucho mayor de lo que sucedería si actuaran en forma individual.

El individualismo se halla firmemente arraigado en la teoría política derechista, que constituye la base de la Declaración de la Independencia y de la Constitución de los Estados unidos, de modo que no es casualidad que los estadounidenses se consideren individualistas. Esta estructura legal-constitucional representa, según las palabras de Ferdinand Tönnies, la *Gesellschaft* ("sociedad") de la civilización estadounidense. Pero existe, en los Estados Unidos, una tradición comunitaria igualmente antigua, que nace de los orígenes culturales y religiosos del país y que constituye la base de su *Gemeinschaft* ("comunidad"). Si la tradición individualista ha sido, de muchas maneras, la dominante, la tradición comunitaria ha actuado como una fuerza moderadora que evitó que los impulsos individualistas concluyeran en sus lógicas consecuencias. La democracia y la economía estadounidenses tuvieron éxito no sólo por el individualismo ni sólo por el comunitarismo, sino por la interacción entre esas dos tendencias opuestas.

En el siglo XIX, la importancia económica de la sociabilidad espontánea estadounidense resulta evidente en el surgimiento de las corporaciones. Como en muchos otros países, el empresariado estadounidense se inició con pequeñas empresas familiares dirigidas por sus dueños. En 1790, alrededor del noventa por ciento de todos los estadounidenses trabajaban en granjas familiares más o menos autosuficientes.[5] Hasta 1830, aun la escala de las más grandes empresas era relativamente pequeña: la fábrica textil de Charles Francis Lowell en Waltham, Massachusetts, la más grande del país cuando fue fundada en 1814, contaba con 300 empleados; el mayor establecimiento metalúrgico de ese tiempo era la empresa estatal Springfield Armory, con 250 trabajadores; y el Banco más grande del país, el Second Bank of the United States, tenía dos gerentes de tiempo completo, además de su presidente, Nicholas Biddle.[6]

Todo esto cambió con el advenimiento de los ferrocarriles, a partir de 1830. El impacto económico que produjeron los ferrocarriles en el producto bruto interno de los Estados Unidos ha sido motivo de acalorado debate por parte de los historiadores económicos,[7] pero cabe poca duda de que obligaron a desarrollar un estilo de dirección diferente de las organizaciones que los manejaban.[8] A raíz de su dispersión física, los ferrocarriles fueron las primeras empresas económicas que no podían ser dirigidas, en la práctica, por una sola familia, y fue así como se crearon las primeras jerarquías gerenciales. Los ferrocarriles alcanzaron una magnitud increíble: en 1891, sólo en el Pennsylvania Railroad trabajaban 110.000 personas, más de las que, en ese tiempo, integraban el ejército de los Estados Unidos.[9] La financiación de los ferrocarriles creó la necesidad de organizar grandes instituciones financieras, y el transporte de cargas unificaba los mercados dispersos a través de regiones muy grandes. A diferencia de las primeras empresas familiares, dirigidas en forma centralizada, con el empresario fundador a la cabeza, los ferrocarriles exigían una conducción más descentralizada, con estratos intermedios de gerentes que ejercían considerable autoridad. Los mercados más grandes incrementaron las posibilidades de explotar economías de escala, mediante la división del trabajo, tanto en la producción como en el marketing. Por primera vez se podía hablar de un mercado nacional en los Estados Unidos, cuando los cereales y las carnes producidas en el centro-oeste y en el oeste se envasaban y transportaban a los mercados consumidores del este.

Contrariamente a lo que sucedía en Europa, en los Estados Unidos los ferrocarriles eran de propiedad privada, financiados en forma privada y dirigidos por una conducción privada. También en Europa el ferrocarril constituyó la principal fuerza para el desarrollo de organizaciones económicas de gran escala, pero casi todos eran promovidos por los gobiernos y aplicaban en ellos las prácticas organizativas y administrativas de sus burocracias nacionales.[10] En la década de 1840, en los Estados Unidos, la organización estatal, en especial en el nivel federal, era mucho más débil y menos competente que sus pares europeas, y estaba plagada de corrupción y de intrigas políticas. De allí que resulta aún más sorpendente que los estadounidenses hayan creado con tanta rapidez grandes estructuras administrativas, sin tener modelos ni cuadros de administradores profesionales que las abastecieran.

Después de la Guerra Civil, pronto comenzaron a proliferar las grandes empresas comerciales que copiaban la estructura organizativa racional de los ferrocarriles. Se multiplicaron con rapidez, primero en el área de la distribución y luego en la de producción. El período que va de 1887 a 1904 fue testigo de una ola de fusiones de proporciones épicas, dirigidas por empresas como la Standard Oil y la U.S. Steel, siendo esta última la primera empresa industrial de los Estados Unidos con una capitalización de más de mil millones de dólares.[11] Al momento del estallido de la Primera Guerra Mundial, la mayor parte de la producción económica estadounidense provenía de sus grandes corporaciones privadas. Esas corporaciones han sido llamativamente perdurables. Algunas de las marcas más conocidas de los Estados Unidos fueron creadas por empresas constituidas a fines del siglo XIX, entre ellas General Electric, Westinghouse, Pitney-Bowes, Sears, Roebuck, National Cash Register y Eastman Kodak. Las marcas para productos de consumo masivo constituyeron, de hecho, una importante innovación de las empresas estadounidenses, en la segunda mitad del siglo XIX, surgida cuando los distribuidores aprovecharon los progresos en los medios de transporte para alcanzar mercados más grandes. Las industrias manufactureras comprobaron que sólo podían asegurar la calidad del producto y la confiabilidad en entregas y servicios si obtenían el control de los canales de distribución. Este tipo de integración hacia adelante sólo se podía producir si las empresas mismas tenían suficiente escala y permanencia en el mercado como para ganar fama por su calidad. Esto es algo que les resulta difícil de lograr a las firmas chinas de hoy en día, pero las empresas estadounidenses lo lograron con suma celeridad allá por el siglo XIX, cuando se hallaban en una etapa similar de su desarrollo.

Existeron, por supuesto, una cantidad de factores, además de los culturales, para explicar la rapidez y los niveles del crecimiento que alcanzaron las empresas estadounidenses. Las explicaciones más convencionales afirman, correctamente, que había un incentivo económico natural para que las empresas de los Estados Unidos explotaran las economías de escala creadas por los cambios tecnológicos, en especial en vista de la gran dimensión del mercado interno del país y la riqueza de sus recursos naturales. Desde casi los comienzos de la historia industrial de los Estados Unidos existieron los derechos de propiedad y una legislación comercial. También ayudaron el entorno regulatorio abierto y un mercado libre de barreras internas artificiales para el comercio, así como la rápida extensión de los sistemas de educación pública y libre y la creación de un sistema de educación superior y técnica de primera línea.

Si se compara a los Estados Unidos con sociedades como Francia o China, resulta evidente que la cultura estadounidense no levantó las barreras para detener el surgimiento de grandes empresas, como habría sido de esperar de una sociedad con una cultura supuestamente individualista. Los estadounidenses, en su mayoría, no sentían una desconfianza hacia los no familiares, como para ofrecer resistencia a la profesionalización de la dirección de las empresas; no se preocupaban por mantener a la empresa en manos de su familia si se presentaban oportunidades rentables para la expansión; y no se rebelaron contra el hecho de ser amontonados en grandes fábricas o edificios de oficinas, ni por trabajar bajo el mando de enormes estructuras burocráticas y autoritarias. La historia de las relaciones laborales estadounidenses de fines del siglo pasado y principios de éste se torna violenta y conflictiva a medida que los trabajadores obtuvieron el derecho de huelga, la negociación colectiva y lograron influir para mejorar las condiciones de salud y la seguridad en el lugar de trabajo. Pero el movimiento sindical se integró al sistema una vez logradas estas concesiones. Nunca se volcó al marxismo, al anarcosindicalismo o a otras ideologías radicales de principios del siglo XX, como lo hicieron muchos de los sindicatos europeos, en particular los del sur de Europa.

Es decir que, durante todo el período de su industrialización inicial, los Estados Unidos demostraron ser una sociedad con un nivel relativamente alto de confianza. Esto no quiere decir que todos los estadounidenses fueran uniformemente morales y confiables. Los grandes industriales y financistas de fines del siglo XIX, como Andrew Carnegie, Jay Gould, Andrew Mellon y John D. Rockefeller, ganaron todos una reputación de hombres ambiciosos y sin escrúpulos. La historia de ese período está llena de estafas, fraudes y actividades comerciales corruptas que no se hallaban sujetas a los límites que luego impusiera la maraña de controles legales que trajo consigo el siglo XX. Pero para que el sistema económico funcionara tan bien como funcionó, tuvo que existir un importante elemento de confianza social generalizada.

Basta con tomar, como ejemplo, el intercambio transcontinental de productos agropecuarios que se desarrolló a mediados del siglo XIX. Los envíos eran fletados hacia el este por intermedio de una cantidad de comerciantes geográficamente dispersos, cada uno de los cuales podría haber "cortado una tajada" antes de proceder a la entrega de la mercadería. En aquellos tiempos habría resultado muy difícil para un comerciante de Chicago negociar acuerdos detallados con otro de Abilene o Topeka y, mucho menos, hacerle un juicio por un incumplimiento de contrato. Una gran parte de ese intercambio comercial dependía, pues, de la confianza. Con el desarrollo de los ferrocarriles y el telégrafo, un comerciante de Nueva York, en la época de la Guerra Civil, podía hacer sus grandes pedidos de cereal o ganado directamente al productor radicado en Kansas o en Texas. Esto reducía la cantidad de intermediarios y, por lo tanto, también los riesgos, pero no eliminaba la necesidad de que ambas partes creyeran en la palabra de alguien a quien nunca habían conocido en personal y que se hallaba en el otro extremo de miles de kilómetros de línea telegráfica.[12] Es decir que los estadounidenses tenían la posibilidad de acceder a un importante fondo de capital social, para reducir los costos de transacción al establecer grandes y complejas empresas comerciales.

En el nivel político, los estadounidenses expresaban una importante desconfianza frente a la concentración del poder económico. La ola de fusiones y el esfuerzo de empresas como la Standard Oil por monopolizar los mercados inspiraron las actas antimonopólicas de Sherman y Clayton, y el populismo antimonopólico de Theodore Roosevelt. La intervención estatal frenó la locura de las fusiones, al momento del cambio de siglo, y los subsiguientes cambios en la política gubernamental tuvieron profundos efectos sobre la estructura industrial, hasta las grandes fusiones de la era de Reagan, en la década de los 80. Pero mientras que en sociedades con organizaciones intermedias débiles, como Francia, Italia o Taiwan, el estado tuvo que intervenir para desarrollar o sostener corporaciones de gran escala, en los Estados Unidos el gobierno tuvo que intervenir para evitar que éstas crecieran demasiado. La tendencia espontánea de las empresas estadounidenses no era fisurarse y desintegrarse por falta de institucionalización, sino, por el contrario, seguir creciendo hasta alcanzar un poder monopólico o hasta que la gran escala se convirtiera en un problema.

La elite empresarial que creó el impresionante mundo corporativo que había emergido a mediados del siglo xx fue tan homogénea en términos de etnicidad, religión, raza y sexo como las de Japón o de Alemania. Casi todos los gerentes y directores de las grandes corporaciones estadounidenses eran protestantes anglosajones blancos, de sexo masculino, con algún ocasional católico o algún europeo no anglosajón entre ellos. Estos directores se conocían a través de los directorios de las empresas de los que formaban parte, de los *country clubs*, colegios, universidades, iglesias y actividades sociales, e imponían a sus gerentes y empleados códigos morales que reflejaban los valores del medio del cual provenían. Trataban de inculcar a otros su propia ética de trabajo y su disciplina, mientras que rechazaban de plano el divorcio, el adulterio, la enfermedad mental, el alcoholismo y, ni que hablar, la homosexualidad y otros tipos de comportamiento no convencional.

Mientras que en la actualidad muchos estadounidenses, y aún más asiáticos, afirman que los estadounidenses son demasiado individualistas y dispares como para constituir una verdadera comunidad, resulta difícil creer que a mediados de este siglo la mayoría de los críticos del estilo de vida estadounidense calificaran a la sociedad de los Estados Unidos —y en particular a la comunidad empresaria— como excesivamente conformista y homogénea. Dos de los principales análisis sociales de ese perído —*The Organization Man*, de William Whyte, y *The Lonely Crowd*, de David Riesman— señalaban los peligros de un conformismo que se iba extendiendo con rapidez, en el cual los individuos miraban por sobre sus hombros a la comunidad que los rodeaba para acomodarse a las tendencias generales y no equivocarse.[13] Según Riesman y sus coautores, los estadounidenses que en el siglo XIX habían construido el país, estaban guiados por la fuerza interior de sus principios religiosos o espirituales, y por lo tanto eran recalcitrantes individualistas. El estadounidense de mediados del siglo XX, en cambio, se había convertido en un ser dirigido por los demás, que fijaba sus pautas de acuerdo con el mínimo denominador común que establecía la sociedad de masas.

Este período vio la desaparición de esos Estados Unidos que se caracterizaban por sus pequeñas ciudades de provincia, donde el tiempo corría más pausadamente y cuyo orden y familiaridad hoy se recuerdan con nostalgia. También, a mediados de este siglo se vivieron realidades como el imperio de IBM y su código de vestimenta, que exigía que, para ir a trabajar, todos los empleados administrativos usaran el mismo tipo de camisa blanca de vestir. Los europeos que visitaban los Estados Unidos en esa época a menudo comentaban que los estadounidenses parecían ser mucho más conformistas que sus propias sociedades. Al no tener una aristocracia o una tradición feudal en que basarse, los estadounidenses debían mirarse entre sí para hallar sus pautas de comportamiento. Las revoluciones sociales que se produjeron en los Estados Unidos a partir de la década de los 60 —los movimientos por los derechos civiles, la liberación sexual, el feminismo, el movimiento *hippie* y, hoy en día, los movimientos de derechos de los homosexuales— sólo pueden comprenderse como una reacción natural del grueso de la sociedad estadounidense frente a esa homogeneidad, a menudo rígida y asfixiante, que existió durante la primera mitad de este siglo.

La descripción que hacen de los Estados Unidos los tratados sobre competitividad, pintándolos como una sociedad hiperindividualista, parece, en muchos aspectos, una caricatura de la realidad. Según ella, pareciera que todas las empresas estadounidenses tuvieran la misma falta de paternalismo que la Continental Airlines bajo la conducción de Frank Lorenzo, con una dirección dispuesta a despedir sin más ni más incluso a sus empleados más antiguos, y, por otra parte, con empleados que están dispuestos a dejar intempestivamente la empresa en cuanto aparezca la posibilidad de conseguir un puesto mejor remunerado. Pero lo cierto es que muchas de las prácticas empresariales características de Japón, no son exclusivamente japonesas sino que tienen paralelos en otras sociedades, incluyendo la estadounidense. Por ejemplo, no son infrecuentes, en el mundo de los negocios, las relaciones comerciales no contractuales, basadas en un acuerdo informal entre dos empresarios que se tienen confianza mutua, en lugar de regirse por un instrumento legal.[14] Tampoco las decisiones de compra se realizan única y exclusivamente sobre la base de una inescrupulosa comparación de precios y calidad; también aquí la relación de confianza entre comprador y vendedor tiene un impacto significativo. Existen muchos sectores específicos de la economía que han logrado mantener sus costos de transacción en un nivel bajo, gracias a la confianza: la mayoría de los agentes de Bolsa, por ejemplo, tradicionalmente llevan a cabo sus transacciones sólo sobre la base de un acuerdo verbal. Muchas empresas estadounidenses tratan a sus empleados en forma paternalista, en particular las empresas familiares más pequeñas, que funcionan como pequeñas comunidades cerradas. Pero incluso muchas de las grandes corporaciones, como IBM, AT&T y Kodak, practicaron lo que equivaldría al sistema de empleo vitalicio y trataron de fomentar la lealtad de sus colaboradores pagando generosos beneficios. Ya recalqué el aspecto paternalista de la gestión de Ford, a principios de la producción masiva. Sólo a fines de la década de los 80 IBM dejó de lado el sistema de empleo vitalicio, cuando pasó por una grave crisis y el futuro de la propia empresa corría peligro. La mayoría de las grandes corporaciones japonesas con políticas de empleo similares aún no han tenido que enfrentar problemas de semejante magnitud.

Si los Estados Unidos tienen una larga tradición orientada hacia la vida grupal o societaria, ¿por qué están tan convencidos sus ciudadanos de que son unos empedernidos individualistas? Parte del problema es semántico. En el discurso político estadounidense es común presentar el problema esencial de una sociedad liberal como una dicotomía en la cual se enfrentan los derechos del individuo y la autoridad del Estado. Pero no hay forma de referirse a la influencia de la confusa gama de grupos intermedios, que existen entre el individuo y el Estado, a no ser con el término demasiado general y con connotaciones académicas, "sociedades civiles". Es verdad que los estadounidenses tienden a ser antiestatistas, a pesar del crecimiento sustancial del gobierno central en los Estados Unidos durante el siglo XX. Pero esos mismos antiestatistas se someten voluntariamente a una cantidad de grupos sociales intermedios que incluyen familia, iglesias, comunidades locales, lugar de trabajo, sindicatos y organizaciones profesionales. Los conservadores, que se oponen a que sea el Estado el que preste determinados servicios sociales, en general, se describen a sí mismos como devotos del individualismo. Pero esa misma gente suele estar, en forma simultánea, a favor de un fortalecimiento de la autoridad de alguna institución social, como la familia o la Iglesia. En este aspecto no son en absoluto individualistas sino que apoyan una forma no estatal de comunitarismo.

Un problema lingüístico similar se puede observar en la comparación que hace Seymour Martin Lipset entre los Estados Unidos y Canadá. Lipset afirma que Canadá cuenta con una tradición cultural mucho más comunitaria que los Estados Unidos, a los que caracteriza como una nación altamente individualista.[15] Por "comunitario" Lipset entiende, básicamente, estatista. Los canadienses respetan la autoridad gubernamental (federal o provincial) en mucho mayor grado que los estadounidenses. Poseen un sector estatal mucho más grande, pagan más impuestos, son más respetuosos de la ley y se muestran más dispuestos a acatar la autoridad gubernamental que los estadounidenses. Lo que no resulta claro, sin embargo, es si los canadienses están más dispuestos a subordinar sus intereses individuales a los de grupos sociales intermedios. Lipset brinda alguna evidencia de que eso no sería así: por ejemplo, los canadienses dedican mucho menos dinero a caridad que los estadounidenses, son menos religiosos y tienen un sector privado mucho menos fuerte.[16] En esos aspectos, bien se podría decir que Canadá es un país mucho menos comunitario que los Estados Unidos.

La confusión semántica entre individuo y comunidad también se manifesta a través de ese acto prototípico del individualismo que es la fundación de una nueva secta religiosa o de una empresa. Los Estados Unidos surgieron a partir del sectarismo: los Peregrinos, esos primeros colonizadores de lo que luego sería los Estados Unidos, llegaron a Plymouth porque no estaban dispuestos a aceptar la autoridad de la Iglesia de Inglaterra y eran perseguidos por sus creencias religiosas. Desde esa fecha se han ido estableciendo permanentemente nuevas sectas religiosas en los Estados Unidos, desde los congregacionalistas puritanos y los presbiterianos originales, hasta los metodistas, bautistas y mormones de principios del siglo XIX y los pentecostales, Padre Divino y ramas del davidianismo en el sigo XX. La fundación de una secta religiosa a menudo se considera un acto de individualismo, porque los miembros del nuevo grupo se niegan a aceptar la autoridad de alguna institución religiosa ya establecida. Pero desde otro punto de vista, la nueva secta exige que sus seguidores subordinen sus intereses individuales al grupo, en forma mucho más disciplinada que con respecto de la Iglesia de la que se separaron.

De forma similar, la tendencia de los estadounidenses de dejar la empresa para la que están trabajando e iniciar su propio negocio a menudo se toma como ejemplo del individualismo de esa sociedad. Y, de hecho, si se compara esta actitud con la lealtad de por vida que tiene el empleado japonés para con su empresa, el estadounidense pareciera muy individualista. Sin embargo, esos nuevos empresarios rara vez actúan en forma netamente individual; a menudo se van junto con otros colegas o establecen con rapidez nuevas organizaciones con nuevas jerarquías y líneas de autoridad. Esas nuevas organizaciones exigen el mismo grado de cooperación y disciplina que la que dejaron, y si prosperan en el aspecto económico, pueden crecer enormemente y llegar a ser muy perdurables. Un clásico ejemplo lo constituye la Microsoft Corporation de Bill Gates. A menudo sucede que la persona que convierte la empresa en una institución duradera no es la misma que el empresario fundador: para que ambos puedan cumplir con su papel, la primera tiene que ser una persona de orientación más comunitaria, mientras que el segundo debe ser más individualista. Ambos tipos de individuos han coexistido en la cultura estadounidense. Por cada Joseph Smith tiene que haber un Brigham Young; por cada Steve Jobs, un John Scully. ¿Cuál es la forma correcta de calificar a la Iglesia mormona y a la firma Apple Computers como un ejemplo del individualismo o del comunitarismo estadounidense? A pesar de que la mayoría de las personas utilizaría esta última categorización, en la práctica representan ambas tendencias simultáneamente.

El concepto teórico de una sociedad puramente individualista describiría a ésta como a un grupo por completo atomizado de individuos que interactúan sólo sobre la base del cálculo racional de intereses egoístas, y no tienen ningún otro lazo o compromiso con otros individuos, salvo los que surgen a partir de esta relación especulativa. Lo que generalmente en los Estados Unidos se describe como individualismo en realidad no es un individualismo en el sentido de la descripción precedente, sino la interacción de individuos que están insertos, como mínimo, en una familia. La mayoría de los estadounidenses no sólo trabajan para satisfacer sus egoístas objetivos personales, sino que luchan y hacen considerables sacrificios por el bien de su familia y sus hogares. Por supuesto que existen individuos por entero aislados, como el millonario autorrecluído, sin esposa ni hijos, o el anciano jubilado que vive solo y subsiste con el dinero de su pensión, o el desamparado que vive en un albergue.

Pero a pesar de que la mayoría de los estadounidenses se hallan insertos en una familia, Estados Unidos nunca ha sido una sociedad familística, en el sentido en que lo son sociedades como China o Italia. A pesar de la afirmación de algunas feministas, en los Estados Unidos la familia patriarcal nunca tuvo el apoyo ideológico que se le dio en China o en algunas sociedades católicas latinas. En los Estados Unidos, los vínculos familiares a menudo están subordinados a las exigencias de grupos sociales más grandes. De hecho, salvo en ciertas comunidades étnicas, el parentesco ha sido un factor relativamente insignificante en lo que se refiere a promover la sociabilidad, ya que siempre hubo muchos otros puentes entre el individuo y la comunidad. Los hijos se alejan de sus familias, atraídos por la fuerza de sectas religiosas o Iglesias, colegios o universidades, el ejército o una empresa. En comparación con China, donde cada familia se comporta como una unidad autónoma, el entorno comunitario más amplio ha tenido, en los Estados Unidos, siempre una autoridad mayor durante gran parte de su historia.

Desde el momento de su fundación hasta su surgimiento como el principal poder industrial del mundo, en la época de la Primera Guerra Mundial, los Estados Unidos nunca han sido una sociedad individualista. Por el contrario, se trataba de una sociedad con una alta propensión hacia la sociabilidad espontánea, que gozaba de un elevado grado de confianza social generalizada y, por lo tanto, fue capaz de crear grandes organizaciones económicas en las cuales no familiares contribuían, con absoluto espíritu de cooperación, al logro de los objetivos de dichas compañías. ¿Cuáles fueron los puentes hacia la sociabilidad que existían en la sociedad estadounidense, que lograron compensar los efectos del individualismo inherentes y alcanzar esos resultados? Si bien el país no tuvo un pasado feudal como Japón y Alemania, ni tradiciones culturales que pudiesen haber sido transferidas a la era industrial moderna, se contó, sin embargo, con una tradición religiosa, por entero distinta de la de cualquier país europeo, que sirvió como una de las bases para organizar su sociedad de la forma en que lo hizo.

CAPÍTULO 24

Los austeros conformistas

E ntre las fuentes de la propensión estadounidense hacia la vida societaria que constituyen un contrapeso a las fuertes tendencias individualistas de dicha sociedad, una de las más importantes fue el protestantismo sectario que trajeron consigo los primeros inmigrantes que llegaron desde Europa.[1] Pareciera una paradoja, pero ese mismo protestantismo sectario es también el origen del individualismo estadounidense. La doctrina que se rebelaba contra las instituciones sociales establecidas en su país de origen constituyó al mismo tiempo el poderoso impulso que sirvió para la formación de nuevas comunidades y para crear fuertes lazos de solidaridad social. Es necesario explicar en mayor detalle cómo es posible que el protestantismo pueda ser, a la vez, fuente del individualismo y del comunitarismo.

Para hacer un análisis abarcador del marco comunitario estadounidense, en primer lugar debemos comprender los orígenes de su individualismo. Durante la segunda mitad del siglo xx, los Estados Unidos han pasado por una "revolución de derechos". Esta revolución ha sentado la base moral y política para la promoción de un comportamiento individualista, con el consiguiente debilitamiento de muchas tendencias previas hacia la vida grupal. En la década de los 90, a nadie se le hubiese ocurrido definir a la sociedad estadounidense como "demasiado conformista". Los problemas emergentes apuntaban a todo lo contrario: la familia nuclear se desintegraba; las instituciones enfrentaban serios problemas en el manejo de una diversidad en constante aumento; las pequeñas ciudades y los vecindarios se morirían; se observaba un creciente aislamiento social, con su consiguiente decrecimiento del grado de confianza y aumento de la criminalidad; y muchas personas sentían, con mucha claridad, una carencia de sentido comunitario significativo en sus vidas. No es casualidad que las consecuencias individualistas de la revolución de derechos en los Estados Unidos se fueran presentando de la manera en que lo hicieron. Esas ideas no germinaron a partir de esporos foráneos, conducidos a los Estados Unidos por vientos provenientes de continentes lejanos. Tuvieron, en cierto sentido, la evolución lógica de algunas tendencias inherentes al liberalismo estadounidense.

En comparación, un sistema ético asiático como el confucianismo postula sus imperativos morales como obligaciones en lugar de derechos. Es decir, un individuo llega a este mundo con una serie de obligaciones para con otras personas: sus padres, sus hermanos, los funcionarios del gobierno, el emperador. Ser una persona moral, o lograr el *status* de un gentilhombre-intelectual, depende de la medida en que se es capaz de cumplir con estos deberes. Éstos no derivan de principios éticos establecidos *a priori*. En ese aspecto, el confucianismo no difiere mucho de la tradición religiosa y filosófica occidental hasta los cambios producidos a principios de la era moderna. Muchas de las virtudes definidas en la filosofía política clásica, como el coraje, el honor, la benevolencia o la conciencia ciudadana, constituían obligaciones. Y la ley de Dios, tanto para el judaísmo como para el cristianismo, en general era impuesta en forma de obligaciones.

El pensamiento político occidental, sin embargo, da un vuelco importante con los escritos de Thomas Hobbes, que encabeza la tradición filosófica liberal que, a través de John Locke, culmina en Thomas Jefferson y los redactores del proyecto de la Constitución de los Estados Unidos. Para Hobbes, el ser humano no nace con obligaciones, sino sólo con derechos, el más importante de los cuales es el de la preservación de su propia vida.[2] Sean cuales fueren las obligaciones que asuma, las adquiere como consecuencia de su ingreso voluntario en una sociedad civil. Según Hobbes, las obligaciones son algo enteramente derivativo de los derechos, y se asumen sólo para asegurar los derechos individuales. Es así como el ser humano tiene la obligación de no ejercer la violencia contra otros seres humanos sólo porque esto lo llevaría de nuevo a una posición que pondría en peligro su propio derecho a la vida. Cualesquiera que sean las numerosas diferencias entre Hobbes, Locke y los Padres Fundadores, todos ellos aceptaron un concepto de justicia basado en la primacía de los derechos. Según las palabras de la Declaración de la Independencia de los Estados Unidos, es manifiesto que "el hombre está dotado de ciertos derechos inalienables" y que los gobiernos se han instituido entre las personas "para asegurar esos derechos". Es así como la Declaración de Derechos (Bill of Rights) de la Constitución de los Estados Unidos se ha convertido, en ese país, en el fundamento de un imponente edificio legislativo, fuente de orgullo de todos los estadounidenses y punto de partida, aceptado en forma universal, de toda legítima autoridad política.

El confucianismo enfatiza las obligaciones porque su visión básica del hombre considera al individuo inserto en una red de relaciones sociales preexistentes. Por naturaleza, los seres humanos tienen obligaciones los unos para con los otros. Un ser humano no puede alcanzar la perfección en forma aislada; las máximas virtudes humanas, como el amor filial y la benevolencia, tienen que ser ejercidas en relación con otro ser humano. La sociabilidad no es un medio para lograr objetivos personales; constituye, en sí misma, un objetivo de vida. Por otra parte, esta visión del ser humano como un ente fijado dentro de una sociedad no es exclusiva del confucianismo. Aristóteles veía al ser humano como una criatura inherentemente política: "La ciudad-Estado es, en su naturaleza, anterior a la familia y a cada uno de nosotros, individualmente". Un individuo por entero autosuficiente hubiese sido o bien una bestia, o un dios.[3]

También aquí el liberalismo anglosajón toma un giro diferente. No sólo considera que las obligaciones derivan del derecho, sino que esos derechos son propios de individuos aislados y autosuficientes.[4] La descripción que hacen Hobbes y Locke del ser humano en estado natural es la imagen de un individuo cuya principal preocupación es cuidar de sí mismo y cuyos contactos sociales primarios son encuentros conflictivos. Las relaciones sociales no son algo natural; surgen sólo como medio para asegurar aquello que el individuo ambiciona en estado natural pero no puede obtener por sí mismo. En el estado natural postulado por Rousseau, la aislación es aún más extrema: ni siquiera la familia es necesaria para la felicidad o la subsistencia humana. A pesar de que la palabra "individuo" no aparece en ninguna parte de la constitución estadounidense, la característica del derechohabiente como individuo aislado resulta implícita en la teoría sobre la cual se basa. Por ejemplo, en ninguna parte se reconoce a los vínculos familiares un *status* especial, como el que tienen, por ejemplo, en el confucianismo. En el capítulo 6 del *Second Treatise of Government* de Locke se afirma que padres e hijos tienen obligaciones mutuas de amor y respeto, pero que la autoridad paterna termina cuando los hijos son capaces de razonar en forma independiente. Lo que Locke pretende, de alguna manera, es afirmar exactamente lo contrario de lo que postula el confucianismo: la autoridad paterna no puede ser un modelo de autoridad política; el Estado deriva sus justos poderes del consentimiento de los gobernados y no porque constituya una especie de "superfamilia".[5]

El ser humano en su estado natural era, para los teóricos políticos liberales anglosajones de la modernidad, exactamente lo opuesto al hombre económico del liberalismo económico clásico. Ambos eran retratados como individuos aislados, que buscaban proteger sus derechos básicos (en el caso del liberalismo político) o su "beneficio" personal (en el caso del liberalismo económico). En ambos casos, las relaciones sociales sólo surgían a través de relaciones contractuales, en las cuales la persecución racional, ya fuera de derechos o intereses, conducía a la cooperación con otros seres humanos.

La otra fuente importante del individualismo es común también a otros países occidentales y no sólo a los Estados Unidos: la tradición judeo-cristiana y, sobre todo, la forma en que esta tradición terminó evolucionando hasta constituir el protestantismo moderno.[6] El judaísmo y el cristianismo ubican a Dios como un dictador de leyes omnipotente y trascendente, cuya Palabra se halla por encima de cualquier relación social existente. El deber para con Dios es superior al deber para con cualquier autoridad social, desde el padre hasta el César; a Abrahán se le exigió estar dispuesto a sacrificar incluso a su hijo, si Dios así se lo exigía. La ley de Dios es una pauta universal que permite evaluar cualquier legislación positiva establecida por el ser humano.

La simple existencia de una ley trascendental no necesariamente establece los fundamentos para el individualismo, ya que queda abierta la cuestión de quién interpreta la ley. La Iglesia católica, por supuesto, se autoconstituyó en mediador entre la voluntad de Dios y su pueblo, y declaró que su propia interpretación era la única válida. En función de este papel, dio sanción, a través de los años, a una cantidad de otras instituciones sociales que, según ella, representaban o, al menos, condecían con, la voluntad de Dios, desde la familia hasta el Estado, pasando por una amplia gama de sacerdotes, funcionarios, regentes y notables. La Iglesia misma se convirtió, en los países católicos, en una importante fuente de comunitarismo, asegurando la estabilidad y la permanencia de sus pautas morales, en su papel de intermediaria entre el ser humano y Dios.

La reforma protestante reabrió la posibilidad de la relación directa del individuo con Dios, sin la necesidad de un mediador. En este encuadre, la gracia divina ya no dependía de las buenas obras ni del cumplimiento de cierta cantidad de obligaciones sociales; podía ser obtenida hasta por el último de los pecadores, a través de su fe personal. El hecho que el individualismo, en Occidente, tenga más connotaciones positivas que negativas, surge históricamente, ante todo, de un acto que constituye el prototipo de la conciencia cristiana: el rechazo de una ley o de un mandamiento injusto, impuesto en nombre de la superior ley de Dios. El acto de Martín Lutero, de clavar sus noventa y cinco Tesis en la puerta de la catedral de Wittenberg, fue sólo el primero de muchos actos individualistas dentro de la tradición protestante. A la larga, la capacidad del individuo de establecer una relación directa con

Dios tuvo consecuencias extremadamente subversivas en todas las relaciones sociales, porque otorgaba al individuo una base moral para rebelarse incluso contra las más generalizadas tradiciones y convenciones sociales.

La perspectiva del confucianismo es por completo diferente. Sus pilares éticos provienen de las instituciones societarias —la familia, el linaje, el emperador, el mandarinato— y confiere a éstas un significado moral. No existe un nivel por encima de esas instituciones básicas a partir del cual éstas puedan ser criticadas. En ese sistema ético, el individuo no tiene un fundamento sólido para decidir, sobre la base de su conciencia personal, que las obligaciones impuestas por un padre o un funcionario del gobierno contradicen una ley superior y, por lo tanto, deben ser rechazadas. Además, el confucianismo no intenta generalizar sus propios principios morales y hacerlos aplicables a todos los seres humanos del mundo. No sorprende, por lo tanto, que el tema de los derechos humanos haya sido un elemento tan irritante en las relaciones entre los Estados Unidos y China y con otros países asiáticos. Los defensores contemporáneos de los derechos humanos a menudo no son cristianos, pero coinciden con la fe cristiana en lo referente a la validez de un estándar universal, superior y único, de una conducta ética aplicable a todos los pueblos y seres humanos, con independencia de su entorno cultural particular.

Las religiones populares asiáticas, como el taoísmo y el sintoísmo, no legitiman el individualismo. Esas religiones panteístas adoran a varios dioses o espíritus, que viven en rocas, árboles, ríos e incluso en chips de computación. Ninguno de esos espíritus es todopoderoso, como el Dios judeo-cristiano, y ninguno tiene poder suficiente como para justificar, por ejemplo, que un hijo desafíe la voluntad paterna, o la rebelión política contra las autoridades constituidas. La única religión asiática que, en cierta medida, legitima el individualismo es el budismo, el cual, si bien no es monoteísta, predica el rechazo hacia todas las cosas mundanas. El budismo tenía poder y fuerza suficiente como para lograr que un hijo dejara a su familia para convertirse en monje o sacerdote y, por esta razón, a menudo era considerado como hostil a los valores del confucianismo.[7] En Japón, el budismo manifestó una tendencia similar a la del protestantismo, en cuanto a engendrar nuevas sectas. Éstas, en general, hacían las paces con las instituciones sociales japonesas existentes, aunque a veces llegaron a constituir fuente de irritación para las autoridades políticas, a causa de su independencia.[8]

Hobbes y Locke no hablaban desde una perspectiva cristiana, pero compartían la visión cristiana de que el individuo tenía el derecho de juzgar la conveniencia de las leyes e instituciones sociales que lo rodeaban, sobre la base de principios superiores. Pero, mientras que los protestantes las podían juzgar basándose en su interpretación de la voluntad de Dios, expresada a través de la Biblia, el hombre en estado natural de Hobbes o de Locke tenía conocimiento de sus derechos naturales así como la racionalidad como para ser el mejor juez de sus propios intereses. En un país como los Estados Unidos, ambas corrientes —la del protestantismo y la del iluminismo— sirvieron como fuentes de apoyo para el individualismo.

¿Cuál es, entonces, el mecanismo específico a través del cual el protestantismo logró modelar la inclinación hacia la asociación en los estadounidenses? Gran parte de la respuesta se relaciona con la naturaleza sectaria del protestantismo en los Estados Unidos.

La Constitución de ese país prohíbe al gobierno federal establecer una religión nacional, a pesar de que no prohíbe que los distintos estados que componen la nación lo hagan. Algunos estados, como el de Massachusetts, sólo establecieron una religión mayoritaria en la década de 1830, pero el principio de la separación de la Iglesia y el Estado es observado de manera total y absoluta. Podría pensarse que la institución de una Iglesia oficial, como se ha hecho en una cantidad de países europeos, fomentaría un fuerte sentido de comunidad, dado que uniría la identidad nacional con la religiosa y daría a los ciudadanos una cultura común, más allá del sistema político. Pero en la realidad suele suceder prácticamente lo opuesto. En países con Iglesias oficiales, donde la identidad religiosa es impuesta en lugar de ser voluntaria, la gente suele tender hacia el secularismo y, en muchos casos, se convierte en abiertamente anticlerical. Por otra parte, países que no han establecido una religión oficial suelen mostrar un grado más alto de genuina observación religiosa. Es así como en los Estados Unidos, que no tienen una Iglesia oficial y sí una vida pública cada vez más secular, sigue habiendo un nivel de religiosidad mayor que en casi todos los países europeos que tienen una religión oficial. Esto vale para casi todas las manifestaciones del sentimiento religioso: asistencia a la iglesia, cantidad de individuos que afirman creer en Dios o el nivel de donaciones caritativas privadas que se hacen a organizaciones religiosas.[9] Por el contrario, países católicos como Francia, Italia y muchos de los países de América latina han originado movimientos militantes anticlericales —en este siglo muchas veces marxistas— que tienen por objetivo la eliminación de la influencia religiosa en la vida social del país. En Suecia se instituyó el luteranismo como la Iglesia oficial; en el siglo XIX, ésta impuso su monoplio a un punto tal que muchos bautistas suecos fueron obligados a emigrar. Como reacción frente a esta actitud ortodoxa, el partido socialdemócrata, cuando subió al poder, a comienzos del siglo XX, asumió una actitud violentamente anticlerical, y hoy en día, Suecia es uno de los países más seculares de Europa.[10] Pareciera que lo que logra mantener vivos los sentimientos religiosos de un pueblo no es tanto la doctrina específica de la Iglesia oficial (por ejemplo, católica o protestante) sino si esa Iglesia fue instituida voluntariamente o no.

La razón de esa aparente paradoja es que, cuando la identidad religiosa es obligatoria, a menudo se la percibe como una carga indeseada. Cuanto mayor sea la insistencia, por parte del Estado, en la observación de una religión, tanto mayor parecería ser el grado de resentimiento que ésta despierta, y a menudo se la identifica con todos los demás aspectos negativos que la gente le critica al gobierno. Pero en un país donde la observación de una religión es voluntaria, nadie se une a una Iglesia si no siente una atracción espiritual por ella. La Iglesia a la que uno pertenece, en lugar de convertirse en el receptáculo de todas las quejas que se tienen contra el Estado o la sociedad en general, puede transformarse, ella misma, en un vehículo de protesta. Mientras que las sectas voluntarias, como cualquier otra organización de este tipo, pueden desintegrarse con más facilidad que una Iglesia tradicionalmente constituida, también pueden generar un compromiso mucho más profundo. El mayor grado de religiosidad que existe en los Estados Unidos en comparación con Europa se debe, por lo tanto, a lo que Roger Finke y Rodney Stark han denominado el "libre mercado" de las religiones en los Estados Unidos, en el cual el individuo puede elegir de entre una amplia gama de instituciones religiosas.[11]

El carácter voluntario y empresarial de la vida religiosa estadounidense explica cómo fue posible que el compromiso religioso se renovara a través de largos períodos, resistiendo las fuerzas importantes de la secularización. Las Iglesias más antiguas y firmemente establecidas, cuyos ministerios se habían vuelto rutinarios y cuyas doctrinas se fueron tornando más latitudinarias, se veían desafiadas en forma constante por nuevas sectas fundamentalistas, con más altos niveles de exigencia para quienes querían unirse a ellas. Cuando la asociación a una Iglesia exige un alto precio en términos de compromiso afectivo y cambios de estilo de vida, se crea un fuerte sentimiento de comunidad entre sus miembros. Así como la infantería de marina de los Estados Unidos, con su estricta disciplina y su exigente entrenamiento básico, engendra mayor lealtad y espíritu de cuerpo que el ejército de ese país, así también las iglesias fundamentalistas tienen feligreses con un compromiso más apasionado que las Iglesias más liberales de las principales ramas del protestantismo.

Los Estados Unidos han pasado por una serie de períodos de renovación fundamentalista. El sociólogo David Martin señala tres oleadas principales: el puritanismo original de los primeros colonos, el renacimiento metodista (y también bautista) de la primera mitad del siglo XIX, y el movimiento evangélico pentecostal del siglo XX, que aún sigue en vigencia.[12] Los primeros puritanos (congregacionalistas, presbiterianos y cuáqueros, entre otros) provenían de las Iglesias disidentes de Inglaterra, y llegaron a América del Norte en busca de la libertad religiosa. A principios del siglo XIX, estas Iglesias (y los episcopales del sur del país) se habían convertido en las que representaban al antiguo *establishment* federalista, y fueron desafiadas por un movimiento evangélico generalizado, encabezado por los metodistas y los bautistas, que ganaban adeptos entre las clases sociales bajas, liberadas en la era de Jackson.[13] (Quizá sorprenda a los metodistas de hoy en día, saber que sus primeros predecesores organizaban reuniones evangelistas muy similares a las que realizan los pentecostales en la actualidad, en las que los fieles gritaban, oraban y se tiraban al suelo.) A fines del siglo XIX, los metodistas y bautistas, incorporados al *establishment* y, en su mayoría republicanos,[14] fueron desafiados, a su vez, por los pentecostales y otros grupos fundamentalistas, que atraían a los blancos pobres, a los negros y a otros individuos excluidos de las grandes Iglesias o ignorados por ellas. En cada caso, las Iglesias más antiguas y firmemente establecidas despreciaban a las nuevas y evidenciaban su disgusto frente a esas organizaciones de bajo nivel económico, social y educativo; sin embargo, las primeras perdían feligreses de continuo, los que se pasaban a estas últimas. Hoy en día, en los Estados Unidos las Iglesias originales de los puritanos de Nueva Inglaterra están casi vacías, mientras que la Asamblea de Dios y otras Iglesias evangélicas continúan creciendo a un ritmo increíble.

El carácter sectario del protestantismo de los Estados Unidos y el vigor resultante de él parecerían ser elementos cruciales para comprender la continuidad de la fuerza de la vida comunitaria en la sociedad estadounidense. El carácter voluntario que tiene la religión en los Estados Unidos a menudo es interpretado como una manifestación del individualismo estadounidense. Pero el protestantismo sectario, reactivado en forma periódica por movimientos renovadores fundamentalistas, en la práctica ha generado una vida comunitaria extraordinariamente vigorosa al unir a sus miembros alrededor de un código moral común. A pesar de que no cita cifras, es probable que un muy alto porcentaje de las asociaciones civiles que Tocqueville observó durante sus visitas a los Estados Unidos alrededor de 1830, y cuya existencia consideraba tan crucial para el éxito de la democracia estadounidense, fueran de carácter religioso: sociedades de templanza, grupos corales, asociaciones caritativas, grupos de estudios bíblicos, organizaciones abolicionistas, escuelas, universidades y hospitales, entre otros. También Max Weber observó la importancia de las sectas protestantes en la promoción del sentido de comunidad y de la confianza mutua, cuando visitó los Estados Unidos, a fines del siglo XIX; Weber consideraba que esas características habían fomentado también el intercambio económico.

Tal vez el mejor ejemplo de la relación entre el carácter voluntario y sectario de la vida religiosa estadounidense y la inclinación hacia la sociabilidad espontánea lo constituya la Iglesia mormónica. La Iglesia de Jesucristo de los Santos de los Últimos Días es un ejemplo perfecto de una comunidad unida alrededor de valores morales compartidos. Los mormones no se consideran protestantes. Tienen su propia (y, para los no mormones, más bien excéntrica) teología, basada en las revelaciones del ángel Moroni a Joseph Smith en 1823. También posee su propia historia de mártires y luchas, con el asesinato de Joseph Smith en Illinois, en 1844, y el largo peregrinaje a través del gran desierto del oeste, que condujo a la fundación de Salt Lake City. Por último, tiene su propio y muy estricto código moral. Al igual que los primeros puritanos de Weber, los mormones prohíben la ingestión de bebidas alcohólicas, fumar, el sexo premarital, las drogas y la homosexualidad. Valoran la disciplina y el trabajo arduo, y muchos mormones, en forma individual, han adoptado una actitud más bien materialista con respecto al tema de los logros materiales.[15] A pesar de que al principio practicaban la poligamia (prohibida por la Iglesia en 1890), los mormones abogan por las familias numerosas, las amas de casa que no trabajen fuera de este núcleo y, en general, por todo lo relacionado con la conservación de fuertes valores familiares tradicionales.[16] Es decir que los mormones contemporáneos encarnan muchas de las virtudes puritanas originales, que ahora son consideradas como de una represividad intolerable por el resto de la sociedad estadounidense. Además de tener que someterse a ese código moral, el costo de ingreso en la comunidad mormónica es extremadamente alto, según los estándares estadounidenses contemporáneos: todos los jóvenes mormones, a la edad de diecinueve años, son prácticamente obligados a pasar dos años como misioneros, haciendo proselitismo para su religión en el exterior. Después, tienen que pagar un diezmo a la Iglesia.[17]

El resultado de ese alto precio a pagar por el ingreso es un sentimiento comunitario extraordinariamente fuerte. Brigham Young era un genio en organización, y un clérigo de principios de este siglo dijo de la Iglesia mormónica: "No hay otra organización tan perfecta... salvo el ejército alemán".[18] Hoy en día, la Iglesia mormónica tiene un ingreso de más de U$S 8 mil millones por año y dispone de una inversión multimillonaria en bienes raíces de diverso tipo. La Iglesia dirige una compleja y amplia jerarquía, que atiende las necesidades de casi 9 millones de mormones en todo el mundo.[19] Los jóvenes varones, a través de actividades dentro la iglesia, como la conducción de grupos de Boy-Scouts o la organización de actividades caritativas, son entrenados para el desarrollo de habilidades administrativas.[20]

A pesar de ser socialmente conservadores y políticamente antico-

munistas, los mormones, a lo largo de toda su historia, se han mantenido unos a otros a través de instituciones de carácter casi socialista. Cuando
se instalaron en el desierto de Utah, construyeron un extenso sistema
de irrigación en condiciones altamente adversas, y los recursos hídricos
siguen siendo propiedad de la comunidad.[21] En una de las primeras
revelaciones a Joseph Smith, Dios ordenó a su pueblo "cuidar de los
pobres". A través de los años los mormones establecieron una cantidad
de programas de ayuda social, incluyendo la Ley de la Consagración y
las donaciones fijas, según las cuales se espera que cada miembro de la
comunidad done parte de su ingreso para mantener a los pobres... por
supuesto que no a los pobres en general, sino a los más pobres dentro
de la propia comunidad.[22] El programa de servicios de beneficencia
establecido durante la Gran Depresión, y que todavía sigue en vigencia,
brinda ayuda, dentro de la comunidad, a todos aquellos que no pueden
atender a sus propias necesidades y no tienen familia que los apoye.
Como este programa funciona dentro de una comunidad con un alto
grado de consenso moral, puede aplicar a sus miembros un nivel de
exigencia mucho mayor que un programa federal, como el de Ayuda a
Familias con Hijos Dependientes. La ayuda social de la Iglesia está unida a la exigencia de que sus beneficiarios, a cambio, trabajen para la
comunidad, y al mismo tiempo se los alienta a volver a autoabastecerse
lo más rápidamente posible. Existe un sistema de detección temprana
que intenta prevenir que una familia caiga en la pobreza.[23] Igual que
en el caso de los judíos, los chinos y otros grupos étnicos de los Estados Unidos, el fuerte sentido comunitario de los mormones les ha
permitido cuidar a su gente. A pesar de que los mormones, como otros
sectores de la sociedad estadounidense, han experimentado pobreza y
colapsos familiares, su grado de dependencia de la caridad pública es
significativamente menor que la del promedio nacional general.

Al igual que los primeros puritanos, los mormones han obtenido
notable éxito en el aspecto económico, lo que es el resultado de su
clásica ética del trabajo puritana y del hecho de que, como grupo, cuentan con un nivel de educación superior al promedio de la población
estadounidense general. En los Estados Unidos, el 47 por ciento de los
hogares mormones tienen ingresos de más de U$S 25.000 por año, en
comparación con el 39,5 por ciento nacional; y el 9 por ciento tiene
ingresos de más de U$S 50.000, en comparación con una cifra nacional
del 6 por ciento.[24] En los últimos años, los mormones han sido sumamente exitosos en las industrias de alta tecnología. Tanto la WordPerfect
Corporation (ahora propiedad de Novell) y la misma Novell, la principal empresa nacional de software para redes, fueron creadas e inicialmente
operadas por mormones.[25] Se cuenta la historia de que, en cierta oportunidad, un potencial cliente tenía que encontrarse con el directivo

máximo de Novell, Ray Noorda, uno de los hombres más ricos de los Estados Unidos. Noorda lo había citado en un mísero hotel en Austin, Texas. Cuando le dijeron que no había ninguna habitación reservada a nombre de Noorda, el cliente pidió la lista de pasajeros y encontró el nombre en el listado general. Noorda compartía la habitación con otra persona, porque no quería pagar una habitación individual.[26] A pesar del difícil clima empresarial existente durante la década de los 80, debido a la caída de las industrias minera y siderúrgica, Utah surgió como centro del desarrollo de alta tecnología en gran medida gracias al empresariado mormónico.[27]

Al igual que en el caso de los japoneses, los alemanes y las otras comunidades que hacen una marcada diferenciación entre "los de adentro" y "los de afuera", el revés de la moneda del extremo sentido comunitario de los mormones es la hostilidad hacia terceros. La Iglesia mormónica discriminó abiertamente a los afroamericanos hasta 1978, no permitiéndoles acceder a la conducción pastoral, y a menudo fue acusada —aunque erróneamente— de evangelizar sólo en países europeos para preservar el carácrter racial de los mormones.[28] A pesar de que la comunidad mormónica se ha extendido enormemente en el Tercer Mundo durante los últimos años, en su base doméstica, en Utah, los mormones no acusan, ni por asomo, la diversidad que se observa en el resto de la sociedad estadounidense contemporánea, y casi no incluyen *gays* ni feministas ni negros ni otras minorías.[29]

Los mormones, por lo tanto, ejemplifican la extraña paradoja de la simultaneidad del individualismo y del comunitarismo en la sociedad estadounidense. Vistos desde una perspectiva, han sido altamente individualistas, el rechazar todas las Iglesias y denominaciones religiosas establecidas y volcarse a una nueva y extraña fe, padeciendo todas los rechazos y las persecuciones de los apóstatas en dicho proceso. Sin embargo, desde otro punto de vista son altamente comunitarios, pues sacan a sus miembros del encierro de sus preocupaciones personales y de su vida privada (los mormones dedican un promedio de más de catorce horas semanales a actividades relacionadas con la Iglesia) cuidan de los miembros más débiles y pobres de su comunidad y establecen una sorprendente variedad de instituciones sociales perdurables.

El grado de autoorganización y de autoayuda comunitaria de los mormones es, medido de acuerdo con cualquier parámetro, extraordinario, y mucho más abarcador que el de la mayoría de las sectas protestantes. Sin embargo, aunque sin llegar al extremo de los mormones, otras agrupaciones religiosas también han fomentado instituciones comunitarias similares, fundando escuelas, hospitales y otros tipos de instituciones de caridad y ayuda social. Un ejemplo ha sido el culto del Padre Divino, en Harlem, durante la década de 1930. El hecho de que eran sectarios —es decir que se formaron tras desprenderse de una institución más grande y firmemente establecida, y se constituyeron, en general, sobre la base de una interpretación más estricta o más fundamentalista del cristianismo— renovaba su energía espiritual y daba nuevo impulso a la formación de una comunidad fuerte y unida.

La importancia del sectarismo protestante va mucho más allá de la gente que concretamente pertenece a las diversas sectas. Este tipo de protestantismo fue el molde en el cual se formó la cultura estadounidense como tal en el siglo XIX. Otros grupos religiosos, como los católicos y los judíos, que no tuvieron una experiencia de religión voluntaria en Europa, gradualmente fueron compartiendo cualidades similares. La vida religiosa sectaria sirvió como escuela para la autoorganización social y permitió la formación de un tipo de capital social que resultó de utilidad en una cantidad de medios no religiosos. Vale decir que la cultura estadounidense protestante y anglosajona no estaba limitada a los WASP (*White Anglo-Saxon Protestants*). A medida que otros grupos étnicos y religiosos ingresaron en el país y pasaron por el sistema de la educación pública, controlado por los protestantes, asimilaron los mismos valores. Los protestantes mismos conservaron su capacidad de organización y cooperación aun cuando ya sus Iglesias dejaron de ser sectarias para volverse más seculares. El arte de la asociación se convirtió, en otras palabras, en una característica general estadounidense, en lugar de ser específicamente protestante.

Es así como el protestantismo, de manera paradójica, ha sido la fuente tanto del individualismo como del comunitarismo en los Estados Unidos. Muchas personas han afirmado —y con considerable razón— que, a la larga, el impulso individualista acabaría por triunfar sobre la vocación comunitaria.[30] Es decir que, mientras que la rebelión contra la Iglesia establecida y la formación de una nueva secta refuerza, en el corto plazo, el espíritu comunitario dentro de esta última, el impacto que tiene a la larga ese hábito mental es el debilitamiento del respeto por la autoridad en general, y no sólo por la de la institución tradicional. La teoría es que, con el tiempo y con la secularización más generalizada de la sociedad, los hábitos de sociabilidad se irían diluyendo, a medida que se vaya desgastando el capital social acumulado por los conversos originales. La religiosidad se podría renovar a través de periódicas reapariciones del fundamentalismo y de la fundación de nuevas sectas. Pero, en general, el legado final del protestantismo estadounidense acabaría por ser una mentalidad incapaz de aceptar una autoridad estable o un consenso social a través de un período prolongado. Vale decir que la sociabilidad creada por ese protestantismo se ha ido volviendo, en forma gradual, autoerosionante.

CAPÍTULO 25

Negros y asiáticos en los Estados Unidos

C uando activistas de la comunidad afroamericana, como el reverendo Al Sharpton, de Nueva York, organizan boicots contra los negocios judíos y coreanos e incitan a sus seguidores a comprar sólo en firmas cuyos propietarios sean negros, muchos estadounidenses blancos se quejan de un "racismo inverso". No cabe duda de que la balcanización racial y étnica de los Estados Unidos no es algo que deba aceptarse o fomentarse. Pero mientras los blancos se quejan de que los negros son demasiado conscientes de su raza, el problema afroamericano, en realidad ha sido, desde siempre, que los negros nunca tuvieron suficiente conciencia de una identidad racial como para unirse estrechamente en organizaciones económicas. Los frecuentes esfuerzos de los líderes de las comunidades negras por alentar a sus miembros a "comprar negro" es un testimonio elocuente, no de la solidaridad de la comunidad afroamericana, sino de su debilidad. Otros grupos étnicos, desde los judíos y los italianos hasta los chinos y los coreanos, compraban a sus *coétnicos*, no porque fueran alentados por sus líderes políticos a hacerlo, sino porque se sentían más cómodos y seguros al tratar con sus pares y no con extraños. A pesar de que los negros no disfrutan de tener que comprar a los blancos o a los asiáticos, y a menudo no tienen la posibilidad de comprar en tiendas de otros negros, es un hecho comprobado que entre el comerciante negro y su clientela no existen la misma confianza y solidaridad que en otras comunidades étnicas estadounidenses. Sucede que no sólo la comunidad blanca desconfía de los negros, sino que —por razones que discutiremos más adelante— existe un alto grado de desconfianza entre la misma comunidad negra. Esa falta de cohesión social interna no tiene nada que ver con las culturas africanas, ya que la mayoría de ellas integran una gran variedad de grupos sociales muy fuertes. Pero los afroamericanos nacidos en los Estados Unidos descienden de individuos que, como esclavos, fueron desarraigados de sus culturas nativas. Esta desculturización ha sido uno de los factores clave que impidió el progreso económico de las comunidades afroamericanas en los Estados Unidos.

En los Estados Unidos, después de la religión con su intenso carácter sectario, la etnicidad ocupa el segundo lugar entre las principales fuentes de comunitarismo que han moderado el inherente individualismo del sistema político en el siglo xx. Muchos de los numerosos inmigrantes que llegaron al país durante las últimas décadas del siglo pasado y las primeras de éste trajeron consigo las fuertes tradiciones comunitarias de sus países de origen. Al igual que las cerradas comunidades formadas por las primeras sectas protestantes, esos enclaves étnicos se autoapoyaban de una forma que ya no resultaba posible en la cultura social general que los rodeaba. La mayoría de esos inmigrantes había padecido una marcada ausencia de individualismo en las sociedades tradicionales de las cuales provenían, que los habían encerrado rígidamente en castas, clases u otras estructuras comunitarias que les impedían la movilidad, la innovación o cualquier tipo de iniciativa. Sin embargo, una vez radicados en los Estados Unidos les resultó posible realizar una síntesis de comunitarismo e individualismo: liberados de las limitaciones que su sociedad de origen les había impuesto, supieron conservar lo suficiente de sus culturas tradicionales como para evitar la atomización.

Como era de esperar, hubo un amplio espectro de variación en el grado de sociabilidad espontánea desplegada por los diferentes grupos étnicos, que dependía, en gran medida, del tipo de tradición social que habían importado de sus países de origen. Muchas de esas tradiciones no fomentaron la movilidad ascendente en la escala económica. Los irlandeses, por ejemplo, contaban con muy poca tradición en lo que se refiere a educación superior, y solían enviar a sus hijos a escuelas parroquiales, aislándolos del sistema educativo público, a fin de preservar su identidad religiosa.[1] A principios del siglo xx se observaron obstáculos similares para el progreso italiano: dado el énfasis extremadamente fuerte que ponían los inmigrantes de ese origen en la unión de la familia, una educación superior muchas veces era considerada como una amenaza a la cohesión y al ingreso económico familiar, y se solía desalentar la educación secundaria y superior en los hijos, en particular en las niñas.[2]

La importancia de la etnicidad como fuente de la sociabilidad espontánea, y de la sociabilidad para el progreso económico, resulta evidente si observamos el marcado contraste entre las trayectorias de asiáticoamericanos y afroamericanos. Los chinos, japoneses, coreanos y otros grupos inmigrantes asiáticos han detenido, en general, un extraordinario éxito económico, superando a muchos de los inmigrantes de origen europeo en lo que se refiere al ingreso per cápita, educación, participación en sus profesiones y en casi todos los demás estándares de desempeño socioeconómico. Los afroamericanos, en cambio, sólo han progresado en forma muy lenta y dificultosa, y desde el comienzo de la era de los derechos civiles, en la década de los 60, un importante segmento de la comunidad negra ha perdido terreno.

Este contraste resulta particularmente evidente en lo que se refiere a la actividad comercial. La pequeña empresa constituye el camino más obvio hacia un progreso social y económico, en especial cuando un grupo ha llegado recientemente a los Estados Unidos o es excluido, de alguna forma, de la participación en las instituciones económicas generales.[3] Muchos grupos asiáticos han mostrado una alta tasa de autoempleo y pequeñas empresas propias. En 1920, más del 50 por ciento de todos los hombres chinos residentes en los Estados Unidos eran propietarios de empresas étnicas, como restaurantes o lavanderías, o trabajaban en ellas, y en 1940 se observó una tasa comparable del 40 por ciento de autoempleo entre los japoneses de sexo masculino.[4] Un estudio realizado en 1973 mostró un 25 por ciento de empresas familiares coreanas,[5] y otro determinó que la tasa de autoempleo entre los hombres coreanoamericanos era del 23,5 por ciento, comparada con una tasa del 7 por ciento para la población estadounidense total.[6]

La comunidad afroamericana, por el contrario, tiene una tasa de autoempleo y de pequeñas empresas por debajo del promedio,[7] y la ausencia de una clase empresarial negra ha sido desde siempre tema central de la literatura sociológica.[8] Al principio de este siglo, tanto Booker T. Washington como W. E. B. du Bois se sintieron obligados a incitar a los negros a ingresar en el mundo empresarial, para remediar esta situación. En la mayoría de los barrios pobres y populosos de las grandes ciudades, los principales comercios locales no han sido propiedad de negros sino de individuos externos a la comunidad afroamericana. Durante el principio del período de posguerra, muchos de los propietarios de los comercios de los guetos eran judíos; en la última generación, éstos han sido reemplazados por coreanos, vietnamitas y otros propietarios asiáticos. Los afroamericanos han alcanzado algún éxito comercial en la actividad bancaria y lograron prosperar en ciertos sectores, como el de los salones de belleza, peluquerías y empresas fúnebres. Pero a pesar de algunas décadas de alicientes y subsidios por parte de diversos entes gubernamentales, existen pocas señales de una fuerte y emergente clase empresarial negra.

La incapacidad de los afroamericanos de controlar los comercios y negocios en sus propias áreas ha sido fuente de gran resentimiento y de numerosos conflictos. Los disturbios de Watts ocurridos en 1965, de

Detroit en 1967 y de Los Ángeles en 1992 constituyeron todos una oportunidad, para los residentes de los barrios negros de la ciudad, de atacar los comercios de propiedad de no negros. Durante los disturbios de Los Ángeles hubo una agresión deliberada, sistemática y evidente a los comercios coreanos de la zona, muchos de los cuales fueron destruidos o seriamente dañados.[9] El resentimiento popular contra los comerciantes no negros en esos barrios es muy marcado y genera teorías sobre eventuales conspiraciones externas para explotar económicamente a los afroamericanos. Hemos visto de qué manera, en las culturas china y coreana, la confianza es muy alta en el seno familiar, mientras que en el trato con terceros es mucho menor; los japoneses tienen un problema similar en el trato con quienes no lo son. Esa actitud rígida para con terceros se refleja en las frecuentes quejas, por parte de los negros, de que los propietarios asiáticos suelen mostrarse rudos y manifiestan poco interés por sus clientes o por la comunidad que los rodea.

En la literatura específica, las razones planteadas para las diferencias en el desempeño económico entre distintos grupos no han sido menos controvertidas. Una explicación frecuente del desempeño relativamente bajo de los negros en la pequeña empresa se relaciona con el entorno. Muchos afirman que es un error comparar a los afroamericanos con grupos étnicos como los chinos y los coreanos, porque el grado de prejuicio racial que tiene que enfrentar la población negra es muchísimo mayor. Los negros, a diferencia de otros grupos étnicos, fueron llevados a los Estados Unidos contra su voluntad, fueron maltratados brutalmente durante los tiempos de la esclavitud y sufrieron un nivel de discriminación significativamente más elevado, a causa de su diferenciación.[10] Una variante de esta hipótesis, que utiliza la terminología de la teoría de la dependencia, sostiene que existe una economía "dual" en los Estados Unidos, que relega a los negros y a otras minorías hacia la economía "periférica", que, a diferencia de la economía "nuclear" dominada por los blancos, está condenada a la pequeña escala, a la baja tecnología y a la competencia excesiva. Otra forma, más específica, del argumento relacionado con el medio es que los afroamericanos no han sido capaces de iniciar negocios porque el sistema bancario blanco les ha negado los créditos necesarios. Se afirma que a los negros no se les han otorgado créditos, o bien por simple racismo, o porque su entorno de pobreza y la pequeña escala de sus empresas los convierten en un mal negocio crediticio y, por lo tanto, los condena a repetir hasta el infinito su ciclo de pobreza.

Una segunda explicación sobre el desempeño de la población negra en el campo empresarial está relacionada con la demanda del consumidor. Al contrario de lo que sucede con otros grupos étnicos, los negros nunca tuvieron necesidades especiales, que sólo ellos sabían abastecer. Mientras que los blancos no pudieron competir con los chinos en el ramo de los restaurantes chinos, sí les era posible competir con los negros en el ofrecimiento de productos alimenticios a otros negros.[11] Otro argumento, relacionado con el anterior, es que los negros no fueron nunca proveedores de elementos únicos y diferentes; por ejemplo, la cocina afroamericana nunca fue tan popular en la sociedad general como lo han sido otros tipos de cocina étnica.[12] Las únicas áreas en las que el comercio negro ha tenido éxito son aquellas dirigidas de manera específica al restringido número de necesidades particulares afroamericanas como, por ejemplo, peluquerías y salones de belleza.[13]

Sin embargo, ninguna de esas explicaciones con respecto de la escasa presencia de afroamericanos en el pequeño comercio termina por convencer del todo.[14] La hostilidad del medio externo podrá explicar por qué los negros están subrepresentados en los directorios de las grandes corporaciones o como empleados en empresas en manos de blancos, pero difícilmente puede explicar por qué no existe el autoempleo negro. En la literatura sociológica hay una cantidad de teorías con respecto al "foráneo", algunas de las cuales afirman que son precisamente el prejuicio y la hostilidad del medio externo lo que hace que muchos grupos minoritarios se encierren, creando negocios y comercios que emplean a sus pares étnicos de igual origen y atendiendo las necesidades específicas de su propia comunidad.[15] De hecho, la incapacidad de encontrar trabajo en la comunidad blanca fue una de las razones del alto número de trabajadores autónomos chinos y japoneses durante las primeras décadas de este siglo.[16] No cabe duda de que los negros han sido víctimas de un mayor grado de prejuicio que cualquier otro grupo racial o étnico de los Estados Unidos, y que, a pesar de que los inmigrantes asiáticos han enfrentado una hostilidad racial que no tuvieron que soportar otros grupos étnicos europeos, han sido aceptados por la comunidad predominante en una medida mucho mayor que los negros. Pero todo esto es irrelevante en el momento de explicar por qué hay tan pocos afroamericanos vendiendo a otros afroamericanos, y por qué muchos negros parecieran preferir comprar a no negros. Los afroamericanos no sólo muestran un pobre desempeño en la economía "nuclear" dominada por los blancos (si es que algo así en realidad existe), sino también en la economía "periférica". Esto se reafirma si se compara a los negros con los hispanos, de los que se dice que también participan en la economía periférica y que sufren una discriminaciión similar.[17]

La explicación de que hubo, por parte de los consumidores, una demanda insuficiente de los productos suministrados por el comercio negro no acusa la falencia del argumento anterior. Pero como demostrara el sociólogo Ivan Light, este argumento tampoco resiste un análisis más detallado. Es decir que, mientras los asiáticos podrán haber tenido un mercado cautivo entre sus coétnicos, también obtuvieron considerable éxito en venderles a los blancos de fuera de su comunidad, cosa que los afroamericanos no han logrado. Por ejemplo, el volumen de caja del intercambio comercial asiático con no asiáticos en California, en 1929, fue más alto que el de todo el comercio minorista manejado por los negros en Illinois, a pesar de que la población negra allí era tres y media veces mayor.[18] Esto indicaría que el éxito asiático fue el resultado de una capacidad de comercialización mucho más amplia y generalizada, una capacidad que no existiría en la comunidad negra.

Si analizamos con detención el tema del crédito bancario, podremos observar el comienzo de una explicación de las diferencias en el desempeño grupal, que tiene que ver muy poco con el medio externo pero muchísimo con la cohesión interna del grupo. La falta de acceso al crédito bancario ha sido una de las principales quejas de los afroamericanos durante muchas generaciones, y ha estado en la mira de las investigaciones federales hace muy poco, durante el gobierno de Clinton. Pero mientras que indudablemente había una cierta reticencia al otorgamiento de créditos a los negros, en particular si éstos tenían que ver con la compra de viviendas residenciales, esa discriminación no tiene mayor importancia en lo que hace a la explicación de la diferencia entre el pequeño empresariado negro frente al asiático. En primer lugar, en los Estados Unidos, muy pocas pequeñas empresas se han establecido mediante un crédito bancario. La gran mayoría de este tipo de negocios, fue fundada a partir de los ahorros personales.[19] Hubo, sin embargo, un período, a mediados del siglo XIX, en que los afroamericanos establecieron una cantidad de Bancos comerciales, dispuestos a otorgar créditos a sus pares étnicos. Esos Bancos, sin embargo, se fundieron porque no hubo suficiente demanda de crédito por parte de empresas propiedad de gente de color, lo que indicaría que el problema no era el crédito sino los empresarios negros.[20] Por último, cuando muchos de los chinos y japoneses levantaron sus empresas familiares, durante las primeras décadas del siglo XX, también se les negó el acceso al sistema del crédito bancario manejado por blancos. Si el acceso a créditos fuera la clave del éxito de la pequeña empresa, resulta difícil entender por qué los asiáticos han estado sobrerrepresentados en esa categoría, incluso, en relación con los blancos.

La razón por la cual la falta de crédito bancario no llegó a constituir una barrera de importancia para los asiáticos, es que chinos, japoneses y coreanos importaron de sus culturas nativas, una densa red de organizaciones comunitarias, una de las cuales fue la asociación de crédito rotativo. En esas asociaciones, los coétnicos reunían sus ahorros y los usaban para establecer comercialmente a uno u otro de sus miembros.[21]

La forma de estas asociaciones de crédito rotativo difería, según el grupo fuese chino o japonés. La *hui* china se basaba en el parentesco, y era organizada entre individuos que provenían de una misma aldea o de un mismo linaje, o que llevaban el mismo apellido en China. Por el contrario, la *tanomoshi* japonesa incluía a individuos no emparentados pero del mismo distrito o prefectura en Japón.[22] (En Corea existe una institución similar, denominada *kye*.) Ambos tenían una estructura similar: una pequeña cantidad de individuos aportaba una parte igual de dinero a un fondo común, el cual era asignado a un único miembro, a través de un sorteo. A medida que esas asociaciones fueron creciendo y haciéndose más sofisticadas, se convirtieron casi en uniones crediticias, que pagaban intereses sobre los depósitos y otorgaban préstamos en efectivo.

Ni la *hui* ni la *tanomoshi* tenían respaldo legal y, a veces, incluso, carecían de normas formalmente establecidas. Era muy posible para el ganador del sorteo, escapar con los ahorros de todo el grupo. No había sanciones legales contra el fraude o el parasitismo, fuera de la sanción moral que le podía imponer la estrechamente unida y cerrada comunidad china o japonesa. Si un individuo malversaba los fondos, se le exigía la restitución de éstos a la familia del infractor. Para que un sistema tan informal pudiera funcionar, era necesario un alto grado de confianza entre los miembros de la asociación, la cual, a su vez, era el resultado de lazos sociales preexistentes, basados en parentesco o vecindad geográfica en el país de origen.

Es probable que el alto nivel de confianza dentro de las comunidades chinas y japonesas, probablemente, fuera, para sus miembros, un motivo tan importante como la demanda general de sus productos étnicos específicos, para comprar éstos en los comercios manejados por sus coétnicos. El grado de confianza no necesariamente se extendía a toda la comunidad; entre los chinos, por ejemplo, con frecuencia, no superaba los límites del linaje o de la covecindad en la aldea de origen, y era frecuente el choque entre asociaciones de linajes rivales. El nivel de confianza entre los coétnicos también solía ser más elevado en los Estados Unidos que en sus países natales, dado que en América todos enfrentaban el mismo entorno externo hostil. Sin embargo, esos grupos se beneficiaban en grado sumo del hecho de que sus culturas les brindaban una estructura moral común, dentro de la cual podían cooperar entre sí.

Las asociaciones de créditos rotativos, sólo constituían una de las muchas instituciones sociales creadas en forma espontánea por las comunidades china y japonesa. Muchos hombres chinos llegaron a los Estados Unidos durante el siglo XIX como obreros solteros provenientes, por lo general del sur de China.[23] Esos inmigrantes fundaron asociaciones de linaje o apellido, cuyas ramas locales se agrupaban en grandes federaciones (las más célebres fueron las Seis Compañías, en San Francisco).[24] Esas asociaciones de linaje ofrecían una amplia gama de servicios sociales, de modo que quienes buscaban empleo o pasaban por situaciones difíciles por lo general no necesitaban salir de su comunidad para pedir ayuda. Una cantidad de organizaciones chinas no desempeñaron un papel tan benéfico: las tristemente célebres *tongs* chinas, eran asociaciones criminales que manejaban el juego, la prostitución, la usura y la estafa dentro de sus comunidades locales.

En los Estados Unidos, los equivalentes japoneses de las asociaciones chinas de linaje o apellido, se basaban más en el origen geográfico que en el parentesco: las *kai* unían a quienes habían emigrado de la misma región del Japón, y ofrecían para todos un nivel de apoyo similar. Esas organizaciones ayudaban a su gente a encontrar trabajo, cuidaban de los desvalidos y eran la causa de la tasa sumamente baja de dependencia de los servicios de bienestar social gubernamentales, por parte de los japoneses estadounidenses.[25] Esas instituciones comunitarias, a menudo manejaban los problemas de delincuencia mediante la presión grupal, antes de que llegaran a la policía o al sistema general de la justicia criminal. En este caso, la familia no era el único instrumento de socialización; su papel era suplementado por organizaciones más grandes, que reforzaban la influencia familiar.[26]

Las asociaciones de crédito rotativo sólo desempeñaron un papel importante en el desarrollo económico chino y japonés durante las primeras generaciones de inmigrantes. Después otros factores culturales comenzaron a incidir. El énfasis confuciano en la educación, y la mayor aceptación por la comunidad blanca predominante, permitieron a las generaciones subsiguientes asimilarse y lograr un significativo ascenso social, fuera de su enclave étnico. Los linajes y las asociaciones regionales gradualmente fueron perdiendo sus papeles centrales, y fueron reemplazadas por asociaciones voluntarias más modernas, como la Liga de Ciudadanos Japonesa-Estadounidense, que hoy funciona como cualquier otro grupo de intereses en una democracia. Pero no cabe duda de que las asociaciones de crédito mencionadas, desempeñaron históricamente un papel importante en la promoción del pequeño empresariado dentro de estas comunidades étnicas asiáticas.

En la historia afroamericana, después de la abolición de la esclavitud, no encontramos nada que sea comparable con las asociaciones de crédito rotativo chinas o japonesas. Los pequeños empresarios negros, por lo general, debían enfrentarse solos contra el mundo, con sus propios ahorros y con muy poca ayuda por parte de sus amigos o de su familia vincular. Como señala Ivan Light, ello no se debe a la ausencia de ese tipo de instituciones en la cultura africana. Las asociaciones de crédito rotativo, de diverso tipo, se encuentran en casi todas las sociedades tradicionales, incluso en aquellas del oeste africano, de donde provenía la mayoría de los esclavos negros que fueron traídos a América del Norte. En Nigeria existió una institución similar a la *hui* o a la *tanomoshi*, denominada *esusu*. Light afirma que esas instituciones fueron, en un principio, llevadas por los esclavos al Nuevo Mundo, pero en los Estados Unidos fueron desculturizadas. Light considera que el superior desempeño económico, en los Estados Unidos, de los inmigrantes negros provenientes de las Indias Occidentales se debe a que la forma de esclavitud, que allí se practicaba en las plantaciones destruyó en mucho menor grado esos esquemas culturales tradicionales de los africanos.[27] Los jamaiquinos y los oriundos de Trinidad que llegaron a Nueva York en las primeras décadas del siglo XX, tenían, por lo tanto, un grado mucho mayor de cohesión social que los negros que descendían de los esclavos. Vale decir que la esclavitud en los Estados Unidos les robó algo más que su dignidad individual; los despojó de su cohesión social, al destruir sus comportamientos tendiendes a la cooperación. La esclavitud estadounidense no les dio la oportunidad de practicar el ahorro, el manejo del dinero o el espíritu de empresa. La esclavitud británica en las Indias Orientales a pesar de ser terriblemente dura, dejó intacta una parte mucho mayor de la cultura original africana y no atomizó a los grupos sociales existentes, en la medida en que lo hizo el sistema estadounidense.[28]

La falta de sociabilidad espontánea, se vuelve más pronunciada cuanto menor es el nivel económico, debido a la relación causal entre la incapacidad para la cohesión social y la pobreza. Resulta notoriamente difícil organizar a la clase pobre urbana en grupos de cualquier tipo, incluso con objetivos económicos de corto plazo, como, por ejemplo, una huelga por el pago de alquileres. A medida que se va descendiendo en la escala económica, los grupos sociales que van más allá de la familia, son cada vez más escasos y, además, las familias mismas comienzan a desintegrarse con mayor rapidez. La clase más baja del proletariado negro en los Estados Unidos, acaso constituya, en la actualidad, la sociedad más atomizada de la historia humana. Es una cultura en la cual a los individuos les resulta extremadamente difícil cooperar en cualquier tipo de tarea, desde criar a los hijos hasta ganar dinero o peticionar ante las autoridades municipales. Si el individualismo significa la renuncia o la incapacidad de un individuo de subordinar sus inclinaciones personales a los intereses de un grupo más amplio, entonces esta clase marginada es uno de los segmentos más individualistas de la sociedad estadounidense.

Sería, sin embargo, un error describir a los afroamericanos como una sociedad genéricamente aislada y atomizada. Una cantidad de diversas organizaciones han llevado ayuda a esas áreas poblacionales.

Entre las más importantes se han contado, históricamente, diversas Iglesias y grupos religiosos negros que han constituido un importante contrapeso para las fuerzas atomizadoras a las que se hallaba expuesta la comunidad. Durante ciertos períodos, los afroamericanos lograron organizar empresas comerciales pequeñas y medianas de relativa fuerza, como los bancos y las empresas de seguros manejadas por gente de color que surgieron a mediados del siglo XIX.[29] Los negros de clase media han estado bastante bien organizados, formaron asociaciones voluntarias modernas, como la Southern Christian Leadership Conference (Conferencia Sureña de Liderazgo Cristiano) y la National Association for the Advancement of Colored People (Asociación Nacional para la Promoción de la Gente de Color); de hecho, hay pruebas de que los negros de clase media participan en mayor grado en esas organizaciones voluntarias que los blancos en sus propias organizaciones similares.[30] En muchos vecindarios afroamericanos existe una cantidad de asociaciones informales, en las cuales familiares y amigos aúnan recursos económicos para ayudarse mutuamente, en caso de necesidad, mediante donaciones o préstamos.[31] Y, por último, entre la clase baja negra existen las comunidades delictivas o bandas callejeras, como los conocidos Bloods and Crisps de Los Ángeles y los Blackstone Rangers de Chicago.[32] Al igual de lo que sucedía anteriormente con los irlandeses, las organizaciones existentes dentro de las comunidades afroamericanas, han obtenido más éxito en la persecución del poder político que en la creación de una gran cantidad de organizaciones económicas viables dentro de su propia comunidad.

Los afroamericanos y los asiáticoamericanos constituyen dos polos opuestos y contrastantes en cuanto a su desempeño económico. Las diferencias entre ambos grupos son similares, pero más extremas, a las que se observan entre grupos de origen europeo, como los judíos y los irlandeses. Existe una gran correlación entre el grado de cohesión interna de una comunidad étnica determinada y el grado de progreso económico y de asimilación a la sociedad global. La comunidad judía se ha destacado por la cantidad de nuevas organizaciones que generó, destinadas a cuidar de su propia gente. Hubo numerosas organizaciones, como la German-Jewish United Hebrew Charities, que en 1900 se jactaba de haberse hecho cargo de cada uno de los judíos pobres de su comunidad, o la Educational Alliance, o las organizaciones actuales B'nai B'rith y American Jewish Congress. Las organizaciones caritativas y de autoayuda abarcaban aspectos como seguros de vida, beneficios por enfermedad y costos de sepelio.[33]

La proclividad judía hacia la asociación espontánea contrasta, en cierta medida, con la experiencia irlandesa que en alguna forma adelantó lo que sucedería con los afroamericanos en el siglo XX. El progreso social irlandés no solía surgir a partir del trabajo autónomo en pequeñas empresas, sino a través de la captación de (o la influencia sobre) grandes instituciones centralizadas, como el gobierno municipal o la Iglesia católica. El dominio irlandés en las maquinarias políticas de grandes ciudades como Nueva York, Boston, Chicago, Buffalo y Milwaukee, a principios del siglo xx, ya es legendaria, y ese control político trajo aparejado el "padrinazgo" para la ubicación de empleados en puestos dentro de los departamentos de policía y la administración municipal, origen de una gran parte del empleo irlando-estadounidense. Los irlandeses dependían de una única organización social, la Iglesia católica, para la cobertura de sus necesidades en cuanto a caridad social. A diferencia de los italianos y de los inmigrantes provenientes de países latinos, eran mucho menos anticlericales, dado que la Iglesia cumplía un papel importante en el apoyo de la identidad nacional y de la lucha contra el dominio británico en su país de origen. Gran parte de la energía, que en las comunidades protestantes o judías se habría canalizado hacia la formación de congregaciones locales menores fue volcada a la Iglesia católica estadounidense, que fue dominada, durante muchos años, por sacerdortes irlandeses. Por otra parte, los irlandeses se hallaban subrepresentados en la propiedad de la pequeña empresa: en 1909, a pesar de que los irlandeses bostonianos tenían un ingreso mayor que los judíos de esa ciudad, la participación de estos últimos en el sector de la pequeña empresa era nueve veces mayor.[34]

Los italianos, que progresaron con más rapidez que los irlandeses, pero no tanto como los judíos, se ubicaban en un nivel intermedio entre ambos, en lo que a organización autónoma se refiere. Una cantidad de sociedades de ayuda mutua fue creada por obreros y comerciantes, pero la comunidad italiana nunca generó grandes organizaciones de beneficencia, en un nivel global de su comunidad, como, por ejemplo, la B'nai B'rit. A pesar de que los italianos hacían donaciones caritativas, gran parte de estos fondos se volcaba a gastos patrióticos o culturales, como la construcción de monumentos, en lugar de ser invertidos en instituciones sociales perdurables.[35]

Por supuesto, muchos otros factores, fuera de la sociabilidad, han incidido e inciden en la diferencia del ritmo de progreso económico de los diversos grupos étnicos de los Estados Unidos, y uno de los principales es la actitud frente al tema de la educación. La existencia de bandas criminales italianas, irlandesas, chinas, afroamericanas y otras indica que la sociabilidad, en sí misma, no necesariamente conduce a la eficiencia económica. La sociabilidad debe ir acompañada de otros elementos, como la honestidad, una alta propensión hacia el ahorro, energía y talento empresarial, así como el interés por la educación, para poder conducir a actividades económicamente productivas.

El principal problema que enfrentaron las comunidades de inmigrantes fue el de cambiar la forma de sociabilidad que practicaban, es decir, pasarla de obligatoria a voluntaria. Las estructuras sociales tradicionales que llevaron consigo al emigrar estaban basadas en la familia, la etnicidad, el origen geográfico u otras características congénitas. Durante la primera generación que desembarcó en los Estados Unidos se logró generar la confianza suficiente como para fundar asociaciones de crédito rotativo, restaurantes familiares, lavanderías y tiendas de comestibles. Pero en generaciones subsiguientes, hubo casos en que esos grupos se vieron limitados, lo cual redujo el espectro de oportunidades comerciales y mantuvo a sus descendientes en guetos étnicos. Para que un grupo étnico experimentara un progreso mayor, los hijos de la primera generación de inmigrantes debían aprender otro tipo de sociabilidad más amplia, que les permitiera obtener trabajo en la sociedad general o ejercer sus profesiones liberales.

La rapidez con que el inmigrante lograba hacer la transición de miembro de un enclave étnico a ciudadano estadounidense integrado en la sociedad explica cómo es posible que los Estados Unidos sean étnicamente diversos y, a la vez, tengan una predisposición a integrar una comunidad. En muchas otras sociedades, los descendientes de inmigrantes nunca pudieron abandonar su gueto étnico. A pesar de que la solidaridad dentro del enclave étnico siguió siendo muy alta, la sociedad global presentaba signos de balcanización y de conflictos. La diversidad puede resultar beneficiosa para una sociedad, pero lo mejor es ingerirla en pequeñas dosis y no en grandes tragos. Es muy fácil tener, de pronto, una sociedad demasiado diversa, en la cual sus integrantes no sólo no comparten valores y aspiraciones, sino que incluso no hablan el mismo idioma. En esos casos, las posibilidades para la sociabilidad espontánea sólo se dan dentro de los sectores establecidos por raza, etnicidad, idioma y factores similares. La asimilación a través de una política de aprendizaje del idioma y de educación es indispensable para equilibrar la etnicidad, si se quiere obtener una comunidad más globalizada.

Los Estados Unidos representan un panorama mixto y cambiante. Si tenemos en cuenta factores como la cultura religiosa y la etnicidad, hay amplios fundamentos para categorizar a la sociedad estadounidense como simultáneamente individualista y comunitaria. Quienes sólo ven el individualismo ignoran una parte fundamental de la historia social estadounidense. Sin embargo, durante estas últimas décadas el equilibrio se ha estado volcando con rapidez hacia el individualismo, de modo que tal vez no sea casualidad que los asiáticos y otros observadores la vean como el epítome de una sociedad individualista. Ese cambio de equilibrio ha creado numerosos problemas dentro de los Estados Unidos, muchos de los cuales habrán de manifestarse en el ámbito económico.

CAPÍTULO 26

La desaparición del nivel medio

L os Estados Unidos han heredado dos tradiciones, claramente diferenciadas: la primera es un marcado individualismo, y la segunda, la proclividad hacia el comunitarismo. Es esta segunda tradición la que ha moderado las tendencias individualistas puestas de manifiesto en las ideologías básicas y en el sistema constitucional-legal del país. La coexistencia de ambas ha contribuido a que la democracia prosperara, en forma general, dentro de los Estados Unidos. El desafío para este país consiste, ahora en lograr un mejor equilibrio entre ambas tendencias.

Nadie puede negar que el individualismo estadounidense ha aportado enormes beneficios a su sociedad, incluso en el ámbito económico. A pesar de las grandes dudas que se plantearon, en la década de los 80, frente al tema de la competencia japonesa, en la década siguiente la economía estadounidense ha emergido como el líder indiscutido en una cantidad de sectores de crítico valor agregado: los de computación y semiconductores, la industria aeroespacial, software, telecomunicaciones y redes, servicios financieros, bienes de capital y biotecnología.[1] Sigue siendo verdad que los principales cambios en tecnología y organización han tenido su origen en los Estados Unidos y no en Europa o Japón. Con la ayuda de un dólar débil, las exportaciones estadounidenses han crecido en forma marcada en la última década, sobre todo si se considera la balanza comercial no referida a mercaderías. En la práctica, si se observa la balanza comercial de las casas matrices de las empresas estadounidenses, con independencia del país en el cual se encuentren ubicadas, en lugar de la balanza comercial referida a mercaderías, se comprueba que un gran déficit se convierte en un superávit global igualmente grande.[2]

Gran parte de esa ventaja competitiva tiene su origen en la gran energía innovadora y empresarial de las compañías estadounidenses, la cual, a su vez, es alimentada por la renuencia de los estadounidenses a someterse a fuentes de autoridad tradicionales. En ese aspecto, la diversidad es una gran bendición. El ininterrumpido alto nivel de inmigración en los Estados Unidos, a pesar de que algunos sectores dicen que éstos constituyen una amenaza para la cultura y el nivel de empleo estadounidenses, provee a los Estados Unidos de una importante fuente de capital humano.[3] Basta con echar un vistazo a la nómina de los directivos máximos de las principales empresas de tecnología, para comprender esta realidad: Andrew Grove, de Intel, nació en Hungría; Eric A. Benhamou, de 3COM's (una de las empresas líderes en redes), nació en Argelia; Philippe Kahn, de Borland, era un judío nacido en Francia, que inmigró ilegalmente a los Estados Unidos. Todos ellos encontraron un terreno mucho más fértil para sus energías empresariales y sus talentos en los Estados Unidos que en sus respectivos países de origen.

Los estadounidenses se hallan tan habituados a ensalzar su individualismo y su diversidad que a veces olvidan que, incluso las cosas positivas pueden tornarse excesivas. Tanto la democracia como la empresa estadounidense han sido exitosas porque ambas abrevaron, de manera simultánea, en el individualismo y en el espíritu comunitario. Esos empresarios nacidos en el extranjero no podrían haber alcanzado el éxito que lograron si su único talento, más allá de su genialidad técnica, hubiese sido su capacidad para desafiar a la autoridad. También era necesario que fueran buenos organizadores y hombres con marcadas aptitudes para trabajar en equipo, capaces de establecer y motivar a grandes organizaciones. Por otra parte, el exceso de diversidad puede conducir a una situación en la cual los integrantes de una sociedad ya no tienen nada en común, salvo el sistema legal; es decir, que no existan valores compartidos y, por consiguiente, no haya una base para la confianza futura ni un idioma común mediante el cual comunicarse.

El equilibrio entre individualismo y comunitarismo ha cambiado en forma impresionante en los Estados Unidos durante los últimos cincuenta años. Las comunidades morales que constituían la sociedad civil estadounidense a mediados de este siglo, desde la familia y los vecindarios hasta las Iglesias y los ámbitos laborales, han sido marcadamente hostigadas, y una cantidad de indicadores sugerirían que el grado de sociabilidad general ha declinado.

El deterioro más evidente en la vida comunitaria se nota en la desarticulación de la familia, con el constante aumento de las tasas de divorcio y de la cantidad de familias a cargo de un solo padre registrada desde fines de la década de los 60. Esta tendencia tiene consecuencias económicas muy claras: un marcado incremento de la pobreza, asociada con la figura de la madre sola a cargo de una familia. Para ser exactos, la familia es otra cosa que la comunidad; como hemos visto, un familismo demasiado fuerte puede debilitar los lazos comunitarios entre individuos no emparentados y coartar la posiblidad de tener una vida social basada en algo más que el simple parentesco. La familia estadounidense siempre ha sido más débil, en muchos aspectos, que sus equivalentes de China e Italia y, en cierto sentido, esto ha resultado más una ventaja que una desventaja económica. Pero la vida familiar estadounidense no se ha deteriorado a causa del fortalecimiento de otro tipo de vida societaria. Tanto las relaciones familiares como las comunitarias están decayendo. Cuando otras formas de sociabilidad se van deteriorando, crece la importancia de la familia, porque es el único ámbito de comunidad moral que queda.

Robert Putnam ha recopilado datos que señalan una reducción llamativa de la sociabilidad en los Estados Unidos.[4] Desde la década de los 50, la participación en asociaciones voluntarias ha disminuido. A pesar de que los Estados Unidos siguen siendo mucho más religiosos que otros países industrializados, hubo una reducción de un sexto en la concurrencia a las diversas iglesias; la afiliación sindical ha caído de 32,5 a 15,8 por ciento la participación en asociaciones escolares de padres y maestros, ha descendido de 12 millones en 1964 a 7 millones en la actualidad; organizaciones como el Club de Leones, los Elks, los Masones y los Jaycees, han perdido entre un octavo y la mitad de sus socios durante los últimos veinte años. Se han comprobado caídas similares de participación en organizaciones como los Boy Scouts y la Cruz Roja Estadounidense.[5]

Por otra parte, se sigue observando una proliferación constante de grupos de interés de todo tipo en la vida pública estadounidense: organizaciones para ejercer el *lobbying*, asociaciones profesionales, cámaras de comercio y otras organizaciones similares cuyo fin principal es proteger intereses económicos particulares a través de su presión en el ámbito político. A pesar de que muchas de esas organizaciones, como la American Association of Retired Persons y el Sierra Club, cuentan con una gran cantidad de afiliados, sus miembros rara vez interactúan más allá del pago de sus cuotas sociales y de recibir información escrita, en forma periódica.[6] Como siempre, para los estadounidenses, sigue siendo posible interrelacionarse a través del sistema legal, constituyendo organizaciones sobre la base de contratos, leyes o por medio de la autoridad burocrática. Pero las comunidades con valores compartidos, cuyos miembros están dispuestos a someter sus intereses personales a los objetivos de una comunidad, se han ido tornado más y más raras. Y sólo esas comunidades morales son capaces de generar el tipo de confianza social que resulta fundamental para la eficienciá organizativa.

Pero es probable que el cambio en la actitud general del ciudadano estadounidense hacia su prójimo sea todavía más llamativo que la disminución de la participación de los estadounidenses en las asociaciones comunitarias. En una encuesta masiva se preguntó a los estadounidenses si sentían que podían confiar en "la mayoría de la gente" La cantidad de respuestas afirmativas cayó del cincuenta y ocho por ciento en 1960 a sólo un treinta y siete por ciento en 1993. En otra encuesta, en la que se preguntaba cuántas veces el encuestado había visitado socialmente a su vecino, la proporción de los que contestaron "más de una vez por año" cayó del setenta y dos por ciento en 1974 al sesenta y uno por ciento en 1993.[7]

Más allá de las encuestas de opinión, la reducción de la confianza social es evidente en el campo legal, que acusa un marcado incremento tanto en los juicios civiles como en los criminales. Ambas áreas reflejan una disminución de la confiabilidad de algunos estadounidenses y generan un mayor nivel de desconfianza en quienes normalmente confiarían en el prójimo y serían, a su vez, confiables. Incontables observadores han notado que las tasas de criminalidad en los Estados Unidos son sustancialmente mayores que en otros países desarrollados, y crecen en forma constante durante las últimas generaciones.[8] La criminalidad, en los Estados Unidos, se halla relativamente concentrada en las áreas urbanas más pobres; los pobladores de mayor nivel económico, se han defendido, en gran medida, de sus efectos mudándose a áreas suburbanas o recluyéndose en sectores urbanos claramente bien delimitados, en los que cada habitante toma sus propias medidas de seguridad. Pero los efectos indirectos de la criminalidad quizá corroen más que los directos, el sentido de comunidad. Las ciudades estadounidenses han terminado por dividirse en un núcleo urbano negro y suburbios blancos. El estilo de vida urbana culto y sofisticado que todavía existe en Europa ha desaparecido en los Estados Unidos, a medida que se vuelve cada vez más habitual que las áreas urbanas céntricas se vacíen después del horario laboral. En los mismos suburbios, las casas con sus porches que dan a la calle han dado paso a comunidades rodeadas de paredones con vigilancia en la puerta. Los padres enseñan a sus hijos a desconfiar de los extraños, como forma de autoprotección, incluso en aisladas comunidades rurales.

El incidente ocurrido en Louisiana en 1992, en el cual un joven japonés que estudiaba en los Estados Unidos, Yoshihiro Hattori, fue muerto de un balazo por Rodney Peairs cuando por error apareció en la puerta de su casa al dirigirse a una fiesta que se realizaba en otra vivienda, causó considerable revuelo tanto en los Estados Unidos como en Japón. Muchos japoneses (y también estadounidenses) se muestran consternados ante la ausencia de control de tenencia de armas en los

Estados Unidos.[9] Pero, sin duda, el principal culpable de aquel incidente fue el miedo: el propietario, recluido en su fortaleza privada, con tan profunda desconfianza hacia el mundo exterior que está dispuesto a matar a un adolescente del vecindario que llama a su puerta, es la imagen viva del miedo y del aislamiento social.

El crecimiento de los juicios legales en los Estados Unidos es un tema casi tan comentado como el de la criminalidad. Este país siempre ha sido una "nación de abogados", pero la facilidad con que la gente entabla un juicio ha aumentado de modo increíble durante la segunda mitad del siglo xx. Es difícil saber si los estadounidenses se estafan unos a otros más que antes, pero no cabe de duda de que se comportan como si fuera así. El incremento de la cantidad de juicios significa que hay cada vez menos disputas que puedan resolverse por la vía informal, a través de negociaciones o con el arbitraje de terceros. Para que una negociación resulte positiva es necesario que cada parte crea, al menos en cierto grado, en las buenas intenciones del otro y en su voluntad de no aferrarse a sus derechos a toda costa. Tienen que aceptar como cierta la afirmación de que el fabricante hizo todo lo posible por elaborar un producto seguro, de que el médico del hospital aplicó su mejor criterio en el tratamiento, o de que el socio no tenía intención alguna de estafarlo en forma deliberada. El incremento de la cantidad de juicios, por el contrario, refleja una disposición cada vez menor para aceptar la autoridad de las estructuras sociales informales y para solucionar los problemas dentro de ese ámbito.

Además de los costos directos de los abogados, la disminución de la confianza también impone sustanciales costos indirectos a la sociedad. En los últimos años, por ejemplo, muchas empresas estadounidenses han dejado de extender recomendaciones para empleados que deseaban cambiar de trabajo. Esto sucedió a raíz de que hubo casos en que empleados que se sentían descontentos con el tipo de recomendación que sus empleadores habían redactado, entablaron juicio a estos últimos. Dado que la recomendación de un ex colaborador no representa ningún beneficio directo para el empleador, la mayoría consideró que era más seguro no extender ninguna más. La eficacia del sistema se basaba netamente en la confianza: los empleados confiaban en que sus ex empleadores harían una evaluación honesta de su desempeño, y estaban dispuestos a aceptar las consecuencias si no resultaba tan favorable como esperaban. Sin duda hubo casos en que los empleadores trataron de perjudicar las perspectivas laborales de sus ex colaboradores en forma intencional y maliciosa, pero en general se suponía que esa situación era tan poco frecuente que cualquier perjuicio ocasional era más que compensado por los beneficios de un sistema de evaluación honesto y de una recomendación positiva. Este sistema informal, basado en la confianza, fue llevado de manera progresiva al campo legal, y así fue como se desintegró. El juicio personal y subjetivo es sustituido por las normas burocráticas impersonales que, como los controles sindicales sobre el trabajo, son menos eficaces y mucho más costosas en su implementación.

Las causas del crecimiento del individualismo estadounidense, a costa de la vida comunitaria, son numerosas. Una de las principales es el capitalismo en sí mismo.[10] Según explica Joseph Schumpeter, el capitalismo moderno es un proceso de continua "destrucción creativa". A medida que la frontera tecnológica avanza, se expanden los mercados y aparecen nuevas formas de organización. En este proceso, las formas de solidaridad social más antiguas son aplastadas implacablemente. La revolución industrial original destruyó los gremios, los municipios, la familia vincular, las industrias familiares y las comunidades campesinas. La actual revolución capitalista erosiona las comunidades locales, a medida que los trabajos se trasladan al exterior o hacia donde quiera que el capital pueda generar los máximos beneficios; las familias son desarraigadas; y los trabajadores leales a su empresa son despedidos en forma masiva en nombre del achicamiento. La intensificación de la competencia global en las décadas de los 80 y 90 sin duda ha acelerado este proceso. Muchas empresas estadounidenses, como IBM y Kodak, que solían practicar una forma de paternalismo empresarial con generosos beneficios y sistemas de amparo laboral, se vieron obligadas a despedir personal. (Este fenómeno no se limita, por supuesto, a los Estados Unidos; las prácticas laborales paternalistas, tanto en Japón como en Alemania, durante la recesión ocurrida a principios de esta década también se vieron seriamente presionadas.) Los estadounidenses han observado la repetición, a lo largo de las últimas décadas, de una misma historia, a medida que pequeñas empresas familiares con estrechos lazos internos son objeto de una adquisición agresiva por parte de las grandes compañías. En el siguiente paso se incorporan nuevos directivos, fríos y distantes, con fama de insensibles y despiadados. Empleados con muchos años de antigüedad son despedidos o empiezan a temer por sus puestos, y el clima de confianza que otrora reinara en la empresa es sustituido por el temor y la desconfianza. Las fuertes comunidades tradicionales del cinturón siderúrgico del centro-oeste de los Estados Unidos fueron devastadas, durante la última generación, por el desempleo crónico y una emigración hacia el oeste o el sur, en busca de nuevos trabajos. La desaparición de puestos para obreros no especializados, en las industrias manufactureras y frigoríficas, ha contribuido de manera significativa al descenso del nivel de vida de la población negra urbana de posguerra, a su caída paulatina en el infierno de un subproletariado donde reinan las drogas, la violencia y la pobreza más absoluta.

Sin embargo, las consecuencias negativas del capitalismo para la vida comunitaria, son sólo parte de la historia y, en muchos aspectos, no la más importante. El capitalismo ha venido desarraigando a los estadounidenses durante la mayor parte de su historia nacional; en muchos aspectos, los cambios sociales producidos por la industrialización entre las décadas de 1850 y 1895, fueron mucho más grandes que los que se han producido desde 1950 hasta la fecha.[11] Una de las conclusiones implícitas en este libro es que existe un grado de libertad mucho mayor del que en general se cree en cuanto a cómo se pueden organizar las sociedades capitalistas. Sin duda, la tecnología es la que impone las características generales de una sociedad industrial de cualquier época. Nadie puede modificar las consecuencias que han tenido en las sociedades la aparición de los ferrocarriles, el teléfono o el microprocesador, pero, dentro de un marco general regido por estas circunstancias, las demandas de eficiencia no dictan una única y determinada forma de organización industrial. Las sociedades que hemos estudiado a lo largo de estas páginas difieren entre sí menos en el nivel de desarrollo y tecnología que en su estructura industrial general y en la forma en que trabajadores y empresarios se interrelacionan.

El capitalismo puede crear tantas nuevas comunidades como las que destruye; basta con observar la *kaisha* japonesa de posguerra, que constituye una fuente de solidaridad social que, en muchos aspectos, es más fuerte incluso que la familia y que las formas de organización económica de la preguerra a las que sustituyó. En la denominada "década de la ambición", la de 1980, durante la cual algunas grandes corporaciones despidieron en forma implacable a una gran cantidad de trabajadores y erosionaron a las comunidades en las que funcionaban, muchas otras empresas estadounidenses comenzaron a introducir, de manera simultánea, sistemas de producción como el de Toyota, los grupos de trabajo, los sistemas de incentivos basados en la evaluación del desempeño de pequeños grupos, los círculos de calidad y una cantidad de otras innovaciones en el ámbito de trabajo. El objetivo de esas innovaciones consistía en derrumbar los muros de aislamiento social creados por la fábrica de producción en masa de Taylor y por los controles impuestos por los sindicatos que ésta había engendrado. Las empresas que se sometieron a la lógica de estos cambios se tornaron a un tiempo más productivas y más orientadas hacia la comunidad.

Pero, además del capitalismo, hubo muchas otras razones importantes para el crecimiento del individualismo estadounidense a expensas de la comunidad durante la segunda mitad del siglo xx. La primera de ellas surgió como la consecuencia no intencional, de una cantidad de reformas liberales llevadas a cabo durante las décadas de los 60 y 70. La erradicación de las barriadas pobres desarraigó y destruyó muchas de las redes sociales que existían en esas comunidades, para reemplazarlas por la existencia anónima y crecientemente peligrosa en los hacinados conjuntos de viviendas sociales construidas por el gobierno. La búsqueda de un "gobierno limpio" eliminó las maquinarias políticas que en un tiempo gobernaban la mayoría de las grandes ciudades estadounidenses. Es cierto que esas maquinarias políticas, muchas veces integradas por miembros de una etnia determinada, a menudo eran altamente corruptas, pero servían como fuente de motivación local y sentimiento comunitario. En los años subsiguientes las principales acciones políticas se llevarían a cabo, no en la comunidad local, sino en niveles cada vez más altos del Estado y del gobierno federal.

Un segundo factor guarda relación con la expansión del "Estado benefactor" a partir del New Deal, que transfería al gobierno federal y a los gobiernos estatales y locales la responsabilidad de gran parte de las funciones de beneficencia que hasta entonces habían estado en manos de la sociedad civil. El argumento original para la expansión de las responsabilidades estatales, incluyendo entre ellas la seguridad y el bienestar social, el seguro de desempleo y la capacitación, era que las comunidades orgánicas de la sociedad preindustrial que habían brindado esos servicios ya no se hallaban en condiciones de hacerlo, a raíz de la industrialización, la urbanización, la desaparición de la familia vincular y otros fenómenos sociales relacionados con éstos. Pero a la larga resultó que el crecimiento del "Estado benefactor" aceleró la decadencia de aquellas instituciones comunitarias que pretendía suplementar. La dependencia de la beneficencia en los Estados Unidos, es uno de los ejemplos más destacados para ejemplificar esta situación: la Aid to Families with Dependent Children (Ayuda a la Familia con Hijos Dependientes), legislación promulgada en la época de la Depresión, con el fin de ayudar a viudas y madres solteras durante el período de transición, mientras rearmaban sus vidas y sus familias, se convirtió en el mecanismo que permitió a la población urbana pobre criar niños sin la presencia activa del padre.

El crecimiento del Estado Benefactor no es, sin embargo, más que una explicación parcial de la declinación de la vida en comunidad. Muchas sociedades europeas tienen Estados Benefactores mucho más abarcadores que los Estados Unidos; pero mientras que también allí la familia nuclear se ha debilitado, y en parte desintegrado, hay un nivel mucho más bajo de patología social extrema. Una amenaza mucho más seria a la comunidad tradicional provendría, al parecer, de la expansión de la cantidad y del espectro abarcador de las prerrogativas a las cuales los estadounidenses creen que tienen derecho, y de la "cultura de los derechos" que esta situación ha engendrado.

El individualismo basado en los derechos, se halla profundamente arraigado en la teoría política estadounidense y en el derecho constitucional. Se podría afirmar, de hecho, que en los Estados Unidos la tendencia fundamental de las instituciones es fomentar un grado cada vez mayor de individualismo. Hemos visto, en repetidas oportunidades, que la intolerancia frente a terceros o extraños por parte de una comunidad es proporcional a su grado de cohesión interna, porque la fuerza de los principios que une a sus miembros excluye a quienes no los comparten. Muchas de las fuertes estructuras comunitarias de los Estados Unidos, a mediados de este siglo, ejercían la discriminación de diversas formas: los *country clubs,* que servían como lugar de relaciones públicas para los altos ejecutivos de las empresas, no admitían entre sus socios a judíos, negros o mujeres; las escuelas dependientes de una iglesia, que enseñaban a sus alumnos valores morales muy estrictos, no permitían la incorporación de niños de otras religiones; las organizaciones caritativas brindaban sus servicios a sólo un grupo determinado de personas y trataban de imponer a sus beneficiarios reglas de conducta determinadas. La exclusividad de esas comunidades contravenía el principio de la igualdad de derechos, y el Estado fue tomando partido, cada vez más, a favor de los excluidos y contra esas organizaciones comunitarias.

La principal injusticia social que impulsó la revolución por los derechos a partir de la década de los 60, fue la discriminación racial. Una de las grandes y necesarias victorias del liberalismo estadounidense fue poner fin a la discriminación racial, con la aprobación del Acta de los Derechos Civiles, en 1964, y el Acta de los Derechos al Sufragio, en 1965, así como con la implementación, por parte de la Corte Suprema, de la cláusula de igualdad de protección de la Fourteenth Amendment (Decimocuarta Enmienda de la constitución de los Estados Unidos). La posibilidad de que el movimiento por los derechos civiles recurriera a la justicia para lograr que se les abrieran las puertas primero de las instituciones públicas y más adelante de las organizaciones privadas que brindaban servicios al público hizo que éste fuera el camino por el que optaban todas las minorías que, a partir de ese momento, empezaron a bregar con fuerza por sus derechos. Este movimiento incluía organizaciones de individuos acusados de crímenes, de mujeres, de discapacitados, de homosexuales y nuevos grupos de inmigrantes, como los hispanos. Durante la segunda mitad de este siglo, el impulso que se le ha dado y se continúa dando a la inclusión social de quienes antes eran marginados condujo a interpretaciones cada vez más amplias de la definición constitucional de los derechos inidividuales. A pesar de que cada uno de los pasos dados era justificable, sobre la base de los principios igualitarios básicos vigentes, el efecto acumulativo y no intencionado fue que el Estado pasó a convertirse en el enemigo de muchas instituciones comunitarias. Casi todas las comunidades se encontraron con que su autoridad se fue debilitando: las autoridades municipales tuvieron cada vez menos poder para controlar la difusión de la pornografía; a las autoridades que administraban el sistema de viviendas públicas se les prohibió negar la vivienda a inquilinos con antecedentes criminales o de abuso de drogas; la policía fue desautorizada para establecer puestos de control de ingesta de alcohol por parte de los automovilistas.

Como ejemplo de las dificultades que enfrentan en ese sentido las instituciones comunitarias vale lo que sucede entre los Boy Scouts, una organización fundada por un grupo cristiano con el objetivo de inculcar virtudes "masculinas", como el coraje, la autoconfianza y la fortaleza en los varones. A través del tiempo, esta organización fue acusada desde varios frentes: por los judíos por excluir a no cristianos; por las mujeres por sólo admitir varones; y por los grupos por los derechos *gay*, por excluir a los homosexuales como entrenadores de los jóvenes. Como resultado de todo esto, los Boy-Scouts se ha convertido en una institución más equitativa y menos exclusiva, pero en el proceso de reflejar con fidelidad la diversidad de la población estadounidense también ha perdido las características que la convertían en una comunidad moral muy fuerte.

Los estadounidenses han desarrollado una "cultura" de los derechos, que es muy particular y distinta de la de las demás democracias liberales. La erudita constitucionalista Mary Ann Glendon ha señalado que, aunque la mayoría de las democracias modernas han adoptado una declaración de derechos similar a la de los Estados Unidos después de la Segunda Guerra Mundial, el "lenguaje de los derechos" estadounidense sigue teniendo un carácter único y diferente.[12] Para los estadounidenses, los derechos tienen un carácter absoluto, que no es equilibrado ni moderado por ningún tipo de lenguaje constitucional que formule las obligaciones para con la comunidad o las responsabilidades para con el prójimo. Las constituciones o leyes fundamentales de la mayoría de los países europeos, además de la enumeración de los derechos, contienen un lenguaje similar al de la Declaración Universal de los Derechos Humanos, que resalta que "cada uno tiene obligaciones para con la comunidad".[13] La ley estadounidense no expresa ningún tipo de deberes que obliguen a los ciudadanos a hacer el bien a terceros con necesidades específicas. En los Estados Unidos sería mucho más problable que el Buen Samaritano fuera objeto de un juicio por administrar la ayuda equivocada, que premiado por sus esfuerzos.[14]

Tal como señala Glendon, el lenguaje estadounidense de los derechos otorga al discurso político un carácter absoluto, rígido e intransigente que no tendría por qué tener. Ésta es una característica que cabe tanto a los estadounidenses de derecha como a los de izquierda.

Los liberales se preocupan en extremo por atacar cualquier acción que trate de limitar la pornografía, considerando que esto sería una restricción del derecho a la libertad de expresión establecida en la primera enmienda constitucional; los conservadores ponen igual énfasis en su oposición al control de la tenencia de armas, citando el derecho otorgado por la segunda enmienda constitucional para portar armas. En la realidad, nunca ninguno de esos dos derechos ha sido ejercido en forma incondicional; ni las redes de televisión tienen permitido transmitir programas de pornografía dura en los horarios centrales, ni se le permite al ciudadano común pasear por las calles llevando al hombro un misil antiaéreo portátil. Sin embargo, quienes defienden esos derechos hablan como si el ejercicio de esa libertad particular fuese un fin en sí mismo, con independencia de las consecuencias que pudiera tener sobre el resto de la comunidad. Y se resisten ferozmente a la menor modificación o al menor recorte, por temor a que eso los lleve por un resbaladizo sendero cuesta abajo que desemboque en una tiranía y en la pérdida total de esos derechos.

El carácter intransigente del discurso legal estadounidense se basa en la convicción de que la finalidad del gobierno es proteger esa esfera de autonomía en la cual individuos autosuficientes pueden disfrutar de sus derechos naturales, libres de presiones, limitaciones u obligaciones para quienes los rodean. Dicha esfera de autonomía ha crecido en forma sustancial durante las últimas décadas. El derecho a la privacidad, por ejemplo, fue establecido en su origen para proteger a celebridades y a otra gente prominente de los ojos indiscretos de fotógrafos y periodistas. Poco a poco se fue convirtiendo en una protección mucho más abarcadora del comportamiento individual, lo que ha hecho que, entre otras cosas, sea inconstitucional restringir el aborto.[15] Lo perverso de esa cultura de los derechos es que dignifica, con un alto propósito moral, lo que a menudo terminan siendo mezquinos intereses o deseos personales. El debate sobre la pornografía, por ejemplo, tendría un tono muy distinto si se lo formulara considerando los "intereses" de quienes lucran con la pornografía *versus* los intereses de la comunidad local, en lugar de apelar al argumento de la "libertad de expresión". De la misma manera, resultaría mucho más fácil imponer el control de la portación de armas si el conflicto fuese planteado como la necesidad de satisfacer los "intereses" de quienes poseen armas de fuego, en lugar de hablar de su "derecho" a portarlas. Los derechos, que debieran ser los nobles atributos de ciudadanos libres e imbuidos de civismo, tienden, en cambio, a convertirse en una especie de pantalla tras la cual individuos egoístas persiguen sus mezquinos objetivos personales sin la menor consideración por la comunidad que los rodea.

Una explicación final sobre el aumento del individualismo a costa del comunitarismo tiene que ver con la tecnología electrónica. Mientras que los defensores de la Internet han afirmado que la computación abre una amplia gama de nuevas posibilidades para la formación de "comunidades virtuales" independientes de una proximidad geográfica, pareciera que muchas de las innovaciones tecnológicas introducidas después de la Segunda Guerra Mundial han tenido como efecto un mayor aislamiento del individuo. El cine y la televisión, a diferencia de los entretenimientos más habituales en otros tiempos —como las ferias, la reunión con personas con intereses similares, o la simple conversación—, implican una comunicación de una sola vía, que no ofrece ninguna oportunidad para la interacción social. Además, la forma en que esos medios llegan al consumidor —a través de ondas hertzianas, en videocasetes o por cable— permite que se los disfrute, cada vez más, en el hogar, sin tener que interactuar siquiera en el limitado espacio público que constituye una sala cinematográfica. A pesar de que podría haber algún cambio en contrario en las más nuevas tecnologías de red, queda por verse si las comunidades virtuales constituirán un sustituto adecuado para las interrelaciones personales.[16]

¿Cuáles son las implicaciones de ese cambio en dirección hacia un individualismo basado cada vez más pura y exclusivamente en los derechos del individuo, para la sociedad estadounidense y para quienes establecen las políticas, quienes las ejecutan y para quienes tienen que trabajar regidos por ellas?

Cuando se trata de políticas para empresas individuales, los gerentes deben aceptar que podrán tener mucha más libertad para experimentar con las relaciones de trabajo y con las políticas laborales de lo que ellos suponen. El sistema de Toyota de producción por equipos, es un caso típico; en la década de los 70, las empresas automotrices estadounidenses creían firmemente en que la fábrica tayloriana era el único modelo de organización posible para una empresa moderna de producción masiva. Se resistieron con tenacidad a la transferencia de algunas de las responsabilidades y funciones gerenciales a los trabajadores y se hicieron cómplices de los sindicatos para preservar el rígido pero ya familiar control laboral implantado por ellos. Sólo cuando los importantes beneficios obtenibles a través del mencionado sistema de producción se tornaron tan evidentes que ya resultaba imposible ignorarlos, la práctica fue copiada, implementada y difundida. Desde hace más de una década, los equipos de trabajo, las gratificaciones relacionadas con la productividad, el *broadbanding* (la inclusión de las múltiples categorías relacionadas con las tareas en una o pocas) y los círculos de calidad, entre otros conceptos, vienen haciendo furor en la industria estadounidense y han contribuido, sin duda alguna, a que los Estados Unidos hayan logrado cerrar la brecha que, en cuanto a productividad, los separaba de los japoneses.

A pesar de esas innovaciones, muchos empresarios estadounidenses todavía no han comprendido el acuerdo ético que constituye la base de los sistemas de producción por equipos y de un centro de producción de orientación comunitaria. Cuando miran a Japón ven un país con sindicatos débiles (y empresas que, en sus plantas norteamericanas, tratan de contratar personal no sindicalizado), una fuerza laboral dócil y una importante autonomía en los niveles gerenciales. Pero muchas veces no ven la otra mitad de la ecuación: empresas paternalistas que aseguran a sus trabajadores estabilidad laboral, capacitación y un nivel relativamente alto de beneficios, a cambio de su lealtad, su arduo trabajo y, sobre todo, su flexibilidad. Éste es el acuerdo que también existe, aunque en forma algo más legalista, en Alemania: a cambio de trabajadores dispuestos a aprender nuevas habilidades y tareas, los empleadores les brindan un alto estándar de vida y la capacitación que permite que los trabajadores superfluos serán ubicados en otros puestos en los cuales puedan ser más productivos.

El compromiso es un camino de ida y vuelta, y los empresarios que esperan obtener lealtad, flexibilidad y cooperación de sus trabajadores, sin darles nada a cambio, ya sea en forma de seguridad, beneficios o capacitación, son, lisa y llanamente, explotadores.

Es importante destacar que la propensión a la sociabilidad espontánea no tiene por qué estar ligada en forma permanente a una forma de organización determinada, como los círculos de calidad o el sistema de producción por equipos. La razón por la cual el arte de la asociación es una importante virtud económica reside en que es inherentemente flexible: los individuos que confían en el prójimo y son capaces de trabajar bien en equipo pueden adaptarse con facilidad a nuevas condiciones y crear formas organizativas adecuadas. Las redes y otras modernas tecnologías de comunicación están cambiando de manera notable la forma en que operan las grandes corporaciones, eliminando, por ejemplo, la necesidad del niveles gerenciales intermedios. La globalización de la economía mundial ha creado nuevos modelos de marketing y de producción, que tienen requerimientos organizativos muy distintos. Nadie, a esta altura, sabe cómo serán las corporaciones de principios del siglo XXI. Pero sea cual fuese su forma de organización, las primeras en adecuarse con celeridad a esas nuevas formas serán aquellas sociedades que posean una fuerte tradición en cooperación social. A la inversa, aquellas sociedades divididas por barreras de desconfianza, clases, etnicidad, parentesco u otros factores tendrán que superar vallas adicionales en su camino hacia nuevas formas de organización.

Como nos enseña la historia de todas las culturas, existen límites para la medida en que se pueden aplicar políticas gubernamentales para cambiar hábitos y prácticas arraigados en la sociedad. A pesar de que el

Comité de la Reserva Federal (Federal Reserve Board) puede realizar modificaciones en las normas monetarias y el Congreso dar su acuerdo a los presupuestos de gastos estatales, es mucho más difícil para las instancias gubernamentales lograr que la gente esté más dispuesta a asumir riesgos o que incremente su nivel de sociabilidad y confianza mutua. Por lo tanto, uno de los principales imperativos para las políticas gubernamentales sería procurar, al menos, no dañar, y en particular evitar con sumo cuidado la erosión de las instituciones comunitarias existentes, en su afán por lograr una diversidad y una apertura abstractas.

Una de las áreas en las cuales el Estado debe tratar de causar menos daño es en la asimilación de los nuevos estadounidenses. Los inmigrantes siempre han sido de fundamental importancia para los Estados Unidos; pero en el pasado fueron valiosos para el país porque la diversidad que aportaban era moderada y se encausaba hacia las instituciones comunitarias estadounidenses dominantes. Como se ha tratado de demostrar en este libro, cuanto más uno se familiariza con las diferentes culturas, tanto más se comprende que no todas son iguales. Un multiculturalismo honesto reconocería abiertamente que algunos rasgos culturales no son conducentes al sostenimiento de un saludable sistema político democrático y de una economía capitalista. Él no debiera ser motivo para bloquear el ingreso de gentes con culturas consideradas inaceptables, sino para reafirmar los aspectos positivos de la cultura estadounidense —como la ética del trabajo, la sociabilidad y el espíritu de buen ciudadano— a medida que los inmigrantes van pasando por el sistema educacional del país.

Considerando la estrecha relación que existe, en la historia de los Estados Unidos, entre religión y comunidad, los habitantes de este país debieran ser más tolerantes con la religión en general y tomar mayor conciencia de sus potenciales beneficios. Muchas personas de alto nivel de educación manifiestan desagrado hacia ciertas formas de religiosidad, en particular hacia los fundamentalistas cristianos, y sienten que ellos se encuentran por encima de ese tipo de dogmas. Pero es importante comprender las consecuencias sociales de la religión, básicamente en lo relacionado con la promoción del arte de la asociación en los Estados Unidos.[17] El historiador William McNeill lo formula de la siguiente manera:

> En el pasado reciente, los despreciativos marxistas y los impacientes liberales veían a la religión tradicional (como una debilidad). ¿Por qué confiar en individuos y en una reforma moral personal, cuando eran las instituciones sociales y los derechos de propiedad los que fracasaban? Pero los esfuerzos realizados en el siglo XX para transformar las instituciones sociales y abolir o modificar los

derechos de propiedad, a fin de garantizar a todo el mundo la base material para una buena vida, no han cumplido con las expectativas que habían despertado. Resulta más que obvio que todos los esquemas burocráticos para la distribución y redistribución de bienes, o han creado enfermedades sociales, o fueron incapaces de prevenirlas. Esto echa considerables sombras de duda sobre los programas liberales y comunistas para la reforma social. Ésta es la razón por la cual quizá sea preferible el enfoque más lento, individualizado y "desde abajo" de la reforma religiosa. Quizá las comunidades morales de individuos unidos por una misma fe sean necesarias para el bienestar social. Quizá sólo cuando esas comunidades morales hayan hecho las paces con los dictados del comportamiento del mercado será posible para la humanidad en general esperar cosechar, en toda su plenitud, las ventajas de la especialización y de la eficiencia productiva que los economistas plantean, en forma tan plausible, como los objetivos racionales del desarrollo económico.[18]

No estoy abogando aquí por la promoción de la religión en la vida pública; recordemos que la fe religiosa en los Estados Unidos ha sido más fuerte porque no fue establecida ni impuesta. Por lo que abogo, sin embargo, es por la tolerancia de la religión como fuente cultural.

Comprender las diferencias culturales genuinas es de vital importancia, pero es también algo particularmente difícil para el estadounidense. Siendo un país grande y, durante muchos años, próximo a la total autosuficiencia económica, los Estados Unidos nunca se vieron obligados a prestar atención a culturas extranjeras como un medio para su supervivencia. Hasta hace poco, muchos estadounidenses, incluso una gran cantidad de sofisticados especialistas en ciencias sociales, suponían que la cultura estadounidense era una cultura universal que, a la larga, sería compartida por todas las sociedades, a medida que éstas se fueran modernizando. Con esta hipótesis confundían instituciones, con cultura. Es verdad que muchos países de todo el mundo comparten hoy el sistema político democrático y liberal y la economía de mercado de los Estados Unidos, pero la *cultura* estadounidense es más que la suma de sus instituciones políticas y económicas. Mientras que la naturaleza democrática de esas instituciones ha modelado profundamente la cultura estadounidense, también es cierto que han sido sostenidas por una cultura que tuvo otras fuentes, como la religión y la etnicidad. Cuando no se comprenden las propias raíces culturales, resulta más difícil entender de qué manera una cultura difiere de las demás.

La capacidad de los estadounidenses para comprender la naturaleza de otras culturas es perjudicada, más que incrementada, por el reciente auge de los estudios multiculturales. El propósito de los programas de estudios multiculturales en las aulas estadounidenses de hoy en día no es confrontar y comprender honestamente las diferencias culturales. Si éste fuera su único objetivo, nadie podría objetar a ese tipo de aprendizaje, que no haría sino ampliar el horizonte de cada individuo. El problema de la forma en que el multiculturalismo es encarado en el sistema educativo estadounidense es que su objetivo subyacente no es la comprensión sino la validación de las culturas no occidentales de las distintas minorías étnicas y raciales existentes en el país. Arribar a una evaluación positiva de esas culturas es mucho más importante que su conocimiento correcto y profundo. En algunos casos se pretende transmitir, de manera indirecta, el mensaje ecuménico —pero falso— de que todas las culturas, en última instancia, sostienen los mismos valores decentes y liberales que los redactores de esos contenidos multiculturales; en otros casos se postula que las culturas extranjeras son superiores a la de los Estados Unidos. Este dogma sólo sirve para retardar y no para comprender esas culturas.

Los estadounidenses tienen que comprender que su tradición no es lisa y llanamente individualista y que históricamente los individuos se han congregado, reunido, han cooperado y respetado la autoridad de una infinidad de comunidades. Mientras que el Estado, sobre todo en el nivel federal, quizá no sea, para muchos propósitos, la instancia más adecuada para desarrollar ese tipo de sentido, la capacidad de obedecer a una autoridad comunitaria es la clave del éxito de una sociedad.[19] Esto tiene implicaciones tanto para la derecha como para la izquierda. Los liberales estadounidenses necesitan comprender que no pueden dar por sentada la cohesión orgánica de la sociedad estadounidense, cuando intentan utilizar la ley para difundir la igualdad de derechos y el reconocimiento a través de la sociedad. Los conservadores estadounidenses, por su parte, necesitan comprender que, antes de reducir el papel del Estado en la sociedad, debieran tener alguna idea de cómo regenerar la sociedad civil y encontrar formas alternativas para cuidar de sus miembros más débiles.

Observando la situación desde la mitad de la última década del siglo xx, las perspectivas económicas para los Estados Unidos se presentan sumamente positivas. Después de superar la recesión soportada a principios de esta década, el país ha emergido de ella con corporaciones altamente productivas y en posiciones líderes en una cantidad de sectores clave. Una nueva fase de la historia postindustrial está siendo escrita, básicamente, por empresas estadounidenses involucradas, de una u otra forma, en la tecnología de la información. A pesar de que el déficit presupuestario y una población cuya edad promedio es cada vez mayor, siguen siendo serios problemas para el futuro, hubo pocos períodos de las últimas décadas en los cuales las perspectivas económicas de los Estados Unidos hayan sido mejores.

En esas circunstancias, parecería extraño hacer sonar una alarma, aunque de poco volumen, con respecto a las consecuencias económicas de una reducción del capital social estadounidense. A diferencia de otros tipos de patologías económicas, la relación causal entre capital social y desempeño económico es indirecta y está muy atenuada. Si la tasa de ahorro cayera de repente, o se inflara la reserva de dinero, las consecuencias en términos de tasas de interés o inflación se sentirían al cabo de pocos años o incluso meses. Pero el capital social puede ser gastado de forma mucho más paulatina, a través de un período mucho más prolongado, sin que nadie caiga en la cuenta de que sus fondos se están acabando. La gente que ha nacido con el hábito de la cooperación, no lo pierde con mucha facilidad, aunque las bases de confianza comiencen a desaparecer. El arte de la asociación puede aparecer, por lo tanto, como relativamente sano en la actualidad, con nuevos grupos, asociaciones y comunidades que se van formando de modo permanente. Pero lo más probable es que los grupos de intereses de la arena política o de las futuras comunidades "virtuales" del ciberespacio no logren sustituir las comunidades morales de valores compartidos, en lo que se refiere a su impacto sobre los hábitos éticos. Tal como lo indican los casos de las sociedades con bajo nivel de confianza que hemos analizado, una vez que el capital social ha sido gastado, su restitución puede llevar siglos, si es que resulta posible restituirlo.

V

CÓMO OPTIMIZAR LA CONFIANZA

*La combinación de la cultura tradicional
y de las instituciones modernas en el siglo XXI*

CAPÍTULO 27

Las sociedades de desarrollo tardío

Hasta aquí he afirmado que el capital social del que está dotada una sociedad es fundamental para comprender su estructura industrial y, por lo tanto, su lugar en la división capitalista global del trabajo. Por importantes que sean estos temas, el capital social tiene implicaciones que van mucho más allá de la economía. La sociabilidad es también un apoyo vital e indispensable para el auto-gobierno de las instituciones políticas, y en muchos aspectos constituye un objetivo en sí misma. El capital social, que es practicado como un hábito no razonado y tiene sus orígenes en fenómenos "irracionales", como la religión y la epopeya tradicional, pareciera ser necesario para el funcionamiento adecuado de una economía racional moderna y de las instituciones políticas, hecho que tiene implicaciones interesantes para la naturaleza del proceso de modernización.

Sin embargo, antes de encarar los capítulos finales del libro, donde tocaremos estos temas, debemos considerar si la estructura industrial —la escala de las empresas, su distribución dentro de la economía y la forma en que las pequeñas empresas se hallan organizadas— tiene, en efecto, raíces culturales, o si existen otros factores no culturales que expliquen en forma más acabada las diferencias existentes entre las sociedades descritas en las páginas precedentes. En vista del notable cambio producido en la percepción del impacto que la cultura confuciana ha tenido sobre el crecimiento económico chino —de obstáculo[1] a ventaja competitiva[2]— tenemos que ser cautelosos en lo que se refiere al papel de la cultura y analizar si existen explicaciones más moderadas al respecto.[3]

Existen por lo menos cinco interpretaciones alternativas para explicar la escala relativamente pequeña —cuando se la compara con las corporaciones mucho más grandes de Japón, Alemania y Estados Unidos— de las empresas privadas en Taiwan, Hong Kong, Italia y Francia. Primero, la pequeña escala se puede explicar a través de la dimensión de los mercados domésticos nacionales; segundo, puede relacionársela por el nivel del desarrollo económico de la sociedad correspondiente; tercero, puede ser explicada por el desarrollo tardío; cuarto, puede decirse que se debe a la falta de las instituciones legales, comerciales y financieras necesarias para apoyar a las grandes organizaciones económicas; y quinto, puede afirmarse que el principal determinante de la escala de las empresas no es la cultura de la sociedad en la que está inserta, sino el comportamiento del Estado. El más importante de estos factores es el último, el cual, por lo tanto, merece ser considerado, en conjunción con el capital social, como parte de una explicación abarcadora.

El primer argumento sostiene que la escala y la estructura industrial son impulsadas por la dimensión del mercado doméstico del país, en conjunción con la tecnología.[4] El nivel de tecnología utilizado en un proceso de manufactura determinado dicta la escala mínima eficiente de producción. La escala mínima eficiente es relativamente pequeña para sectores como el de la vestimenta o el mueble, pero llega a ser mucho más grande para procesos más complicados y de mayor especialización, como el de los semiconductores o el automotor. En el nivel de la tecnología con que se contaba a mediados de la década de los 70, por ejemplo, resultaba difícil operar en forma rentable una planta siderúrgica integrada que produjera menos de 6 millones de toneladas por año, con un requisito mínimo de tres hornos de oxígeno de 250 toneladas.[5] También es complejo llegar a resultados positivos en producciones de heladeras o transmisiones automáticas, con cifras por debajo de 800.000 y 450.000 unidades por año, respectivamente.[6]

La importancia del tamaño del mercado fue representada cabalmente por la célebre frase de Adam Smith: "La división del trabajo está limitada por la dimensión del mercado". Es decir que las economías de escala sólo resultan efectivas si la demanda es lo bastante grande como para aprovechar la escala eficiente mínima. Una empresa pequeña no invertirá en una costosa máquina-herramienta diseñada a medida para fabricar una pieza determinada a no ser que sepa que podrá cubrir sus costos con la venta de una gran cantidad de unidades. Además, los costos de marketing y de publicidad resultan más bajos si los productos pueden colocarse en un gran mercado nacional.[7] Esto significa que el tamaño de las empresas de una determinada economía nacional tendrá correlación, en gran medida, con el producto bruto interno (PBI) absoluto; las economías más grandes "producirán" empresas más grandes.

Si bien es cierto que existe cierta correlación entre el nivel de desarrollo de una economía y la dimensión de sus empresas, esta teoría no es del todo cierta si tenemos en cuenta algunos de los casos que hemos estudiado. La falta de correlación entre el PBI absoluto y la dimensión de las empresas se demuestra en la tabla 3. El PBI de Taiwan es 67 por ciento mayor que el de Corea del Sur, y sin embargo las diez principales empresas taiwanesas sólo son un 17 por ciento mayor es que las diez más grandes empresas de Corea. De forma similar, la economía de Taiwan es un 5 por ciento del tamaño de la economía japonesa, mientras que la dimensión de sus diez mayores empresas privadas es sólo un 2 por ciento de las de Japón. En cambio, las dimensiones de la economía de Corea son un 8,5 por ciento de las de la economía de Japón, mientras que la dimensión de sus diez principales empresas alcanza a un 11 por ciento de la diez principales firmas japonesas, lo que indica un nivel mucho más elevado de concentración industrial.

Una falta similar de correlación entre el PBI absoluto y la dimensión de las empresas se observa en Europa (véase tabla 3). Italia tiene un PBI que es el 68 por ciento del PBI de Alemania y sin embargo las diez principales empresas italianas sólo alcanzan el 33 por ciento en relación con las diez principales firmas alemanas. Estas diferencias se tornan aún más marcadas en diversas economías europeas más pequeñas, que se encuentran mucho más concentradas que las de Alemania.

TABLA 3
Las diez principales empresas: Ingresos vs. PBI
(mil millones de U$S, 1992)

	Diez Empresas Principales	PBI
Estados Unidos	755,2	6.039
Japón	551,2	3.663
Alemania	414,3	1.789
Francia	233,3	1.322
Italia	137,9	1.223
Corea	61,2	308
Taiwan	10,7	207
Hong Kong	24,7	86

Fuente: *International Financial Statistics 1994 Yearbook* (Washington, Fondo Monetario Internacional, 1994); *"Country Profile: Taiwan"*, *Economist Intelligence Unit* (Londres; Economist, 1994); y *World Factbook, 1993* (Washington; Central Intelligence Agency, 1993).

Por ejemplo, el PBI de Holanda es sólo el 18 por ciento del PBI alemán, y sin embargo, en términos de empleo, las diez principales empresas holandesas ocupan el 48 por ciento del total que ocupan las diez principales empresas alemanas.[8] Las diez más grandes empresas suecas, con una economía que llega sólo al 14 por ciento de la de Alemania, emplean un 27 por ciento del total de personas ocupadas por las diez principales empresas alemanas.

El problema que se presenta cuando se relaciona la dimensión de las empresas con los mercados domésticos es que muchas de las economías menores se dedicaron, en un momento muy temprano de su desarrollo, a la exportación. La dimensión de sus mercados domésticos carecía de importancia porque producían para mercados globales mucho más grandes. Fue así como Corea pudo convertirse en uno de los principales fabricantes y exportadores de equipos de televisión en un momento en que la política gubernamental de ese país limitaba en forma deliberada la venta de televisores dentro del país, manteniendo los precios en un nivel muy alto. También para los países europeos más pequeños, como Holanda, Suiza y Suecia, tienen importancia fundamental los mercados internacionales.

La segunda explicación posible, respecto del tamaño de las empresas, guarda relación con la primera y sostiene que el tamaño no es producto de la dimensión del mercado interno sino del desarrollo económico general. Es decir, que está correlacionada con el ingreso per cápita y no con el PBI absoluto. Las sociedades dominadas por empresas de pequeña escala están encaminadas en la misma dirección que las empresas de gran escala, pero aún no han tenido tiempo para desarrollar estructuras corporativas modernas. Las primeras fases del desarrollo económico estadounidense y alemán también estuvieron dominadas por las empresas familiares. Recién durante la última parte del siglo XIX, comenzó a desarrollarse la moderna estructura empresarial corporativa. Las economías nacionales, en las etapas tempranas de la producción, tienen abundante mano de obra (y, por lo tanto, relativamente barata), pero escaso capital. A medida que van creciendo, el capital se acumula, lo cual permite a esas empresas invertir en negocios que requieren más capital y mayor tecnología. Al mismo tiempo, los salarios crecen y la mano de obra se torna más escasa, en relación con el capital, incentivando la sustitución de mano de obra por capital. A partir de ahí, las empresas tienen que pasar a sectores que obligan a invertir más capital, lo cual, a la vez, exige mayores plantas industriales y organizaciones más grandes para operarlas. Por lo tanto, la dimensión debiera ser determinada, en primer lugar, por el nivel general del desarrollo económico del país, el cual, a su vez, determinaría la escala de sus industrias líderes.[9] De acuerdo con esta interpretación, con el tiempo se lograría esta convergencia: cuando los ingresos per cápita de Taiwan u Hong Kong alcancen el nivel del ingreso per cápita de Japón o de los Estados Unidos, sus estructuras industriales ya no estarán dominadas por las empresas familiares de pequeña escala, sino también por grandes y modernas corporaciones.[10]

El problema de esta explicación es que los Estados Unidos y Japón ya comenzaron a introducir un nivel gerencial profesional en sus empresas a fines del siglo XIX, cuando sus respectivos niveles de ingresos per cápita se hallaban muy por debajo de los alcanzados por Taiwan y Hong Kong durante la década de los 80. De hecho, los japoneses tenían una tradición en cuanto a la dirección empresarial profesional ya mucho antes de la Restauración Meiji, es decir, antes de que el país se hubiera embarcado en su proceso de industrialización. Las empresas familiares dirigidas por sus dueños de Hong Kong, Taiwan y Singapur son todas sumamente actualizadas en lo referente a la mayoría de sus aspectos operativos, así como en cuanto al nivel de formación de sus gerentes familiares y de las tecnologías que aplican. Estas empresas vienen interactuando con empresas japonesas, estadounidenses y europeas desde hace muchos años, de modo que difícilmente se pueda argumentar que no tienen ante sus ojos el ejemplo de lo que es una dirección corporativa moderna. Tomando en cuenta este detalle, no se puede afirmar que su desinterés por adoptar técnicas organizativas y de dirección actualizadas, se debe simplemente a inmadurez en su nivel de desarrollo.[11]

El argumento del "nivel de desarrollo" queda invalidado, sin embargo, si comparamos Taiwan y Corea. Durante la década de los 80 el nivel del ingreso per cápita de Taiwan fue más alto, en forma continua, que el de Corea, y además el país ha sido considerado por la mayoría de los economistas como ligeramente más adelantado que Corea en lo que se refiere a su nivel de desarrollo económico general. Sin embargo, las estadísticas que se muestran en la tabla 3 indican que la industria de Corea del Sur está mucho más concentrada que la taiwanesa. Mientras que sólo hay una compañía china entre las 150 principales empresas del área del Pacífico, según el relevamiento realizado por la revista *Fortune*, 11 de ellas son de Corea del Sur.[12] De forma similar, en Europa, en el siglo XIX, Alemania comenzó teniendo un ingreso per cápita menor que Francia y, a través de la constitución de modernas corporaciones, logró superar a los franceses en el término de dos o tres generaciones. Las diferencias regionales en la estructura industrial de Italia no pueden ser explicadas utilizando el argumento del nivel de desarrollo, ya que el norte, con empresas que son, en relación, mayores, era menos urbanizado que el sur cuando comenzó la industrialización, en la década de 1870. Estos casos sugieren que, en la medida en que exista una correlación entre el tamaño de las empresas y el volumen del ingreso per cápita o del PBI absoluto, la relación causal podría funcionar a la inversa. Es decir que la capacidad cultural para crear grandes empresas conduce a mercados más grandes y a un crecimiento más rápido del PBI per cápita, y no a la inversa.

Una tercera explicación alternativa de las características distintivas de las economías japonesa y alemana es lo que los científicos sociales han denominado "desarrollo tardío".[13] Al contrario del argumento precedente, que afirma que todos los países siguen una línea de desarrollo esencialmente similar, ésta sostiene que los países que se industrializan más tarde pueden aprovechar las lecciones aprendidas por los de desarrollo más temprano y, por lo tanto, seguir un camino evolutivo muy diferente. Se ha afirmado que el desarrollo tardío es lo que explica las características que distinguen a las economías de Japón y de Alemania: el fuerte papel desempeñado por el Estado en la promoción del desarrollo, sus estructuras industriales concentradas y la financiación bancaria, y sus relaciones laborales paternalistas.

Al igual que el argumento del "nivel de desarrollo", el del desarrollo tardío queda desvirtuado —al menos en lo referente a fenómenos como la dimensión de la empresa y su organización— con sólo comparar a Alemania y Japón con países que se han desarrollado aún más tarde que ellos, incluyendo a Italia, Taiwan, Corea y Hong Kong. La estructura industrial, las prácticas laborales y la organización de la producción varían tanto dentro del marco de los países de desarrollo tardío como entre éstos y los de desarrollo más temprano. Es mucho más probable que las similitudes entre Japón y Alemania hayan surgido a partir de factores culturales fortuitamente similares, como, por ejemplo, la prevalencia de relaciones sociales con alto nivel de confianza, que porque se hayan industrializado más o menos al mismo tiempo.

La cuarta explicación posible es que la pequeña dimensión de las empresas se debe a estructuras institucionales y legales inadecuadas para generar corporaciones grandes y con una dirección profesional. Muchas sociedades han sido relativamente lentas en desarrollar sistemas de derecho de la propiedad, leyes comerciales e instituciones financieras. Al contrario de lo que sucedió en los Estados Unidos, que tiene una Bolsa de valores desde 1792, los mercados de capital accionario chinos son de aparición reciente y se encuentran relativamente inmaduros. Las empresas controladas por familias muchas veces prefieren conseguir capital a través de préstamos o ahorros; la financiación del capital aumenta los requisitos de información, diluye la propiedad y despierta el fantasma de la adquisición por terceros. Según este argumento, una vez que todas esas instituciones estuvieran creadas las empresas se expandirían más allá de la familia, tal como sucedió en los Estados Unidos.

La falta de instituciones formales encuadra plenamente al caso de la República Popular China, si se tiene en cuenta lo ocurrido cuando la ideología maoísta demoró la introducción de las leyes comerciales "burguesas". Hasta el día de hoy, los empresarios chinos se enfrentan a un entorno legal sumamente arbitrario, en el cual los derechos de propiedad pueden ser muy débiles, el nivel de los impuestos es altamente variable, según el gobierno provincial con el que se trate, y el soborno es la forma normal de tratar con los funcionarios del gobierno.

Pero en las sociedades chinas del exterior, como Hong Kong, Taiwan y Singapur, las modernas leyes comerciales fueron establecidas desde hace mucho más tiempo. Después de todo, Hong Kong ha estado operando bajo las leyes británicas desde sus orígenes, y resulta difícil atribuir la decreciente dimensión de sus empresas a la falta de instituciones promocionales adecuadas.

La inmadurez de los mercados accionarios en las sociedades chinas tal vez ha limitado, en cierta medida, las formas de propiedad no familiares. Pero también aquí la comparación de las sociedades chinas con sus vecinos asiáticos indica que el desarrollo del mercado accionario no es la clave para comprender la concentración industrial, dado que en Asia no existe una correlación entre el desarrollo de dicho mercado y la escala empresarial.[14] Corea, cuyas empresas están mucho más concentradas que las de Taiwan, tiene una Bolsa de acciones que, en el mejor de los casos, se puede considerar menos desarrollada que la de Taiwan.[15] La bolsa de valores de Corea fue fundada en 1956; el gobierno coreano frenó en forma deliberada su desarrollo, a fin de limitar el acceso extranjero al mercado, y más adelante esta institución desempeñó sólo un papel marginal en la obtención de capital para las corporaciones coreanas.[16] Por el contrario, una de las Bolsas de valores asiáticas más antiguas no se halla ubicada en Japón, sino en Hong Kong, donde la dimensión promedio de las empresas ha caído desde la finalización de la Segunda Guerra Mundial. (El mercado de acciones más antiguo de Asia es el de Bombay, que se abrió en 1873.) La comercialización de acciones en las colonias de la Corona se remonta al año 1866, y la Hong Kong Stock Exchange, la más antigua de las cuatro Bolsas de Hong Kong, fue fundada en 1891.[17] A partir de 1992, la capitalización total del mercado accionario de Hong Kong fue de U$S 80 mil millones, aventajada por la capitalización del mercado japonés, de U$S 2,6 billones. Pero como porcentaje del PBI, la capitalización de Hong Kong era superior a la de Japón (140 por ciento contra 90 por ciento).[18] El mercado accionario de Hong Kong también desempeña un importante papel internacional como centro de intercambio de títulos europeos y de la región del Pacífico.

Los mercados accionarios, en general, han desempeñado un papel relativamente menor en toda Asia, porque la mayoría de las empresas de la región suelen financiar su expansión más a través del crédito bancario que a través del mercado de capitales. Esto también vale para Japón. Japón podrá tener un mercado accionario bastante bien desarrollado, pero la mayoría de las grandes corporaciones japonesas ha recurrido, históricamente, en mucho mayor medida al préstamo bancario que sus equivalentes estadounidenses. Las *zaibatsu* japonesas de la preguerra eran grupos industriales nucleados alrededor de un Banco u otra institución financiera que constituía la principal fuente de capital del grupo. Al igual que en Alemania durante el mismo período, esas instituciones financieras estaban en perfectas condiciones como para permitir que las *zaibatsu* crecieran a dimensiones enormes y adquiriesen muchas de las características de las empresas modernas con una dirección profesional. Aun ante la ausencia de un mercado accionario maduro, los japoneses ya habían separado la propiedad familiar de la conducción familiar, mientras que en el mercado accionario relativamente bien desarrollado de Hong Kong, las empresas de este origen siguen siendo dirigidas por los integrantes de la familia propietaria. En Taiwan y en Corea pareciera ser más justo afirmar que sus mercados accionarios se encuentran subdesarrollados *a causa* de la preferencia que se le da a la conducción familiar, y no que se mantiene la conducción familiar porque el mercado accionario se encuentra subdesarrollado. A pesar de los esfuerzos gubernamentales para incrementar la participación en el mercado accionario, las empresas familiares han sido muy reacias a cotizar en forma pública sus acciones, por temor a perder el control de sus empresas y por todas las informaciones y declaraciones que el procedimiento exige. Por estas razones, muchas de las familias empresariales prefieren seguir manteniendo todo "en familia".[19]

Es cierto que el sistema de *keiretsu* japonés, cuya función es, en parte, asegurar las economías de escala logradas por la integración vertical, depende de la tenencia cruzada de acciones y, por lo tanto, de un mercado accionario bien desarrollado. Pero la tenencia cruzada de acciones pareciera ser el reflejo de las relaciones *de facto* entre los miembros de la *keiretsu*, más que una precondición financiera necesaria para que esas relaciones existan.[20]

El argumento de que el tamaño de las empresas de un país es determinado por la política gubernamental tiene, en cierta medida, validez. En cualquier lugar del mundo los gobiernos pueden incidir sobre la dimensión de las empresas en el sector privado a través de su política impositiva y de suministros, sus leyes antitrust y por la forma en que se implementan estas últimas.[21] Queda claro que Alemania, al contrario de lo realizado por los Estados Unidos, fomentó la formación de carteles y de otras grandes concentraciones de poder económico. El gobierno de Japón, y sobre todo, el de Corea, alentó en forma deliberada la formación de grandes compañías, otorgándoles un trato de privilegio, en especial a través del acceso a créditos preferenciales. Por el contrario, el gobierno nacionalista de Taiwan procuró desalentar en forma deliberada las grandes corporaciones privadas, para evitar la aparición de competidores políticos. En Corea, el estado procuró imitar a Japón y sus *zaibatsu*, subsidiando, por distintos medios, la formación de grandes corporaciones. El resultado fue que la acción del Estado logró deformar por completo los factores culturales coreanos. La estructura familiar coreana, mucho más similar a la china que a la japonesa, debiera haber originado, en líneas generales, empresas de tamaño reducido y bajos niveles de concentración industrial. Pero después de 1961 Corea estaba decidida a dar un fuerte impulso a su desarrollo económico, utilizando a Japón como modelo, y parte de ese modelo eran las grandes corporaciones japonesas y sus redes de *keiretsu*.

En general no existe una correlación directa entre el grado de intervención estatal en la economía y la dimensión de las empresas del sector privado. Tanto Hong Kong como Taiwan tienen, en promedio, empresas pequeñas, y sin embargo el gobierno taiwanés ha sido tan intervencionista como el coreano en el sector financiero. En Taiwan y en Corea (contrariamente a lo sucedido bajo la débil administración colonial británica de Hong Kong), todos los grandes Bancos responsables de capitalizar a las empresas taiwanesas eran estatales y continuaron siéndolo por mucho más tiempo que los de Corea.[22]

Tanto Taiwan como Corea ejercieron un control bastante rígido sobre las tasas de interés, las tasas de cambio y el flujo de capitales, limitando de manera estricta la cantidad de instituciones financieras extranjeras a las que se permitía operar dentro del país. Ambos países adjudicaron créditos a sectores considerados "estratégicos". La principal diferencia entre uno y otro fue que Corea era mucho más selectivo en su asignación de créditos y recursos directos a los grandes conglomerados *chaebol*, mientras que el Estado taiwanés (fuera del sector público) no ejerció un favoritismo comparable respecto de las grandes empresas.[23]

De este modo, en Corea la política estatal desempeñó un papel importante en la determinación del tamaño empresarial de la estructura industrial. En Japón, el Estado, a través de su gestión, alentó la formación de grandes empresas, las cuales, de por sí, eran inherentes a la cultura nipona. En Taiwan, la política gubernamental afectó muchos aspectos del desarrollo industrial, pero no el relativo a la dimensión de las empresas, dado que, en este caso, el aspecto cultural del país siguió siendo el factor determinante. Y en Hong Kong, la acción estatal casi no influyó sobre la estructura industrial. Este país es, por lo tanto, el más puro ejemplo de la cultura económica china no distorsionada por ningún tipo de manipulación estatal deliberada.

De todo esto se desprende que existe una múltiple cantidad de factores, además de la cultura, que pueden afectar la estructura industrial de una sociedad. Pero el papel de la cultura, y en particular el de la sociabilidad espontánea, ha sido subestimado en grado sumo por el análisis económico convencional en el momento de explicar las grandes variaciones que existen entre sociedades que, en otros aspectos, se encuentran en un nivel de desarrollo similar.

CAPÍTULO 28

Los beneficios de la escala

En este libro hemos analizado una cantidad de sociedades, observando un aspecto específico de la cultura y su relación con la vida económica: la capacidad de crear nuevas asociaciones. Todos los países examinados con profundidad en este trabajo han sido económicamente exitosos. Una gran parte del libro se concentró en Asia porque gran parte de este continente se encuentra en el proceso de pasar del Tercer Mundo al Primero, y porque, en general, se afirma que la cultura constituye un factor importante para explicar el éxito asiático. Sin duda, en este estudio habría sido deseable incluir muchas otras culturas de todo el mundo, pero todo estudio comparativo en general debe elegir entre amplitud y profundidad. De todos modos, se ha establecido el marco general para la comprensión de los distintos puentes que existen hacia la sociabilidad económica, marco que puede aplicarse a otras sociedades.

A continuación se hará una descripción sintética de dicho marco y de la hipótesis que lo sostiene. Casi toda la actividad económica del mundo contemporáneo es llevada a cabo no por individuos sino por organizaciones que requieren un alto grado de cooperación social. Los derechos de propiedad, los contratos y las leyes comerciales son todas instituciones indispensables para la creación de un moderno sistema económico orientado hacia el mercado, pero es posible obtener sustanciales economías en los costos de transacción, si esas instituciones se complementan con un fuerte capital social y con la confianza. La confianza, a su vez, es el producto de comunidades preexistentes, con normas morales o valores compartidos. Esas comunidades, al menos tal como son vividas y entendidas por sus miembros más actuales, no son el producto de una elección racional en el sentido que le dan a ese término los economistas.

Entre las numerosas formas de capital social que hacen posible que los individuos confíen unos en otros y construyan organizaciones económicas, la más obvia y natural es la familia, lo que tuvo por consecuencia que la gran mayoría de las empresas, tanto histórica como actualmente, sean empresas creadas, dirigidas y operadas por esta unidad social. La estructura familiar afecta la naturaleza de la empresa de este tipo: la gran familia vincular del sur de China y de la Italia central se ha convertido en la base de empresas dinámicas, de escala relativamente grande. Más allá de la familia existen lazos de parentesco, como los linajes en China y en Corea, que también sirven para expandir, en cierta medida, el alcance de la confianza.

Sin embargo, las familias no son una bendición sin bemoles, sobre todo en lo que se refiere a su impacto sobre el desarrollo económico. Si el familismo no va acompañado por un fuerte énfasis en la educación, como el que existe, por ejemplo, en la cultura confuciana y en la judía, puede conducir a un asfixiante pantano de nepotismo que sólo engendra estancamiento. Por otra parte, un familismo demasiado fuerte suele susbsistir a expensas de otras formas de sociabilidad. De ahí que la desconfianza que existe entre no familiares en las sociedades fuertemente familísticas, como China y el sur de Italia, limita la facilidad con que los extraños pueden llegar a cooperar entre sí en emprendimientos económicos. En la mayoría de las culturas existe una especie de equilibrio o balance entre la fuerza de los vínculos familiares y la fuerza de los vínculos entre extraños. La capacidad de asociarse con personas fuera del ámbito familiar o de parentesco significa, necesariamente, que la familia no constituye un horizonte social abarcador y limitante.

En otras sociedades, sin embargo, hubo otras formas de capital social, además de la familia y el parentesco. Mucho antes de su modernización, Japón albergó a una amplia variedad de grupos sociales que no se basaban en parentesco alguno, lo que trajo como consecuencia una estructura familiar más abierta, que permitía la incorporación de terceros, sin relación biológica alguna. En Alemania, una cantidad de estructuras independientes del parentesco, como los gremios, originarios del período feudal, sobrevivieron hasta el presente, y en los Estados Unidos la sociabilidad fue el producto de una cultura religiosa protestante, de carácter sectario. Vale decir que no existe un único puente hacia la sociabilidad fuera de la familia, que sea común a todas las culturas que presentan un alto grado de confianza y de sociabilidad espontánea.

Existe, sin embargo, una característica común que es aplicable a muchas sociedades familísticas que manifiestan un bajo nivel de confianza hacia terceros. China, Francia, Italia del sur y otras sociedades de este tipo pasaron todas por un período de fuerte centralización política, cuando un emperador absoluto, un monarca o un Estado se empeñaba, en forma deliberada, en eliminar toda competencia por el poder. En tales sociedades, el capital social que existía en el período previo a la centralización absolutista fue agotado, y las estructuras sociales, como los gremios en Francia, fueron puestas al servicio del Estado. Por el contrario, las sociedades con un alto nivel de confianza, como Japón, Alemania y los Estados Unidos, nunca pasaron por períodos prolongados con centralización del poder gubernamental. Con un poder político más disperso —como durante los períodos feudales en Japón y en Alemania, o como resultado deliberado de una estructura constitucional, al estilo de los Estados Unidos— puede surgir, sin interferencia alguna, una rica profusión de organizaciones sociales, que pasan a constituir la base de la cooperación económica.

A pesar de que no hemos analizado ningún caso de esa categoría, también existen sociedades que no tienen ni lazos familiares fuertes ni asociaciones fuertes más allá del parentesco, es decir, sociedades que sufren de una deficiencia generalizada de capital social. Los casos más cercanos a esa descripción que hemos tratado aquí son dos: el de los campesinos extremadamente pobres del sur de Italia, descritos por Edward Banfield, con familias nucleares pequeñas y débiles, y el de la clase proletaria negra, que se encuentra por debajo del nivel de pobreza, en las áreas urbanas contemporáneas de los Estados Unidos, donde las familias a cargo de uno solo de los padres se han convertido en la norma. Otro ejemplo podría constituirlo la familia campesina rusa, débil y problematizada, que, fuera de las *kolkhozi* estatales y las *sovkhozi* (granjas estatales colectivas), no tiene otro tipo de vida de asociación comunitaria. Pareciera que en muchas ciudades africanas contemporáneas las viejas estructuras tribales y los vínculos familiares se han ido desintegrando con el aceleramiento de la urbanización, y no han sido reemplazados por asociaciones voluntarias fuertes, fuera de la familia. Este tipo de sociedad atomizada no constituye un terreno fértil para la actividad económica y no genera ni grandes organizaciones ni empresas familiares. Una característica interesante, que aparece como un hilo conductor en todas esas sociedades, es la comunidad delictiva: las únicas estructuras comunitarias que existen son las organizaciones delictivas. Es como si hubiera un impulso humano natural y universal hacia la sociabilidad, que, cuando se lo reprime, impidiéndole expresarse a través de estructuras sociales legítimas, como la familia o las organizaciones voluntarias, emerge en formas patológicas, como las bandas criminales. Se puede comprobar que las "mafias" han aparecido como la forma de organización más fuerte precisamente en lugares como el sur de Italia, en las barriadas urbanas ubicadas por debajo del nivel de pobreza de las ciudades estadounidenses, en Rusia y en muchas ciudades del Sahara africano.

Una de las aptitudes más llamativas de las culturas con una alta propensión hacia la sociabilidad espontánea es la capacidad de constituir grandes corporaciones modernas. La aparición de importantes corporaciones, dirigidas por un nivel gerencial profesional, fue impulsada, por supuesto, por una serie de factores tecnológicos y de dimensión de mercado a medida que fabricantes y distribuidores buscaban una escala óptima de eficiencia. Pero el desarrollo de grandes organizaciones capaces de explotar esas eficiencias fue facilitado, en grado sumo, por la existencia previa de una cultura inclinada hacia la organización social espontánea. Pareciera no ser casualidad que tres sociedades con alto nivel de confianza —Japón, Alemania y los Estados Unidos— hayan sido las pioneras en el desarrollo de empresas de gran escala con dirección profesional. Sociedades con bajo nivel de confianza, como Francia, Italia y los Estados chinos no comunistas, incluyendo Taiwan y Hong Kong, por el contrario, tardaron relativamente mucho tiempo en pasar de la gran empresa familiar a las corporaciones modernas.

En ausencia de un amplio grado de confianza y de una inclinación natural hacia la asociación espontánea, una sociedad tiene dos opciones para generar organizaciones económicas de gran escala. La primera es una que ha sido explotada desde tiempos inmemoriales: el uso del Estado como promotor del desarrollo económico, a veces en forma directa, a veces a través de empresas netamente estatales. Muchas sociedades familísticas, con Estados fuertes deseosos de poseer empresas de gran escala, han seguido ese camino, incluso Francia, Italia y Taiwan. También Corea cae dentro de esta categoría; a pesar de que sus grandes corporaciones son, teóricamente, parte del sector privado, deben su predominio al prolongado proteccionismo del Estado coreano.

También existe una segunda opción para construir grandes organizaciones en una sociedad con bajo nivel de confianza: la inversión extranjera directa o los *joint ventures* con grandes socios del exterior. Ese camino, que no he analizado en forma detallada en este libro, ha sido el que adoptaron muchos de los Estados del sudeste asiático que han experimentado un acelerado desarrollo en los últimos años. Los países que hemos estudiado en este libro en general han evitado las grandes inversiones extranjeras directas, prefiriendo crear grandes corporaciones con sus fuerzas locales (aunque, a menudo, con capital extranjero). Un listado de las principales empresas que operan en países como Singapur, Malasia o Tailandia a menudo incluye, junto a las empresas estatales del país, subsidiarias locales de las principales corporaciones multinacionales. Esto también vale para gran parte de América latina, y pareciera constituir una modalidad emergente también en los países de lo que fuera el mundo comunista.

Se podría argumentar que, dado que la imposibilidad de generar organizaciones económicas de gran escala en el sector privado puede ser superada mediante la intervención estatal o bien a través de la inversión extranjera, todo el tema de la sociabilidad espontánea a la larga carece de importancia. En cierta manera es verdad. Francia, a pesar de la debilidad de su sector privado, ha logrado un *status* como potencia mundial en tecnología de avanzada, mediante sus empresas estatales y subsidiadas. Sin embargo, existen serios cuestionamientos a esta línea de argumentación. Las empresas estatales son, por lo general, menos eficientes que sus equivalentes privadas: su conducción se halla expuesta a la constante tentación de basar sus decisiones en criterios políticos, en lugar de hacerlo sobre la base de los criterios del mercado, situación ésta que puede llevar a que la inversión estatal estratégica sea mal dirigida simplemente por un error de cálculo. Es cierto que el manejo de las empresas estatales puede ser más eficiente en una cultura que en otra, y que existen mecanismos para protegerlas de las presiones políticas. Pero aunque las empresas paraestatales de Corea y Taiwan puedan estar funcionando mejor que las de Brasil o México, la realidad es que aun así tienden a ser menos eficientes y dinámicas que sus equivalentes del sector privado.

La inversión extranjera directa origina problemas de otro tipo. Es cierto que, con el tiempo, la tecnología y las habilidades gerenciales introducidas por las multinacionales extranjeras terminan asimilándose a la economía local, pero eso puede llevar muchos años. En el ínterin, los países cuyas empresas líderes son subsidiarias de corporaciones extranjeras se enfrentan al problema de establecer sus propias industrias nacionales, manejadas por gente del país, que puedan competir con las primeras. Muchas de las empresas asiáticas que se modernizaron en forma acelerada, como Japón, Corea y Taiwan, permitieron el ingreso de capital extranjero pero limitaron la inversión directa de las multinacionales, a fin de dar a las empresas locales la posibilidad de alcanzar estándares internacionales. La inversión directa produce un ingreso inmediato en el país de tecnología y capacidad operativa, pero puede demorar las inversiones en infraestructura y capacitación necesarias para crear un fuerte grupo de ingenieros, gerentes y directivos locales. Y, como toda forma de dependencia, la inversión extranjera directa con frecuencia crea resentimientos y envidias que pueden repercutir en la arena política.

Los componentes culturales como la sociabilidad espontánea sólo constituyen uno —y no siempre el más importante— de los diversos factores que contribuyen a impulsar el crecimiento del PBI. Los temas analizados por economistas de las principales tendencias económicas —políticas macroeconómicas, tanto fiscales como monetarias, instituciones, condiciones internacionales y barreras a las importaciones, entre otras— siguen siendo los principales factores determinantes del crecimiento del PBI a largo plazo. El impacto principal de la sociabilidad espontánea pareciera producirse sobre la estructura industrial en la economía nacional, es decir, la cantidad e importancia de las grandes corporaciones frente a las pequeñas, la forma en que interactúan unas con otras, la presencia de redes, y así sucesivamente. En algunas sociedades la cultura inhibe el crecimiento de las grandes empresas, mientras que en otras permite y estimula la aparición de nuevas formas de empresa económica, como las organizaciones de red japonesas.

La estructura industrial determina, a su vez, el sector de la economía mundial en el cual participa un país. La finalidad de las grandes corporaciones es explotar economías de escala en sectores con gran demanda de capital que implican procesos de producción altamente complejos o que requieren redes de distribución muy grandes. Las pequeñas empresas, por otra parte, suelen ser mejores en la organización de actividades que exigen mayor cantidad de mano de obra, en sectores que exigen mayor flexibilidad, innovación y celeridad en la toma de decisiones. Una sociedad que alberga corporaciones gigantescas tenderá hacia la producción de automotores, semiconductores y productos para el sector aeroespacial, entre otros, mientras que la que cuenta mayormente con pequeñas y medianas empresas se concentrará en industrias como la de la vestimenta, el diseño, las máquinas-herramienta y del mueble. Es importante observar que hasta ahora no se ha comprobado una correlación obvia entre la escala promedio y el crecimiento del PBI agregado. Hay sociedades que han logrado enriquecerse de manera considerable, ya sea a través de grandes o pequeñas empresas. Taiwan no es más pobre que Corea por tener empresas que, en promedio, son mucho más pequeñas; e Italia, en la década de los 80, creció en forma más acelerada que Alemania. Lo que las pequeñas empresas no tienen en términos de poder financiero, recursos tecnológicos y perdurabilidad lo tienen en flexibilidad, celeridad en la toma de decisiones, ausencia de burocracia e innovatividad.

El prestigio relativo de las empresas grandes frente a las empresas pequeñas ha ido cambiando con el tiempo. Durante la primera mitad del siglo, la mayoría de la gente asociaba los máximos niveles de modernidad industrial con la gran escala; se puso de moda, en todo el mundo, fomentar el desarrollo de industrias pesadas de gran dimensión, al estilo de las que habían colocado a los Estados Unidos y Alemania al frente de las potencias industriales durante la segunda mitad del siglo XIX.

Más recientemente, esta tendencia ha dado un vuelco hacia el extremo opuesto. En los Estados Unidos y en Europa las políticas oficiales han sido diseñadas, en los últimos años, teniendo en consideración que las empresas pequeñas son más innovadoras y crean mayor cantidad de empleo. En la actualidad, la mayoría de las grandes corporaciones trata de achicarse, descentralizarse y tornarse más flexible. Todo el mundo tiene presente el ejemplo de la industria de la computación, en el que Steve Jobs y Steve Wozniak, trabajando en su garaje, inventaron la computadora personal y comenzaron una revolución tecnológica que, en el término de una década, afectó seriamente al monstruo IBM. También se afirma que los avances en la tecnología de las comunicaciones hacen posible que las industrias estén mucho más descentralizadas y desconcentradas que antes, reduciendo de este modo la brecha existente entre las pequeñas empresas y sus grandes rivales.

Es posible que la actual manía por las empresas pequeñas no tenga un fundamento más sólido que el vigente en décadas anteriores, que, en aquel caso, favorecía a las grandes corporaciones.[1] En muchos sectores las importantes economías de escala dictan un determinado nivel de eficiencia mínima. Actualmente, armar una moderna fábrica para la producción de obleas de silicio para chips de computación cuesta más de mil millones de dólares, y el costo ha seguido aumentado en forma constante durante la última década. Las continuas fusiones y adquisiciones en distintos sectores, desde el cuidado de la salud hasta las telecomunicaciones, son prueba de que los ejecutivos que toman las decisiones de inversión siguen creyendo que todavía existen importantes sectores de la economía para ser explotados a través de empresas en gran escala. La imagen de "industria doméstica" que tiene la producción de *software*, donde un individuo emprendedor, trabajando en el garaje de su casa, puede crear aplicaciones revolucionarias, no es habitual para otras áreas de la alta tecnología. Hoy en día, incluso la creación de programas competitivos de *software* se ha burocratizado y convertido en una operación de escala cada vez mayor.[2] Si bien la creación de un nuevo sistema operativo sin duda no requiere tanto capital como construir una planta siderúrgica integrada, es una actividad que, sin embargo, también se puede beneficiar con una estructura de mayor alcance. No es casualidad que la industria estadounidense de software se encuentre dominada, cada vez en mayor medida, por un solo y gran actor, Microsoft. Todas las pequeñas empresas de ese sector, se están uniendo entre sí, o son compradas por otras más grandes, o salen del negocio.

La importancia relativa de la escala y, por consiguiente, del tema de pequeñas empresas contra grandes empresas podría cambiar en el futuro, y de forma impredecible. Las futuras economías de escala dependerán de desarrollos tecnológicos que aún no se han creado y cuyo alcance, por lo tanto, es imposible de prever. Nadie hubiera sospechado, en su momento, que la enorme ventaja en investigación y desarrollo de IBM sería profundamente afectada por su propia lentitud en la toma de decisiones, o que el desarrollo de la tecnología siderúrgica del vaciado continuo haría posible la instalación de pequeñas fundiciones capaces de quitarles parte del mercado a las grandes acerías integradas. Es posible que en el futuro las economías de escala crezcan en algunos sectores y decrezcan en otros, en forma simultánea, de modo tal que no se establezca una esquema único y generalizable.

A la luz de esas incertidumbres, es posible afirmar que en el futuro la forma óptima de organización industrial no será ni las pequeñas empresas ni las grandes corporaciones, sino las estructuras en red, que comparten las ventajas de ambas. Las organizaciones en red pueden aprovechar las ventajas de la gran escala, evitando, al mismo tiempo, los costos generales y administrativos de las grandes organizaciones centralizadas. Si esto llega a concretarse, las sociedades con alto grado de confianza social tendrán una ventaja natural. Las redes pueden ahorrar sustanciales costos de transacción si sus miembros observan una serie de reglas informales que requieren pocos gastos generales (o ninguno) para negociar, adjudicar y exigir. En el momento en que, entre los miembros de una red comercial, la confianza se rompe, las relaciones tienen que ser especificadas con todo detalle, hay que poner por escrito las normas hasta entonces sobreentendidas y se torna necesaria la intervención de terceros para resolver las diferencias. A esa altura, la red deja de parecer una red y comienza a semejarse, según el grado de integración entre sus miembros, o bien a una relación de mercado entre empresas distintas, o a una de las antiguas corporaciones jerárquicas.

Tal vez el sistema de producción creado por Toyota sea el ejemplo más claro de los beneficios en eficiencia que se pueden obtener, a partir de la proliferación de las estructuras de red, en una sociedad con alto nivel de confianza. Esta forma operativa descentraliza la toma de decisiones para llevarla hasta el nivel más bajo del área de producción, y sustituye la cooperación centralizada y regida por normas por un modelo más informal de comunidad de trabajo en la planta. También tiende a aplanar los niveles de remuneración a través de toda la organización (a pesar de que, paradójicamente, se incrementan los incentivos individuales, al posibilitar la eliminación de la contratación y promoción basada en la antigüedad). Si bien pueden existir "pérdidas" en el nivel individual, en términos de recompensa y sanción, según lo fija el tradicional procedimiento "del palo y de la zanahoria", dichas pérdidas son sobradamente compensadas por un mayor grado de esfuerzo grupal, lealtad y solidaridad. El impacto sobre la mejora de la productividad que se logra a través de esta forma organizativa es perfectamente medible e importante, y su influencia ya se está observando en todos los mercados.

El impacto de la sociabilidad espontánea sobre la vida económica es muy significativo. Afecta la estructura general de las economías nacionales, la distribución sectorial de las industrias, el papel que el estado suele estar tentado a desempeñar, y las condiciones en las cuales se desarrollan las interrelaciones, tanto de los trabajadores entre sí como entre éstos y sus superiores. También puede tener un importante impacto en el PBI agregado. Es posible imaginar un futuro en el que las grandes corporaciones, complejas y sofisticadas, tomen la vanguardia en la creación de la riqueza; pero también es viable un futuro dominado por empresas pequeñas e innovadoras. Como no podemos predecir las direcciones que la tecnología tomará en el futuro, tampoco podemos saber cuál de esas perspectivas se materializará. Lo que sí podemos afirmar es que habrá un impacto importante de las diferencias culturales sobre la propensión hacia la sociabilidad, aunque en este momento no podamos estimar la influencia que tendrá, en el futuro, sobre la vida económica.

CAPÍTULO 29

Muchos milagros

A esta altura ya debiera resultar obvia la afirmación de que no existe ni un único modelo asiático de desarrollo económico ni un "desafío confuciano" homogéneo que enfrente a Occidente. Por supuesto, existen algunos aspectos de la cultura que son comunes a casi todas las sociedades de Asia oriental. Entre éstos se encuentra el respeto por la educación, que es compartido por igual por japoneses, chinos, coreanos y sobre todo aquellas culturas, sobre las que el confucianismo ha influido en forma significativa. Un respeto por el aprendizaje inducido culturalmente quizá no hubiera tenido mucho sentido hace cincuenta o cien años, cuando los beneficios de una educación superior eran relativamente pequeños. Pero en el mundo tecnológico de hoy, los beneficios de la capacidad y la educación han crecido de modo dramático. Mientras que el mercado, en sí mismo, crea incentivos para invertir en educación, es muy importante que los padres presionen a sus hijos para que se esfuercen por lograr un buen desempeño en el ámbito escolar, y que el Estado cree las instituciones educativas necesarias y adecuadas para permitir a los jóvenes hacer de ese esfuerzo un hábito.

De forma similar, todas las culturas de Asia oriental comparten una ética de trabajo similar, aunque debida a orígenes ligeramente diferentes, según el país del que se trate. En Japón, esa influencia proviene más del budismo, mientras que en Corea y en China pareciera tener sus orígenes en el confucianismo.[1] Todas estas sociedades se han concientizado en cuanto a la legitimidad del trabajo productivo; los valores aristocráticos o religiosos que desdeñaban el comercio, la generación de bienes materiales o la dignidad de la rutina laboral cotidiana casi han desaparecido.

En la mayoría de las sociedades asiáticas el Estado ha desempeñado un papel importante y activo en la forma y la dirección del desarrollo económico. Esto, sin embargo, está muy lejos de ser una característica universal del desarrollo asiático. A lo largo de toda Asia oriental, existe una amplia variación en cuanto al grado de intervención estatal y a la naturaleza de dicha intervención, desde la hiperactividad del Estado coreano en el período del gobierno de Park Chung Hee, hasta el casi total *laissez faire* de la administración del gobierno colonial británico de Hong Kong. La intervención del Estado y las políticas industriales, es considerada la esencia del "milagro económico" asiático por autores como Chalmers Johnson y James Fallows; pero el éxito económico no se correlaciona demasiado bien con el grado de intervención estatal en los países de Asia oriental, lo cual sugeriría que la política industrial, por sí misma, no sería la clave determinante del crecimiento. Lo que sí puede ser una característica cultural distintiva en Asia oriental es el hecho de que a los Estados de la región que eligen el intervencionismo les resulta más fácil llevarlo a cabo sin que éste tenga consecuencias perniciosas para el país.

Sin embargo, en términos de sociabilidad, existen importantes diferencias entre Japón, China y Corea, diferencias que han tenido por consecuencia estructuras industriales, prácticas gerenciales y formas organizativas muy distintas entre sí. Muchos estadounidenses y europeos suelen pensar que Asia es más homogénea de lo que en realidad es, ya que Taiwan, Singapur, la República Popular China y otros Estados del Sudeste asiático crecen con rapidez y siguen la misma trayectoria evolutiva de Japón, sólo que algo más tarde. Esta visión ha sido reforzada por los que promueven el concepto de un "desafío confuciano" que viene desde Asia oriental.

La realidad, sin embargo, es que los países asiáticos han sido segmentados en distintos sectores de la economía global, y lo más probable es que se mantengan ubicados en esos sectores durante un buen tiempo. Japón y Corea, con sus grandes corporaciones, han entrado en áreas, como la industria automotriz, los electrónicos de consumo masivo y los semiconductores, que compiten directamente con las grandes industrias estadounidenses y europeas. En cambio, éste no es un punto fuerte natural para la mayoría de las sociedades chinas, que se desempeñan mucho mejor en sectores en los cuales la flexibilidad es más importante que la escala. En realidad hay dos culturas económicas rivales que están surgiendo en Asia, una japonesa y otra china. Cada una de ellas se encuentra unificada por grandes organizaciones en red, basadas, en el caso japonés, en la confianza social y, en el caso chino, en la familia y el parentesco. Estas redes obviamente interactúan entre sí en diversos puntos, pero sus diagramas de "cableado interno" se desarrollan por senderos distintos.

Las dificultades experimentadas por las sociedades chinas para establecer grandes corporaciones privadas con una dirección profesional les plantearán en el futuro un dilema, que es más político que económico. No está demostrado que la ausencia de grandes corporaciones con una dirección profesional constituya un obstáculo particular para el rápido crecimiento del PBI agregado. Pero quienes afirmaban que el familismo chino impediría la modernización sencillamente se equivocaron, y seguirán errados mientras no aparezcan desarrollos tecnológicos que tornen imprescindibles a las grandes organizaciones. Incluso es muy posible que la pequeña empresa familiar china prospere mejor que las grandes corporaciones japonesas en una era de acelerado achicamiento y reestructuración empresarial. Si el único objetivo de esas sociedades es la maximización de su riqueza agregada, dichas pequeñas empresas no tienen ninguna necesidad particular de modificar el esquema basado en las compañías familiares de escala relativamente reducida. Canadá, Nueva Zelanda y Dinamarca son países que se han enriquecido a través de la agricultura, las materias primas y otras industrias de baja tecnología. Nada indica que ellos sean menos felices que otros, por no poseer una poderosa industria doméstica de semiconductores o aeroespacial.

Por otro lado, muchos países consideran que la adquisición de industrias en determinados sectores estratégicos clave es algo bueno en sí mismo, ya sea porque se consideran los más capaces del mercado para saber dónde encontrar los mejores beneficios a largo plazo, o porque persiguen fines no económicos, como el prestigio internacional o la seguridad nacional. Francia y Corea constituyen ejemplos de países cuyas decisiones económicas estuvieron fuertemente teñidas por objetivos que nada tenían que ver con la economía.

Es a ese tipo de sociedad que la falta de una inclinación espontánea hacia la generación de grandes organizaciones puede llegar a crear serias dificultades y llevarlas a un camino sin salida. Si el sector privado no es capaz de generar, por sí mismo, las industrias estratégicas que el país necesita, el Estado se sentirá muy tentado de intervenir y alentar el desarrollo en esa dirección. El desarrollo industrial que es directamente promovido por el Estado suele ir acompañado de toda clase de riesgos que no aparecen en los casos de inversiones impulsadas por el mercado.

El desarrollo de empresas llevado a cabo por los estamentos estatales será, en particular, un problema serio para la República Popular China. La economía de este país se encuentra dividida en dos ramas: un sector estatal viejo e ineficaz (que tiene, entre otras cosas negativas, la producción automotriz menos eficiente del mundo) y un nuevo sector de mercado, formado sobre todo por pequeñas empresas familiares o *joint ventures* con socios extranjeros. Lo que no existe en la China de hoy es un sector doméstico, moderno y eficiente, de grandes empresas privadas. El sorprendente crecimiento económico chino de los últimos años (que alcanzó alrededor de un trece por ciento anual en 1992 y 1993) ha sido alimentado, en su mayor parte, por el sector capitalista de la pequeña industria y por las inversiones extranjeras. Esas tasas de crecimiento han sido posibles de lograr gracias a la introducción de incentivos propios de un mercado abierto en una economía dirigida, por otra parte altamente ineficiente. En la actualidad, China es un país demasiado pobre como para preocuparse por la distribución sectorial de sus industrias. Los chinos se contentan con haber alcanzado esas sorprendentes tasas de crecimiento. En el país aún persisten muchos de los problemas básicos que han caracterizado a su economía, por ejemplo, el establecimiento de un sistema estable de derechos de la propiedad y una legislación comercial.

Pero los principales problemas que China tendrá que enfentar aparecerán cuando alcance el nivel actual del ingreso per cápita de Taiwan o de Hong Kong, dentro de una o dos generaciones. Los observadores señalan una larga lista de problemas potenciales que podrían llegar a frenar el futuro crecimiento del país, como presiones inflacionarias, ausencia de infraestructura y cuellos de botella originados por un ritmo de desarrollo demasiado acelerado, grandes disparidades en el ingreso per cápita entre las provincias costeras y el interior del país y una gran cantidad de "bombas de tiempo" relacionadas con el medio ambiente, que ahora se están instalando y que en algún momento explotarán. Además, China también tendrá que enfrentar el tema del desarrollo de grandes corporaciones modernas con una conducción profesional. Países como Hong Kong o Taiwan podrían dejar en manos de otros ciertas formas de producción, de alto nivel de prestigio, mientras crecen con rapidez en los carriles que les propone el mercado. Pero es muy difícil que suceda lo mismo con la China continental, en parte porque, como gran potencia, no querrá permanecer marginada del tope de la modernidad industrial. La extensión del país impone la necesidad de desarrollar, con el tiempo, una economía equilibrada que incluya tanto sectores industriales de gran demanda de capital como sectores industriales con un alto requerimiento de mano de obra. Y no puede esperar alcanzar un alto nivel de desarrollo general si se mantiene en el papel de buscador de nichos de mercado, como los pequeños Estados del oeste asiático.

Pero el cambio desde la empresa familiar hacia la corporación moderna resultará mucho más problemático para la República Popular China que lo que fue, en su momento, para Japón o los Estados Unidos, y el Estado tendrá que desempeñar un papel mucho más importante para lograr esa meta. China necesita, como mínimo, una estabilidad política nacida de la legitimidad de sus instituciones políticas y una estructura estatal competente, que no sea propensa ni a la corrupción excesiva ni a la influencia política externa. La estructura política de la China comunista, sin embargo, carece tanto de legitimidad como, cada vez más, de competencia. Para la mayoría de los observadores de ese país no está nada claro si las instituciones políticas de China lograrán sobrevivir a las enormes presiones socioeconómicas generadas por su precipitada industrialización, e, incluso, si al comienzo del siglo XXI seguirá existiendo un Estado chino unitario. Una China inestable, o una China gobernada por un gobierno nervioso y caprichoso, no será el entorno propicio para el establecimiento de inteligentes políticas económicas.

El contraste entre la cultura económica japonesa y la china también tiene importantes implicaciones para Japón. Con el surgimiento de Japón como una superpotencia económica se empezó a hablar, en ciertos círculos nipones, de un "modelo japonés" que no sólo debiera ser seguido por las otras naciones de Asia, sino también por el resto del mundo.[2] Y es verdad que los japoneses tienen mucho para enseñar a las otras naciones asiáticas (y no poco a sus competidores de América del Norte y Europa), que ya se han beneficiado de manera considerable, en el pasado reciente, con la tecnología japonesa y sus habilidades gerenciales.

En términos de estructura industrial, sin embargo, existe una amplia brecha entre Japón y otras culturas asiáticas, y buenas razones para pensar que será muy difícil para las sociedades sínicas adoptar las prácticas japonesas. Lo más probable es que el sistema *keiretsu*, por ejemplo, resulte muy difícil de exportar a la sociedad china. Las empresas y los empresarios de China son demasiado individualistas como para cooperar de la manera como ese sistema lo exige, y de todos modos seguirían teniendo sus propias redes familiares. Y aún queda por averiguar si el sistema de manufactura por equipos podría implementarse en las fábricas chinas con el mismo éxito que ha obtenido en Japón y en América del Norte. Vale decir que a los chinos tal vez no les quede otra alternativa que encontrar su propio camino hacia la modernidad.

CAPÍTULO 30

Después del fin
de la ingeniería social

L a convergencia internacional en dos instituciones básicas, como
la democracia liberal y la economía de mercado, nos obliga a
preguntarnos si hemos llegado al "fin de la historia", en el cual
el proceso global de la evolución humana a través del tiempo culmina
no según la versión marxista, en el socialismo, sino en la visión hegeliana
de una sociedad burguesa, democrática y liberal.[1]

Algunos lectores de este libro podrán pensar que en él se adoptan
posiciones muy diferentes y contradictorias, entendiendo que se habla
en contra de un orden económico puramente liberal y a favor de uno
que sea a la vez tradicional y comunitario. Nada más lejos de la verdad
que esta interpretación.[2] Ni una sola de las culturas tradicionales estu-
diadas en este libro —ni la de Japón ni la de China ni la de Corea, ni
ninguna de las viejas culturas católico-autoritarias de Europa— fue capaz de producir el moderno orden económico capitalista. A menudo
Max Weber es criticado por afirmar que las sociedades confucianas, como
Japón y China, no llegarían nunca a convertirse en exitosas sociedades
capitalistas. Pero su discurso en realidad tenía un objetivo más puntual:
quería comprender por qué el capitalismo moderno, así como otros
aspectos del mundo contemporáneo, como las ciencias naturales y el
dominio racional de la naturaleza, había surgido en la Europa protestante y no en la China tradicional, en Japón, en Corea o en la India.[3] Y
en este punto Weber se hallaba absolutamente en lo cierto cuando afirmaba que había aspectos de esas culturas tradicionales que eran hostiles
a la modernidad económica. Sólo cuando esta última fue introducida,
desde afuera, en esas sociedades, como consecuencia del contacto de
China y Japón con Occidente, se inició el desarrollo capitalista. Esta
confrontación con la capacidad tecnológica y social de Occidente obli-

gó a esas sociedades a dejar de lado muchos elementos clave de sus culturas tradicionales. China tuvo que eliminar el "confucianismo político" y todo el sistema imperial con su clase de gentileshombres eruditos; Japón y Corea tuvieron que dejar de lado su tradicional división de clases, y el país nipón, además, tuvo que redireccionar la ética guerrera *samurai*.

Ninguna de las sociedades asiáticas que ha prosperado económicamente en las últimas generaciones podría haberlo hecho sin incorporar importantes elementos del liberalismo económico en sus sistemas culturales autóctonos, incluyendo los derechos de propiedad, el contrato, la legislación comercial y toda la confluencia de ideas occidentales relacionadas con racionalidad, ciencia, innovación y abstracción. El trabajo de Joseph Needham y otros ha demostrado que el nivel chino de tecnología, en el año 1500, era más alto que el que predominaba en Europa en aquellos tiempos.[4] Lo que China no tenía, sin embargo, y lo que Europa sí desarrolló, era un método científico que le permitiera la conquista progresiva de la naturaleza, a través de la observación empírica y el experimento. El método científico mismo fue posible por una mentalidad que buscaba comprender la causalidad de un nivel más elevado, mediante el razonamiento abstracto sobre los principios físicos básicos, algo por entero ajeno a las culturas religiosas politeístas de Asia.[5]

Es comprensible que las sociedades chinas fueran las primeras en industrializarse y prosperar al caer bajo el control o la influencia de naciones occidentales como Gran Bretaña o los Estados Unidos, incluyendo a Hong Kong, Singapur y Taiwan. Y no es casualidad que los integrantes de esas sociedades tradicionales que emigraron a países liberales como los Estados Unidos, Canadá y Gran Bretaña tuvieran un desempeño socioeconómico mucho mejor que sus connacionales en su país de origen. En todos estos casos, el marco de una sociedad liberal constituyó una liberación de las limitaciones marcadas por una cultura tradicional que inhibía el desarrollo del espíritu empresario y frenaba la acumulación ilimitada de bienes materiales.

Por otra parte, algunos observadores más atentos y teóricos del liberalismo político han comprendido que esa doctrina, al menos en la forma en que fuera planteada por Hobbes y Locke, no se sostiene por sí misma y necesita del apoyo de algunos aspectos de la cultura tradicional que no se desprenden del liberalismo. Es decir, una sociedad constituida, en su totalidad, por individuos racionales que se unen sobre la base de un contrato social para satisfacer sus necesidades no puede formar una sociedad que sea viable en el tiempo. Una crítica que se le hace con frecuencia a Hobbes es que una sociedad de ese tipo no brindaría a ningún ciudadano motivo suficiente como para arriesgar su vida en defensa de la comunidad, dado que el ser humano siente que la misión de esa comunidad es defender y preservar la vida del individuo. En términos más generales, si los individuos conformaran comunidades sólo sobre la base de un interés egoísta a largo plazo, casi no existirían el espíritu cívico, el autosacrificio, el orgullo, la caridad ni ninguna otra de las virtudes que hacen que una comunidad sea un entorno vivible.[6] De hecho, es difícil imaginar una vida familiar significativa si esta unidad social no fuese más que un contrato entre individuos racionales y egoístas.[7] Si bien, históricamente, el liberalismo surgió a partir del esfuerzo por excluir a la religión de la vida pública, la mayoría de los teóricos liberales han considerado que las creencias religiosas no pueden, y no deben, ser eliminadas de la vida social. Aun cuando ellos mismos no hubieran sido hombres muy religiosos, casi todos los Padres Fundadores creían que una vigorosa vida religiosa, con su fe en la recompensa y en el castigo divino, era importante para el éxito de la democracia de los Estados Unidos.

Una afirmación paralela puede realizarse con respecto al liberalismo económico. Es indiscutible que las economías modernas surgen a partir de la interacción en los mercados de individuos racionales, maximizadores de la utilidad. Pero la maximización racional de la utilidad no es suficiente para dar explicación, en forma satisfactoria, al porqué de la existencia de economías exitosas, que prosperan, y economías que fracasan y declinan. La medida en que los individuos valoran el trabajo por encima del descanso y la distracción, su respeto por la educación, sus actitudes para con la familia y el grado de confianza que demuestran para con su prójimo constituyen todos factores que tienen un impacto directo sobre la vida económica y, sin embargo, no pueden ser explicados de manera adecuada mediante el modelo básico del ser humano que describen los economistas. Así como la democracia liberal funciona mejor como sistema político cuando su individualismo inherente es moderado por el civismo, así también el capitalismo se facilita cuando su individualismo es equilibrado por la capacidad de asociación.

Si la democracia y el capitalismo funcionan en forma óptima cuando son complementados con tradiciones culturales que provienen de fuentes no liberales, debiera resultar claro que la modernidad y la tradición pueden coexistir en un equilibrio estable en el tiempo. El proceso de la racionalización económica y del desarrollo económico constituye una fuerza social sumamente poderosa, que obliga a las sociedades a modernizarse de acuerdo con ciertos lineamientos uniformes. En ese aspecto, resulta claro que existe algo así como la "Historia", en el sentido marxista-hegeliano, que homogeneiza culturas dispares y las impulsa en dirección a la "modernidad". Pero como existen límites en cuanto a la efectividad del contrato y de la racionalidad económica, el carácter de esa modernidad nunca será por completo uniforme. Por ejemplo, ciertas sociedades pueden ahorrar en costos de transacción porque entre sus agentes económicos existe confianza en el momento de interactuar. Por lo tanto, pueden ser más eficientes que las sociedades con bajo nivel de confianza, que requieren de contratos y mecanismos de obligación. La confianza no es consecuencia de un cálculo racional; surge a partir de fuentes como la religión o el hábito etopéyico, que no tienen nada que ver con la modernidad. Es decir que las formas más exitosas de la modernidad son aquellas que no son por entero modernas, o sea que no se basan en la proliferación indiscriminada de los principios políticos y económicos liberales a lo largo de toda la sociedad.

Este intrincado asunto puede ser expresado en forma distinta. No sólo han fracasado los grandiosos proyectos ideológicos como el comunismo, sino que también esfuerzos más modestos de ingeniería social —como los que intentaron implementar gobiernos democráticos moderados— han llegado a un punto muerto al final del siglo xx. La Revolución Francesa introdujo un período de cambio social increíblemente acelerado. Durante los doscientos años que le siguieron, todas las sociedades europeas y muchas fuera de Europa fueron transformadas hasta tornarse irreconocibles, pasando de ser autoritarias, pobres, no educadas, rurales y agrícolas, a constituir democracias urbanas, industrializadas y con mayor nivel de riqueza. En el curso de esas transformaciones los gobiernos desempeñaron un importante papel, al precipitar o facilitar los cambios (y, en algunos casos, al tratar de frenarlos). Abolieron clases sociales enteras, llevaron a cabo reformas agrarias y disolvieron latifundios; introdujeron legislaciones modernas, asegurando la igualdad de derechos para círculos cada vez mayores de la población; construyeron ciudades y alentaron la urbanización; educaron a pueblos enteros y brindaron la infraestructura para diseñar sociedades modernas, complejas y con un alto nivel de información.

Sin embargo, durante las últimas generaciones hubo crecientes indicios de que el tipo de resultados que se lograban a través de esa ingeniería social en gran escala estaba sufriendo una reducción de sus beneficios marginales. En 1964, el Acta de los Derechos Civiles, de un solo plumazo, sancionó las desigualdades raciales en los Estados Unidos. Durante los años siguientes, sin embargo, se comprobó que la abolición de la importante desigualdad de los afroamericanos constituía un problema mucho más difícil y complejo. La solución que parecía tan obvia en las décadas de los 30 y 40 era la continua expansión del estado de bienestar, a través de la redistribución del ingreso o de la creación de puestos, y la apertura de la salud, la educación, el empleo y otros beneficios sociales a las minorías. Ahora, al final del siglo, esas soluciones no sólo resultan ineficaces sino que, en muchos casos, parecieran contribuir a incrementar el problema que pretendían solucionar. Una generación atrás, o algo más, hubiera habido un amplio consenso entre los científicos sociales sobre la existencia de una relación causal de una sola vía entre pobreza y desintegración familiar, con un flujo desde la primera hacia la segunda. Hoy en día, se está mucho menos seguro de esto, y pocos son los que siguen creyendo que los problemas de la familia estadounidense contemporánea se pueden solucionar simplemente mediante una igualación de los ingresos. Es fácil observar de qué manera las políticas gubernamentales pueden contribuir a la desintegración de la familia, por ejemplo cuando se subsidia a las madres solteras; lo que resulta menos sencillo es saber qué políticas gubernamentales harían falta para reconstituir las estructuras familiares una vez destruidas.

El colapso del comunismo y el fin de la guerra fría, al contrario de lo que muchos analistas afirmaron, no condujo a un resurgimiento global del tribalismo, ni de las rivalidades nacionalistas del siglo xix,[8] ni al colapso de la civilización con la destrucción total de sus estructuras sociales.[9] La democracia liberal y el capitalismo siguen siendo el marco esencial, de hecho único, para la organización política y económica de las sociedades modernas. Una acelerada modernización económica está cerrando la brecha entre muchos países del Tercer Mundo y el norte industrializado. Con la integración europea y el libre comercio en América del Norte, la red de lazos económicos dentro de cada región se irá tornando más y más densa, y las netas fronteras culturales van a ir diluyéndose cada vez más. La implementación del régimen de libre comercio, acordado en la Ronda Uruguay del Acuerdo General sobre Aranceles y Comercio (GATT), contribuirá aún más a la erosión de las fronteras interregionales. El incremento de la competencia global ha obligado a las empresas a superar límites culturales para tratar de adoptar técnicas de *benchmarking* como las líneas de producción por equipos, de donde quiera que provengan. La recesión mundial de la década de los 90 ha impuesto una gran presión sobre las empresas japonesas y alemanas para limitar el alcance de sus políticas laborales paternalistas, características de su cultura, y adoptar un modelo más netamente liberal. La moderna revolución de las comunicaciones apoya esa convergencia, facilita la globalización económica y permite la difusión de ideas a una velocidad increíble.

Pero aun en nuestra era, a pesar de que el mundo se está homogeneizando en muchos aspectos, aparecen sustanciales presiones para el logro de una diferenciación cultural. Las modernas instituciones liberales, tanto políticas como económicas, no sólo coexisten con la religión y otros elementos tradicionales de la cultura, sino que muchas de ellas funcionan mejor en conjunción con estos últimos. Si muchos de los principales problemas sociales que quedan por solucionar son en esencia culturales por naturaleza, y si las principales diferencias entre las sociedades no son políticas, ideológicas y ni siquiera institucionales, sino culturales, resulta lógico que las sociedades se aferren a esas áreas de diferenciación cultural y que ésta se haga cada vez más marcada e importante en los años que se avecinan.

Parecería una paradoja, pero las diferencias culturales serán instigadas por la misma tecnología de las comunciaciones que ha hecho posible la aldea global. Existe una firme creencia liberal acerca de que la gente en todo el mundo es, en el fondo, básicamente igual, y que el auge de las comunicaciones inducirá a una mejor comprensón y cooperación. En muchos casos, por desgracia, esa familiaridad genera desprecio más que simpatía. Esto es, en cierta forma, lo que ha estado sucediendo entre los Estados Unidos y Asia durante la última década. Los estadounidenses han comenzado a comprender que Japón no es simplemente otra sociedad capitalista como ellos, sino que tiene formas muy distintas de practicar tanto el capitalismo como la democracia. Uno de los resultados de esta nueva visión —entre otros— es la aparición, entre los especialistas sobre el tema del Japón, de la escuela revisionista, que muestra menos simpatía hacia Tokio y pide políticas de comercio exterior más rígidas. Los asiáticos han tomado conocimiento, a través de los medios, de la delincuencia, las drogas, la desintegración de la familia y otros problemas sociales estadounidenses, y muchos de ellos han decidido que los Estados Unidos, a la luz de estas situaciones, no resultan, despés de todo, un modelo demasiado atractivo. Lee Kwan Yew, ex primer ministro de Singapur, ha surgido como vocero de una especie de revisionismo asiático sobre los Estados Unidos, que argumenta que la democracia liberal no es el modelo político adecuado para las sociedadas confucianas.[10] Pareciera que la misma convergencia de las principales instituciones vuelve a los individuos más ansiosos por preservar los elementos de su diferenciación cultural que aún les quedan.

Si esas diferencias no pueden reconciliarse, al menos pueden ser enfrentadas de manera honesta. Es obvio que no se puede iniciar ningún estudio serio de las culturas foráneas evaluándolas desde el punto de vista de la propia. Por otra parte, uno de los principales obstáculos para un estudio cultural comparativo serio en los Estados Unidos es la suposición, asumida por razones políticas, de que todas las culturas son inherentemente iguales. Cualquier estudio de este tipo exige la exploración de las diferencias entre las diversas culturas, comparándolas con alguna pauta, que, en este libro, ha sido el desempeño económico. El deseo de lograr la prosperidad económica no es algo determinado culturalmente sino compartido en un nivel universal. Es difícil, en ese contexto, no arribar a algunos juicios sobre los puntos fuertes y débiles de las distintas sociedades. No es suficiente decir que cada uno, con el tiempo, llega al mismo objetivo por caminos distintos. Cómo llega una sociedad a ese objetivo, y la rapidez con que lo alcanza, afecta profundamente la felicidad de sus individuos, más allá de que algunas nunca llegan a la meta.

CAPÍTULO 31

La espiritualización
de la vida económica

E l capital social es crítico para lograr la prosperidad y para lo que se ha dado en denominar competitividad, pero sus consecuencias más importantes quizá no sean percibidas tanto en la economía como en la vida política y social. La sociabilidad espontánea tiene consecuencias que no son fáciles de captar en una estadística de ingreso per cápita o de PBI. Los seres humanos son a la vez mezquinamente egoístas y criaturas con una faceta social que les hace odiar el aislamiento y disfrutar del apoyo y del reconocimiento de otros seres humanos. Existen, por supuesto, individuos que prefieren trabajar en una fábrica de producción masiva, al estilo tayloriano, donde reina un bajo nivel de confianza, porque ese sistema define el mínimo de trabajo que tienen que hacer para ganar su salario y, por lo demás, no les exige nada. Pero en general el trabajador no quiere ser tratado como un engranaje de una gran máquina, aislado de sus superiores y de sus compañeros, con poco orgullo por su capacidad o por su organización, sabiendo que sólo se le encomienda el mínimo indispensable de autoridad y control sobre el trabajo con el que se gana la vida. Una importante cantidad de estudios empíricos realizados por Elton Mayo ha indicado que los trabajadores se sienten más felices en organizaciones de orientación grupal que en un entorno más individualista. Por lo tanto, aunque la productividad fuera igual entre fábricas y oficinas de bajo y alto nivel de confianza, éstas últimas constituyen, sin duda, lugares de trabajo más satisfactorios desde el punto de vista humano.

No cabe duda de que una economía capitalista exitosa resulta de suma importancia para el apoyo de una democracia liberal. Por supuesto que es posible que una economía capitalista coexista con un sistema político autoritario, como el que actualmente existe en la República

Popular China o como los que existieron, en otras épocas, en Alemania, Japón, Corea del Sur, Taiwan y España. Pero a la larga el mismo proceso de industrialización exige una población con mayor nivel de educación y una división del trabajo más compleja, y ambos aspectos son facilitadores de la creación y el mantenimiento de instituciones políticas democráticas. La consecuencia es que hoy casi no existen países capitalistas que no sean también democracias estables.[1] Uno de los grandes problemas de Polonia, Hungría, Rusia, Ucrania y otros países que anteriormente pertenecieron al bloque comunista es que han intentado establecer instituciones políticas democráticas en un entorno diferente del que necesita el funcionamiento de economías capitalistas. La ausencia de empresas, empresarios, mercados y competidores no sólo perpetúa la pobreza, sino que tampoco ofrece las formas de apoyo social necesario para el funcionamiento adecuado de instituciones democráticas.

Se ha afirmado que el mercado, en sí mismo, constituye una escuela para la sociabilidad, al ofrecer las oportunidades y el incentivo que implica el hecho de que los individuos cooperen entre sí con el fin del mutuo enriquecimiento. Pero si bien el mercado impone, en cierta medida, su propia disciplina socializadora, el tema central de este libro es que la sociabilidad no emerge en forma espontánea y porque sí una vez que el Estado retrocede. La capacidad de cooperar socialmente depende de hábitos precedentes, tradiciones y normas que, por sí mismas, sirven para estructurar el mercado. De allí que es más probable que una exitosa economía de mercado, en lugar de ser la consecuencia de una democracia estable, lo sea de un factor preexistente: el capital social. Si este último es abundante, entonces tanto los mercados como la política democrática prosperarán, y el mercado podrá, en efecto, desempeñar el papel de "escuela de sociabilidad" que refuerce las instituciones democráticas. Esto vale en particular en países con gobiernos autoritarios que recién comienzan a industrializarse, donde la gente puede aprender nuevas formas de sociabilidad en el lugar de trabajo, antes de aplicar esas lecciones a la política.

El concepto del capital social deja en claro por qué capitalismo y democracia se hallan tan estrechamente vinculados. Una economía capitalista sana es aquella en la cual la sociedad se basa en un nivel de capital social lo bastante alto como para permitir que las empresas, las corporaciones, las redes y otras instituciones similares se autoorganicen. Ante la ausencia de esa capacidad de autoorganización, el Estado podrá intervenir para promover la creación de las empresas y los sectores clave necesarios, pero los mercados casi siempre funcionan de modo más eficiente cuando son los actores privados quienes toman las decisiones.

La proclividad a la autoorganización es lo que en realidad se necesita para lograr que las instituciones políticas democráticas funcionen de la manera adecuada. Es la ley basada en la soberanía del pueblo lo que convierte a un sistema libre en un sistema de libertad ordenada. Pero ningún sistema de este tipo puede surgir sobre la base de una masa de individuos desorganizados y aislados que sólo en tiempo de elecciones son capaces de hacer conocer sus puntos de vista y sus preferencias. La debilidad y la atomización no les permitirán expresar sus opiniones, en forma apropiada aun aquellas que son sostenidas por la mayoría y que constituirían una invitación abierta al despotismo y a la demagogia. En cualquier democracia verdadera, los intereses y los deseos de los distintos miembros de la sociedad deben ser expresados a través de los partidos y otros grupos políticos organizados, y debidamente representados por éstos. Una estructura partidaria estable sólo puede surgir si individuos unidos por intereses comunes son capaces de cooperar para el logro de fines igualmente comunes. Y ésta es una habilidad que, en última instancia, depende del capital social existente en la comunidad.

Esa misma propensión hacia la sociabilidad espontánea es la clave para la creación de empresas duraderas, y también resulta indispensable para la constitución de organizaciones políticas eficaces. Ante la ausencia de partidos políticos auténticos, las agrupaciones políticas suelen basarse en personalidades cambiables o en relaciones clientelísticas que se fracturan con facilidad y no logran ser útiles para alcanzar objetivos comunes, aunque tengan un fuerte incentivo para hacerlo. Es lógico pensar, por lo tanto, que países con empresas privadas pequeñas y débiles también tengan sistemas partidarios fragmentados e inestables. Esto es, en efecto, lo que podemos observar si comparamos a los Estados Unidos y Alemania con Francia e Italia. También en las sociedades poscomunistas, como Rusia y Ucrania, nos encontramos con que tanto las empresas privadas como los partidos políticos son débiles y las elecciones oscilan entre extremos, definidos más alrededor de individuos que de programas políticos coherentes. En Rusia, los "demócratas", en el nivel intelectual, creen todos en la democracia y en los mercados libres, pero carecen de los hábitos sociales necesarios para crear una organización política unificada.

Un Estado liberal es, en última instancia, un Estado acotado, con una actividad gubernamental estrictamente delimitada por una esfera de libertad individual. Para evitar que una sociedad de este tipo se convierta en anárquica o ingobernable, tiene que ser capaz de ejercer el autogobierno a través de organizaciones sociales de diferentes niveles, independientes del Estado. Un sistema de este tipo depende, en última instancia, no sólo de la ley sino del autodominio y autocontrol de los individuos que lo constituyen. Si entre ellos no son tolerantes y respetuosos, o no se someten a las leyes que ellos mismos se han fijado, necesitarán un Estado fuerte y coercitivo para mantener el orden. Si no pueden unirse para el logro de objetivos comunes, se requerirá de un Estado intrusivo que les imponga la organización que ellos mismos no supieron asumir. A la inversa, el "agotamiento del Estado" visualizado por Karl Marx sólo podría producirse en una sociedad con un extraordinario grado de sociabilidad espontánea, donde el comportamiento contenido y basado en la legalidad fluye desde adentro, sin necesidad de que sea impuesto desde afuera. Un país con reducido capital social no sólo tendrá empresas pequeñas, débiles e ineficientes; también sufrirá de una corrupción generalizada entre sus agentes gubernamentales y una administración pública ineficiente. Esta situación resulta dolorosamente evidente en Italia, donde existe una relación directa entre atomización social y corrupción a medida que uno pasa del norte y el centro hacia el sur.

Pero una economía capitalista próspera y dinámica también es crucial para una democracia estable en relación con el fin último de toda actividad humana. En *The End of History and the Last Man* afirmé que el proceso histórico humano se puede entender como la interacción de dos grandes fuerzas.[2] La primera es la del deseo racional, a través del cual el ser humano busca satisfacer sus necesidades materiales a través de la acumulación de riquezas. La segunda, de tanta importancia como la primera como motor del proceso histórico, es lo que Hegel denominó "la lucha por el reconocimiento", es decir, el deseo de todo ser humano de que otros miembros de su especie reconozcan su esencia de seres libres y morales.[3]

El deseo racional se corresponde, en cierta medida, con maximización racional de la utilidad, de la economía neoliberal, es decir, la acumulación incesante de posesiones materiales para satisfacer una cantidad de deseos y necesidades en continuo aumento. El deseo de reconocimiento, por otra parte, no tiene un objetivo material, sino que busca sólo el reconocimiento justo de la valía individual por parte de otra conciencia humana. Todos los seres humanos sienten que tienen una cierta valía o dignidad inherentes. Cuando esa valía no es reconocida de manera adecuada por los demás, es decir, cuando se le trata como si valiera menos, el individuo siente ira; en cambio, cuando no consigue comportarse de acuerdo con su sentido del propio valor y no logra la aprobación de los demás, siente vergüenza; y cuando se le reconoce de acuerdo con su propio sentimiento de valía, siente orgullo. El deseo de reconocimiento es una parte extraordinariamente poderosa de la psique humana; los sentimientos como la ira, el orgullo y la vergüenza son la base de la mayoría de las pasiones políticas y el motor de gran parte de lo que sucede en la vida pública. El deseo de reconocimiento puede manifestarse en todo tipo de contextos: a través de la ira del empleado que deja la empresa, porque siente que su contribución no ha sido reconocida en la forma debida; a través de la indignación del nacionalista que quiere que su país sea reconocido como par de otros; a través de la vehemencia del antiabortista que siente que no se protege a las vidas inocentes; a través de la pasión del activista por los derechos feministas o *gays* que exige que los miembros de su grupo sean tratados con respeto y ecuanimidad por la sociedad. Las pasiones engendradas por el deseo de reconocimiento a menudo se contraponen a los objetivos del deseo de la acumulación racional, por ejemplo, cuando una persona arriesga su libertad y sus posesiones para vengarse de alguien que le infligió alguna ofensa o fue origen de una injusticia, o cuando una nación entra en guerra motivada sólo por la defensa de su dignidad nacional.

En mi libro anterior explico en más detalle que lo que en general se considera motivación económica en realidad no está relacionada con el deseo racional sino que es una manifestación del deseo de reconocimiento. Las necesidades naturales son pocas en cantidad y resulta relativamente fácil satisfacerlas, sobre todo en el contexto de la moderna economía industrial. Nuestra motivación para trabajar y ganar dinero guarda una relación mucho más estrecha con el reconocimiento que esa actividad nos permite obtener; el dinero se convierte en un símbolo, no de bienes materiales sino de *status* social y reconocimiento. Adam Smith, en su *Theory of Moral Sentiments*, explicó que "Lo que nos seduce es la vanidad, y no la comodidad o el placer".[4] El trabajador que hace una huelga para obtener un salario mejor no lo hace sólo porque es ambicioso y quiere poseer todo el confort material posible; lo que busca es la justicia económica, que consiste en que su trabajo sea compensado adecuadamente en relación con otros; es decir, aspira a ser reconocido por su verdadera valía. De forma similar, el empresario que crea un imperio comercial no lo hace porque quiere gastar los cientos de millones de dólares que ganará; lo hace porque quiere ser reconocido como el creador de una nueva tecnología o servicio.

Si entendemos que la vida económica de una sociedad no tiene por objetivo la simple acumulación de la mayor cantidad de bienes materiales posible, sino el reconocimiento de la valía del individuo y de la sociedad, la interdependencia de capitalismo y democracia liberal resulta más clara. Antes de la existencia de la democracia liberal moderna, la lucha por el reconocimiento era llevada a cabo por ambiciosos príncipes que buscaban el predominio de unos sobre otros a través de la guerra y la conquista. El relato que Hegel hace del proceso histórico humano comienza con una trascendente "batalla sangrienta", en la cual dos combatientes buscan el reconocimiento mutuo, que termina con el sometimiento a la esclavitud del vencido por el vencedor. Los conflictos basados en pasiones religiosas o nacionalistas se tornan mucho más inteligibles si se los considera como manifestaciones del deseo de reconocimiento más que del deseo racional y de "maximización de la utilidad". La democracia liberal moderna procura satisfacer ese deseo de reconocimiento, basando el orden político en el principio del reconocimiento universal e igualitario. Pero en la práctica la democracia liberal funciona porque la lucha por el reconocimiento, que antes se expresaba en el plano militar, religioso o nacionalista, ahora se lleva a cabo en el plano económico. Mientras que los príncipes de antaño buscaban derrotarse mutuamente arriesgando sus vidas en sangrientas batallas, los príncipes de nuestros tiempos arriesgan su capital en la construcción de grandes imperios industriales. La necesidad psicológica subyacente es la misma, sólo que el deseo de reconocimiento ahora es satisfecho a través de la generación de riquezas, y no mediante la destrucción de valores materiales.

En *The Passions* and *The Interests*, el economista Albert Hirsham trató de explicar el surgimiento del mundo burgués moderno en términos de una revolución ética que buscaba sustituir la "pasión" de gloria que caracterizaba a las sociedades aristocráticas por el "interés" por las ganancias materiales, sello distintivo de la nueva burguesía.[5] Los primeros economistas políticos del iluminismo escocés, como Adam Ferguson, Adam Smith y James Steuart, consideraban que las energías destructivas de una cultura guerrera podrían ser canalizadas hacia los objetivos más pacíficos de una sociedad comercial, con la consiguiente suavización de las maneras. Esta sustitución también se hallaba presente en la mente del primer teórico político liberal Thomas Hobbes, que concibió la sociedad civil como la subordinación deliberada del deseo de gloria, ya sea alimentado por la pasión religiosa o por la vanidad aristocrática, a la persecución de la acumulación racional.

Cualesquiera que hayan sido las creencias y expectativas de esos primeros teóricos modernos, pareciera que lo que sucedió en el mundo moderno no es simplemente el aburguesamiento de las culturas guerreras y la sustitución de pasiones por intereses, sino también la espiritualización de la vida económica y la carga de esta última con las mismas energías competitivas que antes alimentaban la vida política. Con frecuencia el ser humano no actúa como maximizador racional de la utilidad, en el sentido estrecho del término "utilidad", sino que inviste a la actividad económica de muchos valores morales tomados de su vida social. En Japón esto sucedió cuando la clase *samurai* o guerrera fue recreada, realizando con ella algo parecido a un "vaciamiento" de su *status* social, y redirigida hacia la actividad comercial, la que encararon con mucho de su *bushido*, o ética guerrera, intacta. Este proceso se produjo también en casi todas las demás sociedades industrializadas, donde las oportunidades para el espíritu de empresa se convirtieron en la válvula de escape para la energía de innumerables individuos ambiciosos que en otros tiempos sólo podrían haber obtenido "reconocimiento" propiciando una guerra o una revolución.

El papel que una economía capitalista desempeña en la canalización de la lucha por el reconocimiento hacia vías pacíficas, con su consiguiente importancia para la estabilidad democrática, resulta evidente en la Europa Oriental poscomunista. El proyecto totalitarista preveía la destrucción de una sociedad civil independiente y la creación de una nueva comunidad socialista, centrada exclusivamente alrededor del Estado. Cuando esta comunidad socialista, en gran medida artificial, se derrumbó, casi no quedaban formas alternativas de comunidad más allá de la familia y los grupos étnicos, o las bandas delictivas constituidas por delincuentes y criminales. Ante la ausencia de un estrato de asociaciones voluntarias, los individuos se aferraron, con inusitada pasión, a sus identidades originales. La etnicidad ofrecía una forma casi natural de comunidad que les permitía evitar sentirse atomizados, débiles y víctimas de las fuerzas históricas que se arremolinaban a su alrededor. En cambio, en las sociedades capitalistas desarrolladas con asociaciones civiles fuertes, la economía misma constituye la sede de una parte importante de la vida social. Quien trabaja en Motorola, Siemens, Toyota o incluso en una pequeña lavandería familiar es integrante de una red moral que absorbe una gran parte de sus energías y ambiciones. Los países de Europa oriental que parecieran tener las mejores posibilidades de éxito como democracias son Hungría, Polonia y la República Checa, que mantuvieron incipientes sociedades civiles durante todo el período comunista y fueron capaces de generar sectores capitalistas privados en un tiempo relativamente corto. En estas sociedades no faltan los conflictos étnicos, ya sean los reclamos de Polonia y Lituania sobre Vilna, o la irredenta lucha de Hungría con sus vecinos. Pero todavía no han estallado en forma de conflictos violentos, porque la economía ha sido lo bastante vigorosa como para ofrecer una fuente alternativa de identidad social y sentido de pertenencia.

La interdependencia entre economía y política no se limita a la democratización de los Estados en lo que fue el mundo comunista. En cierto sentido, la pérdida de capital social en los Estados Unidos ha tenido consecuencias inmediatas más marcadas para la democracia estadounidense que para la economía de ese país. Para funcionar en forma eficiente, las instituciones políticas democráticas dependen de la confianza tanto como las empresas, y la reducción de la confianza en una sociedad requiere un Estado más intrusivo y regulador para ordenar las relaciones sociales.

Muchos de los casos estudiados en este libro parecerían advertir contra la autoridad política centralizada en exceso. No sólo los países del desaparecido bloque comunista muestran sociedades civiles débiles o dañadas. Las sociedades familísticas con bajo nivel de confianza, como

China, Francia y el sur de Italia, fueron, en el pasado, todas monarquías centralizadas (y, en el caso francés, gobiernos republicanos igualmente centralistas) que socavaron la autonomía de instituciones sociales intermedias, en su ambición por preservar su poder absoluto. A la inversa, las sociedades que presentan un grado relativamente elevado de confianza generalizada, como Japón y Alemania, vivieron, durante gran parte de su existencia premoderna, bajo regímenes políticos relativamente descentralizados. En los Estados Unidos, el debilitamiento de la autoridad de las sociedades civiles estuvo directamente relacionado con el surgimiento de un Estado fuerte, tanto en el terreno judicial como en el ejecutivo.

El capital social es como un trinquete, que puede ser girado con mucho mayor facilidad en una dirección que en la otra, y debe ser destrabado previamente para poder invertir su sentido. Puede ser malgastado por la acción de los gobiernos, con muchísimo mayor facilidad de lo que estos gobiernos son capaces de reconstruirlo. Ahora que la cuestión de las ideologías y de las instituciones ha quedado consolidada, la preservación y la acumulación del capital social comenzará a ocupar el centro del escenario.

NOTAS

CAPÍTULO 1. LA SITUACIÓN DEL HOMBRE EN EL FIN DE LA HISTORIA

1. Véase Francis Fukuyama, *The End of History and the Last Man* (New York, Free Press, 1992). (*El fin de la historia y el último hombre*, Editorial Planeta, S. A., Barcelona, España, 1992.)
2. Un excelente trabajo acerca de los orígenes de la sociedad civil y su relación con la democracia se puede encontrar en *Conditions and Liberty: Civil Society and Its Rivals,* de Ernest Gellner (Londres, Hamish Hamilton, 1994).
3. Para una información más detallada sobre este punto, véase Francis Fukuyama, "The Primacy of Culture", *Journal of Democracy* 6 (1995), págs. 7-14.
4. Samuel P. Huntington, "The Clash of Civilizations?", *Foreign Affairs 72* (1994), págs. 22-49.
5. Según Durkheim, "La sociedad no está sola en su interés por la formación de grupos especiales para regular su propia actividad, grupos que desarrollen en su seno lo que, de otra manera, se convertiría en algo anárquico. También el individuo se complace en contar con ese tipo de grupos reguladores, ya que la anarquía le resulta dolorosa. También sufre el dolor y el desorden que se producen cada vez que las relaciones interindividuales no están sometidas a alguna influencia reguladora". *The Division of Labor in Society* (Nueva York, Macmillan, 1933), pág.15.
6. Véase Fukuyama (1992), en especial cap. 21, "The Thymotic Origins of Work".
7. Para un informe de fácil lectura sobre el ascenso de Nucor como empresa siderúrgica, véase Richard Preston, *American Steel* (Nueva York, Avon Books, 1991).
8. James S. Coleman, "Social Capital in the Creation of Human Capital", *American Journal of Sociology* 94 (1988): S95-S120. Véase también Robert

D. Putnam, "The Prosperous Community: Social Capital and Public Life", *American Prospect 13* (1993): 35-42; y Putnam, "Bowling Alone", *Journal of Democracy* 6 (1995): 65-78. Según Putnam, quien primero utilizó el término *capital social* fue Jane Jacobs en *The Death and Life of Great American Cities* (Nueva York, Random House, 1961), pág. 138.

9. Gary S. Becker, *Human Capital: A Theoretical and Empirical Analysis*, 2a. ed. (Nueva York; Oficina Nacional de Investigaciones Económicas, 1975).

CAPÍTULO 2. LA SOLUCIÓN DEL VEINTE POR CIENTO

1. Con referencia a este aspecto de las ideas de Adam Smith, véase Jerry Z. Muller, *Adam Smith in His Time and Ours* (Nueva York, Free Press, 1992).

2. Los neomercantilistas comparten con los primeros críticos marxistas y keynesianos el énfasis en la importancia del Estado como actor económico. Sin embargo, su crítica no es sino una pálida sombra de aquellos primeros ataques a la economía ortodoxa del libre mercado. Los marxistas defendían el control estatal más o menos total de la economía, con una franca propiedad estatal de los "altos mandos" del sistema económico. Su intención era nada menos que el fin de la "explotación del hombre por el hombre". Los keynesianos, por el contrario, aceptaban la necesidad de un sector privado fuerte, pero defendían una intervención gubernamental masiva a través del gasto público, a fin de mantener el pleno empleo y otros objetivos de bienestar social. La onda neomercantilista se concentra en objetivos más modestos, como la promoción de industrias de alta tecnología en un mercado global interdependiente y altamente competitivo. Los neomercantilistas aceptarían que la competencia global produce una eficiencia económica beneficiosa y que las economías debieran estar orientadas hacia la exportación y a "mirar hacia afuera". En general, consideran que los objetivos sociales, como pleno empleo o distribución equitativa del ingreso, sólo pueden ser logrados en forma indirecta. Sostienen el punto de vista más modesto de que el mercado, por sí solo, es insuficiente para producir un liderazgo tecnológico y, por lo tanto, un crecimiento rápido y de largo plazo.

3. James Fallows, *Looking at the Sun: The Rise of the New East Asian Economic and Political System* (Nueva York; Pantheon Books, 1994).

4. Para ejemplos sobre este tema, véase Chalmers Johnson, *MITI and the Japanese Miracle* (Stanford; Stanford University Press, 1982); James Fallows, "Containing Japan", *Atlantic Monthly 263*, Nº 5 (1989): 40-54; "Looking at the Sun", *Atlantic Monthly* 272, Nº 5 (1993): 69-100; "How the World Works", *Atlantic Monthly 272*, Nº 6 (1993): 61-87; Chalmers Johnson, Laura D'Andrea Tyson y John Zysman, *The Politics of Productivity* (Cambridge, Mass.; Ballinger Books, 1989); Laura D'Andrea Tyson, *Who's Bashing Whom? Trade Conflicts in High-Technology Industries* (Washington, D.C.; Institute for International Economics, 1993); Karl van Wolferen, *The Enigma of Japanese Power: People and Politics in a Stateless*

Nation (Londres, Macmillan, 1989); Clyde V. Prestowitz, Jr., *Trading Places: How We Allowed Japan to Take the Lead* (Nueva York, Basic Books, 1988).

5. Paul Krugman, recientemente, ha ido tan lejos en este tema que llegó a afirmar que el "milagro asiático" en realidad no es un milagro sino que simplemente representa la movilización de recursos no utilizados en economías relativamente subdesarrolladas, comparable con los períodos de alto crecimiento en las primeras fases del desarrollo económico europeo y estadounidense. Véase "The Myth of Asia's Miracle", *Foreign Affairs 73* (1994): 28-44.

6. James C. Abegglen y George Stalk, Jr. *Kaisha: The Japanese Corporation* (Nueva York, Basic Books, 1985), págs. 20-23.

7. Gary Becker afirma que no se debiera pensar en la economía como en un tema de estudio específico (por ejemplo, el estudio del dinero y de la riqueza) sino como un método que puede ser aplicado a una amplia gama de comportamientos humanos. Véase Becker, *The Economic Approach to Human Behavior* (Chicago, University of Chicago Press, 1976), págs. 3-14.

8. Para críticas sobre la escuela de la opción racional, véase Donald P. Green y Ian Shapiro, *Pathologies of Rational Choice Theory: A Critique of Applications in Political Science* (New Haven, Yale University Press, 1994), y Chalmers Johnson y E. B. Keehn, "A Disaster in the Making: Rational Choice and Asian Studies", *National Interest, Nº 36* (1994): 14-22.

9. Un fascinante intercambio sobre los límites de la capacidad de la economía, en cuanto a reflejar la política, se puede ver en el diálogo entre James Buchanan, Viktor Vanberg y Allan Bloom en *From Political Economy to Economics... and Back?*, de James Nichols y Colin Wright, eds. (San Francisco, Instituto de Estudios Contemporáneos, 1990), págs. 193-206.

10. Según las palabras de Gordon Tullock, colaborador de James Buchanan y uno de los miembros fundadores de la escuela de *public choice* (opción pública): "La mayoría de los economistas que han observado durante cierto tiempo el funcionamiento del mercado y del gobierno piensan que la mayoría de la gente, la mayor parte del tiempo, tiene una curva de demanda, cuyo componente máximo son, sin duda, sus deseos egoístas personales". Citado en "Do Economists Overemphasize Monetary Benefits?", por Steven E. Rhoads, *Public Administration Review 45* (1985): 815-820. Este artículo contiene numerosas evidencias de que, a pesar de su apertura teórica hacia otras formas de motivación, los economistas neoliberales creen en el poder fundamental del interés egoísta material.

11. Rhoads (1985), pág. 816.

12. Para una crítica del modelo neoclásico que dice algo similar, véase Amitai Etzioni, *The Moral Dimension: Toward a New Economics* (Nueva York, Free Press, 1988), págs. 1-27; Etzioni, "A New Kind of Socioeconomics (vs. Neoclassical Economics)", *Challenge 33* (1990): 31-32; y Steven E. Rhoads, "Economists on Tastes and Preferences", en Nichols y Wright (1990), págs. 79-98. Véase también Neil J. Smelser y Richard Swedberg, "The Sociological Perspective on the Economy" en Smelser y Swedberg, comp.; *The Handbook of Economic Sociology* (Princeton, Princeton

University Press, 1994), así como también varios otros artículos de esta colección.

13. Para otro tipo de crítica del concepto de "utilidad", véase Joseph Cropsey, "What is Welfare Economics?", *Ethics* 65 (1955): 116-125.

14. Sobre este punto, véase Steven Kelman, "'Public Choice' and Public Spirit", *Public Interest* Nº 87 (1987): 80-94.

15. Gary Becker, por ejemplo, aduce que "el enfoque económico al que yo me refiero no supone que los individuos están motivados únicamente por el egoísmo o por el beneficio material... Traté de apartar a los economistas de las estrechas suposiciones sobre el interés egoísta. El comportamiento está impulsado por una serie de valores y preferencias mucho más ricos". Véase su trabajo "Nobel Lecture: The Economic Way of Looking at Things", *Journal of Political Economy* 101 (1993): 385-409.

16. Amartya Sen critica el concepto de la preferencia revelada, porque esa preferencia supuestamente revelada es, de hecho, ambigua. Por ejemplo, una persona puede preferir tirar las botellas de vidrio en lugar de reciclarlas, pero siente una presión moral muy fuerte por hacer lo último o simplemente quiere hacer el reciclaje para guardar las apariencias. La conducta en sí misma no le indica al observador cuál es el motivo real de la persona que la pone de manifiesto. Sen argumenta, además, que quienes aplican el concepto de la "preferencia revelada" utilizan la suposición oculta de que las preferencias son egoístas, mientras que la gente, en realidad, también tiene un interés social y en general actúa a partir de motivaciones mixtas. Véase "Behaviour and the Concept of Preference", *Economics* 40 (1973): 214-259.

17. F. Y. Edgeworth, citado por Amartya Sen en "Rational Fools: A Critique of the Behavioral Foundations of Economic Theory", *Philosophy and Public Affairs* 6 (1977): 317-344.

18. Véase la crítica de Kenneth Arrow sobre la suposición de muchos economistas acerca de que los consumidores son racionales en sus elecciones. Arrow, "Risk Perception in Psychology and Economics", *Economic Inquiry* 20 (1982): 1-9.

19. Por lo tanto, por ejemplo, decidimos comprar un producto de marca como Copos de Maíz Kellogg's, en lugar de la marca propia del supermercado, porque suponemos, ante la carencia de una investigación detallada, que el producto más conocido es de mejor calidad.

20. Véase Becker (1976), pág. 11.

21. Mark Granovetter, "Economic Action and Social Structure: The Problem of Embeddedness", *American Journal of Sociology* 91 (1985): 481-510.

22. Véase Banco Mundial, *The East Asian Miracle* (Oxford; Oxford University Press, 1993), págs. 304-316.

CAPÍTULO 3. ESCALA Y CONFIANZA

1. Véase, por ejemplo, *War and Anti-War: Survival at the Dawn of the 21st. Century*, de Alvin Toffler y Heidi Toffler (Boston; Little, Brown, 1993); *Orwell's Revenge: The 1984 Palimpsest*, de Peter W. Huber (Nueva York,

Free Press, 1994).

2. Scott Shane: *Dismantling Utopia: How Information Ended the Soviet Union* (Chicago; Ivan Dee; 1994); Gladys D. Ganley: "Power to the People via Personal Electronic Media", *Washington Quarterly* (primavera de 1991): 5-22.

3. William H. Davidov y Michael S. Malone: *The Virtual Corporation: Structuring and Revitalizing the Corporation for the 21st. Century* (Nueva York, Harper-Collins, 1992).

4. Huber (1994), págs. 177-181 y 193.

5. Es el mismo Peter Huber quien elabora este argumento. Véase Peter W. Huber, Michael K. Kellogg y John Thonre: *The Geodesic Network II: 1993 Report on Competition in the Telephone Industry* (Washington, D.C.; Geodesic Co., 1992), Cap. 3.

6. No basta con que los miembros de una comunidad esperen una conducta normal. Existen muchas sociedades en las cuales se espera que normalmente sus integrantes se estafen unos a otros; en ese caso, la conducta es la norma (es decir, lo normal) pero es deshonesta y conduce a un déficit de confianza.

7. Emile Durkheim: *The Division of Labor in Society* (Nueva York, Macmillan, 1933), págs. 181-182. Sobre el tema de la insuficiencia del contrato para producir una solidaridad orgánica, véase pág. 183.

8. Lester Thurow: *Head to Head: The Coming Economic Battle among Japan, Europe, and America* (Nueva York, Warner Books, 1993), pág. 32.

9. Véase, por ejemplo, Ronald P. Dore: *British Factory, Japanese Factory* (Londres, Allen y Unwin, 1973), págs. 375-376; James Fallows: *More Like Us: Making America Great Again* (Boston; Houghton Mifflin, 1989), pág. 48; Seymour Martin Lipset: "Pacific Divide: American Exceptionalism-Japanese Uniqueness", en *Power Shifts and Value Changes in the Post Cold War World*, procedimientos del Simposio Conjunto de los Comités de Investigación de la Asociación Sociológica Internacional: Sociología Comparativa y Organizaciones de Sociología (Japón, Kigi International University, Instituto de Relaciones Internacionales de la Universidad de Sofía e Instituto de Investigación de Ciencias Sociales de la Christian University, 1992), págs. 41-84.

10. El siguiente listado contiene los ingresos (en millones de U$S) de las diez, veinte y cuarenta empresas más importantes (no extranjeras) en las economías de ocho países:

	Princ. Diez	Princ. Veinte	Princ. Cuarenta
Estados Unidos	755.202	1.144.477	1.580.411
Japón	551.227	826.049	1.224.294
Alemania	414.332	629.520	869.326
Francia	233.350	366.547	544.919
Italia	137.918	178.669	259.595
Corea	61.229	86.460	107.889
Hong Kong	24.725	30.633	35.515
Taiwan	10.705	S.I.	S.I.

Fuentes: *Hoover's Handbook of American Business 1994* (Austin, Tex., The Reference Press, 1994); *Moody's International Company Data,* mayo 1994; Korea Trade Center of Los Angeles; *Germany's Top 300, 1993/94* (Austin, Tex., The Reference Press, 1994).

Esta tabla se basa en los datos provenientes de las 100 principales empresas de cada una de las ocho economías enumeradas, excluyendo las empresas estatales o aquellas que son subsidiarias de multinacionales extranjeras. Existe cierta ambigüedad respecto de quiénes son los dueños de determinadas empresas; pueden ser sólo parcialmente estatales o propiedad de empresas extranjeras, o bien los verdaderos propietarios se ocultan tras empresas tipo *holding* o con propiedad cruzada de acciones.

Con las mediciones comparativas referidas a las grandes empresas de las distintas economías suelen surgir una serie de problemas. Es posible medir la dimensión de una empresa por sus ventas, por el valor agregado (es decir, los beneficios antes de los impuestos), la cantidad de personal empleado o la capitalización total del mercado. El valor agregado quizá sea la mejor medida general para determinar la dimensión de una compañía en un año determinado, aunque la capitalización del mercado podría modificar las expectativas con respecto a sus futuras ganancias. Las ventas, como medida, no toman en consideración el margen de ganancia y las expectativas futuras; se las utiliza aquí debido a la dificultad de obtener datos sobre la ganancia neta y la capitalización en todos los países y en todas las compañías.

Esta tabla no presenta tasas de concentración porque éstas tienden a ser un tanto engañosas en cuanto a la escala relativa de las empresas dentro de una economía. La tasa de concentración para un sector determinado de una economía se calcula midiendo el total del valor agregado, la tasa de empleo o la capitalización de mercado para un número equis de grandes empresas (donde x es, habitualmente, tres a diez empresas por cada sector individual), y dividiendo ese total por el valor agregado, la tasa de empleo o la capitalización en el mercado para ese sector. De ahí que una tasa de concentración de tres empresas para la industria siderúrgica de los Estados Unidos indicará cuánto de la producción siderúrgica total de los Estados Unidos es realizada por los tres productores más importantes. Esta tasa se utiliza, en general, como medida del monopolio o del oligopolio en un sector determinado. Este tipo de análisis puede extenderse también a las economías nacionales, expandiendo las tasas de concentración a las principales diez, veinte o más empresas importantes en la economía en su totalidad. La Tabla 1, en el capítulo 14, presenta ese tipo de datos, basados en la tasa de empleo, para un grupo selecto de países.

Se podría pensar que la tasa de concentración constituye una medida mejor que la dimensión absoluta de las principales empresas de un país, ya que es fácil imaginar que existe alguna relación entre el producto bruto interno de un país, su población y la dimensión de las empresas que es capaz de sostener (véase Capítulo 27). Por otra parte, una cantidad de pequeños países europeos son sede de empresas enormes. Suiza, Suecia y Holanda tienen una tasa de concentración de las diez principales empresas superior a la de los Estados Unidos, Japón o Alemania. Más allá de una población mínima determinada, así como un cierto nivel de desarrollo económico general, la correlación entre la dimensión absoluta de una economía y su capacidad para generar grandes empresas parecería debilitarse.

Tampoco la dimensión promedio de las empresas, en una economía nacional, es una buena medida para establecer la capacidad de dicha economía para generar grandes compañías. Además de ser sede de enormes corporaciones, la economía japonesa ha producido un número muy grande de empresas muy pequeñas. Si uno se basara simplemente en el tamaño promedio de las empresas, llegaría a la conclusión de que las empresas japonesas son más pequeñas que sus pares de Taiwan. (Véase nota 4, en el Capítulo 8.)

Los datos de la tabla que figura en este punto excluyen las ventas de las seis primeras empresas de ventas generales, dado que, a mi parecer, representan en su mayoría no ventas nuevas netas sino lo que en los Estados Unidos se considera como transferencias intraempresariales.

11. Para dar un solo ejemplo, existen menos Bancos grandes en la economía estadounidense que, por ejemplo, en la japonesa o en la italiana. Esto tiene que ver exclusivamente con la ley estadounidense sobre actividades bancarias interestales; con la abolición de esta ley, en 1994, es probable que los bancos estadounidenses crezcan en forma considerable.

CAPÍTULO 4. LOS LENGUAJES DEL BIEN Y DEL MAL

1. Clifford Geertz: *The Interpretation of Cultures* (Nueva York; Basic Books, 1973), págs. 4-5.

2. Ian Jamieson: *Capitalism and Culture: A Comparative Analysis of British and American Manufacturing Organizations* (Londres; Gower, 1980), pág. 9.

3. Geertz, en realidad, va más allá de esto y afirma que no existe tal "naturaleza humana", es decir, un conjunto de características comunes a todos los seres humanos. Expresa que el ser humano comenzó a desarrollar culturas antes de haber finalizado su evolución biológica, de modo que lo que el ser humano es "por naturaleza" es determinado, en gran medida, por las culturas que adopta. Geertz (1973), págs. 34-35 y 49.

4. Geertz (1973), pág. 89.

5. Con respecto a las vacas sagradas de la India, véase Gunnar Myrdal: *Asian Drama: An Inquiry into the Poverty of Nations* (Nueva York, Twentieth Century Fund, 1968), 1:89-91.

6. *Etica a Nicómano* Libro II i.8. Aristóteles explica que para que el hombre sea realmente virtuoso tiene que habituarse a desarrollar una conducta virtuosa, que se convierta en una especie de segunda naturaleza, placentera en sí misma, y que, si no logra ser placentera, al menos que sea algo de lo que el hombre virtuoso se enorgullezca. Véase *Etica a Nicómano*, Libro II iii.2.

7. George Stigler y Gary Becker disienten de la afirmación de John Stuart Mill en cuanto a que las costumbres y la tradición de las sociedades imponen modificaciones en la teoría económica, porque la acción habitual suele ser la alternativa menos costosa: "Tomar decisiones es costoso, y no sólo porque se trata de una actividad que muchas personas encuentran desagradable. Para tomar una decisión se requiere información y esa información necesita ser analizada. Los esfuerzos que implica la búsqueda de información y la aplicación de esa información a una nueva situación son tales que el hábito y la costumbre suelen ser, a veces, una forma más eficiente de manejarse —frente a cambios moderados o temporarios en el entorno— que una decisión compleja que pudiera maximizar las utilidades. De "De Gustibus Non Est Disputandum", *American Economic Review 67* (1977): 76-90.

8. Aaron Wildavsky y Karl Dake: "Theories of Risk Perception: Who Fears What and Why", *Daedalus* 199 (1990): 41-60. Véase también Aaron Wildavsky: "Choosing Preferences by Constructing Institutions: A Cultural Theory of Preference Formation", *American Political Science Review* 81 (1987): 3-21; y Harry Eckstein: "Political Culture and Political Change", *American Political Science Review 84* (1990): 253-259.

9. Max Weber: *The Protestant Ethic and the Spirit of Capitalism* (Londres, Allen y Unwin, 1930).

10. Para información sobre este tema, véase Leonard Goodwin: "Welfare Mothers and the Work Ethic", *Monthly Labor Review 95* (1972): 35-37.

11. Una de las primeras discusiones sobre este tema se presenta en la obra de Alan J. Winter: *The Poor: A Culture of Poverty, or a Poverty of Culture?* (Grand Rapids, Mich., William B. Eerdmans, 1971.)

12. Según Tocqueville: "En el siglo xiv, el principio de que 'no se aplican impuestos sin el consentimiento del pueblo' parecía estar tan firmemente establecido en Francia como en la misma Inglaterra. Se lo citaba a menudo y avasallarlo siempre era considerado como un gesto de tiranía, y respetarlo, como la observación debida de un derecho inmemorial. En realidad, en aquel tiempo las instituciones políticas en Francia e Inglaterra eran muy similares. Más adelante, sin embargo, hubo una bifurcación de las modalidades y, a medida que el tiempo transcurría, las dos naciones se fueron haciendo cada vez más disímiles. Fue así como las dos líneas que partieron casi desde el mismo punto, pero con una ligerísima diferencia de dirección, comenzaron a divergir más y más a medida que se prolongaban". *The Old Regime and the French Revolution* (Garden City, N.Y.; Doubleday Anchor, 1955), pág. 98.

13. Éste es, por supuesto, un resumen supersimplificado de las diferencias entre Francia e Inglaterra. Otro factor altamente significativo fue la victoria de la Reforma en Inglaterra, que también desempeñó un papel importante en el fortalecimiento de la vida comunitaria de ese país.

14. Michael Novak, en *The Catholic Ethic and the Spirit of Capitalism* (Nueva York, Free Press, 1993), describe la evolución del pensamiento católico oficial hacia el capitalismo moderno. Véase en particular su discusión de la crítica al capitalismo de Amintore Fanfani, publicada en 1935.

15. Novak (1993, págs. 115-143) señala que, en particular la encíclica

Centesimus Annus del papa Juan Pablo II, ha marcado una ruptura con la posición anterior del Vaticano frente al capitalismo.

16. Éstos incluyen España, Portugal, casi todos los países de América latina, así como Hungría, Polonia y Lituania. Véase Samuel Huntington: *The Third Wave* (Oklahoma City, University of Oklahoma Press, 1991), págs. 74-85.

17. Donde esta adecuación no es ni perfecta ni ideal es en las ideas sustentadas por la llamada Teología de la Liberación, diseminadas en especial en América latina, la cual es abiertamente hostil al capitalismo y a menudo ambivalente en lo que se refiere a la democracia liberal.

18. James Q. Wilson ha documentado en forma extensa que este aspecto moral tiene una base natural que es evidente incluso en los bebés y en los niños pequeños que aún no han sido "socializados". Véase Wilson: *The Moral Sense* (Nueva York, Free Press, 1993), págs. 121-140.

CAPÍTULO 5. LAS VIRTUDES SOCIALES

1. Los comentarios y elaboraciones clásicas sobre la hipótesis de Weber se pueden encontrar en *Religion and the Rise of Capitalism*, de R. H. Tawney (Nueva York, Harcourt, Brade and World, 1962); Ernst Troeltsch: *The Social Teaching of the Christian Churches*, 2 volúmenes (Nueva York, Macmillan, 1950); H. H. Robertson: *Aspects of the Rise of Economic Individualism* (Cambridge, Cambridge University Press, 1933); y Kemper Fullerton: "Calvinism and Capitalism", *Harvard Theological Review 21* (1928): 163-191. Una breve síntesis del debate sobre Weber se halla contenido en *Protestantism and Capitalism: The Weber Thesis and its Critics*, de Robert W. Green (Lexington, Mass., D. C. Heath, 1973).

2. Una mención sobre este tema, escrita en 1960, se encontrará en Kurt Samuelsson: *Religion and Economic Action* (Estocolmo; Svenska Bokforlaget, 1961).

3. Los sudafricanos blancos constituían, en su mayoría, una población agraria hasta que, como consecuencia de la Segunda Guerra Mundial, el Partido Nacional ganó poder y comenzó a utilizarlo sobre el Estado, como medio para lograr un progreso económico. Las décadas de los 70 y 80, sin embargo, vieron una convergencia creciente entre la población de habla inglesa y la sudafricana en lo que se refiere a la participación de esta última en el sector privado. Véase Irving Hexham: "Dutch Calvinism and the Development of Afrikaner Nationalism", *African Affairs 79* (1980): 197-202; André Du Toit: "No Chosen People", *American Historical Review 88* (1983): 920-952; y Randall G. Stokes: "The Afrikaner Industrial Entrepreneur and Afrikaner Nationalism", *Economic Development and Cultural Change 22* (1975): 557-559.

4. Véase Reinhard Bendix: "The Protestant Ethic-Revisited", *Comparative Studies in Society and History 9* (1967): 266-273.

5. Michael Novak: *The Catholic Ethic and the Spirit of Capitalism* (Nueva York; Free Press 1993), págs. 17-35.

6. S. N. Eisenstadt: "The Protestant Ethic Thesis in an Analytical and Comparative Framework", en S. N. Eisenstadt, comp., *The Protestant Ethic and Modernization: A Comparative View* (Nueva York; Basic Books, 1968).

7. David Martin: *Tongues of Fire: The Explosion of Protestantism in Latin America* (Oxford; Basil Blackwell, 1990), págs. 50-51.

8. Además de Martin (1992), véase Emilio Willems: *Followers of the New Faiths: Culture, Change and the Rise of Protestantism in Brazil and Chile* (Nashville, Tenn.; Vanderbilt University Press, 1967); Willmes: "Protestantism as a Factor of Cultural Change in Brazil", *Economic Development and Cultural Change 3* (1995): 321-333; Willems: "Culture Change and the Rise of Protestantism in Brazil and Chile", en Eisenstadt, comp. (1968); Paul Turner: "Religious Conversions and Community Development", *Journal for the Scientific Study of Religion 18* (1979):252-260; James Sexton, "Protestantism and Modernization in Two Guatemalan Towns", *American Ethnologist 5* (1978): 280-302; Bryan R. Roberts: "Protestant Groups and Coping with Urban Life in Guatemala", *American Journal of Sociology 6* (1968): 753-767; Bernard Rosen: "The Achievement Syndrome and Economic Growth in Brazil", *Social Forces 42* (1964): 341-354; y Jorge E. Maldonado: "Guilding 'Fundamentalism' from the Family en Latin America", en Martin E. Marty y R. Scott Appleby: *Fundamentalisms and Society: Reclaiming the Sciences, the Family and Education* (Chicago, University of Chicago Press, 1992). Para una visión crítica del papel de los evangélicos protestantes en América latina, véase a David Stoll: *Is Latin America Turning Protestant? The Politics of Evangelical Growth* (Berkeley, University of California Press, 1990); y Stoll: "'Jesus Is Lord of Guatemala': Evangelical Reform in a Death-Squad State" en Marty y Appleby, comps., *Accounting for Fundamentalisms: The Dynamic Character of Movements* (Chicago, University of Chicago Press, 1994).

9. En lo que se refiere al esfuerzo para medir cuantitativamente el impacto provocado por la ética del trabajo, véase Robert D. Congleton: "The Economic Role of a Work Ethic", *Journal of Economic Behavior and Organization 15* (1991): 365-385.

10. Con respecto a la laboriosidad del campesino chino, véase Maurice Freedman: *The Study of Chinese Society* (Stanford, Stanford University Press, 1979), pág. 22; véase también Marion J. Levy: *The Family Revolution in Modern China* (Cambridge, Harvard University Press, 1949), pág. 217. Sobre el tema de la ética del trabajo contemporánea en los Estados Unidos, véase Ann Howard y James A. Wilson: "Leadership in a Declining Work Ethic", *California Management Review* 24 (1982): 33-46.

11. Algunos autores han señalado que, mientras que los campesinos trabajan con extrema dureza en determinadas estaciones del año, como la siembra en la primavera y durante la temporada de la cosecha, también tienen largos períodos de inactividad. Es así como la rutina regular del moderno trabajo fabril, si bien es menos "dura" en ciertos aspectos, requiere una ética del trabajo distinta de la que exige la vida del campesino.

12. Para obtener una serie de claros ejemplos sobre los obstáculos culturales que enfrenta el desarrollo en las sociedades tradicionales del Tercer Mundo,

véanse los escritos de Robert E. Klitgaard, quien fue agente del Banco Mundial, incluyendo *Tropical Gangsters* (Nueva York, Basic Books, 1990).

13. Este ensayo ha sido reproducido en: *From Max Weber: Essays in Sociology*, trad. y comp. por H. H. Gerth y C. Wright Mills (Nueva York, Oxford University Press, 1946), págs. 302-322.

14. Weber (1946), pág. 303.

15. Citado por Seymour Martin Lipset en "Culture and Economic Behavior: A Commentary", *Journal of Labor Economics 11* (1933): S330-347. Véase también Lipset: *Continental Divide: the Values and Institutions of the United States and Canada* (Nueva York, Routledge, 1990), y "Values and Entrepreneurship in the Americas", en *Revolution and Counterrevolution* (Nueva York, Basic Books, 1968).

16. Lipset (1993), págs. S336-S343.

17. Douglass C. North y Robert Paul Thomas: *The Rise of the Western World* (Cambridge, Cambridge University Press, 1973), pág. 1.

18. Con respecto a este accidente, véase Alfred D. Chandler: *The Visible Hand: The Managerial Revolution in American Business* (Cambridge, Harvard University Press, 1977) pág. 96.

19. Véase, por ejemplo, David J. Cherrington, *The Work Ethic: Working Values and Values that Work* (Nueva York, Amacom, 1980); Seymour Martin Lipset, "The Work Ethic: Then and Now", *Journal of Labor Research 13* (1992): 45-54; y los diversos trabajos de Adrian Furnham, incluyendo *The Protestant Work Ethic: The Psychology of Work-Related Beliefs and Behaviours* (Londres, Routledge and Kegan Paul, 1990); "The Protestant Work Ethic: A Review of the Psychological Literature", *European Journal of Social Psychology 14* (1984): 87-104; y "The Protestant Work Ethic and Attitudes Towards Unemployment", *Journal of Occupational Psychology 55* (1982): 277-285. Véase también Thomas Li-ping Tang y Jen Yann Tzeng: "Demographic Correlats of the Protestant Work Ethic", *Journal of Psychology 126* (1991):163-170.

CAPÍTULO 6. EL ARTE DE LA ASOCIACIÓN EN EL MUNDO

1. Según Tocqueville: "Los estadounidenses de todas las edades, condiciones y disposiciones constantemente forman asociaciones. No sólo tienen empresas comerciales y de fabricación en las cuales todos participan, sino también miles de otros tipos de asociaciones religiosas, morales, respetables, fútiles, abiertas o restringidas, enormes o diminutas. Los estadounidenses forman asociaciones para ofrecer diversión, para financiar seminarios, para construir posadas, para erigir iglesias, para difundir libros, para enviar misioneros a las antípodas. Es así como reúnen fondos para hospitales, cárceles y colegios. Si se proponen inculcar alguna verdad o fomentar algún sentimiento mediante el ejemplo, forman una sociedad. Así como en Francia al frente de cualquier gran emprendimiento se encuentra al Estado, o en Inglaterra a un hombre de rango y nobleza, en los Estados Unidos tenga por cierto que encontrará una asociación". *Democracy in*

America (Nueva York, Vintage Books, 1945), 2: pág. 114.

2. Max Weber: "The Protestant Sects and the Spirit of Capitalism", en *From Max Weber: Essays in Sociology*, comp. y trad. por C. Wright Mills y Hans Gerth (Nueva York, Oxford University Press, 1946), pág. 310.

3. Para obtener cifras comparativas sobre los gastos en bienestar social dentro de la Organización para el Desarrollo y la Cooperación Económica, véase el trabajo de Vincent A. Mahler y Claudio Katz: "Social Benefits in Advanced Capitalist Countries", *Comparative Politics 21* (1988): 37-51.

4. Seymour Martin Lipset: *Pacific Divide: American Exceptionalism-Japanese Uniqueness* (Tokio, Kibi International University, Sophia University, 1992), pág. 42.

5. A pesar de que con frecuencia se suele considerar que la desconfianza hacia el "gran gobierno central" es una actitud sostenida en los Estados Unidos por la derecha, la realidad es que existen versiones tanto por parte de la derecha como de la izquierda. La derecha desconfía de la intervención estatal en asuntos económicos y se queja de las excesivas regulaciones. La izquierda aborrece la interferencia estatal en el estilo de vida personal y en una cantidad de otras libertades individuales, y ataca al "Estado nacional de seguridad" y a las grandes corporaciones. En este país, tanto la izquierda como la derecha tienen sus propias versiones acerca del individualismo liberal.

6. Gerschenkron afirma que un Estado fuerte es característico de todos los países donde se observa un desarrollo tardío, y no sólo de Japón. Véase *Economic Backwardness in Historical Perspective* (Cambridge, Harvard University Press, 1962). Véase también Chalmers Johnson: *MITI and the Japanese Miracle* (Stanford, Stanford University Press, 1982); "The State and Japanese Grand Strategy", en R. Rosecrance y A. Stein, comps.: *The Domestic Bases of Grand Strategy* (Ithaca, N.Y., Cornell University Press, 1993), págs. 201-223; "The People Who Invented the Mechanical Nightingale", *Daedalus* 119 (1990): 71-90.

7. Muchos pueden aducir que el enorme presupuesto para Defensa en los Estados Unidos de posguerra era, en realidad, una política industrial con implicaciones importantes para ciertos sectores de la economía civil, como el aeroespacial.

8. En los primeros años posteriores a 1868 el gobierno japonés fundó y operó numerosas industrias, en especial los transportes, la minería, la ingeniería y la fabricación de armamentos, tal como lo hacen muchos países del Tercer Mundo en el siglo XX. Muchas de esas empresas perdieron dinero; casi todas fueron vendidas rápidamente (a menudo a precios casi irrisorios) para convertirse, en décadas posteriores, en la base de algunas de las grandes fortunas privadas. De hecho, el gobierno japonés se involucró en un operativo que constituyó un amplio programa de privatización cien años antes de que esto se pusiera de moda en Europa y América latina. Véase William W. Lockwood: *The Economic Development of Japan: Growth and Structural Change, 1868-1938* (Princeton, Princeton University Press, 1954), pág. 15.

9. Mahler y Katz (1988), pág. 38.

10. Yasuzo Horie, por ejemplo, afirma que los primeros empresarios, como Masatatsu Ishikawa y Takato Oshima, estaban imbuidos de una gran conciencia nacional y su objetivo era construir una riqueza nacional. Véase "Business Pioneers of Modern Japan", *Kyoto University Economic Review 30* (1960): 1-16; y "Confucian Concept of State in Tokugawa Japan", *Kyoto University Economic Review 32* (1962): 26-38.

11. Con respecto a la importancia histórica de la pequeña empresa en Japón, véase Lockwood (1954), págs. 201-213; y David Friedman: *The Misunderstood Miracle* (Ithaca, Cornell University Press, 1988), págs. 9-11.

12. Lockwood (1954), págs. 578 y 588.

13. Véase Winston Davis: "Japanese Religious Affiliations: Motives and Obligations", *Sociological Analysis 44* (1983): 131-146.

14. Con respecto a la afirmación —no del todo convincente— de que se observan señales de mayor individualismo en Japón, véase Kuniko Miyanaga, *The Creative Edge: Emerging Individualism in Japan* (New Brunswick, N.J., Transaction Publishers, 1991).

15. Alexis de Tocqueville: *The Old Regime and the French Revolution* (Nueva York, Doubleday Anchor, 1955) pág. 206.

16. Edward C. Banfield: *The Moral Basis of a Backward Society* (Glencoe, Ill., Free Press, 1958).

17. Lawrence Harrison: *Who Prospers?* (Nueva York, Basic Books, 1992), pág. 55.

CAPÍTULO 7. CAMINOS Y ATAJOS HACIA LA SOCIABILIDAD

1. James Q. Wilson: "The Family-Values Debate", *Commentary 95* (1992): 24-31.

2. Para obtener más información, véase la publicación de la Oficina de Censos de los Estados Unidos: *Studies in Marriage and the Family,* P-23, Nº 162; *Changes in American Family Life,* P-23 Nº163; *Family Disruption and Economic Hardship: The Short-Run Picture for Children* (Encuesta sobre ingresos y participación en programas), P-70, Nº 23; y *Poverty in the United States,* P-60, Nº 163 (Washington, D.C., US Government Printing Office, 1991).

3. Véase mi artículo "Immigrants and Family Values", *Commentary 95* (1992): 26-32.

4. Para una descripción general de la evolución de la empresa familiar estadounidense, véase W. Gibb Dyers, Jr. *Cultural Change in Family Firms: Anticipating and Managing Business and Family Transitions* (San Francisco, Jossey-Bass Publishers, 1986).

5. Dyers (1986).

6. Con respecto a Campbell Soup y otras grandes empresas familiares estadounidenses que han perdurado a través del tiempo, véase Philip Scranton: "Understanding the Strategies and Dynamics of Long-lived

Family Firms", Business and Economic History, 2a. serie 21 (1992): 219-227.
7. Oliver Williamson, "The Vertical Integration of Production: Market Failure Considerations", *American Economic Review* 61 (1971): 112-123.
8. Adolph A. Berle y Gardner C. Means, *The Modern Corporation and Private Property* (Nueva York, Macmillan, 1932). Véase también Means, *Power Without Property: A New Development in American Political Economy* (Nueva York, Harcourt, Brace, 1959).
9. Alfred D. Chandler, *The Visible Hand: The Managerial Revolution in American Business* (Cambridge, Harvard University Press, 1977).
10. Clark Kerr, John T. Dunlop, F. Harbison y C. A. Myers, *Industrialism and Industrial Man* (Harmondsworth, Pelican Books, 1973), pág. 94.
11. Con respecto a la visión negativa de la familia china, véase Brigitte Berger, "The Culture of Modern Entrepreneurship", en Brigitte Berger, comp., *The Culture of Entrepreneurship* (San Francisco, Instituto de Estudios Contemporáneos, 1991), pág. 24.
12. Véase Alexander Gerschenkron, *Economic Backwardness in Historical Perspective* (Cambridge, Harvard University Press, 1962).
13. A la inversa, debiera señalarse que las empresas estatales de gran escala, con una dirección profesional y una organización racional, han existido desde tiempos remotos, como la gigantesca fábrica china de porcelana en Jingdezhen, que empleaba a miles de obreros. Esas empresas estatales fueron precursoras, en su forma y en su funcionamiento, de las grandes corporaciones privadas, en una sociedad preindustrial sin derechos de propiedad institucionalizados.
14. Tamara Hareven, "The History of the Family and the Complexity of Social Change", *American Historical Review* 96 (1991): 95-122; Hareven, "A Complex Relationship: Family Strategies and the Processes of Economic and Social Change", en el trabajo de Roger Friedland y A. F. Robinson, comps., *Beyond the Marketplace: Rethinking Economy and Society* (Nueva York, Aldine de Gruyter, 1990). Véase también William J. Goode, *World Revolution and Family Patterns* (Glencoe, Ill., Free Press, 1959), págs. 23-24, donde el autor hace notar que muchas de las características de la familia occidental "moderna" son anteriores a la revolución industrial.

CAPÍTULO 8: UNA BANDEJA DE ARENA SECA

1. Charles C. Kenney, "Fall of the House of Wang", *Computerworld* 26 (1992): 67-69; véase también Donna Brown, "Race for the corporate Throne", *Management Review* 78 (1989): 26-27.
2. Daniel Cohen, "The Fall of the House of Wang", *Business Month* 135 (1990): 22-31.
3. Cohen (1990), pág. 24.
4. Gary Hamilton y Kao Cheng-shu afirman que la suposición axiomática de que Taiwan tiene empresas pequeñas, en comparación con las de Japón o Corea, no está confirmada por los hechos, ya que, en la realidad, como

porcentaje del total de su industria fabril, ese país tiene menos empresas con menos de treinta colaboradores que sus vecinos asiáticos. Además, de acuerdo con sus estadísticas, Taiwan también tiene más empresas con más de trescientos obreros que Japón, hecho que resulta sumamente engañoso. El problema es que la cantidad de empresas de una dimensión determinada, tomada como porcentaje del total de empresas de un país, no es la mejor forma de medir su importancia en su economía. Un parámetro mucho más significativo sería tomar en cuenta el total del valor agregado como porcentaje del producto bruto nacional. De ahí resultaría, obviamente, que las gigantescas empresas de Japón y Corea desempeñan un papel mucho más importante en sus respectivas economías que las firmas taiwanesas. Hamilton y Kao, "The Institutional Foundations of Chinese Business: The Family Firm in Taiwan", *Comparative Social Research: Business Institutions* 12 (1990): 135-151. Véase también Samuel P. S. Ho, *Small-Scale Enterprises in Korea and Taiwan* (Washington, World Bank Staff Working Paper 384, abril de 1980).

5. Ramon H. Myers, "The Economic Development of the Republic of China on Taiwan, 1965-1981", en Lawrence J. Lau, *Models of Development: A Comparative Study of Economic Growth in South Korea and Taiwan* (San Francisco, Institute for Contemporary Studies, 1986), pág. 29.

6. Tibor Scitovsky, "Economic Development in Taiwan and South Korea, 1965-1981", en Lau (1986), pág. 146.

7. Myers en Lau (1986), pág. 54. Véase también Ramon H. Myers, "The Economic Transformation of the Republic of China on Taiwan", *China Quarterly* 99 (1984): 500-528.

8. Simon Tam, "Centrifugal versus Centripetal Growth Processes: Contrasting Ideal Types for Conceptualizing the Developmental Patterns of Chinese and Japanese Firms", en Stewart R. Clegg y S. Gordon Redding, comps., en *Capitalism in Contrasting Cultures* (Berlín, De Gruyter, 1990), pág 161.

9. John C. Pelzel, "Factory Life in Japan and China Today", en Albert M. Craig, *Japan: A Comparative View* (Princeton, Princeton University Press, 1979), pág. 379.

10. G. L. Hicks y S. Gordon Redding, "Culture and Corporate Performance in the Philippines: The Chinese Puzzle", en R. M. Bautista y E. M. Perina, comps., *Essays in Development Economics in Honor of Harry T. Oshima* (Manila, Philippine Institute for Development Studies, 1982), pág. 212.

11. La empresa Chinese Petroleum Company ocupa la cuadragésima primera posición entre las mayores corporaciones de la región del Pacífico, con ventas de U$S 8 mil millones en 1989. "The Pac Rim 150", *Fortune* 122 (otoño 1990): 102-106.

12. Gustav Ranis, "Industrial Development", en Walter Galenson, comp., *Economic Growth and Structural Change in Taiwan: The Postwar Experience of the Republic of China* (Ithaca, Nueva York, Cornell University Press, 1979), pág. 228.

13. Justin D. Niehoff, "The Villager as Industrialist: Ideologies of Household Manufacturing in Rural Taiwan", *Modern China* 13 (1987): 278-309.

14. Alice Amsden, "The State and Taiwan's Economic Development", en Peter B. Evans, Dietrich Rueschmeyer y Theda Skocpol, comps., *Bringing the State Back In* (Cambridge, Cambridge University Press, 1985), págs. 78-106. De acuerdo con las cifras elaboradas por Amsden, la participación en la producción industrial total de las empresas estatales cayó del cincuenta y siete por ciento en 1952, al dieciocho por ciento, en 1980.

15. Robert H. Silin, *Leadership and Values: The Organization of Large-Scale Taiwanese Enterprises* (Cambridge, Harvard University Press, 1976), pág. 16.

16. Con respecto a las organizaciones de red asiáticas en general, véase Gary G. Hamilton, William Zeile y Wan-Jin Kim, "The Network Structures of East Asian Economies", en Clegg y Redding (1990), págs. 105-129.

17. Michael L. Gerlach, *Alliance Capitalism: The Social Organization of Japanese Business* (Berkeley, University of California Press, 1992), pág. 82.

18. Hamilton y Kao (1990), págs. 140-142.

19. Robert Wade, "East Asian Financial Systems as a Challenge to Economics: Lessons from Taiwan", *California Management Review 27* (1985): 106-127.

20. Hamilton y Kao (1990), págs. 145-146. Véase también Joel Kotkin, *Tribes* (Nueva York, Random House, 1993), págs. 165-200.

21. S. Gordon Redding, *The Spirit of Chinese Capitalism* (Berlín, De Gruyter, 1990), pág. 3.

22. Muchas de las empresas que cotizan sus acciones en la Bolsa de Hong Kong se hallan controladas por familias. La mitad de las grandes hilanderías de algodón de Hong Kong fueron de propiedad familiar, pero se estima que ese porcentaje está por debajo de la cifra real, ya que no era necesario indicar esa característica en la identificación de la sociedad comercial. Siu-lun Wong, "The Chinese Family Firm: A Model", *British Journal of Sociology 36* (1985): 58-72.

23. Con respecto de la carrera de Y. K. Pao, véase Robin Hutcheon, *First Sea Lord: The Life and Work of Sir Y. K. Pao* (Hong Kong, Chinese University Press, 1990).

24. Redding (1990), pág. 151.

25. Robert Heller, "How the Chinese Manage to Keep It All In the Family", *Management Today* (noviembre 1992): 31-34.

26. Heller (1991), pág. 34; "The Overseas Chinese", *Economist,* 18 de julio de 1992, págs. 21-24.

27. "The Overseas Chinese", pág. 24

28. Richard D. Whitley, "Eastern Asian Enterprise Structures and the Comparative Analysis of Forms of Business Organization", *Organization Studies 11* (1990) 47-74.

29. Un estudio revelador sobre determinadas empresas chinas se puede encontrar en Wellington K. K. Chan, "The Organizational Structure of the Traditional Chinese Firm and Its Modern Reform", *Business History Review 56* (1982): 218-235, y *Merchants, Mandarins and Modern Enterprise in Late Ch'ing China* (Cambridge, East Asian Research Center, 1977).

30. Con respecto de este punto, véase Richard Whitley, "The Social Construction of Business Systems in East Asia", *Organization Studies 12* (1991): 1-28.

31. Redding (1990), pág. 66.

32. Redding (1990), pág. 36.

33. El equivalente chino del *banto* es el *zhanggui*, un gerente profesional que manejaba la empresa para sus propietarios, los que, en algunos casos, no deseaban que se conociera que eran los dueños. Sin embargo, el *banto* era mucho más habitual en la cultura japonesa que el *zhanggui* en la china. Le agradezco a Wellington Chan por señalarme este detalle.

34. Siu-lun Wong, "The Applicability of Asian Family Values to Other Sociocultural Settings", en Peter L. Berger y Hsin-Huang Michael Hsiao, *In Search of an East Asia Development Model* (New Brunswick, N.J., Transaction Books, 1988), pág. 143.

35. Gary G. Hamilton y Nicole Woolsey Biggart, "Market, Culture and Authority: A Comparative Analysis of Management and Organization in the Far East", *American Journal of Sociology 94*, Suplemento (1988): S52-94.

36. Francis L. K. Hsu, *Iemoto: The Heart of Japan* (Nueva York, Schenkman Publishing Co., 1975), pág 15.

37. Citado por Wong en Berger y Hsiao (1988), pág. 136.

38. Para descripciones de esta evolución, véase Wong en Berger y Hsiao (1988), págs. 140-142; y Redding (1990), págs. 104-106.

39. John Kao, "The Worldwide Web of Chinese Business", *Harvard Business Review 71* (1993): 24-34.

40. Whitley (1990), pág. 64.

41. Wong en Berger y Hsiao (1988), pág 139.

42. Brown (1989), págs. 22-29.

43. Albert Feuerwerker, *China's Early Industrialization* (Cambridge, Harvard University Press, 1958), págs. 22-29.

44. Esto se recalca en Reding (1990), pág. 5.

45. Redding (1990), pág. 229.

46. Las empresas japonesas de semiconductores no han tenido mucho éxito en su competencia con compañías como Intel y Motorola en la producción de microprocesadores y otros circuitos lógicos de avanzada; sí han logrado triunfos en lo referente a memoria y en el campo de la producción en gran escala de semiconductores con menor nivel de tecnología incorporada. Sin embargo, el nivel de sofisticación de su producción sigue siendo mucho más elevado que el de cualquier otro país asiático.

47. W. J. F. Jenner, *The Tyranny of History: The Roots of China's Crisis* (Londres, Allen Lane/Penguin, 1992) pág. 81.

48. Las industrias *Kuan-tu Shang-pan* fueron altamente ineficientes. Los funcionarios designados para supervisarlas se consideraban, en primer lugar, recolectores de impuestos. Al igual que en el sector privado, los adelantos se produjeron más sobre la base de vínculos de parentesco que de criterios generales. Los funcionarios que manejaban esas empresas se destacaban por su falta de iniciativa. Al contrario de lo que sucedía en el Estado japonés,

que pronto vendió industrias de categoría comparable, el gobierno central chino (así como también varios gobiernos locales) no privatizaron esas industrias sino que las utilizaban como fuente de ingreso impositivo. Feuerwerker (1958), págs. 9-1 y 22-23.

CAPÍTULO 9. EL FENÓMENO "BUDDENBROOKS"

1. Para mayor información sobre los problemas que crea, para la familia campesina, la política de tener un único hijo, véase Elisabeth Croll, "Some Implications of the Rural Economic Reforms for the Chinese Peasant Household" en Ashwani Saith, comp., *The Re-emergence of the Chinese Peasantry: Aspects of Rural Decollectivization* (Londres, Croom Helm, 1987), págs. 122-123.
2. Con respecto a las dimensiones religiosas del confucianismo, véase C. K. Yang, *Religion in Chinese Society: A Study of Contemporary Social Functions of Religion and Some of Their Historical Factors* (Berkeley, University of California Press, 1961), págs. 244-277.
3. Con respecto a ese ideal confuciano, véase Gilbert Rozman, "The East Asia Region in Comparative Perspective", en Rozman, comp., *The East Asian Region: Confucian Heritage and Its Modern Adaptation* (Princeton, Princeton University Press, 1991), pág. 24.
4. Para más información sobre los comerciantes en la sociedad tradicional china, véase Michael R. Godley, *The Mandarin Capitalists from Nanyang: Overseas Chinese Enterprise in the Modernization of China* (Cambridge, Cambridge University Press, 1981), págs. 34-37.
5. Esto no quiere decir que no hubo diferencias de clase en las comunidades chinas de ultramar. Muchos chinos emigraron como trabajadores culíes, que, obviamente, constituían una clase distinta de los comerciantes y empresarios; pero no hubo nobleza ni burocracia, ya que en todas las sociedades del sudeste asiático esas posiciones estaban reservadas a las élites locales. Ver Godley (1981), pág. 38.
6. Por el tema de las virtudes confucianas, véase Michio Morishima, *Why Has Japan "Succeeded"? Western Technology and the Japanese Ethos* (Cambridge, Cambridge University Press, 1982), págs. 3-4.
7. Con respecto a las diferencias entre las familias occidentales y otras, véase William J. Goode, *World Revolution and Family Patterns* (Glencoe, III, Free Press, 1963) pág. 22.
8. Marion J. Levy, *The Rise of Modern Chinese Business Class* (Nueva York, Institute of Pacific Relations, 1949, a continuación 1949 I), pág. 1.
9. Margery Wolf, *The House of Lim: A Study of a Chinese Farm Family* (Englewood Cliffs, N.J., Prentice-Hall, 1968), pág 23.
10. Marion J. Levy, *The Family Revolution in Modern China* (Cambridge, Harvard University Press, 1949, y 1949 II) págs. 208-209.
11. Kyung-sup Chang, "The Peasant Family in the Transition from Maoist to Lewisian Rural Industrialization", *Journal of Development Studies 29* (1993): 220-244.

12. Levy (1949 II), págs. 213-216.

13. Desde el punto de vista de los derechos de la propiedad, el hecho de que la carga fiscal se fijaba en forma arbitraria, era más importante que su peso en términos absolutos. Existen pruebas de que, en la práctica, la carga fiscal disminuyó en promedio durante la dinastía Qning. Albert Feuerwerker, "The State and the Economy in Late Imperial China", *Theory and Society 13* (1948): 297-326.

14. W. J. F. Jenner, *The Tyranny of History: The Roots of China's Crisis* (Londres, Allen Lane/Penguin, 1992), pág. 4.

15. Con respecto a la práctica china de la distribución igualitaria de la herencia, véase Hugh Baker, *Chinese Family and Kinship* (Nueva York, Columbia University Press, 1979), pág. 12; Siu-lun Wong, "The Applicability of Asian Family Values to Other Sociocultural Settings", en Peter Berger y Hsin-Huang Michael Hsiao, *In Search of an East Asian Development Model* (New Brunswick, N.J., Transaction Books, 1988), pág. 139; Jenner (1992), pág. 89; y Gordon S. Redding, *The Spirit of Chinese Capitalism* (Berlín, De Gruyter, 1990), pág. 134.

16. Además, los predios a menudo consistían en franjas de tierra no contiguas, que eran difíciles de trabajar. Albert Feuerwerker, *The Chinese Economy ca. 1870-1911* (Ann Arbor, University of Michigan Press, 1969), pág. 15.

17. Para un informe sobre la adopción en la sociedad china tradicional, véase James L. Watson, "Agnates and Outsiders: Adoption in a Chinese Lineage", *Man 10* (1975): 293-306.

18. Existían reglas muy elaboradas con respecto a quiénes podían ser adoptados: un hombre sin hijos varones trataba, en primer lugar, de adoptar a uno de los hijos varones de su hermano; en esas circunstancias, el hermano mayor en general, tenía acceso privilegiado a los hijos varones de sus hermanos menores. Si no había ningún hijo varón disponible, optaba por otros descendientes de su abuelo (es decir, sus primos) y, en caso de que esto fallara, podía buscar entre la familia vincular, o del linaje o clan, y así sucesivamente, en círculos de parentesco cada vez más amplios. Sólo en casos extremos un hombre podía comprar un hijo varón a un extraño menesteroso.

19. Lo que sigue es la descripción de una ceremonia de adopción: "La iniciación (de un hijo varón no familiar adoptado) tiene lugar durante un banquete muy organizado. ... A diferencia de los banquetes de bodas, los invitados no traen regalos ni dinero para recompensar la hospitalidad del anfitrión. Todo el clima que se vive en ese banquete es diferente, porque el padre adoptivo debe recompensar a los demás miembros de su linaje por haber aceptado a un extraño en el seno de la familia. Los invitados hacen todo lo posible por humillar al anfitrión, gritándole insultos y echándole en cara su incapacidad de engendrar sus propios herederos. Durante el banquete, cualquiera de los invitados puede dirigirse al anfitrión y pedirle dinero prestado. Esto se hace con plena conciencia de que el prestador nunca pedirá la devolución del préstamo, porque sólo sería un embarazoso recuerdo de la iniciación. ...A medida que abandonan la sala, los huéspedes

vuelven a insultar al anfitrión por profanar el linaje y se quejan de la horrible comida". Watson (1975), pág. 298. Véase también James L. Watson, "Chinese Kinship Reconsidered: Anthropological Perspectives on Historical Research", *China Quarterly 92* (1982): 589-627.

20. Francis Hsu ha trabajado sobre las razones por las cuales algunas familias ascendieron mientras que otras decayeron. Véase *Under the Ancestors' Shadow: Kinship, Personality and Social Mobility in Village China* (Garden City, N.Y., Anchor Books, 1967), págs. 5-7.

21. Baker (1979), pág. 131.

22. Baker (1979), págs. 133-134.

23. Jenner (1992), págs. 119-120.

24. Para trabajos generales sobre la familia china, véase Hsu (1967); Maurice Freedman, *The Study of Chinese Society* (Stanford, Stanford University Press, 1979); Baker (1979); y Paul Chao, *Chinese Kinship* (Londres, Kegan Paul International, 1979). Para un análisis de los contrastes entre las interpretaciones de Hsu y Freedman, referidas a la familia y al linaje chino, véase Siu-lun Wong, "The Applicability of Asian Family Values to Other Sociocultural Settings", en Berger y Hsiao (1988), pág. 145.

25. Para una categorización de los tipos de familia china, véase Maurice Freedman, *Chinese Lineage and Society: Fukien and Kwangtung* (Londres, Athlone Press, 1971), págs. 43-67.

26. Tamara Hareven, "Reflections on Familiy Research in the People's Republic of China", *Social Research 54* (1987): 663-689.

27. Véase Shu Chinag Lee, "China's Traditional Family, Its Characteristics and Disintegration", *American Sociological Review* 18 (1953): 279-280; Francis Hsu, "A Hypothesis on Kinship and Culture", en Hsu, comp., *Kinship and Culture* (Chicago, Aldine Publishing Co., 1971), pág. 7.

28. Baker (1979), págs. 21-22. La poligamia, una práctica muy común en las clases acomodadas, creaba problemas de herencia. Los principios de la herencia igualitaria sólo se aplicaban a los hijos varones de una esposa determinada, pero la parte que correspondía a esos hijos dependía de su rango dentro de la familia. Los hijos de una tercera o cuarta esposa, o de una concubina, tenían cada vez menos derechos a la herencia. Esos herederos a menudo tenían que recurrir a complejas estrategias para obtener sus partes de los hijos de posición más privilegiada y de las madres de éstos. Una mujer de posición más baja, por ejemplo, una vez muerta (es decir, como fantasma), ejercía mayor presión sobre su esposo que en vida. El problema para la mujer era cómo hacer que el marido le temiera a su espíritu vengador sin que para ello tuviera que llegar al extremo de suicidarse.

29. Baker (1979), pág. 49. En una familia tradicional china, el *status* de la mujer es inferior al de sus hijos varones. Por lo tanto, no tiene autoridad para castigarlos, sino que debe derivarlos a su padre. Lee (1953), pág. 275.

30. Watson (1982), pág. 394. Véase también Baker (1979), pág. 49.

31. Redding (1990), págs. 54-55.

32. Baker (1979), pág. 67.

33. Hui-Chen Wang Liu, "An Analysis of Chinese Clan Rules: Confucian Theories in Action", en David S. Nivison y Arthur F. Wright, *Confucianism in Action* (Stanford; Stanford University Press, 1959), págs. 63-96.

34. Freedman (1979), pág. 241.

35. P. Steven Sangren "Traditional Chinese Corporations: Beyond Kinship", *Journal of Asian Studies 43* (1984): 291-415.

36. En la sociedad china existían algunas organizaciones tradicionales que no se basaban en el parentesco. Las sociedades secretas y las *tongs* o bandas de delincuentes, por ejemplo, que operan en las comunidades de inmigrantes chinos en los Estados Unidos, exigen a sus miembros romper con sus lazos de parentesco y, mediante el equivalente a un pacto de sangre, jurar fidelidad a su nueva "familia". Véase Baker (1979), pág. 170; e Ivan Light, *Ethnic Enterprise in America* (Berkeley, University of California Press, 1972), págs. 94-98.

37. Una doctrina de este tipo fue enseñada por el rival de Confucio, Mo Di, un siglo después de éste, pero la doctrina del Mohismo siempre fue tratada como una peligrosa herejía por los confucianos ortodoxos. Véase Jenner (1992), pág. 113.

38. La ausencia de principios éticos universales en el confucianismo evidentemente constituye el fondo del debate actual sobre derechos humanos entre estadounidenses y asiáticos. El Dios cristiano es tanto unitario como celoso; impone una serie de principios morales que son aplicables a todos los seres humanos, sin distinción. Las enseñanzas políticas liberales de Locke y de los prohombres fundadores de los Estados Unidos tienen características similares de universalidad e igualdad; y los movimientos contemporáneos de defensa de los derechos humanos en los Estados Unidos extienden esos principios a sociedades que no tienen un sentido similar de responsabilidad universal.

39. Barrington Morre, *Social Origins of Dictatorship and Democracy: Lord and Peasant in the Making of the Modern World* (Boston, Beacon Press, 1966), pág. 208.

40. Véase Reddding (1990), pág. 188; así como también Lucien W. Pye, *Asian Power and Politics: The Cultural Dimensions of Authority* (Cambridge, Harvard University Press, 1985), pág. 292.

41. Para tener un panorama general de las investigaciones sobre los cambios que se han producido en la familia china, véase Wei Zhangling, "The Family and Family Research in Contemporary China", *International Social Science Journal 126* (1986): 493-509; Hareven (1987); Ming Tsui, "Changes in Chinese Urban Family Structure", *Journal of Marriage and the Family 51* (1989): 737-74; Arland Thornton y Thomas E. Fricke, "Social Change and the Family: Comparative Perspectives from the West, China and South Asia", *Sociological Forum 2* (1987): 746-779; Janet W. Salaff, *Working Daughters of Hong Kong: Filial Piety or Power in the Family?* (Cambridge, Cambridge University Press, 1981).

42. Lee (1953), pág. 279; Goode (1959), pág. 6.

43. Jack M. Potter, *Capitalism and the Chinese Peasant* (Berkeley, University of California Press, 1968), pág. 161.

44. Véase, en particular, Hareven (1987), y Bernard Gallin, "Rural to Urban Migration in Taiwan: its Impact on Chinese Family and Kinship", en David C. Buxbaum, comp., *Chinese Family Law and Social Change in Historical and Comparative Perspective* (Seattle, University of Washington Press, 1978). Para un panorama general sobre algunas de las complejidades de los nuevos esquemas familiares establecidos desde la descolectivización, véase Martin King Whyte, "Rural Economic Reforms and Chinese Family Patterns", *China Quarterly, Nº 130* (1992): 316-322.

45. Jenner (1992), pág. 128. Esto también se sostiene en el texto de Oded Shenkar y Simcha Ronen, "The Cultural Context of Negotiations: The Implications of the Chinese Interpersonal Norms", *Journal of Applied Behavioral Science 23* (1987): 263-275.

46. Victor Nee, "The Peasant Household Individualism", en William L. Parish, comp., *Chinese Rural Development: The Great Transformation* (Armonk, N.Y., M. E. Sharpe, 1985), pág. 185; Victor Nee, "Peasant Household Economy and Decollectivization in China", *Journal of Asian and African Studies 21* (1986): 185-203; Victor Nee y Su Sijin, "Institutional Change and Economic Growth in China: The View from the Villages", *Journal of Asian Studies 49* (1990): 3-25; y Victor Nee y Frank W. Young, "Peasant Entrepreneurs in China's 'Second Economy': An Institutional Analysis", *Economic Development and Cultural Change 39* (1991): 293-310. En otra parte, Nee afirma que los sectores rurales siguen desempeñando importantes funciones intermediarias. Véase "Peasant Entrepreneurship in China", en Nee y David Stark, comps., *Remaking the Economic Institutions of Socialism: China and Eastern Europe* (Stanford, Stanford University Press, 1989), pág. 171-172.

47. Jenner (1992), pág. 13.

CAPÍTULO 10. EL CONFUCIANISMO ITALIANO

1. El nombre "Montegrano" es ficticio, pero no así la ciudad; su denominación verdadera es Chiaromonte. Edward C. Banfield, *The Moral Basis of a Backward Society* (Glencoe, Ill., Free Press, 1958), págs. 107, 115-116.

2. Banfield (1958), pág. 85.

3. Banfield (1958), pág. 7.

4. Banfield (1958), pág. 88.

5. Robert D. Putnam, *Making Democracy Work: Civic Traditions in Modern Italy* (Princeton, Princeton University Press, 1993), págs. 891-92. Putnam también ofrece datos muy amplios sobre otros tipos de organizaciones que presentan el mismo tipo de distribución norte-sur.

6. Putnam (1993), pág. 97

7. Putnam (1993), pág. 111.

8. Putnam (1993), pág. 107.

9. Putnam (1993), pág. 139.

10. Bevilacqua, citado por Paul Guinsburg y vuelto a citar por Putnam (1993), pág. 143.

11. Este término fue acuñado por Jesse Pitts, haciendo referencia a Francia. Véase Jesse R. Pitts, "Continuity and Change in Bourgeois France" (Cambridge, Harvard University Press, 1963).
12. Al respecto, véase Putnam (1993), pág 146.
13. Véase el mapa de la densidad relativa de las comunidades cívicas que se indican en Putnam (1993), pág. 97.
14. En 1992, Italia tenía un producto bruto interno de U$S 1.223.000 millones; los de Holanda, Suecia y Suiza fueron de U$S 320, U$S 247 y U$S 241 mil millones, respectivamente, en el mismo período. *International Financial Statistics 1994 Yearbook* (Washington, D.C., Fondo Monetario Internacional, 1994).
15. El concepto original de la "Tercera Italia" fue formulado por Arnoldo Bagnasco, *Tre Italie: la problematica territoriale dello sviluppo italiano* (Bolonia, Il Mulino, 1977). Otros trabajos sobre la industrialización de pequeña escala en Italia son los de Arnoldo Bagnasco y Rosella Pini, "Sviluppo economico e transformazioni sociopolitiche nei sistemi territoriali ed economia diffus: Economia e struttura sociale", *Quaderni di Fondazione Giangiacomo Feltrinelli* Nº 14 (1975); Giorgio Fua y Carlo Zacchia, *Industrilizzazione sensa fratture* (Bolonia, Il Mulino 1983).
16. Michael J. Piore y Charles F. Sabel, *The Second Industrial Divide: Possibilities for Prosperity* (Nueva York, Basic Books, 1984), pág. 227.
17. Sebastiano Brusco, "Small Firms and Industrial Districts: The Experience of Italy", en David Keeble y Robert Wever, *New Firms and Regional Development in Europe* (Londres, Croom Helm, 1982), págs. 192-193. Por sus características, las máquinas-herramienta son productos para los que no se requieren grandes líneas de producción y cuyos fabricantes son, en general, empresas de pequeña escala, con independencia del país en que se encuentren radicadas.
18. Julia Banford, "The Development of Small Firms, the Traditional Family and Agrarian Patterns in Italy", en Robert Goffee y Richard Scase, comps., *Entrepreneurship in Europe: The Social Processes* (Londres, Croom Helm, 1987), pág. 8.
19. Existe una tercera empresa, Versace, que tenía planeado cotizar públicamente sus acciones en 1994. *New York Times*, 13 de junio de 1994, págs. D1-D2.
20. El paradigma de la especialización flexible y la discusión sobre el papel de la pequeña empresa en la economía moderna se desarrollan en Piore y Sabel (1984); Charles Sabel, *Work and Politics: The Division of Labor in Society* (Cambridge, Cambridge University Press, 1981); Michael J. Piore y Susanne Berger, *Dualism and Discontinuity in Industrial Societies* (Cambridge, Cambridge University Press, 1980); Charles Sabel y Jonathan Zeitlin, "Historical Alternatives to Mass Production: Politics, Markets and Technology in Nineteenth-Century Industrialization", *Past and Present* 10 (1985): 133-176.
21. En realidad, no es que el empleo en las pequeñas y medianas empresas haya crecido mucho, sino que ha ido disminuyendo muy lentamente. Véase

Richard D. Whitley, "The Revival of Small Business in Europe", en Brigitte Berger, ed., *The Culture of Entrepreneurship* (San Francisco, Institute for Contemporary Studies, 1991), pág. 162.

22. El crecimiento del empleo en la pequeña empresa ha sido más importante en Italia, España, Portugal, Grecia, los Países Bajos y Dinamarca. Whitley en Berger (1991), pág. 170.

23. Putnam (1993), págs. 156-157.

24. Con respecto de estos puntos, véase Putnam (1993), págs. 158-159.

25. El investigador responsable de esa revisión es Peter N. Laslett. Véase su obra *Household and Family in Past Time* (Cambridge, Cambridge University Press, 1972); y "The Comparative History of Household and Family", en Michael Gordon, comp., *American Family in Social-Historical Perspective* (Nueva York, St. Martin's Press, 1973).

26. Bamford en Goffee y Scase (1978), pág. 16. Para una descripción detallada de la familia vincular en la comunidad de Bertalia y de las regiones de Italia central donde estaba generalizada la aparcería, véase David I. Kertzer, *Family Life in Central Italy, 1880-1910* (New Brunswick, N.J., Rutgers University Press, 1984). Véase también David I. Kertzer y Richard P. Saller, comps., *The Family in Italy from Antiquity to the Present* (New Haven, Yale University Press, 1991).

27. Bamford en Goffee y Scase (1987), pág. 17.

28. La importancia de la familia vincular también se resalta en Piore y Sabel (1984), págs. 227-228.

29. Banfield (1958), págs. 118-119.

30. Bamford en Goffee y Scase (1978), págs. 17-19; Kertzer (1984), págs. 32-35.

31. Bamford en Goffee y Scase (1978), págs. 19-20

32. Putnam (1993), pág. 130.

33. Putnam (1993), págs. 159-160. El papel del gobierno local en este escenario es brindar apoyo a las redes empresariales a través de la infraestructura, por ejemplo, a los servicios de capacitación e información.

34. Esto se analizará más extensamente en los capítulos sobre Japón.

35. Santo Versace, citado en el *New York Times,* 13 de junio de 1994, pág. D2.

36. Michael L. Blim, *Made in Italy: Small-Scale Industrialization and Its Consequences* (Nueva York, Praeger, 1990), pág. 258.

37. Según Blim (1990), págs. 162-165, en el área de las Marcas que él estudió, sólo uno de los propietarios de una fábrica de calzado —de entre un total de veinticinco— se negó a plegarse a la práctica del "trabajo en negro".

38. Whitley en Berger (1991), pág. 168.

CAPÍTULO 11. CARA A CARA EN FRANCIA

1. En las prolongadas discusiones entre los Estados Unidos y el consorcio del European Airbus, con respecto al subsidio por parte del gobierno, los europeos siempre sostenían que las empresas privadas estadounidenses,

como Boeing, se habrían beneficiado enormemente a través de sus negocios con las fuerzas militares, lo que equivaldría a un subsidio encubierto. Sin duda, estos argumentos tienen cierta validez. Sin embargo, eso no modifica mis afirmaciones sobre la debilidad francesa en lo que se refiere a la creación de organizaciones privadas de gran escala.

2. Eli Noam, *Telecommunications in Europe* (Nueva York, Oxford University Press, 1992), págs. 160-161.

3. Citado en Noam (1992), pág. 147.

4. David S. Landes, "French Entrepreneurship and Industrial Growth in the Nineteenth Century", *Journal of Economic History 9* (1949): 45-61. Para un informe detallado sobre la familia empresarial, véase Landes, "Religion and Enterprise: The Case of the French Textile Industry", en Edward C. Carter II, Robert Foster y Joseph N. Moody, comps., *Enterprise and Entrepreneurs in Nineteenth- and Twentieth-Century France* (Baltimore, Johns Hopkins University Press, 1976). Para un estudio en profundidad, realizado sobre una empresa familiar de la industria metalúrgica, véase Robert J. Smith, "Family Dynamics and the Trajectory of a Family Firm: Bouchayer Enterprise of Grenoble (1868-1972)" (documento no publicado, 1994).

5. Landes (1949), pág. 50.

6. Jesse R. Pitts, "Continuity and Change in Bourgeois France", en Stanley Hoffmann y Charles Kindleberger, comps., *In Search of France* (Cambridge, Harvard University Press, 1963), págs. 239-246.

7. Más tarde, el propio Landes mismo admitió este punto. Véase "New-Model Entrepreneurship in France and Problems of Historical Explanation", *Explorations in Entrepreneurial History*, 2ª ser. 1(1963): 56-75.

8. Patrick O'Brien y Caglar Keyder afirman que la productividad laboral creció a tasas comparables hasta la década de 1870 y fue más alta en Francia que en Gran Bretaña hasta la década de 1890. Véase *Economic Growth in Britain and France 1780-1914: Two Paths to the Twentieth Century* (Londres, Allen y Unwin, 1978), págs. 192-193: Véase también Jean Bouvier, "Libres propos autour d'une démarche révisionniste", en Patrick Friedenson y André Strauss, comps., *Le Capitalisme français XIXe-XXe siècle: Blocages et dynamismes d'une croissance* (París, Fayard, 1987); François Crouzet, "Encore la croissance française au XIX siècle", *Revue du nord 54* (1972): 271-288. Crouzet (pág. 274) indica que entre 1870 y 1913 la producción y la productividad francesa per cápita, si bien estaban algo por detrás de las de Alemania, eran más altas que en Inglaterra y, en su promedio, iguales a las de diez países europeos.

9. Véase Louis Bergeron, *Les Capitalistes en France (1780-1914)* (París, Gallimard, 1978).

10. Sobre el desarrollo de Bon Marché, véase Michael B. Miller, *The Bon Marché: Bourgeois Culture and the Department Store, 1869-1920*, (Princeton: Princeton University Press, 1981).

11. Maurice Levy-Leboyer, "The Large Family Firm in the French Manufacturing Industry", en Akio Okochi y Shigeaki Yasuoka, comps., *Family Business in the Era of Industrial Growth* (Tokio, University of Tokio

Press, 1948), págs. 222-223.

12. Levy Leboyer en Okochi y Yasuoka (1948), págs. 216-217.
13. Pitts en Hoffmann y Kindleberger (1963), págs. 274-277.
14. Esto es cierto incluso para historiadores que afirman, en contra de lo dicho por Landes, que no hubo un atraso general del desarrollo económico francés. Véase Jean-Charles Asselain, *Histoire économique de la France du xviiie siècle à nos jours*, vol. 1: *De l'ancien régime à la Première Guerre mondiale* (París, Editions du Seuil, 1984), págs. 13-19.
15. Sobre este punto, véase Charles Kindelberger, "The Postwar Resurgence of the French Economy", en Hoffmann y Kindelberger (1963), pág. 120.
16. Kindelberger, en Hoffmann y Kindelberger (1963), pág. 136.
17. Sobre el tema de la adopción, véase Rhoda Metraux y Margaret Mead, *Themes in French Culture: A Preface to a Study of French Community* (Stanford, Stanford University Press, 1954), págs. 3-4, 69-84.
18. Michel Crozier, *The Bureaucratic Phenomenon* (Chicago, University of Chicago Press, 1964), págs. 213-214.
19. Crozier (1964), pág. 216.
20. Crozier (1964), pág. 217.
21. Sobre este fenómeno, véase Stanley Hoffmann, *Decline or Renewal? France Since the 1930s* (Nueva York, Viking Press, 1974), págs. 69-70, 121.
22. Crozier (1964), pág. 222.
23. Como ha demostrado el trabajo del historiador Maurice Agulhon, el grado de aislamiento y de desconfianza en la vida social francesa nunca ha sido tan abarcador como en el sur de Italia o en las ex sociedades socialistas contemporáneas. Pero muchos de los grupos sociales espontáneos que surgieron son lo que Jesse Pitts denomina "comunidades delictivas", es decir, comunidades cuyo propósito no tiene sanción ética por la sociedad en general. Véase Maurice Agulhon y Maryvonne Bodiguel, *Les Associations au Village* (Le Paradou, Actes Sud, 1981); y Agulhon, *Le Cercle dans la France bourgeoise, 1810-1848, études d'une mutation de sociabilité* (París, A Colin, 1977); y Pitts en Hoffman y Kindelberger (1964), págs. 256-262.
24. Con respecto de los orígenes militares del moderno Estado europeo, véase Bruce Porter, *War and the Rise of the Nation-State* (Nueva York, Free Press, 1993).
25. Alexis de Tocqueville, *The Old Regime and the French Revolution* (Garden City, N.Y., Doubleday, 1955), pág. 51.
26. Tocqueville (1955), pág. 88.
27. Douglass C. North y Robert P. Thomas, *The Rise of the Western World* (Londres, Cambridge University Press, 1973), pág. 122.
28. Tocqueville (1955), pág. 91.
29. Tocqueville (1955), págs. 94-95.
30. Hoffmann (1974), pág. 123.
31. Hoffmann (1974), págs. 68-76.
32. Kindelberger, en Hoffmann y Kindelberger (1963), págs. 136-137.
33. North y Thomas (1973), pág. 126
34. Citado en Werner Sombart, *The Quintessence of Capitalism* (Nueva York, Dutton y Co., 1915), pág. 138.

35. Véase Michel Bauer y Elie Cohen, "Le Politique, l'administratif, et l'exercice du pouvoir industriel", *Sociologie du travail 27* (1985): 324-327.

36. Ver Michel Bauer y Elie Cohen, "Le Politique, l'administratif, et l' exercise du pouvoir industriel", *Sociologie du travail 27* (1985): 324-327.

37. Tocqueville (1955), págs. 65-66.

38. Mientras estaban en el poder, durante la década de 1980, los socialistas volcaron unos U$S 5 mil millones a las industrias nacionalizadas. Véase Vivien Schmidt, "Industrial Management Under the Socialists in France: Decentralized Dirigisme at the National and Local Levels", *Comparative Politics 21* (1988): 53-72.

39. "The Bank That Couldn't Say No", *Economist*, 9 de abril de 1994, págs. 21-24. Por supuesto que esta falta de criterio por parte de los bancos y otras instituciones financieras no está de modo alguno limitado al sector de las empresas públicas, como evidencian las crisis periódicas en el sector bancario estadounidense y francés. En el caso del Crédit Lyonnais, sin embargo, pareciera que se han otorgado una serie de préstamos clave por motivos políticos que probablemente no hubiesen existido en un banco del sector privado.

40. Tocqueville (1955), pág. 61.

41. Kindleberger, en Hoffmann y Kindelberger (1955), pág. 157.

CAPÍTULO 12. COREA: LA PRESENCIA SUBYACENTE DE LA EMPRESA CHINA

1. Young Ki Lee, "Conglomeration and Business Concentration in Korea", en Jene K. Kwon, comp., *Korean Economic Development* (Westport, Conn., Greenwood Press, 1989), pág. 328.

2. Byong-Nak Song, *The Rise of the Korean Economy* (Hong Kong, Oxford University Press, 1990), pág 114.

3. Alice H. Amsden, *Asia's Next Giant: South Korea and Late Industrialization* (Nueva York, Oxford University Press, 1989), pág 116.

4. Song (1990), págs. 112-113.

5. Gary G. Hamilton y Nicole Woolsey Biggart, "Market, Culture and Authority: A Comparative Analysis of Management and Organization in the Far East", *American Journal of Sociology 94*, Suplemento (1988): S52-S94.

6. Para un panorama sobre este período, véase Nicole Woolsey Biggart, "Institutionalized Patrimonialism in Korean Business", en Craig Calhoun, comp., *Comparative Social Research: Business Institutions*, vol. 12 (Greenwich, Conn., JAI Press, 1990), págs. 119-120.

7. Véase, por ejemplo, el informe del empresario coreano Yon-su Kim en Denis L. McNamara, "Entrepreneurship in Colonial Korea: Kim Yon-su", *Modern Asian Studies 22* (1988): 165-177; y Dennis L. McNamara, *The Colonial Origins of Korean Enterprise, 1910-1945* (Cambridge, Cambridge University Press, 1990).

8. Lee en Kwon, comp., (1989), pág. 329.
9. Richard D. Whitley, "Eastern Asian Enterprise Structures and the Comparative Analysis of Forms of Business Organization", *Organization Studies 11* (1990): 47-74.
10. Hitachi, por ejemplo, es un miembro del Consejo Presidencial de las *keiretsu* Fuyo, Sanwa y Dai-Ichi Kangyo, mientras que Kobe Steel es miembro de los grupos Sanwa y Dai-Ichi Kangyo. Véase Michael L. Gerlach, *Alliance Capitalism: The Social Organization of Japanese Business* (Berkeley, University of California Press, 1992), págs. 82-84.
11. Tamio Hattoir, "The Relationship Between Zaibatsu and Family Structure: The Korean Case", en Akio Okochi y Shigeaki Yasuoka, *Family Business in the Era of Industrial Growth* (Tokio, University of Tokyo Press, 1984), pág. 132.
12. Clark Sorenson, "Farm Labor and Family Cycle in Traditional Korea and Japan", Journal of Anthropological Research 40 (1984): 306-323.
13. Hattori en Okochi y Yasuoka, comps. (1984), pág. 133.
14. Sorenson (1984), pág. 310.
15. Choong Soon Kim, *The Culture of Korean Industry: An Ethnography of Poongsan Corporation* (Tucson, University of Arizona Press, 1992), pág.13.
16. Con respecto a la importancia de los vínculos familiares en Corea, véase B. C. A. Walraven, "Symbolic Expressions of Family Cohesion in Korean Tradition", *Korea Journal 29* (1989):4-11.
17. Sobre este punto, véase Richard M. Steers, Yoo Keun Shin y Gerardo R. Ungson, *The Chaebol: Korea's New Industrial Might* (Nueva York, Harper & Row, 1989), págs. 17 y 135.
18. Sobre estos puntos, véase Song (1990), págs. 31-34.
19. Mutsuhiko Shima, "In Quest of Social Recognition. A Retrospective View on the Development of Korean Lineage Organization", *Harvard Journal of Asiatic Studies 50* (1990): 87-192.
20. No todos los apellidados Kim y Park pretenden descender del mismo linaje; el apellido Kim, por ejemplo, es común a siete u ocho grandes linajes.
21. Roger L. Janelly y Dawn-hee Yim Janelli, "Lineage Organization and Social Differentiation in Korea", *Man 13* (1978): 272-289.
22. Kwang Chung Kim y Shin Kim, "Kinship Group and Patrimonial Executives in a Developing Nation: A Case Study of Korea", *Journal of Developing Areas 24* (1989): 27-46.
23. Sang M. Lee y Sangjin Yoo, "The K-Type Management: A Driving Force of Korean Prosperity", *Management International Review 27* (1987): 68-77.
24. Chan Sup Chang, "Chaebol: The South Korean Conglomerates", *Business Horizons 31* (1988): 51-57.
25. Steers, Shin y Ungson (1989), págs. 37-38.
26. C. Kim (1992), pág. 77.
27. C. Kim (1992), pág. 66.
28. Chang (1988), pág. 53.
29. Hattori, en Okochi y Yasuoka, comps. (1984), pág. 137-139.
30. Hattori, en Okochi y Yasuoka, comps. (1984), pág. 134.

31. Steers, Shin y Ungson (1989), págs. 38-39; y Lee y Yoo (1987), pág. 75. Se afirma, sin embargo, que si bien los máximos directivos, miembros de la familia, toman decisiones autocráticas, la mayoría de las decisiones no se toman en ese nivel. Véase Alice Amsden, "The Rise of Salaried Management", en Kwon, comp. (1989), pág. 363.
32. De *Dong An Ilbo*, citado en Steers, Shin y Ungson (1989), pág. 39.
33. Steers, Shin y Ungson (1989), pág. 47.
34. Steers, Shin y Ungson (1989), pág. 123.
35. Steers, Shin y Ungson (1989), págs. 91-92. Véase también C. Kim (1992), pág. 134.
36. Song (1990), pág. 199. Song sigue afirmando que las raíces culturales de ese gran individualismo general coreano no le resultan claras. De la precedente conclusión, sin embargo, surge con claridad que tiene su origen en la naturaleza del familismo coreano.
37. Lee y Yoo (1987), pág. 74.
38. C. Kim (1992), pág. 151. Otro estudio en profundiad de una sola corporación coreana informa sobre la existencia de un grado significativo de desconfianza, entre los trabajadores, respecto de poner de manifiesto sus opiniones o ser francos con terceros, en cuanto a sus relaciones sociales dentro de la empresa. Véase Roger L. Janelli y Dawn-hee Yim (Janelli), *Making Capitalism: The Social and Cultural Construction of a South Korean Conglomerate* (Stanford, Stanford University Press, 1993), págs. 3-12.
39. Song (1990), págs. 199-200.
40. A partir de fines de la década de los '80, alrededor del setenta y dos por ciento de la población de más de sesenta y cinco años de edad dependía por completo del apoyo de sus hijos. David I. Steinberg, "Sociopolitical Factors and Korea's Future Economic Policies", *World Development 16* (188): 19-34.
41. Los sindicatos comenzaron a mostrarse políticamente activos en la confusión que siguió al asesinato del presidente Park Chung Hee, en 1979, y durante la revuelta contra el régimen militar del presidente Chun Doo Hwan, en 1987. El movimiento sindical coreano realizó unas 3.000 huelgas durante el verano de 1987, que tuvieron un efecto importante en la decisión del candidato del partido Justicia Democrática, Roh Tae, en cuanto a romper con Chun y aceptar un llamado a elecciones presidenciales directas. Con la liberalización de la legislación laboral y la realización de las primeras elecciones, relativamente libres, en 1988, era natural que las reprimidas demandas laborales explotaran en forma repentina. A fines de la década de los 80, se produjeron huelgas en toda la industria coreana, y sólo en los años 1987-1988 los sueldos se incrementaron en alrededor del treinta y siete por ciento. Steers, Shin y Ungson (1989), págs. 126-127.
42. Le agradezco a Kongdan Oh por esta observación.
43. Kim y Kim (1989), pág. 41; Susan De Vos y Yean-Ju Lee, "Change in Extended Family Living Among Elderly People in South Korea, 1979-1980", *Economic Development and Cultural Change 41* (1993): 377-393; Myung-hye Kim, "Transformation of Family Ideology in Upper-Middle-Class Families in Urban South Korea", *Ethnology 32* (1993): 69-85.

44. Es decir, sería costoso en los casos en que las empresas coreanas hayan logrado un reconocimiento de la marca de productos de consumo u otros. Como veremos más adelante, sin embargo, no resulta claro que el gran tamaño y la concentración sean particularmente valiosos desde el punto de vista de la eficiencia; una fractura de muchas *chaebol* coreanas (ya sea por razones familiares u otras) de hecho podría mejorar la eficiencia.

45. Leroy P. Jones e Il Sakong, *Government, Business, and Entrepreneurship in Economic Development: The Korean Case* (Cambridge, Harvard University Press, 1980), pág. 148.

46. Song (1990), pág. 129.

47. Edward S. Mason, comp., *The Economic and Social Modernization of the Republic of Korea* (Cambridge, Harvard University Press, 1980), págs. 336-337.

48. Song (1990), pág. 161; véase también Robert Wade, "East Asian Financial Systems as a Challenge to Economics: Lessons from Taiwan", *California Management Review 27* (1985): 106-127.

49. Citado en Alice H. Amsden, *Asia's Next Giant: South Korea and Late Industrialization* (Nueva York, Oxford University Press, 1989), pág. 2

50. Richard D. Whitley, "The Social Construction of Business Systems in East Asia", *Organization Studies 12* (1991): 1-28.

51. Es posible que las primeras *chaebol* hayan sido las primeras empresas con una gerencia moderna y capacitada, y por lo tanto contaban con una ventaja competitiva en el manejo de muchos sectores de la economía tradicional coreana. Sin embargo, el tener dinero para invertir a tasas de interés negativas da a una empresa un fuerte incentivo para la compra de bienes de cualquier tipo.

52. Mark L. Clifford, *Troubled Tiger: Businessmen, Bureaucrats and Generals in South Korea* (Armonk, N.Y., M. E. Sharpe, 1994), Cap. 9.

53. Eun Mee Kim, "From Dominance to Symbiosis: State and Chaebol in Corea", *Pacific Focus 3* (1988): 105-121.

54. Amsden (1989), pág. 17.

55. Song (1990), págs. 98-100.

56. Whitley (1991), pág. 18.

57. Amsden (1989), pág. 72; Wade (1985), pág. 122.

58. En 1979, cuando la *chaebol* Yolsan flirteaba con un líder político de la oposición, el gobierno utilizó su control sobre el crédito para sacar a esta empresa del mercado. Bruce Cumings, "The Origins and Development of the Northeast Asian Political Economy: Industrial Sectors, Product Cycles and Political Consequences", *International Organization 38* (1984): 1-40.

59. Clifford (1994), cap. 9.

60. Clifford (1994), cap. 9.

61. Sobre el tema del regionalismo en la empresa coreana, véase Jones y Sakong (1980), págs. 208-219. El regionalismo también fue un factor importante en la política coreana; las elecciones presidenciales de 1988, entre los candidatos Roh Tae Woo, Kim Dae Jung y Kim Young Sam, reflejaron una división tanto regional como ideológica, dado que Kim Dae Jung

provenía de la provincia de Cholla y Kim Young Sam y Roh Tae Woo representaban las provincias de Kyongsang del Norte y Kyongsang del Sur, respectivamente.

62. Kim y Kim (1989), págs. 42-43.
63. Chan Sup Chang, "Chaebol: The South Korean Conglomerates", *Business Horizons 31* (1988): 51-57.
64. Song (1990), pág. 46.
65. Jones y Sakong (1980), págs. 212-219.
66. David Martin, *Tongues of Fire: The Explosion of Protestantism in Latin America* (Oxford, Basil Blackwell,1980), págs. 221-222.
68. Jones y Sakong (1980), pág. 222; Martin (1990), pág. 154.
69. David Martin afirma que el protestantismo puede haber desempeñado un papel indirecto en la promoción del crecimiento económico, induciendo una especie de quietismo político que evitó que el sistema explotara mientras el país se estaba industrializando. El único problema de esta interpretación es que también se podría afirmar que, probablemente, aun sin la presencia del protestantismo la cultura confuciana de Corea por sí misma hubiese producido un efecto similar. Los cristianos, por su parte, tuvieron marcada actividad en los círculos políticos de oposición, y sin embargo esto no llevó a desestabilizar a Corea, ni a perjudicarla en lo económico. Véase Martin (1990), págs. 154-155.
70. Amsden (1989), pág. 129.
71. Según una versión, la relación entre Park y Chung Ju Yung, de Hyundai, fue cimentada cuando el primero efectuó una visita sorpresiva al amanecer, en helicóptero, a una de las plantas de la empresa, y encontró que el segundo, ya estaba trabajando allí. Véase Clifford (1994), cap. 9.
72. "Innovate, Not Imitate", *Far Eastern Economic Review*, 13 de mayo de 1994, págs. 64-68.
73. "Breaking Up Is Hard to Do", *Far Eastern Economic Review*, 29 de septiembre de 1988, pág. 103.
74. "Paralysis in South Korea", *Business Week*, 8 de junio de 1992, págs. 48-49.

CAPÍTULO 13. ECONOMÍAS SIN FRICCIONES

1. Ésta, por supuesto, era la opinión de la mayoría de los científicos de este siglo. Véase Max Weber, *General Economic History* (New Brunswick, N.J., Transaction Books, 1981), págs. 277, 338-351.
2. Además, existe el costo de armar las instituciones que posibiliten ese tipo de transacciones, que en general es pagado por toda la sociedad.
3. Kenneth J. Arrow, *The Limits of Organization* (Nueva York, Norton, 1974), pág. 23.
4. Aquí se incluyen proyectos importantes y urgentes, como el submarino Polaris, misiles balísticos y el avión espía U-2.
5. Para una descripción de este proceso de sobrerregulación, véase *Integrating Commercial and Military Technologies for National Strength: An Agenda*

for Change, Informes sobre el CSIS Steering Committee para Seguridad y Tecnología (Washington, D.C., Centro de Estudios Internacionales Estratégicos, 1991); y Jacques Gansler, *Affording Defense* (Cambridge, MIT Press, 1991), págs. 141-214.

6. Por ejemplo, un comprador que trabaja para una empresa comercial no pedirá ofertas de todos los proveedores que en teoría podrían proveerle determinado bien o servicio; generalmente elige entre los tres o cuatro principales que, sobre la base de experiencias anteriores, tienen una reputación por su calidad, confiabilidad o precio. Los compradores del gobierno, por el contrario, tienen que abrir sus licitaciones a todos los potenciales proveedores, y aquellos a quienes se les haya rechazado la oferta tienen un derecho ilimitado de recusar. La finalidad de esa disposición legal es prevenir el "favoritismo".

7. Nathan Rosenberg y L. E. Birdzell, Jr., *How the West Grew Rich: The Economic Transformation of the Industrial World* (Nueva York, Basic Books, 1986), pág. 114. Sobre este punto, véase también James R. Beninger, *The Control Revolution: Technological and Economic Origins of the Information Society* (Cambridge, Harvard University Press, 1986), págs. 126-127.

8. Véase Mancur Olson, *The Logic of Collective Action: Public Goods and the Theory of Collective Action* (Cambridge, Harvard University Press, 1965). En la actualidad existe una gran cantidad de literatura sobre el problema del parasitismo, que se ha convertido en uno de los temas centrales de la escuela de la "elección racional". Véanse, por ejemplo, las síntesis en Russell Hardin, *Collective Action* (Baltimore, John Hopkins University Press, 1982); y Todd Sandler, *Collective Action: Theory and Applications* (Ann Arbor, University of Michigan Press 1992).

9. Otro problema clásico del comportamiento grupal es el llamado "dilema del prisionero", en el cual dos reclusos, encarcelados en celdas separadas, sin posibilidad de comunicarse, se ven ante una opción con la que sólo se pueden beneficiar si *ambos* eligen una alternativa que implica cooperar entre sí, ignorando cada uno, sin embargo, cuál es la elección del otro. Sería de suponer que, en una cultura que inculcara un fuerte sentido de compromiso recíproco entre sus miembros, resultaría más fácil que los prisioneros encontraran la solución a su dilema que en otra que legitimice un mayor individualismo.

10. Victor Nee, "The Peasant Household Economy and Decollectivization in China", *Journal of Asian and African Studies 21* (1968): 185-203. En otro lugar, Nee expresa: "El cálculo racional del campesino solía concentrarse en la maximización de las ventajas de la familia individual por encima de los intereses de la economía colectiva. Esto se manifestó a través del problema constante, expresado por las autoridades de Yangbei, de que los habitantes de las aldeas carecían de entusiasmo genuino cuando trabajaban en los campos colectivos, mientras que, cuando labraban las tierras familiares y hacían las tareas hogareñas, demostraban mucha mayor dedicación. Esta disparidad entre la productividad en los sectores colectivos y privados indica cuál era el núcleo del problema de la agricultura colectiva en Yangbei. En otras palabras, si todas las familias se beneficiaban por

igual con los buenos resultados logrados por la economía comunitaria, quienes trabajaban más o mejor sentían que, con su esfuerzo adicional, a pesar de que en última instancia beneficiarían también a su propia familia, también beneficiarían a quienes trabajaban menos duro que ellos. Éste es el clásico dilema del 'parásito'". Nee, "Peasant Household Individualism", en William L. Parrish, comp., *Chinese Rural Development: The Great Transformation* (Armonk, N.Y. M. E. Sharpe, 1985), pág. 172.

11. Para conocer una crítica sobre el papel de las asociaciones profesionales en general, véase James Fallows, *More Like Us: Making America Great Again* (Boston, Houghton Mifflin, 1989), págs. 132-146.

12. Mancur Olson, *The Rise and Decline of Nations: Economic Growth, Stagflation and Social Rigidities* (New Haven, Yale University Press, 1982).

13. Olson (1982).

14. Véase Jonathan Rauch, *Demosclerosis: The Silent Killer of American Government* (Nueva York, Times Books, 1994).

15. Ian Jamieson, *Capitalism and Culture: A Comparative Analysis of British and American Manufacturing Organizations* (Londres, Gower, 1980), págs. 56-57.

16. Ronald P. Dore, *British Factory, Japanese Factory* (Londres, Allen y Unwin, 1973), pág. 140.

CAPÍTULO 14. UN BLOQUE DE GRANITO

1. Masaru Yoshimori, "Source of Japanese Competitiveness, Part I", *Management Japan 25* (1992): 18-23.

2. Richard E. Caves y Masu Uekusa, *Industrial Organization in Japan* (Washington, D.C.: Brookings Institution, 1976), pág. 60.

3. "The Japanese Economy: From Miracle to Mid-Life Crisis", *Economist*, 6 de marzo de 1993, 3-13. Sobre este tema, véase también Kuniyasu Sakai, "The Feudal World of Japanese Manufacturing", *Harvard Business Review 68* (1990): 38-47. Para más información sobre las relaciones *keiretsu* en la industria automotriz japonesa, véase Koichi Shimokowa, "Japan's Keiretsu System: The Case of the Automobile Industry", *Japanese Economic Studies 13* (1985): 3-31.

4. James P. Womack, Daniel T. Jones y Daniel Roos, *The Machine That Changed the World: The Story of Lean Production* (Nueva York: Harper Perennial, 1991), pág. 83. Esta cifra exagera la ventaja total de la productividad de Toyota sobre GM, porque la planta de Framingham fue una de las de más baja *performance* entre las que opera GM.

5. William W. Lockwood, *The Economic Development of Japan* (Princeton, Princeton University Press, 1954), págs. 207, 110-111.

6. Lockwood (1954), pág. 206.

7. David Friedman, *The Misunderstood Miracle* (Ithaca, Cornell University Press, 1988), pág. 10.

8. Caves y Uekusa (1976), pág. 3.

9. Friedman (1988) basa su argumento en un análisis detallado de la industria

japonesa de máquinas-herramienta. Sin embargo, estos equipamientos no son representativos para la producción industrial en su totalidad, dado que para su fabricación se utilizan técnicas artesanales de manufactura, líneas de producción cortas y pequeña escala.

10. "Founder of Hal Computers Resigns to Be Fujitsu Consultant", *New York Times*, 16 de julio de 1993, pág. D4.

11. Véase "Japan, US Firms Enter Microprocessor Pacts", *Nikkei Weekly*, 2 de mayo de 1944, págs. 1, 19.

12. Lockwood (1954), pág. 215.

13. Lockwood (1954), pág. 215. Véase también Shigeaki Yasuoka, "Capital Ownership in Family Companies: Japanese Firms Compared with Those in Other Countries", en Akio Okochi y Shigeaki Yasuoka, comps., *Family Business in the Era of Industrial Growth* (Tokio, University of Tokyo Press, 1984), pág. 2.

14. Yasuoka, en Okochi y Yasuoka (1984), pág. 9.

15. Ronald P. Dore, *British Factory, Japanese Factory* (Londres, Allen y Unwin, 1973), pág. 270; véase también James C. Abegglen, *The Japanese Factory: Aspects of Its Social Organization* (Glencoe, Ill., Free Press, 1958), pág. 17.

16. El pacto de no permitir que los hijos varones ingresaran en la empresa fue hecho por Takeo Fujisawa mientras estaba al frente de Honda. Fujisawa era un *banto*, que había sido contratado por Honda, en los comienzos de la empresa, para hacerse cargo sólo del área comercial. Saburo Shiroyama, "A Tribute to Honda Soichiro", *Japan Echo* (invierno 1991): 82-85.

17. Véanse los comentarios realizados por Hidesasa Morkiawa en Okochi y Yasuoka (1994), pág. 36.

18. El presidente titular de Sumitomo Goshigaisha en el momento en que su casa central fue convertida en una sociedad limitada era el jefe de la familia Sumitomo, Kichizeamon Sumitomo, pero luego delegó la autoridad operativa a un gerente profesional, Masaya Suzuki. Los gerentes profesionales de la *zaibatsu* Sumitomo también formaban parte de su directorio. Michael L. Gerlach, *Alliance Capitalism: The Social Organization of Japanese Business* (Berkeley, University of California Press, 1992), págs. 98-99.

19. Yasuoka, en Okochi y Yasuoka (1984), págs. 9-10.

20. Yasuoka, en Okochi y Yasuoka (1984), págs. 17-18.

21. Para un estudio histórico sobre este proceso, realizado por alguien que participó en él, véase Eleanor Hadley, *Antitrust in Japan* (Princeton, Princeton University Press, 1970).

22. Yoshimori (1992), pág. 19.

23. Yoshimori (1992), pág. 20. Yoshimori presenta una tabla, que aquí se reproduce parcialmente, en la que se comparan los índices de propiedad familiar en Japón con los de los Estados Unidos, Gran Bretaña, Alemania Occidental y Francia, mostrando que los más bajos son los de Japón.

Propiedad empresarial en cinco países

Estructura de la prop.	Japón % empr.	USA % cap. merc.	R. Unido % ventas	Rep. Fed. Al. % empr.	Francia % empr.
Familia e individuos	14	28,5	56,25	48,0	44,3
Control geren-cial u otros	86	71,5	43,75	52,0	55,7

El autor admite, sin embargo, que estos datos provienen de fuentes muy dispares y que en realidad no son muy comparables. Por ejemplo, su categoría "Familia e Individuos" pareciera referirse a todos los inversores no institucionales, y no necesariamente a los propietarios de empresas familiares. El porcentaje de propiedad familiar también se basa en diferentes tipos de medición en los distintos países.

24. Abegglen (1958), pág. 84.
25. Para un informe sobre esta competencia, desde una perspectiva estadounidense, véase Clyde V. Prestowitz, Jr., *Trading Places: How We Allowed Japan to Take the Lead* (Nueva York, Basic Books, 1988), págs. 26-70.

CAPÍTULO 15. HIJOS Y EXTRAÑOS

1. Para mayor información sobre los elementos comunes entre la vida familiar y la ideología en China y en Japón, véase Francis L. K. Hsu, *Iemoto: The Heart of Japan* (Nueva York, Schenkman Publishing Co., 1975), págs. 25-27.
2. James I. Nakamura y Matao Miyomoto, "Social Structure and Population Change: A Comparative Study of Tokugawa Japan and Ch'ing China", *Economic Development and Cultural Change 30* (1982): 229-269.
3. Chie Nakane, *Kinship and Economic Organization in Rural Japan* (Londres, Althone Press, 1967), pág. 4.
4. Nakane (1976), pág. 9. Véase también Hironobyu Kitaoji, "The Structure of the Japanese Family", *American Anthropologist 73* (1971): 1036-1057.
5. Martin Collcutt, "The Legacy of Confucianism in Japan", en Gilbert Rozman, comp., *The East Asian Region: Confucian Heritage and Its Modern Adaptation* (Princeton, Princeton University Press, 1991), págs. 122-123.
6. Hsu (1975), pág. 39.
7. Jane M. Bachnik, "Recruitment Strategies for Household Succession: Rethinking Japanese Household Organization", *Man 18* (1983): 160-182; y John C. Pelzerl, "Japanese Kinship: A Comparison", en Maurice

Freedman, comps., *Family and Kinship in Chinese Society* (Stanford, Stanford University Press, 1970).

8. Una excepción a esta norma es la familia imperial, en la cual no está permitida la adopción de varones. Shichihei Yamamoto, *The Spirit of Japanese Capitalism and Selected Essays* (Landham, Md., Madison Books, 1992), pág. 24. Véase también Nakamura y Miyamoto (1982), pág. 254.

9. Takie Sugiyama Lebra, "Adoption Among the Hereditary Elite of Japan: Status Preservation Through Mobility", *Ethnology 28* (1989): 218.

10. Hsu (1975, pág. 38.

11. Yamamoto (1992), págs. 24-25.

12. R. A. Moore, "Adoption and Samurai Mobility in Tokugawa Japan", *Journal of Asian Studies 29* (1970): 617-632.

13. Joseph M. Kitagawa, *Religion in Japanese History* (Nueva York, Columbia University Press, 1966), pág. 98.

14. Nakane (1967), pág. 6.

15. Hsu (1975), págs. 29-30.

16. Nakane (1967), pág. 5.

17. Hsu (1975), págs. 32-33.

18. Hsu (1975), pág. 36.

19. Yamamoto (1992), págs. 27-28.

20. Por ejemplo, uno de los líderes de la camarilla Choshu, que desempeñó un papel clave en la instauración del régimen Meiji y continuó siendo un importante estadista, Aritomo Yamagata, no pudo transferir su cargo a su hijo. Yamamoto (1992), pág. 28.

21. Según las palabras de Francis Hsu (1975), pág. 44: "Lo que tenemos en la *ie* japonesa, y especialmente en la *dozoku*, es un grado de asociación voluntaria de seres humanos que no se encuentra en la *chia (jia* o familia) y en el *tsu* (clan). El ser humano no puede elegir sus parientes, hijos, tíos o tías. Pero por cierto, tiene mayor espacio de maniobra cuando puede adoptar adultos con quienes no está emparentado a través de su *ie* y *dozoku*. En otras palabras, cuenta con un criterio de reclutamiento más liberalizado".

22. Nakane (1967), pág. 21, agrega: "La actitud del hijo para con su anciano padre retirado se diferenciaba en forma particularmente marcada de la que sería habitual en China".

23. Con respecto a los cambios en la familia japonesa contemporánea, véase Fumie Kumagai, "Modernization and the Family in Japan", *Journal of Family History 2* (1986: 371-382); Kiyomi Morioka, "Demographic Family Changes in Contemporary Japan", *International Social Science Journal 126* (1990): 511-522; y S. Philip Morgan y Kiyuosi Hiroshima, "The Persistence of Extended Family Residence in Japan: Anachronism or Alternative Strategy?", *American Sociological Review* 48 (1983): 269-281.

24. Ésta es la tesis central del conocido libro de Chie Nakane *Japanese Society* (Berkeley, University of California Press, 1970).

25. Francis Hsu denomina a esa relación *"kin-tract"* (de "kin", parentesco, y "contract", contrato), para indicar que la organización *iemoto* tiene las

características propias tanto de grupos de parentesco como de las asociaciones modernas basadas en contratos. Hsu (1975), pág. 62.

26. Hsu (1975).
27. Hsu (1975), pág. 69; Winston Davis, "Japanese Religion Affiliations: Motives and Obligations", *Sociological Analysis 33* (1983): 131-146.
28. Véase Sepp Linhart, "The Family As Constitutive Element of Japanese Civilization", en Tadao Umesao, Harumi Befu y Josef Kreiner, comps., *Japanese Civilization in the Modern World: Live and Society, Senri Ethnological Studies 16* (1984): págs. 51-58.
29. Para información sobre la historia de la difusión del confucianismo en Japón, véase Collcutt, en Rozman (1991).
30. Véase, por ejemplo, Yasuzo Horie, "Confucian Concept of State in Tokugawa Japan", *Kyoto University Economic Review 32* (1962): 26-38, donde se afirma que el nacionalismo fue "sistemática y lógicamente promovido por el confucianismo". Véase también Yoshio Abe, "The Basis of Japanese Culture and Confucianism", *Asian Culture Quarterly 2* (1974): 21-28.
31. En el confucianismo ortodoxo se supone, sin embargo, que esa benevolencia no se limita a la familia, sino que debiera extenderse también a no familiares.
32. Michio Morishima, *Why Has Japan "Succeeded"? Western Technology and the Japanese Ethos* (Cambridge, Cambridge University Press, 1982), pág. 4; véase también Morishima, "Confucius and Capitalism", *UNESCO Courier* (diciembre 1987): 34-37.
33. Morishima (1982), pág. 6.
34. Véase Morishima (1982), págs. 6-7, que afirma que "el significado de lealtad (*ching* en chino, *chu* en japonés) no era el mismo en China y en Japón... En China, lealtad significaba ser fiel a la propia conciencia. En Japón, a pesar de que también se usaba el término en este sentido, su significado principal era, en esencia, una sinceridad que apuntaba a la total devoción al señor, es decir, servir al señor hasta el punto del autosacrificio. En consecuencia, las palabras de Confucio 'actuar con lealtad en el servicio de su señor' eran interpretadas por los chinos con el siguiente significado: 'el servidor deberá servir a su señor con una sinceridad que no esté en conflicto con su propia conciencia'. En cambio, los japoneses interpretaban la misma frase como 'el servidor deberá dedicar su vida entera a su señor'".
35. Morishima (1982), pág. 8; véase también Lucian W. Pye, *Asia Power and Politics: The Cultural Dimensions of Authority* (Cambridge, Harvard University Press, 1985), págs. 56-57.
36. Para más información sobre la posición relativa de la lealtad y del amor filial en China y en Japón, véase Warren W. Smith, Jr., *Confucianism in Modern Japan: A Study of Conservatism in Japanese Intellectual History* (Tokio, Hokuseido Press, 1959), pág. 230.
37. Según una fuente, "los japoneses relatan con respeto y admiración historias de obedientes samurais que cumplieron con ese código (*bushido*), permitiendo, imperturbables, que sus familias fuesen asesinadas antes que decir una palabra que pudiera haber comprometido la seguridad de su

señor". Johannes Hirschmeier, *The Origins of Entrepreneurship in Meiji Japan* (Cambridge, Harvard University Press, 1964), pág. 48.

38. Collcutt, en Rozman (1991), pág. 33; I. J. McMullen, "Rulers or Fathers? A Casuistical Problem in Early Modern Japan", *Past and Present* 116 (1987): 56-97.

39. Ronald P. Dore, *British Factory, Japanese Factory* (Londres, Allen y Unwin, 1973), pág. 396.

40. Collcutt, en Rozman (1991), págs. 147-151.

41. Morishima (1982), pág. 105.

42. Chalmers Johnson, *MITI and the Japanese Miracle* (Stanford, Stanford University Press (1982), págs. 11-12.

43. "Inside the Charmed Circle", *Economist*, 5 de enero de 1991, pág. 54.

44. Sobre las operaciones de las multinacionales japonesas en los Estados Unidos, véase James R. Lincoln, Jon Olson y Mitsuyo Hanada, "Cultural Effects on Organizational Structure: The Case of Japanese Firms in the United States", *American Sociological Review* 43 (1978): 829-847.

45. Deng Xiaoping es una excepción a esto. Desde 1981, su cargo nominal ha sido el de jefe de la Comisión Militar, mientras que, en realidad, detentaba la autoridad suprema sobre el gobierno y el Partido Comunista. Este tipo de poder indirecto, sin embargo, no ha sido la norma en la historia china.

46. Véase Saburo Shiroyama, "A Tribute to Honda Soichiro", *Japan Echo* (invierno 1991): 82-85.

47. Véase, por ejemplo, Barrington Moore, Jr., *Social Origins of Dictatorship and Democracy* (Boston, Beacon Press, 1966).

48. Norman Jacobs, *The Origins of Modern Capitalism in Eastern Asia* (Hong Kong, Hong Kong University Press, 1958), pág. 29.

49. Richard D. Whitley, "The Social Construction of Business Systems in East Asia", *Organization Studies 12* (1991): 1-28.

50. Sobre el papel de Osaka como centro comercial, véase Hirschmeier (1964), págs. 14-28.

51. Robert N. Bellah, *Tokugawa Religion* (Boston, Beacon Press, 1957); Bellah, *Religion and Progress in Modern Asia* (Glencoe, Ill., Free Press, 1965), y Yamamoto (1992).

52. Para mayor información sobre el entrenamiento y las enseñanzas budistas que hay detrás de estas habilidades, véase Eugen Herrigel, *Zen in the Art of Archery* (Nueva York, Pantheon Books, 1953); y Soetsu Yanagi, *The Unknown Craftsman: A Japanese Insight into Beauty* (Tokio, Kodansha International, 1989). Véase también Francis Fukuyama, "Great Planes", *New Republic*, 6 de septiembre de 1993. Para conocer un punto de vista que cuestiona la medida en que la doctrina budista puede ser utilizada adecuadamente como herramienta para incrementar la *performance* en las artes marciales, véase Brian Bocking, "Neo-Confucian Spirituality and the Samurai Ethic", *Religion 10* (1980): 1-15.

53. De hecho, existe una relación entre el perfeccionismo en las habilidades artesanales y la organización social: estas habilidades se mantienen vivas y se transmiten de generación en generación a través de organizaciones del tipo *iemoto*, en las cuales un maestro pasa sus conocimientos, a menudo

en forma no verbal, a una cantidad de discípulos. Si bien es posible enseñar, en forma adecuada, el control de calidad, como se hace en las modernas *business schools* estadounidenses, quizás haya un elemento adicional relacionado con la conciencia de la calidad que sólo se imparte a través del sistema *iemoto*.

CAPÍTULO 16. UN TRABAJO DE POR VIDA

1. La obligación moral recíproca es similar al concepto de intercambio social tal como lo definen Yasusuke Murakami y Thomas P. Rohlen: "Social-Exchange Aspects of the Japanese Political Economy: Culture, Efficiency and Change", en Shumpei Kumon y Henry Rosovsky, comps., *The Political Economy of Japan, vol. 2: Cultural and Social Dynamics* (Stanford, Stanford University Press, 1992), págs. 73-77.

2. Uno de los primeros occidentales que describió el sistema de empleo vitalicio establecido en el Japón de posguerra fue James C. Abegglen, en *The Japanese Factory: Aspects of Its Social Organization* (Glencoe, Ill., Free Press, 1958), pág. 67. La interpretación de Abegglen ha sido refutada por escritores posteriores, tanto occidentales como japoneses, entre otros motivos por ignorar al sector japonés de la pequeña empresa, donde el empleo vitalicio no es la regla.

3. Shichihei Yamamoto, *The Spirit of Japanese Capitalism and Selected Essays* (Lanham, Md., Madison Books, 1992), pág. 9.

4. Michio Morishima, *Why Has Japan "Succeeded"? Western Technology and the Japanese Ethos* (Cambridge, Cambridge University Press, 1982), pág. 174.

5. Abegglen (1958), págs. 116-117.

6. Ronald P. Dore, "Industrial Relations in Japan and Elsewhere", en Albert M. Craig, comp., *Japan: A Comparative View* (Princeton, Princeton University Press, 1979), pág. 340.

7. El mercado laboral japonés es, en realidad, mucho más flexible de lo que pareciera ser a primera vista. A pesar de que las grandes compañías asumen el compromiso del empleo vitalicio, los trabajadores de las pequeñas empresas no están atados rígidamente a una descripción de tareas específicas. En la práctica, en Japón, el grado en que la profesión en sí misma es fuente de identidad personal es mucho menor que en los Estados Unidos o Gran Bretaña, y por lo tanto no constituye una limitación importante para la flexibilidad. Por ejemplo, un ingeniero japonés se siente más orgulloso de la empresa para la que trabaja que de su título de ingeniero. Por lo tanto, está más dispuesto a aceptar que la empresa lo transfiera a otra especialidad o incluso a una tarea que no tenga nada que ver con su profesión. Las empresas tienen un amplio margen de flexibilidad para reubicar a sus trabajadores dentro de la compañía, y asumen la responsabilidad de su reentrenamiento. En cierta forma, en Japón se producen los mismos procesos de despido, recapacitación y recontratación que en los Estados Unidos, pero dentro de la empresa. Es ésta la que asume la responsabilidad

de trasladar al trabajador de un sector a otro. Por ejemplo, la empresa siderúrgica japonesa NKK, cuando se vio enfrentada a una disminución del empleo en su negocio principal, la siderurgia, trasladó a los obreros de la fundición a una subsidiaria dedicada a la fabricación de productos de consumo. Véase "Deep Cutbacks in Japan, Too", *New York Times*, 11 de marzo de 1993, pág. D5.

Otra situación existente, relacionada con el empleo vitalicio, es la estructura dual del mercado laboral japonés. El empleo vitalicio es un privilegio limitado a las grandes corporaciones y no es, sin duda, tan común entre las pequeñas y medianas empresas. Muchas grandes compañías reducen la cantidad de sus empleados transfiriendo trabajadores ya no necesarios hacia sus subsidiarias, donde se les puede pagar menos y, en último caso, despedirlos. La amenaza de dejar de pertenecer a una empresa grande es, de alguna forma, una situación que motiva a los empleados a trabajar con gran ahínco.

8. Ronald P. Dore, *British Factory, Japanese Factory* (Londres, Allen y Unwin, 1973), pág. 208; Abegglen (1958), pág. 97.

9. Dore (1973), pág. 220.

10. Abegglen (1958), pág. 99.

11. Abegglen (1958), pág. 94.

12. Seymour Martin Lipset, "Pacific Divide: American Exceptionalism-Japanese Uniqueness", en *Power Shifts and Value Changes in the Post Cold War World*, Conclusiones del Simposio Conjunto del Comité de Investigaciones de la Asociación Sociológica Internacional: Sociología Comparativa y Sociología de las Organizaciones (Japón, Kibi International University, Sophia University e International Christian University, 1992), pág. 57.

13. Dore (1973), pág. 140. Dore destaca que, a pesar de que algunos sindicalistas británicos aceptan el hecho de que la salud de su industria es de importancia también para los sindicatos, los más ideologizados y militantes esperan que su industria fracase, para acelerar, de esa forma, el colapso del sistema capitalista en su totalidad.

14. Véase Dore (1973), pág. 154.

15. Abegglen (1958); véase, principalmente, pág. 100; véase también Salomon B. Levine, *Industrial Relations in Postwar Japan* (Urbana, Ill., University of Illinois Press, 1958).

16. Para un ejemplo de la inadecuada relación de los factores culturales, véase Dominique V. Turpin, "The Strategic Persistence of the Japanese Firm", *Journal of Business Strategy* (enero-febrero 1992): 49-52, que afirma que el mayor interés de las empresas japonesas por su participación en el mercado más que en la rentabilidad surge de la importancia que tiene el valor de la persistencia en la cultura japonesa. Esto no explica, sin embargo, por qué los japoneses no persistieron en otros sectores, como los textiles y la construcción naval.

17. John C. Pelzel, "Factory Life in Japan and China Today", en Craig (1979), pág. 390.

18. Sanford Jacoby, "The Origins of Internal Labor Markets in Japan", *Industrial Relations 18* (1979): 184-196.

19. Dore (1974), pág. 388.
20. Según Chalmers Johnson: "La elite desarrolla y propaga ideologías que intentan convencer al público de que las condiciones sociales de su país no son el resultado de la política sino de la sumatoria de varios elementos, como cultura, historia, idioma, carácter nacional, clima, etc.". De "The People Who Invented the Mechanical Nightingale", *Daedalus 119* (1990): 71-90; véase también Johnson, *MITI and the Japanese Miracle* (Stanford, Stanford University Press, 1982), pág. 8.
21. Para más información sobre los méritos de las explicaciones culturales *versus* las explicaciones estructurales, referida a las organizaciones empresariales en Asia Oriental, véase Gary G. Hamilton y Nicole Woolsey Biggart, "Market, Culture and Authority: A Comparative Analysis of Management and Organization in the Far East", *American Journal of Sociology 94* (1988): S52-S94.
22. Véase *New York Times*, 25 de junio de 1994, pág. D1.
23. "Decline in Recruiting Slows to 10% Drop", *Nikkei Weekly*, 6 de junio de 1994, pág. 3.
24. Sobre la cuestión general del futuro del modelo económico japonés, véase Peter F. Drucker, "The End of Japan, Inc.?", *Foreign Affairs 72* (1993): 10-15.

CAPÍTULO 17. LA CAMARILLA DEL DINERO

1. En otras palabras, se trata de una red, en el sentido dado a este término por Shumpei Kumon, definido más adelante, en este capítulo, como un "intercambio basado en el consenso y en la motivación".
2. El problema finalmente fue resuelto cuando el proveedor del servicio de Internet a los mencionados abogados canceló su cuenta, a raíz de la gran cantidad de cartas furiosas que recibieron.
3. Para mayor información sobre la historia y las funciones de la *keiretsu*, véase Richard E. Caves y Masu Uekusa, *Industrial Organization in Japan* (Washington, D.C., Brookings Institutions, 1976), págs. 63-70; Chalmers Johnson, "Keiretsu: An Outsider's View", *International Economic Insights 1* (1992): 15-17; Masaru Yoshitomi, "Keiretsu: An Insider's Guide to Japan's Conglomerates", *International Economic Insights 1* (1992): 10-14; Maruyama Yoshinari, "The Big Six Horizontal Keiretsu", *Japan Quarterly 39* (1992): 186-192; Robert L. Cutts, "Capitalism in Japan: Cartels and Keiretsu", *Harvard Business Review 70* (1992): 48-55; James R. Lincoln, Michael L. Gerlach y Peggy Takahashi, "Keiretsu Networks in the Japanese Economy: A Dyad Analysis of Intercorporate Ties", *American Sociological Review 57* (1992): 561-585; Marco Orrù, Gary G. Hamilton y Mariko Suzuki, "Patterns of Inter-Firm Control in Japanese Business", *Organization Studies 10* (1989): 549-574; Ken-ichi Imai, "Japan's Corporate Networks", en Shumpei Kumon y Henry Rosovsky, comps., *The Political Economy of Japan, vol 3: Cultural and Social Dynamics* (Stanford, Stanford University Press, 1992).

4. Sobre las redes en los países en desarrollo, véase Nathaniel H. Leff, "Industrial Organization and Entrepreneurship in the Developing Countries: The Economic Groups", *Economic Development and Cultural Change 26* (1978): 661-675.

5. Michael L. Gerlach, *Alliance Capitalism: The Social Organization of Japanese Business* (Berkeley, University of California Press, 1992), pág. 82.

6. Gerlach (1992), pág. 85.

7. La imposibilidad experimentada por las *zaibatsu* para lograr posiciones monopólicas es de larga data; véase William W. Lockwood, *The Economic Development of Japan* (Princeton, Princeton University Press, 1954), pág. 223.

8. Véase Gerlach (1992), págs. 137-149.

9. Richard D. Whitley, "East Asian Enterprise Structures and the Comparative Analysis of Forms of Business Organization", *Organization Studies 11* (1990): 47-74.

10. Véase Masaru Yoshimori, "Source of Japanese Competitiveness, Part I", *Management Japan 25* (1992): 18-23.

11. Ronald H. Coase, "The Nature of the Firm", *Economica 4* (1937): 386-405.

12. Véase Oliver E. Williamson, "The Economics of Organization: The Transaction Cost Approach", *American Journal of Sociology 87* (1981, de aquí en adelante 1981a): 548-577; *The Nature of the Firm: Origins, Evolution and Development* (Oxford, Oxford University Press, 1993); y "The Vertical Integration of Production: Market Failure Considerations", *American Economic Review 61* (1971): 112-123.

13. Oliver Williamson, "The Modern Corporation: Origins, Evolution, Attributes", *Journal of Economic Literature 19* (1981, de aquí en adelante 1981b):1537-1568.

14. Según Williamson: "Los agentes humanos que pueblan las empresas y los mercados de los que me ocupo difieren del hombre económico (o al menos de la caricatura común que se hace de él) en que son menos competentes en el cálculo y *menos confiables* en la acción. La racionalidad limitada es responsable por los límites calculables del hombre de la organización. Una proclividad en (al menos algunos) agentes económicos a comportarse en forma oportunista, es la responsable de su falta de confiabilidad... Una contratación ubicua, si bien incompleta, sería factible, sin embargo, si los agentes económicos fuesen completamente *confiables*". (Williamson 1981b, pág.1545; se agregó la bastardilla.)

15. Armen A. Alchian y Harold Demsetz, "Production, Information Costs and Economic Organization", *American Economic Review 62* (1972): 777-795.

16. Oliver E. Williamson, *Corporate Control and Business Behavior* (Englewood Cliffs, N.J., Prentice-Hall, 1970), pág. 175.

17. Ronald P. Dore, "Goodwill and the Spirit of Market Capitalism", *British Journal of Sociology 34* (1983): 459-482.

18. Esta afirmación la realiza Masanori Hashimoto en *The Japanese Labor*

Market in a Comparative Perspective with the United States (Kalamazoo, Mich., Instituto W. E. Upjohn para Investigación del Empleo, 1990), pág. 66, y también la hace Dore (1983), pág. 463.

19. Sobre las "guerras de la cerveza" inter-*keiretsu*, véase Gerlach (1992), págs. xx-xxi.

20. Whitley (1990), págs. 55-56.

21. El mecanismo del sobrepréstamo está descrito por Chalmers Johnson en *MITI and the Japanese Miracle* (Stanford, Stanford University Press, 1982), págs. 203-204.

22. Véase Ken'ichi Imai, "The Corporate Network in Japan", *Japanese Economic Studies 16* (1987-1988): 3-37.

23. Para conocer las razones por las cuales esto es así, véase F. M. Scherer y David Ross, *Industrial Market Structure and Economic Performance, 3a. ed.* (Boston, Houghton Mifflin, 1990), págs. 126-130.

24. Sobre este punto, véase Dennis J. Encarnation, *Rivals Beyond Trade: American versus Japan in Global Competition* (Ithaca, Nueva York, Cornell University Press, 1992), pág. 121.

25. Mark Mason, *American Multinationals and Japan: The Political Economy of Japanese Capital Controls, 1899-1980* (Cambridge, Council of East Asian Studies, Harvard University, 1992), págs. 205-207.

26. Shumpei Kumon, "Japan as a Network Society", en Kumon y Rosovsky (1992), pág. 121.

27. A uno de los miembros de una importante *keiretsu* automotriz se le dijo que tenía que reducir los precios de las autopartes en un quince por ciento durante tres años, o de lo contrario la firma matriz podría buscar otros proveedores. "Small Manufacturers Face Survival Fight", *Nikkei Weekly*, 13 de junio de 1994, págs. 1 y 8.

28. Fue así como Nippon Steel vendió U$S 9,6 mil millones de su participación en diversos Bancos, y Matsushita Electric y Nissan redujeron marcadamente la participación que tenía cada una en el capital de la otra. El porcentaje total de la tenencia cruzada de acciones descendió a algo menos del cuarenta por ciento de todo el capital accionario en circulación. Estos cambios, sin embargo, no afectaron las relaciones dentro de la *keiretsu*. Véase "Recession Forces Firms to Dump Shares of Allies", *Nikkei Weekly*, 2 de mayo de 1994, págs. 1 y 12.

29. Esto, con todo respeto por James Fallows, no se extiende necesariamente a la nación en su totalidad. Véase Fallows, *More Like Us: Making America Great Again* (Boston, Houghton Mifflin, 1989), págs. 25-26.

CAPÍTULO 18. LOS GIGANTES ALEMANES

1. Es de señalar, sin embargo, que existen algunas similitudes, con, por ejemplo, países de Europa central como Austria y Suiza.

2. Un borrador de la ley antimonopólica fue presentado para su análisis y sanción en 1952, pero la oposición de la industria la demoró hasta 1957, cuando fue aprobado como la Ley Contra las Limitaciones de la

Competencia (*Gesetz gegen Wettbewerbsbeschraenkungen*). Véase Hans-Joachim Braun, *The German Economy in the Twentieth Century* (Londres, Routledge, 1990), pág. 180.

3. Alfred D. Chandler, *Scale and Scope: The Dynamics of Industrial Capitalism* (Cambridge, Mass., Belknap Press & Harvard University Press, 1990), págs. 464-465.

4. Chandler (1990), pág. 469.

5. Chandler (1990), págs. 276-277.

6. Chandler (1990), pág. 399.

7. Alan S. Milward y S. B. Saul, *The Development of the Economies of Continental Europe, 1780-1870* (Londres, George Allen y Unwin, 1977), pág. 425.

8. Chandler (1990), págs. 417-418.

9. Si la perspectiva a largo plazo tiene sentido, depende, por supuesto, de las expectativas con respecto a las tasas de descuento reales futuras; si éstas son bajas, es mejor aceptar la rentabilidad a corto plazo.

10. Martin J. Wiener, *English Culture and the Decline of the Industrial Spirit, 1850-1980* (Cambridge, Cambridge University Press, 1981), págs. 128-129.

11. Chandler (1990), pág. 423.

12. Chandler (1990), págs. 500-501.

13. Christopher S. Allen, "Germany: Competing Communitarianism", en George C. Lodge y Ezra F. Vogel, comps., *Ideology and National Competitiveness* (Boston, Harvard Business School Press, 1987), pág. 88.

14. El acta sancionada era la *Gesetz über die Investitionshilfe der gewerblichen Wirtschaft*, Braun (1990), pág. 179.

15. Ernst Zander, "Collective Bargaining", en E. Grochla y E. Gaugler, comps., *Handbook of German Business Management, Vol. 2* (Stuttgart, C. E. Poeschel Verlag, 1990), pág. 430.

16. Con respecto de esa legislación, véase A. J. P. Taylor, *Bismarck: The Man and the Statesman* (Nueva York, Vintage Books, 1967), págs. 202-203.

17. Braun (1990), pág. 54.

18. Véase Klaus Chmielewicz, "Codetermination", *en Handbook of German Business Management*, Vol. 2 (1990), págs. 412-438.

19. Peter Schwerdtner, "Trade Unions in the German Economic and Social Order", *Zeitschrift für die gesamte Staatswissenschaft 135* (1979): 455-473.

20. Sobre este punto, véase Allen en Lodge y Vogel, comps. (1987), págs. 79-80.

21. James Fallows y otros han dado gran importancia a Friedrich List, afirmando que su obra *National System of Political Economy* ha sido una mejor guía sobre el crecimiento económico alemán y asiático que el libro *Wealth of Nations*, de Adam Smith. List, sin embargo, simplemente repite lo que muchos de los mercantilistas afirmaron sobre la centralización del poder nacional y la subordinación de los medios económicos a los fines estratégicos, es decir, los que fueron los temas centrales de los mercantilistas de siglos anteriores, como Colbert o Turgot. Adam Smith no hubiese

encontrado, en los argumentos de List, nada que hubiera considerado una crítica importante. De hecho, *The Wealth of Nations* fue escrito como crítica a los predecesores mercantilistas de List. Fallows, además, sobrestima la importancia que tuvo List para el pensamiento y la práctica de la economía en Alemania. Véase Fallows, *Looking at the Sun: The Rise of the New East Asian Economic and Political System* (Nueva York, Pantheon Books, 1994), págs. 189-190.

22. Tomas Riha, "German Political Economy: History of Alternative Economics", *International Journal of Social Economics 12* (1985): 192-209.

23. Allen, en Lodge y Vogel, comps. (1987), págs. 176-177.

24. Sobre la fundación de la *Technische Hochschule*, véase Peter Mathias y M. Postan, *The Cambridge Economic History of Europe, vol. 7: The Industrial Economies: Capital, Labour, and Enterprise. Part I: Britain, France, Germany and Scandinavia* (Londres, Cambridge University Press, 1978), págs. 458-459.

25. Se ha debatido extensamente el grado en que la economía, durante el período nacionalsocialista, funcionaba en forma independiente del Estado. Véase Braun (1990), pág. 82.

26. Una controversia de larga data se desarrolló alrededor de la teoría, planteada originalmente por Alexander Gerschenkron, referida a que la participación intensa del Estado en la promoción del desarrollo económico es una característica de las sociedades de desarrollo tardío. A pesar de que este argumento tiene cierto mérito, hay que considerar que, obviamente, existe una gran cantidad de variantes en el comportamiento estatal —en lo referente tanto al grado de participación como a la competencia con que ésta es implementada— en las distintas sociedades de desarrollo tardío.

CAPÍTULO 19. WEBER Y TAYLOR

1. Con respecto a la naturaleza de la autoridad carismática, véase Max Weber, *From Max Weber: Essays in Sociology* (Nueva York, Oxford University Press, 1946), pág. 245.

2. O lo que Weber denominó racionalidad "instrumental", que se encuentra divorciada de la racionalidad de los fines. Acerca de la conexión íntima entre racionalidad y el surgimiento del mundo occidental moderno, véase la introducción a *The Protestant Ethic and the Spirit of Capitalism* (Londres, Allen y Unwin, 1930), págs. 13-16.

3. Weber (1946), pág. 196.

4. Según Weber: "La autoridad para dar las órdenes... está distribuida en forma estable y se encuentra delimitada estrictamente por reglas relativas a los medios coercitivos, físicos, sacerdotales u otros, que pueden ser puestos a disposición de los funcionarios". Weber (1946), pág. 196.

5. Sobre la invasión de las formas burocráticas en la vida moderna, véase Charles Lindblom, *Politics and Markets: The World's Political-Economic Systems* (Nueva York, Basic Books, 1977), págs. 27-28.

6. Max Weber, *Economy and Society: An Outline of Interpretive Sociology* (Berkeley, University of California Press, 1978), 2: 668-681.

7. Weber (1978), pág. 669.

8. La familia puede servir como otro ejemplo de un grupo que funciona mejor porque la confianza no ha sido desplazada por leyes y contratos. En la mayoría de las sociedades modernas, el Estado no regula, en forma puntual, las relaciones entre padres e hijos. Es decir, no fija normas detalladas sobre la cantidad y calidad de tiempo que los padres deben dedicar a la crianza de sus hijos, cómo tienen que educarlos y qué valores deben inculcarles. Si bien las disputas familiares se someten a los tribunales de justicia si implican la ruptura del contrato matrimonial u ofensas criminales, en otras áreas se deja que las familias diriman entre sí sus propias disputas. Esto es así porque se supone que los padres tienen un natural sentido de responsabilidad para con sus hijos. Por supuesto, las cosas podrían ser distintas. Hoy en día ya se está hablando, en los Estados Unidos, de los "derechos del niño", de juicios civiles que enfrentan a padres e hijos, y de otros intentos de extender el sistema legal a las relaciones familiares.

9. Sobre este punto, véase Alan Fox, *Beyond Contract: Work, Power and Trust Relationships* (Londres, Faber and Faber, 1974), págs. 30-31.

10. Sobre este cambio de paradigmas, véase Maria Hirszowicz, *Industrial Sociology: An Introduction* (Nueva York, St. Martin's Press, 1982), págs. 28-32.

11. Charles Sabel, *Work and Politics* (Cambridge, Cambridge University Press, 1981), págs. 31-33.

12. Joan Campbell, *Joy in Work, German Work: The National Debate, 1800-1945* (Princeton, Princeton University Press, 1989), págs. 131-132; Hans-Joachim Braun, *The German Economy in the Twentieth Century* (Londres, Routledge, 1990), pág. 50.

13. Frederick Winslow Taylor, *The Principles of Scientific Management* (Nueva York, Harper Brothers, 1911). Taylor dio su primera disertación sobre dirección científica en 1895. Véase Alfred D. Chandler, *The Visible Hand: The Managerial Revolution in American Business* (Cambridge, Harvard University Press, 1977), pág. 275.

14. Para un panorama más amplio sobre Taylor y sus críticos posteriores, véase Hirszowicz (1982), pág. 53.

15. Fox (1974), pág. 23.

16. Para una descripción de las relaciones laborales en el ámbito de la producción masiva, véase William Lazonick, *Competitive Advantage on the Shop Floor* (Cambridge, Harvard University Press, 1990), págs. 270-280.

17. Alvin W. Gouldner, "The Norm of Reciprocity: A Preliminary Statement", *American Sociological Review* 25 (1960): 161-278; véase también Fox (1974), pág. 67.

18. Harry C. Kaatz, *Shifting Gears: Changing Labor Relations in the U.S. Automobile Industry* (Cambridge, MIT Press, 1985), pág. 13.

19. Katz (1985), págs. 38-39.

20. Katz (1985), págs. 39-40, 44.
21. Ésta es la posición que adoptan Clark Kerr, John Dunlop, Charles Myers y F. H. Harbison en su obra *Industrialism and Industrial Man: The Problems of Labor and Management in Economic Growth* (Cambridge, Harvard University Press, 1960). Véase también Dunlop y otros, *Industrialism Reconsidered: Some Perspectives on a Study Over Two Decades of the Problems of Labor* (Princeton, N.J., Estudio Interuniversitario de Recursos Humanos, 1975); y Clark Kerr, *The Future of Industrial Societies: Convergence or Diversity?* (Cambridge, Cambridge University Press, 1983.)
22. La descripción de Adam Smith de la división progresiva del trabajo en la fábrica de alfileres, en tareas más pequeñas y sencillas, al principio de su obra *The Wealth of Nations*, es una cita clásica para esta línea de crítica a la sociedad industrial moderna. Véase *An Enquiry in the Nature and Causes of the Wealth of Nations* (Indianapolis, Liberty Classics, 1981), págs. 14-15.
23. Sobre la tradición judeo-cristiana, véase el capítulo de Jaroslav Pelikan en Jaroslav J. Pelikan y otros, *Comparative Work Ethics: Christian, Buddhist, Islamic* (Washington D.C., Library of Congress, 1985). Véase también Michael Novak, "Camels and Needles, Talents and Treasure: American Catholicism and the Capitalist Ethic", en Peter L. Berger, *The Capitalist Spirit: Toward a Religious Ethic of Wealth Creation* (San Francisco, Instituto para Estudios Contemporáneos, 1990).
24. Robert Blauner afirma que existe una curva en U invertida para la alienación por el trabajo. La alienación crece a medida que las tradicionales industrias artesanales son reemplazadas por fábricas de producción masiva, pero luego vuelve a decrecer, a medida que crece la automatización y los trabajadores necesitan nuevas habilidades para operar esas máquinas altamente complejas. Robert Blauner, *Alienation and Freedom* (Chicago, University of Chicago Press, 1973).
25. Sabel (1981), págs. 64-67.
26. Véase, por ejemplo, los hallazgos de Robert Blauner en "Work Satisfaction and Industrial Trends", en Walter Galenson y Seymour Martin Lipset, comps., *Labor and Trade Unionism* (Nueva York, Wiley, 1960). En un estudio, en el que se recabó la opinión de trabajadores de cuatro países, se comprobó que los trabajadores calificados estaban preocupados por obtener trabajos que, intrínsecamente, fueran interesantes o satisfactorios, mientras que los trabajadores no calificados demostraron mayor interés por el nivel del salario. Por otra parte, muchos obreros recién ingresados y trabajadores no calificados sentían que el solo hecho de tener un trabajo en una fábrica ya les confería un importante *status* social en su medio. William H. Form, "Auto Workers and Their Machines: A Study of Work, Factory, and Job Satisfaction in Four Countries", *Social Forces 52* (1973): 1-15.
27. Con respecto a las experiencias de Hawthorne, véase Hirszowicz (1982), págs. 52-54.
28. Véase Elton Mayo, *The Human Problems of an Industrial Civilization* (Nueva York, Macmillan, 1933), y *The Social Problems of an Industrialized Civilization* (Londres, Routledge y Kegan Paul, 1962).

29. Ian Jamieson, "Some Observations on Socio-Cultural Explanations of Economic Behaviour", *Sociological Review* 26 (1978): 777-805. Para un resumen de los estudios sobre la naturaleza de las prácticas de dirección estadounidenses, relacionadas con la cultura, véase A. R. Negandhi y B. D. Estafen, "A Research Model to Determine the Applicability of American Management Know-How in Differing Cultures and/or Environments", *Academy of Management Journal* 8 (1965): 309-318.

CAPÍTULO 20. LA CONFIANZA EN LOS EQUIPOS

1. Joan Campbell, *Joy in Work, German Work: The National Debate, 1800-1945* (Princeton, Princeton University Press, 1989), pág. 133.
2. Campbell (1989), págs. 137-141.
3. Estos consejos eran considerados sospechosos por diversos sectores y por variados motivos: por la dirección de las empresas, que querían preservar sus prerrogativas; por los partidos socialistas y por los sindicatos, que querían transformar todo el sistema capitalista; e incluso por las uniones profesionales cristianas. La única asociación de trabajadores que, en su momento, apoyó irrestrictamente el modelo fue la relacionada con el movimiento antidemocrático denominado *Wirtschaftsfriedliche Bewegung*. Campbell (1989), pág. 163.
4. Marc Maurice, François Sellier y Jean-Jacques Silvestre, *The Social Foundation of Industrial Power: A Comparison of France and Germany* (Cambridge, MIT Press, 1986), págs. 68-69, 7-73.
5. Maurice, Sellier y Silvestre (1986), pág. 74, 128-129.
6. Maurice, Sellier y Silvestre (1986), pág. 173.
7. Maurice, Sellier y Silvestre (1986), pág. 111.
8. Arndt Sorge y Malcolm Warner, *Comparative Factory Organization: An Anglo-German Comparison on Manufacturing, Management, and Manpower* (Aldershot, Gower, 1986), pág. 100.
9. Sorge y Warner (1986), pág. 150. Como se observó en el capítulo anterior, un maquinista calificado que también sabe programar generalmente logra una mejor productividad con su equipo NC.
10. Maurice, Sellier y Silvestre (1986), págs. 12-13.
11. Maurice, Sellier y Silvestre (1986), págs. 51-52.
12. Maurice, Sellier y Silvestre (1986), pág. 132.
13. Maurice, Sellier y Silvestre (1986), págs. 14-16.
14. Para un panorama general sobre el tema, véase Bernard Casey, "The Dual Apprenticeship System and the Recruitment and Retention of Young Persons in West Germany", *British Journal of Industrial Relations* 24 (1986): 63-81.
15. Bernard Casey, *Recent Developments in West Germany's Apprenticeship Training System* (Londres, Policy Studies Institute, 1991), pág. vii.
16. Véase "German View: 'You Americans Work Too Hard-and for What?'", *Wall Street Journal*, 14 de julio de 1994, págs. B1, B6.
17. Casey (1991), pág. 67. Otros estudios demuestran que el cincuenta y

cinco por ciento de los graduados dejan su empresa al cabo de un año, porcentaje que se eleva al ochenta por ciento al cabo de cinco años. Maurice, Sellier y Silvestre (1986), pág. 44.

18. Con respecto a un intento de reconciliar el sistema de aprendices con el "modelo de capital humano" de Gary Becker, véase David Soskice, *Reconciling Markets and Institutions: The German Apprenticeship System* (Wissenschaftszentrum Berlín y Oxford University, Institute of Economics and Statistics, 1992).

19. Soskice (1992), págs. 13-14. Soskice observa que las perspectivas a largo plazo fomentadas por financiación bancaria alemana tienden a apoyar el sistema de aprendices, dado que éste permite a los empleadores manejar una perspectiva a más largo plazo, con respecto a su inversión en mano de obra.

20. Según Soskice (1992), pág. 17: "Llama la atención el bajo *costo de transacción debido a la desconfianza* que deben pagar las empresas, generado por las actividades de asesoramiento y control de la capacitación, dentro de la compañía, llevadas a cabo por sindicatos y consejos de empresa. Estas actividades complementan las de las asociaciones empresariales, en particular en empresas medianas y grandes. Son necesarias para proveer una garantía a los aprendices, con respecto a la calidad y a la validez en el mercado laboral de su capacitación. El bajo nivel de desconfianza (origen principal del bajo costo mencionado) es consecuencia de las relaciones, generalmente estrechas y con un alto grado de confianza, que existen entre la dirección empresarial y el consejo de empresa, y del hecho de que las actividades de control son llevadas a cabo, en general, por ese consejo de empresa y no por el sindicato".

21. Del nivel social correspondiente a los oficios manuales (obreros no calificados y trabajadores agropecuarios), sólo el cinco por ciento de los hijos entran en los *gymnasium* y menos del dos por ciento lo termina. Maurice, Sellier y Silvestre (1986), págs. 30-31.

22. Maurice, Sellier y Silvestre (1986), págs. 31-32.

23. Maurice, Sellier y Silvestre (1987), pág. 39.

24. Casey (1991), págs. 6-9.

25. Alternativamente se podría afirmar que en realidad no haría falta ningún sistema de capacitación estandarizada: por ejemplo, en la dinámica industria de la computación estadounidense, no existe ningún sistema de títulos que constituya un requisito para obtener empleo en ella, y muchos piensan que de existir algo así, las cosas andarían peor. Algunos de los empresarios más innovadores de esa industria, como Bill Gates de Microsoft y Scott McNeeley de Sun Microsystems, entraron en la actividad con poca o ninguna capacitación formal relacionada con ella.

26. Charles Sabel, *Work and Politics* (Cambridge, Cambridge University Press, 1981), pág. 23.

CAPÍTULO 21. LOS DE ADENTRO Y LOS DE AFUERA

1. E. E. Rich y C. H. Wilson, comps., *The Economic Organization of Early*

Modern Europe, The Cambridge Economic History of Europe, vol. 5 (Cambridge, Cambridge University Press, 1977), pág. 466; C. Gross, The Guild Merchant (Oxford, Clarendon Press, 1890).

2. Los gremios, por ejemplo, eran responsables de desarrollar marcas registradas y sellos, es decir que fueron iniciadores en la creación de marcas para productos. A. B. Hibbert, "The Guilds", en M. M. Postan, E. E. Rich y Edward Miller, comps., Cambridge Economic History of Europe (Cambridge, Cambridge University Press, 1963), 3: 230-280.

3. Véase Charles Hickson y Earl E. Thompson, "A New Theory of Guilds and European Economic Development", Explorations in Economic History 28 (1991): 127-168; para más información sobre las quejas contra los gremios, véase Johannes Hanssen, History of the German People After the Close of the Middle Ages (Nueva York, AMS Press, 1909), pág. 108.

4. Arndt Sorge y Malcolm Warner, Comparative Factory Organization: An Anglo-German Comparison on Manufacturing, Management and Manpower (Aldershot, Gower, 1986), pág. 184.

5. Alan S. Milward y S. B. Saul, The Development of the Economies of Continental Europe, 1780-1870 (Londres, George Allen y Unwin, 1977), pág. 414.

6. Milward y Saul (1977), pág. 415; véase también Sorge y Warner (1986), pág. 184.

7. Peter Rütger Wossidlo, "Trade and Craft", en E. Grochla y E. Gaugler, comps., Handbook of German Business Management (Stuttgart, C. E. Poeschel Verlag, 1990), 2:2368-2376.

8. Sorge y Warner (1986), pág. 185.

9. Wossidlo, en Grochla y Gaugler, comps. (1990).

10. Sorge y Warner (1986), pág. 185.

11. Sorge y Warner (1986), pág. 187.

12. Para dos análisis clásicos sobre este problema, véase Fritz Stern, The Politics of Cultural Despair: A Study in the Rise of German Ideology (Berkeley: University of California Press, 1974); y Ralf Dahrendorf, Society and Democracy in Germany (Garden City, N.Y., Doubleday, 1969).

13. Es difícil determinar las fechas de los principales hitos con respecto de la implementación de la enseñanza pública y superior de los Estados Unidos, dado que fue llevada a cabo estado por estado, en momentos diferentes. La educación pública obligatoria fue introducida en Massachusetts en 1852 y, a la fecha del estallido de la Primera Guerra Mundial, prácticamente había sido adoptada por todos los estados. En Gran Bretaña, por el contrario, la educación pública obligatoria no fue introducida hasta 1880, y no fue gratuita hasta 1891.

14. Sobre los contrastes entre las actitudes estadounidenses y británicas frente al trabajo, véase Richard Scott, "British Immigrants and the American Work Ethic", Labor History 26 (1985): 87-102.

15. Martin J. Wiener, English Culture and the Decline of the Industrial Spirit (Cambridge, Cambridge University Press, 1981), págs. 13-14.

16. Wiener (1981), págs. 146-147

17. Citado en Wiener (1981), pág. 136.

18. Alfred Chandler asocia la incapacidad británica para explotar las oportunidades empresariales en industrias clave, típicas de la segunda revolución industrial (por ejemplo, química, metalúrgica y de equipos electrónicos), con la naturaleza familiar de la empresa de ese origen. Véase *Scale and Scope: The Dynamics of Industrial Capitalism* (Cambridge, Belknap Press de la Harvard University Press, 1990), págs. 286-287.

19. Existe una controversia sobre exactamente cuánto de la cultura alemana ha cambiado desde la guerra. También se sospecha que el aspecto oscuro del comunitarismo alemán —el carácter cerrado e intolerante de la sociedad alemana— todavía sobrevive, sospecha que se incrementa con la aparición de la violencia de los *skinheads* después de la caída del comunismo. Los escépticos en el tema afirman que, si bien la Alemania de posguerra ha tenido leyes de asilo político muy liberales, sigue siendo extremadamente difícil convertirse en ciudadano alemán. Los turcos, aunque estén viviendo desde hace generaciones en Alemania, nunca serán considerados verdaderos alemanes, y no existe ningún caso en Alemania comparable con el de Léopold Senghor, el poeta nacido en Senegal que fue admitido en la Academia Francesa. Muchos de los políticos alemanes de izquierda se caracterizan por su fanatismo, el cual se hace evidente entre los Verdes, que afirman que es necesario desindustrializar a Alemania, o los que apoyan a los palestinos, comparando a los israelíes con los nazis. Estos hechos sugerirían que aún queda en esa sociedad algo de la dureza de la vieja cultura protestante alemana, que todavía no ha terminado de desaparecer por completo.

20. Hasta la fecha del pedido de disculpa por la guerra, realizado por el primer ministro reformista Masuhiro Hosokawa en 1993, ningún primer ministro japonés había pedido perdón formalmente por el papel de Japón en la guerra, y se puede afirmar, sin riesgo a equivocarse, que ningún político japonés ha hecho el gesto que tuvo Willy Brandt, de caer de rodillas en contrición por el holocausto. A pesar de que en Alemania existen revisionistas que niegan que el holocausto haya tenido lugar, se los considera como marginales chiflados; en Japón, por el contrario, políticos respetables como Shintaro Ishihara y académicos como Soiichi Watanabe todavía son capaces de negar que la masacre de Nankin fue una atrocidad.

21. Ian Buruma, *The Wages of Guilt: Memories of War in Germany and Japan* (Nueva York, Farrar Strauss Giroux, 1994), pág. 31.

22. Estas cifras están basadas en un promedio de 1.604 horas anuales para Alemania y 2.197 para Japón. Datos tomados de David Finegold, K. Brendley, R. Lempert y otros, *The Decline of the U.S. Machine-Tool Industry and Prospects for its Sustainable Recovery* (Santa Monica, Ca., RAND Corporation MR-479/1-OSTP, 1994), pág. 23.

CAPÍTULO 22. EL LUGAR DE TRABAJO CON ALTO NIVEL DE CONFIANZA

1. Allan Nevins, con Frank E. Hill, *Ford: The Times, the Man, the Company* (Nueva York, Scribner's, 1954), pág. 517.
2. Nevins (1954), pág. 553.
3. James P. Womack, Daniel T. Jones y Daniel Roos, *The Machine That Changed the World: The Story of Lean Production* (Nueva York, Harper Perennial, 1991), pág. 31.
4. David A. Hounshell, *From the American System to Mass Production, 1800-1932* (Baltimore, Johns Hopkins University Press, 1984), págs. 258-259.
5. Nevins (1954), pág. 558.
6. Nevins (1954), págs. 561-562. Este sistema también se describe en Allan Nevins y Frank E. Hill, *Ford: Expansion and Challenge, 1915-1933* (Nueva York, Scribner's, 1954).
7. Allan Nevins y Frank E. Hill, *Ford: Decline and Rebirth, 1933 - 1962* (Nueva York: Scribner's, 1962), págs. 32-33.
8. Con respecto a este período, véase William Lazonick, *Competitive Advantage on the Shop Floor* (Cambridge, Harvard University Press, 1990), págs. 240-251.
9. Para un resumen de los resultados de este programa, véase Womack, Jones y Roos (1991).
10. Es decir que una menor cantidad del capital de la empresa está inmovilizado por la financiación de *stocks*, mientras que el restante capital es más productivo. Para una descripción de este sistema, desde la perspectiva de un importante ejecutivo de finanzas, véase Shawn Tully, "Raiding a Company's Hidden Cash", *Fortune,* 22 de agosto de 1994, págs. 82-89.
11. Los autores del estudio del MIT también describieron el "marketing flaco" (*lean marketing*) tal como se lo practica en Japón, que, a diferencia de los procesos de producción, parecieran ser mucho menos eficientes en la práctica estadounidense.
12. Sobre este punto, véase Lazonick (1990), págs. 288-290.
13. Womack, Jones y Roos (1991), págs. 52-53.
14. Womack, Jones y Roos (1991), pág. 99.
15. Womack, Jones y Roos (1991), pág 129.
16. Harry Katz, *Shifting Gears: Changing Labor Relations in the U.S. Automobile Industry* (Cambridge, MIT Press, 1985), pág. 89.
17. Katz (1985), pág. 175.
18. Womack, Jones y Roos (1991), pág. 83.
19. Womack, Jones y Roos (1991), pág. 99-100.
20. De hecho, una de las reformas que se le impusieron a la *keiretsu* Mazda durante su reorganización, a principios de la década de los 70, era que adoptara el sistema de producción de Toyota. Mazda así lo hizo, y su productividad aumentó considerablemente.
21. Womack, Jones y Roos (1991), págs. 84-88.
22. Los datos europeos no están desglosados por país. Es de suponer que se registrarían importantes diferencias, en cuanto al éxito de la implementación

ing.

del sistema de producción por equipos de Toyota, en los distintos países de Europa.

23. También podría haber, en ciertos países, una creciente resistencia frente a sistemas de producción de estas características, a medida que el método se difundiera entre los diferentes sectores de la producción. Las primeras empresas en emplear este método, en particular si son subsidiarias de empresas extranjeras, a menudo tienen la posibilidad de elegir una ubicación geográfica óptima para sus plantas, en áreas de poca militancia sindical, o donde el desempleo hace que los trabajadores sean particularmente dóciles. En estos casos, las primeras reacciones frente a estas técnicas suelen ser positivas; sin embargo, a medida que las mismas se extienden a empresas o industrias más antiguas, puede aparecer una resistencia cultural más fuerte, que las rechace.

24. Womack, Jones y Roos (1991), págs. 161-263.
25. Womack, Jones y Roos (1991), págs. 144-146.

CAPÍTULO 23. LAS ÁGUILAS NO VUELAN EN BANDADAS... ¿O SI?

1. Alexis de Tocqueville, *Democracy in America* (Nueva York, Vintage Books, 1945), 2:104.
2. Tocqueville afirmaba que también había otros factores que moderaban el individualismo en los Estados Unidos, como la existencia de instituciones políticas libres, que permitían a los ciudadanos participar en los asuntos públicos, y el principio del "egoísmo bien entendido", que hacía que la gente considerara que la cooperación con su prójimo era en su propio interés.
3. Tocqueville (1945), págs. 114-118.
4. Véanse los comentarios sobre las afirmaciones de Tocqueville en *The Old Regime and the French Revolution*, en el capítulo 15.
5. Alfred D. Chandler, Jr., *The Visible Hand: The Managerial Revolution in American Business* (Cambridge, Belknap Press of Harvard University Press, 1977), pág. 51.
6. Chandler (1977), págs. 43, 58 y 72. También había una pequeña cantidad de plantaciones, con hasta un millar de esclavos.
7. Véase Robert W. Fobel, *Railroads and Economic Growth* (Baltimore, Johns Hopkins University Press, 1964).
8. Chandler (1977), págs. 790 y 188.
9. La cantidad total de hombres bajo bandera en esa fecha era de 39.492. Chandler (1977), págs. 204-205.
10. Chandler (1977), pág. 205; Alan S. Milward y S. B. Saul, *The Development of the Economies of Continental Europe, 1780-1870* (Londres, George Allen y Unwin, 1977), págs. 378-380.
11. F. M. Scherer y David Ross, *Industrial Market Structure and Economic Performance*, 3a. ed. (Boston, Houghton Mifflin, 1990), pág. 155.
12. Chandler (1997), pág. 210.

13. William H. Whyte, *The Organization Man* (Nueva York, Simon & Schuster, 1956); David Riesman, con Reuel Denny y Nathan Glazer, *The Lonely Crowd: A Study of the Changing American Character* (New Haven, Yale University Press, 1950).
14. Véase Stewart Macaulay, "Non-Contractual Relations in Business: A Preliminary Study", *American Sociological Review 28* (1963): 55-69.
15. Seymour Martin Lipset, *Continental Divide: The Values and Institutions of the United States and Canada* (Nueva York, Routledge, 1990), págs. 3-10.
16. Lipset (1990), págs. 46-56.

CAPÍTULO 24. LOS AUSTEROS CONFORMISTAS

1. Una cantidad de variados factores se han citado como causa de la tendencia estadounidense hacia la asociación, como, por ejemplo, la conquista de la frontera del Lejano Oeste, que obligó a los colonos a confiar unos en otros. La naturaleza del federalismo estadounidense, por otra parte, fomenta el autogobierno local.
2. Sobre este tema véase Leo Strauss, *The Political Philosophy of Thomas Hobbes: Its Basis and Genesis* (Chicago, University of Chicago Press, 1952); véanse también mis comentarios sobre el tema en *The End of History and the Last Man* (Nueva York, Free Press, 1992), págs. 153-161.
3. Aristóteles, *Política* I i.11-12.
4. Sobre este punto, véase Mary Ann Glendon, *Rights Talk: The Impoverishment of Political Discourse* (Nueva York, Free Press, 1991), págs. 67-69.
5. John Locke, *The Second Treatise of Government* (Indianápolis, Bobbs-Merril, 1952), págs. 30-44.
6. Sobre este tema, véase Louis Dumont, "A Modified View of Our Origins: The Christian Beginnings of Modern Individualism", *Religion 12* (1982): 1-27; véase también Robert N. Bellah y otros, "Responses to Louis Dumont's 'A Modified View of Our Origins'", *Religion 12* (1982): 83-91.
7. Esto era particularmente cierto durante el apogeo de la invasión cultural budista de China, en el siglo VI. Véase W. J. F. Jenner, *The Tyranny of History: The Roots of China's Crisis* (Londres, Allen Lane/Penguin, 1992), págs. 113-114.
8. Véase Joseph M. Kitagawa, *Religion in Japanese History* (Nueva York, Columbia University Press, 1966), págs. 100-130.
9. Véase, entre otros, Seymour Martin Lipset y Jeff Hayes, "Individualism: A Double-Edged Sword", *Responsive Community 4* (1993-1994): 69-81.
10. David Martin, *Tongues of Fire: The Explosion of Protestantism in Latin America* (Oxford, Basil Blackwell, 1990), pág. 14.
11. Ésta es la tesis de Roger Finke y Rodney Stark, "How the Upstart Sects Won America: 1776-1850", *Journal for the Scientific Study of Religion 28* (1989): 27-44.

12. Martin (1990), pág 20.

13. Seymour Martin Lipset, "Religion and Politics in America, Past and Present", en *Revolution and Counterrevolution* (Nueva York, Basic Books, 1968), págs. 309-312.

14. Lipset (1968), pág. 314.

15. Thomas F. O'Dea, *The Mormon* (Chicago, University of Chicago Press, 1957), págs. 143, 150. Según el historiador mormónico Leonard J. Arrington, 88 de las 112 revelaciones que tuvo Joseph Smith tenían que ver con temas económicos. Hay muchos aspectos de la doctrina mormónica que instan a evitar las riquezas y postulan la igualdad económica, como en el caso de los primeros puritanos a quienes hace referencia Weber.

16. La cantidad promedio de hijos entre los mormones es de 4,61, o sea el doble del promedio nacional de los Estados Unidos. La tasa de nacimientos ilegítimos entre adolescentes en Utah es menor de un tercio del promedio nacional: 48 de cada 1.000 nacimientos de niños vivos, en comparación con 155 de cada 1.000. Darwin L. Thomas, "Family in the Mormon Experience", en William V. Antonio y Joan Aldous, comps., *Families and Religions: Conflict and Change in Modern Society* (Beverly Hills, Calif., Sage Publications, 1983), pág. 276; y H. M. Bahr, comp., *Utah in Demographic Perspective: Regional and National Contrasts* (Provo, Utah, Family and Demographic Research Institute, Brigham Young University, 1981), pág. 72.

17. En la práctica, sólo la mitad de los jóvenes y un porcentaje aún menor de las jóvenes van al exterior como misioneros.

18. Citado en "Mormon Conquest", *Forbes,* 7 de diciembre de 1992, pág. 78.

19. "Building on Financial Success", *Arizona Republic* 13 de julio de 1991.

20. Malise Ruthven, "The Mormon's Progress", *Wilson Quarterly 15* (1991): 23-47.

21. Bryce Nelson, "The Mormon Way", *Geo 4* (mayo de 1982): 79-80.

22. Albert L. Fisher, "Mormon Welfare Programs: Past and Present", *Social Science Journal 15* (1978): 75-99. Las donaciones fijas, que al final demostraron ser impracticables, exigían a los miembros de la Iglesia donar el total de sus ingresos a ésta, la cual, a su vez, les devolvería la parte que considerara adecuada para sus necesidades. Esto todavía sigue siendo una especie de ideal en las comunidades mormónicas.

23. Tucker Carlson, "Holy Dolers: The Secular Lessons of Mormon Charity", *Policy Review, Nº 59* (invierno 1992): 25-31.

24. Ruthven (1991), págs. 36-37.

25. El hecho de que los mormones hayan sido muy emprendedores no necesariamente significa que siempre les haya ido bien. WordPerfect fue vendido por sus propietarios particulares a Novell, en parte porque no habían logrado implementar un sistema financiero moderno. Noorda, por su lado, cuando intentó reestructurar Novell, al principio no consiguió ningún Banco de Salt Lake City que quisiera prestarle dinero, debido a la práctica mormónica de evitar las deudas. "Mormon Conquest", pág. 80.

26. Gary Poole, "Never Play Poker with This Man", *Unix World 10* (agosto

de 1993): 46-54.

27. Sobre el tema de la crisis de la década de los 80, véase Greg Critser "On the Road: Salt Lake City, Utah", *Inc.* (enero de 1986): 23-24. Sobre los últimos desarrollos económicos, véase Sally B. Donnelly, "Mixing Business with Faith", *Time*, 20 de julio de 1991, págs. 22-24.

28. Esta práctica ha cambiado considerablemente en los últimos años, a medida que las misiones mormónicas en el Tercer Mundo se fueron incrementando.

29. Los mormones esperan que, para el año 2000, haya más mormones de habla hispana que de habla inglesa; entre las grandes comunidades mormonas no europeas están las de Polinesia, Filipinas y África. Los mormones, en Utah, sólo son un millón de los nueve millones que existen en el nivel mundial.

30. De acuerdo con un autor, "la movilidad personal —social o geográfica— es apoyada por los grupos sectarios, que ofrecen el tipo de interacción social y formación personal que, por lo general, se encuentra dentro de una familia. A esto se agrega la exigencia de la conversión, que induce al individuo a romper las cadenas que lo unen con etapas previas de su vida y a establecer nuevas lealtades. Mientras que la autoridad y la cohesión social se encuentran en muy alto grado dentro de las sectas, éstas, a la larga, tienen el efecto de reforzar el individualismo, por encima de la lealtad grupal". Barbara Hargrove, "The Church, the Family and the Modernization Process", en Antonio y Aldous, comps., (1983), pág. 25.

CAPÍTULO 25. NEGROS Y ASIÁTICOS EN LOS ESTADOS UNIDOS

1. Una importante cantidad de autores ha observado que Irlanda fue el único país europeo que no creó una gran universidad durante la Edad Media. Véase Nathan Glazer y Daniel Patrick Moynihan, *Beyond the Melting Pot: The Negroes, Puerto Ricans, Jews, Italians and Irish of New York City*, 2a. ed. (Cambridge, MIT Press, 1970), pág. 232.

2. Glazer y Moynihan (1970), pág. 197.

3. La tasa de autoempleo de los inmigrantes, en los Estados Unidos, es del 7,2 por ciento, en comparación con el 7 por ciento para estadounidenses nativos; para los inmigrantes que han llegado al país desde 1980, esta tasa es del 8,4 por ciento. Michael Fix y Jeffrey S. Passel, *Immigration and Immigrants: Setting the Record Straight* (Washington, D.C., Urban Institute, 1994), pág. 53.

4. Estos datos incluyen individuos que son propietarios y empleados de empresas étnicas. Ivan H. Light, *Ethnic Enterprise in America: Business and Welfare Among Chinese, Japanese and Blacks* (Berkeley, University of California Press, 1972), págs. 7, 10.

5. Pyong Gab Min y Charles Jaret, "Ethnic Business Success: The Case of Korean Small Business in Atlanta", *Sociology and Social Research 69* (1985): 412-435.

6. Eui-hang Shin y Shin-kap Han, "Korean Immigrant Small Business in Chicago: An Analysis of the Resource Mobilization Processes", *Amerasia*

16 (1990)L 39-60. Para otros datos sobre este tema, véase Ivan Light y Edna Bonacich, *Immigrant Entrepreneurs: Koreans in Los Angeles, 1965-1982* (Berkeley, University of California Press, 1988), pág. 1.

7. Light (1972), pág. 3.

8. Véase, por ejemplo, Robert H. Kinzer y Edward Sagarin, *The Negro in American Business* (Nueva York, Greenberg, 1950); E. Franklin Frazier, *Black Bourgeoisie* (Nueva York, Collier Books, 1962); James Q. Wilson, *Negro Politics: The Search for Leadership* (Glencoe, Ill., Free Press, 1960); Glazer and Moynihan (1970), págs. 24-44.

9. Sobre las tensiones entre negros y asiáticos, véase Light and Bonacich (1988), págs. 318-320.

10. Sobre esta controversia, véase Nathan Glazer, "Blacks and Ethnic Groups: The difference, and the Political Difference It Makes", *Social Problems 18* (1971): 444-461.

11. Kinzer y Sagarin (1950), págs. 144-145.

12. John Sibley Butler, *Entrepreneurship and Self-Help Among Black Americans: A Reconsideration of Race and Economics* (Albany, N.Y., State University of New York, 1991), pág. 147.

13. Butler (1991) trata de refutar la afirmación referida a las débiles tradiciones en cuanto al espíritu de empresa de los afroamericanos, refutando su base empírica; afirma que siempre hubo una fuerte y subestimada tradición empresarial en la comunidad negra, cosa que intenta documentar. Sin embargo, si bien es cierto que a esta tradición se le ha prestado menos atención de la que merece, los casos individuales de empresarios negros exitosos que cita Butler no dejan de ser anecdóticos y no invalidan los datos estadísticos generales, que hablan de la existencia, en este aspecto, de una debilidad de la clase empresaria negra en relación con otros grupos étnicos.

14. Para una crítica bien documentada acerca de las explicaciones "ambientalistas", véase Thomas Sowell, *Race and Culture* (Nueva York, Basic Books, 1994).

15. Para ejemplos de tales teorías, véase Werner Sombart, *The Quintessence of Capitalism* (Nueva York, Dutton, 1915), págs. 302-303; Everett E. Hagen, *On the Theory of Social Change: How Economic Growth Begins* (Homewood, Ill., Dorsey Press, 1962); Edna Bonacich, "A Theory of Middleman Minorities", *American Sociological Review 38* (1972): 583-594; y Jonathan H. Turner y Edna Bonacich, "Toward a Composite Theory of Middleman Minorities," *Ethnicity 7* (1980): 144-158.

16. Light (1972), pág. 7.

17. Kenneth L. Wilson y Alejandro Portes, "Immigrant Enclaves: An Analysis of the Labor Market Experiences of Cubans in Miami", *American Journal of Sociology 86* (1980): 295-319; y Kenneth L. Wilson y W. A. Martin, "Ethnic Enclaves: A Comparison of the Cuban and Black Economies in Miami", *American Journal of Sociology 88* (1982): 138-159.

18. Light (1972), págs. 15-18.

19. Light (1972), pág. 19.

20. Light (1972), págs. 55-57.

21. Sobre el tema de las asociaciones crediticias rotativas, véase Light (1972), págs. 19-44; véase también William Peterson, "Chinese Americans and Japanese Americans", en Thomas Sowell, *Essays and Data on American Ethnic Groups* (Washington, D.C., Urban Institute, 1978), págs. 27-30.
22. Light (1972), págs. 27-30.
23. Victor Nee y Herbert Y. Wong, "Asian-American Socioeconomic Achievement: The Strength of the Family Bond", *Sociological Perspectives* 28 (1985): 281-306.
24. Peterson en Sowell (1978), pág. 79.
25. Los chinos y los japoneses consumieron un nivel mucho menor de fondos de caridad pública durante la Gran Depresión que los negros y los blancos. Una organización de beneficencia federal que procuró ayudar a las familias japonesas en los Estados Unidos, afectadas por la reubicación geográfica durante la Segunda Guerra Mundial, comprobó que incluso en esas circunstancias eran muy pocos los que aceptaban esa ayuda. Peterson, en Sowell (1978), págs. 79-80.
26. Peterson, en Sowell (1978), pág. 93.
27. Thomas Sowell, "Three Black Histories", *Wilson Quarterly* (invierno de 1979): 96-106.
28. Light (1972), págs. 30-44.
29. Véase Butler (1992), págs. 124-126, y Light (1972), págs. 47-58.
30. Para un primer informe sobre las asociaciones civiles en la comunidad afroamericana, véase James Q. Wilson, *Negro Politics: The Search for Leadership* (Nueva York: Free Press, 1960), págs. 295-315.
31. Véase la referencia al trabajo de Carol Stack en Andrew J. Cherlin, *Marriage, Divorce, Remarriage* (Cambridge, Harvard University Press, 1981), pág. 108. En contraposición con las asociaciones de crédito rotativo, estos grupos a veces funcionan más como asociaciones rotativas de consumo, porque el dinero es utilizado no para inversiones productivas en una empresa, sino para cubrir las necesidades de consumo cotidianas (cosa que, para el pobre, obviamente es prioritaria). La generosidad moral implícita en esas organizaciones tiene el efecto perverso de desconcentrar los ahorros y dificultar la simple acumulación del capital necesario para establecer pequeñas empresas.
32. La cuestión de por qué el espíritu de organización que une a las bandas de delincuentes negros no puede ser redirigido hacia fines productivos se investiga en los libros comentados por Nathan Glazer en "The Street Gangs and Ethnic Enterprise", *Public Interest, Nº 28* (1972): 82-89. Parte de la respuesta puede ser que esas bandas no son muy eficientes, aun como organizaciones delictivas; a diferencia de las *tongs* chinas o de la *mafia* italiana y otros grupos étnicos criminales, las bandas negras no fomentan un fuerte sentido de honor delictivo y están divididas por una gran desconfianza interna. Los libros comentados por Glazer muestran ejemplos patéticos de los intentos de autoorganización de las clases bajas negras.
33. Kessler-Harris y Virginia Yans-McLaughlin en Sowell (1978), págs. 122-123.

34. Thomas Sowell, *Ethnic America: A History* (Nueva York: Basic Books, 1981), págs. 35-36.

35. Glazer y Moynihan (1970), págs. 192-194; también Kessler-Harris y Yans-McLaughlin, en Sowell (1978), pág. 121.

CAPÍTULO 26. LA DESAPARICIÓN DEL NIVEL MEDIO

1. Para un pequeño ejemplo tomado de las redes de computación en las empresas, véase "High-Tech Edge Gives US Firms Global Lead in Computer Networks", *Wall Street Journal,* 9 de septiembre de 1994, págs. A1, A10.

2. Véase Dennis Encarnation, *Rivals Beyond Trade: American Versus Japan in Global Competition* (Ithaca, N.Y., Cornell University Press, 1992), págs. 190-197; también DeAnne Julius, *Global Companies and Public Policy: The Growing Challenge of Foreign Direct Investment* (Londres, Royal Institute of International Affairs, 1990).

3. Véase Jagdish Bhagwati y Milind Rao, "Foreign Students Spur US Brain Gain", *Wall Street Journal,* 31 de agosto de 1994, pág. A12.

4. Robert D. Putnam, "Bowling Alone", *Journal of Democracy 6* (1995): 65-78.

5. Putnam (1995), págs. 69-70.

6. La AARP, que en 1993 tenía 33 millones de adherentes, es la mayor organización privada del mundo después de la Iglesia Católica. Putnam (1995), pág. 71.

7. Putnam (1995), pág. 73.

8. La reducción del crecimiento del crimen violento en ciertas áreas urbanas, y, en algunos casos, incluso su disminución, durante fines de la década de los 80 y principios de la de los 90, fue considerada por algunos observadores como una evidencia de que el problema no es tan serio como piensa el público estadounidense. Estas tendencias, sin embargo, poco inciden sobre la magnitud del nivel total de criminalidad en los Estados Unidos, comparado con el de otros países desarrollados.

9. Para un informe sobre esta situación, véase *New York Times,* 28 de mayo de 1993, pág. B7.

10. Esta crítica prevalece en la izquierda, donde muchos señalan a las políticas específicas de los gobiernos de Reagan y Bush como culpables de la exacerbación de este problema. Para un ejemplo de esta línea de argumentación, véase Barry Schwartz, *The Costs of Living: How Market Freedom Erodes the Best Things of Life* (Nueva York, Norton, 1994).

11. A mediados del siglo XIX, la gran mayoría de los estadounidenses aún vivía en granjas; a fines del siglo, una importante proporción se había mudado a las ciudades, incorporándose, de una u otra forma, a la economía industrial. El nivel general de educación del país, su mezcla étnica y religiosa, e incluso la forma de vestir, habían cambiado radicalmente. A pesar de la impresión general de que los cambios se han acelerado en forma constante a lo largo del siglo XX, no cabe duda de que son mucho menos dramáticos

que los que se vivieron hace cien años.
12. Mary Ann Glendon, *Rights Talk: The Impoverishment of Political Discourse* (Nueva York, Free Press, 1991).
13. Glendon (1991), pág. 13.
14. Glendon (1991), págs. 76-89.
15. Glendon (1991), págs. 48-61.
16. Una afirmación similar es hecha por Putnam (1995), pág. 75.
17. Fuera de los Estados Unidos, un ejemplo concreto de este tema es el de América latina. A partir de todos los datos empíricos disponibles, pareciera que los fundamentalistas protestantes de América del Norte estuviesen creando la base social para establecer el centro demócrata-capitalista, hasta ahora inexistente, tal como Max Weber afirmaba que lo hicieron en Europa, durante los siglos XVI y XVII. Si bien las políticas de los gobiernos de izquierda pueden ser revertidas de la noche a la mañana (cosa que, en efecto, en muchos casos ha sucedido), la lenta y masiva conversión de América latina al protestantismo promete producir cambios sociales a largo plazo mucho más profundos que cualquier modificación que se pueda lograr a través de una revolución política.
18. William H. McNeill, "Fundamentalism and the World of the 1990s", en Martin E. Maraty y R. Scott Appleby, comps., *Fundamentalisms and Society: Reclaiming the Sciences, the Family and Education* (Chicago, University of Chicago Press, 1993), pág. 568.
19. Para algunos fines, el estado federal obviamente lo es; por ejemplo, para la guerra.

CAPÍTULO 27. LAS SOCIEDADES DE DESARROLLO TARDÍO

1. Durante los primeros dos tercios del siglo XX, hubo un consenso casi unánime, entre los sinólogos y otros estudiosos del Asia oriental, de que el confucianismo chino constituyó un enorme obstáculo para entender el capitalismo y la modernización económica. Quizás el libro más célebre que sostiene este punto de vista sea el trabajo de Max Weber sobre China, escrito originalmente en 1919 y publicado en inglés como *The Religion of China: Confucianism and Taoism*. Weber sostuvo que, a pesar de que el confucianismo era un sistema ético "racional" como el protestantismo, su racionalidad no tuvo como resultado "la verdaderamente infinita tarea de someter ética y racionalmente al mundo", a la que apuntaba el protestantismo, sino una "adecuación al mundo", es decir, la preservación de la tradición. Vale decir que una sociedad confuciana no era capaz de lograr la suficiente adaptación o innovación como para producir los enormes cambios sociales requeridos por la industrialización capitalista.
La evaluación general del impacto económico provocado por el confucianismo ha cambiado de manera radical en la década de los 90. Quizá fuera natural que Weber, que escribió su libro al principio de un período de China en el que la decadencia y la dictadura militar fueron la constante, tuviese una visión pesimista del futuro económico de ese país.

Pero más de setenta años más tarde, la República Popular China experimentó el crecimiento económico más acelerado del mundo y casi todas las sociedades chinas fuera de la República Popular China también tuvieron, durante dos generaciones, un importante y acelerado crecimiento económico. Hoy la idea generalizada es que el confucianismo es de alguna forma la raíz del "milagro económico" de Asia oriental, y una enorme cantidad de literatura habla del "desafío confuciano" que enfrenta Occidente. Los observadores contemporáneos, analizando diferentes aspectos del confucianismo, como su énfasis en la educación y en lo que se ha dado en llamar la "ética del trabajo confuciana", argumentan que esta forma de fe ha sido crítica para el dinamismo económico. De hecho, en muchos casos los comentaristas han destacado la influencia positiva de la familia china, que Weber consideraba como el principal obstáculo para el progreso económico, como un factor de fortalecimiento.

Para conocer temas relacionados con el libro de Weber *The Religion of China*, véase Mark Elvin, "Why China Failed to Create an Endogenous Industrial Capitalism: A Critique of Max Weber's Explanation", *Theory and Society 13* (1984): 379-391; y Gary G. Hamilton y Cheng-shu Kao, "Max Weber and the Analysis of East Asian Industrialization", *International Sociology 2* (1987): 289-300. Para algunas apreciaciones representativas de los límites culturales para el desarrollo chino, véase Joseph Needham, *Science and Civilization in China*, en particular el Vol. 1: *Introductory Orientations* (Cambridge, Cambridge University Press, 1954); Mark Elvin, *The Pattern of the Chinese Past: A Social and Economic Interpretation* (Stanford, Stanford University Press, 1973); Michael R. Godley, *The Mandarin Capitalists from Nanyang: Overseas Chinese Enterprises in the Modernization of China* (Cambridge, Cambridge University Press, 1981), esp. págs. 37-38; y Marie-Claire Bergère, "On the Historical Origins of Chinese Underdevelopment", *Theory and Society 13* (1984): 327-337.

2. Para más literatura sobre el "desafío confuciano", véase Roderick McFarquhar, "The Post-Confucian Challenge", *Economist* (1980): 67-72; Roy Hofheinz, Jr., y Kent E. Calder, *The Eastasia Edge* (Nueva York, Basic Books, 1982); Peter L. Berger y Hsin-huang Michael Hsiao, *In Search of an East Asian Development Model* (New Brunswick, N.J., Transaction Books, 1988); Michael H. Bond y Geert Hofstede, "The Cash Value of Confucian Values", *Human Systems Management 8* (1989):195-200; Bond and Hofstede, "The Confucius Connection: From Cultural Roots to Economic Growth", *Organizational Dynamics* (1988): 5-21. Para temas relativos al papel de la familia en la empresa china, véase Joel Kotkin, *Tribes: How Race, Religion, and Identity Determine Success in the New Global Economy* (Nueva York, Random House, 1993), pág. 188.

3. Para una visión escéptica de la importancia de las explicaciones culturales, en particular en un estudio sobre Japón, véase el capítulo de Winston Davis en Samuel P. Huntington y Myron Weiner, comps., *Understanding Political Development* (Boston, Little, Brown, 1987).

4. Véase Richard Caves, "International Differences in Industrial Organization", en Richard Schmalensee y Robert D. Willig, comps., *Handbook of Industrial Organization* (Amsterdam, Elsevier Science Publishers, 1989), pág 1233. Le agradezco a Henry Rowen esta referencia.

5. Frederick M. Scherer y David Ross, *Industrial Market Structure and Economic Performance,* 3a. ed. (Boston: Houghton Mifflin, 1990), pág. 102.

6. Scherer y Ross (1990), pág. 109.

7. Además, las grandes corporaciones suelen beneficiarse con costos de capital más bajos, dado que los inversores consideran esas colocaciones como inversiones con menor riesgo. Scherer y Ross (1990), págs. 126-130.

8. Estas cifras se deducen utilizando las estadísticas de empleo de la tabla 1 en el capítulo 14.

9. En economías altamente desarrolladas, como la de los Estados Unidos, esta explicación se ve complicada por ciertas anomalías como, por ejemplo, que las empresas estadounidenses, en muchos sectores, son más grandes de lo que sería dable esperar si sólo se tuviese en cuenta el aspecto de la escala óptima. Al respecto, véase la tabla 4.6 en Escherer y Ross (1990), pág. 140, que indica que la participación media en el mercado de las tres principales empresas excede lo aconsejado en cuanto a la escala de eficiencia mínima en sectores como cigarrillos, tejidos, pinturas, calzado, siderurgia, acumuladores y otros productos.

Una de las explicaciones que Scherer y Ross dan para esta anomalía es que la estructura del mercado se encuentra determinada por la simple casualidad histórica. Es decir que un sector de la industria que se inicie con empresas de tamaños similares no podrá evitar que, con el correr del tiempo, esas empresas acusen grandes diferencias de tamaño entre sí, hecho motivado básicamente por situaciones casuales. Esto obviamente no basta para explicar por qué la concentración industrial varía en forma tan marcada según se analicen las distintas sociedades. Véase Scherer y Ross (1990), págs. 141-146.

10. Caves, en Schmalensee y Willig, comps. (1989), pág. 1234, observa que industrias similares generan niveles de concentración industrial similares, aun en países diferentes, lo que implicaría que las estructuras industriales se irán haciendo menos homogéneas a medida que los países vayan ascendiendo en los niveles tecnológicos. Si bien esto, sin duda, es verdad, el argumento-fuerza a lo largo de este libro ha sido que las distintas sociedades se destacarán en diferenes sectores, no sobre la base de su nivel de desarrollo sino por su capacidad de generar organizaciones de gran escala.

11. Esta afirmación también es defendida por S. Gordon Redding, *The Spirit of Chinese Capitalism* (Berlín, De Gruyter, 1990), pág. 4.

12. "The Pac Rim 150", *Fortune 122* (otoño de 1990): 102-106.

13. La hipótesis del desarrollo tardío ha sido planteada por muchos autores, incluyendo a Alexander Gerschenkron, *Economic Backwardness in Historical Perspective* (Cambridge, Harvard University Press, 1962); Ronald Dore, "Industrial Relations in Japan and Elsewhere", en Albert

M. Craig, comp., *Japan: A Comparative View* (Princeton, Princeton University Press, 1979), págs. 325-335; y Chalmers Johnson, *MITI and the Japanese Miracle* (Stanford, Stanford University Press, 1982), pág. 19.

14. Japón tiene un mercado accionario relativamente bien desarrollado. La Bolsa de Tokio fue fundada en 1878, cerrada por un breve período durante la Segunda Guerra Mundial y reabierta en 1949, bajo la ocupación estadounidense. Véase. *Tokyo Stock Exchange 1994 Fact Book* (Tokio, Tokyo Stock Exchange, 1994), pág. 89.

15. La bolsa de Taiwan, fundada en 1961, creció muy lentamente, con sólo 102 empresas registradas en 1980. Ching-ing Hou Liang y Michael Skully, "Financial Institutions and Markets in Taiwan" en Michael T. Skully, comp., *Financial Institutions and Markets in the Far East: A Study of China, Hong Kong, Japan, South Korea and Taiwan* (Nueva York, St. Martin's Press, 1982), págs. 191-192.

16. Sang-woo Nam y Yung-chul Park "Financial Institutions and Markets in South Korea", en Skully (1982), págs. 160-161.

17. Michael T. Skully, "Financial Institutions and Markets in Hong Kong", en Skully (1982), pág. 63.

18. Matthew Montagu-Pollack, "Stocks: Hong Kong, Indonesia, Japan, Malaysia, the Philippines, Singapore, South Korea, Taiwan, Thailand", *Asian Business 28* (1992): 56-65. Esto fue, por supuesto, después del colapso de la Bolsa de Tokio en 1989-1991, que redujo la valuación total del mercado en aproximadamente un sesenta por ciento.

19. Nam y Park en Skully (1982), pág. 160.

20. Esto se sugiere, entre otros factores, por el hecho de que el nivel de tenencia cruzada de acciones creció sustancialmente en la década de los 60, después de que el gobierno japonés, cediendo ante la presión del exterior, accedió a liberalizar las normas concernientes a las inversiones extranjeras directas. La tenencia cruzada de acciones era, por lo tanto, un mecanismo para evitar la adquisición *extranjera*, y no una operativa indispensable para que las *keiretsu* pudiesen mantener su integridad como organizaciones en red y lograr economías de escala.

21. Véase Scherer y Ross (1990), págs. 146, 151.

22. La mayoría de los bancos de Corea del Sur fueron desnacionalizados entre 1980 y 1983. Véase Robert Wade, "East Asian Financial Systems as a Challenge to Economics: Lessons from Taiwan", *California Management Review 27* (1985): 106-127.

23. Wade (1985), pág. 121.

CAPÍTULO 28. LOS BENEFICIOS DE LA ESCALA

1. Véase Gary Stix y Paul Wallich, "Is Bigger Still Better?", *Scientific American 271* (marzo de 1994): 109.

2. La producción de software, sin embargo, no está ni aproximadamente tan sistematizada como otros campos de la ingeniería. Véase W. Wayt Gibbs, "Software's Chronic Crisis", *Scientific American 271* (septiembre de 1994): 86-95.

CAPÍTULO 29. MUCHOS MILAGROS

1. Véase también Winston L. King, "A Christian and a Japanese-Buddhist Work-Ethic Compared", *Religion 11* (1981): 207-226.
2. Los observadores japoneses alternan entre la afirmación de que la cultura y las instituciones japonesas son totalmente diferentes y únicas y, por lo tanto, no exportables, agregando que, sin embargo, podrían llegar a ser un modelo para otras partes de Asia. Para una argumentación occidental hostil a la literatura japonesa sobre su unicidad, véase Peter N. Dale, *The Myth of Japanese Uniqueness* (Nueva York, St. Martin's Press, 1986).

CAPÍTULO 30. DESPUÉS DEL FIN DE LA INGENIERÍA SOCIAL

1. Véase Francis Fukuyama, *The End of History and the Last Man* (Nueva York, Free Press, 1992).
2. Además, casi todos los temas centrales de este libro que se refieren a la importancia de la cultura en el comportamiento económico fueron anticipados en mi trabajo anterior. Véase Fukuyama (1992), capítulos 20, 21; y "The End of History?", *National Interest, N° 16* (verano de 1989): 3-18, donde discuto la hipótesis de Weber y su impacto sobre la cultura.
3. Afirmación hecha en David Gellner, "Max Weber: Capitalism and the Religion of India", *Sociology 16* (1982): 526-543.
4. Joseph Needham, *Science and Civilization in China* (Cambridge, Cambridge University Press, 1958), vol 1.
5. Afirmación hecha por Ernest Gellner en *Plough, Sword and Book: The Structure of Human History* (Chicago, University of Chicago Press, 1988), págs. 39-69. Véase también Robert K. Merton, "Science, Religion, and Technology in Seventeenth Century England", *Osiris 4* (1938): 360-632.
6. Éste es, en esencia, el problema central que se presenta cuando la política se entiende como una "elección racional". Véase Steven Kelman, "'Public Choice' and Public Spirit", *Public Interest*, N° 87 (1987): 80-94.
7. Que la vida familiar pueda, en la práctica, ser entendida en estos términos es el tema del libro de Gary S. Becker *A Treatise on the Family* (Cambridge, Harvard University Press, 1981).
8. John J. Mearsheimer, "Back to the Future: Instability in Europe After the Cold War", *International Security 15* (verano de 1990): 5-56.
9. Véase Robert Kaplan, "The Anarchy", *Atlantic 273* (febrero de 1994): 44-81; y Hans Magnus Enzenberger, *Civil Wars: From L.A. to Bosnia* (Nueva York, New Press, 1994).
10. Véase, por ejemplo, la entrevista de Lee con Fareed Zakaria en *Foreign Affairs 73* (1994): 109-127.

CAPÍTULO 31. LA ESPIRITUALIZACIÓN DE LA VIDA ECONÓMICA

1. La correlación entre democracia y desarrollo es analizada por Seymour

Martin Lipset, "Some Social Requisites of Democracy: Economic Development and Political Legitimacy", *American Political Science Review* 53 (1959): 60-105. Para más información sobre la hipótesis de Lipset, que confirma, en gran medida, este punto, véase Larry Diamond, "Economic Development and Democracy Reconsidered", *American Behavioral Scientist 15* (marzo-junio 1992): 450-499.

2. Para un resumen de este argumento, véase Francis Fukuyama, *The End of History and the Last Man* (Nueva York, Free Press, 1992), págs. xi-xxii.

3. Esto se describe en las págs. 143-180 de Fukuyama (1992).

4. Adam Smith, *The Theory of Moral Sentiments* (Indianápolis, Liberty Classics, 1982), pág. 50.

5. Albert O. Hirschman, *The Passions and the Interests: Political Arguments for Capitalism Before Its Triumph* (Princeton, Princeton University Press, 1977).

BIBLIOGRAFÍA

Abe, Yosio, "The Basis of Japanese Culture and Confucianism (2)", *Asian Culture Quarterly 2* (1974): 21-28.

Abegglen, James C., *The Japanese Factory: Aspects of Its Social Organization* (Glencoe, Ill., Free Press, 1958).

Abegglen, James C., y Stalk, George Jr., *Kaisha: The Japanese Corporation* (New York, Basic Books, 1985).

Agulhon, Maurice, *Le Cercle dans la France bourgeoise: 1810-1848: étude d'une mutation de sociabilité* (París, A Colin, 1977).

Agulhon, Maurice, y Bodiguel, Maryvonne, *Les associations au village* (Le paradou, Actes Sud, 1981).

Alchain, A. A., y Demsetz, H., "Production, Information Costs, and Economic Organization", *American Economic Review* 62 (1972).

Amsden, Alice H., *Asia's Next Giant: South Korea and Late Industrialization* (Nueva York/Oxford, Oxford University Press, 1989).

Arrow, Kenneth J., "Risk Perception in Psychology and Economics", *Economic Inquiry* (1982): 1-9; *The Limits of Organization* (Nueva York, W.W. Norton, 1974).

Ashton, T. S., *The Industrial Revolution, 1760-1830* (Londres, Oxford University Press, 1948).

Asselain, Jean-Charles, *Histoire économique de la France du XVIIIe siècle à nos jours* (París, Editions du Seuil, 1984).

Bachnik, Jane M., "Recruitment Strategies for Household Succession: Rethinking Japanese Household Organization", *Man 18* (1983): 160-182.

Bagnasco, Arnoldo, *Tre Italie: la problematica territoriale dello sviluppo italiano* (Bologna, Il Mulino, 1977).

Bagnasco, Arnoldo, y Pini, R., "Sviluppo economico e trasformazioni sociopolitiche dei sistemi territoriali a economia diffus: Economia e struttura sociale", *Quaderni Fondazione Feltrinelli*, Nº 14 (1975).

Bahr, H. M., comp., *Utah in Demographic Perspective: Regional and National*

Contrasts (Provo, Utah, Brigham Young University, 1981).

Baker, Hugh, *Chinese Family and Kinship* (Nueva York, Columbia University Press, 1979).

Banfield, Edward C., *The Moral Basis of a Backward Society* (Glencoe, Ill., Free Press, 1958).

Bauer, Michel, y Cohen, Elie, "Le politique, l'administratif, et l'exercice du pouvoir industriel", Soc*iologie du Travail 27* (1985): 324-327.

Bautista, R. M. y Perina, E. M., comps. *Essays in Development Economics in Honor of Harry T. Oshima* (Manila, Philippine Institute for Development Studies, 1982).

Becker, Gary S., A *Treatise on the Family* (Cambridge, Harvard University Press, 1981);
Human Capital: A Theoretical and Empirical Analysis (Nueva York, National Bureau of Economic Research, segunda edición, 1975).
"Nobel Lecture: The Economic Way of Looking at Behavior", *Journal of Political Economy 101* (1993): 385-409;
The Economic Approach to Human Behavior (Chicago, University of Chicago Press, 1976).

Bellah, Robert N., *Religion and Progress in Modern Asia* (Glencoe, Ill., Free Press, 1965);
"Responses to Louis Dumont's 'A Modified View of Our Origins, The Christian Beginnings of Modern Individualism'", Religion *12* (1982): 83-91;
Tokugawa Religion (Boston; Beacon Press, 1957).

Bendix, Reinhard, "The Protestant Ethic Revisited", *Comparative Studies in Society and History 9* (1967): 266-273.

Beniger, James R., *The Control Revolution: Technological and Economic Origins of the Information Society* (Cambridge, Harvard University Press, 1986).

Berger, Brigitte, comp., *The Culture of Entrepreneurship* (San Francisco, Institute for Contemporary Studies, 1991).

Berger, Peter L., *The Capitalist Spirit: Toward a Religious Ethic of Wealth Creation* (San Francisco; Institute for Contemporary Studies, 1990).

Berger, Peter L., y Hsiao, Hsin-Huang Michael, *In Search of an East Asian Development Model* (New Brunswick, N.J., Transaction Books, 1988).

Bergère, Marie Claire, "On the Historical Origins of Chinese Underdevelopment", *Theory and Society 13* (1984): 327-337.

Bergeron, Louis, *Les capitalistes en France (1780-1914)* (París; Gallimard, 1978).

Berle, Adolph A., *Power without Property: A New Development in American Political Economy* (Nueva York, Harcourt, Brace, 1959).

Berle, Adolph A., y Means, Gardner C., *The Modern Corporation and Private Property* (Nueva York, Macmillan, 1932).

Blauner, Robert, *Alienation and Freedom* (Chicago: University of Chicago Press, 1973).

Blim, Michael L., *Made in Italy: Small-Scale Industrialization and Its Consequences* (Nueva York, Praeger, 1990).

Bocking, Brian, "Neo-Confucian Spirituality and the Samurai Ethic," *Religion 10* (1980): 1-15.

Bonacich, Edna, "A Theory of Middleman Minorities", *American Sociological Review 38* (1972): 583-594.

Bond, Michael H., y Hofstede, Geert, "The Cash Value of Confucian Values", *Human Systems Management 9* (1989): 195-200.

Braun, Hans-Joachim, *The German Economy in the Twentieth Century* (Londres y Nueva York, Routledge, 1990).

Brown, Donna, "Race for the Corporate Throne", *Management Review 78* (1989): 22-29.

Buruma, Ian, *The Wages of Guilt: Memories of War in Germany and Japan* (Nueva York, Farrar, Straus, Giroux, 1994).

Butler, John Sibley, *Entrepreneurship and Self-Help Among Black Americans: A Reconsideration of Race and Economics* (Albany, N.Y., State University of New York, 1991).

Buxbaum, David C., comp., *Chinese Family Law and Social Change in Historical and Comparative Perspective* (Seattle, University of Washington Press, 1978).

Calhoun, Craig, comp., *Comparative Social Research: Business Institutions 12* (Greenwich, Conn., JAI Press, 1990).

Campbell, Joan, *Joy in Work, German Work. The National Debate, 1800-1945* (Princeton, Princeton University Press, 1989).

Carlson, Tucker, "Holy Dolers: The Secular Lessons of Mormon Charity", *Policy Review 59* (1992): 25-31.

Carter, Edward, Forster, Robert, y Moody, Joseph N., comps., *Enterprise and Entrepreneurs in Nineteenth- and Twentieth-Century France* (Baltimore, John Hopkins University Press, 1976).

Casey, Bernard, *Recent Developments in West Germany's Apprenticeship Training System* (Londres, Policy Studies Institute, 1991); "The Dual Apprenticeship System and the Recruitment and Retention of Young Persons in West Germany", *British Journal of Industrial Relations 24* (1986): 63-81.

Caves, Richard E., y Uekusa, Masu, *Industrial Organization in Japan* (Washington, D.C., Brookings Institution, 1976).

Center for Strategic and International Studies, *Integrating Commercial and Military Technologies for National Strength: An Agenda for Change.* Report of the CSIS Steering Committee on Security and Technology (Washington, D.C., Center for Strategic and International Studies, 1991).

Chan, Wellington K. K., *Merchants, Mandarins and Modern Enterprise in Late Ch'ing China* (Cambridge, Harvard East Asian Research Center, 1977); "The Organizational Structure of the Traditional Chinese Firm and its Modern Reform", *Business History Review 56* (1982): 218-235.

Chandler, Alfred D., *Scale and Scope: The Dynamics of Industrial Capitalism* (Cambridge, Harvard University Press/Belknap, 1990); *The Visible Hand: The Managerial Revolution in American Business* (Cambridge, Harvard University Press, 1977).

Chang, Chan Sup, "Chaebol: The South Korea Conglomerates", *Business Horizons 31* (1988): 51-57.

Chang, Kyung-sup, "The Peasant Family in the Transition from Maoist to

Lewisian Rural Industrialization", *Journal of Development Studies 29* (1993): 220-244.

Chao, Paul, *Chinese Kinship* (Londres: Kegan Paul International, 1983).

Cherlin, Andrew J., *Marriage, Divorce, Remarriage* (Cambridge, Harvard University Press, 1981).

Cherrington, David J., *The Work Ethic: Working Values and Values that Work* (Nueva York, Amacom, 1980).

Clegg, Stewart R. and Redding, S. Gordon, *Capitalism in Contrasting Cultures* (Berlín, Walter de Gruyter, 1990).

Clifford, Mark L., *Troubled Tiger: Businessmen, Bureaucrats and Generals in South Korea* (Armonk, N.Y., M. E. Sharpe, 1994).

Coase, Ronald H., "The Nature of the Firm", *Economica 6* (1937): 386-405.

Cohen, Daniel, "The Fall of the House of Wang", *Business Month 135* (1990): 22-31.

Coleman, James S., "Social Capital in the Creation of Human Capital", *American Journal of Sociology, 94,* Supplement (1988): S95-S120.

Congleton, Roger D., "The Economic Role of a Work Ethic", *Journal of Economic Behavior and Organization 15* (1991): 365-385.

Conroy, Hilary, y Wray, Harry, comps., *Japan Examined: Perspectives on Modern Japanese History* (Honolulu, University of Hawaii Press, 1983).

Craig, Albert M., ed., *Japan: A Comparative View* (Princeton, Princeton University Press, 1979).

Critser, Greg, "On the Road: Salt Lake City, Utah", *Inc.* (enero de 1986).

Cropsey, Joseph, "What is Welfare Economics?", *Ethics 65* (1955): 116-125.

Crouzet, François, "Encore la croissance française au XIX siècle", *Revue du nord 54* (1972): 271-288.

Crozier, Michel, *The Bureaucratic Phenomenon* (Chicago, University of Chicago Press, 1964).

Cumings, Bruce, "The Origins and Development of the Northeast Asian Political Economy: Industrial Sectors, Product Cycles and Political Consequences", *International Organization 38* (1984): 1-40.

Cutts, Robert L., "Capitalism in Japan: Cartels and Keiretsu", *Harvard Business Review 70* (1992): 48-55.

D'Antonio, William V., y Aldous, Joan, comps., *Families and Religions: Conflict and Change in Modern Society* (Beverly Hills, Ca., Sage Publications, 1983).

Dahrendorf, Ralf, *Society and Democracy in Germany* (Barden City, N.Y., Doubleday, 1969).

Dale, Peter N., *The Myth of Japanese Uniqueness* (Nueva York, St. Martin's Press, 1986).

Davidow, William H., y Malone, Michael S., *The Virtual Corporation: Structuring and Revitalizing the Corporation for the 21st. Century* (Nueva York: Harper Collins, 1992).

Davis, Winston, "Japanese Religious Affiliations: Motives and Obligations", *Sociological Analysis 44* (1983): 131-146.

De Vos, Susan, y Lee, Yean-Ju, "Change in Extended Family Living Among Elderly People in South Korea", *Economic Development and Cultural*

Change (1993): 377-393.

Diamond, Larry, "Economic Development and Democracy Reconsidered", *American Behavioral Scientist 15* (1992): 450-499.

Dore, Ronald P., *British Factory, Japanese Factory* (Londres, Allen and Unwin, 1973);
"Goodwill and the Spirit of Market Capitalism", British *Journal of Sociology 34* (1983): 459-482.

Drucker, Peter F., "The End of Japan, Inc.?", *Foreign Affairs 72* (1993): 10-15.

Du Toit, André, "No Chosen People", *American Historical Review 88* (1983).

Dumont, Louis, "A Modified View of Our Origins: The Christian Beginnings of Modern Individualism", *Religion 12* (1982): 1-27.

Dunlop, John, Harbison, F. y otros, *Industrialism Reconsidered: Some Perspectives on a Study over Two Decades of the Problems of Labor* (Princeton, Inter-University Study for Human Resources, 1975).

Durkheim, Emile, *The Division of Labor in Society* (Nueva York: Macmillan, 1933).

Dyer, W. Gibb, *Cultural Change in Family Firms: Anticipating and Managing Business and Family Transitions* (San Francisco, Jossey-Bass Publishers, 1986).

Eckstein, Harry, "Political Culture and Political Change", *American Political Science Review 84* (1990): 253-259.

Eisenstadt, S. N., comp. *The Protestant Ethic and Modernization: A Comparative View* (Nueva York, Basic Books, 1968).

Elvin, Mark, *The Pattern of the Chinese Past: A Social and Economic Interpretation* (Stanford, Stanford University Press, 1973);
"Why China Failed to Create an Endogenous Industrial Capitalism: A Critique of Max Weber's Explanation", *Theory and Society 13* (1984): 379-391.

Encarnation, Dennis, *Rivals Beyond Trade: American v. Japan in Global Competition* (Ithaca, N.Y.; Cornell University Press, 1992).

Enzenberger, Hans Maagnus, *Civil Wars: From L. A. to Bosnia* (Nueva York, New Press, 1994).

Etzioni, Amitai, "A New Kind of Socioeconomics (vs. Neoclassical Economics)", *Challenge 33* (1990): 31-32;
The Moral Dimension: Toward A New Economics (Nueva York, Free Press, 1988).

Fallows, James, *Looking at the Sun: The Rise of the New East Asian Economic and Political System* (Nueva York, Pantheon Books, 1994);
More Like Us: Making America Great Again (Boston, Houghton Mifflin, 1989).

Feingold, David, Brendley, K., Lempert, R., y otros, *The Decline of the US Machine-Tool Industry and Prospects for its Sustainable Recovery* (Santa Monica, Ca: RAND Corporation MR-479/1-OSTP, 1994).

Feuerwerker, Albert, *China's Early Industrialization* (Cambridge, Harvard University Press, 1958);
The Chinese Economy ca. 1870-1911 (Ann Arbor, Mich., University of

Michigan Press, 1969);
"The State and the Economy in the Late Imperial China", *Theory and Society* 13 (1984): 297-326.

Fisher, Albert L., "Mormon Welfare Programs", *Social Science Journal* 25 (1978): 75-99.

Fix, Michael and Passel, Jeffrey S., *Immigration and Immigrants* (Washington, D.C., Urban Institute, 1994).

Fogel, Robert W., *Railroads and Economic Growth* (Baltimore, Johns Hopkins University Press, 1964).

Form, W. H., "Auto Workers and Their Machines: A Study of Work, Factory and Job Satisfaction in Four Countries", *Social Forces* 52 (1973):1-15.

Fox, Alan, *Beyond Contract: Work, Power and Trust Relationships* (Londres, Faber and Faber, 1974).

Frazier, E. Franklin, *Black Bourgeoisie* (Nueva York, Collier Books, 1962).

Freedman, Maurice, *Chinese Lineage and Society: Fujian and Guangdong* (Londres, Althone, 1966);
The Study of Chinese Society (Stanford, Stanford University Press, 1970);
Family and Kinship in Chinese Society (Stanford, Stanford University Press, 1970).

Fricke, Thomas E. y Thornton, Arland, "Social Change and the Family: Comparative Perspectives from the West, China and South Asia", *Sociological Forum* 2 (1987): 746-779.

Fridenson, Patrick y Straus, André, *Le Capitalisme français XIXe-XXe siècles: blocages et dynamismes d'une croissance* (París, Fayard, 1987).

Friedland, Roger, y Robertson, A. F., *Beyond the Marketplace: Rethinking Economy and Society* (Nueva York, Aldine de Gruyter, 1990).

Friedman, David, *The Misunderstood Miracle* (Ithaca, N.Y., Cornell University Press, 1988).

Fua, Giorgio, y Zacchia, Carlo, *Industrilizzazione senza fratture* (Bologna, Il Mulino, 1983).

Fukuyama, Francis, *The End of History and the Last Man* (Nueva York; Free Press, 1992);
"The End of History?", *National Interest* (1989): 3-18;
"Great Planes", *New Republic* (1993): 3-18;
"Immigrants and Family Values", *Commentary* 95 (1993): 26-32;
"The Primacy of Culture", *Journal of Democracy* 6 (1995): 7-14.

Fullerton, Kemper, "Calvinism and Capitalism", *Harvard Theological Review* 21 (1928): 163-191.

Furnham, Adrian, *The Protestant Work Ethic: The Psychology of Work-Related Beliefs and Behaviors* (Londres: Routledge and Kegan Paul, 1990).
"The Protestant Work Ethic and Attitudes Towards Unemployment", *Journal of Occupational Psychology* 55 (1982): 277-285;
"The Protestant Work Ethic: A Review of the Psychological Literature", *European Journal of Social Psychology* 14 (1984): 87-104.

Galenson, Walter, comp., *Economic Growth and Structural Change in Taiwan* (Ithaca, N.Y., Cornell University Press, 1979).

Galenson, Walter y Lipset, Seymour Martin, comp., *Labor and Trade Unionism* (Nueva York, Wiley, 1960).

Ganley, Gladys D., "Power to the People via Personal Electronic Media", *Washington Quarterly* (1991): 5-22.

Gansler, Jacques, *Affording Defense* (Cambridge, MIT Press, 1991).

Geertz, Clifford, *The Interpretation of Cultures* (Nueva York, Basic Books, 1973);

Gellner, Ernest, *Conditions of Liberty: Civil Society and its Rivals* (Londres, Hamish Hamilton, 1994).
   Plough, Sword and Book: The Structure of Human History (Chicago, University of Chicago Press, 1988).

Gerlach, Michael L., *Alliance Capitalism: The Social Organization of Japanese Business* (Berkeley, University of California Press, 1992).

Gerschenkron, Alexander, *Economic Backwardness in Historical Perspective* (Cambridge, Harvard University Press, 1962).

Gibbs, W. Wayt, "Software's Chronic Crisis", *Scientific American 271* (1994): 86-95.

Glazer, Nathan, "Black and Ethnic Groups: The Difference and the Political Difference It Makes", *Social Problems 18* (1971): 444-461;
"The Street Gangs and Ethnic Enterprise", *Public Interest* (1972): 82-89.

Glendon, Mary Ann, *Rights Talk: The Impoverishment of Political Discourse* (Nueva York, Free Press, 1991).

Godley, Michael R., *The Mandarin Capitalists from Nanyang: Overseas Chinese Enterprise in the Modernization of China 1890* (Cambridge, Cambridge University Press, 1981).

Goffee, Robert, y Scase, Richard, comp., *Entrepreneurship in Europe: The Social Process* (Londres, Croom Helm, 1987).

Goode, William, *World Revolution and Family Patterns* (Glencoe, Ill., Free Press, 1963).

Goodwin, Leonard, "Welfare Mothers and the Work Ethic", *Monthly Labor Review 95* (172): 35-37.

Gordon, Michael, comp., *American Family in Social-Historical Perspective* (Nueva York, St. Martin's Press, 1973).

Gouldner, Alvin W., "The Norm of Reciprocity: A Preliminary Statement", *American Sociological Review 25* (1960): 161-178.

Granovetter, Mark, "Economic Action and Social Structure: The Problem of Embeddedness", *American Journal of Sociology 91* (1985): 481-510.

Green, Donald, y Shapiro, Ian, *Pathologies of Rational Choice Theory: A Critique of Applications in Political Science* (New Haven, Yale University Press, 1994).

Green, Robert W., *Protestantism, Capitalism, and Social Science: The Weber Thesis Controversy* (Lexington, Mass., D. C. Heath, 1973).

Grochla, E., y Gaugler, E., comps. *Handbook of German Business Management* (Stuttgart, C. E. Poeschel Verlag, 1990).

Gross, C., *The Guild Merchant* (Oxford, Clarendon Press, 1980).

Hadley, Eleanor, *Antitrust in Japan* (Princeton: Princeton University Press, 170).

Hagen, Everett, E., *On the Theory of Social Change: How Economic Growth Begins* (Homewood, Ill., Dorsey Press, 1962).

Hamilton, Gary G., y Biggart, Nicole W., "Market, Culture and Authority: A

Comparative Analysis of Management and Organization in the Far East", *American Journal of Sociology 94* (1988): S52-S94.

Hamilton, Gary G.,'y Kao, Cheng-shu, "The Institutional Foundations of Chinese Business: The Family Firm in Taiwan", *Comparative Social Research 12* (1990): 131-151;

"Max Weber and the Analysis of East Asian Industrialization", *International Sociology 2* (1987): 289-300.

Hanssen, Johannes, *History of the German People After the Close of the Middle Ages* (Nueva York: AMS Press, 1909).

Hardin, Russel, *Collective Action* (Baltimore, John Hopkins University Press, 1982).

Hareven, Tamara K., "The History of the Family and the Complexity of Social Change", *American Historical Review 96* (1991): 95-122;

"Max Weber and the Analysis of East Asian Industrialization", *International Sociology 2* (1987): 289-300.

Harrison, Lawrence E., *Who Prospers? How Cultural Values Shape Economic and Political Success* (Nueva York, Basic Books, 1992).

Hasimoto, Masanori, *The Japanese Labor Market in a Comparative Perspective with the U.S.: A Transaction-Cost Interpretation* (Kalamazoo, Mich., W. E. Upjohn Institute for Employment Research, 1990).

Heller, Robert, "How the Chinese Manage to Keep It All in the Family", *Management Today* (1991): 31-34.

Herrigel, Eugen, *Zen in the Art of Archery* (Nueva York, Pantheon Books, 1953).

Hexham, Irving, "Dutch Calvinism and the Development of Afrikaner Nationalism", *African Affairs 79* (1980): 197-202.

Hickson, Charles, y Thompson, Earl E., "A New Theory of Guilds and European Economic Development", *Explorations in Economic History 28* (1991): 127-168.

Hirschman, Alabert O., *The Passions and the Interests: Political Arguments for Capitalism Before its Triumph* (Princeton, Princeton University Press, 1977).

Hirschmeier, Johannes, *The Origins of Entrepreneurship in Meiji Japan* (Cambridge; Harvard University Press, 1964).

Ho, Samuel P. S., *Small-Scale Enterprises in Korea and Taiwan* (Washington, D.C.; World Bank, Staff Research Working Paper 384, abril de 1980).

Hoffmann, Stanley, *Decline or Renewal? France Since the 1930s* (Nueva York, Viking Press, 1974).

Hoffmann, Stanley, Kindleberger, Charles y otros, *In Search of France* (Cambridge, MA., Harvard University Press, 1963).

Hofheinz, Roy Jr., y Calder, Kent E., *The Eastasia Edge* (Nueva York, Basic Books, 1982).

Hofstede, Geert, y Bond, Michael H., "The Confucius Connection: From Cultural Roots to Economic Growth", *Organizational Dynamics* (1988): 5-21.

Horie, Yasuzo, "Business Pioneers in Modern Japan", *Kyoto University Economic Review 30* (1961): 1-16;

"Confucian Concept of State in Tokugawa Japan", *Kyoto University Economic Review 32* (1962): 26-38.

Hounshell, David A., *From the American System to Mass Production 1800-1932* (Baltimore, Johns Hopkins University Press, 1984).

Howard, Ann, y Wilson, James A., "Leadership in a Declining Work Ethic", *California Management Review 24* (1982): 33-46.

Hsu, Francis L. K., *Iemoto: The Heart of Japan* (Nueva York, Schenkman Publishing Co., 1975).

Hsu, Francis L. K., *Under the Ancestors' Shadow: Kinship, Personality and Social Mobility in China* (Stanford, Ca., Stanford University Press, 1971); *Kinship and Culture* (Chicago, Aldine Publishing Co., 1971).

Huber, Peter, *Orwell's Revenge: The 1984 Palimpsest* (Nueva York, Free Press, 1994).

Huber, Peter, Kellog, Michael y otros, *The Geodesic Network II: 1993 Report on Competition in the Telephone Industry* (Washington, D.C., The Geodesic Company, 1994).

Huntington, Samuel P., *The Third Wave: Democratization in the Late Twentieth Century* (Oklahoma City, University of Oklahoma Press, 1991). "The Clash of Civilizations?", *Foreign Affairs 72* (1993): 22-49.

Hutcheon, Robin, *First Sea Lord: The Life and Work of Sir Y. K. Pao* (Hong Kong, Chinese University Press, 1990).

Imai, Ken'ichi, "The Corporate Network in Japan", *Japanese Economic Studies 16* (1986): 3-37.

Jacobs, Jane, *The Death and Life of Great American Cities* (Nueva York, Random House, 1961).

Jacobs, Norman, *The Origins of Modern Capitalism in Eastern Asia* (Hong Kong, Hong Kong University Press, 1958).

Jacoby, Sanford, "The Origins of Internal Labor Markets in Japan", *Industrial Relations 18* (1979): 184-196.

Jamieson, Ian, *Capitalism and Culture: A Comparative Analysis of British and American Manufacturing Organizations* (Londres, Gower, 1980); "Some Observations on Socio-Cultural Explanations of Economic Behaviour", *Sociological Review 26* (1978): 777-805.

Janelli, Roger L., *Making Capitalism: The Social and Cultural Construction of a South Korean Conglomerate* (Stanford, Stanford University Press, 1993).

Janelli, Roger L. y Janelli, Dawn-hee Yim, "Lineage Organization and Social Differentiation in Korea", *Man 13* (1978): 272-289.

Jenner, W. J. F., *The Tyranny of History. The Roots of China's Crisis* (Londres, Allen Lane/The Penguin Press, 1992).

Johnson, Chalmers, *MITI and the Japanese Miracle* (Stanford, Stanford University Press, 1982); "Keiretsu: An Outsider's View", *Economic Insights 1* (1990): 15-17; "The People Who Invented the Mechanical Nightingale", *Daedalus 119* (1990): 71-90.

Johnson, Chalmers, y Keehn, E. B., "A Disaster in the Making: Rational Choice and Asian Studies", *National Interest Nº 36*. (1994) 14-22.

Johnson, Chalmers, Tyson, Laura D'Andrea y otros, *The Politics of Productivity* (Cambridge, Ballinger Books, 1989).

Jones, Leroy P., y Sakong, I., *Government, Business, and Entrepreneurship in Economic Development: The Korean Case* (Cambridge, Harvard University Press, 1980).

Kao, John, "The Worldwide Web of Chinese Business", *Harvard Business Review 71* (1993): 24-34.

Kaplan, Robert, "The Anarchy", *Atlantic 273* (febrero de 1994) págs. 44-81.

Katz, Harry, y Sable, Charles, "Industrial Relations and Industrial Adjustment in the Car Industry", *Industrial Relations 24* (1984): 295-315.

Katz, Harry, *Shifting Gears: Changing Labor Relations in the US Automobile Industry* (Cambridge, MIT Press, 1985).

Keeble, David y Wever, E., comps., *New Firms and Regional Development in Europe* (Londres, Croom Helm, 1982).

Kelman, Steven, "Public Choice and Public Spirit", *Public Interest* (1987): 80-94.

Kenney, Charles C., "Fall of the House of Wang", *Computerworld 26* (1992): 67-68.

Kerr, Clark, Dunlop, John y otros, *Industrialism and Industrial Man: The Problems of Labor and Management in Economic Growth* (Cambridge, Harvard University Press, 1960).

Kertzer, David I., comp., *Family Life in Central Italy, 1880-1919: Sharecropping, Wage Labor and Coresidence* (New Brunswick, N.J., Rutgers University Press, 1984).

Kertzer, David I., y Saller, Richard P., *The Family in Italy from Antiquity to the Present* (New Haven, Yale University Press, 1991).

Kim, Choong Soon, *The Culture of Korean Industry: An Ethnography of Poongsan Corporation* (Tucson, The University of Arizona Press, 1992).

Kim, Eun Mee, "From Dominance to Symbiosis: State and Chaebol in Korea", *Pacific Focus 3* (1988): 105-121.

Kim, Kwang Chung, y Kim, Shin, "Kinship Group and Patrimonial executives in a Developing Nation: A Case Study of Korea", *Journal of Developing Areas 24* (1989): 27-45.

Kim, Myung-hye, "Transformation of Family Ideology in Upper-Middle-Class Families in Urban South Korea", *Ethnology 32* (1993): 69-85.

King, Winston L. A. "A Christian and a Japanese-Buddhist Work-Ethic Compared", *Religion 11* (1981)págs. 207-226.

Kinzer, Robert H., y Sagarin, Edward, *The Negro in American Business: The Conflict Between Separation and Integration* (Nueva York: Greenberg, 1950).

Kitagawa, Joseph M., *Religion in Japanese History* (Nueva York, Columbia University Press, 1966).

Kitaoji, Hironobu, "The Structure of the Japanese Family", *American Anthropologist 73* (1971): 1036-57.

Klitgaard, Robert E., *Tropical Gangsters* (Nueva York, Basic Books, 1990).

Kotkin, Joel, *Tribes: How Race, Religion, and Identity Determine Success in the New Global Economy* (Nueva York, Random House, 1993).

Krugman, Paul, "The Myth of Asia's Miracle", *Foreign Affairs 73* (1994): 28-44.

Kumagai, Fumie, "Modernization and the Family in Japan", *Journal of Family History 11* (1986): 371-382.

Kumon, Shumpei, y Rosovsky, Henry, comps., *The Political Economy of Japan, Vol. 3: Cultural and Social Dynamics* (Stanford, Stanford University Press, 1992).

Kwon, Jene K., *Korean Economic Development* (Westport, Conn., Greenwood Press, 1989).

Landes, David S., "French Entrepreneurship and Industrial Growth in the Nineteenth Century", *Journal of Economic History 9* (1949): 45-61.

Landes, David S., "New-Model Entrepreneurship in France and Problems of Historical Explanation", *Explorations in Entrepreneurial History*, Second Series 1 (1963): 56-75.

Laslett, Peter N., y Wall, Richard, comps., *Household and Family in Past Time* (Cambridge, Cambridge University Press, 1972).

Lau, Lawrence J., *Models of Development: A Comparative Study of Economic Growth in South Korea and Taiwan* (San Francisco: Institute for Contemporary Studies, 1986).

Lazonick, William, *Competitive Advantage on the Shop Floor* (Cambridge, Harvard University Press, 1990).

Lebra, Takie Sugiyama, "Adoption Among the Hereditary Elite of Japan: Status Preservation Through Mobility", *Ethnology 28* (1989): 185-218.

Lee, Sang M., y Yoo, S., "The K-Type Management: A Driving Force Behind Korean Prosperity", *Management International Review 27* (1987): 68-77.

Lee, Shu-Ching, "China's Traditional Family, Its Characteristics and Disintegration", *American Sociological Review 18* (1953): 272-280.

Lee, W. R., y Rosenhaft, Eve, *The State and Social Change in Germany, 1880-1980* (Nueva York y Oxford, Berg, 1990).

Leff, Nathaniel H., "Industrial Organization and Entrepreneurship in the Developing Countries: The Economic Groups", *Economic Development and Cultural Change 26* (1978) 661-675.

Levine, Solomon B., *Industrial Relations in Postwar Japan* (Urbana, Ill., University of Illinois Press, 1958).

Levy, Marion J., *The Family Revolution in Modern China* (Cambridge, Harvard University Press, 1949).

Levy, Marion J., *The Rise of the Modern Chinese Business Class* (Nueva York, Institute of Pacific Relations, 1949).

Light, Ivan H. *Ethnic Enterprise in America* (Berkeley, University of California Press, 1972).

Light, Ivan H., y Bonacich, Edna, *Immigrant Entrepreneurs: Koreans in Los Angeles, 1965-1982* (Berkeley, The University of California Press, 1988).

Lincoln, James R., Olson, Jon y otros, "Cultural Effects on Organizational Structure: The Case of Japanese Firms in the United States", *American Sociological Review 43* (1978): 829-847.

Lincoln, James R., Gerlach, Michael L. y otros, "Keiretsu Networks in the Japanese Economy: A Dyad Analysis of Intercorporate Ties", *American Sociological Review 57* (1992): 561-585.

Lindblom, Charles, *Politics and Markets: The World's Political-Economic Systems* (Nueva York, Basic Books, 1977).

Lipset, Seymour Martin, *Continental Divide: The Values and Institutions of the United States and Canada* (Nueva York y Londres, Routledge, 1990); "Culture and Economic Behavior: A Commentary", *Journal of Labor Economics 11* (1993): S330-347;
Revolution and Counterrevolution (Nueva York, Basic Books, 1968); "Pacific Divide: American Exceptionalism-Japanese Uniqueness", en *Power Shifts and Value Changes in the Post Cold War World*, conclusiones del Simposio Conjunto de los Comités de Investigaciones de la Asociación Sociológica Internacional, Instituto de Relaciones Internacionales de la Sophia University, e Instituto de Investigaciones de Ciencias Sociales de la Christian University, 1992;
"Some Social Requisites of Democracy: Economic Development and Pol Legitimacy", *American Political Science Review 53* (1959): 69-105; "The Work Ethic, Then and Now", *Journal of Labor Research 13* (1992): 45-54.

Lipset, Seymour Martin, y Hayes, Jeff, "Individualism: A Double-Edged Sword", *Responsive Community 4* (1993): 69-81.

Locke, John, *The Second Treatise of Government* (Indianápolis, Bobbs-Merrill, 1952).

Lockwood, William W., *The Economic Development of Japan: Growth and Structural Change, 1868-1938* (Princeton: Princeton, University Press, 1954).

Macaulay, Stewart, "Non-Contractual Relations in Business: A Preliminary Study", *American Sociological Review 28* (1963): 55-69.

Mahler, Vincent A., y Katz, Claudio, "Social Benefits in Advanced Capitalist Countries", *Comparative Politics 21* (1988): 38-59.

Martin, David, *Tongues of Fire. The Explosion of Protestantism in Latin America* (Oxford, Basil Blackwell, 1990).

Marty, Martin E. y Appleby, R. Scott, comps., *Accounting for Fundamentalisms: The Dynamic Character of Movements* (Chicago, University of Chicago Press, 1994).
Fundamentalisms and Society. Reclaiming the Sciences, the Family, and Education (Chicago, University of Chicago Press, 1993).

Mason, Edward S., *The Economic and Social Modernization of the Republic of Korea* (Cambridge: Harvard University Press, 1980).

Mason, Mark, *American Multinationals and Japan: The Political Economy of Japanese Capital Controls, 1899-1980* (Cambridge, Harvard University Press, 1992).

Mathias, Peter, y Postan, M. M., comps., *The Cambridge Economic History of Europe, Vol. VII: The Industrial Economies: Capital, Labour, and Enterprise. Part I: Britain, France, Germany and Scandinavia* (Londres, Cambridge University Press, 1978).

Maurice, Marc, Sellier, François y otros, *The Social Foundations of Industrial Power: A Comparison of France and Germany* (Cambridge, MIT Press, 1986).

Mayo, Elton, *The Human Problems of an Industrial Civilization* (Nueva York, Macmillan, 1933).

Mayo, Elton, *The Social Problems of an Industrial Civilization* (Londres, Routledge and Kegan Paul, 1962).

McFarquhar, Roderick, "The Post-Confucian Challenge", *Economist* (1980): 67-72.

McMullen, I. J., "Rulers or Fathers? A Casuistical Problem in Early Modern Japanese Thought", *Past and Present 116* (1987): 56-97.

McNamara, Dennis L., *The Colonial Origins of Korean Enterprise, 1919-1945* (Cambridge, Cambridge University Press, 1990).
"Entrepreneurship in Colonial Korea: Kim Yon-su", *Modern Asian Studies 22* (1988): 165-177.

Mead, Margaret, y Metraux, Rhoda, *Themes in French Culture: A Preface to a Study of French Community* (Stanford, Stanford University Press, 1954).

Mearsheimer, John J., "Back to the Future: Instability in Europe After the Cold War", *International Security 15* (1990): 5-56.

Merton, Robert K., "Science, Religion, and Technology in Seventeenth Century England", *Osiris 4* (1938): 360-632.

Miller, Michael B., *The Bon Marché: Bourgeois Culture and the Department Store, 1869-1920* (Princeton, Princeton University Press, 1981).

Milward, Alan S. y Saul, S. B., *The Development of the Economies of Continental Europe 1780-1870* (Londres, George Allen and Unwin, 1977).

Min, Pyong Gap, y Jaret, Charles, "Ethnic Business Success: The Case of Korean Small Business in Atlanta", *Sociology and Social Research 69* (1985): 412-435.

Miyanaga, Kuniko, *The Creative Edge: Emerging Individualism in Japan* (New Brunswick, N. J., Transaction Publishers, 1991).

Montagu-Pollack, Matthew, "Stocks: Hong Kong, Indonesia, Japan, Malaysia, Philippines, Singapore, South Korea, Taiwan, Thailand", *Asian Business 28* (1992): 56-65.

Moore, Barrington Jr., *Social Origins of Dictatorship and Democracy* (Boston, Beacon Press, 1966).

Moore, R.A., "Adoption and Samurai Mobility in Tokugawa Japan", *Journal of Asian Studies 29* (1970): 617-632.

Morgan, S. Philip, e Hiroshima, Kiyoshi, "The Persistence of Extended Family Residence in Japan: Anachronism or Alternative Strategy?", *American Sociological Review 48* (1983): 269-281.

Morioka, Kiyomi, "Demographic Family Changes in Contemporary Japan", *International Social Science Journal 126* (1990): 511-522.

Morishima, Michio, "Confucius and Capitalism", *UNESCO Courier* (1987): 34-37;
Why Has Japan Succeeded? Western Technology and the Japanese Ethos (Cambridge, Cambridge University Press, 1982).

Moynihan, Daniel P., y Glazer, Nathan, *Beyond the Melting Pot: The Negroes, Puerto Ricans, Italians, and Irish of New York City* (Cambridge, MIT Press, 1963).

Muller, Jerry Z., *Adam Smith in His Time and Ours: Designing the Decent*

Society (Nueva York, Free Press, 1992).

Myers, Ramon H., "The Economic Transformation of the Republic of China on Taiwan", *China Quarterly 99* (1984): 500-528.

Myrdal, Gunnar, *Asian Drama. An Inquiry Into the Poverty of Nations.* 3 vols. (Nueva York, Twentieth Century Fund, 1968).

Nakamura, James I., y Miyamoto, Matao, "Social Structure and Population Change: A Comparative Study of Tokugawa Japan and Ch'ing China", *Economic Development and Cultural Change 30* (1982): 229-269.

Nakane, Chie, *Japanese Society* (Berkeley, University of California Press, 1970).

Nakane, Chie, *Kinship and Economic Organization in Rural Japan* (Londres, Althone Press, 1967).

Nee, Victor, "The Peasant Household Economy and Decollectivization in China", *Journal of Asian & African Studies 21* (1986): 185-203.

Nee, Victor, y Sijin, Su, "Institutional Change and Economic Growth in China: The View From the Villages", *Journal of Asian Studies 49* (1990): 3-25.

Nee, Victor y Wong, Herbert Y., *Asian American Socioeconomic Institutions of Socialism: China and Eastern Europe* (Stanford, Stanford University Press, 1989).

Nee, Victor, y Young, Frank W., "Peasant Entrepreneurs in China's 'Second Economy': An Institutional Analysis", *Economic Development and Cultural Change 39* (1991): 293-310.

Needham, Joseph, *Science and Civilization in China, Vol. I: Introductory Orientations* (Cambridge: Cambridge, University Press, 1954).

Negandhi, A. R., y Estafen, B. D., "A Research Model to Determine the Applicability of American Management Know-How in Differing Cultures", *Academy of Management Journal 8* (1965): 309-318.

Nelson, Bryce, "The Mormon Way", *Geo 4* (1982): 79-80.

Nevins, Allan, y Hill, Frank E., *Ford: Decline and Rebirth 1933-1962* (Nueva York, Charles Scribner's Sons, 1962);
Ford: Expansion and Challenge 1915-1933 (Nueva York: Charles Scribner's Sons, 1954);
Ford: The Times, the Man, the Company (Nueva York, Charles Scribner's Sons, 1954).

Nichols, James, y Wright, Colin, comps., *From Political Economy to Economics... and Back?* (San Francisco, Institute for Contemporary Studies, 1990).

Niehoff, Justin D., "The Villager as Industrialist: Ideologies of Household Manufacturing in Rural Taiwan", *Modern China 13* (1987): 278-309.

Nivison, David S., y Wright, Arthur F., comps., *Confucianism in Action* (Stanford, Stanford University Press, 1959).

Noam, Eli, *Telecommunications in Europe* (Nueva York y Oxford, Oxford University Press, 1992).

North, Douglass C., y Thomas, Robert P., *The Rise of the Western World: A New Economic History* (Cambridge, Cambridge University Press, 1973).

Novak, Michael, *The Catholic Ethic and the Spirit of Capitalism* (Nueva York: Free Press, 1993).

O'Brian, Patrick, y Keyder, Caglar, *Economic Growth in Britain and France 1780-1914: Two Paths to the Twentieth Century* (Londres, George Allen y

Unwin, 1978).

O'Dea, Thomas F., *The Mormons* (Chicago, University of Chicago Press, 1957).

Okochi, Akio, y Yasuoka, Shigeaki, comps., *Family Business in the Era of Industrial Growth* (Tokio, University of Tokyo Press, 1984).

Olson, Mancur, *The Logic of Collective Action. Public Goods and the Theory of Groups* (Cambridge, Harvard University Press, 1965); *The Rise and Decline of Nations* (New Haven, Yale University Press, 1982).

Orrú, Marco, Hamilton, Gary y otros, "Patterns of Inter-Firm Control in Japanese Business", *Organization Studies 10* (1989): 549-574.

Parish, William L., comp., *Chinese Rural Development: The Great Transformation* (Armonk, N.Y., M. E. Sharpe, 1985).

Pelikan, Jaroslav J., Kitagawa, Joseph y otros, *Comparative Work Ethics: Christian, Budhist, Islamic* (Washington, D. C., Library of Congress, 1985).

Piore, Michael J., y Berger, Suzanne, *Dualism and Discontinuity in Industrial Societies* (Cambridge, Cambridge University Press, 1980).

Poole, Gary A., "Never Play Poker With This Man", *UnixWorld 10* (1993): 46-54.

Porter, Bruce, *War and the Rise of the Nation-State* (Nueva York, Free Press, 1993).

Postan, M. M., Rich, E. E. y Miller, Edward, comps., *Cambridge Economic History of Europe*, Vol. 3 (Cambridge, Cambridge University Press, 1963).

Potter, Jack M., *Capitalism and the Chinese Peasant* (Berkeley, University of California Press, 1968).

Preston, Richard, *American Steel* (Nueva York, Avon Books, 1991).

Prestowitz, Clyde V., Jr., *Trading Places: How We Allowed Japan to Take the Lead* (Nueva York, Basic Books, 1988).

Putnam, Robert D., *Making Democracy Work: Civic Traditions in Modern Italy* (Princeton: Princeton University Press, 1993); "Bowling Alone: America's Declining Social Capital", *Journal of Democracy* 6 (1995): 65-78; "The Prosperous Community", *American Prospect* (1993): 35-42.

Pye, Lucian W., *Asian Power and Politics: The Cultural Dimensions of Authority* (Cambridge, Harvard University Press, 1985).

Rauch, Jonathan, *Demosclerosis: The Silent Killer of American Government* (Nueva York, Times Books, 1994).

Redding, S. Gordon, *The Spirit of Chinese Capitalism* (Berlín, De Gruyter, 1990).

Rhoads, Steven E., *The Economist's View of the World: Government, Markets and Public Policy* (Cambridge, Cambridge University Press, 1985); "Do Economists Overemphasize Monetary Benefits?", *Public Administration Review* (1985): 815-820.

Rich, E. E., y Wilson, C. H., comps., *The Economic Organization of Early Modern Europe,* en *The Cambridge Economic History of Europe*, Vol. 5 (Cambridge, Cambridge University Press, 1977).

Richter, Rudolf, comp., *Zeitschrift für die gesamte Staatswissenschaft 135* (1979): 455-473.

Riesman, David, Glazer, Nathan y otros, *The Lonely Crowd* (New Haven, Yale University Press, 1959).

Riha, Thomas, "German Political Economy: History of an Alternative Economics", *International Journal of Social Economics 12* (1985).

Roberts, Bryan R., "Protestant Groups and Coping with Urban Life in Guatemala", *American Journal of Sociology 6* (1968): 753-767.

Robertson, H. H., *Aspects of the Rise of Economic Individualism* (Cambridge, Cambridge University Press, 1933).

Rose, Michael, *Re-Working the Work Ethic: Economic Values and Socio-Cultural Politics* (Nueva York, Schocken Books, 1985).

Rosen, Bernard, "The Achievement Syndrome and Economic Growth in Brazil", *Social Forces 42* (1964): 341-354.

Rosenberg, Nathan y Birdzell, L. E., *How the West Grew Rich* (Nueva York, Basic Books, 1986).

Rozman, Gilbert, comp., *The East Asian Region: Confucian Heritage and Its Modern Adaptation* (Princeton, Princeton University Press, 1991).

Ruthven, Malise, "The Mormon's Progress", *Wilson Quarterly 15* (1991): 23-47.

Sabel, Charles, y Zeitlin, Jonathan, "Historical Alternatives to Mass Production: Politics, Markets and Technology in Nineteenth-Century", *Past and Present 108* (1985): 133-176.

Sabel, Charles, y Piore, Michael J., *The Second Industrial Divide* (Nueva York, Basic Books, 1984).

Sabel, Charles, *Work and Politics* (Cambridge, Cambridge University Press, 1981).

Saith, Ashwani, comp., *The Re-Emergence of the Chinese Peasantry: Aspects of Rural Decollectivation* (Londres, Croom Helm, 1987).

Sakai, Kuniyasu, "The Feudal World of Japanese Manufacturing", *Harvard Business Review 68* (1990): 38-47.

Salaff, Janet W., *Working Daughters of Hong Kong: Filial Piety or Power in the Family?* (Cambridge, Cambridge University Press, 1981).

Samuelsson, Kurt, *Religion and Economic Action* (Estocolmo, Svenska Bokforlaget, 1961).

Sandler, Todd, *Collective Action: Theory and Applications* (Ann Arbor: University of Michigan Press, 1992).

Sangren, P. Steven, "Traditional Chinese Corporation: Beyond Kinship", *Journal of Asian Studies 43* (1984): 391-415.

Scherer, Frederick M., y Ross, David, *Industrial Market Structure and Economic Performance*. Tercera edición (Boston, Houghton Mifflin Co., 1990).

Schmalensee, Richard, y Willig, Robert D., comps., *Handbook of Industrial Organization* (Amsterdam, Elsevier Science Publishers, 1989).

Schmidt, Vivien, "Industrial Management Under the Socialists in France: Decentralized Dirigisme at the National and Local Levels", *Comparative Politics 21* (1988): 53-72.

Schumpeter, Joseph A., *The Theory of Economic Development* (Cambridge, Harvard University Press, 1951).

Schwartz, Barry, *The Costs of Living: How Market Freedom Erodes the Best Things of Life* (Nueva York, Norton, 1994).

Scott, Richard, "British Immigrants and the American Work Ethic in the Mid-Nineteenth Century", *Business and Economic History 21* (1992): 219-227.

Sen, Amartya K., "Behavior and the Concept of Preference", *Economics 40* (1973): 214-259.

"Rational Fools: A Critique of the Behavioral Foundations of Economic Theory", *Philosophy and Public Affairs 6* (1977): 317-344.

Sexton, James, "Protestantism and Modernization in Two Guatemalan Towns", *American Ethnologist 5* (1978): 280-302.

Shane, Scott, *Dismantling Utopia: How Information Ended the Soviet Union* (Chicago, Ivan Dee, 1994).

Shima, Mutsuhiko, "In Quest of Social Recognition: A Retrospective View on the Development of Korean Lineage Organization", *Harvard Journal of Asiatic Studies 50* (1990): 30-78.

Shimokawa, Koichi, "Japan's Keiretsu System: The Case of the Automobile Industry", *Japanese Economic Studies 13* (1985): 3-31.

Shin, Eui-Hang, y Han, Shin-Kap, "Korean Immigrant Small Business in Chicago: An Analysis of the Resource Mobilization Processes", *Amerasia 16* (1990): 39-60.

Shiroyama, Saburo, "A Tribute to Honda Soichiro", *Japan Echo* (1991): 82-85.

Silin, Robert H., *Leadership and Values: The Organization of Large Scale Taiwanese Enterprises* (Cambridge, Harvard University Press, 1976).

Skocpol, Theda, Evans, Peter B. y otros, comps., *Bringing the State Back In* (Cambridge, Cambridge University Press, 1985).

Skully, Michael T., comp., *Financial Institutions and Markets in the Far East. A Study of China, Hong Kong, Japan, South Korea* (Nueva York, St. Martin's Press, 1982).

Smelser, Neil J., y Swedberg, Richard, comps., *The Handbook of Economic Sociology* (Princeton: Princeton University Press, 1994).

Smith, Adam, *An Inquiry Into the Nature and Causes of the Wealth of Nations* (Indianápolis, Liberty Classics, 1981);
The Theory of Moral Sentiments (Indianápolis, Liberty Classics, 1982).

Smith, Warren W., *Confucianism in Modern Japan* (Tokio, Hokuseido Press, 1959).

Sombart, Werner, *The Jews and Modern Capitalism* (Nueva York, E. P. Dutton, 1913);
The Quintessence of Capitalism (Nueva York, Dutton and Co., 1915).

Song, Byong-Nak, *Rise of the Korean Economy* (Hong Kong, Oxford University Press, 1990).

Sorenson, Clark, "Farm Labor and Family Cycle in Traditional Korea and Japan", *Journal of Anthropological Research 40* (1984): 306-323.

Sorge, Arndt, y Warner, Malcolm, *Comparative Factory Organization: An Anglo-German Comparison on Manufacturing, Management, and Manpower* (Aldershot, Gower, 1986).

Soskice, David, "Reconciling Markets and Institutions: The German Apprenticeship System". (Wissenschaftszentrum Berlin y Oxford

University, Institute of Economics and Statistics, 1992.)

Sowell, Thomas, *Essays and Data on American Ethnic Groups* (Washington, D.C., Urban Institute, 1978);

Ethnic America: A History (Nueva York, Basic Books, 1981);

Race and Culture: A World View (Nueva York, Basic Books, 1994);

"Three Black Histories", *Wilson Quarterly* (invierno 1979): 96-106.

Stark, Rodney, y Finke, Roger, "How the Upstart Sects Won America: 1776-1850".

Journal for the Scientific Study of Religion 28 (1989): 27-44.

Steers, Richard, Shin, Y. y otros, *The Chaebol: Korea's New Industrial Might* (Nueva York, Harper Business, 1989).

Steinberg, David, "Sociopolitical Factors and Korea's Future Economic Policies", *World Development 16* (1988): 19-34.

Stern, Fritz, *The Politics of Cultural Despair: A Study in the Rise of German Ideology* (Berkeley: University of California Press, 1974).

Stiegler, George, y Becker, Gary S., "De Gustibus Non Est Disputandum", *American Economic Review 67* (1977): 76-90.

Stix, Gary, y Wallich, Paul, "Is Bigger Still Better?", *Scientific American 271* (marzo 1994): 109.

Stokes, Randall G., "The Afrikaner Industrial Entrepreneur and Afrikaner Nationalism", *Economic Development and Cultural Change 22* (1975): 557-559.

Stoll, David, *Is Latin America Turning Protestant? The Politics of Evangelical Growth* (Berkeley, University of California Press, 1990).

Strauss, Leo, *The Political Philosophy of Thomas Hobbes: Its Basis and Genesis* (Chicago: University of Chicago Press, 1952).

Tang, Thomas Li-ping, y Tzeng, J. Y., "Demographic Correlates of the Protestant Work Ethic", *Journal of Psychology 126* (1991): 163-170.

Tawney, R. H., *Religion and the Rise of Capitalism* (Nueva York, Harcourt, Brace and World, 1962).

Taylor, A. J. P., *Bismarck: The Man and Statesman* (Nueva York, Vintage Books, 1967).

Taylor, Frederick Winslow, *The Principles of Scientific Management* (Nueva York, Harper Brothers, 1911).

Thurow, Lester, *Head to Head: The Coming Economic Battle Among Japan, Europe and America* (Nueva York, Warner Books, 1993).

Tocqueville, Alexis de, *Democracy in America*. 2 Vols. (Nueva York, Vintage Books, 1945);

The Old Regime and the French Revolution (Nueva York: Doubleday Anchor, 1955).

Toffler, Alvin, y Toffler, Heidi, *War and Anti-War: Survival at the Dawn of the 21st. Century* (Boston, Little, Brown and Co., 1993).

Troeltsch, Ernst, *The Social Teaching of the Christian Churches* (Nueva York, Macmillan, 1950).

Tsui, Ming, "Changes in Chinese Urban Family Structure", *Journal of Marriage and the Family 51* (1989): 737-747.

Tu, Wei-Ming, *Confucian Ethics Today* (Singapur, Curriculum Development

Institute of Singapore, 1984).

Tully, Shawn, "Raiding a Company's Hidden Cash", *Fortune 130* (1994): 82-89.

Turner, Jonathan H., y Bonacich, Edna, "Toward a Composite Theory of Middleman Minorities", *Ethnicity 7* (1): 144-158.

Turner, Paul, "Religious Conversions and Community Development", *Journal for the Scientific Study of Religion 18* (1979): 252-260.

Turpin, Dominique, "The Strategic Persistence of the Japanese Firm", *Journal of Business Strategy* (1992): 49-52.

Tyson, Laura D'Andrea, *Who's Bashing Whom? Trade Conflicts in High-Technology Industries* (Washington, D.C., Institute for International Economics, 1993).

Umesao, Tadao, Befu Harumi, y otros, comps., "Japanese Civilization in the Modern World: Life and Society", *Senri Ethnological Studies 16* (1984): 51-58.

U.S. Bureau of the Census, *Changes in American Family Life*, P-23, Nº. 163 (Washington, U.S. Government Printing Office, 1991);
Family Disruption and Economic Hardship: The Short-Run Picture for Children (Survey of Income and Program Participation), P-70, Nº 23 (Washington, U.S. Government Printing Office, 1991);
Poverty in the United States, P-60, Nº. 163 (Washington, U.S. Government Printing Office, 1991);
Studies in Marriage and the Family, P-23, Nº162 (Washington, U.S. Government Printing Office, 1991).

van Wolferen, Karel, *The Enigma of Japanese Power: People and Politics in a Stateless Nation* (Londres, Macmillan, 1989).

Vogel, Ezra F., y Lodge, George C., comps., *Ideology and National Competitiveness* (Boston, Harvard Business School Press, 1987).

Wade, Robert, "East Asian Financial Systems as a Challenge to Economics: Lessons from Taiwan", *California Management Review 27* (1985): 106-127.

Walraven, B. C. A., "Symbolic Expressions of Family Cohesion in Korean Tradition", *Korea Journal 29* (1989): 4-11.

Watson, James L., "Agnates and Outsiders: Adoption in a Chinese Lineage", *Man 10* (1975): 293-306.

Watson, James L., "Chinese Kinship Reconsidered: Anthropological Perspectives on Historical Research", *China Quarterly 92* (1982): 589-627.

Weber, Max, *From Max Weber: Essays in Sociology* (Nueva York, Oxford University Press, 1946);
General Economic History (New Brunswick, N.J., Transaction Books, 1930);
The Protestant Ethic and the Spirit of Capitalism (Londres, Allen and Unwin, 1930);
The Religion of China: Confucianism and Taoism (Nueva York, Free Press, 1951).

Whitley, Richard D., "Eastern Asian Enterprise Structures and the Comparative Analysis of Forms of Business Organization", *Organization Studies 11*

476 · CONFIANZA

(1990): 47-74;
"The social Construction of Business Systems in East Asia", *Organization Studies 12* (1991): 47-74.
Whyte, Martin King, "Rural Economic Reforms and Chinese Family Patterns", *China Quarterly Nº 130* (1992): 316-322.
Whyte, William H., *The Organization Man* (Nueva York, Simon and Schusster, 1956).
Wiener, Martin J., *English Culture and the Decline of the Industrial Spirit, 1850-1980* (Cambridge, Cambridge University Press, 1981).
Wildavsky, Aaron, "Choosing Preferences by Constructing Institutions: A Cultural Theory of Preference Formation", *American Political Science Review 81* (1987): 3-21.
Wildavsky, Aaron, y Drake, Karl, "Theories of Risk Perception: Who Fears What and Why?", *Daedalus 119* (1990): 41-60.
Willems, Emilio, *Followers of the New Faiths: Culture, Change and the Rise of Protestantism in Brazil and Chile* (Nashville, Vanderbilt University Press, 1967);
"Protestantism as a Factor of Culture Change in Brazil", *Economic Development and Cultural Change 3* (1995): 321-333.
Williamson, Oliver E., *Corporate Control and Business Behavior* (Englewood Cliffs, N.J., Prentice-Hall, 1970);
"The Economics of Organization: The Transaction Cost Approach", *American Journal of Sociology 87* (1981): 548-577;
"The Modern Corporation: Origins, Evolution, Attributes", *Journal of Economic Literature 19* (1981): 1537-1556;
The Nature of the Firm: Origins, Evolution and Development (Oxford, Oxford University Press, 1993);
"The Vertical Integration of Production: Market Failure Considerations", *American Economic Review 61* (1971) 112-123.
Wilson, James Q., "The Family-Values Debate", *Commentary 95* (1992): 24-31;
The Moral Sense (Nueva York, Free Press, 1993);
Negro Politics: the Search for Leadership (Glencoe, Ill., Free Press, 1960).
Wilson, Kenneth L., y Martin, W. A., "Ethnic Enclaves: A Comparison of the Cuban and Black Economies in Miami", American Journal of Sociology 88 (1982): 138-159.
Wilson, Kenneth L., y Portes, Alejandro, "Immigrant Enclaves: An Analysis of the Labor Market Experiences of Cubans in Miami", *American Journal of Sociology 86* (1980): 295-319.
Winster, J. Alan, *The Poor: A Culture of Poverty, or a Poverty of Culture?* (Grand Rapids, Mich., William B. Erdmans, 1971.)
Wolf, Margery, *The House of Lim* (Nueva York, Appleton, Century, Crofts, 1968).
Womack, James P. , Jones, D. y otros, *The Machine that Changed the World: The Story of Lean Production* (Nueva York, Harper Perennial, 1991).
Wong, Siu-lun, "The Chinese Family Firm: A Model", *British Journal of Sociology 36* (1985): 58-72.

World Bank, *The East Asian Economic Miracle* (Oxford, Oxford University Press, 1993).

Yamamoto, Shichihei, *The Spirit of Japanese Capitalism and Selected Essays* (Lanham, Md., Madison Books, 1992).

Yanagi, Soetsu, *The Unknown Craftsman. A Japanese Insight into Beauty* (Tokio y Nueva York, Kodansha International, 1989).

Yang, C. K., *Religion in Chinese Society: A Study of Contemporary Social Functions of Religion and Some of Their Historical Factors* (Berkeley, University of California Press, 1961).

Yoshimori, Masaru, "Sources of Japanese Competitiveness. Part I", *Management Japan 25* (1992): 18-23.

Yoshinari, Maruyama, "The Big Six Horizontal Keiretsu", *Japan Quarterly 39* (1992): 186-199.

Yoshitomi, Masaru, "Keiretsu: An Insider's Guide to Japan's Conglomerates", *Economic Insights 1* (1990): 15-17.

Zhangling, Wei, "The Family and Family Research in Contemporary China", *International Social Science Journal 126* (1986): 493-509.

ÍNDICE TEMÁTICO

EL SEMINARIO DE TOM PETERS I

LOS TIEMPOS LOCOS REQUIEREN ORGANIZACIONES LOCAS

"Bienvenido a un mundo donde la imaginación es la fuente del valor en la economía. Éste es un mundo loco, y en un mundo loco las organizaciones cuerdas no tienen éxito."

Desde hace doce años, Tom Peters nos está señalando a todos —seamos o no empresarios— que las reglas han cambiado. El propósito de esta obra es presentar por primera vez en forma de libro, el análisis lúcido y provocativo que Peters ofrece en sus seminarios, así como proporcionar los consejos indispensables para reconocer las oportunidades y progresar en el nuevo y difícil mundo de los negocios. Sus audaces ideas nos trasladan más allá de la reingeniería, más allá de la gestión de la calidad total, más allá del poder de decisión, incluso más allá de la reinvención de las empresas. Este libro, organizado en nueve capítulos con diferentes "más allá", es un volumen oportuno, práctico y atractivo, gracias a un concepto gráfico muy novedoso. Una nueva visión radicalmente diferente sobre la forma de encarar los negocios, y una lectura esencial para sobrevivir en el impredecible mundo que se extiende más allá de la década de los noventa.

EDITORIAL ATLANTIDA   **Código 18546**

EL SEMINARIO DE TOM PETERS II

EN BUSCA DEL ¡UAUU!

Tom Peters —escritor, provocador, visionario en temas empresariales— nos ayudó a encontrar nuestro camino en el "shock del presente" en el primer libro de la serie *El seminario de Tom Peters,* subtitulado *Los tiempos locos requieren organizaciones locas.* Pero ahora, ¡a ajustarse los cinturones de seguridad! El paseo en la montaña rusa con Tom Peters continúa y se acelera, urgiéndonos a aventurarnos mucho más allá de la excelencia: en busca del ¡UAUU!

Hace doce años atrás, su libro *En busca de la excelencia* abrió nuevos horizontes y cambió el mundo de los negocios. Ha llegado el momento de dar el salto siguiente, que nos conduce a la era de la cibernética universalizada. La idea ya no es llegar a la "excelencia"; para conquistar al cliente es necesario disparar la imaginación, reinventar conceptos, ofrecer ese toque fuera de serie que provoca el ¡UAUU!, que sacude y conmociona. Quienes lo logren serán los ganadores en este descalabrado mundo en que vivimos.

Con más de 200 "disparadores de ideas y acción", este libro es una guía práctica para tiempos poco prácticos, que contiene las tácticas y estrategias que lo impulsarán (a usted y a su negocio) hacia nuevas alturas en el mercado global del siglo veintiuno.

EDITORIAL ATLANTIDA   **Código 18554**